König der Höllenfeen
erhältlich 2022

„Oh, hallo!", gab ich von mir. „Du bist ja mal ein süßes Ding!"

Der Seehund legte seinen Kopf schief, sah mich mit seinen dunkelbraunen Augen an.

„Und so hübsch", säuselte ich, wollte auf ihn zugehen und mich in die Hocke begeben, um meine Finger über sein schönes Fell gleiten zu lassen.

„Artica …", warnte Kalt.

Ich grinste ihn an, drehte mich leicht um, um seinen Gesichtsausdruck zu mustern. „Was? Spielen Seehunde einem auch Streiche?", neckte ich, bevor ich mich wieder der wunderschönen Kreatur zuwandte.

Aber sie war verschwunden.

Stattdessen stand ein hoch gewachsener, muskulöser und *komplett nackter* Mann an derselben Stelle und warf lange, geschmeidige Locken über seine Schulter, von denen Wasser tropfte. „Hast du das gehört, Kalt? Sie findet mich süß", murmelte er strahlend. Seine Worte waren geschmeidig wie Samt und er hatte den sexyesten Akzent, den ich in meinem Leben je gehört hatte.

Heilige ableckbare Festivus…kugeln.

Mir verschlug es die Sprache, als der Sex auf zwei Beinen auf mich und Kalt zukam. Sein heißblütiger Blick ließ keine Sekunde von mir ab.

„Artica, das ist Norden", sagte Kalt mit genervtem Tonfall, während er sich in seine perfekte Nase kniff.

„Und ja, *dieser* Seehund spielt Streiche. Also halt dich von ihm fern."

„Und schmutzige dazu", korrigierte er mit einem Höschen schmelzenden Zwinkern, während ich damit haderte, meinen Blick nicht unter seine Gürtellinie streifen zu lassen. Es war mir egal, was für Streiche er spielte, solange er *weitersprach*.

Der Mann mit auffallenden Muskeln und aufgrund des Meersalzes leicht glitzernder Haut näherte sich mir ein weiteres Stück, bis er so nahe vor mir stand, dass unsere Atemzüge sich miteinander vermischten. Er roch nach dem winterlichen Ozean und einer Prise Muskatnuss.

Ich atmete seinen Geruch ein und sah ihm in die Augen, deren Farbe mich an geschmolzene Schokolade erinnerte.

„Hast du eine Kandidatin für unsere Triade mitgebracht, Kalt?", fragte er und legte seinen Kopf schief, sprach mit einem spielerischen Tonfall. „Ihre Affinität für Eis ist … *verlockend*." Er leckte sich über seine Unterlippe. „Ich kann ihre Kompatibilität beinahe schmecken. Klingt interessant."

Kriege. Keine. Luft.

Wie sollte ich bitte meine Arbeit verrichten, wenn *Seehunde* sich in sündhaft sinnliche Männer mit Stimmen, die mein Inneres in Flammen steckten, verwandeln konnten?

Dann endlich verarbeitete ich seine Bemerkung.

Triade?

Winterfeen waren bekannt für ihre Gefährtenzirkel, die aus drei Männern und einer Frau bestanden.

Hatte Kalt sich während seiner Beschäftigung in diesem Reich einer Triade angeschlossen?

Und … und suchten sie nach einer Frau, die sich ihnen anschloss?

Ich kreischte beinahe los. *Ich melde mich freiwillig!*

KÖNIGIN DER WINTERFEEN

USA TODAY BESTSELLER AUTORINNEN
LEXI C. FOSS & J.R. THORN

Königin der Winterfeen

Englische Fassung editiert von: Outthink Editing, LLC

Englische Fassung korrekturgelesen von: Jean Bachen & Katie Schmahl

Cover-Design: Covers by Juan

Cover-Foto: Wander Aguiar

Cover-Model: David Miller, Autin, Phillipe Belanger, & Alana Baker

Veröffentlicht von: Ninja Newt Publishing, LLC

Erstausgabe

eBook ISBN: 978-1-68530-070-8

Paperback ISBN: 978-1-68530-071-5

Für die Träumer dieser Welt. Das hier ist für euch.

KÖNIGIN
DER
WINTERFEEN

KÖNIGIN DER WINTERFEEN

**Die königliche Wasserfee, in die ich verliebt bin,
hat mich gerade als seine Praktikantin angestellt.**
Bei. Den. Feen.

Ich hatte mich bloß auf die Stelle beworben, weil mich
jemand dazu herausgefordert hatte, und jetzt packe ich
meine Sachen, um zum Nordpol zu reisen.

Keine große Sache. Ich kann total professionell sein. Ich
habe ihn sowieso nicht mehr gesehen, seit wir auf der
Akademie waren. Vielleicht ist er von all den Winterfeen-
Süßigkeiten dick geworden?

Aber nein … Kalt ist überhaupt nicht dick geworden. Er
hat noch immer einen perfekten, muskulösen Körper und
sieht jetzt noch besser aus als in meiner Erinnerung. Was
noch schlimmer ist … Er hat zwei ähnlich heiße Freunde.

Ein königlicher Weihnachtself namens Lark.
Und ein sündhaft heißer Selkie namens Norden.

Ich bin sowas von gefickt. Und das meine ich wörtlich,

denn der Elf und der Selkie scheinen mich für ihre Gefährtin zu halten. Aber Kalt pflichtet ihnen überhaupt nicht bei.

Oh, und ich muss mich nicht nur mit diesen drei heißen Typen herumschlagen … Meine Wassermagie gibt zusehends den Geist auf. Ich habe versehentlich eine Schneeballschlacht inmitten der Weihnachtswerkstatt angezettelt. Und dann ist Eis-Lametta wie Konfetti aus meinen Fingern geschossen.

Das ist ein Problem.
Und ich weiß nicht, wie ich es lösen soll.
Also wünscht mir Glück! Und schickt mir warme Gedanken. Ich könnte echt etwas Hilfe gebrauchen, um all den Schnee zu schmelzen …

Königin der Winterfeen *ist ein skurriler, paranormaler Liebesroman über eine Wasserfee aus dem Universum der Feen der Elemente und ihre drei potenziellen Gefährten.*

EINFÜHRUNG

Willkommen im Reich der Winterfeen. Es ist randvoll mit zuckersüßen Leckereien, fröhlichen Elfen, sexy Selkies, wunderschönen Winterfeen-Royals mit großen … Geschenken und genug mystischer Energie, um dem gesamten Reich der Sterblichen Glauben einzuhauchen.

Articas Geschichte ist zuckersüß und wird selbst das eisigste aller Herzen erwärmen. Sie ist zudem ein eigenständiger Liebesroman mit einem Happy End.

Aber Vorsicht: Articas Männer sind heiß genug, um selbst das erbittertste Eis zu schmelzen, und tun das auch des Öfteren, wenn sie miteinander im Schlafzimmer spielen. Immerhin verlangt die Kultur der Winterfeen nach einer Triade aus drei Männern, die aneinander glauben und einander schätzen – und das genauso sehr, wie sie ihre weibliche Gefährtin schätzen und lieben. So ticken die Winterfeen nun einmal.

Also schnapp dir eine Schneeflocke und halte dich gut daran fest.

Du bist drauf und dran, an den Polarkreis zu reisen.

Wo du auf Wesen treffen wirst, die aus Glaubenskraft geschaffen wurden.

Und vielleicht sogar ein kleines bisschen Festtagsstimmung heraufbeschwören könnten …

PROLOG
LARK

Eine Krönung.

Ein froher Anlass, der allen ein Lächeln aufs Gesicht zaubern, Liebe und Feiertagslaune hätte heraufbeschwören sollen.

Natürlich hat jedes Ereignis hier diesen Einfluss auf das Leben am Nordpol. Aber mir ist überhaupt nicht feierlich zumute. Wenn ich ehrlich bin, geht es mir miserabel.

Warum?

Weil ich nur einen meiner drei Gefährten gefunden habe.

Na ja, technisch gesehen zwei. Aber der Zweite streitet immer wieder ab, was wir beide wissen. Was kein gutes Omen für die kommenden Feierlichkeiten ist.

Also versehe ich die Luft mit etwas Winterfeenmagie, um zu versuchen, mehr potenzielle Gefährten aus der Reserve zu locken. Es ist ein Gemisch aus Glauben und sinnlichem Reiz, die kompatible Seelen an den Nordpol ziehen soll.

Ich hoffe bloß, dass ich nicht zu spät bin.

Und dass sie mich nicht ablehnen, wie der Wasserfeenprinz es getan hat.

Mein Lebensinhalt besteht darin, zu *glauben*, darum entscheide ich mich jetzt dafür, genau das zu tun. Daran, dass meine Gefährten da draußen sind. Dass sie mich lieben werden. Sich mir anschließen werden. Dass sie eine frohe Einheit im Angesicht der Winterfeenquelle mit mir bilden und mir ein wunderschönes Happy End bescheren werden.

Andernfalls wird mein Königreich fallen.

Und die Feiertagsstimmung mit ihm.

Keine Feiertagslaune mehr. Keine Feierlichkeiten mehr. Kein mystischer Glaube mehr.

Eine große Bürde für nur eine Person, aber ich wurde aus einem guten Grund in diese Position geboren, und ich werde die Winterfeen nicht enttäuschen.

Alles, was ich tun muss, ist, zu *glauben*.

Also werde ich glauben.

Willkommen in meiner Welt.

Nach außen hin scheint sie eisig kalt, aber innen drin ist sie wohlig warm. Erfüllt von mehr Liebe und Freude, als ein einziges Herz ertragen kann. Was auch der Grund ist, warum ich drei von ihnen brauche.

Drei Gefährten. Drei Liebende. Drei Glaubende.

Um die Festtagstradition fortzuführen.

Um König zu werden.

Um zu dem Kultobjekt zu werden, das die Welt der Sterblichen braucht: zum Winterfeenkönig.

„Heilige Schneeflocke", fluchte ich und stopfte meine Bluse in meinen Rock, bevor ich über den Wasser-Campus der Akademie der Feen der Elemente flitzte.

Zu spät! Zu spät! Zu spät!

Warum hatte ich mitten am Tag ein Nickerchen machen und meine Unterrichtsstunden am Nachmittag um ein Haar verschlafen müssen? Oh, genau. Ich hatte die ganze Nacht lang wach gelegen und unaufhörlich über den heutigen Tag nachgedacht.

Wie ironisch.

„Eiszapfen", zischte ich leise, als ich an einer Gruppe attraktiver Feenmänner vorbeisauste. Ihr Haar war an den Spitzen vereist, um den heutigen Tag zu feiern. Normalerweise hätte ich angehalten und sie angegafft – ich machte meinen Sextrieb dafür verantwortlich, der selbst für Feenstandards übermäßig hoch war. Aber in letzter Zeit hatte ich nur Augen für eine Fee. Zu schade, dass er im Moment Abgeordneter am Nordpol spielte.

Es spielte keine Rolle. Ich würde meinen Traummann

niemals wiedersehen, wenn ich mir die besten Aufträge durch die Lappen gehen lassen würde, weil ich die ganze Nacht lang wach gelegen und an ihn gedacht hatte.

Und an seinen Praktikumsplatz.

Oh, bei den Feen, was, wenn Kalt sich tatsächlich für mich entschieden hat?

Ich hatte mich nur beworben, weil ich dazu herausgefordert worden war, und jetzt konnte ich nicht einmal mehr schlafen, ohne sein Gesicht vor meinem inneren Auge zu sehen. Ich rannte um eine Ecke und erblickte eine Gruppe Cheerleader, die den Schulhof zu dekorieren schienen, eine Sekunde zu spät. Ihre perfekten blauen Augen weiteten sich alarmiert und sie erstarrten auf verschiedenen Sprossen ihrer Leiter. Ich rannte in sie, ließ sie wie ein Kartenhaus zusammenstürzen. Sie kreischten, als sie zu Boden fielen, und ließen von einer Schnur ab, mit der ein Banner befestigt gewesen war.

Es flatterte wie ein schlechtes Omen über mir. Die regenbogenfarbigen Buchstaben waren das Letzte, was ich sah, als das Spruchband sich über mich legte.

Praktikums-Zuordnungstag!

Wohl eher der Tag des Jüngsten Gerichts. Wenn der heutige Tag so weiterging, würde ich bestimmt ein Praktikum im Reich der Höllenfeen absolvieren.

Oder noch schlimmer: im Reich der Formwandler.

Ich liebte Tiere, aber diese Köter mussten sich wirklich ein paar Manieren zulegen. Mein Professor würde mich bestimmt ihnen zuteilen, nur um mir ‚eine Lektion zu erteilen‘.

Der bloße Gedanke daran bereitete mir Gänsehaut. Ich war einst von einem Rudel angegriffen worden. Sie hatten an meinen Kleidern gerissen und mich dafür ausgelacht, dass ich mich nicht verwandeln konnte.

Ich hatte mich seither im Stillen immer vor ihrer Art gefürchtet.

Wolfsformwandler. Bäh.

Jepp. Ganz bestimmt mein Schicksal.

Alles nur, weil ich verschlafen hatte.

Eine Gruppe Cheerleader umgestoßen hatte.

Und mich in einem Spruchband verfangen hatte.

„Staubflocke!", kreischte ich, während ich versuchte, mich vom erdrückenden Stück Stoff zu befreien.

Die Schulglocke klingelte und signalisierte den Anfang meines Endes. *Formwandlerfeen, hier komme ich,* dachte ein dunkler Teil von mir. Aber die optimistischere Seite weigerte sich, aufzugeben.

Ich sammelte unsichtbare Wassertropfen in der Luft zusammen, formte sie zu einer Klinge.

„Wage es nicht, Waffen einzusetzen!", schrie ein Mädchen, aber im Moment gab ich einen feuchten Eiskeks auf Regeln.

Meine improvisierte Klinge glitt durch den Stoff, zerschnitt ihn mit einem hörbaren Reißen, bevor er von mir abfiel und ich in Richtung Klassenzimmer marschierte.

„Hey!", brüllte eine von ihnen. „Dafür wirst du bezahlen!"

Ich zeigte ihr den Mittelfinger, betrat mein Klassenzimmer und knallte die Tür hinter mir zu, lehnte mich nach Atem ringend dagegen.

Hatte ich es nach drinnen geschafft, bevor die Glocke verstummt war?

Professor Elway seufzte und schob seine Brille auf seiner perfekten Nase zurecht. „Kein guter Tag, um zu spät zu kommen, Artica."

Ich hätte unzählige Entschuldigungen von mir geben sollen, aber ich bekam kein Wort heraus. Mein Blick war auf den Eis am Stiel schmelzenden Körper von Kalt, dem Abgeordneten der Elementefeen für das Winterfeenreich, gerichtet.

Der derzeit eigentlich hätte am Nordpol weilen sollen.

Aber er war hier, gegen die Kante des Schreibtisches des Professors gelehnt, und beobachtete mich dabei, wie ich ihn mit meinen Blicken auszog, während all die Erinnerungen an meine verruchten Träume mich heimsuchten.

Heilige Frostzapfen.

Anstatt mich auszuschimpfen, schien er mich von Kopf bis Fuß zu mustern, während er ein Bein auf einen Stuhl stellte. Zwischen seinen Fingern baumelte etwas. Ich legte meinen Kopf schief, nahm an, dass es sich um ein Päckchen vom Nordpol handelte, da es mit glänzendem roten Papier verpackt und mit einer silbrigen Schleife dekoriert war. Mein verräterischer Blick driftete auf sein anderes, *größeres* Paket ab, sodass meine Brust sich plötzlich eng anfühlte.

Ich hatte plötzlich das Gefühl, zu viele gewürzte Kaltbeeren-Kekse gegessen zu haben.

Hör auf, ihn anzustarren, als wäre er ein ausgepacktes Geschenk zum Feen-Festivus.

Ich zwang mich, meinen Blick von Kalts, ähm, *Geschenk* abzuwenden und ihm in die Augen zu sehen.

Eisblau.

So schön.

Doch sein kantiges Kinn verriet mir, dass er nicht allzu zufrieden mit mir war. Vermutlich, weil ich gerade sein Gemächt angegafft hatte.

Ich hoffte, dass er sich eine Bestrafung für mein Zuspätkommen überlegte – eine, die in meinen Träumen eine Menge Frostsahne und Festivusgirlanden beinhaltete und darin endete, dass wir nackt und keuchend und –

Was, bei den Feen, ist mit mir los?

Ich schluckte den Kloß in meinem Hals hinunter und versuchte die unangebrachten Gedanken zu vereisen, aber verdammt, Kalt war ganz schön ablenkend. Sein schneeweißes Haar fiel wallend auf seine Schultern, rahmte sein Gesicht ein, das wie aus Marmor gemeißelt schien. Sein eisiger Blick schien mich mühelos zu durchschauen und ein Hauch von arktischem Eis weilte darin, was seine Augen wie Glas glänzen ließ.

Na, offenbar hat die Zeit am Nordpol seinen Sexappeal nur von verlockend in ‚heilige Festivus-Kugeln, ich will ihn ablecken' verwandelt.

Er trat auf der Stelle, während ich ihn anstarrte. Seine Muskeln zeichneten sich unter seinem Seidenhemd ab. Der oberste Knopf war offen, zeigte die harten Züge, über die ich meine Zunge nur zu gerne hätte gleiten lassen.

„Artica!", zischte Professor Elway, und ich bemerkte, dass er schon eine ganze Weile mit mir gesprochen hatte.

Ich richtete mich kerzengerade auf und verzog das Gesicht. „J-ja?"

Seine Nasenflügel blähten sich auf. „Setz. Dich. Hin."

Ich blinzelte ihn ein paarmal an. „S-Sie haben die Aufträge doch noch nicht erteilt, oder?"

Er funkelte mich an. „Nein. Wenn du also miteinbezogen werden willst, rate ich dir an, dass du mich nicht dazu bringst, mich wiederholen zu müssen."

Der Quelle sei Dank!

Nickend zog ich meinen Kopf ein und raste an meinen Sitzplatz, hoffte verzweifelt, dass niemand gesehen hatte, wie ich die äußerst ableckbare Wasserfee angeglotzt hatte, in die ich schon seit Ewigkeiten verknallt war.

Als ich mich hinsetzte und einen Blick auf ihn riskierte, stellte ich fest, dass Kalt mich noch immer ansah, und schmolz innerlich dahin, verwandelte mich in eine articaförmige Pfütze.

„Jetzt, wo wir alle hier sind", begann Professor Elway und sah bestimmt in meine Richtung. „Die meisten von euch erinnern sich vermutlich noch an Prinz Kalt. Er hat vor Kurzem die Schule abgeschlossen und bietet einen der attraktiveren Praktikumsplätze für die Festivus-Saison an."

Mehrere der weiblichen Feen in der Klasse regten sich.

Oder vielleicht nur ich.

Aber ja, wir alle kannten Kalt.

Ein wie aus Stein gemeißelter, gutaussehender sexy Wasserfeen-Royal mit Affinität zu Eis.

Mh, ja bitte.

„Prinz Kalt ist hier, um die glückliche Wasserfee zu eskortieren, die dazu auserwählt wurde, ihr Winterfeen-Praktikum am Nordpol zu absolvieren. Wie ihr sicher alle bereits wisst, wird dort per sofort ein Praktikant oder eine Praktikantin gesucht. Dies aufgrund der erfolgreichen Bemühungen von Königin Claire, die Interreichsfeenbeziehungen zu stärken, und nicht zuletzt dank der harten Arbeit unseres Abgeordneten."

Ich atmete scharf ein.

Wenn ich wie durch ein Wunder den Praktikumsplatz bekommen würde, würde ich heute noch abreisen. *Mit Kalt.*

Professor Elway fuhr fort: „Wie es die Praktikumstags-Tradition vorsieht, erfahrt ihr durch ein interaktives Projekt, welches Praktikum ihr absolvieren werdet. Es gibt nur einen Haken an der Sache." Er holte mehrere vereiste Kugeln hervor.

Ich setzte mich etwas gerader in meinem Stuhl auf.

„Diese Kugeln wurden mit Hilfe von Magie vereist. Euer Praktikumsplatz ist im kristallenen Inneren davon eingeritzt.

Aber Vorsicht: Das Innenleben der Kugel ist zerbrechlich. Wenn ihr sie kaputtmacht, werdet ihr nie erfahren, was für ein Praktikum euch zugeteilt wurde. Und ihr werdet eure Chance vertun, Kalts Praktikant zu werden." Er sah uns alle ernst an. „Ihr müsst eure Fähigkeiten benutzen, um das Wasserelement darin zu verändern."

Kalt, der neben dem Professor stand, nickte. „Ich habe sie höchstpersönlich vereist."

Oh, und sogar seine Stimme lässt mich dahinschmelzen. Akzentuiert und tief und aaaach.

„Genau", murmelte Professor Elway, seine Stimme nicht einmal halbwegs so attraktiv. „Und eines der Schmuckstücke trägt den Praktikumsplatz in sich."

Kalt nickte erneut. „Ich habe zu viele qualifizierte Bewerbungen erhalten. Wir werden Eis und Wasser dazu benutzen, um einen Gewinner zu ermitteln."

„Eine passende Aufgabe", stimmte Professor Elway zu. „Also, ihr werdet euch alle eine Kugel aussuchen, um zu erfahren, was für ein Praktikum euch zugewiesen wurde. Nur eines davon ist jenes am Nordpol. Alle anderen Kugeln werden automatisch eure Essenz lesen und euch euren Praktikumsstandort mitteilen. Vorausgesetzt, ihr schmelzt sie richtig."

Er musterte die Klasse mit funkelndem Blick.

„Na dann, viel Glück." Professor Elway ließ die Kugeln in einen Korb schweben, der auf seinem Schreibtisch neben Kalt stand. „Kommt und wählt euch eine Kugel aus."

Mehrere Feen rasten sofort nach vorne, was mein Herz stottern ließ.

Das Praktikum bei Kalt war jetzt reine Glückssache.

Und ich war nicht dafür bekannt, Glück zu haben.

Bestes Beispiel, die Sache mit dem Spruchband.

Na, vielleicht werde ich ein anderes Praktikum bekommen. Vielleicht eines bei Königin Claire, dachte ich hoffnungsfroh.

Ich ging mit Juniper – einer Klassenkameradin, mit der ich die meisten Fächer in den vergangenen Jahren besucht hatte – auf den Schreibtisch zu. „Bist du nervös?", fragte ich sie leise, als wir uns in die Schlange stellten, um uns eine vereiste Kugel zu holen. „Denn ich bin definitiv nervös."

Sie schüttelte ihren Kopf. Juniper war eine wunderschöne Wasserfee mit blonden Haaren und meergrünen Augen. Wie immer zierten Stechpalmenzweige ihr Haar. Sie würde perfekt an den Nordpol passen. „Ich weiß ganz genau, wohin ich gehen werde", sagte sie. „Und wenn ich nicht bekommen sollte, was ich will, dann wird mein Praktikum echt ätzen."

Ich musste angesichts ihrer Entschlossenheit lachen. Juniper fürchtete sich vor nichts und niemandem.

Doch diese Aufgabe bedeutete ihr nicht so viel wie mir.

Wenn ich die richtige Kugel auswählte, würde ich mit *Kalt* zusammenarbeiten.

Was bedeutete, dass ich positiv denken musste. Fröhlich, um genau zu sein. Genau wie eine Winterfee.

Juniper griff mit ihren langen, manikürten Fingern nach einer Kugel.

Schneeflocken. Cupcakes. Zuckerkekse. Elfen. Oh, du … wiederholte ich in Gedanken, während ich vorsichtig eine der eisigen Kostbarkeiten auswählte. *Okay, Artica. Du packst das. Auf zu den Winterfeen.*

Ich sah zu Kalt, der noch immer auf dem Schreibtisch neben dem Korb saß, und erschrak, als ich merkte, dass er mich mit diesen eisblauen Augen anstarrte.

Du verdienst diesen tadelnden Blick, nachdem du ihn so offen angeglotzt hast, dachte ich und meine Wangen erwärmten sich.

Ich sah zu Boden, sauste an ihm vorbei und setzte mich hin, um mich auf meine Aufgabe zu konzentrieren.

Okay. Ich kann das schaffen.

Ich war eine talentierte Wasserfee mit einer Affinität für Eis.

Genau wie Kalt.

Darum kannte ich ihn auch. Er war der Beste seiner Klasse gewesen, als ich jünger gewesen war, und ich hatte mich in seine beeindruckenden Fähigkeiten verliebt. Er hatte zudem eine Echtheit an sich, die mir gefiel.

Und er war zu allem hin auch ganz nett anzusehen.

Ein Kichern bahnte sich seinen Weg in meinem Rachen hoch, aber ich zwang mich dazu, es herunterzuschlucken. *Konzentrier dich.*

Juniper saß neben mir und machte sich direkt an die Arbeit.

Wohin wollte sie noch mal? Ich konnte mich nicht erinnern. Ich hoffte, dass es nicht der Nordpol war. Aber *alle* wollten das Praktikum am Nordpol.

Darum hatte Kalt auch gesagt, dass er zu viele Bewerbungen erhalten hatte.

Das war nicht sonderlich überraschend.

Die Winterfeen waren für ihre heitere Art bekannt, und alle dort oben schienen glücklich zu sein. Sogar im Reich der Sterblichen erzählte man sich Legenden über die Bewohner des Nordpols.

Der Weihnachtsmann, Elfen, Rentiere, Festtagslaune – oder Weihnachtsstimmung, wie es manche Menschen nannten –, alles davon stammte von den Winterfeen. Bis auf die Tatsache, dass der Weihnachtsmann kein alter dicker Mann war und die Elfen einem nicht nur bis zur Hüfte reichten.

Nein, einige der Elfen waren königliche Winterfeen und unverschämt *heiß* – jedenfalls, soweit ich gehört hatte.

Ich wäre ihren Schornstein jederzeit runtergeklettert, wenn ihr wisst, was ich meine.

Die Fertigung von Spielzeugen, Herstellung von Süßigkeiten und königliche Bälle überwachen? Total mein Ding.

Ich summte Festivus-Lieder in meinem Kopf, während ich arbeitete – entschlossen, meine heitere Essenz in das Schmuckstück fließen zu lassen. Dann benutzte ich vorsichtig meine Magie, um mit dem Wasser darin zu experimentieren.

Das zerbrechliche Element hatte die Form eines Röhrchens aus Eis angenommen, das sich durch die Mitte der Kugel zog. Darin schien sich etwas Geschriebenes zu befinden. Wenn das Röhrchen brach, würde der Inhalt unleserlich werden.

Okay.

Ich musste bloß das Mischverhältnis zwischen Eis und Wasser verändern, damit das Eis hinter der Inschrift war und das Wasser davor. So würde ich den Inhalt lesen können.

Aber die Kugel war verzaubert worden, um es uns etwas schwerer zu machen, als bloß Flüssiges von Solidem zu trennen. Ich kaute auf meiner Unterlippe herum. Das hier war wie eines dieser unsinnigen Spiele, die man in der Hand hielt und versuchte, mittels Wasser Ringe auf kleinen Zacken zu platzieren.

Meine Instinkte meldeten sich und ich richtete meine Aufmerksamkeit zurück auf Kalt.

Er fuhr sich mit seinen Fingern durch sein langes weißes Haar, während er mich musterte. Seinem eisigen Blick wohnte ein Hauch Wärme inne. Oder war das Interesse?

Vielleicht bildete ich mir das bloß ein.

Aber nein, dieses Grinsen ... Dieses Grinsen war nicht gestellt. Ich konnte sogar seine Grübchen sehen.

Ich ließ die kostbare vereiste Kugel um ein Haar fallen. Denn, *bei den Feen*, sah er gut aus.

Und ablenkend.

Sooo ablenkend.

Sein Blick ließ nicht von mir ab, und wenn ich noch eine Sekunde länger zu ihm zurückstarrte, würde ich vermutlich in Flammen aufgehen. Ich sah auf meine Kugel und ignorierte die Wärme, die sich an meinem Nacken bemerkbar machte, nur um dann zu erstarren, als Juniper nach Luft rang.

Oh, nein ...

Sie hat gerade das Praktikum am Nordpol gewonnen, oder etwa nicht?

Mit schwerem Herzen sah ich auf meine Kugel, arbeitete immer noch daran, die Inschrift leserlich zu machen. Vielleicht würde ich einen guten zweiten Platz gewinnen. Kalt genügend beeindrucken, dass er zwei Praktikantinnen einstellen würde oder so.

Unwahrscheinlich.

Aber ich weigerte mich, aufzugeben. Wer wusste, was auf Junipers Inschrift stand? Vielleicht hatte sie ganz einfach das Praktikum bekommen, das sie gewollt hatte.

Konzentrier dich, Artica.

Ich kann das schaffen. Ich kann das schaffen. Ich kann das schaffen.

Die Eisscherben hinter dem Stäbchen bewegten sich angesichts meiner Magie, enthüllten langsam, aber sicher die Inschrift dahinter.

Nordpol. Mir klappte die Kinnlade herunter. *Das ist unmöglich ...*

Ich sah zu Kalt hoch. Er lächelte, woraufhin Schmetterlinge in meinem Bauch flatterten.

Juniper lehnte sich zu mir, kniff ihre Augen zusammen und las meine Kugel. „Heilige Fee. Der Nordpol? Ist das, was du gewollt hast?"

„Ja!" Ich bemühte mich, nicht aufgeregt loszukreischen. „Wo schließt du dein Praktikum ab?"

Juniper hielt mir ihre Kugel hin, damit ich ihre Inschrift lesen konnte. *Akademie der Schicksalsfeen.*

„Das wäre meine zweite Wahl gewesen", sagte ich ehrlich. „Es gibt unverschämt heiße Alphas dort!"

Juniper lächelte, aber mir entging der eifersüchtige Blick in ihren Augen nicht, als sie zu Kalt sah.

Halt dich zurück. Er gehört mir.

Nicht, dass es mir zustand, Kalt für mich zu beanspruchen. Aber ich verspürte dennoch dieses beschützerische Gefühl – jetzt, wo ich offiziell seine Praktikantin war.

Professor Elway stellte sich zwischen unsere Pulte, sah sich unsere Kugeln an. „Gratuliere euch beiden", sagte er mit fröhlicher Stimme. „Juniper, du wirst die Schicksalsfeen lieben. Es ist immer eine gute Lernerfahrung, zu sehen, wie ihre Omegas in die Zukunft blicken."

„Stimmt", sagte Juniper langsam und löste ihren Blick von meiner Kristallkugel, um auf ihre zu starren. „Hört sich ... faszinierend an."

„Das ist es auch!", erwiderte Professor Elway enthusiastisch. „Sie haben einzigartige Gefährtenzirkel, die aus Alphas, Omegas und Betas bestehen. Es muss eine unheimlich faszinierende Gesellschaft sein." Sein Tonfall wurde ernst. „Was mehr Praktikanten dazu gebracht hat, ihre Wasserquelle abzustoßen, um zu Schicksalsfeen zu werden, als ich zugeben möchte."

Das erhaschte Junipers Aufmerksamkeit. „Wirklich?"

Er nickte. „Ich glaube, wenn man einmal so eine

Gefährtendynamik beobachtet, ist es äußerst verlockend, so etwas selbst erleben zu wollen. Frauen werden typischerweise Betas oder Norms, aber sie können dennoch in die Zukunft blicken. Wie ich höre, kann es ganz schön süchtig machen." Er schüttelte seinen Kopf. „Aber wir alle haben Schicksale und Rollen, die uns zugedacht sind. Daran ist nichts zu ändern."

Juniper nickte und ein interessierter Blick zog in ihren Augen auf.

Ich dachte an die wenigen Schicksalsfeen, denen ich begegnet war und in welch einem verklärten Licht man ihre Gesellschaft porträtierte. Der Professor hatte ein gutes Argument. Es half nicht, dass alle in diesem Reich in vielerlei Hinsichten verlockend waren …

Mein Blick wanderte zu Kalt, der mich *noch immer* anstarrte.

Interpretier nicht zu viel in die Sache hinein, Artica. Es ist bloß, weil du seine Kugel ausgewählt hast.

Was sich in meinem Kopf total schmutzig anhörte.

Ich hatte in meinen Träumen mehr als nur einmal mit seiner *Kugel* gespielt.

„Außerdem willst du nicht mit einem Schicksalsfeen-Alpha verbunden sein", fuhr der Professor fort, räusperte sich dann. „Wie ich gehört habe, gibt es bei ihnen eine Praktik, die sich ‚Hängen' nennt, auf die ich in diesem Klassenzimmer nicht weiter eingehen werde. Aber sie sind aggressiv und mächtig. Ich werde es bei dieser Umschreibung belassen."

Alle Enttäuschung auf Junipers Gesicht war wie weggeblasen und sie tippte sich an die Lippe. Professor Elway lachte, bevor er weiterging. Er hatte seine Arbeit ganz offensichtlich getan.

Juniper lehnte sich zu mir. „Was glaubst du, was ‚Hängen' bedeutet?"

Ich verkniff mir ein Lachen. „Ähm ... Ich glaube, es ist besser, wenn du es nicht weißt."

„Es ist eine Sexpraktik, oder etwa nicht?"

Meine Wangen erröteten. Es gab nur wenige sexuelle Methoden und Praktiken in den Feenreichen, die mir nicht bekannt waren, da ich über so viel Neugier verfügte, dass ich deswegen immer wieder in Schwierigkeiten geriet.

Von dieser Praktik hatte ich jedoch während meines Praktikums bei Königin Claire erfahren. Eine ihrer Freundinnen hatte ziemlich, ähm, offen über ihre kürzliche Läufigkeit gesprochen. Und ich hatte alles durch die zu dünne Tür von Königin Claires Büro gehört.

Ich hatte mich umgehend über die Aktivitäten schlaugemacht und wie gefährlich das Verknoten für eine Schicksalsfee sein konnte, die kein Omega war.

Aber wenn Juniper es wirklich beobachten wollte ... „Du könntest sie vermutlich um eine Demonstration bitten. Du weißt schon, zum Zwecke der Bildung in Schicksalsfeen-Biologie." Ich hatte von den Verbindungshöfen gelesen, die die Schicksalsfeen oft benutzten, was perfekt für eine Präsentation sein würde.

Ihr Gesicht errötete und sie kicherte hinter vorgehaltener Hand. „Echt jetzt? Das hört sich fantastisch an."

„Scheiße!", rief jemand im hinteren Bereich des Zimmers.

Juniper und ich drehten uns beide um. Eine Wasserfee starrte niedergeschlagen auf seine gefrorene Kugel, welche in zwei Teile zerbrochen war.

„Wir können nicht alle erfolgreich sein", sagte Juniper. Sie warf mir ein warmes Lächeln zu. „Gratuliere zum Nordpol, Artica."

Ein Hauch Aufregung machte sich in mir bemerkbar.

„Danke. Ich werde versuchen, mir nicht den Arsch abzufrieren."

„Freust du dich denn nicht darüber, auserwählt worden zu sein?", sagte eine tiefe Stimme neben mir.

Ich drehte mich in meinem Sitz herum, starrte in Kalts perfektes Gesicht.

Mein Hirn erlitt einen Kurzschluss.

Denn, wow. Er sah so gut aus. Noch besser als in meinen Träumen. Wie Perfektion in Person. Und –

Er zog seine helle Augenbraue hoch, sodass sich ein Teil dieser Perfektion in einen Ausdruck von milder Ungeduld verwandelte.

Denn er hatte mir eine Frage gestellt.

Freust du dich denn nicht darüber, auserwählt worden zu sein?

Staubflocke. „Doch!", stieß ich hervor. „Ich meine … natürlich. Jedenfalls, was …"

Er legte seinen Kopf schief, sah mich mit seinem eisigen Blick eingehend an.

Dieser Mann würde mich noch umbringen.

Ich atmete scharf ein. „Du kannst dir nicht vorstellen, wie sehr ich mich freue."

Ein Lächeln zog auf seinen Lippen auf. Sein Arm streifte meine Schulter, als er nach meiner Kugel griff und sie von meinem Pult hochhob. Er studierte sie, dann nickte er. „Und ich dachte, du willst den Job nicht einmal, … da du dich nur beworben hast, weil dich jemand herausgefordert hat, es zu tun." Er hielt die Kugel in die Luft. „Gute Arbeit. Du bist wie gemacht für den Nordpol."

Eis machte sich an seinen Fingern und am Äußeren der Kugel bemerkbar, nahm sie ein, bis sie wie ein Diamant glänzte und dann in glitzernden Schnee explodierte.

Ich beobachtete die Flocken mit offen stehendem Mund dabei, wie sie sich verflüchtigten.

Aber Moment mal … Wie um alle Feen in der Welt wusste er von der Mutprobe?

Kalt streckte mir seine Hand hin. „Sollen wir deine Sachen packen?", fragte er, zog mich aus meinen Gedanken. „Wir haben einen langen Nachmittag und Abend vor uns, da ich dich sofort auf den neuesten Stand bringen muss."

Oder eher … meine Fähigkeit, an irgendetwas anderes zu denken als die Tatsache, dass Kalt mir soeben seine Hand gereicht hatte.

Wie bei einer Verabredung.

Mal abgesehen davon, dass es keine Verabredung war.

Sondern ein Praktikum.

Aber seine Hand …

Ich berührte seine sanfte Haut, ließ seine Hitze in meinen Körper sickern, als er mich vom Stuhl hochzog. *Ich werde ins Reich der Winterfeen reisen.*

Um für Prinz Kalt zu arbeiten.

Bei. Den. Feen.

Ich brauchte keine Schicksalsfee zu sein, um zu wissen, dass sich alles in meinem Leben völlig verändern würde.

KALT

D ie Akademie der Feen der Elemente brachte so viele schöne Erinnerungen zurück.

Draußen Wasserfangen spielen.

Eine Runde Eispistolen mit den Feuerfeen.

Für Feenpolitik-Unterricht lernen – was, wie ich jetzt realisierte, ein Witz war. Klar, die Geschichte der Feen zu kennen und verstehen, half in gewissen Situationen, aber als elementarer Abgeordneter bei den Winterfeen brachte ich die meiste Zeit damit zu, anderen Honig ums Maul zu schmieren und Kontakte zu knüpfen.

Vor allem, wenn Feen aus anderen Reichen auftauchten. Was jetzt, wo die Interreichsfeenvereinbarung unterzeichnet worden war, des Öfteren vorkam.

Die Winterfeen besaßen eine beträchtliche Menge an Verschleierungsmagie, was ihr Reich für Feen, die unterwegs zu den Sterblichen waren, zu einem notwendigen Zwischenhalt machte. Selbstverständlich brauchten nicht alle Feen ihre Hilfe. Mitternachtsfeen und Schicksalsfeen begaben sich oft unter die Sterblichen, ohne aufzufallen. Aber einige Formwandlerfeen brauchten Hilfe dabei, Hörner und Hufe zu verstecken.

Und dann waren da noch die Höllenfeen. Viele von ihnen waren menschlicher Natur. Einige … nicht.

Ganz egal, woher sie auch kamen, und obwohl die Bräuche verschieden waren, so wollten sie alle, dass man ihnen in den Arsch kroch. Etwas, das in keinem meiner Fächer an der Akademie der Feen der Elemente unterrichtet worden war.

Artica würde das schon packen.

Vorausgesetzt, sie konnte sich lange genug konzentrieren, um sich an ihre Manieren zu erinnern.

Sie war vorhin, als sie das Zimmer betreten hatte, auf reizende Art durcheinander gewesen. Ihre blauen Augen hatten mich mit unübersehbarem Interesse gemustert. Genauso, wie sie es immer schon getan hatte, wann immer ich einen Raum betreten hatte.

Eine Jugendliebe, die nie verging.

Etwas, das ich jetzt zu schätzen wusste.

Denn Artica war zu einer wunderschönen kurvigen Wasserfee herangewachsen, die meine Eismagie dazu verführte, zum Spielen rauszukommen. Ich würde ihre Haut mit sanften Schneeflocken kosen und im nächsten Moment ihre brennende Lust mit meiner Zunge beruhigen.

Moment mal … Nein. Das würde ich nicht. Weil sie als meine Praktikantin absolut tabu war.

Das war etwas Gutes, wenn ich ehrlich war, da Lance meinen Arsch in Flammen stecken würde, wenn ich sie anrührte. Sie waren Freunde, und Lance war praktisch wie Familie für mich, da sein Bruder, Titus, und mein Cousin, Cyrus, beide mit Königin Claire verbunden waren.

„Mein Zimmer befindet sich hier entlang", verkündete Artica, als wir eine der Unterkünfte auf dem Wasser-

Campus erreichten. „Willst du, ähm, hier warten oder …?"

Ihre Wangen erröteten auf wunderschöne Art und Weise, was mich zum Grinsen brachte. „Ich werde dich begleiten." Mehrheitlich, weil ich ihren aufgewühlten Gemütszustand genoss.

Obwohl sie sich nur auf mein Praktikum beworben hatte, weil sie jemand dazu herausgefordert hatte, war sie eine meiner Favoritinnen gewesen. Nicht, weil wir beide mit Lance befreundet waren, sondern wegen ihrer guten Noten und ihrer fröhlichen Aura.

Sie würde gut an den Nordpol passen – etwas, das die Magie in ihrer Kugel bestätigt hatte.

Prinz Lark, der zukünftige König der Winterfeen, hatte sie für mich verzaubert und mir gesagt, dass der bestgeeignete Kandidat die richtige Kugel auserwählen würde.

Ich hatte es gespürt, als Artica ihre Kristallkugel ausgesucht hatte. Meine Wassermagie, gemischt mit Larks Energie, war unter ihren Fingerspitzen zum Leben erwacht und hatte mir umgehend gesagt, dass sie die begehrte Kugel in ihren Händen hielt.

Alles, was sie noch hatte tun müssen, war den Eiszauber darin aufzulösen, um ihr Schicksal zu erfahren.

Und nur der Kandidat, dem es bestimmt war, das Praktikum zu gewinnen, wäre in der Lage dazu gewesen.

Ein weiterer Test ruhte in meiner Hosentasche – nur um sicher zu sein, da ich nicht die falsche Wasserfee zurückbringen wollte. Aber ich empfand ihn beinahe als unnötig. Ich war mir ziemlich sicher, dass Artica wie gemacht für die Rolle war.

Eine Vermutung, die sich bestätigte, als wir eine dekorierte Tür zu einem Schlafsaal erreichten. Sie war mit echten Schneeflocken und roten Blumen verziert, die unter

Anwendung von Erdmagie erblühten. Ich zog eine Augenbraue hoch. „Es ist noch etwas früh für Festivus-Schmuck, findest du nicht?"

Ungefähr sechs Monate zu früh, um genau zu sein, da es technisch gesehen Sommer war, hier im Reich der Feen der Elemente. Genauso wie im Reich der Winterfeen. Nicht, dass das die Elfen davon abhielt, es ganzjährlich mit heiterer Stimmung zu versehen.

„Es ist *nie* zu früh für Dekorationen", konterte sie mit einem atemberaubend schönen Lächeln. „Aber wenn es dich stört, rate ich dir davon ab, mein Zimmer zu betreten."

Oh, ich werde dein Zimmer ohne Frage betreten, dachte ich, war zu neugierig, um wie ein Gentleman im Flur zu warten. „Wenn es mich stören würde, könnte ich nicht bei den Winterfeen leben", sagte ich stattdessen zu ihr. Dann deutete ich mit dem Kinn auf die Tür. „Lass mal sehen, was du mit diesem Ort angestellt hast."

Sie kaute auf ihrer Unterlippe herum, zuckte mit den Achseln und benutzte ihr Wasserelement dazu, einen Eisschlüssel zu schaffen, mit dem sie ihre Tür aufschließen konnte.

Ich zog meine Augenbrauen hoch, als ich die Schneepracht dahinter erblickte.

Frost zierte ihre gesamte Einrichtung und in der Ecke stand einen Tannenbaum in einem Topf. Nur die grünen Enden waren mit Eiszapfen und Schneeflocken besetzt, sodass die Tannenzapfen nicht vereisen würden. Die Erde sah aus, als wäre sie eben frisch mit Wasser getränkt worden.

„Königin Claire liebt Tannenbäume aus dem Reich der Sterblichen, also, ähm, habe ich einen geschaffen." Artica zuckte mit den Schultern, dann begab sie sich zu ihrem Wandschrank, um zu packen, während ich die weiteren Dekorationen im Zimmer musterte.

Das hier musste Prinz Larks wahr gewordener feuchter Traum sein.

Er hätte dieses Schlafzimmer betreten, Artica auf ihrem Bett gefickt und sie niemals losgelassen.

Ein Bild, das mir überhaupt nicht gefallen sollte. Denn ich war *nicht* Teil seiner Triade, ganz egal, wie oft er das noch behauptete.

Und ich sollte nicht darüber fantasieren, wie eine andere Fee meine Praktikantin fickte.

Daran zu denken, wie ich sie nahm, war das eine, aber mir vorzustellen, dass Lark dasselbe tat? Während ich zusah? Das war etwas völlig anderes.

Er war ein Freund. Ein politischer Verbündeter. Ein Arbeitskollege. Ein zukünftiger König.

Nicht mein ... wie auch immer man das nannte ...

„Kalt?", fragte Artica etwas zögerlich.

In diesem Moment bemerkte ich, dass ich meine Hände zu Fäusten geballt hatte und unter etwas Grünem erstarrt war, das von der Decke hing. Ich drehte mich langsam um und Artica starrte mich mit geweiteten Augen an.

„Tut mir leid", sagte ich, suchte nach der nächstbesten Ausrede, um mein Verhalten zu erklären. „Dein Zimmer hat mich daran erinnert, dass ich meines im Palast auch dekorieren muss. Prinz Lark ist ein Fan der ... Feiertage."

„Prinz Lark", wiederholte sie. „Ein Winterfeen-Royal, nehme ich an?"

„Mhm", summte ich zustimmend. Ihre Bewerbung hatte ihr Interesse an Feenpolitik bekundet, da sie mehrere ähnliche Kurse belegt hatte wie ich.

„Oh, wie aufregend", sagte Artica und klatschte in die Hände. Sie wandte sich wieder dem Packen zu, nur um innezuhalten und zu mir zu sehen. „Außerdem wollte ich dir sagen, dass du unter einem Mistelzweig stehst."

Ich blinzelte. „Was?"

Sie zeigte mit dem Finger auf das Grün über meinem Kopf. „Das da ist ein Mistelzweig."

Ich starrte die Blätter und die kleine Glocke unter ihnen an. „Du meinst, wie der Brauch der Sterblichen?"

Ich hatte mich während meiner Zeit bei den Winterfeen bestens mit den sterblichen Feiertagen vertraut gemacht. Sie waren verantwortlich dafür, den Kindern der menschlichen Welt Heiterkeit und Feiertagsmagie zu bringen, weshalb es wichtig war, dass sie ihre Bräuche verstanden.

Feen der Elemente residierten in einem Reich, das sich weit entfernt vom Reich der Sterblichen befand.

Wie viele andere der Feenreiche.

Winterfeen waren anders, da ihr Überleben von der Heiterkeit der Sterblichen während der Feiertage abhing.

Darum hatte ich auch mein Wissen über die Sterblichen zügig aufbessern müssen. Etwas, womit mir Königin Claire behilflich gewesen war, da sie ein Halbling – Teil Fee und Teil Mensch – war.

„Warum hast du einen Mistelzweig in deinem Schlafzimmer?", fragte ich, gab Artica keine Gelegenheit, zu bestätigen, dass es ein menschlicher Brauch war, da ich die Antwort bereits kannte.

„Für den Fall, dass eine gutaussehende Fee zu Besuch kommt", erwiderte sie verträumt. Dann erstarrte sie und riss ihre Augen auf. „Oh, aber ich meinte damit nicht … Das ist … Ich … Na ja … Es ist …" Ihre Wangen nahmen wieder diesen niedlichen Rotton an, der mich an Erdbeeren erinnerte – eine menschliche Frucht, die mir gut schmeckte.

„Denn darunter zu stehen, bedeutet, dass ich dir einen

Kuss schulde", sagte ich, kämpfte gegen ein Grinsen an, während ihr Gesicht noch roter wurde. „Richtig?"

Sie sah aus, als würde sie gleich das Bewusstsein verlieren.

Ein Lächeln zog auf meinen Lippen auf. „Komm her, Artica." Ich genoss diesen Moment weitaus mehr, als ich hätte sollen, aber sie war technisch gesehen noch nicht meine Praktikantin. Außerdem war sie gewissermaßen eine alte Freundin, wenn man bedachte, dass sie eng mit Lance befreundet war.

„Es ist … nur ein alberner Brauch", murmelte sie.

„Ein Brauch, den Prinz Lark sehr ernst nimmt", sagte ich zu ihr und meinte es auch so. „Es würde ihm überhaupt nicht gefallen, wenn er erfahren würde, dass sein Abgeordneter der Elementefeen einen sterblichen Brauch missachtet hat. Und jetzt komm her."

Sie zog ihren Mund zur Seite, schien jedoch etwas Wahres an meiner Aussage zu finden. Was bedeutete, dass sie verstand, wie wichtig menschliche Bräuche für Winterfeen waren.

Wir mochten im Reich der Feen der Elemente sein, aber das spielte jetzt keine Rolle, wo wir doch aus politischer Sicht mit dem Reich der Winterfeen verbunden waren.

Ich kann sie genauso gut schon jetzt darauf vorbereiten, dachte ich mir, als sie auf mich zukam.

„Schließe deine Augen", flüsterte ich ihr zu. Als ihr neuer Boss war das hier mehr als unangebracht, aber sie war es, die einen Mistelzweig in ihrem Zimmer hängen hatte.

Und ich konnte sagen, dass sie nicht offiziell meine Praktikantin war, bis ich sie mit dem Geschenk in meiner Hosentasche testete.

Das würde ihre Anstellung bestätigen.

Bis ich es ihr überreichte, arbeitete sie technisch gesehen noch nicht für mich.

Doch ein ehrenhafter Teil von mir wandte ein, dass ich nur nach Ausreden suchte. Anstatt sie also auf ihre Lippen zu küssen, drückte ich ihr bloß einen Kuss auf ihre warme Wange.

Das kam dem sterblichen Aberglauben nach und machte unsere Liebkosung eher freundschaftlicher anstatt intimer Natur.

Ihre langen blonden Wimpern flatterten auf und sie öffnete ihre Augen. In ihnen lag ein erstaunter und zugleich enttäuschter Blick.

Sie hatte gehofft, dass ich sie richtig küsste.

Weil sie verdammt noch mal verknallt in mich ist, dachte ich. Als Cousin ersten Grades des Wasserfeenkönigs hatte ich des Öfteren Bewunderer. Aber Artica war immer etwas anders gewesen. Ihre Faszination war immer unschuldiger und kindlicher Natur gewesen.

Genau darum wollte ich nicht riskieren, sie zu verletzen.

Anders als so viele andere warf sie sich nicht auf mich. Sie bewunderte mich bloß aus der Ferne.

Und etwas daran war unheimlich schön.

„Pack deine Sachen", sagte ich mit sanfter Stimme zu ihr. „Ich will das Abendessen mit den Winterfeen nicht verpassen."

Sie schluckte trocken. „Genau. Stimmt." Sie suchte weiter ihre Sachen zusammen, während ich mich vom Mistelzweig entfernte. Darauf würde ich nicht noch einmal hereinfallen.

Und doch sauste ein energiegeladenes Kitzeln über meine Haut, wollte mich dazu bringen, mich erneut darunter zu stellen. Als würde Prinz Lark höchstpersönlich mehr Magie wollen.

Ein unmöglicher Gedanke.

Einer, den ich mir bestimmt bloß einbildete.

Denn der verdammte Winterfeen-Royal behauptete immer wieder, dass ich Teil seiner Triade war.

Die Winterfeen formten üblicherweise eine Triade, bestehend aus drei Männern, die dann zusammen auf die Jagd nach ihrem vierten Gefährten gingen – einer *Gefährtin*, um genau zu sein.

Wenn der Zirkel erst einmal komplett war, wurden alle dazugehörenden Mitglieder zu Winterfeen. Was bedeutete, dass die meisten Winterfeen nicht mit Wintermagie geboren wurden, sondern sie durch den Zirkel erlangten. Darum waren sie in den Augen der Feen keine Abscheulichkeiten. Ähnlich wie die Schicksalsfeen, die ihre Quelle abstießen, um zu Sehern zu werden.

Prinz Lark, jedoch, war durch und durch ein Winterfeen-Royal, weil er von einem Zirkel aus Winterfeen geschaffen worden war. Somit war er eine geborene Winterfee. Er verfügte deshalb über reine Weihnachtsmagie. Und nicht nur das. Sein Vater war der amtierende König. Darum würde er bald den Thron erben.

Und er war überzeugt davon, dass ich zu seiner Triade, bestehend aus ihm und Norden, gehörte – einem sinnlichen Selkie, dem die Idee, dass ich mich ihnen anschloss, extrem gefiel.

Der Triade zuzustimmen, würde bedeuteten, dass ich meine Identität als Wasserfeen-Royal abstreifen müsste – und ich hatte noch nicht einmal die Verantwortungen, die dieser Titel mit sich brachte, erfolgreich gemeistert. Wie konnte ich da zu einer Winterfee werden? Ganz zu schweigen davon, mich der Triade des zukünftigen Winterfeen-Königs anzuschließen?

Ich schüttelte meinen Kopf und konzentrierte mich

auf meine derzeitige Aufgabe, Artica auf ihr Praktikum vorzubereiten. Was mit einschloss, ihr das Geschenk in meiner Hosentasche zu überreichen.

Ein weiterer Test.

Anders in seiner Natur als jener mit den Kugeln.

Das hier war ein Test, der von Prinz Lark höchstpersönlich stammte.

Ich begann das kleine Päckchen hervorzuziehen, als Artica fragte: „Woher wusstest du von der Mutprobe?" Ihre Aufmerksamkeit lag auf ihrem Koffer, aber ihre Gedanken waren offensichtlich nach wie vor bei mir.

„Lance", gab ich amüsiert zu.

„Oh." Sie räusperte sich. „Was genau, ähm, hat er gesagt?"

„Dass er dich wegen deiner Affinität zu Eis dazu herausgefordert hat, dich zu bewerben. Er hat auch gesagt, dass du eine ideale Kandidatin für das Reich der Winterfeen wärst und dass es mir leidtun würde, wenn ich dich nicht einstellen würde." Lance wusste, dass sie verknallt in mich war, hatte aber dennoch darauf bestanden, dass sie die richtige Fee für den Job war.

Ein Blick auf ihren Lebenslauf hatte das bestätigt.

Genauso wie ihre Schnelligkeit mit der Kugel.

Und ihr festlich geschmücktes Schlafzimmer.

„Alle waren scharf auf dieses Praktikum", sagte sie, sah mich kurz an, bevor sie ihren Blick wieder auf ihren Koffer richtete. „Das war der einzige Grund, warum ich mich nicht sofort darauf beworben habe."

Eine Lüge.

Sie hatte sich nicht sofort darauf beworben, weil sie in mich verknallt war.

Was nicht weiter schlimm war.

„Ich bin froh, dass du dich getraut hast", sagte ich zu ihr. „Ich finde auch, dass du die ideale Kandidatin bist."

Sie richtete sich auf und ihre blauen Augen richteten sich erneut auf mich. „Wirklich?"

„Natürlich." Ich lehnte mich ein bisschen nach vorne. „Du hast doch nicht wirklich geglaubt, dass die Kugel ein Test war, oder?"

Es war ein Geheimnis, das ich nicht preisgeben sollte, aber ich konnte es mir nicht leisten, eine unsichere Praktikantin an meiner Seite zu haben. Nicht, wo doch die Winterfeen-Krönung vor der Tür stand und Königin Claires Interreichsfeenbeziehungen gestärkt werden sollten.

„Diese Kugeln werden mit Winterfeenmagie versehen. Nur die Fee, die am besten auf die Position passt, konnte die Winterfeenkugel auswählen. Und ich wusste bereits aufgrund der eingegangenen Bewerbungen, dass du es warst." Ich wackelte mit meinen Augenbrauen. „Zum Glück hast du es fast rechtzeitig geschafft."

Ihr Mund öffnete sich leicht. Die plumpen Lippen zogen automatisch meine Aufmerksamkeit auf sich und ließen Gedanken daran in mir erblühen, was sie damit alles tun könnte.

Etwas, woran ich *nicht* denken sollte.

Aber es war mir lieber als das Bild davon, wie Prinz Lark sie auf dem Bett fickte.

Natürlich stellte ich mir jetzt vor, wie ihr Mund um seinen –

Feenglocken, ich verliere meinen Verstand an die Elfen, dachte ich, stieß einen Atem aus und schüttelte meinen Kopf erneut.

„Wir sollten gehen." Denn ich brauchte wirklich ein Nickerchen.

Nein, Moment.

Es ist das Geschenk, realisierte ich, ließ meine Hand in

31

meine Hosentasche gleiten und blendete aus, wie eng sich meine Hose plötzlich anfühlte.

Articas Blick wanderte auf meine Taille und ihre Augen weiteten sich leicht.

Vermutlich, weil sie sehen konnte, warum sich meine Hose plötzlich so eng anfühlte.

Aber ich lenkte sie mit dem Geschenk ab, das ich zwischen uns beide hielt.

Ihr Blick folgte langsam und sie runzelte ihre Stirn.

„Lance hat mir gesagt, dass ich ein Auge auf dich haben soll, weil du eine Unruhestifterin bist", meinte ich neckisch und hatte damit nicht unrecht. Er hatte gesagt, dass Artica etwas tollpatschig sein konnte, aber das machte sie nur umso liebenswerter.

„Also habe ich dir ein Willkommensgeschenk mitgebracht." Na ja, eigentlich hatte Prinz Lark mich eher dazu gezwungen, es mitzubringen. Aber das spielte jetzt keine Rolle.

„Ist es eine Leine?", witzelte sie. „Oder vielleicht ein Elektrohalsband?"

Ich lachte. „Nicht ganz, aber es lässt sich auch um deinen Hals legen." Ich reichte ihr das Päckchen. „Mach es auf."

Ein Hauch Wassermagie erfüllte die Luft, als Artica ihre warmen Wangen kühlte, was meine Mundwinkel zum Zucken brachte. Sie errötete wirklich oft, also nahm ich an, dass sie diesen cleveren Trick erlernt hatte, um ihre Körpertemperatur zu reduzieren.

Sie zog an der Schleife, öffnete das glänzende rote Papier vorsichtig und holte die Schachtel darunter hervor. Ihre geschickten Finger machten sie auf und glitzernder Kristall kam zum Vorschein.

Ihre Augen weiteten sich. „Eine Schneeflockenkette?"

„Nicht nur irgendeine Schneeflocke", murmelte ich,

nahm die Kette aus der Schachtel, um sie um ihren Hals zu legen. Dieser leicht rötliche Teint machte sich wieder auf ihrer Haut bemerkbar, wärmte meine Fingerspitzen sanft, während ich das Schmuckstück um ihren Hals legte.

Zum Glück standen wir nicht schon wieder unter dem Mistelzweig. Andernfalls wäre ich versucht gewesen, sie wirklich zu küssen.

Ein Bedürfnis, das ich dringend ausblenden musste.

Zusammen mit etwa einem Dutzend anderer Ideen, die in meinem Kopf herumschwirrten.

Prinz Lark hatte das Päckchen vermutlich verzaubert, damit es mich auch verführen würde. Was all diese unangebrachten Gedanken erklärte.

Ich schluckte trocken und konzentrierte mich auf die Kette an Articas Hals, musste den Zauber des Geschenks erklären. „Die Schneeflocke wird niemals schmelzen, weil sie mit meiner Magie versehen ist." Etwas, worauf Prinz Lark bestanden hatte, mit der Begründung, dass meine Affinität für Eis dafür sorgen würde, dass die Schneeflocke ihre eisige Form behielt. „Und zudem auch Nordpolmagie."

Sie berührte die glitzernden Kanten der frostigen Flocke. „Sie ist wunderschön."

„Ja." *Konzentrier dich auf die Halskette, nicht auf Artica,* sagte ich mir und räusperte mich dann. „Wie auch immer … Wie ich schon sagte, es ist ein gutes Geschenk für eine Unruhestifterin. Es ist ein Wunschanhänger."

Sie sah mich an. „Ein Wunschanhänger?"

Ich nickte. „Wenn du dich mal in Schwierigkeiten befindest, berühre ihn einfach und wünsch dir etwas. Die Schneeflocke sollte dir dann helfen."

Sie streichelte erneut und mit sehnsüchtigem Blick über den Anhänger. „Wie viele Wünsche habe ich?"

Ich grinste. „So viele, wie du willst. Solange sie in der

Macht des Anhängers stehen. Er kann kleine Wünsche erfüllen, aber er muss sich auch wieder aufladen können. Und er kann sich nur aufladen, wenn du am Nordpol bist, da er Winterfeenmagie bedarf, um anständig zu funktionieren." Die Kette hatte noch eine weitere Funktion, aber darüber würden wir später sprechen.

„Wow", keuchte sie. „D-danke, Prinz Kalt. Oder, ähm, *Abgeordneter* Kalt?"

Ich schnaubte lachend, als ich die Titel hörte. „Du kannst dir die Formalitäten sparen, Artica. Nenn mich einfach nur Kalt."

„Okay." Sie hörte sich nicht direkt okay an. Sie hörte sich atemlos an, als würde sie gleich das Bewusstsein verlieren.

„Hast du fertig gepackt?", fragte ich, versuchte sie von dem − was auch immer für einen skurrilen Gedanken sie hatte − abzulenken, der ihr diesen träumerischen Ausdruck aufs Gesicht zauberte.

„Ähm, ich schätze schon."

„Du hörst dich nicht sicher an."

„Ich … Ich weiß nicht, was ich brauchen werde", sagte sie zögerlich. „Wie kalt ist es dort?"

„Sehr kalt", gab ich zu. „Aber es gibt Zauber, die du dir zunutze machen kannst, und du wirst so einige zusätzliche Kleider in deinem Schrank finden, die dir dabei helfen werden, dich einzufügen."

„Mich einzufügen?", wiederholte sie.

„Du wirst schon sehen, was ich damit meine", versprach ich ihr. „Also, bist du so weit?"

Sie sah zu ihren Koffern, dann nickte sie. „Ähm, ja. Ich glaube schon."

„Gut, denn das Abendessen wird bald aufgetragen. Und glaub mir, du willst es dir nicht entgehen lassen." Ich musterte sie einen Moment lang. „Sprühregen oder

Portal?" Ich hatte mich mittels Sprühregen hierher begeben – eine Fähigkeit, die nur wenige Wasserfeen besaßen. Aber als königlicher Erbe lag sie mir im Blut.

Articas Gesichtsausdruck sagte mir, wie ihre Wahl lautete, noch bevor sie sie in Worte fasste. Denn sie strahlte vor Freude und Aufregung. „Oh, Sprühregen, bitte."

Ich lächelte. „Gut. Ich mag Sprühregen lieber als Portale." Ich streckte meine Hand aus. „Bereit, wenn du es bist, Artica."

ARTICA

H*eilige Frostkugeln, ist das kalt.*
        Trotz Kalts Körperwärme – etwas, das ich an
der Sprühregen-Erfahrung sehr genoss – verwandelte ich
mich um ein Haar in eine Eisskulptur, als wir ankamen.
Ich schlotterte so arg, dass mir entgangen war, wen Kalt
mir vorgestellt hatte, bevor er ihm mein Gepäck überreicht
hatte.

Es war eine flüchtige Begegnung, die ich unter meinen
vereisten Haaren kaum hören konnte.

Denn eine Bluse und ein Rock waren zweifellos *nicht*
warm genug für dieses eisige Reich.

Kalt hätte mich ruhig vorwarnen können.

Und doch schien er in seinen Anzughosen und dem
Hemd nicht dasselbe Problem zu haben. Vielleicht war es
ihm also nicht in den Sinn gekommen, den Umstand zu
erwähnen. Ich zitterte, während eiskalter Schnee unter
meinen Stiefeln knirschte – das Einzige an meiner
Aufmachung, das dem Reich angemessen war –, während
Kalt mich am arktischen Meeresufer entlangführte.

Es wäre romantisch gewesen, wenn meine Lippen nicht taub vor Kälte gewesen wären.

Als vollblütige Wasserfee mit einer Affinität für Eis und Kälte würde ich mich irgendwann an die extremen Temperaturen gewöhnen, wenn ich ihnen genug lange ausgesetzt wäre. Was vermutlich der Grund war, weshalb Kalt nicht auf das kalte Klima reagierte.

Aber für den Moment kreierte ich eine Kälte abblockende Schranke, die über meiner Haut schwebte. Bis auf den Körperteil, der noch immer Kalts Hand hielt.

Es war mir egal, ob mir meine Finger abfrieren würden.

Kalt *berührte mich.*

Und ich wollte, dass das so lange anhielt wie nur möglich.

Was nur eine halbe Sekunde länger war. Denn er ließ meine Hand los und murmelte: „Du solltest dich vollständig isolieren. Es wird ein paar Tage dauern, bis du dich an die Kälte gewöhnt hast."

Ich unterdrückte ein Stirnrunzeln und tat, was er mir aufgetragen hatte.

Wenn das hinhauen sollte, musste ich einen klaren Kopf bewahren.

Er war jetzt mein Vorgesetzter, also musste ich aufhören, dahinzuschmachten und ihn anzugaffen – jedenfalls, wenn er weniger als einen Meter von mir entfernt war, wie jetzt.

Ich berührte meine neue Halskette.

Bisher hatte ich nur von meiner Mutter Schmuck geschenkt bekommen. Und dann war Kalt gekommen und hatte mir das hier überreicht. Und das hier war nicht irgendeine Halskette, sondern ein Wunschanhänger. *Das ist ziemlich romantisch, oder nicht?*

Ich seufzte angesichts meiner unmöglichen Gedanken

und versuchte wertzuschätzen, wo ich war. Am wunderbaren, verzauberten Nordpol.

Blauer Himmel, ruhige Wasser und Eisberge, die mit Pinguinen bevölkert waren, nahmen fast mein gesamtes Blickfeld ein. Aus irgendeinem Grund hatte mich Kalt nicht direkt zum Palast gebracht, sondern mich stattdessen nach meiner Ankunft schlottern lassen.

Vielleicht stellte er meine Kälteresistenz auf die Probe.

„Also, du hattest gesagt, dass die Kugeln kein wirklicher Test waren", lenkte ich ab, wollte mehr darüber wissen. „Dass du mich bereits für das Praktikum ausgesucht hattest oder wusstest, dass ich die richtige Kandidatin dafür sein würde. Aber woher wusstest du das?"

Ich sprach, während ich die eiskalte Luft um uns veränderte und sie um mich legte, was eine Lage windstiller Luft über meine Haut streifen ließ. Es war ein Trick, den ich mir selbst beigebracht hatte, um mich warmzuhalten, wann immer ich keine schweren Mäntel auf Reisen durch kältere Reiche tragen wollte. Die Luftströme um meinen Körper schweifen zu lassen, war eine exzellente Isolierung, die die Kälte auf Distanz hielt.

Kalt sah auf mich hinab, seine Mundwinkel zuckten. „Wegen Tricks wie diesen. Dir wurde nie beigebracht, wie du dich gegen die Kälte schützen kannst, und doch bist du dazu in der Lage. Wasserfeen besitzen eine Reihe an Talenten, und einige davon eignen sich besser dazu, mit Winterfeen zusammenzuarbeiten, als andere."

Er schuf eine kleine Eisskulptur in seiner Hand, um zu demonstrieren, was er damit meinte – einen Eisdrachen.

Ich formte eine eigene Skulptur: einen Pegasus.

Er lächelte zufrieden.

„Unsere Affinität für Eis ist bestens für den Nordpol geeignet. Königin Claires Vorhaben, die Interreichsfeenbeziehungen zu stärken, stellt eine Herausforderung dar – eine, die ich nicht allein meistern kann. Deswegen bist du hier. Du bist am besten geeignet für den Job, der mir vorschwebt."

Ich kämpfte gegen den Drang an, angesichts seiner Worte wie eine Verrückte zu grinsen.

„Die Winterfeenfähigkeiten sind der Schlüssel, um Beziehungen zwischen den Reichen zu knüpfen, wegen ihrer Winterfeen-Verschleierungszauber. Sie helfen anderen Feen dabei, sich unter Menschen zu tarnen, was die Allianz stärkt, die Königin Claire zwischen den Feenkönigreichen zu schmieden versucht." Sein Blick schweifte in die Ferne. „Wer weiß … Vielleicht brauchen wir alle eines Tages die Hilfe des anderen. Was uns allen einen Anreiz gibt, hm?"

Ich verzog mein Gesicht.

Denn dieser letzte Satz hatte sich irgendwie ominös angehört.

Ich machte mir im Geiste eine Notiz, dass ich mich bei Juniper über die neueste Multireichsprophezeiung von den Schicksalsfeen schlaumachen musste. Sie waren oft kryptisch und schwarzmalerisch, aber wenn das Kalt beunruhigte, dann hatte er meine volle Aufmerksamkeit.

„Ich glaube, Güte ist auch ein Motivator", sagte ich mit sanfter Stimme. „Damit wir alle miteinander auskommen, meine ich."

Er nickte. „Güte ist ein entscheidender Faktor in der Kultur der Winterfeen. Ein weiterer Grund, warum du bestens für den Job geeignet bist."

Wir verlangsamten unseren Schritt, als wir auf eine Gruppe Feen trafen – von denen ich annahm, dass sie Winterfeen oder anderweitig winterliche Geschöpfe waren, die in diesem Reich lebten. Sie schienen längliche Eisscherben am Ufer zu sammeln.

„Was machen sie da?", wollte ich wissen.

„Sie sammeln Glaubenskristalle." Er kam zu einem Halt und hob eine Scherbe vom gefrorenen Boden auf, drehte sie in seiner Hand herum.

Ich runzelte die Stirn. „Sieht aus wie ganz normales Eis für mich."

Er grinste. Seine wunderschönen Grübchen tauchten wieder auf, was Schmetterlinge in meinem Bauch flattern ließ. „Gib mir deine Hand."

Meine Wangen brannten und ich tat, wie mir geheißen, und streckte ihm meine Hand hin.

Kalts warme Finger legten sich unter meine, während er den Kristall an meine Haut hielt. Ein sanfter Adrenalinrausch durchfuhr mich, als meine Finger damit in Kontakt kamen. Etwas an diesem Kristall machte mich ganz aufgeregt. Ja, sogar aufgedreht.

Was ist hier los?

„Also, Artica. Glaubst du an den Nordpol?"

Mein Griff um den Kristall herum verfestigte sich. „Natürlich tue ich das. Ich bin hier, oder etwa nicht?"

Sein Lächeln steckte meine Seele in Flammen. „Dreh dich um."

Ich machte auf meinem Absatz kehrt. Meine Augen weiteten sich und ich rang nach Luft.

Auf der Spitze eines eisigen Hügels schimmerte ein riesiger, farbenfroher Palast, der eben ganz bestimmt noch nicht da gewesen war. Kuppeln in Form von Hershey-Küssen aus dem Reich der Sterblichen – eine köstliche Süßigkeit, mit der Königin Claire mich letztes Jahr bekannt gemacht hatte – zierten die Türme. Jeder von ihnen war rot und weiß gestreift. Und dann waren da noch mehrere Türme, die wie gefrorene Feen-Baisers verdreht waren und in den wolkenlosen Himmel ragten.

„Wie …?"

Kalt nahm mir den Glaubenskristall aus der Hand. „Du hast gerade den Kristall mit deinem Glauben aufgeladen. Glauben ist hier äußerst wertvoll, Artica. Er treibt die Winterfeenquelle an."

„Oh." Ich starrte den Winterfeenpalast an, musterte seine zuckerige Pracht.

„Du kannst deinen Mund jetzt wieder schließen."

Ich schloss meinen Mund. „Der Nordpol verfügt über einen Unsichtbarkeitsschild?"

„Das ist alles Teil der Verschleierungsmagie, nicht zwingend Unsichtbarkeitsmagie. Wenn du nicht daran glauben würdest, dass sich das Winterfeenreich hier befindet, dann hättest du nicht damit interagieren oder es sehen können. Vielleicht geht das gegen die Regeln der menschlichen Physik, aber Magie – vor allem nicht jene der Winterfeen – folgt diesen Regeln nicht. Hast du etwas anderes erwartet?"

„Ich schätze nicht." Kalt lief weiter und ich folgte ihm, fragte mich, wie er die Glaubenskristalle von anderen unterscheiden konnte. „Was für Feinde haben die Winterfeen?" Ich fand es seltsam, dass sie sich in einem so ungastlichen Reich verstecken mussten. Ich bezweifelte, dass Menschen oft hierherkamen.

„Nicht viele", gestand Kalt ein. „Obwohl es besser ist, umsichtig zu sein, wenn es um Sterbliche geht. Ihre Neugier schlägt oft in Gewalt um, und das hier ist nicht der einzige Ort in ihrer Welt, in denen Feen zu leben wünschen."

Ich nickte und war mir bewusst, dass die Schicksals- und Mitternachtsfeen oft in diese Welt reisten.

Feen der Elemente eher weniger.

Denn es gefiel uns nicht, wie die Sterblichen mit ihrer Umwelt umgingen.

„Königin Claire will den Winterfeen dabei helfen,

ähnliche Schilde für andere Teile im Reich der Sterblichen zu schaffen", fuhr Kalt fort. „Um Feenaktivität erfolgreich zu verschleiern, meine ich. Tatsächlich habe ich an einer Vereinbarung mit Prinz Lark gearbeitet, die die Winterfeenquellen-Fähigkeiten auf andere Regionen ausbreiten soll. Ich hoffe, dass er sie ratifizieren wird, wenn er König ist."

„Wirklich?" Das hörte sich aufregend an. „Königin Claire wird erfreut sein, das zu hören."

„Ich weiß." Er warf mir ein selbstgefälliges Grinsen zu, das mich ein bisschen an seinen Cousin, Cyrus, der derzeitige Wasserfeenkönig, erinnerte.

Mit dem Unterschied, dass Kalt nicht annähernd so angsteinflößend war wie sein Cousin.

König Cyrus besuchte Königin Claire oft. Und, na ja, ich versteckte mich normalerweise oder rannte weg, wenn er ankam.

Aber Kalt hatte dieses freundliche Naturell an sich, das ihn irgendwie zugänglicher machte. Oder jedenfalls wäre er zugänglicher gewesen, wenn ich nicht so verliebt ihn in gewesen wäre.

Aber vielleicht war es genau die Gelegenheit, die ich brauchte, damit er mich endlich beachten würde. Vor allem, wenn ich ihm dabei half, sein Ziel zu erreichen, die Kräfte der Winterfeenquelle zu verbreiten.

Ihm vielleicht zu zeigen, dass ich mehr als nur eine eifrige Schülerin war.

Jemand, dem man vertrauen und den man respektieren konnte.

Jemand, der Gefährtenmaterial für einen mächtigen Abgeordneten wie Kalt war …

„Du wirst mir mit administrativen Tätigkeiten helfen und sicherstellen, dass alles glattläuft", ergänzte Kalt. Sein hastiger Tonfall riet an, dass ich ihn schon wieder angestarrt hatte.

Was für ein großartiger Start, Artica, tadelte ich mich.

Dann begriff ich, was er gesagt hatte, und runzelte die Stirn. „Administrative Tätigkeiten?", wiederholte ich. Meine Aufregung nahm ab und ich wich zurück, versuchte ihm etwas Raum zu geben.

Daraufhin packte er mich am Arm und zog mich wieder nach vorne, was mich beinahe mein Gleichgewicht verlieren und stolpern ließ. Seine Hand begab sich an meine Hüfte, hielt mich aufrecht, und sein Blick richtete sich auf den Boden.

Ich schüttelte meinen Kopf, musste ihn klären, war verwirrt und durcheinander darüber, mich in seinen Armen wiederzufinden.

Dann fiel mit der fluffige Schnee um meine Knöchel auf.

„Was … Was ist los?", fragte ich, konnte meine Verwirrung nicht verbergen. *Mh, Kokosnuss*, dachte ich, atmete seinen süßen Geruch ein. *Ja, davon würde ich gerne was abhaben.*

Kalt machte eine Handbewegung und etwas des Schnees entfernte sich und hinterließ ein klaffendes Loch, das ins Eis gebohrt worden war.

„Schreckliche Schneemannfalle", sagte er mit einem Hauch Belustigung. „Sie sind eigentlich harmlos, aber sie lieben es, anderen Streiche zu spielen."

Ich blinzelte. Die vom Kokosnussgeruch hervorgerufene Benommenheit ließ von mir ab, während ich in das Loch hinabstarrte, das sich nur wenige Zentimeter von meinen Stiefeln befand.

„Wohin führt es?"

„Vermutlich in eine Eishöhle voller klebrigem Ahornsirup. Nicht einmal eine ausgiebige Dusche wird dein Haar dann noch retten können." Sein Tonfall riet Verdruss an.

Ich zog eine Augenbraue hoch, fragte mich, woher er das alles wusste.

„Nicht, dass ich aus Erfahrung spreche", stellte er klar und räusperte sich. „Wie dem auch sei … Du musst aufpassen, wo du hintrittst in diesem Reich. Die Winterfeen und die einheimischen Nordpolspezies können – wie soll ich sagen? – bestenfalls unberechenbar sein. Obwohl sie oft nur Spaß haben wollen, verfügen sie über mächtige Magie, die man respektieren sollte."

„Ein weiterer Grund für meine Halskette?", riet ich.

Er nickte. „Sie wird dir definitiv irgendwann von großer Hilfe sein."

Was bedeutete, dass er von meiner Tollpatschigkeit wusste. Das war, was er gemeint hatte, als er mich als eine Unruhestifterin bezeichnet hatte. Lance liebte es, mich dafür zu hänseln, dass ich mich immer irgendwie in Schwierigkeiten brachte.

„Ich werde aufpassen, wo ich hintrete", sagte ich zu ihm, bemerkte, dass er noch nicht von meiner Hüfte abgelassen hatte. Tatsächlich war ich noch immer ziemlich fest an ihn gedrückt.

Ich atmete aus und kreierte damit eine Dunstwolke.

Daran könnte ich mich gewöhnen.

Plötzlich robbte ein wunderschöner Seehund ans Ufer und Kalt ließ von mir ab, als hätte er sich an mir verbrannt. Obwohl das normalerweise Enttäuschung in mir hervorgerufen hätte, verging dieses Gefühl, als mein Blick auf das schokoladenbraune Fell des atemberaubenden Tieres fiel. Mein Herz klopfte wie verrückt, als ich seine zuckenden Tasthaare sah.

„Oh, hallo!", gab ich von mir. „Du bist ja mal ein süßes Ding!"

Der Seehund legte seinen Kopf schief, sah mich mit seinen dunkelbraunen Augen an.

„Und so hübsch", säuselte ich, wollte auf ihn zugehen und mich in die Hocke begeben, um meine Finger über sein schönes Fell gleiten zu lassen.

„Artica …", warnte Kalt.

Ich grinste ihn an, drehte mich leicht um, um seinen Gesichtsausdruck zu mustern. „Was? Spielen Seehunde einem auch Streiche?", neckte ich, bevor ich mich wieder der wunderschönen Kreatur zuwandte.

Aber sie war verschwunden.

Stattdessen stand ein hoch gewachsener, muskulöser und *komplett nackter* Mann an derselben Stelle und warf lange, geschmeidige Locken über seine Schulter, von denen Wasser tropfte. „Hast du das gehört, Kalt? Sie findet mich süß", murmelte er strahlend. Seine Worte waren geschmeidig wie Samt und er hatte den sexyesten Akzent, den ich in meinem Leben je gehört hatte.

Heilige ableckbare Festivus…kugeln.

Mir verschlug es die Sprache, als der Sex auf zwei Beinen auf mich und Kalt zukam. Sein heißblütiger Blick ließ keine Sekunde von mir ab.

„Artica, das ist Norden", sagte Kalt mit genervtem Tonfall, während er sich in seine perfekte Nase kniff.

„Und ja, *dieser* Seehund spielt Streiche. Also halt dich von ihm fern."

„Und schmutzige dazu", korrigierte er mit einem Höschen schmelzenden Zwinkern, während ich damit haderte, meinen Blick nicht unter seine Gürtellinie streifen zu lassen. Es war mir egal, was für Streiche er spielte, solange er *weitersprach.*

Der Mann mit auffallenden Muskeln und aufgrund des Meersalzes leicht glitzernder Haut näherte sich mir ein weiteres Stück, bis er so nahe vor mir stand, dass unsere Atemzüge sich miteinander vermischten. Er roch nach dem winterlichen Ozean und einer Prise Muskatnuss.

Ich atmete seinen Geruch ein und sah ihm in die Augen, deren Farbe mich an geschmolzene Schokolade erinnerte.

„Hast du eine Kandidatin für unsere Triade mitgebracht, Kalt?", fragte er und legte seinen Kopf schief, sprach mit einem spielerischen Tonfall. „Ihre Affinität für Eis ist … *verlockend.*" Er leckte sich über seine Unterlippe. „Ich kann ihre Kompatibilität beinahe schmecken. Klingt interessant."

Kriege. Keine. Luft.

Wie sollte ich bitte meine Arbeit verrichten, wenn *Seehunde* sich in sündhaft sinnliche Männer mit Stimmen, die mein Inneres in Flammen steckten, verwandeln konnten?

Dann endlich verarbeitete ich seine Bemerkung.

Triade?

Winterfeen waren bekannt für ihre Gefährtenzirkel, die aus drei Männern und einer Frau bestanden.

Hatte Kalt sich während seiner Beschäftigung in diesem Reich einer Triade angeschlossen?

Und … und suchten sie nach einer Frau, die sich ihnen anschloss?

Ich kreischte beinahe los. *Ich melde mich freiwillig!*

„Zum tausendsten Mal: Ich bin nicht Teil deiner Triade, du unnachgiebiger Selkie!", zischte Kalt und schmolz damit all meine Hoffnungen und Träume in nur einem Atemzug.

Na, vereist noch mal.

Ich fasste mir nervös an den Nacken und seufzte.

Aber … ein Selkie? Ich war noch keinem Selkie begegnet. Ich frage mich, ob alle seinesgleichen denselben atemberaubenden Akzent haben. Oh, ich wünschte, ich könnte ihn meinen Namen sagen hören. Ich wette, es würde sich aus seinem Mund so sexy anhören!

„Artica …", sagte Norden prompt und ich erstarrte.

Verschneeflockt. Kalt hatte mir einen Anhänger gegeben, der Wünsche erfüllte, und ich hatte ihn gerade dazu benutzt, einen nackten Selkie meinen Namen sagen zu lassen. *Windbeutel, dieses –*

„Artica", wiederholte Norden, betonte jeden Konsonanten so langsam, dass ich mir ein erfreutes Erschaudern nicht verkneifen konnte.

Denn, wow.

Ich hätte mich daran gewöhnen können, ihn meinen Namen sagen zu hören.

Kalt runzelte die Stirn und sein Blick richtete sich auf meine Finger, die meine Halskette berührten, woraufhin ich meine Hand an die Seite fallen ließ.

„Ich glaube, Prinz Lark würde sie gerne kennenlernen", fuhr Norden fort, beinahe schnurrend.

„P-Prinz Lark?", fragte ich, drehte mich zu Kalt um, der etwas zu nahe hinter mir stand.

Zwischen den beiden eingeklemmt zu sein, würde die Quelle für meine heutigen nächtlichen Fantasien sein.

„Ja", sagte Kalt und legte beschützerisch eine Hand auf meine Schulter, gerade als Norden sich seine Lippen erneut leckte und seinen Blick an mir hinabwandern ließ.

„Hm, und unser Prinz braucht dringend eine Prinzessin", säuselte Norden. „Du wärst eine vorzügliche Kandidatin."

Kalt runzelte die Stirn. „Solltest du nicht mehrere Kandidatinnen für die Position als Kristallprinzessin finden?"

Norden zuckte mit den Schultern und seine wunderschönen Locken glitten angesichts der eleganten Bewegung von seiner Schulter. „Unser Prinz kann ganz schön wählerisch sein. Ich werde nur Kandidatinnen berücksichtigen, die kompatibel sind." Er grinste mich an. „Und ich weiß, wenn ich jemand Kompatibles treffe." Er legte meine Finger an seine Lippen und versah sie mit einem sanften Kuss. „Wenn du es zulässt, könnte ich dich dem Prinzen vorstellen."

Hitze machte sich in meinen Wangen bemerkbar. Nicht nur angesichts seiner Worte, sondern auch aufgrund seiner Berührung. Ich hatte keine Ahnung, was eine Kristallprinzessin war, oder warum dieser sexy Selkie glaubte, dass ich eine passende Kandidatin dafür war, aber ich wollte ihn nicht abweisen.

Ich meine, ja, bitte. Ich werde gerne tun, was immer du willst, wollte ich sagen. Aber mein Rachen und Mund verweigerten sich mir. Vermutlich, weil mir der Atem weggeblieben war.

Nebensache.

Norden lachte. „Sie ist eine verlegene kleine Schönheit, was?"

Kalt bemerkte nichts, hatte einen ausdruckslosen Gesichtsausdruck auf. Ein Hauch Eis umgab seine Augen, was seine Iriden silbrig leuchten ließ.

Ist er wütend?, fragte ich mich.

„Also?", wollte Norden wissen. „Sie ist deine Kandidatin."

„Sie ist nicht meine Kandidatin", erwiderte Kalt zähneknirschend. „Aber ich werde Prinz Lark ein Treffen mit ihr nicht verwehren."

„Mh." Die Augen des Selkies funkelten erfreut. „Ich dachte mir schon, dass du das so sehen würdest, Frosty."

Frosty?, fragte ich beinahe.

Dann strich Norden mit seinen warmen, samtweichen Lippen erneut über meine Knöchel, lenkte mich ab. Trotz der kalten Luft schien er Wärme und Hitze zu versprühen.

„Ich liebe deine Augen", sagte er mit sanfter Stimme. „Sie erinnern mich an Eiskristalle, die man nur in den Untiefen des Meeres findet. Und dein Haar ..." Er ließ seine Finger über eine Locke schweben, die auf meiner Schulter lag.

Ich wagte es nicht, mich zu bewegen. Wenn dieses wunderschöne Geschöpf mich berühren wollte, würde ich ihn nicht davon abhalten.

„Darf ich?", fragte er. Es überraschte mich, dass er um Erlaubnis fragte. Die meisten Wasserfeen hätten mein Haar berührt, ohne darüber nachzudenken, geschweige denn, um Erlaubnis zu fragen. Aber das kam daher, dass unsere Art ihre Zuneigung üblicherweise durch Berührungen zeigte.

„Norden ...", warnte Kalt, bevor ich etwas erwidern konnte.

„Ist schon gut", schaffte ich zu sagen. Mein Rachen fühlte sich noch immer trocken an und meine Lungen brannten, hatten noch immer nicht anständig Luft bekommen. „Mach nur." Und jetzt hörte ich mich heiser an.

Sehr sexy, Artica, dachte ich mir. *Du weißt wirklich, wie man einen Mann umwirbt.*

Natürlich konnte seine Neugier völlig unschuldiger Natur entstammen.

Bis auf die Bemerkung hinsichtlich der Kandidatin, die ich nicht verstehe.

Norden strich mit seinen Fingern über die Haarlocke und erschauderte sichtlich. Ich wagte es nicht, nach unten zu blicken und zu eruieren, ob seine anderen Körperteile auch darauf reagierten, wie nahe wir uns waren. Aber angesichts des leisen Stöhnens, das er von sich gab, realisierte ich, dass er vielleicht einen kleinen, ähm, *Haarfetisch* hatte.

Ich blickte zu Kalt, der sich mit der Hand übers Gesicht strich.

Nordens Kinnlade klappte leicht herunter, als er seine Hand hochhob, um durch meine Strähnen zu gleiten. „Es ähnelt den Strahlen der Sonne, wenn man unter der Wasseroberfläche zum Himmel hochblickt."

Kalt ächzte hinter mir. „Genug von deinem Geschmeichel, Selkie."

„Was? Machst du dir Sorgen, dass sie dein eisiges Herz zum Schmelzen bringen könnte, Frosty?", neckte Norden.

Ich machte mir im Geiste eine Notiz, dass ich Kalt später fragen müsste, warum Norden ihn *Frosty* nannte.

„Deine Schleimereien sind widerlich", meinte *Frosty* ausdruckslos.

Aber ich wollte nicht, dass er den Moment ruinierte oder diesen charmanten Mann vergraulte, weil ich diesen verehrenden Blick in seinen Augen ziemlich mochte. Und sein Akzent, mhhh. Ich wollte ihn wieder sprechen hören.

„Also, was genau ist ein Selkie?", fragte ich, stellte die erstbeste Frage, die mir in den Sinn kam. Norden war offensichtlich eine Art von Formwandler, aber mit weitaus besseren Manieren als jene, denen ich zuvor begegnet war – auch wenn er einen merkwürdigen Haarfetisch hatte.

„Ein Seehund-Formwandler", erklärte Kalt. „Einer, der mit Nordpolmagie kompatibel ist, sodass er mehr kann, als sich bloß zu verwandeln." Er funkelte den Selkie an. „Ich habe ihn seine Magie noch nie für etwas Produktives anwenden sehen, aber Prinz Lark hat eine Schwäche für seine charmante Art."

Norden warf mir ein Grinsen zu, das meine Knie weich werden ließ.

Sein langes Haar war rasch getrocknet und ich griff nach einer Strähne, wollte herausfinden, ob sie so weich war, wie sie aussah.

Ich meine, er hatte mein Haar angefasst. Es schien mir nur fair, dass ich seines auch berühren durfte, oder?

Ich nahm einen Schritt nach vorne, ließ meine Hand über sein seidig glattes Haar schweben, wie er es bei mir getan hatte. „Darf ich?"

Er blinzelte, sah zu Kalt, der erstarrt war, nachdem ich die Worte von mir gegeben hatte.

Langsam beginne ich seinen Spitznamen zu verstehen, dachte ich und wartete auf Nordens Antwort.

Er nickte kaum merklich und ein sanftes Lächeln zog auf seinen Lippen auf. „Alles, was du willst, *Artica*."

Oh, im Moment gab es eine Menge Dinge, die ich wollte, aber ich würde mich damit begnügen, meine Finger durch sein wunderschönes Haar gleiten zu lassen.

Seine schokoladenbraunen Augen sahen mich verführerisch an, während ich mit meinen Fingern durch sein Haar strich. Die Strähnen reichten bis an seinen mittleren Rücken.

„Wow", keuchte ich, verloren in der samtenen Beschaffenheit seiner wunderschönen Mähne. „Du musst eine Menge Haarspülung benutzen." Ich war hypnotisiert von der Textur, genoss, wie sein Haar durch meine Finger glitt, während ich durch die langen Strähnen strich.

Na, vielleicht habe ich auch einen Haarfetisch, dachte ich staunend.

Norden lachte und Freude erhellte seine gutaussehenden Gesichtszüge.

Ich sah zurück zu Kalt. „Echt jetzt. Hast du sein Haar schon einmal angefasst? Es fühlt sich an, als hätten eine Wolke und ein Wasserfall sich zusammengetan, um himmlische Seide zu schaffen."

Kalt gaffte mich an, als wären mir zwei Köpfe gewachsen. Sein Blick fiel auf die Stelle, an der meine Finger durch Nordens unglaublichen Locken streiften.

„Nein …", sagte Kalt monoton. „Er lässt *niemanden* seine Haare berühren."

„Vielleicht *wäre* es dir erlaubt, wenn du endlich zugeben würdest, dass du zu unserer Triade gehörst", murmelte Norden zwinkernd.

Kalt ächzte. „Hast du nichts Besseres zu tun?"

„Nicht wirklich." Norden nahm einen Schritt zurück und die arktische Luft stob mir daraufhin ins Gesicht. Ich schützte mich schnell wieder vor der Kälte. „Lark hat mir gesagt, dass ich eine Runde schwimmen gehen soll, während er sich mit den letzten Details für die Krönung befasst. Es hörte sich langweilig an, also habe ich genau das getan. Aber jetzt habe ich Hunger."

Er sah in meine Augen, woraufhin mein Herz einen Sprung nahm, als hätte ich eine Stufe auf einer Treppe übersehen.

„Es gibt Regeln hier, Norden", tadelte Kalt. „Flirten ist in Ordnung. Aber du darfst sie nicht anrühren – es sei denn, du umwirbst sie offiziell. Das gilt auch für ihre Haare." Er kniff seine Augen zusammen. „Sie ist mit deinesgleichen nicht vertraut, Selkie. Du hättest genauso gut deine Hand zwischen ihre Beine führen können."

Kalts barscher Tonfall erstaunte mich.

Doch Nordens Mundwinkel zuckten bloß und er hatte einen freudigen Blick in seinen Augen.

„Was immer du sagst, Frosty. Aber vergiss nicht, dass du ihr *Einführungsgespräch* mit Prinz Lark bewilligt hast. *Als eine Kandidatin.*"

Er drehte sich um und sprang zurück ins Wasser, was mich einen Blick auf seinen perfekt geformten Arsch erhaschen ließ, bevor er in den Wellen verschwand.

Ich blinzelte. „Was … Was war das denn?"

„Deine erste Lektion in örtlicher Politik", sagte Kalt, strich über sein Hemd, als wollte er unsichtbaren Staub abwischen. „Ich rate dir, sein Haar nicht mehr anzufassen."

Hörte ich da einen Hauch Eifersucht?

„Also erwartet mich hier bloß Arbeit und kein Vergnügen, hm?"

Kalt sah mich mit einem ernsten Blick an, der ihn nur noch heißer aussehen ließ.

Oder *cooler*, wenn man so wollte.

Niemand hatte einen so frostigen Blick wie Kalt.

Und das ließ mein Herz etwas höher schlagen. Denn, wow.

„Vertrau mir … Der Nordpol wird mehr Spaß beinhalten, als du aushalten kannst", versprach er.

Das hörte sich für mich wie eine Herausforderung an.

Wir werden ja sehen, was diese Praktikantin aushalten kann, Prinz Kalt.

Ich sah auf das Loch in der eisigen Oberfläche, durch das Norden verschwunden war. Er war nicht nur ein interessanter Formwandler, sondern auch der Gefährte des Winterfeenprinzen höchstpersönlich.

Wenn ein Selkie so heiß war, fragte ich mich, wie sein Gefährte aussah.

Und warum will sich Kalt ihrer Triade nicht anschließen?

Das musste eine ganz schön große Sache sein, wenn man bedachte, dass Prinz Lark der zukünftige König der Winterfeen sein würde.

Ich fragte um ein Haar, doch Kalt stapfte bereits hinter mir durch den Schnee.

„Hier lang, Praktikantin", rief er mir zu. „Wenn du ihm zu lange nachsiehst, wird Nordens Riesenego ins Unermessliche steigen."

Und das ist etwas Schlechtes?, fragte ich beinahe. Stattdessen folgte ich ihm und erwiderte: „Ich fand ihn ganz nett."

Kalt schnaubte höhnisch. „Natürlich hast du das. Ihm wurde aufgetragen, alle geeigneten Kristallprinzessinnen für Prinz Lark ausfindig zu machen." Er sah mich mit einem nichtssagenden Ausdruck an. „Und du bist die erste und einzige Frau, an der er bisher interessiert gewesen ist."

Das ließ mich eine Augenbraue hochziehen. „Wirklich?" Ich war mir nicht sicher, ob das etwas Gutes oder Schlechtes war. „Ähm, was ist eine Kristallprinzessin?"

Kalt grinste. „Vermutlich eine verantwortungsvollere Position, als du erwartet hast, als du das Praktikum angenommen hast."

„Das beantwortet meine Frage nicht."

„Nein", gab er mit zuckenden Mundwinkeln zu. „Die Wahl einer Kristallprinzessin ist, na ja, kompliziert. Aber es hat mit der bevorstehenden Krönung und Prinz Larks Triade zu tun. Es ist eine Art Umwerbung."

Ich kaute auf meiner Unterlippe herum. „Und das … verkompliziert die Dinge, richtig?" Da er ganz offensichtlich nicht Teil der Triade sein wollte und ich hierhergekommen war, um seine Praktikantin zu sein – keine Kristallprinzessin.

Er zuckte mit den Schultern. „Nicht direkt. Ich will starke Beziehungen zwischen den Elementefeen und den Winterfeen knüpfen. Deine Zustimmung zur Triade würde eine gute Beziehung zwischen unseren Rassen begünstigen."

Ich runzelte die Stirn. „Also willst du, dass ich annehme?" Was bedeutete, dass es ihm nichts ausmachte, dass ich von anderen Männern umworben werden würde.

Weil er nicht interessiert an mir ist, realisierte ich und eine Eisschicht legte sich um mein Herz.

Es war nicht so, als hätte ich das nicht schon gewusst.

Aber das … Das hier bestätigte sein nicht vorhandenes Interesse.

„Wenn du annimmst, würde das zu mehr Treffen mit Prinz Lark führen", murmelte er. „Was dabei helfen könnte, Winterfeenquellen im ganzen Reich zu erschaffen."

Genau. Weil das sein Hauptziel hier war.

Genauso, wie es meines sein sollte.

„Würde ich Verpflichtungen eingehen?", fragte ich. „Indem ich der Umwerbung zustimme?"

Er zuckte mit den Achseln. „Gefährtenbänder von Winterfeen funktionieren anders als unsere, aber sie erfordern dennoch Zustimmung von beiden Parteien. Sie versuchen jetzt schon seit Monaten, mich in ihre Triade zu zwingen, aber es hat sich kein permanentes Band geformt. Obwohl sie also eine Schwäche für Wasserfeen haben, kann ich mit Sicherheit sagen, dass du dich nichts verpflichten wirst, das du nicht willst."

Also willst du dich zwar ihrer Triade nicht anschließen, aber es macht dir nichts aus, mich als Kandidatin vorzuschlagen, dachte ich stirnrunzelnd. *Verstehe.*

Na ja.

Anders als er hatte ich gegen etwas Romantik nichts einzuwenden.

Und wenn Kalt mich nicht wollte, warum sollte ich den sexy Selkie abweisen, der ganz offensichtlich interessiert an mir war?

Was, Moment mal … „Norden hat mich deine Kandidatin genannt." Und er hatte das nicht in Bezug auf das Praktikum gemeint. „Du hast gesagt, dass ich als deine Praktikantin auserwählt wurde, weil ich eine Affinität zu Eis habe und imstande bin, am Nordpol zu leben …" Ich verstummte und sah seine Bemerkungen aus einem ganz neuen Blickwinkel. „Du hast mich hierhergebracht, weil du wusstest, dass ich eine potenzielle Kristall-was-auch-immer abgeben würde."

Kalts glasigen Augen glitzerten schelmisch. Er war sich offenbar nicht bewusst, wie falsch das war. „Ich kann nicht sagen, dass ich etwas dagegen habe, dass Norden Interesse an dir hat, aber es gibt jede Menge anderer Aufgaben, die du als meine Praktikantin zu erledigen hast." Er machte eine Handbewegung zum verschneiten Weg. „Angefangen damit, dass du mit mir zu Abend isst."

Ich runzelte die Stirn. *Eine Verabredung?*

Nein, Arbeit.

Als potenzielle Prinzessin-Kristall-was-auch-immer für die Königliche Hoheit.

Ich kniff meine Augen zusammen, war mir nicht sicher, was ich von dieser Entwicklung halten sollte.

Ein Teil von mir wollte widersprechen, Kalt ankeifen und ihn für seine Überheblichkeit zurechtweisen.

Aber ein Hauch von Nordens süchtig machendem Muskatnuss-Geruch lullte mich ein, beruhigte mich ein kleines bisschen.

Vielleicht bildete ich mir das bloß ein.

Vielleicht auch nicht.

So oder so, ich fühlte mich augenblicklich entspannter. Aufgedrehter. Heiterer.

Ich war kurz davor, den buchstäblich glücklichsten Ort des Reiches der Sterblichen zu betreten.

Dann mal los, sagte ich mir und seufzte. *Lass das Praktikum bei den Winterfeen wahrhaftig beginnen.*

LARK

S *chlittenschellen.*

Norden gehen zu lassen, war ein kolossaler Fehler gewesen. Krönungsvorbereitungen waren eine grausame Erinnerung daran, wie geliefert ich war – und nur mein Selkie-Gefährte schien in der Lage, mich von der nahenden Frist ablenken zu können, die das *Leben* mir aufgetragen hatte.

Ohne eine vollständige Triade würde die Winterfeenquelle mich vielleicht nicht annehmen. Es war nicht mein potenzieller Tod, der mich besorgte. Das Schicksal meines Volkes war, was mir am Herzen lag.

Und Norden.

Wenn ich ihn zurückließ, würde er ... leiden.

Er war seit Jahren mein bester Freund, was ihn zu einem offensichtlichen Kandidaten für meine Triade und mein Bett machte.

Unsere Kompatibilität war beispiellos.

Genauso wie meine Kompatibilität mit einem gewissen

Wasserfeen-Royal, der meine Aufforderungen immer wieder ignorierte.

Mein Kiefer spannte sich an.

Bei Triaden und Gefährtenzirkel ging es um *Glauben* und *Liebe* – zwei lebenswichtige Komponenten der Winterfeen. Wenn ich diese Aufgabe also nicht bewältigen konnte, wie konnte die Quelle dann darauf vertrauen, dass ich der König jener Magie sein könnte, die von Glaubenskraft angetrieben wurde?

Meine Stimmung verdüsterte sich, als eine Gruppe heiterer kleiner Elfeneinheimischer des Nordpols weiter von Dekorationen plapperten, welche komplett sinnlos wären, wenn die Quelle mich umbringen würde, sowie ich die Krone annehmen würde.

Und dann, was? Mein Volk verließ sich auf mich. Es gab keine passenden Thronerben. Chaos würde im Reich der Winterfeen ausbrechen. Eine Tatsache, an die mich mein Vater nur zu gerne erinnerte. Und doch hatte er darauf bestanden, in den Ruhestand zu gehen.

Darum auch die Krönung, die für meinen zweiunddreißigsten Geburtstag am fünfundzwanzigsten Juli geplant war. Ein junges Alter, um den Thron zu besteigen. Mein Vater war vierzig Jahre alt gewesen, als er dasselbe getan hatte. Aber er sagte, dass es an der Zeit war.

Denn er *glaubte* daran, dass ich bereit war. Also musste ich das sein.

Aber das war ich nicht.

Ich hatte noch nicht einmal meine Triade erfolgreich gebildet.

Buttertoffee.

Eine zierliche Elfe namens Holly plapperte erfreut von Schleifen, Glitzer und Zuckerstangen. Ihr fiel mein Gemütszustand offensichtlich nicht auf. Was Sinn ergab. Winterfeen-Royals waren nie unglücklich. Es war uns bestimmt, zu führen, Heiterkeit, Hoffnung und *Liebe* zu versprühen.

Da war wieder dieses Wort.

„Blaue Zuckerstangen, nicht die regenbogenfarbigen", stellte Holly klar, was meine Laune deutlich hob. Sie saß in der Mitte meiner Suite, umgeben von Konfetti und anderen Mustern von Krönungszubehör, die allesamt meinem Geschmack entsprachen.

Die Elfen, die für die königliche Familie arbeiteten, waren bestens über meine Vorlieben informiert, und sie wussten auch, wie ernst ich meine Verpflichtungen gegenüber der Krone nahm.

„Obwohl ich mir nicht ganz sicher bin, ob wir goldene oder silbrige Glitzergetränke anbieten sollen, Eure Majestät", fuhr sie fort, griff nach einem Champagnerglas.

Ich hob das Glas aufgepeppte heiße Schokolade an meine Lippen − ein Geschenk von Norden, bevor ich ihn hatte gehen lassen. Er hatte der Mischung einen Hauch Pfefferminz hinzugefügt, was mir ein Lächeln auf die Lippen zauberte.

Wenigstens einer meiner Gefährten glaubt an mich, dachte ich seufzend.

„Was meinst du?", hakte Holly nach, bezog sich dabei auf die Glitzergetränke.

„Hm, golden", sagte ich und rieb mir meine Hände. Ein steter Strom goldener Glitzerflüssigkeit füllte das Glas, was mir ‚Ohs' und ‚Ahs' von den Elfen einbrachte.

„Hervorragende Wahl! Genau darum wird es eine wunderbare Krönung werden. Du hast an jedes Detail gedacht", gab Holly von sich.

Ja. Jedes Detail, außer jene, die wirklich wichtig waren. Zum Beispiel, einen Gefährtenzirkel zu haben, der der Quelle würdig war.

„Was ist mit Mistelzweigen an den Türrahmen?",

wollte sie wissen. „Wir haben diesen menschlichen Brauch sehr liebgewonnen."

Ich legte meinen Kopf schief. „Das ist ein wenig zu viel des Guten, findest du nicht?"

„Ja, natürlich", sagte sie, kritzelte auf ihrem Notizblock herum.

„Ich finde das eine wunderbare Idee", sagte eine Stimme mit einem sündhaft verführerischen Akzent.

Meine Muskeln spannten sich augenblicklich an.

Norden. Wie gerufen.

Er musste mein Elend durch unser Band gespürt haben.

„Ich brauche keinen Mistelzweig, um dich zu küssen", sagte ich, bewegte mich nicht vom Fleck, während er sich hinter mich stellte und seine Hände auf meine Schultern legte. Er drückte seine Daumen in meinen Rücken, massierte die angespannten Muskeln präzise und langsam.

„Mh, aber ich liebe es, einen Grund zu haben, um dich zu küssen, wenn du nicht in Stimmung bist", flüsterte er mir ins Ohr.

Holly hob ihren Stift in die Luft. „Vielleicht einen Mistelzweig über dem Thron?"

Ich seufzte. „Damit Feen sich in eine Schlange stellen und mich küssen können, nachdem ich gekrönt wurde? Ich glaube nicht."

Meine Krönung würde nicht von einer Schneelandschaft-Orgie in den Schatten gestellt werden.

Obwohl das Norden natürlich so passen würde.

„Du nimmst diese Krönung viel zu ernst", säuselte Norden.

Das tat ich ganz bestimmt nicht. Neben dem äußerst wahrscheinlichen Szenario, dass ich vermutlich scheitern und sterben würde – was bereits ein guter Grund war, um meine Krönung ernst zu nehmen –, war da noch die

Tatsache, dass mehrere Spezies und Königreiche anwesend sein würden.

Für diesen zusätzlichen Druck konnte ich mich bei der Königin der Elementefeen bedanken, und unserer kleinen Interreichsfeenallianz.

„Holly, erinnere Norden daran, wer auf der Gästeliste steht, bitte", knurrte ich praktisch.

Die kleine Elfe blätterte in ihrem Notizbuch. „Der Hof der Winterfeen und ihre Gefährtenzirkel, natürlich. Die arktischen Selkies. Führungselfen. Vertreter der anderen Reiche, darin miteinbegriffen – aber nicht begrenzt auf – die Elementefeen, die Mitternachtsfeen, die Schicksalsfeen, mehrere Clans der Formwandlerfeen, vielleicht sogar die Höllenfeen und ..." Sie hielt inne, musterte ihre Notizen. „Dein Vater, deine Mutter und deren Triade."

„Ah", sagte Norden unbekümmert, bewegte seine Hände von meinen Schultern an meinen Nacken und strich mit seinem Daumen über mein Kinn. „Du willst deine Eltern mit deiner Krönung beeindrucken."

„Ich will meine Krönung *überleben* und nicht der Grund dafür sein, warum der Nordpol implodiert", korrigierte ich. „Alles muss reibungslos ablaufen – und das bedeutet, keine öffentlichen Liebesbekundungen, die mich ablenken könnten."

Norden ließ von mir ab und lief um meinen Sessel, grinste. „Nicht einmal flüchtige Küsse?"

„So viel Beherrschung hast du nicht." Wenn Norden sich einmal etwas in den Schwanz gesetzt hatte, hörte er nicht auf, bis er bekam, was er wollte. Und es bedurfte viel Aufwand, um einen Selkie zufriedenzustellen.

Vielleicht war seine Vorstellung von Vorspiel jetzt genau das, was ich brauchte, um mich abzuregen, aber an meinem Krönungstag würde ich konzentriert sein müssen – etwas, das Norden verstehen musste.

„Sei nicht so eine gefrorene Flunder." Norden bewegte sich zum riesigen Eis-Jacuzzi, der in der Ecke meiner Suite zwischen zwei großen Fenstern stand, die Blick aufs Meer boten. Da er sich gerne verwandelte und nackt herumlief, gönnte ich mir einen Blick auf seinen festen Hintern, bevor er sich ins Wasser sinken ließ, das ich auf seiner bevorzugten Temperatur behielt.

Minusgrade.

Er seufzte und ließ sich ins mit Eis versehene Wasser sinken, bewunderte die Ergänzungen zu meiner Suite. Ich hatte höchstpersönlich an einem Wandbild gearbeitet, das eine Unterwasserszene zeigte. Eine, die Norden mir bis ins Detail geschildert hatte.

Da ich mich ihm nicht auf seine Unterwasser-Abenteuer anschließen konnte, hatte ich beschlossen, seine Welt an die Oberfläche zu bringen.

Ich war ziemlich stolz auf die Malerei. Ein Grinsen tauchte auf Nordens Lippen auf, als er das neu hinzugefügte Schiffswrack erblickte, in dessen Schatten Seehunde tanzten. Die Menschen fuhren oft gegen Eisberge und verloren ihre Leben, weil sie mehr über diese unerbittliche Landschaft herausfinden wollten. Ich konnte es ihnen nicht verübeln – nicht, wo meine Welt doch so sinnliche Mysterien barg wie der Selkie, der das erste Mitglied meiner Triade war.

Er sah mich an. Seine Augen, die geschmolzener Schokolade ähnelten, blickten direkt in meine Seele.

Was mich erneut daran erinnerte, dass ich zumindest ein Herz für mich gewonnen hatte, das aufrichtig an mich glaubte.

Ich brauche nur noch zwei weitere …

„Ich habe nie einen Oktopus erwähnt", sagte Norden und zeigte auf die kleine Ergänzung in der Ecke.

„Es ist *mein* Wandbild", neckte ich, während Holly in

ihrem Notizbuch herumblätterte und fluchte, als Konfetti sich überall verteilte.

Norden glaubte zwar, dass ich meine Suite auf *ihn* zugeschnitten hatte, aber ich hatte selbst eine Schwäche für Wasser und das Meer, und das schon, seit ich denken konnte.

Das war vermutlich auch einer der Gründe, weshalb ich mich zu ihm hingezogen fühlte.

Meine Winterfeen erinnerten mich nur an die eisigen Verantwortlichkeiten und Regeln, die meiner königlichen Magie allen Spaß raubte. Hochrangige Elfen und Arbeiterelfen trugen zur Freude bei, die der Winterfeenmagie ihre Kraft schenkte, waren gefährtentechnisch aber oft nicht kompatibel mit den Winterfeen.

Aber Norden … Er war ein Selkie, und Pflichten waren ein Fremdwort für ihn. Er lebte im *Hier und Jetzt* und bewegte sich mit der Strömung, nicht dagegen.

Genau das liebte ich an ihm. Eine Kreatur des Meeres, die mir den Druck nehmen konnte, den die Kronpflichten mir auferlegten. Das war auch der Grund, warum ich Anspruch auf ihn erhoben hatte, sowie wir beide das angemessene Alter erreicht hatten.

Ich würde nicht dasselbe Spiel spielen wie meine Vorfahren. Ich brauchte meine Triade oder meine zukünftige Königin nicht zu umwerben.

Ich *wusste* es einfach.

Genauso, wie ich *wusste*, dass es Kalt, dem Abgeordneten der Elementefeen, genauso bestimmt war, mein zu sein.

Ich musste ihn nur für mich gewinnen – etwas, das sich weitaus schwieriger gestaltete als bei Norden.

Meine Liebe zum Wasser war vermutlich der Grund, warum Kalt mir so gut gefiel. Der Wasserfeen-Royal würde zudem unsere Triade mit seinen politischen Fähigkeiten stärken. Und er würde Nordens nicht existentes Pflichtbewusstsein ausgleichen.

Wenn ich die Krone annehmen würde, würde die Ablenkung, die mein Selkie mir bieten konnte, seinen Platz haben, aber ich hatte auch ein Königreich zu führen.

Leider wollte Kalt seinen Platz noch nicht ganz akzeptieren.

Etwas, von dem mein Vater mir versichert hatte, dass es typisch war.

Sehr wenige Winterfeen wurden als solche geboren. Und diejenigen, die es waren, waren immer männlich.

Wie ich.

Alle anderen Winterfeen wurden durch ihre Gefährtenzirkel mehr oder weniger in solche verwandelt, was dazu führte, dass viel Kraft in unser Reich strömte.

Meine Mutter war ursprünglich eine Mitternachtsfee gewesen, mein Vater jedoch eine geborene Winterfee – weshalb auch ich eine geborene Winterfee war. Die anderen beiden Mitglieder der Triade waren Formwandlerfeen.

Meine Mitternachtsfeen-Mutter hatte sich nicht mit meinem Vater verbinden wollen. Sie hatte immerzu gesagt, dass die Sonne ihr in die Augen stach und während der Sommermonate hier oben unerträglich war. So wie jetzt, wenn die Sonne Tag und Nacht schien.

Aber irgendwann hatte er ihr Herz und ihren Glauben in seine Magie erobert, und heute waren sie glücklich mit ihrem Zirkel verbunden.

Genau das wollte ich. Meine Triade. Meine Gefährtin. Meinen Zirkel.

Wenn Kalt doch nur einlenken würde.

Mein Kiefer knackste beim Gedanken an seine Unverschämtheit. Sein Körper reagierte auf meinen. Ich hatte gespürt, dass er kompatibel mit mir war, sowie er Fuß in mein Reich gesetzt hatte.

Ich hatte ihn sogar gespürt, als er heute aus seinem Reich zurückgekehrt war, und die Verbindung hatte sich stärker als jemals zuvor angefühlt – als hätte sich ihre Kraft verdoppelt.

Meins.

Norden strotzte nur so vor sexueller Energie, was mich vermuten ließ, dass er dem Abgeordneten der Elementefeen über den Weg gelaufen war. Denn er spürte die Verbindung genauso.

Holly räusperte sich, dann ergänzte sie ein hohes: „Ähem." Ich nickte ihr zu, um ihr zu bedeuten, fortzufahren.

„Haben wir uns gegen den Pflaumenpudding entschieden?"

„Ach, komm schon, Lark", sagte Norden aus dem Jacuzzi. „Kein Küssen *und* kein Pflaumenpudding?"

„Du magst Pflaumenpudding doch gar nicht."

„Ich mag, wie er klingt." Er grinste. „Ich könnte ihn dir nach der Krönung vom Leib lecken."

Na gut. Wenn ich überlebte, konnten wir feiern, wie immer ihm beliebte.

Ich seufzte, griff wieder nach meiner heißen Schokolade. „Dann Ja zum Pflaumenpudding", sagte ich herablassend. „Sind wir bald fertig?"

Holly musterte ihre Notizen. „Ich glaube, wir haben alles, um die Vorbereitungen zu beginnen."

„Gut." Ich stand auf, zog mir mein Oberteil aus. Dieses ganze Krönungsgeschwätz ging mir auf die Nerven und jetzt, wo Norden zurück vom Schwimmen war, wollte ich eine Ablenkung.

„Ihr könnt gehen. Es sei denn, ihr wollt etwas Festlicheres bezeugen, als ihr erwartet habt."

Einige der Elfen kicherten, andere ächzten. „Nicht schon wieder", murmelte einer.

„Seid still!", sagte Holly und machte eine wilde Handbewegung, um die anderen verstummen zu lassen. „Genieße deine … Feierlichkeiten."

Ich grinste, als sie ihre Entourage aus der Tür führte und sie hinter sich schloss.

Wasser spritzte, als Norden sich im Jacuzzi aufstellte. „Eines Tages *werden* sie sehen wollen, wie festlich wir sein können", sagte er mit neckischem Tonfall.

„Hast du schon genug vom Jacuzzi?"

„Für den Moment schon." Er stieg daraus und griff nach einem fluffigen weißen Handtuch, schlang es sich um seine Taille. Es schmiegte sich verführerisch um seine Hüften, verbarg seine Erektion jedoch nicht.

Er lief gemächlich auf mich zu, hatte diesen düsteren Blick in den Augen. Das konnte nur eines bedeuten.

Norden war in Stimmung für rauen Sex. Etwas hatte seine Urinstinkte angeregt und ich hatte nicht das Gefühl, dass ich der Auslöser gewesen war.

Hm … „Was hat dich so angetörnt?", fragte ich.

„Eine gewisse Wasserfee." Seine Iriden glänzten wie schokoladenfarbene Diamanten. „Kalt ist mit seiner neuen Praktikantin zurückgekehrt."

Jetzt war ich neugierig. Ich hatte Kalt dabei geholfen, ein paar Eiskristalle mit Winterfeenmagie zu verzaubern – in der Hoffnung, dass wir so eine potenzielle Gefährtin aus dem Reich der Elementefeen finden würden.

Wenn der Wasserfeen-Royal nicht mir gehören wollte, dann vielleicht jemand anderes. Was auch meine Verbindung zu ihm erklärte, weil er vielleicht meine wahre Gefährtin kannte.

Es hatte mehrere Kandidatinnen gegeben, doch er hatte nur zwei ins Auge gefasst.

Beide waren weiblich.

Mein Zauber hätte einen Mann oder eine Frau anlocken können, weshalb ich mich fragte, wen er in unser Reich gebracht hatte.

„Männlich oder weiblich?", fragte ich, musste es wissen.

„Weiblich."

Interessant. Normalerweise konnten Winterfeen einer Frau nicht den Hof machen, bis ihre Triade komplett war, aber das hieß nicht, dass es unmöglich war.

Wenn Norden ihr begegnet war und sie seinem Selkie-Geschmack entsprochen hatte, hatte ihn das wuschig gemacht.

Obwohl ihn alles auf zwei Beinen wuschig machte.

„Und ich nehme an, sie ist hübsch?", hakte ich nach.

„Hübsch ist eine Beleidigung", erwiderte Norden, kniete sich vor mich hin. „Sie ist … perfekt." Er begann, meine Hose aufzumachen. Auch wenn er nur versuchte, mich zu beschwichtigen – ich würde mich nicht beschweren. „Wir müssen sie behalten."

„Sie behalten?", fragte ich und zog eine Augenbraue hoch. „Ich habe dir aufgetragen, Kristallprinzessinnen-Kandidatinnen für die Krönung aufzuspüren. *Plural.*" Was bedeutete, dass er nicht einfach die Erstbeste behalten konnte, der er begegnet war.

Kalts Kugeln waren nicht das Einzige, das ich in den vergangenen Wochen mit Winterfeenmagie versehen hatte.

Ich hatte Kugeln in alle Königreiche entsandt und versucht, kompatible Gefährten aufzuspüren.

Und ich hatte mit Kalts Magie gearbeitet, um herauszufinden, ob es einen Kandidaten oder eine Kandidatin gab, die irgendwie mit ihm durch mich verbunden war.

Norden grinste. Die sinnliche Freude in seinen warmen

Augen riet an, dass ich sein Bedürfnis, uns eine Königin zu finden, unterschätzt hatte. Nicht Kandidatinnen. Sondern eine einzige Frau.

„Du weißt, wie schwierig es ist, einer Frau den Hof zu machen, ohne eine komplette Triade zu haben, Norden." Ich zog es vor, die Sache Schritt für Schritt anzugehen, auch wenn wir nicht viel Zeit hatten. So, wie die Dinge standen, konnte ich mir keinen Fehler leisten.

Und eine Triade war weitaus erfolgreicher mit einem soliden Fundament, *bevor* man sich eine Frau aussuchte.

Es war wichtig, dass alle Männer mit der auserwählten Gefährtin übereinstimmten. Ich würde nie ein Mitglied in meine Triade zwingen, das nicht dazugehörte.

Etwas, worauf Kalt selbstverständlich oft genug hingewiesen hatte. Aber ich wusste, dass er zu uns gehörte, auch wenn er noch nicht bereit war, es zuzugeben.

Meine Instinkte konnten nicht falsch liegen.

Er gehörte zu mir.

„Sie könnte Kalt vielleicht davon überzeugen, sich uns endlich anzuschließen", meinte Norden. Damit las er nicht direkt meine Gedanken, kannte mich aber gut genug, um sie zu erraten. Sein perfektes Haar glitt über seine Schulter, als er seinen Kopf anwinkelte, um zu mir hochzusehen. „Willst du wissen, woher ich das weiß?"

Seine samtene Stimme ließ mein Gemächt anschwellen. Etwas, das er ganz klar bemerkt hatte, da er jetzt meine Hose hinunterzog. „Woher weißt du das?", fragte ich mit barscherer Stimme als noch eben.

„Weil ich ihn eifersüchtig gemacht habe", murmelte Norden, legte seinen Kopf auf die andere Seite.

Ich runzelte angesichts der absichtlichen Bewegung die Stirn, dann bemerkte ich eine Unebenheit in seinem Haar. Nur eine einzige Locke seidig glatten braunen Haares, die nicht ganz so säuberlich drapiert war wie die anderen. So etwas kam bei ihm *nie* vor. Der Mann brachte Stunden damit zu, sein Haar zu bürsten, und pflegte und perfektionierte die ganze Zeit über jede einzelne Lage.

Er konnte es nicht ausstehen, auch nur eine Locke nicht an ihrem Platz zu haben, weshalb er mich sein Haar nie berühren ließ.

Aber … diese Strähne. Diese Strähne sagte alles.

„Hast du …? Hast du sie *dein Haar anfassen* lassen?", fragte ich und konnte mir den schockierten Tonfall nicht verkneifen.

Er grinste mich bloß an und legte seine Finger um meinen Schaft, massierte ihn fest.

Bei den Glitzerfeen. Ich keuchte, realisierte endlich, was ihn so *heiß gemacht* hatte.

Er hatte nicht nur eine kompatible Frau getroffen, sondern hatte sie auch *sein Haar anfassen* lassen.

„Norden." Sein Name kam mir mit einem Stöhnen über die Lippen, als er meinen Schwanz in seinen Mund nahm und seine Zunge über die Spitze kreisen ließ.

Fuck. Er hat eine Frau sein Haar berühren lassen. Und jetzt … *Bei den gefrorenen Feen* … Ich konnte nicht klar denken, wenn er das mit seinem Mund machte – und das wusste er auch.

Er nahm mich vollständig in seinen Mund, stellte ein weiteres Mal unter Beweis, dass er keinen Würgereflex hatte, bevor er sich sanft zurückzog. Eine Mischung aus Stolz und Erwartung funkelte in seinen dunklen Augen.

Er hatte seine Wahl ganz offensichtlich getroffen.

Genauso, wie ich mich für ihn und Kalt entschieden hatte.

Eine augenblickliche Entscheidung, ausgelöst von Instinkten und vielleicht einem Hauch *Verlangen*.

„Ich nehme an, du hast um ein Treffen gebeten?"

Er summte zustimmend. Die Vibration entfachte ein Feuer in mir.

„Und Kalt hat zugestimmt?"

Norden bestätigte, indem er mich ein weiteres Mal gänzlich in sich aufnahm, was meine Eier sich anspannen ließ.

„Fuck, Norden", stöhnte ich. Sein geschickter Mund machte mich so verdammt geil, dass ich beinahe ohne weitere Stimulation kam.

Doch dann entfernte er sich von meinem Gemächt. Dunkle Absichten lauerten in seinen Iriden. „Wie du wünschst, mein Prinz. Fick mich in die Vergessenheit. Dann werden wir unsere Gefährten suchen."

Ich schlang meine Hand um seinen Nacken, achtete darauf, seine Frisur nicht zu ruinieren, und zog ihn auf die Beine. Wir standen voreinander und unsere Schwänze berührten sich, bevor ich ihn fest an mich drückte. „Habe ich dir heute schon gesagt, dass ich dich liebe?"

„Heute Nachmittag noch nicht, nein", erwiderte er und legte seine Hand an meinen Nacken. „Aber du darfst es mir gerne an meinen Hals flüstern, während du dich in mir versenkst."

Dieser Mann.

Dieser verschlagene Mann.

„Leg dich aufs Bett, Selkie", verlangte ich.

„Natürlich, mein Prinz", murmelte er mit belustigtem Blick. „Nimm mich hart. Mir ist *zum Bellen* zumute."

ARTICA

Ich konnte nicht aufhören, an Norden zu denken. Die eisige Umgebung half auch nicht. Ich hoffte immer wieder, ihn auftauchen oder eine Schneebank hinabschlittern und ihn zu meinen Füßen niederzuknien zu sehen.

Eine völlig anmaßende Erwartung.

Aber er war so einzigartig und schön und *weich*.

Oh, und nackt.

Äußerst, äußerst, äußerst *nackt*.

Mhm, ich wollte einfach nur meine Finger in seinem Haar versenken, während er mich küsste. Ich wettete, dass er ein *unheimlich* guter Küsser war.

Hitze machte sich an meinem Hals bemerkbar. *Hör gefälligst auf, an den sexy Selkie zu denken.*

Mich selbst zu tadeln, funktionierte ja auch *immer* so gut.

Ich verzog meinen Mund. *Vielleicht hatte er mich verzaubert? Vielleicht bloß ein weiterer Scherz?*

„Sind alle Selkies so, ähm, sinnlich?", fragte ich Kalt,

hoffte, dass ich mehr über ihre natürlichen Begabungen und ihren Hang zum Schalk herausfinden würde. Das alles hätte nichts mehr als eine durchdachte List sein können.

Oder in Verbindung mit meiner *Kandidatur* stehen.

Meine Stimmung verdüsterte sich bei diesem Gedanken.

Denn Kalt hatte mich hierhergebracht, um eine Kandidatin für die Triade eines anderen Mannes zu sein. Es gab wirklich keinen direkteren Weg, zu sagen, dass er definitiv nicht an mir interessiert war.

„Jepp", erwiderte Kalt – nicht auf meinen Gedanken. Obwohl es sich angesichts des Timings so anfühlte. Aber er konnte meine Gedanken nicht lesen, also galt seine Antwort meiner Frage hinsichtlich der Selkies und ihrer Sinnlichkeit. „Jedenfalls, wenn sie eine potenzielle Gefährtin umwerben", ergänzte er, als er mich um den Wall des Palastes führte.

Umwerben. Ich mochte, wie sich das anhörte. Auch wenn es ein wenig wehtat, dass Kalt mich in diese Lage gebracht hatte.

Obwohl Norden offenbar nichts gegen die Verkuppelung hatte.

Warum sollte es mir dann anders gehen?

Ich sollte das Ganze mit offenen Armen empfangen.

Den Moment genießen. In diesem fröhlichen Reich leben und genießen, was immer passieren würde.

Vielleicht würde das Kalt eifersüchtig machen.

Ha. Ein lächerlicher Gedanke. *Aber einer, mit dem ich mich etwas näher befassen sollte*, beschloss ich und erinnerte mich daran, wie er reagiert hatte, als der Selkie mein Haar berührt hatte. *Hm …*

Mein Sinnieren wurde unterbrochen, als wir den wunderschönen Innenhof betraten. Tannenbäume schwankten in der Brise, waren mit Perlen aus Eis und

Eiszapfen verziert. Riesige Schneekugeln, dahinter glitzernde goldene Statuen, alles eingerahmt von einem steten Schneefall, der über den Grund wirbelte.

Oh, und es gab sogar lebendige Lebkuchenmänner, die vor den Türen ihrer kleinen Häuser fegten.

„Wow", keuchte ich. „Dieser Ort ist fantastisch."

„Das ist er", stimmte Kalt zu und nahm sich einen Moment lang Zeit, um alles zu mustern. „Ich werde nach der Krönung nicht mehr lange hier sein, also versuche ich das Reich zu genießen, solange ich noch kann."

Ich zog eine Augenbraue hoch. „Du wirst das Reich verlassen?"

Er nickte. „Ja, ich glaube schon."

„Aber Norden umwirbt dich auch, oder?" Ich hatte vorhin nicht gefragt, aber jetzt, wo ich als Kandidatin ernannt worden waren, war ich etwas mutiger. Was war mit Kalt? Sollte er nicht auch zum Treffen erscheinen?

„Ich meine, der Winterfeenprinz will, dass du seine Triade komplettierst, oder etwa nicht? Würde das den interreichischen Feenbeziehungen nicht helfen?"

Er runzelte die Stirn und ich zuckte zusammen.

„Tut mir leid. Das war … Ich wollte keine Grenze überschreiten." Obwohl er technisch gesehen eine Grenze überschritten hatte, indem er dieses Umwerbungsding in die Wege geleitet hatte. Warum also sollte ich es allein durchstehen müssen? Warum schloss er sich mir nicht an?

Oder besser gesagt … Warum schließt er sich nicht einfach der Triade an und macht mich zur Füllung eines Sandwichs bestehend aus Kalt und einem sexy Selkie?

Denn ich meine … Bitte?

Er räusperte sich. „Nein. Na ja … Ja, du hast recht. Es würde dabei helfen, die Elementefeen und die Winterfeen zu Verbündeten zu machen, wenn ich ihren Vorschlag annehmen würde." Er fasste sich an den Nacken, sein Blick lag auf einem der Lebkuchenmänner, der eine Veranda fegte. „Aber bei der männlichen Triade laufen die Dinge etwas anders. Dort gibt es keine Umwerbung. Wenn ich zustimmen würde, würde ein permanentes Band entstehen. Und Prinz Lark zieht keine anderen Kandidaten für die Position in Erwägung."

„Eigentlich ein Kompliment, findest du nicht?"

„Ja, aber eines, worum ich nicht gebeten habe", erwiderte er.

Ich runzelte die Stirn. „Funktionieren die Winterfeenbänder auf dieselbe Weise wie unsere?" Denn Elementefeenbänder bedurften des Einverständnisses beider Feen, um die vier verschiedenen Ebenen zu erreichen. Die ersten beiden waren nicht einmal permanent, sodass das Band wieder verblassen konnte.

Anders als bei Mitternachtsfeenbändern, die durch den Biss der Männer geschaffen wurden und anschließend nicht zu brechen waren.

Auch anders als Schicksalsfeenbänder, die auf etwas zweifelhafter Zustimmung begründet wurden. Oder eigentlich eher einer Nichtzustimmung. Ich konnte mir nicht vorstellen, dass Winterfeenbänder so funktionierten. Die Feen hier waren viel zu aufgeweckt für forcierte Bänder.

Kalt schüttelte seinen Kopf, sodass sein langes weißes Haar über seine Schultern fiel. „Winterfeenbänder erwachsen aus Glaubenskraft. Das bedeutet, dass ich daran glauben müsste, dass ich der Triade von Prinz Lark würdig bin. Und ich müsste zudem mehr an ihn glauben als mein Wasserfeenursprung es mir erlauben würde."

„Um Quellen zu wechseln", überlieferte ich.

„Mehr oder weniger", antwortete er und zog seinen Mund zur Seite. „Ich würde meine Affinität für Wasser behalten, aber ich wäre dann eine Winterfee und kein Wasserfeen-Royal mehr."

„Und du willst deinen königlichen Status nicht ablegen."

„Na ja, eigentlich würde ich nur den einen Titel für einen anderen eintauschen. Die Triade von Prinz Lark wird als königlich angesehen." Er runzelte die Stirn. „Aber ich bin nicht interessiert daran, eine Winterfee zu werden."

„Hm", summte ich, glaubte ihm nicht. Er enthielt mir etwas vor. Aber es war nicht so, als hätte ich nachhaken können. „Also … Die Winterfeenquelle wird von Glaubenskraft angetrieben, die dann in die Gefährtenbänder fließt."

„Ja", bestätigte Kalt. „Was bedeutet, dass, wenn ich scheitern würde – und dazu zählt auch, nicht an mich selbst zu glauben –, die Quelle Prinz Lark anlässlich seiner Krönung ablehnen könnte. Und die daraus resultierenden Konsequenzen würden zwangsläufig zu einem Krieg zwischen unseren Königreichen führen."

Ich zuckte zusammen.

Okay, das wäre echt übel.

„Und doch hast du mich als Kandidatin vorgeschlagen", meinte ich.

Kalt sah mich an. Er sah auf den Anhänger, der an meinem Brustbein lag, dann wandte er seinen Blick ab. „Es ist weniger riskant für sie, dich zu umwerben. Nur die Triade muss an die Verbindung glauben, und du kannst jederzeit beschließen, dich davon zu lösen. Mir würde nicht dieselbe Wahl gelassen."

Ich öffnete erstaunt meinen Mund, während ich seine Aussage verdaute.

Ich hatte nicht bedacht, dass ich … *bleiben* könnte. Ich meine, ja, ich war interessiert an der Idee gewesen, umworben zu werden, aber ich hatte nicht wirklich darüber nachgedacht, dass dieser Gedanke Realität werden könnte.

Ich hatte nur etwas darüber fantasiert, dass dieser Selkie und Kalt mich in ein Artica-Sandwich verwandeln würden.

Völlig unschuldig im Vergleich dazu, ein Gefährtenband mit drei Männern und dessen Folgen zu akzeptieren. Und zu einer Winterfee zu werden.

Was genau der Grund war, weshalb Kalt sich gegen die Triade sperrte. Er hätte diese Realität akzeptieren müssen.

Wenn ich der Umwerbung zustimmen würde, bedeutete das ganz einfach, dass ich ein paar Männern erlaubte, mich zu verführen – oder es zumindest zu versuchen.

Das war etwas völlig anderes.

„Sobald ein Selkie ein Auge auf jemanden geworfen hat, sind sie unerbittlich", fuhr Kalt fort, führte mich auf einen Weg, der aus Gummibonbons bestand. „Sie können auch aggressiv werden. Also sei vorsichtig."

„Ich kann auf mich selbst aufpassen."

„Dessen bin ich mir sicher, aber dieses hübsche Gesicht wird dich hier zu einer Zielscheibe machen."

Meine Seele frohlockte angesichts seiner Worte.

Er findet mich hübsch.

Ich beschloss, den Moment auszunutzen.

„Nur hübsch, hm?"

Wir erreichten ein Tor aus Schmiedeeisen, das die Form von Zuckerstangen hatte, und er hielt inne, drehte sich um, um mich anzusehen. Er legte eine seiner Hände auf meine. „Wunderschön", sagte er mit sanfter Stimme.

Und schon hatte ich ihm für sein abgekartetes Spiel vergeben.

Mann, ich war ganz schön leicht rumzukriegen.

Aber die Liebe meines Lebens hatte mich eben wunderschön genannt.

Hach.

Es wäre unerhört, meinen Boss am ersten Tag zu küssen, oder?, flüsterte meine innere perverse Fee.

Stimmt, erwiderte der pragmatische Teil von mir.

Aber so, wie die Schneeflocken auf seinem Haar und seinen Wimpern landeten, ... wie engelsgleich er hier in der Arktis aussah ... *Ach du meine Güte.*

Er ließ meine Hand los und öffnete das Tor, bedeutete mir, einen kleinen Hof zu betreten, der voller Schnee- und Eisskulpturen war. Dahinter befand sich ein Eingang zum Palast.

„Du musst hungrig sein", sagte Kalt und ging voraus, um die Tür für mich zu öffnen. „Ich werde dich zur Cafeteria bringen, wo wir etwas essen werden. Den großen Rundgang sparen wir uns für morgen auf."

„Okay", stimmte ich zu, war noch immer erschöpft davon, dass ich letzte Nacht kein Auge zugetan hatte. Aber hier, unter der hellen Sonne zu stehen und von Unmengen an Schnee umgeben zu sein, half mir dabei, wach und aufmerksam zu bleiben.

Natürlich half auch Kalts Anwesenheit dabei.

Denn jetzt musste ich nicht mehr von ihm träumen. Ich konnte einfach in seine Richtung blicken und ihn anstarren. Die königliche Wasserfeen-Pracht begutachten – die hohen Wangenknochen, den kantigen Kiefer ... und eine hochgezogene weiße Augenbraue.

Hör auf, ihn anzustarren, schärfte ich mir ein. Aber stattdessen gab ich von mir: „Du siehst übrigens auch gut aus."

Offensichtlich mangelte es mir an jeglicher Selbstkontrolle und Vernunft in Anwesenheit dieser Fee.

Seine Grübchen zeigten sich und er hatte ein Funkeln

in seinen eisblauen Augen. „Wir sollten uns auf das Essen konzentrieren."

Nicht direkt die Antwort, die ich gewollt hatte, aber na schön. Da ich den ganzen Tag über nichts zu mir genommen hatte, hatte ich nichts dagegen, etwas gegen den Hunger in meinem Bauch zu unternehmen. Vielleicht dürfte ich ihn zum Nachtisch dann ablecken.

Er wollte, dass ich *umworben*, nicht aber unbedingt, dass ich auch *auserwählt* wurde.

Das bedeutete, dass ich noch immer eine Chance bei ihm hatte. Vielleicht. Vermutlich nicht. Aber ich beschloss, mich ganz einfach auf ein Wunder zu verlassen. Außerdem ging es an diesem Ort doch darum, zu glauben, oder?

Er führte mich einen langen Flur hinab, dann passierten wir riesige Doppeltüren.

Woraufhin ich wie angewurzelt stehenblieb.

ARTICA

D as Wort *Cafeteria* wurde dem riesigen Raum vor mir nicht gerecht.

Es war, als wäre ich in einen Weihnachtsfilm aus dem Reich der Sterblichen geschmissen worden.

Mehrere Lichterketten hingen von der Decke und Eiskugeln schwebten zwischen ihnen, verstärkten die Beleuchtung im großen Saal. Buffets zogen sich an der hinteren Wand entlang und die Tische waren mit allerhand Gaben beladen. Zudem erstreckte sich eine Bar zu meiner Linken. Die Böden, Bänke und Tische schienen aus Eis geschnitzt und wurden größtenteils von Elfen besetzt.

Auf der gegenüberliegenden Seite von mir schien man sich festlich betätigen zu können. *Reite ein Rentier.* Das Ziel schien zu sein, das Tier zu kontrollieren und zu lenken. Letzteres, jedoch, sah viel erpichter darauf aus, die Elfen von seinem Rücken zu schmeißen. Vielleicht war es eher eine Übung und weniger ein Spiel?

Aber der Tisch nebenan war definitiv dazu da, um

Spaß zu haben. Kekse und mehrere Glasuren lagen auf der oberen Hälfte, während mehrere der Elfen sich eine Art von Verzierungswettbewerb lieferten.

Dann aßen sie ihre Werke zum Spaß.

„*Bei den Feen*", sagte ich staunend. „Hier *esst* ihr?"

„Ja, ähm … Ich weiß, dass es für unsereins etwas zu viel des Guten ist", sagte Kalt und fuhr sich mit den Fingern durchs Haar. „Aber in diesem Reich ist es ziemlich normal."

„Es ist unglaublich", gab ich von mir, nahm einen Schritt weiter in den Raum, um mir alles anzusehen. Mein Magen knurrte, als mir der verlockende Duft von Zimt, Orangen und Gewürzen in die Nase stieg.

Ich tat, was jede vernünftige Fee getan hätte – ich begab mich direkt ans Buffet.

Und runzelte die Stirn, angesichts dem, was ich vorfand.

Kuchen, Pies, Puddinge, Kekse, Torten, süße Brote, Zuckerstangen, Schokolade, Gebäck und viele weitere Süßigkeiten waren auf dem Tisch ausgebreitet. Doch weit und breit war nichts Herzhaftes zu sehen.

Wie zum Beispiel Drachensteaks. Oder Mausbeeren. Oder Pilzlaibe. Oder Salatpattys.

Nichts, was ich unter einer anständigen Mahlzeit verstand.

„Ähm, haben wir das Abendessen verpasst?", fragte ich, als Kalt mich aufholte. „Das hier sind bloß Desserts."

„Nein, wir haben gar nichts verpasst. Während deiner Zeit am Nordpol wird das hier alles sein, was du an Essen finden wirst – und zwar zum Frühstück, zum Mittagessen und zum Abendessen. Die Winterfeen lieben ihre Süßigkeiten." Er griff nach einer Süßigkeit aus dem Abschnitt mit dem Namen ‚Kokosnusstoffee'. „Dein Mund steht schon wieder offen."

Ich schloss ihn, war mir nicht sicher, wann er zuvor offen gestanden hatte. Vermutlich war es heute schon mehrere Male vorgekommen. Angefangen in dem Moment, in dem ich ihn auf Professor Elways Schreibtisch hatte sitzen sehen. „Es gibt nichts Herzhaftes und Warmes? Nicht einmal Suppe?"

Ich hätte im Moment eine Schüssel Orkeintopf vertragen können. Zusammen mit Dorschbeeren und violettem Gemüse. *Mmh.*

Nicht haufenweise Zucker und süßes Gebäck.

Kalt griff um mich herum und nahm sich ein Glas Cider, reichte es mir. „Das hier ist vermutlich das wärmste und herzhafteste Etwas, das du hier finden wirst."

„Ich weiß nicht, ob ich mich von Desserts ernähren kann."

„Es gibt ein Restaurant in der Nähe des Schleiers in Grönland, das internationale Küche anbietet", murmelte er. „Wenn du wirklich Heimweh hast, können wir dorthin gehen und es uns gut gehen lassen. Aber es ist wichtig, dass du versuchst, dich so gut es geht einzuleben, während wir hier sind. Was bedeutet, in den Gemeinschaftsräumen und mit den Wesen zu speisen, die diese Welt bewohnen."

Ich dachte einen Moment lang darüber nach und nickte schwach.

Ein trockenes Grinsen zog auf seinen Lippen auf. „Außerdem befindet sich in jeder Speise etwas Winterfeenmagie, was deine Energie aufladen wird. Der Zucker ist also zweitrangig – viel wichtiger ist die Magie darin." Er deutete mit seinem Kinn auf das Buffet. „Nur zu. Versuch es. Du wirst schon sehen, was ich meine."

Ich atmete den würzigen Apfelgeruch ein und führte das heiße Getränk an meine Lippen.

Wunderbare Wärme durchfuhr meinen gesamten Körper, bis hin zu meinen Zehen. „Mh", summte ich und nahm einen weiteren Schluck. „Okay, vielleicht wird es gar nicht so schlimm werden."

Ich nahm mir meine Zeit, die Gaben auf dem Tisch zu mustern, entschied mich für eine Früchtetorte und einen Hefezopf, bevor ich mich an einen der vielen Tische setzte, die in der ganzen ‚Cafeteria' verteilt waren.

Kalt setzte sich mit seinem eigenen Teller voller Kekse und noch mehr Toffee mir gegenüber. Ich zog meine Augenbrauen hoch und er zuckte mit den Schultern. „Kokosnusstoffee ist meine Leibspeise und in den Keksen ist Kürbis drin. Ich muss etwas Gemüse in meinen Körper bekommen, wann immer ich kann. Und die Kürbiskekse scheinen zudem die Nebenwirkungen des Toffees auszugleichen."

„Nebenwirkungen?", wiederholte ich neugierig.

Er zuckte mit den Achseln. „Winterfeenmagie kann ansteckend sein. Obwohl das Essen nahrhaft ist, kann es Nebenwirkungen haben. Es ist besser, das einfach zu akzeptieren." Als ich ihn anstarrte, grinste er. „Solange ich keinen Krieg zwischen den Reichen riskiere, *bin ich durchaus in der Lage,* etwas Spaß zu haben, Artica."

Das wusste ich.

Ich hatte ihn an der Akademie Spaß haben gesehen.

Es war gut zu wissen, dass unter dieser formellen Abgeordneten-Fassade noch immer der Mann steckte, auf den ich schon seit Jahren ein Auge geworfen hatte.

Lächelnd biss ich in die Früchtetorte. *Oh, blättrig-buttrige Perfektion, das ist unverschämt gut,* dachte ich und stöhnte, als ich den Magiestoß durch meine Adern fließen spürte.

Ja, Spaß hörte sich großartig an.

Kalt reichte mir eine blauweiß gestreifte Zuckerstange. „Diejenigen, die nicht rot sind, sind verzaubert. Warum findest du nicht heraus, was die hier mit dir anstellt?"

Ich starrte sie misstrauisch an. „Nein, danke."

„Komm schon." Er wackelte mit seinen Augenbrauen. „Eine lässt dich für ungefähr zehn Sekunden fliegen."

Ich kaute auf meiner Unterlippe herum, dachte darüber nach.

Fliegen hörte sich irgendwie cool an.

„In Ordnung." Ich brach ein Stück von der Zuckerstange ab und legte es mir auf die Zunge.

Meine Augen weiteten sich. Ich hatte den Geschmack von weißrindiger Himbeere erwartet. Stattdessen schmeckte ich eine tropische Mischung aus Ananas und Kokosnuss. Ich nuckelte an der Süßigkeit, während Kalt mich erwartungsvoll ansah.

„Und?", wollte er wissen.

Ich zuckte mit den Schultern. „Muss eine defekte Zuckeeeeer …"

Das Wort *Zuckerstange* kam mir eine Oktave höher über die Lippen und ich dehnte den Vokal weitaus länger als nötig, beinahe als würde ich …

Das Wort singen.

„Oh, nein", sagte ich. Und diese Aussage kam mir mit einem Trällern über die Lippen. Ich hielt erschrocken meine Hände vor den Mund.

Kalt brach in Gelächter aus. „Ein Singzauber!"

Verschneeflockt. Nein, nein, nein.

Wenn Kalt mich singen hören würde, würde ich ihn *nie* für mich gewinnen können. Er würde vermutlich sogar Norden sagen, dass ich nicht gut genug war, um eine Kandidatin zu sein, und mich zurück zur Akademie schicken.

Aber ich wusste mir nicht zu helfen und *Kalt* hatte mich dazu getrieben, die Zuckerstange zu essen. Also war es eigentlich seine Schuld, dass meine Fantasien nie Form annehmen würden.

Vielleicht sollte ich ihn bestrafen, indem ich sang.

Er verdiente es ganz offensichtlich.

„Erzähl mir von deinem Tag, Artica", murmelte Kalt, konnte sich ein Grinsen nicht verkneifen.

Ich schüttelte meinen Kopf verzweifelt.

Er lehnte sich über seinen Teller, hatte einen schelmischen Blick in seinen kristallblauen Augen. „Du wirst sehr schnell lernen, dass dieser Ort hier von Festtagslaune regiert wird. Du kannst nichts dagegen tun. Also kannst du es genauso gut akzeptieren."

Klar, was auch immer *das* zu bedeuten hatte.

„Ich haaaaasse eeees, zuuuu siiiingen", sang ich, ironischerweise.

„Dann solltest du lieber lernen, es zu mögen", sagte Kalt und genoss diese ganze Situation viel zu sehr.

„Nein, du verstehst nicht. Ich wurde daaafür ausgelacht. Es war traaaaaumatisch." Was auch immer ich da sang, war höchstwahrscheinlich im Mollton und hörte sich nicht allzu schlecht an – trotz meiner Erinnerungen an das letzte Mal, als ich zu singen versucht hatte.

Natürlich war das viele Jahre her, als ich noch ein Feeling mit unausgereifter Tonlage war. Also hatte meine Stimme sich vielleicht seither verbessert.

„Du hast eine wunderschöne Stimme, Artica. Enthalte sie der Welt nicht vor."

Ich sah über seine Schulter zur Eisbar. Mehrere Elfen starrten mich mit strahlenden Augen und breitem Grinsen an.

„Sing!", brüllte einer mit piepsiger Stimme.

Das stimmte einen Sprechchor an.

„Sing, sing, sing, sing!"

„Oh, bei den Feen. *Okay*", sang ich und meine Stimme schlug ein heitereres Lied an.

Ein Jubeln ging durch den Raum und Kalt sprang auf seine Beine.

„Was tuuuuust duuuu daaa?" Meiner Stimme wohnte ein beeindruckendes Vibrato inne, als er mich von meinem Stuhl hochzog und mich in seine Arme nahm.

„Tanzen", erklärte er.

Was auch immer in diesem Toffee gewesen war, hatte Kalt lockerer gemacht. Aber er nahm es mit offenen Armen an – ganz so, wie er es mir angeraten hatte.

Wir waren jetzt am Nordpol, einem Ort der Freude, des Gelächters und der endlosen Desserts.

Die Elfen lachten und schlossen sich uns an, und eine kleine Elfenband stimmte eine Jazznummer an.

Oh, Staubflocke! Jetzt war ich Teil eines Weihnachtsmusicals. Nicht, was ich an meinem ersten Tag hier erwartet hatte.

„Ich werde dich jetzt noch einmal auffordern … Erzähl mir von deinem Tag", verlangte Kalt und drehte mich herum.

Als ich wieder in seinen Armen war, öffnete ich meinen Mund und –

„Weil ich mein zu lange im Bett lag,
Hätte ich beinahe versäumt den ganzen Tag.
Das hier ist das Resultat,
Das mir eine Mutprobe eingebracht hat.
Das magischste Praktikum –"

„D-des Jahres", stotterte ich, was meine letzte Strophe hätte sein sollen. Ich räusperte mich. „Ach, verfrostet. Der Zauber hat nachgelassen."

Kalt nickte den tanzenden Elfen zu und die fröhliche Musik schweifte durch die Luft. „Das ist ihnen egal. Genau darum geht es am Nordpol, Artica. Und das war deine erste Kostprobe von Festtagslaune."

Mir wurde schmerzlich bewusst, wie gut ich in seinen Arm passte.

Ich schluckte trocken, legte meinen Kopf in den

Nacken, um in seine Augen zu blicken. „Lance mag mich dazu herausgefordert haben, mich zu bewerben, aber nur, weil er wusste, dass ich dieses Praktikum wollte. Aber ich muss zugeben, es ist überhaupt nicht so, wie ich es mir vorgestellt habe."

„Ist das etwas Gutes oder etwas Schlechtes?"

Meine Mundwinkel zuckten. „Ich habe mein endgültiges Urteil noch nicht gefällt."

Er schüttelte seinen Kopf. „Du bist eine genauso neckische Fee wie Norden", meinte er mit gespielt anschuldigendem Tonfall und lachte, als meine Wangen bei der Erwähnung des Selkies erröteten. „Willst du was zu trinken? Ich verspreche, dass es dich nicht zum Singen bringen wird."

Ich nickte eifrig und er führte mich zur Bar, wo die Elfen im Rhythmus zur Musik Getränke in Becher füllten und mit einem Lied mitsangen, das ich nicht kannte. Hätte ein Lied aus dem Reich der Sterblichen oder der Nordpol-Gesellschaft sein können.

„Bitte sag mir, dass sie hier normalen Alkohol haben", flehte ich, als wir uns auf zwei Stühle an einem Tisch aus Eis in der Nähe der Bar setzten. Die Wirkung der Desserts klang langsam ab und ließ mich mit einem Gefühl der Scham und Nüchternheit zurück, dem nur Alkohol Abhilfe schaffen konnte.

„Du hast Glück. Obwohl ich dich verurteilen werde, wenn du keinen aufgepeppten Apfelwein oder Eierpunsch bestellst."

Ich streckte meine Zunge raus, hörte im nächsten Moment aber auf, als ich realisierte, wie kindisch mich das aussehen ließ. „Oh, das war …" Ich räusperte mich. „Ich bin mir nicht sicher, woher das gerade kam."

Kalt griff nach meinem Kinn, zwang mich, ihn anzusehen. Ich atmete scharf ein. „Das ist die

Festtagslaune, Artica. Sie hat einen Einfluss auf dich, genauso wie auf alle anderen hier. Normalerweise schaffe ich es, bei Verstand zu bleiben, aber es ist schwierig. Es gibt keinen Grund, sich dafür zu entschuldigen, dass die Winterfeenmagie uns einnimmt."

Ein Kichern bahnte sich seinen Weg in meinen Rachen hoch, doch ich schluckte es im letzten Moment herunter.

Kalt legte seine Hand einen Moment an meine Wange und sein Blick fiel auf meine Lippen, dann sah er mir wieder in die Augen. „Teil davon, Abgeordneter zu sein, ist, sich einzufügen. Als meine Praktikantin ist es dir erlaubt, die Festtagslaune auszuleben, wie immer du wünschst."

Auch wenn ich dich dann küsse?

Denn ich wollte ihn *wirklich*, wirklich gerne küssen.

„In einem angemessenen Rahmen", ergänzte er, als würde er meine Gedanken lesen. Er entfernte seine Hand von meinem Gesicht.

Ich nickte, versuchte mich von dieser Hitze zu erholen, die durch meinen Körper sauste. „Natürlich." Ich streckte meine Zunge erneut raus – dieses Mal mit Absicht. „Also, wo bleibt mein Alkohol?"

Kalt bestellte mir zuerst einen Eierpunsch, gefolgt von einem ‚Zuckerpflaumen-Fee'-Martini mit Cranberrysaft und Wodka. In der Zwischenzeit nuckelte er an zwei Kokosnusssäften mit Toffeeklümpchen und Rum.

Ich musterte ihn über den Rand meines Martini-Glases hinweg. „Du magst Kokosnusstoffee wirklich sehr, was?"

Er antwortete nicht, nahm bloß einen großen, bedächtigen Schluck.

Es hätte mich nicht so anheizen sollen, einen Mann seinen Kokosnusstoffee-Rum trinken zu sehen.

Wir saßen ein paar Augenblicke lang in angenehmer

Stille, während die Elfen im Hintergrund sangen und tanzten – viele davon auf den Tischen.

„Was diese Triade angeht ...", begann ich. Etwas an dem Thema ließ mir keine Ruhe. „Wenn das einzige Problem dein, ähm, Glaube ist, könnten wir das nicht wieder hinbiegen?" Wenn ich es schaffte, Kalt davon zu überzeugen, eine gefestigte Allianz in Form eines Gefährtenbandes zwischen den Winterfeen und unserer Art herbeizuführen, könnte das äußerst hilfreich für unser Königreich sein.

Und wenn ich dabei zufälligerweise zwischen einem Selkie und der Fee meiner Träume landete, würde ich mich nicht beschweren. Ich hatte Prinz Lark noch nicht getroffen, aber wenn er auch nur annähernd so aussah wie Norden oder Kalt, war ich Feuer und Flamme.

Und wenn es nicht gut ausgehen würde, konnte ich immer noch das Weite suchen.

Doch Kalts Gesichtsausdruck sagte mir, dass er fest im Sinne hatte, das alles hinter sich zu lassen. Und doch riet das kurze Zögern in seinem eisigen Blick an, dass das das Letzte war, was er tun wollte.

Ich versuchte das Gespräch so professionell wie möglich zu halten und behielt einen ernsten Gesichtsausdruck, während mich Kalt ansah. „Ich meine, ich könnte eine Kandidatin sein", fuhr ich fort. „Aber das hat nichts zu bedeuten. Ich bin nur eine von vielen, während du keine Konkurrenz hast, richtig?"

Sein Kiefer zuckte.

„Es ist das eine, wenn du sie nicht magst", fuhr ich fort, war mir bewusst, dass ich Knöpfe drückte, die vermutlich alle freudige Stimmung ruinieren würde, die wir heute erlebt hatten. Aber es war ein angebrachtes Thema, da er mich hierhergebracht und *bestätigt* hatte, dass ich mich als potenzielle Gefährtin eignete.

Also würden wir seine eigene Kandidatur ebenfalls besprechen.

Quid pro quo, sozusagen.

„Aber wenn du sie magst", sagte ich, „könntest du dich ihnen anschließen. Und das würde zu einer Allianz zwischen unseren Reichen führen."

Ein Wasserfee-Royal, der sich mit einem Winterfeenprinz verband? So ein Band würde die Interreichsfeenbeziehungen zwischen Königin Claire und den Winterfeen zweifellos stärken.

So sehr, dass ich beinahe akzeptieren konnte, dass Kalt in einem Gefährtenzirkel enden würde, der mich nicht mit einschloss. Es würde mich in tausend Stücke zerreißen, aber wenn das zu einer Allianz zwischen den beiden Feenreichen führen würde, würde ich es akzeptieren.

„Ich habe dir doch schon erklärt, dass das ein zu großes Risiko birgt, Artica", sagte Kalt, stellte sein Getränk weg. „Glauben kann man nicht fabrizieren. Er ist unberechenbar und nicht verlässlich. Ich sage nicht, dass ich *nicht* an mich selbst glaube, aber die Möglichkeit besteht durchaus. Und ich würde nie etwas tun, das alles ruinieren könnte, was wir bisher hinsichtlich der Interreichsfeenbeziehungen bezweckt haben."

Ich winkte ab. „Ja, das verstehe ich, aber du zerdenkst die Sache. Vielleicht geht es nicht darum, an *dich* selbst zu glauben, sondern darum, wie sehr die anderen Mitglieder in der Triade an dich glauben." Norden hatte jedenfalls sehr überzeugt davon geschienen, dass Kalt in die Verbindung passte. Was nur noch den Winterfeen-Royal übrig ließ. Ich legte meinen Kopf schief. „Wie ist er so? Der Prinz?"

Kalt runzelte die Stirn. „Er ... ist ein temperamentvolles Arschloch", sagte Kalt schließlich. „Aber er nimmt seine Pflichten genauso ernst wie ich.

Cyrus verehrt ihn. Und ich muss zugeben, dass wir einander in den vergangenen Monaten ans Herz gewachsen sind. Wir sind uns in vielen Dingen ähnlich. So sehr, dass ich mir gut vorstellen kann, dass wir über die Jahre hinweg beste Freunde werden könnten."

Seine Aussage erschreckte mich. „Wenn ihr euch bereits so nahesteht, oder euch nahestehen könntet, was ist dann so verkehrt daran, sich seiner Triade anzuschließen? Ist das Risiko wirklich so groß?"

„Du bist ganz schön neugierig, was?"

Ich zuckte mit der Schulter. „Du hast mich hierhergebracht, um eine Kandidatin zu sein. Es ist mir gestattet, Fragen zu stellen."

„Ich habe dich nicht …" Er verstummte und seufzte. „Ich wusste, dass das Potenzial bestand, dass du eine Kandidatin sein würdest, wegen der Winterfeenmagie, die in den Auswahlprozess involviert ist. Aber ich habe deine Bewerbung ausgesucht, weil sie gut war, Artica. Nicht, weil ich dich für einen Prinzessinnenwettbewerb nominieren wollte. Na ja, jedenfalls nicht vollumfänglich deswegen. Aber vielleicht schon ein kleines bisschen."

Er zuckte zusammen und sah reumütig aus.

Denn, ja, er hatte mich definitiv hierhin gebracht, damit ich zu einer Kandidatin würde.

Was in Ordnung war. Ich hatte kein Problem damit, von einem sexy Selkie und einem Prinzen umworben zu werden. Das war doch irgendwie der Traum, oder etwa nicht?

„Ist schon gut. Ich bin darüber hinweg." Ich winkte ab, um ihm zu zeigen, dass meine vorherige Verärgerung verflogen war. „Aber ich will verstehen, warum *du* dich seiner Triade nicht angeschlossen hast. Denn für den unwahrscheinlichen Fall, dass ich mehr als bloß eine

Kandidatin sein werde, muss ich wissen, was mir bevorsteht."

Na bitte. Gut gesagt. Und das auch noch auf erwachsene Art und Weise.

Er musterte mich einen langen Augenblick. „Gefährtenbänder sind permanent."

„Ja, das weiß ich."

„Ich bin noch nicht bereit, mich festzulegen."

Ich zog meine Augenbrauen hoch. „Na, du hast jedenfalls kein Problem damit, dich voll und ganz deinem Beruf zu verschreiben."

„Das ist etwas völlig anderes." Er verschränkte seine Arme auf dem Eistisch und das Geschnatter an der Bar hinter mir schien in den Hintergrund zu rücken, weil er mir so nahe war. „Ich bin noch nicht bereit, mich zu binden."

Mir brach das Herz. Das hatte ich nicht hören wollen.

„Nicht, dass dich das etwas angehen würde", ergänzte er.

„Technisch gesehen, hast du mit meinem Gefährtenpotenzial gespielt, indem du mich im Wissen hierher gebracht hast, dass ich vermutlich eine Kandidatin sein würde", sagte ich. „Etwas, von dem ich sagen könnte, dass es dich genauso wenig angeht. Und doch sitzen wir jetzt hier." Ich ahmte seine Haltung nach. „Um uns um Feenangelegenheiten zu kümmern, richtig? Um unsere Beziehung mit den Winterfeen zu stärken?"

Er kniff seine eisblauen Augen zusammen. „Du sagst das, als würde ich dich ausnutzen."

„Das tust du zu einem gewissen Grad auch", sagte ich zu ihm. „Aber es macht mir nichts aus." Letzteres meinte ich auch so. Ich würde tun, was immer nötig war, um diese Allianz für unsere Königin zu sichern. Und wenn ich, während ich mich mit politischen Angelegenheiten befasste, im Bett mit einem sexy Selkie landen würde, würde ich mich nicht beschweren.

Denn Kalt hatte ganz offensichtlich kein Interesse an einer Beziehung mit mir. „Hör zu, ich bin keine risikofreudige Fee, egal wie groß oder klein das Risiko auch ist, und ich bin nicht für königliche Pflichten geschaffen – auch wenn mein Cousin oder Prinz Lark mich vom Gegenteil überzeugen wollen. Es gibt eine Zeit und einen Ort für alles, und jetzt ist nicht der richtige Zeitpunkt."

Er wurde still, als hätte er zu viel gesagt.

Jetzt dämmerte mir, dass sich Kalt den Pflichten des Wasserkönigreichs absichtlich entzogen hatte. Obwohl er nie König sein würde, gab es eine Menge königlicher Pflichten, die er als Wasserfeenprinz übernehmen konnte. Stattdessen hatte er sich auf die Möglichkeit geworfen, Interreichsfeenbeziehungen zu schaffen und stärken, nachdem Königin Claire den ersten Schritt gemacht hatte.

„Ich will einen echten Unterschied machen, Artica", fuhr er mit eiskaltem Tonfall fort. „Das kann ich nicht, wenn ich an einen Gefährtenzirkel gebunden bin oder Entscheidungen mit meinem Herzen anstatt meinem Kopf treffe. Es ist zu viel passiert. Die Tore zum Reich der Höllenfeen wurden zum ersten Mal seit … einer langen Zeit wieder geöffnet."

Ja, davon hatte ich gehört. Der Höllenfeenkönig hatte etwas Großes im Sinn, aber niemand wusste, was. Und er gab keine Details preis.

„Und die Quellen haben sich merkwürdig verhalten", sagte Kalt. „Die Prophezeiungen von den Schicksalsfeen bergen alle dieselbe Nachricht. Dass etwas im Anmarsch ist. Etwas, das *alle* Reiche betreffen wird. Und dass die Feen bereit dafür sein müssen. Wir alle müssen zusammenhalten, wenn es kommt – was auch immer *es* ist."

Okay, diesen Teil hatte ich noch nicht gehört.

„Ich bin bereit, sehr viel für die Feen zu opfern, aber das kann ich nicht tun, wenn ich Teil eines Gefährtenzirkels bin. Denn dann würde ich nicht nur mich selbst opfern, Artica. Sondern auch jene, die mir am Herzen liegen."

Aha. Und da haben wir den wahren Grund, warum er sich nicht darauf einlassen will, staunte ich, war beeindruckt darüber, wie sehr er seiner Sache verschrieben war.

Er wollte nicht nur Königin Claire behilflich sein. Er wollte an vorderster Front stehen.

Und das konnte er nicht tun, wenn andere Leben an seines gebunden waren.

Er griff wieder nach seinem Getränk und leerte den Becher. „Du verdirbst die Stimmung. Du solltest noch eine Zuckerstange essen."

Ich schnalzte mit der Zunge. „Wie wäre es, wenn *du* dieses Mal die Zuckerstange isst?", fragte ich und ließ ihn vom Thema ablenken. Angesichts all dessen, was er mir gerade offenbart hatte, hatte er es sich verdient. Und ich musste jetzt über so einiges nachgrübeln.

Ein Lächeln zog auf seinem Gesicht auf, doch seine Grübchen zeigten sich nicht. „Na gut. Geh und hol mir eine."

Ich kniff meine Augen zusammen. „Weißt du was? Ich glaube, das werde ich."

Ich trank den Rest meines Martinis, stand auf und lief zum Buffettisch, genoss den leichten Rausch, den mir mein Getränk verschafft hatte. Ich begab mich zum Glas mit mehrfarbigen Zuckerstangen und zögerte, ließ meine Hand darüber schweben. Grün oder gelb? Vielleicht orange? Ich wusste bereits, was die blauen für eine Wirkung hatten.

Ich lächelte, als ich mir seine Reaktion auf jene Zuckerstange vorstellte, die ich auswählen würde.

Vielleicht würde ich mir eine von allen nehmen und abschätzen, wovor er sich am meisten fürchtete.

Ich kam mit einer rosafarbenen, gelben, orangen, grünen und violetten Zuckerstange zurück.

Er musterte sie alle. „Ich werde nicht alle davon essen."

„Nein. Nur eine." Ich hielt die gelbe Zuckerstange hoch, musterte seine Reaktion eingehend. „Vielleicht die hier?"

Sein Gesichtsausdruck blieb unverändert. Nicht das kleinste Zucken. Er griff danach, aber ich zog sie weg.

„Hm. Vielleicht nicht."

„Artica, was machst du da?"

Ich antwortete, indem ich die orangene Stange hochhielt. „Die hier."

Er kniff seine Augen zusammen. „Gib mir einfach eine Zuckerstange."

„Na, welche willst du?"

„Es ist mir egal. Grün."

Ich erlaubte mir ein Kichern. Ein böses, wahnsinniges Kichern. Ich legte die grüne Zuckerstange weit weg.

„Neeeein."

„Ich weiß, welche Zuckerstange welche Wirkung hat, und ich habe keine Präferenz."

Das schlug mir etwas auf die Stimmung. „Du magst die blauen am wenigsten, was?"

„Verstehe", sagte er mit rumpelnder Stimme und lehnte sich amüsiert zurück. „Du versuchst mir eine zu geben, die ich nicht will. Clever. Aber das wird nicht funktionieren."

Er zwinkerte mir zu.

Er verdirbt mir den ganzen Spaß.

„Sag mir, welche Zuckerstange welche Wirkung hat", sagte ich.

„Ich glaube, das werde ich dich selbst herausfinden lassen."

Ich zog eine Schnute. „Du bist fies."

Er lächelte mich mit sinnlichem Blick an.

Ich musterte die Zuckerstangen, dann griff ich nach der violetten. „Ich habe meine Entscheidung getroffen. Die hier."

Er verzog das Gesicht, nahm sie dann jedoch entgegen und biss davon ab, kaute darauf herum. Ich wartete, ganz begierig darauf, ihn aufspringen und einen Jig aufführen oder zusätzliche Arme und Beine bekommen zu sehen.

Qualvolle Sekunden verstrichen.

Nichts passierte.

Moment mal, nein. Gänsehaut breitete sich auf seiner Haut aus und seine Armhaare stellten sich auf.

„Also ... was hat sie gemacht?", wollte ich wissen.

„Meine Magie für etwa sechzig Sekunden geschwächt. Es sind noch etwa vierzig machtlose Sekunden übrig, bis ich mich wieder vor der Kälte schützen kann."

Ich verschränkte meine Arme. „Das ist überhaupt nicht fair."

Er lachte. „Und doch würde ich es verabscheuen, eine Minute lang keine Kräfte zu besitzen, wenn ich sie wirklich brauche." Er lachte erneut. „Norden hat mir die hier einmal gegeben. Ich werde mich nicht noch einmal kalt erwischen lassen."

„Hm, ich schätze, die Zuckerstange bietet so einige Möglichkeiten ..." Ich wickelte eine Locke seines schneeweißen Haars um meine Finger und benutzte meine Magie, um Eis an ihre Wurzel zu schießen.

Er verzog sein Gesicht. „Das wirst du bereuen."

„Oh, werde ich das?" Ich griff nach meinem

Martiniglas und realisierte, dass es leer war. „Soll ich die letzten zwanzig Sekunden ausnutzen?"

Er nahm meine Hand in seine, bevor ich nach einer weiteren Haarlocke greifen konnte. Mir stockte der Atem, als er mich mit durchdringendem Blick ansah. „Zehn."

Ich benutzte meine andere Hand, um ihm einen Kuss zuzuwerfen, schoss Pulverschnee in sein Gesicht.

Die Elfen an der Bar, die uns zugesehen hatten, brachen in Gelächter aus.

Er seufzte und wischte sich den Schnee von seiner Nase. „Ich schätze, das habe ich verdient."

„Ich schätze, das hast du", sagte ich selbstgefällig.

Frost ging von seiner Hand aus und wanderte an meinem Arm hoch. Ich wich zurück, erschauderte angesichts der durchdringenden Kälte.

Er grinste. „Die Zeit ist um."

„Ja, ja, das habe ich bemerkt", sagte ich und rieb mir meinen Arm, um ihn aufzuwärmen.

Eine Gruppe Elfen kam zu uns hinüber, sang ein fröhliches Lied. Kleine Hände zogen an meinen Kleidern und rissen mich vom Hocker. „Was ist hier los?", fragte ich und sah Kalt an.

„Sie wollen, dass du dich ihnen anschließt. Das ist etwas Gutes. Das bedeutet, dass sie dich mögen."

Die Elfen zogen mich auf die Tanzfläche und die Magie hier – Feiertagslaune oder was auch immer – nahm vollends überhand, machte mich heiterer, als ich es je zuvor gewesen war.

Ich tanzte und sang mit den Elfen, bewegte meine Hüften und drehte mich im Kreis, bis mir schwindlig war.

Alles, während Kalt mit einem abwesenden Lächeln auf dem Gesicht zusah und an der Bar saß.

Ja, es würde mir hier wirklich gefallen, aber ich würde etwas gegen Kalts Zwickmühle unternehmen müssen.

Er verdiente es nicht, allein zu sein. Nicht, wo er mir doch keinen Grund genannt hatte, um sich der Triade des Prinzen nicht anzuschließen – bis auf die politischen.

Das Glimmen in seinen Augen sagte mir, dass er sich den Reichen zuliebe Freude und Glück verwehrte.

Aber etwas fehlte in seinem Leben, und wenn ich es hart genug versuchte, würde ich ihn davon überzeugen können, zu tun, was für die Königreiche am besten war … und für ihn.

Nein, nicht, wenn ich es versuche, korrigierte ich mich und fuhr mit meinen Fingern über den Schneeflockenanhänger an meiner Kette.

Wenn ich *glaube*.

KALT

Artica würde mich noch umbringen.

Ich dachte an sie, als ich meine Gemächer betrat, und begab mich direkt unter die Dusche. Ich hatte sie zu ihrem Gästezimmer am Ende des Flurs geschickt. Sie war noch immer ganz heiter und trunken von den Nordpolgetränken gewesen.

Ich hatte heute Spaß gehabt. Vermutlich mehr Spaß, als ich seit einer ganzen Weile gehabt hatte.

Etwas, das zu einem Problem würde, wenn ich nicht vorsichtig war.

Ich ließ das Wasser an und drehte es auf die höchste Stufe auf. Ich zog mich aus, begab mich unter den heißen Duschstrahl und zischte, als die gleißende Hitze auf meine eiskalte Haut traf und meine Magie schneller schmolz, als sie sollte.

Bäh, ich musste diese Frau aus meinem Kopf bekommen.

Und Norden.

Und Prinz Lark.

Verfrostet.

An die drei zu denken, bereitete mir Gänsehaut, die sich unter dem warmen Wasser schnell verflüchtigte.

Irgendwie hatte ich es geschafft, die erste Gefährtenebene mit Artica zu erlangen. Und doch schien sie es nicht bemerkt zu haben. Sie war zu trunken gewesen, um die Verbindung zu spüren.

Aber sie würde sie morgen ganz bestimmt bemerken.

Ein Umwerbungsband.

Alles nur wegen dieses verflixten Mistelzweigs in ihrem Zimmer, gefolgt von ihrem Schneekuss an der Bar. Oder vielleicht hatte es Letzterer ganz allein geschafft. Ich war mir wirklich nicht sicher. Aber irgendwann hatte meine Seele ein Interesse an ihrer bekundet, und sie hatte augenblicklich positiv darauf reagiert.

Was mich nicht überraschte.

Ich wusste, dass sie Gefühle für mich hatte.

Ich hätte nicht zulassen dürfen, dass sich ein Band formte.

Wir hatten einfach zu viel Spaß gehabt.

Ähnlich wie in meiner ersten Nacht in diesem ansteckenden Reich.

Prinz Lark und Norden hatten mich an jenem Abend in eine Ecke gedrängt, mir eine Willkommensparty angeboten, die beinahe in einer Fantasie geendet hatte, die ich nie wieder erforschen würde.

Denn ich kannte die Risiken. Ich wusste, was uns bevorstand. Ich würde kein selbstsüchtiger Eispickel sein und riskieren, einen Krieg oder noch Schlimmeres heraufzubeschwören, weil ich meinen Schwanz nicht in der Hose lassen konnte.

Das hielt mich aber nicht davon ab, darüber zu fantasieren.

Aber jetzt hatte sich Artica der Mischung beigefügt,

was es verdammt schwierig machte, Distanz zu wahren. Weshalb ich es mir nicht verkneifen konnte, meinen Schwanz in die Hand zu nehmen.

Denn, *verfrostet*, es war lange her, seit ich mich der Lust hingegeben hatte. Und auch wenn ich ausgehen und einen willigen Selkie oder eine Winterfee antreffen würde, die mich verwöhnte, hätte das nicht gereicht.

Prinz Lark und Norden hatten meine Gedanken vollends eingenommen.

Und mittendrin war da jetzt zu allem hin auch noch Artica, tat in meinen Gedanken verruchte Dinge, über die ich *nicht* fantasieren sollte.

Ich stöhnte, während meine Hand meinen Schaft massierte. Ich hasste mich dafür, dass ich es mir erlaubte, die Fantasie auszuleben. Denn das war alles, was es je sein würde. Das war alles, was ich es je sein *lassen* würde.

Aber ich konnte nicht aufhören. Meine Adern brannten voller Lust, die ich befriedigen musste. Auch wenn es meine Hand war, die den Job erledigte.

Ich dachte an Norden und Prinz Lark, wie sie Artica alles zeigten, was die Winterfeen zu bieten hatten. Norden, der sie zwischen ihren Beinen leckte, während Prinz Lark ihren Mund plünderte.

Ich beobachtete sie aus den Schatten, genoss die Folter, die daher rührte, zusehen, aber nicht mitmachen zu können.

Ich würde mich ihnen bald anschließen.

Die Risiken vergessen. Die Möglichkeit ignorieren, dass Verdammnis folgen könnte.

Einfach nur im Moment der Begierde und Lust baden.

Norden und Lark tauschten ihre Plätze und Artica stöhnte, als sie sich selbst an Nordens Zunge schmeckte.

Verfrostet, ich wollte sie auch küssen – den Geschmack

ihrer süßen Mitte ebenfalls kosten. Sie schmeckte vermutlich nach süßen Beeren und Sahne.

Oder vielleicht nach Kokosnuss.

Mein Griff verfestigte sich und ich legte meinen Kopf gegen die Wand. Dann stellte ich mir vor, wie ich Norden küsste, ließ den Selkie mich so berühren, wie sein Blick es immerzu versprach, dass er es tun würde: mit der Sinnlichkeit, der rauen Männlichkeit sowie der Eleganz, für die seine Art bekannt war.

Artica schmeckte genauso süß, wie ich erwartet hatte. Ihr Kokosnusstoffee-Geschmack war süchtig machend und sprach zu meiner Seele.

Es war nicht echt.

Aber es fühlte sich unverschämt echt an.

Ich massierte mich fester, als ich ihre Lippen an meinem Unterbauch spürte, stellte mir vor, wie Lark in sie glitt, während der Selkie sie von hinten nahm.

Eine Unmenge an Positionen und Bildern verunmöglichten es mir, nur schon daran zu denken, wie falsch meine Gedanken waren.

Es war eine angemessene Umwerbung für eine Fee wie Artica.

Sie war perfekt. Ich hatte es gewusst, als ich die Schneeflockenkette um ihren Hals gelegt hatte, aber ich hatte es zuvor schon vermutet.

Dieser Anhänger war eine Art Absicherung gewesen. Ein magisches Artefakt, das ihre Kompatibilität mit anderen Feen zeigte. Meine Kompatibilität mit Lark und Norden riet an, dass sie eine Wasserfee für ihren Gefährtenzirkel brauchten. Also hatte ich mich darauf konzentriert, die Richtige für sie zu finden.

Aber ich weigerte mich, sie – oder jemand anderen – zu einer Kandidatin zu machen, ohne dass sie die wahre Verbindung zu den Männern kannte, die sie umwarben.

Darum auch die Halskette. Sie testete die Verbindungen, um sicherzustellen, dass diejenige – wer auch immer als Kandidatin auserwählt wurde – die richtige Fee für den Job war.

Mein Herz hatte einen Sprung genommen, als ich ihre potenzielle Verbindung zu Norden gespürt hatte. Denn das bedeutete, dass ich richtig gelegen hatte. Dass sie wahrhaftig kompatibel waren.

Der Einzige, der noch auf die Probe gestellt werden musste, war Lark – und ich hatte die starke Vermutung, dass mein Herz genauso fest klopfen würde, wenn er Artica kennenlernte.

Ein selbstsüchtiger Teil von mir wollte sie ihm nicht überlassen.

Nein, das stimmte nicht. Der selbstsüchtige Teil von mir wollte, dass sie sie haben würden … *mit mir an ihrer Seite.*

Ich schluckte leer, dachte daran, wie der Anhänger an ihrer blassen Haut gefunkelt hatte. Er hätte sich schwarz verfärbt, wenn Norden keine perfekte Partie gewesen wäre. Verschneeflockt, sie hatte sich sogar insgeheim gewünscht, dass der Selkie ihren Namen sagen würde. Obwohl sein Geschmeichel mich genervt hatte, hatte Artica es geliebt.

Ich hatte sie mit meinen Erklärungen ernüchtern wollen und ihr gesagt, dass Nordens Avancen nur Teil einer Umwerbung seien. Aber wenn Norden ein Auge auf jemanden warf, war er unablässig. Ich sprach aus Erfahrung.

Was bedeutete, dass er sie vermutlich für sich gewinnen würde.

Und wenn der Prinz mit ihr kompatibel war – wie ich vermutete –, dann würde er nur noch hartnäckiger sein.

Aber das war der Grund, aus dem ich sie hierher gebracht hatte. Ich hatte gemeint, was ich hinsichtlich ihrer

Bewerbung gesagt hatte. Obwohl mehr hinter meiner Wahl gesteckt hatte.

Ich wusste, dass sie perfekt in dieses Reich passen würde. Ich konnte ihre Freude und Heiterkeit spüren, wann immer ich ihr nahe war. Bei den Feen, ihr Schlafzimmer auf der Akademie war festlich geschmückt, obwohl Festivus erst in ein paar Monaten war.

Ihre Feiertagspersona machte sie perfekt für dieses Praktikum.

Und es machte sie auch zur idealen Kandidatin für Larks Gefährtenzirkel.

Sie verfügte über eine Überzeugung und Entschlossenheit, die mir fehlte. Ein Herz aus Gold. Eine Obsession mit Liebe und Romantik. Lance hatte mir gesagt, wie sie ihm dabei geholfen hatte, seine Sterbliche – Candela – für sich zu gewinnen. Die Besitzerin des Cupcake-Ladens, die eine Affinität für Nordpolmagie hatte. Und wenn Lance Articas Potenzial zu glauben erkannte, was sie zu einer würdigen Prinzessin der Winterfeen machte, dann glaubte ich ihm.

Unser Volk brauchte sie. Sie würde eine Allianz schaffen, die – wie sie schon so clever geschlossen hatte – unseren Reichen dabei helfen würde, sich zu vereinen. Das bewies, dass sie wie gemacht für die Aufgabe war. Sie konnte sich mit Prinz Lark und dem Selkie verbinden, und zusammen würden sie eine weitere Fee finden, die die Triade ergänzen konnte, ohne dass ich dazwischenfunkte.

Es war der perfekte Plan, wenn ich mich ihnen fernhalten konnte.

Aber, oh … Das Bild von dem, was sein könnte, nahm noch immer meine Gedanken ein.

Dank meines königlichen Wasserfeenbluts besaß ich dieselbe Kraft wie der Prinz. Wir wären in der Lage, ihr so viel Lust zu verschaffen, dass sie uns anflehen würde, aufzuhören. Und dann würden wir Norden sie mit seinen sinnlichen Fähigkeiten foltern lassen, die jede Fee in den Wahnsinn treiben konnten.

Ein Zittern durchfuhr mich, während ich mich fester massierte und meine Augen schloss, während ich mir diesen winzigen Augenblick der Schwäche erlaubte.

Ich stellte mir alles vor.

Artica als meine Gefährtin.

Ihre Beine für mich gespreizt.

Wie ihr mein Name über die Lippen kam.

Wir drei, die sie verwöhnten, bis sie kam.

Dann, wie wir sie zusammen nehmen würden. Lark zwischen ihren Beinen, Norden hinter ihr. Ich in ihrem Mund. Diese sinnlichen, vollen Lippen um meinen Schwanz geschlungen, ihre Rachenmuskeln angespannt, während sie mich in sich aufnahm wie eine dieser Zuckerstangen.

Bei den Feeeen … Ich stöhnte, Hitze bäumte sich wie eine lustvolle Welle in mir auf, die meine Kraft kurz überwältigte, sodass ich gegen die Wand gedreht kam.

So mächtig.

So leidenschaftlich.

So … *richtig.*

Trauer drohte meine Wonne zu stören, mein Hoch zu ruinieren. Aber ich blendete das Gefühl aus, glaubte einen winzig kleinen Moment länger daran, dass Artica und Norden und Lark mir gehörten.

Meine Gefährten.

Meine Zukunft.

Mein Schicksal.

Ein wunderschönes Schicksal voller Verheißung und Liebe und brennender Leidenschaft.

Eine Zukunft, die mir nicht bestimmt ist, dachte ich und meine Knie zitterten.

Mein Kopf prallte gegen die Duschwand und ich ließ meine Schultern niedergeschlagen hängen, schwor mir, dass ich das Band zu Artica morgen früh auflösen würde. Ich würde ihr den Palast zeigen, langsam, über den Tag verteilt, die Verbindung auflösen und ihr dann so viele Aufträge geben, dass sie mich bis nach der Krönung nicht sehen würde.

Ich würde aus der Ferne beobachten.

Sie von Weitem beschützen.

Norden war interessiert an ihr, und sie an ihm.

Sie mussten nur warten, bis das Schicksal seine Karten spielte und die Feiertagsmagie an ihren Platz fallen würde.

Während ich mich in den Schatten versteckte.

Denn der Gedanke, dass ich Teil ihres Zirkels war, war nichts mehr als eine Fantasie, die niemals wahr werden durfte.

ARTICA

D as Sonnenlicht kitzelte meine Sinne, zog mich aus meinem schläfrigen Kokon.

Mh, diese Steppdecken waren soooo warm.

Und die Matratze ähnelte einer fluffigen Wolke.

Ich streckte mich im Bett, vergrub mein Gesicht im Federkissen, während die Überreste wohliger, heiterer Träume noch immer in meinem Unterbewusstsein umherschwirrten, aber schnell verblassten.

Meine erste Nacht am Nordpol war ein Erfolg gewesen.

Jetzt musste ich bloß meinen ersten ganzen Tag hier überleben.

Kalt wollte mich heute Morgen im Palast herumführen.

Also, ähm, wie viel Uhr ist es? Da die Sonne hier unentwegt schien, war es schwierig, das abzuschätzen.

Ich setzte mich auf, schüttelte die verbleibende Schläfrigkeit ab und sah auf die Uhr über meiner Kommode aus Kastanienholz.

Ich sollte mich in zehn Minuten mit Kalt in der Cafeteria treffen.

Ich rollte mich aus dem Bett, öffnete meinen Wandschrank und bemerkte, dass meinen ausgepackten Klamotten mehrere wärmere Outfits hinzugefügt worden waren – ein Geschenk des Winterfeenreichs.

Geschenke von den Elfen, vielleicht?

Eine plausible Erklärung, da gestern Nacht ein Seidenpyjama und flauschige Rentierpantoffeln auf meinem Nachttisch gelegen hatten.

Was für süße Outfits werde ich wohl in meinem Schrank finden?, fragte ich mich, ging die Sachen durch.

Jedes Kleidungsstück war weich und entweder mit künstlichem Fell besetzt oder aus Baumwolle hergestellt. Alles davon war von einer Schicht Winterfeenmagie überzogen, die angenehm surrte, während sie über meine Haut strich.

Von mir aus gerne!, dachte ich, zog einen babyblauen Pullover hervor, der mich an Wolken erinnerte. Er war so leicht und doch fühlte sich die Magie, die in das Material eingewoben wurde, warm an.

Ich zog mir mein Seidenoberteil aus und legte den Pullover an. Dann tauschte ich meine Pyjamahose gegen eine Skinnyjeans ein und musterte mich im Spiegel. Der Pullover war tailliert und hatte einen V-Ausschnitt, der ein wenig Dekolleté zeigte.

Ich lächelte, ließ eine Hand über mein weißblondes Haar streifen, um die Knoten darin zu lösen. Üblicherweise flocht ich die Strähnen gerne zusammen, aber heute blieb keine Zeit dafür. Genauso wie gestern.

Na ja. Für den Moment musste es genügen.

Obwohl … wenn ich wollte, dass Norden mich weiter umwarb, würde ich frisurentechnisch eine Schippe drauflegen müssen. Etwas, worüber ich mir später Gedanken machen müsste.

Ich zog mir Socken und ein Paar fellbesetzte Stiefel an, dann rauschte ich zur Tür und warf einen langen, sehnsüchtigen Blick zurück in mein Zimmer. Es hatte die perfekte Größe. Ein riesiges Bett stand neben einem enormen Fenster, das den Eisskulpturengarten überblickte.

Sogar jetzt konnte ich zwei Polarfüchse miteinander spielen sehen. Sie jagten einander um die Skulpturen herum.

Wenn Kalt mich nicht mit allzu viel Arbeit überhäufen würde, würde ich mir etwas Zeit nehmen, um das Gebiet zu erforschen, mir vielleicht ein paar weitere Freunde zu machen. Vorzugsweise süße und flauschige Freunde wie diese Füchse.

Ich verließ mein Zimmer, eilte den Flur hinunter, fand die Tür, die mich zu den Gemeinschaftsräumen führte, und ging leichten Fußes auf die Cafeteria am anderen Ende zu. Meine Füße verspürten einfach den Drang, zu tanzen und herumzuhüpfen, dank all den heiteren Strömungen in der Luft.

Die Cafeteria war wieder randvoll mit Elfen, doch dieses Mal waren auch einige Winterfeen vor Ort. Sie waren klar zu erkennen, weil sie größer gewachsen waren und die meisten von ihnen Merkmale ihrer Heimatreiche besaßen.

Eine Handvoll Feen war groß gewachsen und elfenähnlich, mit weißblondem Haar und spitzen Ohren. Ich nahm an, dass diese Männer die geborenen Winterfeen waren. Ihre cremige Haut ähnelte sonnengeküsstem Schnee und ihre Augen waren allesamt silberblau.

Ungeheuer sexy Elfen, beschloss ich und lächelte. Gemäß dem, was ich gestern gelesen hatte – denn ja, ich hatte die gesamte Hierarchie und Gefährenstruktur mit Hilfe meines

Eistablets in meinem Zimmer recherchiert, bevor ich eingeschlafen war –, brachten die Gefährtenzirkel nur männliche Nachkommen hervor. Also gab es keine reinrassigen weiblichen Winterfeen-Royals. Nur die Frauen, die von einem Gefährtenzirkel auserkoren worden waren.

Beweis dafür waren die wenigen blonden Winterfeen-Männer, die sich an ihre Tische zurückbegaben, an denen jeweils zwei Männer und eine Frau saßen.

Echte Gefährtenzirkel, sinnierte ich und schmunzelte. *Sehr gerne.*

Außer vielleicht diesem riesigen, massigen …

Ich blieb wie angewachsen stehen.

Aha. *So* sahen abscheuliche Schneemänner also aus.

Sein Kopf reichte beinahe bis zur Decke und er ähnelte einem Schneeberg mit glühenden Augen und Zähnen aus Eiszapfen.

Er sah aus wie die unfreundlichste Kreatur, die ich am Nordpol bisher gesehen hatte.

Notiz an mich selbst: Tappe *nicht* in eine ihrer Fallen.

„Wie ich sehe, hast du einen Schneemann gefunden", sagte Kalt hinter mir.

Ich wirbelte mit geweiteten Augen herum.

Bei den Feen, ich hatte bereits wieder vergessen, wie umwerfend er aussah. Er sah mir einen Moment lang in die Augen, bevor er seinen Blick abwandte.

Vermutlich machte ich ihn wieder betreten. Aber da war dieses merkwürdige Kribbeln zwischen uns. Eine statische Energie, die ich nicht ganz verstand. Ich hatte es gestern Nacht schon gespürt, aber ich hatte es den vielen Drinks zugeschrieben. Und doch war es jetzt noch da.

Interessant.

„Sie sind, ähm, größer als ich gedacht habe", schaffte ich zu erwidern und versuchte das Gespräch am Laufen zu halten, bevor ich noch etwas Albernes fragte wie zum Beispiel: *Spürst du dieses Surren zwischen uns? Vielleicht sollten wir uns küssen oder wieder zusammen tanzen. Und uns dann küssen. Definitiv etwas mit küssen.*

Er legte seinen Kopf schief, während er den Schneemann betrachtete. „Sie sehen bedrohlich aus, bestehen aber aus nichts als Schnee und Magie. Winterfeenmagie – also können sie nicht allzu böse sein." Er sah wieder zu mir hinunter. „Und, wie hast du geschlafen?"

„Wie ein Baby", sagte ich seufzend. „Sind alle Zimmer hier so gemütlich?"

Seine Mundwinkel zuckten. „Das sind die Nachwirkungen der Nordpolmagie. Man soll sich hier fühlen, als würde man am Weihnachtsmorgen erwachen. Und das jeden Tag."

„Du meinst, so wie wir uns am Festivus fühlen?", riet ich, war dank Königin Claire mit den Weihnachtsbräuchen bekannt.

„Genau so."

Ich erinnerte mich an letzte Nacht – an das Singen, das Tanzen, die Zuckerstangen. „Aha. Das ergibt Sinn. Die meisten Winterfeenbräuche wurden den Sterblichen vermacht."

„Darum auch die Glaubenskristalle. Sie werden vom Glauben an die Festtagsmagie in Kindern angetrieben. Jedes Mal, wenn sie dem Weihnachtsmann schreiben oder sich etwas zu Weihnachten wünschen, entsteht ein Kristall." Er griff nach einer unbändigen Strähne, um sie mir hinter mein spitzes Ohr zu streifen. Die leichte Berührung seiner Fingerspitzen rüttelte eine Erinnerung an letzte Nacht wach. Diejenige, als ich ihm einen Schneekuss ins Gesicht geblasen hatte.

Ich wollte mehr tun.

Mich nach vorne lehnen und ihn leidenschaftlich küssen.

Was nichts Neues war.

Und doch schien der Drang, es jetzt – ohne unter dem Einfluss von Alkohol zu stehen oder anderweitige Motive zu haben – tun zu wollen, selbst mir etwas merkwürdig.

Kalt und ich waren kompatibel. Eine Tatsache, die mir immer schon bewusst gewesen war. Aber die Verbindung fühlte sich jetzt schwerer an. Greifbarer. Als hätten wir uns irgendwie miteinander verbunden.

Aber …

Ich runzelte die Stirn.

Spüre ich da ein Band auf erster Ebene? Das war bestimmt nur Wunschdenken. Ich hätte mich daran erinnert, wenn wir ein Band geknüpft hätten, oder?

Sie waren nicht permanenter Natur. Aber einige konnten bis zu einem Monat anhalten, bevor beide Feen im gegenseitigen Einvernehmen die temporäre Verbindung kappten.

Oder sie verstärkten.

Wann –

„Sollen wir?", fragte Kalt plötzlich, riss mich aus meinen Gedanken. „Ich bin am Verhungern."

Genau. Essen.

„Klar", sagte ich und berührte meinen Schneeflockenanhänger.

Bei den Feen, er konnte es auch spüren, nicht wahr? Warum sagte er dann nichts?

Es sei denn, ich bildete mir das bloß ein, was durchaus plausibel war, da ich so besessen von Kalt war.

Was, wenn die Festtagslaune von letzter Nacht Kalts Hemmungen hatte verfliegen lassen und es uns erlaubt hatte, uns miteinander zu verbinden?

Ich kaute auf meiner Unterlippe herum. Das würde

bedeuten, dass ich ihn irgendwie überlistet und ihn dazu gebracht hatte, mit mir zusammen zu sein. Oder ich hatte ihn auf mystische Art und Weise verzaubert. Nicht, dass ich es absichtlich getan hatte – aber das würde seinen ausbleibenden Kommentar erklären.

Eiszapfen.

Meine Wangen brannten heiß, als wir uns in die Schlange stellten, um uns Frühstück zu holen.

So wollte ich mein Praktikum nicht anfangen – indem ich meinen Boss dazu gezwungen hatte, sich mit mir zu verbinden und währenddessen eine Kandidatin für den Winterfeenprinzen zu werden.

Moment mal ...

Würde das meine Kandidatur beeinflussen?

Ich ließ beinahe die Zimtschnecke fallen, nach der ich eben gegriffen hatte.

Oh, verschneeflockt.

Ich brauchte weitaus mehr Zimtschnecken und einen Berg heiße Schokolade, bevor ich mich weiter mit diesem Problem befasste.

Und vielleicht ein Stoßgebet zur Quelle schicken – oder fünf –, dass ich mich nicht versehentlich mit einer anderen Fee verbunden hatte.

Ich setzte mich an den Tisch, stopfte mir einen großen Bissen klebrigen Zimtzucker in meinen Mund und schloss meine Augen, während ich kaute. „Das Essen hier ist *so unverschämt lecker.*"

Kalt räusperte sich, sagte jedoch nichts. Ich sah ihm dabei zu, wie er Cranberrysauce und Haferkekse zu essen begann.

Er nahm einen Bissen. „Nichts mit Kokosnuss?"

Er funkelte mich an. „Nein."

Apropos *Frosty.* Der Spitzname, den Norden ihm gegeben hatte, ergab zusehends mehr Sinn.

Natürlich konnte es sein, dass er wütend darüber war, dass ich ihn zu einem Gefährten gemacht hatte.

Aber es musste im gegenseitigen Einvernehmen geschehen sein, oder? Auf der ersten Ebene ging es um gegenseitiges Interesse. Also ... bedeutete das, dass er sich mit mir hatte verbinden wollen? Vielleicht bedurfte es nur ein wenig Alkohol, um seine Hemmungen genügend verblassen zu lassen, damit seine wahren Gefühle an die Oberfläche kamen.

Hm. Diese Erklärung gefiel mir weitaus besser. Er war mein Boss und konnte daher nicht an einer anderen Fee interessiert sein.

Und sein Bedürfnis, die Welt zu retten, auch nicht. Er wollte an niemanden gebunden sein. Aber tief drinnen mochte er mich genug, um diese anfängliche Verbindung zugelassen zu haben.

Das war definitiv eine weitaus bessere Prognose.

Ich schob mir eine weitere Zimtrolle in den Mund, genoss den Geschmack um ein Vielfaches mehr. Ich nippte an meiner heißen Schokolade und mein Inneres schmolz angesichts der reichhaltigen, schokoladigen Leckerei dahin.

Kein Wunder, dass sie hier nur Süßigkeiten aßen. Sie waren *Meister* darin, sie herzustellen.

Nachdem wir wortlos gefrühstückt hatten, führte Kalt mich aus der Cafeteria und in den hinteren Bereich des Palastes, wo wir durch ein Tor und in ein anderes Gebäude schritten. Dieses hier war nicht so kunstvoll oder hoch gebaut, aber dennoch festlich. Und diese heitere, freudige Note verweilte noch immer in der Luft.

Hach.

„Hier passiert die ganze Magie", informierte mich Kalt, als wir das dreistöckige Gebäude betraten. „Wir leben im Palast, wie viele andere, aber die Arbeit geht hier vonstatten. Sogar der Winterfeenkönig und seine Elfen wissen ein ausgewogenes Verhältnis zwischen Berufs- und Privatleben zu schätzen."

Es war schwer, sich vorzustellen, dass Kalt ein ausgewogenes Verhältnis zwischen Berufs- und Privatleben hatte. Ich vermutete, dass die letzte Nacht eine Ausnahme gewesen war, um mir das Gefühl zu geben, willkommen zu sein.

„Was machst du in deiner Freizeit?", wollte ich wissen, war ehrlich neugierig, da er gestern Abend so begierig darauf gewesen war, sich zurückzuziehen, obwohl es nicht einmal *so* spät gewesen war. Aber das hatte mir Zeit eingeräumt, um mich über die Gefährtenbräuche der Winterfeen zu informieren, also konnte ich mich nicht beschweren.

„In meiner Freizeit?" Er sah mich an. „Warum willst du das wissen?"

„Wir haben den gestrigen Abend ziemlich früh beendet." Als er mir einen geschlagenen Blick zuwarf, ergänzte ich rasch: „Ich meine, ich habe mich nicht gelangweilt. Ich habe mir ein paar schmutzige Dinge zu lesen gesucht", sagte ich mit einem Grinsen, hoffte, dass ihm der Witz gefallen würde.

„Schmutzig …" Er wurde kreidebleich.

Oh, das war das falsche Wort. „Du weißt schon … Die Liste des Weihnachtsmannes … Wer unartig und artig gewesen ist."

Das war der Witz, oder etwa nicht? Königin Claire hatte ihn mir einmal erzählt. Aber vielleicht hatte ich ihn falsch wiedergegeben?

Ich strich mir übers Gesicht.

Ja, ich machte mich gerade lächerlich.

„Tut mir leid. Das war mein Versuch, einen sterblichen Weihnachtswitz zu reißen. Sieht aus, als hätte ich noch viel zu lernen. Ich habe gestern Nacht eigentlich bloß über die

Winterfeenzirkel gelesen, auf dem Eistablet in meinem Zimmer."

Ein rötlicher Hauch hatte sich auf seinem Gesicht ausgebreitet, der mich meine Stirn runzeln ließ. War das Gefährtenzirkel-Thema, was ihn so …?

Oh.

Ooooooh.

Vielleicht hatte *er* sich gestern ein paar schmutzigen Gedanken hingegeben. Nicht, dass mich das eifersüchtig gemacht hätte.

Eine Lüge. Ich war total eifersüchtig.

„Was *machst* du in deiner Freizeit?" Ich wackelte mit meinen Augenbrauen. „Vielleicht zu viel Kokosnusstoffee essen und mit einem gewissen Selkie spielen?"

„Nein", sagte er entschlossen.

„Nein?", wiederholte ich. „Hm. Dann vielleicht mit einem gewissen Prinzen?"

Das Erröten von Kalts Wangen sagte mir, dass ich definitiv einen Nerv getroffen hatte. Er schien peinlich berührt.

Weil er darüber fantasiert hat?, riet ich.

Nicht, weil er es tatsächlich getan hatte. Andernfalls wäre er mit ihnen verbunden und hätte kein Gefährtenband auf erster Ebene mit mir geknüpft, richtig?

„Nein", sagte er erneut.

Ich grinste. Jetzt hatte ich eine neue Mission: Kalt die politischen Aspekte vergessen zu lassen und ihn dazu zu bringen, sich zu überlegen, was *er* vom Leben wirklich wollte. Ihn dazu zu bringen, seinem Herzen zu folgen, es schlagen zu lassen und sein Leben zu *genießen*.

Jepp. Ein wahrhaft guter Plan.

ARTICA

Kalt seufzte. „Okay. Das reicht jetzt. Ich muss dir deinen Arbeitsplatz zeigen."

Er nahm einen Schritt nach vorne, dann hielt er inne, seufzte erneut.

„Ähm, ich sollte dich vorwarnen, dass Norden kürzlich alle Abteilungen hier umbenannt hat. Teil von Prinz Larks Krönung ist, dass er den Palast zu seinem eigenen machen soll. Das beinhaltet, gewisse Aufgaben an seine Gefährten zu delegieren. Oder in diesem Fall … *seinen* Gefährten."

Zum Beispiel im Namen der Elemente- und Winterfeen Interreichsfeenbeziehungen zu stärken?, wollte ich fragen. Aber ich hielt mich zurück, nickte stattdessen. „Okay. Ich bin imstande, mir ein paar Abteilungsnamen zu merken."

Kalt sah mich an. Sein Gesichtsausdruck sagte mir, dass er mir nicht glaubte. Dennoch drehte er sich wortlos um und führte mich in einen Raum in der Größe eines Lagerhauses, der erfüllt von Hämmern, Surren und Geplapper hoher Stimmen war.

„Oh!'", rief ich aus, musterte all die arbeitenden Elfen sowie ein paar Winterfeenaufseher.

„Die Spielzeugwerkstatt!"

„Das wäre der angebrachte Name", sagte Kalt und zuckte zusammen. „Aber es wird jetzt T und Ä genannt."

Ich blinzelte ihn an. „T und Ä?"

Er starrte mich an.

Ich starrte zurück. „Habe ich was verpasst?"

Er räusperte sich und fasste sich an den Nacken. „Warst du schon öfter im Reich der Sterblichen?"

„Nur, wenn ich mit meiner Familie in den Urlaub gefahren bin", gab ich zu. „Oh, und kürzlich habe ich Lance in einem Springy-Ort besucht. Springy Falls? Spring Waters? Ich erinnere mich nicht mehr an den Namen. Aber Königin Claire hat mir viele Dinge über das Reich der Sterblichen beigebracht."

„Akronyme und Slangworte inklusive?", hakte er nach.

„Ähm, nein, nicht wirklich." Ich runzelte die Stirn. „Warum? Ist T und Ä etwas Wichtiges für Sterbliche?"

Einer der Elfen in der Nähe lachte.

Und Kalt errötete erneut.

„Was habe ich verpasst?", wiederholte ich.

„Ähm, na ja, Selkies sind eine Unterrasse von Formwandlerfeen, richtig? Sie reisen mittels der eisigen Gewässer durch das Reich der Sterblichen und finden sich oftmals unter Menschen in kälterem Klima wieder, weshalb sie ihre Sprache sprechen. Darum auch *T und Ä*. Auch bekannt als, ähm, ‚Titten und Ärsche', bei den meisten Menschen."

Mir fielen beinahe die Augen aus dem Kopf. Ich musterte die Spielzeugabteilung, bevor ich ihn blinzelnd ansah. „Ich ... Ich ..."

„Der lüsterne Selkie, der das Kommando hat, fand den Namen witzig", fuhr Kalt fort. „Aber eigentlich steht es für

‚Tischlerei und Anfertigung', nur mit einem sinnlichen Innuendo versehen als Akronym."

Ich gaffte ihn an.

Dann stieß ein Lachen aus meinem Rachen. „Ich kann nicht glauben, dass du mir das alles eben mit einem ernsten Gesichtsausdruck erklärt hast." Na ja, und mit einem süßen roten Hauch auf seinen kantigen Wangen.

Das war jetzt schon das zweite Mal, dass ich ihn zum Erröten gebracht hatte. Und etwas daran ließ mein Herz etwas höher schlagen.

Denn Kalt war so süß, wenn er nervös war.

„Vertrau mir, der Witz wird nach dem hundertsten Mal alt", sagte er und verzog seine vollen Lippen zu einer Grimasse. „Es sei denn, man ist ein Selkie. Dann findet man ihn immer wieder zum Wegschmeißen."

Ich hörte jemanden zu meiner Rechten lachen und richtete meine Aufmerksamkeit wieder auf die Elfen, die völlig fokussiert auf ihre Arbeit waren. Eine Gruppe nähte Teddybären, einige bemalten kleine Bauklötze und andere …

Ich kniff meine Augen zusammen. *Ist das ein Dildo?*

Ein Elf fummelte an einem phallischen Etwas herum. Sein Gesicht war beinahe so rot wie Kalts es eben noch gewesen war. „Warum müssen wir die hier fertigen?", wollte er wissen, während ein anderer mit seinen Augen rollte.

„Das ist nicht für die Kinder, Dez. Es ist für einen erwachsenen Menschen irgendwo, der noch immer an Magie glaubt. Oder vielleicht für einen Selkie. Oder für einen Gefährtenzirkel." Er wackelte anrüchig mit seinen Augenbrauen. „Vielleicht sogar für eine Elfe."

Dez zog seinen Mund zur Seite und der rote Hauch auf seinen Wangen wich etwas. „Hm."

Kalt und ich bewegten uns weiter, doch die Worte des

Elfen blieben mir im Gedächtnis. „Was hat er damit gemeint, ‚der noch immer an Magie glaubt?'?‟, fragte ich.

„Erinnerst du dich daran, dass du den Palast erst sehen konntest, nachdem du einen Kristall in die Hände genommen und ihn mit deinem Glauben aufgeladen hast?‟

Ich nickte, erinnerte mich an den spektakulären Moment, in dem er auf der Spitze des Hügels erschienen war.

„Einige Kreaturen sind eher dazu geneigt, an Festtagsmagie zu glauben, als andere‟, erklärte Kalt. „Zum Beispiel sterbliche Kinder. Sie könnten alles hier am Nordpol sehen, während ein Erwachsener nur eine eisige Tundra erblicken würde. Denn sie haben aufgehört, an den Festtagszauber zu glauben.‟

„Und die Selkies können es auch sehen‟, murmelte ich.

„Die meisten Feenspezies können das‟, murmelte er zurück. „Weil wir alle wissen, dass Magie existiert. Aber Sterbliche tendieren dazu, sie als Aberglaube oder Fantasie abzutun. Sie können die Winterfeenelemente nicht sehen, weil sie nicht daran *glauben*.‟

„Und Glaube ist, was die Winterfeen antreibt.‟

„Ja.‟ Kalt nickte, führte mich aus der Werkstatt. „Sie sammeln tausende von Glaubenskristallen und lagern sie hier.‟ Er öffnete eine metallene Tür und ich spähte hinein.

„Bei den Feen‟, keuchte ich.

Der Raum, dessen Wänden aus Titanium bestanden, war randvoll mit schimmernden Kristallen.

„Was haben sie mit all denen vor?‟

„Glauben lädt die Kristalle auf, die dann die Winterfeenmagie wiederherstellen und antreiben. Genau darum geht es beim Ausliefern von Spielzeug rund um die Welt. Der Glaube von sterblichen Kindern lässt die Kristalle wie Sterne leuchten. Es wird sichergestellt, dass in jedem Spielzeug ein Kristallsplitter enthalten ist. Komm, ich zeige es dir."

Er schloss die Tür zu den Kristallen und wandte sich der nächstbesten Elfe zu, die vorsichtig Haare am Kopf einer Puppe anbrachte.

„Darf ich mir die kurz ausleihen?", fragte er die Elfe.

Kopfschüttelnd reichte sie ihm den Kopf der Puppe.

Ich starrte den halb kahlen Kopf an und erschauderte. „Gruselig."

Kalt blendete meine Bemerkung aus. „Siehst du die Augen? Sie werden aus speziellem Glas gefertigt, das die Elfen aus den Kristallen geschaffen haben. Die Puppe wird zum Kind gebracht, der Glaube an den Weihnachtsmann – den Winterfeenkönig – wird gesteigert und der Kristall wird Magie zur Winterfeenquelle transferieren. Und so haben die Winterfeen für so lange Zeit ihre Magie aufrechterhalten können." Er gab den Puppenkopf zurück. „Noch Fragen?"

Ich schüttelte meinen Kopf. „Es ist genial."

„Es ist definitiv clever. Weiter geht's."

Wir verließen die T-und-Ä-Abteilung – die ich jetzt, wo ich vom schmutzigeren Akronym wusste, nie wieder mit ernster Miene erwähnen konnte – und betraten eine weitere Werkstatt.

Der Geruch von heißem Zucker und das Glitzern von Lametta lockten mich hinein. „Und das hier ist …?"

Kalts Auge zuckte. „Das Zentrum für Tischdekorationen, Baumschmuck, Desserts, Süßigkeiten, Magie und Kränze."

„Es riecht himmlisch hier", sagte ich.

Aber Kalt starrte mich nur weiter an.

Was anriet, dass mir ein weiterer Wortwitz entgangen war. Ich wiederholte den Namen in meinem Kopf und runzelte die Stirn. „TBDSMK?" War das ein weiterer menschlicher Begriff?

„Wenn du das *T* und das *K* wegnimmst …"

„BDSM?", fragte ich.

Er nickte einmal.

Ich riss meine Augen auf, als ich das Wort wiederholte. Denn ich kannte den Begriff aus einem der Bücher, das ich über menschliche Fortpflanzung und ihre, ähm, Vorlieben gelesen hatte. Viele andere Feen hatten ähnliche Fetische, nannten sie aber nicht bei diesem Wort.

„Weißt du was? Ich fange an, Norden zu mögen", beschloss ich laut. „Er hat einen guten Humor."

Kalt schnaubte spöttelnd. „Als hättest du ihn nicht schon gemocht, als er dir gesagt hat, dass dein Haar ihn an Sonnenlicht an der Wasseroberfläche erinnert."

Ja, das war vermutlich das Romantischste gewesen, das mir jemals zu Ohren gekommen war, aber ich würde Kalt nicht die Genugtuung geben und ihm zustimmen.

Ich ignorierte seinen Seitenhieb und ging weiter, musterte die Girlanden, Kränze, Ornamente, Schneekugeln und massenhaft Süßigkeiten. Sie nahmen eine ganze Wand ein.

Der Elf hinter dem Süßigkeitentresen winkte mich zu sich und ich gehorchte.

„Ich habe gerade eine frische Portion gesalzene Karamellschokolade hergestellt", informierte er mich und mit einem freudigen Ausdruck auf seinem rötlichen Gesicht. „Würdest du gerne davon kosten?"

„Ja, bitte", erwiderte ich augenblicklich. Wie hätte ich so etwas Köstliches ablehnen können?

Ein stämmiger Elf, der mir bis zur Taille reichte, stand in ganz der Nähe von uns, und bevor ich nach einem Stück der lecker aussehenden Schokolade greifen konnte, schnappte er sich eines.

Der Chocolatier schlug dem Elfen auf die Hand. „Nicht für dich, Jingle. Du hast heute Morgen bereits ein halbes Blech verdrückt!"

Jingle schnaubte empört und entfernte sich mit einem deprimierten Funkeln auf seinem runden Gesicht. Etwas sagte mir, dass er bald zurück sein würde, um es noch mal zu versuchen.

Und als ich die Schokolade auf meine Zunge legte, konnte ich vollends verstehen, warum.

Denn … *bei den Feen.* Ich stöhnte – ein Geräusch, das ich sonst nur im Schlafzimmer von mir gab. Wenn ich allein war. Und an Kalt dachte.

Aber das hier war so gut wie Sex. Oder wie ich mir Sex vorstellte. Jedenfalls mit Kalt. Nicht mit den wenigen Feen, mit denen ich über die Jahre hinweg experimentiert hatte. Sie hatten mich definitiv nicht derart zum Stöhnen gebracht.

„Wow", summte ich und ich schloss meine Augen, bevor ich schluckte. „Wow. Wow!" Ich fand keine anderen Worte, keinen besseren Weg, um die Köstlichkeit zu beschreiben. Ich öffnete meine Augen, begierig auf ein weiteres Stück, und sah den Elfen voller Stolz strahlen.

„Schmeckt sie gut?", fragte er.

„*Besser als gut.*" Ich griff nach einem weiteren Stück, dann hielt ich inne. „Darf ich?"

„Nur zu!"

Ich griff nach einem letzten Stück Schokolade und entfernte mich, bevor meine Instinkte überhandnehmen würden und ich das ganze Blech verdrücken würde.

Ich konnte Jingle nur zu gut verstehen. Ich zwinkerte ihm zu, als wir ihn passierten, und er lächelte.

„Mit den Elfen zu flirten, ist ein gefährliches Hobby", murmelte Kalt.

„Schokolade zu essen, gilt als flirten?", fragte ich, war

ehrlich neugierig. Da durch die Haare eines Selkies zu streicheln offenbar dasselbe war, wie die niederen Regionen des Gegenübers zu erforschen.

„Nein, aber zu stöhnen und zu zwinkern schon", erwiderte er.

„Hast du diese gesalzene Karamellschokolade schon probiert?", fragte ich.

„Ja, es ist Nordens Lieblingsschokolade."

Ich blieb stehen. „Du hast Schokolade mit Norden gegessen?"

„Nein. Er schickt sie mir jeden Tag."

„War diese Portion also für dich gedacht?", fragte ich, fühlte mich plötzlich etwas schuldig, dass ich das, was auch immer er und Norden für ein Spiel spielten, unterbrochen hatte.

„Die hier werden in den Thronsaal geliefert werden, zusammen mit allem anderen für die Krönung", erwiderte Kalt ausdruckslos.

„Die Schokolade, die ich von Norden bekomme, stammt aus seinem persönlichen Vorrat."

Irgendetwas schwang in seiner Stimme mit. Vielleicht Arroganz … oder Freude? Auf jeden Fall eine Emotion, die mit Trauer und Genervtheit unterlegt war. Eine Gefühlsmischung, die offen zu zeigen er sich weigerte. Wohl wegen der Erwartungen, die er an sich und sein Leben hatte.

Ich würde sie ihm aus der Nase ziehen müssen.

Er würde kein guter Soldat sein, wenn er es bereuen würde, nicht seinem Herzen gefolgt zu sein. Er würde verbittert und herzlos werden, und das würde niemandem nützen. Vor allem nicht ihm.

Und überhaupt … Wie konnte man sich der Freude dieses Reiches entziehen? Das musste sich eher wie eine Strafe anfühlen als eine Notwendigkeit.

„Erzähl mir mehr über die Krönung", sagte ich, beschloss, dass das ein sicheres Thema war. „Kommen sie oft vor?" *Oft* war natürlich ein relativer Begriff. Da Feen dazu tendierten, lange Leben zu führen – und manche sogar für immer lebten.

„Nicht wirklich. Winterfeen-Royals tendieren dazu, sich fortzupflanzen, wenn sie glauben, dass die Zeit reif dafür ist. Genauso wie die Krönung auf Glauben basiert. Der Winterfeenkönig ist verantwortlich dafür, zu beschließen, wann und wie die Dinge geschehen. Und er hat beschlossen, dass Prinz Larks zweiunddreißigster Geburtstag der richtige Tag für seine Krönung ist."

Ich runzelte die Stirn. „Dein Tonfall rät an, dass du nicht zustimmst."

„Ob ich das tue oder nicht, tut nichts zur Sache. Das ist nur jünger als die meisten Könige. Ich glaube, der derzeitige Winterfeenkönig war um die vierzig, als er den Thron bestiegen hat. Einige könnten also glauben, dass er etwas zu jung ist. Vor allem, weil Lark noch keinen vollständigen Gefährtenzirkel hat."

„Und das bedroht seine Krönung", überlieferte ich.

Kalt nickte. „Die Winterfeenquelle erwartet ein Gleichgewicht, und wenn er nicht bereit ist …"

Ich schluckte trocken. „Könnte das schreckliche Folgen haben."

„Genau."

„Aber sein Vater glaubt an ihn, also sollte er bereit sein", insistierte ich. Ein Hauch Zuversicht machte sich in mir bemerkbar. Ich hatte den Winterfeenprinzen noch nicht einmal kennengelernt, aber irgendwie wusste ich, dass er hierfür bestimmt war. „Alles wird gut werden."

Kalt starrte mich einen Moment lang an. „Das ist genau die Art von Glauben, die er braucht."

„Na, dann ist es ja gut, dass ich hier bin", witzelte ich lächelnd. „Wie alt ist der amtierende Winterfeenkönig?"

Ich war mir nicht sicher, wie lange Winterfeen üblicherweise lebten. Ich würde es später nachschlagen müssen.

„Er hat mehrere Jahrhunderte lang regiert, also schätze ich, so um die fünfhundert Jahre oder so. Nicht, dass man ihm das ansehen würde." Kalt zuckte mit den Schultern. „Aber der Winterfeenkönig ist ein Leiter für den Glauben, der die Magie antreibt. Genauer gesagt, ist er der direkte Leiter der Quelle. Also ist jung zu bleiben wichtig, genauso wie Stärke. Ohne sie würde das gesamte Reich in Gefahr schweben."

Ich sah mich um. „Er muss ziemlich gut in seinem Job sein. Alles hier sieht absolut perfekt aus."

„Das ist er auch", stimmte er zu. „Und jetzt wird es Prinz Larks Aufgabe sein, sicherzustellen, dass es so bleibt." Er lief weiter und ich folgte ihm, dachte über diese monumentale Verantwortung nach. Es hörte sich definitiv nach ganz schön viel Verantwortung an.

„Wann findet die Krönung statt?", fragte ich.

„In etwas mehr als einer Woche", sagte er. In seinen Augen glänzte eine Aufregung, die ich nicht verstand. „Du wirst ein integraler Teil davon sein, sicherzustellen, dass alles wie eine gut geölte Maschine laufen wird. Darum musste ich dich auch umgehend hierherbringen. Und auch, weil ich wollte, dass man dich als Kandidatin nominiert."

Ein nervöses Kribbeln machte sich in meinem Bauch bemerkbar. „Aber ich weiß nichts über eine Winterfeen-Krönung oder was es überhaupt heißt, eine Kandidatin zu sein. Und was, wenn ich keine Kandidatin sein will?"

Er sah mich an. Sein Blick fiel auf den Anhänger an meinem Brustbein, bevor er mir wieder in die Augen blickte. „Du hast mir gerade gesagt, dass Prinz Lark bereit sein sollte und alles gut werden wird. Dein Glaube ist so stark, obwohl du ihm noch nie zuvor begegnet bist. Du bist genau das, was dieses Königreich jetzt braucht."

Ich sah ihn stirnrunzelnd an. „Das beantwortet meine Frage nicht, Kalt."

Er hielt an, um sich erneut zu mir umzudrehen. „Willst du mir wirklich weismachen, dass der Gedanke, eine Kandidatin zu sein, dich beunruhigt, Artica?"

„Darum geht es nicht. Du hast an meiner Stelle eine Entscheidung gefällt, ohne mich zurate zu ziehen."

„Und du hast mir letzte Nacht gesagt, dass du darüber hinweg wärst", entgegnete er.

„Na, das bin ich auch", sagte ich nachdenklich. „Ich bin nur …"

„Nicht wirklich darüber hinweg?", schlug er vor.

„Nein, das bin ich", wiederholte ich, jetzt etwas entschlossener. „Aber ich verstehe nicht, wie du diese Entscheidung treffen konntest, ohne mich zu kennen."

„Wer sagt, dass ich dich nicht kenne?" Er nahm einen Schritt auf mich zu. „Du bist mit Lance befreundet, der wie ein Bruder für mich ist. Ich weiß alles über dich, Artica."

ARTICA

M ir klappte die Kinnlade herunter und ich riss meine Augen auf. „Alles über mich?", kreischte ich. *Alles? Meine Hoffnungen? Meine Träume? In … wen ich verknallt bin?*

„Dein Schlafzimmer war für das Festivus dekoriert", erwiderte er. „Was vor etwa sechs Monaten stattgefunden hat. Und ich kann mir gut vorstellen, dass dein Zimmer immer so aussieht."

„Ich meine, ja. Ich mag Dekorationen nun mal."

„Und du hast eine Affinität für Eis, die meiner ähnelt."

Ich schnaubte spöttelnd. „*Niemand* hat eine so starke Affinität wie du, Kalt."

„Und du hast mit deiner Festtagslaune bereits die Herzen einer Armee von Elfen im Sturm erobert", fuhr er unbeirrt fort.

„Wegen der verzauberten Zuckerstangen", erwiderte ich. „Die zu essen *du* mich gezwungen hast."

„Ich habe dich zu gar nichts gezwungen, Artica", erwiderte er lächelnd. „Du bist ein Naturtalent und passt perfekt hierhin. Ganz so, wie ich es mir gedacht habe." Er legte seinen Kopf schief. „Warum glaubst du, hat Lance dich dazu gebracht, dich zu bewerben?"

„Weil er wusste, dass …" Ich verstummte, schluckte trocken, bevor ich sagen konnte: *Weil er wusste, dass ich in dich verliebt bin.* „Er, ähm, wusste, dass es mir hier gefallen würde", fügte ich stattdessen an.

Kalts Augen glitzerten. „Ach ja? Ist das, was er dir gesagt hat?" Er schmunzelte. „Dann werde ich dich in diesem Glauben lassen."

Ich runzelte die Stirn. „Gab es noch einen anderen Grund?"

„Warum fragst du ihn das nicht selbst?", sagte er und drehte sich um, um mich in einen anderen Raum im Gebäude zu führen.

Sagte er das, weil er die Wahrheit kannte? Dass Lance mich herausgefordert hatte, weil ich so besessen von Prinz Kalt war? Oder gab es einen anderen Grund, den ich nicht kannte?

Ich ging die Möglichkeiten bis zum nächsten Raum durch, von dem Kalt mir sagte, dass er das ‚Bells Jingle'-Zentrum war.

Dieses Mal wusste ich, dass ich bloß das Wort ‚Zentrum' wegnehmen musste, um auf das Akronym *,BJ'*, für Blowjob, zu kommen.

Den hatte ich verstanden.

„Du wirst diesen Ort hier lieben", verkündete Kalt mit sarkastischem Tonfall.

Meine Gedanken wanderten direkt in meine niederen Regionen und ich dachte über seine Einladung nach, einen BJ mit ihm zu erforschen.

Jedenfalls bis er ergänzte: „Hier kreieren wir Lieder … und wärmen Millionen andere wieder auf."

Er öffnete die Tür. Musik drang aus dem Saal dahinter.

„Nur, weil ich nicht gerne singe, heißt das nicht, dass ich Musik nicht mag!", schrie ich.

Wir begaben uns in den Raum, in dessen Mitte sich eine Bühne befand und von dessen Decke verzauberter Schnee rieselte.

Eine Gruppe Elfen führte in der Mitte des Raumes eine süße Nummer auf. Sie trugen traditionelle Elfkostüme, Glöckchen und grüne Strumpfhosen. Sie schwangen ihre Beine in die Luft, drehten einander im Kreis und beendeten die Aufführung, indem jeder von ihnen eine andere Position einnahm.

Ich klatschte begeistert in die Hände. Diese Jungs wussten, wie man ein Publikum unterhielt!

„Kalt!", rief einer der Elfen – ein Mann mit rötlichem Gesicht und weißem Bart. „Wer ist diese Schönheit?"

„Das ist Artica, meine Praktikantin", erwiderte Kalt, während wir auf die Bühne zugingen. „Ich führe sie nur herum."

„Bezaubernd! Magst du Weihnachtslieder, meine Gute?"

Ich nickte enthusiastisch. „Ja, und ihr performt unheimlich gut."

„Ah", antwortete er, trat auf der Stelle und sah schüchtern zu Boden. „Ich bin seit zwei Jahrhunderten der Chorleiter. Der Großteil der Musik, die du gehört hast, wurde höchstwahrscheinlich von mir komponiert."

Mir klappte die Kinnlade herunter. „Es ist eine Ehre, einen Meister seiner Kunst kennenzulernen."

„Okay, okay", unterbrach Kalt. „Wir sind alle *unheimlich* beeindruckt."

Offenbar flirtete ich schon wieder. Jedenfalls für sein Gefühl.

Aber warum störte es ihn? Wegen unseres Bandes auf erster Ebene? Oder aus einem anderen Grund?

„Welches Weihnachtslied magst du am liebsten?", fragte der Chorelf, blendete Kalt aus.

Kalt reagierte mit einem Funkeln darauf und ließ sich in einen der Plüschsessel fallen.

„Ähm …" Die meisten Lieder, die ich kannte, stammten aus meinem Reich, also würde er die vermutlich nicht kennen. Ich ging stark davon aus, dass seine Bemerkung bezüglich der geschriebenen Lieder auf sterbliche Weihnachtslieder abgezielt hatte und nicht jene anderer Feenreiche.

Zum Glück hatte Königin Claire mir ein paar menschliche Lieder gezeigt.

Die meisten waren süß und liebreizend, aber eines davon brachte mich immer zum Kichern. Also entschloss ich mich für dieses. „Ich habe Mama dabei erwischt, wie sie den Weihnachtsmann geküsst hat", sagte ich, hoffte, dass das Lied auch wirklich so hieß.

Kalt brach hinter mir in Gelächter aus. „Ich glaube, sie meint ‚Ich habe Mama den Weihnachtsmann küssen sehen'."

„Oh." Ich rümpfte meine Nase. „Na ja, ja, genau das habe ich gemeint. Es ist lustig und fröhlich."

Eine Bemerkung, die Kalt nur noch mehr zum Lachen brachte. Was mir sagte, dass er nicht über meinen Versprecher, sondern über meine Liederwahl lachte. Wenigstens machte er sich nicht über mich lustig.

Ein breites Grinsen zog auf dem Gesicht des Chorelfen auf. „Nicht eines von meinen, aber ein alljährlicher Favorit!", rief er vorurteilslos aus.

Ich mochte diesen Chorelfen.

„Wir werden es für dich aufführen", sagte er aufgeregt.

„Oh, nein, das müsst ihr nicht –"

„Es wäre uns eine *Freude*", unterbrach er.

Ich sah zurück zu Kalt, um seine Zustimmung abzuwarten. Er zuckte mit den Achseln. „Ach, was soll's."

Freudig setzte ich mich in den Sessel neben seinem, während die Elfen auf der Bühne sich mit einem Grinsen auf dem Gesicht in Position begaben.

Hatten sie es jemals satt, zu lächeln? Vermutlich nicht. Und es war ansteckend.

Der Chorelf hielt seine Arme in die Luft, bereitete sich darauf vor, zu dirigieren. Dann, mit einem Nicken zur Band, fingen sie an.

Ein Elf nach vorne und schrie den anfänglichen Dialog, der mich immer zum Kichern brachte.

Kalt zog seine Augenbrauen amüsiert hoch. „Du weißt schon, dass ‚der Weihnachtsmann' einfach nur ‚Papa' in einem Kostüm, war, oder?"

„Sag das Königin Claire", flüsterte ich, ganz begierig auf die Aufführung. „Das hier ist eines *ihrer* Lieblingslieder."

Er lachte und lehnte sich im Sessel zurück. „Dann werde ich Cyrus sagen müssen, dass er sich als Weihnachtsmann verkleiden soll."

„Gemäß den Bildern, die ich vom Weihnachtsmann gesehen habe, wäre Sol geeigneter – wenn man ihm ein Kissen gibt, damit er sich einen dicken Bauch zaubern kann."

Denn die Erdfee war stämmig und groß, bestand aber aus nichts als Muskeln.

Kalt grinste. „Der Winterfeenkönig wäre über diese Beschreibung beleidigt."

„Na, es waren doch die Winterfeen selbst, die dieses Bild verbreitet haben", erwiderte ich. „Oder etwa nicht?"

Er nickte. „Um sich bedeckt zu halten."

„Dann wird er überhaupt nicht beleidigt sein", sagte ich selbstbewusst.

Wir wurden still, als die Elfen ihr Tempo beschleunigten, sangen und über die ganze Bühne tanzten. Sie warfen einander sogar wie Cheerleader zur Decke hoch, flogen durch die Luft und landeten auf ihren Füßen.

Es war wirklich ein zauberhaftes Schauspiel.

Und magisch.

Als derselbe Elf wie am Anfang wieder nach vorne raste, um die abschließenden Worte aufzusagen, brach ich in Gelächter aus.

Es war schmalzig, aber ich liebte es.

Ich stand auf und klatschte, bis mir die Hände wehtaten. Die Elfen verbeugten sich alle und lächelten, und Kalt griff nach meinem Arm, zog mich weg. „Danke für die Show!", rief er. „Wir gehen dann weiter."

„Aber ich will noch nicht gehen."

Er tippte sich aufs Handgelenk. „Wir haben heute noch eine Menge anderer Dinge zu tun, Artica."

Ich zog eine Schnute, drehte mich um und winkte den Elfen zu, die zurückwinkten und dann ein weiteres Lied anstimmten.

„Lustig", sagte Kalt, als die Tür sich hinter uns schloss und die Musik verstummte. „Dieses Lied wurde von Larks Mutter und Vater inspiriert."

Meine Augen weiteten sich. „Was? Ist das der Grund, warum du meine Liederwahl so lustig gefunden hast?"

Er nickte mit schelmischem Gesichtsausdruck. „Es treibt Lark in den Wahnsinn, wann immer er es hört. Ich kann es kaum erwarten, ihm zu erzählen, dass es dein Lieblingslied ist."

Ich lachte. „Das würdest du nicht tun!"

Seine Hand war noch immer um meinen Oberarm geschlungen. Er blickte mir in die Augen und lächelte. Dann beugte er sich zu mir hinunter und strich seine warmen Lippen über meine Wange.

Ich stand stockstill da, starrte ihn an und schmolz dahin. „Wofür war der denn?"

„Glück. Du wirst es brauchen." Er ließ von meinem Arm ab und lief davon, ließ mich mit pochendem Herzen zurück.

Kalt. Hat. Mich. Gerade. Geküsst.

Ich berührte die Stelle, die seine Lippen eben berührt hatten, sanft und folgte ihm völlig durch den Wind.

Der nächste Punkt auf der Tagesordnung war Mittagessen.

Während wir uns an Karottenkuchen und Zitronentarte labten, dachte ich über alles bisher Gelernte nach und versuchte gleichzeitig, nicht auf der elektrisierenden Empfindung zu verweilen, die Kalts Lippen auf meiner Haut heraufbeschworen hatten.

Ich hatte heute Morgen ganz schön viele Informationen erhalten.

Aber irgendwie vereinfachten es Nordens unkonventionelle Namen mir, mir alle Abteilungsnamen zu merken.

Ich hatte ihn heute noch nicht gesehen, was enttäuschend war. Also erkundigte ich mich stattdessen nach ihm.

Kalt knabberte an seiner Zitronentarte. „Die Selkies frequentieren das arktische Gebiet oft, was auch der Grund ist, warum sie als Verbündete der Winterfeen gelten. Aber Nordens Verbindung zum König macht ihn sozusagen zur Brücke zwischen den Spezies, stärkt ihre Allianz."

„Hört sich irgendwie bekannt an", sagte ich.

Kalt ignorierte meine Aussage.

Aber wenn die Allianz zwischen den Selkies und den Winterfeen durch ein simples Gefährtenband gestärkt worden war, würde dasselbe nicht auch bei den Winterfeen und Elementefeen funktionieren?

„Kannst du mir mehr über Prinz Lark erzählen? Hat er auch so gerne Spaß wie Norden?"

Kalt lachte herzhaft und hatte Tränen in den Augen.

Ich runzelte die Stirn, war mir nicht sicher, warum er das so lustig fand.

„Prinz Lark ist das komplette Gegenteil von Norden. Er ist ein grüblerischer Royal, der seine Pflichten hier ernster nimmt als alle, denen ich je begegnet bin."

„Und doch hat er Norden all seine Abteilungen mit unterschwellig sexuellen Namen versehen lassen?"

Kalt zuckte mit den Schultern. „Norden versucht Lark dazu zu bringen, etwas lockerer zu werden. Und Lark lässt das bis zu einem gewissen Grad zu. Er hat wirklich eine Schwäche für diesen Selkie."

Ich verstehe, warum, dachte ich. Norden war der Inbegriff von *Charme* und *Verführung*.

Wir beendeten unser Mittagessen und Kalt eskortierte mich zurück in mein Zimmer, wo ich den Nachmittag verbringen sollte. „Warum?", ächzte ich.

„Du hast doch gesagt, dass wir heute noch anderes zu erledigen hätten."

„Oh, das haben wir auch." Er öffnete meine Schlafzimmertür und ich atmete scharf ein, als ich den Schreibtisch in der Mitte des Raumes erblickte, der vollbeladen mit Büchern und dicken Akten war. „Tut mir leid, dass die hier nicht auf dein Eistablet geladen werden konnten, aber einige Dinge nimmt man besser auf die althergebrachte Weise auf."

„Ähm, ja", keuchte ich, gaffte die Bibliothek an, die er auf meinem Schreibtisch ausgebreitet hatte.

„Du musst dich mit der Festtagsmagie, den Bräuchen der Winterfeen und den Krönungsvorbereitungen vertraut machen. Das ist eine ganz schön große Sache hier. Je mehr du darüber weißt, desto besser."

Er lachte angesichts meines Schocks. „Schließe deinen Mund, Artica."

Ich schloss meinen Mund. „Aber … aber das ja unheimlich viel. Du willst, dass ich alles davon *heute noch* lese?"

„Lass dir Zeit. Du hast eine Woche, bis ich für die Krönung zurückkomme." Er drückte seine Hand sanft an mein Kreuz, um mich in mein Zimmer zu schubsen.

Eine Woche … bis er zurückkehrte?

„Moment Mal. Wohin gehst du?" Warum ließ er mich allein zurück? Ich war noch nicht bereit dafür. Und … und ich dachte, wir würden das hier … zusammen durchstehen.

„Ich muss nach Grönland, um die Interreichsfeenakademie zu beaufsichtigen, die Königin Claire in Auftrag gegeben hat", antwortete er. „Und es gibt noch ein paar Angelegenheiten hinsichtlich der Interreichsfeenbeziehungen, die meiner Aufmerksamkeit bedürfen."

Ein Muskel in seinem Kiefer zuckte, als würde ihn etwas aufbringen. Ich fragte um ein Haar, was es war, aber er war noch nicht fertig.

„Normalerweise nehmen an der Krönung nur die Winterfeen und die arktischen Übernatürlichen teil, aber Königin Claire fand, dass es gut wäre, ein paar andere Feenarten der Mischung beizufügen und die Integration der Winterfeen zu zeigen."

„Und du lädst sie erst jetzt ein?", fragte ich erstaunt.

Er schüttelte seinen Kopf. „Nein. Ich muss nur ein paar Zweifel beseitigen. Zum Glück begrüßt Lark Diversität an seiner Krönung, aber es gibt andere Feen, die, na ja, zögern." Er deutete mit seinem Kinn auf meinen Schreibtisch.

„Du kümmerst dich um deine Angelegenheiten und ich mich um meine."

„Okay", erwiderte ich langsam. „Ähm, was ist mit dem Treffen mit Prinz Lark?"

„Norden wird sich darum kümmern."

„Und … ich werde allein hingehen?", fragte ich mit pochendem Herzen.

„Du glaubst bereits an ihn", antwortete Kalt und ein schwaches Lächeln zog auf seinen Lippen auf. „Du wirst das schon packen."

Ich blinzelte ihn an. „Du glaubst wirklich, dass ich − die tollpatschige Praktikantin − ein Treffen mit Prinz Lark *allein* überstehen werde?" Ich konnte nicht anders, als mich zu wiederholen. Ich meine, war er vollkommen von Sinnen?

„Du wirst das schon packen", sagte er erneut. „Vertrau mir." Er griff nach meinem Arm, drückte ihn rückversichernd und sein Blick fiel auf den glitzernden Schneeflockenanhänger an meinem Hals. Er starrte einen Moment lang darauf, als erwartete er, dass er sich verändern würde. „Wenn du mich brauchst, wünsch dir mich herbei und ich werde da sein."

Ich war mir nicht sicher, was ich damit anfangen sollte, also nickte ich.

Er schien zufrieden, verließ das Zimmer und schloss die Tür.

Ich starrte auf die leere Stelle, an der er eben noch gestanden hatte, rieb mir meinen Arm und vermisste seine Berührung bereits.

Na, wenn ich nur eine Woche Zeit hatte, sollte ich vermutlich anfangen zu lesen. Denn auf meinem Schreibtisch lagen Unmengen an Büchern. Und ich wollte auf diese Krönung vorbereitet sein.

Zögernd ging ich auf den Schreibtisch zu.

Verschneeflockt. Diese Bücher waren echt dick. *Wann hat Kalt die überhaupt liefern lassen? Und wie?* Vermutlich von einem Elfen.

Seufzend gab ich mich meiner Aufgabe hin, blätterte durch die Bücher und fand ein eingepacktes Geschenk unter den Gegenständen. Unter der Verpackung kam ein glitzernder Zuckerkristall hervor, der aussah wie Eis. Die Süßigkeit war beinahe zu schön, um sie zu essen.

Lächelnd legte ich sie beiseite.

Ich würde sie für den Moment einfach nur bewundern und mir die Köstlichkeit später schmecken lassen.

Danke, Kalt, dachte ich lächelnd. *Vielleicht kann ich dich auch genießen, wenn du zurück bist.*

NORDEN

„A lso, hast du es geschafft, euer Gefährtenband
aufzulösen?", fragte ich Kalt, als er durch die
Türen des Palastes schritt.

Ich war ihm und Artica den ganzen Morgen über
gefolgt, hatte ihre Führung aus der Ferne beobachtet und
seine Magie über ihre kurvige Figur streifen gespürt.

Dieses Stöhnen, das sie von sich gegeben hatte, als sie
meine Lieblingssüßigkeit genossen hatte, hatte mich
beinahe aus meinen Schatten gelockt. Ich wollte dieses
Geräusch hören, während ihr Mund um meinen Schwanz
geschlungen war.

Aber ich konnte mich gedulden.

Für den Moment, jedenfalls.

Kalt erstarrte und seine Nackenhaare stellten sich auf,
als er mich gegen die eisigen Pfosten des äußeren Tors
gelehnt erblickte. „Ich dachte mir doch, dass ich dich
vorhin gespürt habe."

„Oh?" Ich stieß mich vom Pfosten ab. „Du hast meine
Anwesenheit *gespürt*, was?"

„Nicht auf diese Art."

„Doch, ganz genau auf diese Art", korrigierte ich ihn. „Weil du Teil unserer Triade bist."

„Hör auf, Norden. Ich bin nicht in Stimmung dafür."

„Mein süßer, frostiger Schatz, du bist nie in Stimmung", murmelte ich und schlenderte auf ihn zu. „Das ist Teil des Problems. Du weigerst dich, dich an den Feierlichkeiten und der Freude dieses Ortes zu ergötzen. Darin inbegriffen die Lust, die Prinz Lark und ich dir zwischen den Laken verschaffen könnten."

Kalt seufzte. Das Geräusch war mit Schmerz und Sehnsucht unterlegt und veranlasste meine Selkie-Seele dazu, ihn trösten zu wollen.

Denn es war meine Pflicht, ihn zu beruhigen. Ihn zu verwöhnen. Ihm ein fabelhaftes Gefühl zu geben. Und doch ließ er mich bei jeder Gelegenheit abblitzen.

Und Prinz Lark auch.

Und ich hatte jetzt genug von dieser selbst zugefügten Folter.

„Du liegst mit deinem Glauben gefühlsmäßig im Streit", sagte ich zu ihm. „Das ist auch der Grund dafür, warum du dieses Band mit ihr nicht brechen konntest. Ein Teil von dir will sich für das Allgemeinwohl opfern, während deine Seele das wahre Bedürfnis deines Herzens kennt. Es ist dir bestimmt, hier zu sein, Kalt. Bei uns. Bei *ihr*."

Er knirschte mit den Zähnen. „Ich meine es ernst, Norden. Ich bin heute nicht in Stimmung dafür."

„Weil es dir nicht gelungen ist, ein Band zu brechen, das sich deine Seele mehr als die Luft zum Atmen wünscht", erwiderte ich, ließ mich vom eisigen Funkeln in seinen verlockenden Augen nicht beeindrucken.

Er konnte mich schlagen, mir wehtun – tun, was immer er tun musste. Ich würde es zulassen, weil er es war.

Ich würde die Schmerzen ertragen, wenn es das war, was nötig war, um sein Herz und seine Seele zu befreien.

„Du weißt nichts über elementare Gefährtenbänder", sagte er zu mir. „Oder wie schwierig es sein kann, ein Gefährtenband zu brechen, wenn das Gegenüber verliebt ist." Er hörte sich frustriert an, was mich zum Schmunzeln brachte.

„Also ist unsere Gefährtin stur", sagte ich amüsiert. „Gut. Das wird Prinz Lark gefallen."

„Sie ist nicht *unsere* Gefährtin."

„Na ja, nein. Noch nicht. Im Moment ist sie bloß deine. Aber wir werden sie uns bald teilen."

Er gab murmelnd ein paar wenig schmeichelhafte Worte von sich – die meisten davon sterblichen Ursprungs. „Ich werde mich eurer Triade nicht anschließen."

„Ich glaube, du verstehst nicht, dass du bereits Teil davon bist", sagte ich zu ihm. „Du haderst nur damit, dein Schicksal zu akzeptieren. Das ist alles. Was in Ordnung ist. Lark ist ein geduldiger Mann. Aber es hört sich an, als ob unsere Artica alles andere geduldig ist, und ich finde diesen Umstand äußerst entzückend. Glaubst du, sie würde mich in ihr Bett einladen? Mir zeigen, wie weit ihre Sturheit reicht?"

Kalt nahm einen Schritt nach vorne, hatte einen mörderischen Blick in seinen Augen. „Gib ihr etwas Zeit, Norden. Sie lernt noch."

„Wenn du so besorgt um ihr Wohlergehen und ihren Lernfortschritt bist, warum gehst du dann fort?"

„Woher weißt du, dass ich fortgehe?", konterte er. „Und woher weißt du überhaupt vom Band?"

„Wir sind durch Magie miteinander verbunden", sagte ich zu ihm. „Ich kann alles an dir spüren, vor allem, wenn es um sinnliche Energie geht. Und ich weiß, dass du gehst, weil du nicht weißt, was du sonst tun sollst, da sich unsere

Gefährtin als ziemlich *stur* herausgestellt hat – um es mit deinen Worten zu sagen."

Er kniff sich in die Nase, gab ein Seufzen von sich, dass ich bis in meine Seele spürte.

Ich hätte ihn schonen können.

Ich hätte ihm anbieten können, zu fliehen. Wegzurennen und sich vor seinem eigenen Herzen zu verstecken. Aber dann wäre ich nicht der richtige Gefährte für ihn gewesen. Er brauchte diese Neckerei, den Anstoß, die harte *Wahrheit*.

Lark gab ihm Raum, um aufatmen zu können.

Ich nicht.

Denn Kalt musste wissen, dass ich an ihn glaubte – an uns. An diese Triade und an unsere Zukunft. Ich verfügte über genügend Glauben, um welchen in ihm zu entfachen. Um unsere Verbindung zu stärken. Wenn er sich nur dazu bereiterklären würde.

Ich nahm einen Schritt auf ihn zu und unsere Oberkörper berührten einander, während ich eine Hand um seinen Nacken legte.

Er bewegte sich nicht, atmete nicht einmal. Er sah mir in die Augen und wir lieferten uns einen erbitterten Starrwettkampf.

„Du gehörst hierhin, Kalt. Zu uns."

„Nein, tue ich nicht."

„Doch, tust tu", insistierte ich und mein Griff verfestigte sich. „Und Artica gehört auch hierher."

Er starrte mir unentwegt tief in die Augen. Seine Seele flehte mich an, ihn etwas weiter anzutreiben, ihn verstehen zu lassen – *fühlen* zu lassen.

„Hab an meiner Stelle ein Auge auf sie", flüsterte er. „Beschütze sie, während ich weg bin. Ich werde in einer Woche zurück sein."

Ich runzelte die Stirn. „Kalt –"

Er sprühte sich aus meinem Griff, löste sich mit Hilfe seiner mystischen Wasserfähigkeiten in Luft auf.

Ich knurrte, war von seinem aalglatten Abgang genervt.

Es musste irgendwo Ketten geben, die eine Wasserfee an Ort und Stelle behalten konnten. Ich würde sie finden und sie ihm anlegen müssen. Ihn an ein Bett fesseln, ihn lutschten, bis er sich der sinnlichen Liebkosung unserer Triade hingab.

Vielleicht sollte ich Artica um Hilfe bitten.

Sie würde es bestimmt genießen, seine selbst auferlegte Folter in etwas Angenehmeres zu verwandeln.

Seufzend lief ich zurück in den Palast, begab mich zu Lark. Er musste gespürt haben, dass Kalt gegangen war, aber vermutlich wusste er noch nichts vom Band zwischen ihm und Artica. Also würde ich ihm davon erzählen und ihn fragen, wann er sie treffen wollte. Hoffentlich bald.

Dann würde ich an Kalts Stelle ein Auge auf Artica haben.

Etwas, das ich äußerst genießen würde.

Vielleicht würde ich sie dazu bringen, zu träumen …

ARTICA

Ich schreckte aus dem Schlaf auf. Ich verspürte einen Schmerz im Nacken, weil ich in einer merkwürdigen Position geschlafen hatte.

Irgendwann war ich eingenickt, während ich am Schreibtisch gelesen hatte.

Und dann hatte ich von Kalt geträumt, was wenig überraschend war. Aber ich hatte ihn an ein Bett gekettet und ihn mit meiner Zunge gefoltert, bis der sexy Selkie mir gesagt hatte, dass ich ihn kommen lassen durfte.

Ich hatte stöhnend geschluckt.

Nur um von diesem stechenden Schmerz aufgeweckt zu werden.

„Bäh", beschwerte ich mich, zwang meinen Körper, sich zu entspannen und mich aufrecht hinzusetzen. Ich hatte gestern das Abendessen ausgelassen, weil ich so vertieft in all die Texte gewesen war. Aber die süße Kleinigkeit war ein wahrer Genuss gewesen.

Aber jetzt hatte ich Hunger.

Wie viel Uhr ist es?, fragte ich mich, sah automatisch aus dem Fenster, nur um zu realisieren, dass es draußen genauso sonnig war wie zu dem Zeitpunkt, an dem ich ins erotische Traumland gefallen war. Ich erblickte eine Notiz auf der Fensterbank. Eine, die vorhin noch nicht da gewesen war.

Ich runzelte die Stirn und stand dann auf, um sie mir anzusehen.

Mein Name stand in perfekter Kursivschrift auf dem Umschlag. Im Inneren erwarteten mich noch mehr Worte in schönster Handschrift.

Prinz Lark möchte dich nach dem Frühstück kennenlernen. Sei pünktlich – N.

Ich sah auf die Uhr und fluchte. Das Frühstück war zweifellos vorbei, was bedeutete, dass ich zu spät dran für mein Treffen mit dem Winterfeenprinzen war.

Zum Glück hatte ich mich gestern Abend geduscht.

„Schneesturm", murmelte ich, fuhr mit meinen Fingern durch mein Haar – was dem Selkie überhaupt nicht gefallen würde. Dann griff ich nach einem süßen, langarmigen blauen Kleid im Wandschrank und kombinierte es mit Stiefeln, die bis zu meinen Knien reichten.

Ich sah in den Spiegel und beschloss, dass das reichen müsste, bevor ich in den Flur hinausstürmte.

Nur um innezuhalten, als ich realisierte, dass ich nicht den blassesten Schimmer hatte, *wo* ich mich mit dem Prinzen treffen sollte.

Darum hättest du mich nicht allein lassen sollen, dachte ich in Kalts Richtung. *Ich bin dem Prinzen noch nicht einmal begegnet und vermassle es bereits!*

„Eiszapfen!", fluchte ich und strich wieder mit meinen Fingern durch mein Haar, raste die Treppen hinunter zu den Gemeinschaftsräumen des Palastes.

Ich musterte die großen Säle, suchte nach jemandem, der mir helfen könnte.

„Entschuldigung!", schrie ich in Richtung eines Elfen, der mit unzähligen Spielzeugen in seinen Armen haderte. „Ich möchte nur … Oh!"

Er stolperte. Ich hatte ihn offenbar erschreckt. Die Spielzeuge verteilten sich allesamt auf dem kunstvoll verzierten goldsilbrigen Teppich. Der kleine Elf ächzte und begann sie aufzuheben. „Verdammte Feen. Richten immer bloß Chaos an", brummelte er.

Ich zuckte zusammen und half ihm, die Gegenstände aufzuheben, legte ein kaputtes Schmuckstück unter die anderen, in der Hoffnung, dass er es nicht bemerken würde.

Er funkelte mich an.

„Ich, ähm … Wo muss ich langgehen, um mich mit dem Prinzen zu treffen? Prinz Lark, meine ich. Ich, ähm, habe ein Treffen mit ihm."

Da hast du dich aber wieder einmal sehr eloquent ausgedrückt, Artica.

Ich verfluchte Kalt erneut dafür, dass er mich anlässlich des Treffens mit dem zukünftigen König der Winterfeen allein gelassen hatte.

Der kleine Elf sah aus, als wollte er mir die Kehle aufschlitzen. „Du könntest es im Thronsaal des Palastes versuchen."

Richtig. Palast.

„Klar …", sagte ich, sah die Flure hinab, in denen Kalt mich herumgeführt hatte. Ich hätte wirklich besser aufpassen sollen. „Ich meine, der Palast. Ja. Ich weiß nur nicht … Sind wir nicht im Palast?"

„Deine Beobachtungsgabe ist wirklich beeindruckend", sagte der Elf ausdruckslos.

Ich blinzelte ihn an. „Okay, na ja, ähm … Wo befindet sich der Thronsaal?"

„Vielleicht im Kern des Palastes?", sagte er. „Halte nach dem großen Sessel Ausschau, auch bekannt als Thron. Du weißt, was das ist, oder?" Er sah zu einem Stuhl an der Wand. „Wie der da, einfach viel größer. Prachtvoller. Und vermutlich sitzt Prinz Lark darauf."

Ich kicherte nervös und entfernte mich. „Jepp! Habe verstanden! Danke!". *Im Kern des Palastes. Cool.*

Aber … das Kernstück bildete doch die Cafeteria?

Das hier musste eine Art Gastflügel sein.

In Ordnung. Okay.

Ich ging auf die Werkstatt zu, die Kalt mir gestern gezeigt hatte. Ich umrandete sie, suchte nach dem ‚Kern' des Gebäudes, und stand schließlich vor einer kristallenen Kuppel, in der Licht glitzerte.

Das, dachte ich. *Das muss er sein.*

Er glänzte im Sonnenlicht, lockte mich zu sich.

Ich rannte sozusagen darauf zu, dann erstarrte ich, als zwei Lebkuchenwachen sich mir vor den Türen in den Weg stellten.

Ich konnte nicht abschätzen, ob sie mich ansahen, weil ihre Augen aus Süßigkeiten bestanden.

„Ähm, ich bin hier, um den Prinzen zu sehen", sagte ich schwach.

Einer von ihnen klopfte mit seinem Stab auf den Boden und die Tür öffnete sich. „Er erwartet dich bereits."

Ich zog mein Kinn ein und bedankte mich murmelnd, bevor ich nach drinnen eilte.

Das Innere des Palastes war atemberaubend schön, doch mir blieb keine Zeit, um die Schneeflocken-Kronleuchter oder die Zuckerstangen- und

Gummibonbonwände zu bestaunen. Ich raste an den mehreren Lebkuchenmännern vorbei, die die Türen entlang des Ganges bewachten, bis ich den Kern des Palastes erreichte – was sich eher wie das Ende des Gebäudes anfühlte, weil der Korridor so langgezogen war.

Ein Lebkuchenmann öffnete eine letzte massive Tür und ich rannte mit voller Geschwindigkeit nach drinnen.

Ich erstarrte, als ich die Winterfee auf dem massiven Thron sitzen sah. Seine athletischen Schenkel waren gespreizt und der Mann lehnte sich nach vorne, hatte einen Arm auf sein Knie gestützt, während er mit einem Elfen sprach.

Dann richtete er seinen Blick auf mich.

Und mir verschlug es den Atem.

Er trug einen silbrigen Smoking. Der Stoff schmiegte sich an seinen muskulösen Körper. Er hatte langes, wallendes blondes Haar, das mich an goldene und weiße Wellen erinnerte und seine breiten Schultern umschmeichelte.

Und sein Gesicht.

Bei. Den. Feen.

Sein Gesicht war der Inbegriff von Männlichkeit und Grazie. Nie zuvor hatte ich einen schöneren Mann gesehen – und das, obwohl ich Norden und Kalt bereits kennengelernt hatte.

Diese Fee war wie eine größere, verruchtere Version von Kalt. Groß gewachsen und vollbepackt mit harten Muskeln, die unter der Seide lauerten. Vermutlich rief er Aufmerksamkeit und Gehorsam in jeder Fee hervor, die sich vor ihn stellte.

Die Kraft, die von ihm ausging, ließ mich den Kloß in meinem Hals hinunterschlucken.

Die Wachen kündigten mich an und Norden eilte einen Augenblick später ins Zimmer, grinste mich an.

„Aha, endlich. Ich weiß einen zu späten Auftritt zu schätzen – du nicht auch, mein Prinz?"

Prinz Lark ignorierte Norden, starrte mich weiter an. Er lehnte sich etwas weiter nach vorne, dann bedeutete er mir, näher zu kommen. „Ich möchte dich etwas genauer ansehen, Wasserfee. Norden hat mir gesagt, dass du eine … *Kandidatin* sein könntest."

Keine Formalitäten.

Kein Hallo.

Nur ein ,*Ich will dich ansehen*'.

Würde er mich als Nächstes darum bitten, mich auszuziehen?

Würde ich Nein sagen?

Denn ich bezweifelte, dass ich dazu imstande war. Nicht, wenn seine minzgrünen Augen mich auf sinnliche Art und Weise musterten, die meine Seele in Flammen steckte.

Ich versuchte einen Schritt nach vorne zu nehmen, um seinem Befehl zu gehorchen, aber der hungrige Blick in Prinz Larks Augen nahm mich vollends ein.

Norden schien ganz nett, aber der Prinz? Er war angsteinflößend und sexy zugleich.

Der Selkie musste es sich zur Aufgabe gemacht haben, mir zu helfen, denn er stellte sich neben mich und presste eine Hand an mein Kreuz. Dann führte er seine andere Hand an eine meiner Locken und wickelte sie um seinen Finger. Er grinste mich an. „Du musst nicht nervös sein, Artica. Bei uns bist du sicher."

Irgendwie bezweifelte ich, dass seine Definition von *sicher* mit meiner übereinstimmte.

Während ich auf den Thron zuschritt, beschloss ich, dass, wenn ich dieses Spielchen mitspielen würde, ich meine Regeln klar kundtun würde.

Und da wir Formalitäten offensichtlich umgingen, kam ich direkt auf den Punkt.

„Ich bin mir nicht sicher, wie ihr die Dinge am Nordpol regelt …" Das stimmte nicht ganz, da ich den gesamten gestrigen Tag (und die gesamte darauffolgende Nacht) damit zugebracht hatte, alles darüber zu lesen. Aber das brauchten sie nicht zu wissen. „Aber in meinem Reich bedürfen Gefährtenbänder gegenseitiger Zustimmung nach einer Umwerbungsphase."

Ich sah zu Norden und mir wurde angesichts seiner Nähe heiß. Sein feuchtes Haar riet an, dass er gerade vom Schwimmen zurückgekommen war. Die salzigen, schokoladenfarbenen Strähnen schimmerten und fielen in Wellen auf seine Schultern.

Ich wollte sie noch mal anfassen.

Aber … aber nicht, bevor ich mich hier klar ausgedrückt hatte.

Ich räusperte mich. „Ich habe nichts dagegen, diese *Kandidatur* zu erforschen, aber ich will meine Absichten klar kundtun. Ich bin hier, um Kalts Praktikantin zu sein, und meine oberste Priorität sind die Beziehungen zwischen den Feenreichen. Aber ich werde … *Das* hier geht in Ordnung für mich."

Wow, ein sehr cleverer und selbstbewusster Schlusssatz, Artica. Wirklich toll gemacht.

Doch Nordens Griff um meine Locken hatte sich verfestigt und er zog etwas daran, woraufhin sich Hitze zwischen meinen Schenkeln bemerkbar machte.

Also. Ich war etwas zu konzentriert darauf gewesen, stehenzubleiben und nicht zu einer Pfütze dahinzuschmelzen.

Wie konnte ein einziges Ziehen so eine starke Empfindung auslösen?, staunte ich, sah zum schelmisch dreinblickenden Selkie.

Norden lächelte und ich verlor beinahe das Bewusstsein.

Ich machte den Fehler, meinen Blick auf den Prinzen zu richten – in der Hoffnung, dass seine angsteinflößende Präsenz meinen Kopf etwas klären würde.

Falsch gedacht.

Er sah mich mit schief gelegtem Kopf an und ein Lächeln zog an seinen Mundwinkeln, Belustigung funkelte in seinen Augen.

Ich werde mich gleich in eine Pfütze verwandeln. Das ist wohl mein Schicksal. Ich sollte es jetzt annehmen und mich hinknien und es geschehen lassen. Jepp.

„Hm", summte Prinz Lark und seine tiefe Tenorstimme bereitete mir Gänsehaut. „Ich sehe, warum die Kugeln dich auserwählt haben. Geschäftsorientiert mit einem Hauch Festlichkeit, die ich beinahe auf meiner Zunge spüren kann."

Nordens Gesicht erhellte sich. „Ist das ein Ja?"

„Ja zu was?", wollte ich wissen. „Bedeutet das, dass du mich zu einer Kandidatin machst?"

„Nein." Prinz Lark lehnte sich in seinen Thron zurück und verwirrte mich ungemein. „Es bedeutet, dass wir dich behalten werden."

Ähm, wie bitte?

„Ähm, nein", sagte ich, ohne zu zögern, was Nordens Freude in Schock verwandelte. „Ich bin damit einverstanden, umworben zu werden, aber du kannst mich nicht einfach *behalten*. Ich bin keine Christbaumkugel oder eine Socke für deinen Kamin." Zwei Gegenstände, von denen Königin Claire mir erzählt hatte, als sie mich in die Weihnachtsbräuche der Sterblichen eingeführt hatte. „Mein Name ist Artica und ich bin eine Fee mit Gefühlen. Und ich fälle meine eigenen Entscheidungen, vielen Dank auch."

Na bitte. Das war weitaus eloquenter als das, was ich eben noch von mir gegeben hatte.

Und doch schien das daraus resultierende Lächeln des Winterfeenprinzen eher milde als etwas anderes. „Es ist niedlich, dass ihr Wasserfeen glaubt, ihr hättet eine Wahl."

Ich streifte Nordens Hand ab, die mit meinem Haar gespielt hatte, spürte, wie Wut sich in meiner Brust bemerkbar machte. Ich hatte bisher nicht verstanden, warum Kalt sich der Triade des Prinzen nicht anschließen wollte. Aber wenn er *so* drauf war, konnte ich Kalts Zögern langsam nachvollziehen.

„Wir *haben* eine Wahl, du ... du *übergroßer Elf*." Norden unterdrückte ein Lachen und Larks minzgrüne Augen blitzten interessiert auf. „Bei den Elementefeen gibt es vier verschiedene Ebenen, die die Gefährtenbänder durchlaufen. Alle davon erfordern *beidseitige Zustimmung*. Vielleicht hast du noch nie davon gehört, weil du ein Prinz bist. Du solltest es mal nachschlagen. Denn ich habe nur einer Umwerbung zugestimmt, und bis jetzt beeindruckst du mich nicht besonders."

Er zog seine Augenbrauen hoch. „Ich bin ein zukünftiger König."

„Soll mich das beeindrucken?", entgegnete ich ausdruckslos und verschränkte meine Arme. „Ich habe für Königin Claire gearbeitet. Ich bin seit Jahren umgeben von königlichen Feen. Nächste charakteristische Eigenschaft, bitte. Denn bis jetzt finde ich dich bloß arrogant, besitzergreifend und unhöflich – was dich nicht besonders attraktiv macht."

Er öffnete seinen Mund. „Du nennst mich unhöflich? Obwohl du es bist, die in *meinem* Thronsaal steht und *mich* beleidigt? Als Abgeordnete, die Gast in meinem Reich ist, wie ich anmerken will."

„Als eine Kandidatin, von der du behauptest, du

möchtest sie behalten", korrigierte ich, war alles andere als amüsiert und beeindruckt über die Herangehensweise der königlichen Majestät. „Ich bin nicht interessiert an der Position."

Das war gelogen. Die Romantikerin in mir war definitiv interessiert. Aber nicht, wenn er mich behandeln würde, als würde ich ihm gehören.

Er kniff seine grünen Augen zusammen. „Sei nicht so stur wie Kalt."

„Er ist nicht stur. Er will vermutlich bloß nicht dein Spielzeug sein", sagte ich. „Und ich genauso wenig."

„Ich will dich nicht zu einem Spielzeug machen, Schätzchen. Ich will dich zu meiner Königin machen", erwiderte er. „Und das werde ich auch."

„Rede dir das ruhig weiter ein", murmelte ich, war nicht willens, mich von einem vornehmen Titel beeindrucken zu lassen.

„Je härter ich dafür arbeiten muss, desto mehr werde ich dich wollen."

„Dann kannst du dich darauf gefasst machen, Schwerstarbeit zu leisten", erwiderte ich. „Denn ich bin im Moment überhaupt nicht interessiert."

Ein Lächeln zog auf seinen Lippen auf. „Du bist absolut perfekt."

„Das kann ich von dir nicht behaupten", sagte ich absichtlich.

„Das wirst du. Schon bald", versprach er.

„Wenn du das sagst."

Norden seufzte. „Es wird eine echt lange Woche werden."

Ich zog eine Augenbraue hoch. „Du glaubst, dass er mich binnen einer Woche davon überzeugen kann, ihn zu mögen?" Ich lachte humorlos. „Das wird nicht passieren." Ich sah zurück zu *Ihrer Majestät*. „Wenn du mich jetzt entschuldigst, ich habe eine Menge wichtiger Bücher zu lesen."

Damit machte ich auf meinem Absatz kehrt und marschierte aus dem Raum.

Vermutlich war ich die schrecklichste Interreichsfeen-praktikantin, die es jemals gegeben hatte, aber im Moment war mir das egal.

Prinz Lark konnte einen dreckigen Eisblock essen.

Es spielte keine Rolle, dass meine elementare Seele augenblicklich gespürt hatte, dass wir kompatibel waren. Er war ein ungehobelter Eispickel. Und ich wollte nicht mit einer arroganten Schneeflocke verbunden ein.

Das hier musste der wahre Grund sein, warum Kalt sie abgewiesen hatte.

Oder zumindest hatte es ihm das leichter gemacht, sie abzuweisen.

Wie auch immer, ich verstand die Situation jetzt voll und ganz. Und ich hegte kein Interesse daran, eine Kandidatin zu sein. Also würde ich mich stattdessen auf mein Praktikum konzentrieren.

LARK

Articas Haare erinnerten mich an eine Schneewehe, als sie so an ihren Schultern hinabfielen und bis zur Mitte ihres Rückens reichten. So schön und leicht – die Art von Textur, die beinahe darum flehte, berührt zu werden.

Ich verstand jetzt, warum Norden sie nicht nur ausgewählt hatte, sondern sie auch sein Haar hatte berühren lassen.

„Sie ist herzallerliebst", murmelte ich und mein Herz pochte mit einer Aufregung, die ich in den letzten paar Wochen vermisst hatte. „Sollen wir sie zum Abendessen einladen?"

Norden starrte mich an. „Ich bin mir ziemlich sicher, dass sie dich im Moment lieber mit einem Dutzend Schneebällen bewerfen möchte, Eure Majestät."

Ich runzelte die Stirn. Er nannte mich nur so, wenn ich einen Nerv getroffen hatte – was bei Norden ziemlich schwierig war, weil ihn mein übellauniges Gemüt sonst nicht sonderlich störte. „Warum bist du unzufrieden mit mir?"

„Weil du gerade denselben Fehler bei ihr gemacht hast wie bei Kalt", gab er zähneknirschend zurück. Die Wut in seiner Stimme war unüblich für meinen Selkie-Gefährten.

Ich sah mich im Raum um, bemerkte die verzogenen Gesichter meiner Elfen. „Lasst uns allein", befahl ich.

Sie machten sich schnell aus dem Staub, als wären sie froh, dass sie nicht in meiner Nähe verbleiben mussten.

Was bedeutete, dass ich von meinem Gefährten gleich ganz schön etwas zu hören bekommen würde.

„Gegenseitiges Einverständnis ist eine große Sache für die Elementefeen", sagte Norden, als die Tür hinter dem letzten Elf zufiel. „Und du hast Artica gerade gesagt, dass wir sie *behalten* würden."

„Weil du mir gestern gesagt hast, dass du sie behalten möchtest", erinnerte ich ihn. „Und ich habe dem zugestimmt."

„Ja, ich habe das zu dir gesagt, aber nicht zu *ihr*."

„Ich sehe den Unterschied nicht." Basierten Beziehungen nicht auf Ehrlichkeit?

„Wir müssen sie umwerben, Lark. Wir können nicht einfach verlangen, dass sie sich uns ohne Weiteres anschließt, ohne ihr einen guten Grund zu geben, sich vor uns niederzuknien und die Treue zu schwören." Er kam auf mich zu, seine Hände in die Hosentaschen gesteckt – ein Kleidungsstück, das er in meiner Anwesenheit nur selten trug, heute aber offensichtlich das Gefühl gehabt hatte, es tun zu müssen. Vermutlich, weil wir im Thronsaal waren und unsere zukünftige Königin getroffen hatten.

„Ich bin ein König. Das sollte Grund genug sein, um mir Treue zu schwören", bemerkte ich. „Bei dir hat das funktioniert."

Er lächelte. „Weil ich dich schon fast mein ganzes Leben lang kenne und ich von klein an wusste, dass es uns bestimmt war, zusammen zu sein. Artica hat dich gerade zum ersten Mal in ihrem Leben gesehen und du hast sie nicht einmal anständig begrüßt, bevor du verkündet hast, dass wir sie behalten. Das zieht bei ihresgleichen nicht. Sie wollen Romantik. Sie wollen verführt werden. Sie müssen wissen, dass sie *geliebt* werden."

Ich verzog mein Gesicht erneut. „Ich kenne sie kaum. Ich kann sie noch nicht lieben."

„Und genau darum hat sie dich eben abgewiesen, mein Prinz." Er sprach mit tiefer Stimme und jedes Wort kam ihm sinnlich über die Lippen. „Sie braucht Zeit, um dich anzunehmen – *uns* anzunehmen. Genauso wie Kalt."

„Aber sie hat nur so gestrotzt vor Glauben. Sie verströmt Freude und Festtagslaune. Wie konnte sie unsere Triade ablehnen?"

„Na, erstens ist unsere Triade noch nicht komplett", erinnerte er mich mit sanftem Tonfall. „Und soweit ich gesehen habe, gehört ihr Herz im Moment voll und ganz Kalt. Das hält sie zurück. Zweitens stammt sie nicht aus deinem Königreich. Sie hat ihre ganz eigenen Erwartungen in Bezug auf Gefährten. Du wirst dich ihrer als würdig erweisen müssen."

„Um ihren Glauben zu gewinnen", überlieferte ich seufzend. Etwas, das ich theoretisch gewusst hatte. Sich eine Gefährtin aus einem anderen Reich zu nehmen, stellte sich als schwieriger heraus, als ich erwartet hatte.

Aber angesichts der Liebesgeschichte meiner Eltern hätte ich es zumindest erwarten sollen.

Der Glaube von Artica war da. Ich hatte ihn gespürt wie meinen eigenen Herzschlag.

Und doch hatte mein Selkie ein Argument. Seine Art verstand sich auf Verführung und Umwerbung. Zwei Dinge, in denen ich bisher meisterhaft gescheitert war.

„Ganz genau", murmelte er auf meine Aussage hin.

Seine Bestätigung fand Widerklang in meinen

Gedanken.

Norden stieg die Stufen zum Thron hoch, näherte sich mir, bis seine Beine meine berührten. Dann lehnte er sich zu mir, legte seine Hände auf die Lehnen meines Throns und sah mir eindringlich in die Augen.

„Wir müssen sie verführen, mein Prinz. Ihr das Gefühl geben, dass sie der Position einer Königin würdig ist. Sicherstellen, dass sie versteht, wie sehr wir sie vergöttern werden. Ihr zeigen, was es bedeutet, Königin der Winterfeen zu sein."

„Ich weiß nicht einmal, wo ich anfangen soll", gab ich zu. „Ich bin ihr eben erst begegnet."

Was es verrückt machte, dass ich diesen Drang verspürte, sie für mich zu beanspruchen. Aber meine Seele hatte die Anziehung zu ihr beinahe umgehend gespürt.

Ob sie es realisierte oder nicht, ich hatte zwei Jahre lang nach ihr gesucht. Eine komplette Triade machte es einfacher, die Gefährtin auszumachen. Ich hatte an meinem dreißigsten Geburtstag meine Mündigkeit erreicht und ich hatte seither all meine Gefährten gesucht.

Norden war einfach zu finden gewesen.

Kalt eher weniger.

Und es schien, als ob Artica genauso schwierig werden würde.

Nichtsdestotrotz war es ihr bestimmt, mein zu sein. *Unser* zu sein. Kalt hatte das bewiesen, indem er sie gefunden hatte. Und Norden hatte es bestätigt, als er sie auserwählt hatte.

Was bedeutete, dass ich die Mitglieder meiner Triade endlich gefunden hatte.

Ich musste nur noch einen Weg finden, sie alle dazu zu bringen, an mich zu glauben – an die Macht zu glauben, über die unser Gefährtenzirkel zusammen verfügen könnte.

Und offenbar hatte ich einen total schlechten ersten Eindruck bei unserer zukünftigen Königin hinterlassen.

„Überlass das mir", murmelte Norden. „Umwerben ist, was wir Selkies am besten können."

„Ich will auch in den Umwerbungsprozess involviert sein", sagte ich und packte sein Handgelenk. „Sie muss wissen, dass ich sie auch will. Und nicht als Eigentum." Die Worte hinterließen einen bitteren Nachgeschmack auf meiner Zunge. „Das wollte ich damit nicht sagen." Es waren sanfte, verletzliche Worte. Worte, die ich vermutlich nur ihm, meinem Vertrauten, jemals zugeflüstert hätte.

Ein König sollte keine Fehler machen.

Aber zu seinen Fehlern zu stehen, machte einen Royal zu einem wahren Anführer. Etwas, das ich schon früh gelernt hatte.

Es sind nicht die Fehler, die dir unterlaufen, sondern, wie du sie wiedergutmachst, hatte mein Vater einmal gesagt. *Und dass du an ihnen wächst.*

„Ich weiß das, mein Prinz", erwiderte Norden und seine seidenglatte Stimme umgarnte mich wie eine beruhigende Umarmung. „Du warst nur so aufgeregt, endlich unserer Zukunft entgegenzutreten."

„Sie ist perfekt", sagte ich zu ihm. Ich kannte sie kaum und doch konnte ich tief in meiner Seele spüren, dass das eben Gesagte der Wahrheit entsprach. Sie war so fröhlich und heiter. Na ja, jedenfalls war sie es gewesen, bis ich sie beleidigt hatte. Und unerschütterlich, wie eine Königin es sein sollte. Zudem glaubte sie leidenschaftlich.

Letzteres hatte ihr Schicksal besiegelt.

Sie würde unsere Königin sein.

„Sag mir, was ich tun soll, Norden. Sag mir, wie ich das wieder hinbiegen kann."

Er lächelte. „Für den Anfang sollten wir ihr etwas mehr Selkie-Bonbons schicken …"

NORDEN

Ich hatte mich Artica zwei Tage lang ferngehalten, jedoch aus den Schatten ein Auge auf sie gehabt. Ein einfaches Unterfangen, wo sie doch ihr Zimmer nur verließ, um zu essen oder draußen einen Spaziergang zu machen.

Jedes Mal, wenn ich sie gesehen hatte, sah sie entschlossen aus. Aber sie lächelte kaum. Und das gefiel mir überhaupt nicht. Ihre Heiterkeit und Freude waren, was mich dazu getrieben hatte, mich augenblicklich zu ihr hingezogen zu fühlen.

Ich wollte, dass meine Königin lächelte.

Vermisste sie Kalt? War es das, was ihre fröhliche Aura trübte?

Oder war sie wütend auf Lark?

Vielleicht sogar auf mich?

Ich hätte etwas sagen sollen. Aber ich war zu schockiert über ihre direkte Abfuhr und starken Äußerungen gewesen.

Dann hatte Lark die Situation mit seiner Belustigung noch verschlimmert.

Er war kein Arschloch. Jedenfalls nicht absichtlich.

Nach dem gescheiterten Treffen hatte er ihr eine schriftliche Entschuldigung mit einer Schachtel Selkie-Bonbons zukommen lassen, ganz so, wie ich es ihm empfohlen hatte. Artica hatte keines von beidem in den Müll geschmissen, was wir beide als gutes Zeichen interpretierten.

Also hatte Lark ihr am nächsten Morgen einen Strauß Eislilien auf ihr Zimmer geschickt.

Als ich in Articas Fenster gespäht hatte, hatte ich sie auf dem Schreibtisch neben ihren Büchern stehen sehen.

Ein weiteres gutes Zeichen.

Er hatte ihr an jenem Abend Abendessen aufs Zimmer bringen lassen. Ein Teller mit unseren Leibspeisen und einen Becher Elfenmet – etwas, von dem wir dank Kalt wussten, dass Feen ihn mochten.

Sie hatte alles davon gegessen, inklusive der Selkie-Bonbons, die ich dem Tablett beigelegt hatte.

Heute Morgen hatte er ihr ein Kleid mit einer Karte geschickt, auf der stand, dass das Schneeflocken-Design ihn an ihre Affinität für Wasser erinnerte.

Sie hatte das Kleid und die Stiefel, die ich beigelegt hatte, zum Frühstück getragen.

Aber sie schien noch immer nicht so heiter, aß ihre Mahlzeiten und begab sich danach beinahe augenblicklich zurück auf ihr Zimmer, um alle Bücher zu lesen, die Kalt ihr gegeben hatte.

„Wir sollten versuchen, sie heute Abend auszuführen", beschloss ich, nachdem ich die letzten paar Minuten damit zugebracht hatte, in Larks Schlafzimmer auf- und abzugehen. „Vielleicht sollten wir ihr die Pinguine zeigen."

Der Prinz sah von den Krönungspapieren auf und runzelte die Stirn. „Wirst du einen von ihnen essen?"

Ich schnaubte höhnisch. „Selkies essen keine Pinguine."

„Wozu dann das Ganze? Das wird die Stärke unserer Triade nicht untermalen."

„Nicht alles im Leben dreht sich um Kraft und Stärke, mein Prinz", erinnerte ich ihn mit sanfter Stimme. „Hier geht es um Romantik. Und Pinguine verbinden sich fürs Leben. Gibt es einen besseren Weg, unsere Absichten klar kundzutun, als sie mit den kleinen Wesen bekanntzumachen, die ihr Schicksal auf den ersten Blick erkennen?"

Er sah mich einen kurzen Augenblick an, dann nickte er. „Gute Idee."

„Natürlich ist es das. Schließlich ist sie von mir." Ich lächelte. „Und wir sollten zudem einen Picknickkorb vorbereiten."

„Wir sollten ihr heiße Schokolade machen", schlug Lark vor. „Aus meinem persönlichen Vorrat."

Seine persönliche Assistentin, Holly, hob ihren Kopf, als sie das hörte, und ihre Augen weiteten sich.

Denn dass Lark jemandem eine Kostprobe der heißen Schokolade aus seinem persönlichen Vorrat gab, war gänzlich unbekannt. Er ließ nicht mal mich an seine heiße Schokolade ran.

Na ja, es sei denn, er wollte, dass ich sie von seiner Haut leckte.

Dann gab er mir eine Kostprobe. Gefolgt von seiner ganz eigenen Version von Schlagsahne.

Ich räusperte mich. „Ähm, ja. Ich glaube, Artica würde das gefallen."

Er nickte. „Und vielleicht können wir etwas aus ihrem Königreich hierherbringen lassen. Vielleicht eine Mahlzeit, die sie vermisst. Ich kann mir gut vorstellen, dass all die Süßigkeiten etwas viel für jemanden sind, der aus einem anderen Reich stammt."

„Ich werde Kalt um Rat fragen." Das würde mir einen Grund geben, mich bei ihm zu melden.

Lark lächelte. „Bitte tu das. Und lade ihn auch ein."

„Das werde ich." Er würde ablehnen, aber hartnäckig zu bleiben, war das A und O. „Ich werde Artica angemessene Kleidung und eine Karte schicken, die um ihre Anwesenheit heute Abend bittet. Es sei denn, du willst sie selbst schreiben?"

„Warum schreiben wir nicht beide eine, damit sie weiß, dass wir beide beabsichtigen, dort zu sein? Es sollte offensichtlich sein, aber ich will denselben Fehler nicht noch einmal begehen und sicherstellen, dass sie unsere Absichten dieses Mal versteht", sagte er, und bewies damit, dass ein Prinz wahrhaftig lernen konnte, jemanden zu umwerben, wenn er dazu aufgefordert wurde.

„Fabelhafte Idee", murmelte ich.

Holly reichte Lark einen Stift und Papier und ein süßes Lächeln zog auf ihren Lippen auf. „Sag ihr, dass du sie vermisst, mein Prinz. Oder sag ihr, dass du die Sonne durch ihr Haar streifen sehen willst."

Er grinste. „Ich werde mir meine eigenen Worte überlegen, aber danke, Holly."

Ihre Augen glitzerten. Die Elfe war offenbar begeistert von der Idee, dass wir unsere intendierte Königin umwerben würden.

Na, uns ging es genauso.

Ich wollte Artica beeindrucken.

Ich musste nur die richtigen Worte finden, und dann würde ich Kalt anrufen und ihn hinsichtlich elementarer Speisen um Rat fragen.

ARTICA

I ch starrte die beiden Karten auf meinem Schreibtisch an und zog meinen Mund zur Seite. Ich hatte noch genau fünf Minuten Zeit, um zu entscheiden, was ich tun wollte.

Liebste Artica,

wirst du uns die Ehre erweisen, uns heute Abend auf ein Abenteuer im Freien zu begleiten? Norden liebt es, den Pinguinen beim Spielen zuzusehen, und er kennt den perfekten Ort, um sie zu beobachten. Wir können dir ihre natürliche Umgebung zeigen und deine Umwerbung besprechen.

Denn du hattest recht.

Ich habe mich anlässlich unseres ersten Treffens alles andere als galant verhalten und ich würde es gerne wiedergutmachen. Wenn du bereit bist, mir noch eine Chance zu geben, triff uns bitte am Eingang des Palastes um achtzehn Uhr.

Dein ergebener
Prinz Lark

Das Siegel der Winterfeen-Royals prangte darunter – zwei überkreuzte Zuckerstangen über einer Schneeflocke. Und die andere Karte war weitaus kürzer und direkter.

Sonnenschein,

bitte komm raus zum Spielen. Ich verspreche dir, dass ich dich gut füttern werde.

Dein N.

Er hatte dem Brief einen gesalzenen Karamell-Brownie beigelegt – eine köstliche Variante der schokoladigen Süßigkeit – sowie eine Schachtel mit Kleidern.

Kleider, die ich bereits angezogen hatte.

Einen rosafarbenen Rollkragenpullover und einen blauen Rock, der um meine Knie wehte.

Marineblaue Strümpfe.

Stiefeletten.

Und eine dazu passende Mütze mit einem fluffigen Bommel darauf.

Es war ein entzückendes Outfit, das mir wie angegossen passte. Genau wie das Kleid heute Morgen.

Ich kaute auf meiner Unterlippe herum.

Was konnte es schon schaden, wenn ich ging? Ich war die Interreichsfeen-Praktikantin. Es wäre alles andere als höflich von mir, sie abzuweisen.

Und sie hatten nett gefragt.

Norden hatte zudem Essen versprochen, und ich hatte es satt, allein zu essen.

Also …

Ich zuckte mich den Achseln.

Prinz Lark hatte definitiv wie eine arrogante Schneeflocke geschienen, aber ich hatte seine Entschuldigung zu schätzen gewusst. Mir hatten auch die Süßigkeiten geschmeckt, die er mitgeschickt hatte. Und ich hatte den Brief heute Nachmittag gemocht.

Und Norden … Na ja, ich hatte nichts dagegen, ihn wiederzusehen. Er war anlässlich unseres ersten Treffens nett gewesen. Ich wollte ihn für seine Gefährtenwahl nicht verurteilen.

Vorausgesetzt, er hatte überhaupt ein Mitspracherecht gehabt.

Vielleicht hatte Prinz Lark ihn auch einfach ‚behalten‘.

Ich würde Norden später fragen müssen.

Mit einem letzten Blick in den Spiegel verließ ich mein Zimmer, ging den Flur und die Stufen hinunter und begab mich zu einer Seitentür des Palastes. Ich war bisher erst einmal durch das Eingangstor geschritten, also würde ich sie wohl eher finden, wenn ich ums Gebäude ging und draußen nach ihnen Ausschau hielt.

Zum Glück gestaltete sich meine Suche einfach.

Vor allem, weil ein gutaussehender Winterfeenprinz und ein sexy Selkie direkt davor warteten.

Mehrere Elfen scharten sich um sie, tratschten miteinander. Ein Elf war besonders laut und fragte Prinz Lark, ob er etwas dagegen tun könnte, dass die Polarfüchse seine Kirsch-Zuckerstangen stahlen.

„Sie sind überall, Eure Majestät. Ich brauche einen Zauber, der sie von meinen Zuckerstangen fernhält."

„Wärst du willens, zwei Gärten anzulegen?", fragte Prinz Lark. Seine minzgrünen Augen sahen kurz in meine und er lächelte, als er mich erblickte. Aber anstatt mich zu begrüßen, konzentrierte er sich wieder auf den stämmigen Elf an seiner Seite.

„Zwei Gärten, mein Prinz?", wiederholte er.

Prinz Lark nickte. „Ja. Einen davon könnte ich für dich verzaubern und mit dem anderen nährst du die Polarfüchse weiter."

Der Elf runzelte die Stirn. „Wenn Sie das wünschen, natürlich."

„Ich will, dass alle zu essen haben", erwiderte Prinz Lark. „Also halte ich das für einen fairen Kompromiss. Ich werde deine Zuckerstangen beschützen, solange die Füchse auch noch ein paar haben, an denen sie sich laben können."

Der Elf dachte einen Moment lang darüber nach, dann nickte er. „In Ordnung, mein Prinz. Ich werde morgen mit einem zweiten Garten beginnen."

„Und ich werde dir danach helfen und ihn verzaubern", versprach er.

„Danke, mein Prinz." Der Elf verbeugte sich tief.

„Gern geschehen, Eski", erwiderte er.

Norden stellte sich während des Gesprächs an meine Seite und seine Finger spielten mit meinem Zopf, den ich heute trug, weil ich mein Zuhause vermisste. Zöpfe waren für meine Art von Elementefeen üblich. Es gab keinen wirklichen Grund dafür. Wir mochten ganz einfach die wellige Textur, die das lange Haar annahm, wenn wir die Zöpfe lösten.

Außerdem passte der Zopf zu meinem neuen Hut.

„Er ist wunderschön", murmelte Norden und seine Finger berührten den Zopf an der Stelle, an der er auf mein Rückgrat traf. „Genau wie du, Sonnenschein."

Ich lächelte. „Danke."

„Nein, nein. Danke dir, dass du gekommen bist", flüsterte er mir ins Ohr, während Prinz Lark sich von den anderen Elfen verabschiedete. Sie alle sahen mich neugierig an, bevor sie miteinander zu plaudern anfingen und mit bezauberndem Grinsen auf den Gesichtern wegliefen.

„Hallo Artica", grüßte Prinz Lark mich förmlich und verbeugte sich leicht vor mir. „Es ist mir ein Vergnügen, dich wiederzusehen."

Ist es das?, fragte ich beinahe. Aber ich beschloss, nett zu sein. Immerhin war ich eine Praktikantin für Feenbeziehungen. Unhöflich zu sein, würde meinen Status als schlechteste Praktikantin aller Zeiten bloß bestätigen.

Also lächelte ich stattdessen. „Hallo Prinz Lark." Ich machte einen Knicks − etwas, das ich vor zwei Tagen auch getan hätte, wenn er mich nicht wie ein Objekt behandelt hätte. „Es war sehr nett von dir, an die Eisfüchse zu denken."

Er blinzelte und runzelte die Stirn. „War es das?"

„Ja. Du hast sichergestellt, dass ihre Futterquelle bestehen bleibt."

„Aber natürlich. Sie haben dieses Land zuerst besiedelt. Wir müssen mit ihnen zusammenleben, nicht von ihnen nehmen", erwiderte er. Seine Worte waren weise und ehrlich und ließen ein aufrichtiges Lächeln auf meinen Lippen aufziehen.

Denn mir gefiel, was er da eben gesagt hatte.

„Elementefeen liegt die Gleichberechtigung in unserem Reich sehr am Herzen", informierte ich ihn. „Wir behandeln alles Leben mit demselben Respekt."

Sein weißblondes Haar schmiegte sich an seine breiten Schultern, während er nickte. „Ja, ich habe auch gehört, dass deinesgleichen die sterbliche Küche nicht besonders mag, weil viele Gerichte Tierfleisch beinhalten."

Ich rümpfte meine Nase. „Nein, ich mag sie nicht besonders." Also hoffte ich, dass nichts davon heute Abend auf der Speisekarte stand. Mit den Süßigkeiten konnte ich umgehen, aber mit einigen der sterblichen Spezialitäten? Absolut nicht.

„Mir schmeckt sie auch nicht besonders", sagte er mit sanfter Stimme und hatte beinahe einen verlegenen Ausdruck im Gesicht. „Manchmal bin ich dazu gezwungen, es zu essen, wenn es mir jemand als Geschenk mitbringt, aber ich mag unsere Süßigkeiten und Torten lieber und –"

„Heiße Schokolade", unterbrach Norden und sein Arm berührte meinen, als er endlich von meinem Zopf abließ.

„Die noch kalt werden wird, wenn wir sie nicht bald genießen, mein Prinz."

„Ja, genau", erwiderte Lark, der über die Unterbrechung überhaupt nicht verärgert schien. Stattdessen warf er seinem Gefährten ein dankbares Grinsen zu und drehte sich um, um zwei große Wanderrucksäcke aus dem Schnee zu holen. Norden ging zu ihm, um ihm einen abzunehmen, schlang ihn über seine Schulter, als wäre er federleicht.

Erst dann realisierte ich, dass die beiden lässig angezogen waren. Sie trugen Pullover, Jeans und Stiefel. Larks Pullover war silberweiß und passte zu seinem Haar, während Norden einen schwarzen Rollkragenpullover trug, der seine sonnengeküsste Haut komplementierte.

Ich mochte den Look an beiden von ihnen. Die winterliche Optik war sexy und betonte ihre Muskeln.

Natürlich zog ich Norden nackt vor.

Aber das würde mich vermutlich zu sehr von diesem Ausflug ablenken, also war ich zufrieden mit seiner Kleiderwahl.

Er zwinkerte mir zu, was mich wundern ließ, ob er

meine Gedanken lesen konnte. Oder aber vielleicht war mir die Kinnlade wieder heruntergeklappt.

So oder so schluckte ich trocken und warf ihm ein zögerliches Lächeln zu. „Also, ähm … Wohin gehen wir?" Larks Brief hatte Pinguine erwähnt – ein Tier, das ich noch nicht von meinem Fenster aus gesehen hatte.

Obwohl ich einige in der Ferne auf dem Eis hatte ausmachen können, als ich hier angekommen war. Ich war ganz begierig darauf, zu wissen, wie sie aus der Nähe aussahen.

„Nicht weit", versprach Norden. „Aber wenn du müde wirst, können wir dich tragen."

Ich runzelte die Stirn. „Ich werde nicht so schnell müde und mein Körper wurde buchstäblich für dieses Element geschaffen."

Er lächelte. „Das hört sich wie eine unverfrorene Einladung an, Sonnenschein. Eine, die ich gerne annehmen werde – nachdem wir gegessen haben."

Meine Wangen erröteten. „Das ist nicht –"

„Es ist etwa einen Kilometer entlang des Ufers", sagte Lark leise und seine grünen Augen funkelten amüsiert.

„Die Pinguine ziehen es vor, den Feen und Elfen fernzubleiben."

„Aber den Selkies nicht", bemerkte Norden und sah Lark bestimmt an. „Denn wir essen sie nicht."

Ich rang nach Luft. „Winterfeen und Elfen essen Pinguine?!"

Lark seufzte. „Nein. Tun wir nicht. Er macht sich nur über mich lustig, wegen etwas, das ich vorhin gesagt habe."

„Er dachte, dass ich einen Pinguin essen wollte, um dich zu beeindrucken", erwiderte Norden und führte uns durch das Tor.

„Das würde mich nicht beeindrucken", informierte ich

sie beide, während ich ihm folgte. „Ich würde … Ich würde …"

„Schreien?", sagte Norden.

„Neben anderem", murmelte ich.

„Der einzige Ort, an dem ich dich zum Schreien bringen will, ist das Schlafzimmer, Sonnenschein." Er warf mir ein sinnliches Grinsen zu. „Und ich verspreche dir, dass es nur Schreie der Lust sein werden."

Meine Haut kitzelte und erwärmte sich, sein Necken war unverhohlener als alles, was ich je erlebt hatte. Elementefeen konnten sehr direkt sein, aber Norden operierte auf einem Level, das nur sehr wenige Feen jemals erreichen konnten. Er strotzte nur so vor Sinnlichkeit, die sich um mich legte und mich dazu anhielt, ihn in mein Schlafzimmer einzuladen, damit er seine Versprechungen in die Tat umsetzen konnte.

Aber zum Glück hörten meine Füße auf meinen Verstand und trugen mich weiter vorwärts.

Lachfältchen machten sich um seine braunen Augen bemerkbar. Wissen funkelte in den schokoladenbraunen Tiefen.

Er wusste, was er konnte.

Und er schreckte nicht davor zurück, seine Fähigkeiten einzusetzen.

Kalt hatte recht gehabt. Wenn ein Selkie seine Gefährtin umwarb, waren sie äußerst aggressiv. Nicht auf eine physische Weise – eher auf sexuelle. Und ohne jeglichen Zwang.

Nein, sie waren Meister der Verführung.

„Ich habe im Palast nicht viele Selkies gesehen", sagte ich und schluckte trocken. „Gibt es hier viele von ihnen?"

„Ja. Aber die meisten leben in der Nähe des Wassers oder am Eisufer, und nicht an Land. Darum hat Lark einen Pool für mich in seiner Suite. Damit ich schwimmen kann, wann immer ich will." Er warf dem Prinzen einen liebevollen Blick zu.

Lark lächelte zurück. „Er dankt es mir, indem er den ganzen Tag über nackt herumläuft. Ich kann nicht sagen, dass ich mein Geschenk bereue."

Meine Haut erwärmte sich angesichts des Gedankens der beiden im Bett.

Etwas, das, den abwechselnden Blicken zu urteilen nach, wohl oft vorkam.

Ganz schön erotisch, dachte ich und mein Herz nahm einen Sprung. *Diese beiden müssen wie Dynamit im Bett sein.*

Und sie wollen, dass ich mich ihnen anschließe.

Ich erschauderte. Der Gedanke gefiel mir mit jedem Schritt, den ich nahm, mehr.

Bis auf die ,Du gehörst mir'-Sache mit dem Eigentum.

Aber Lark zeigte heute definitiv eine weitaus charmantere Seite von sich. Seine Arroganz schien Platz gemacht zu haben für seine fürsorgliche Seite – etwas, das er mit seinem Elfen gezeigt hatte, und indem er jetzt beschützerisch neben mir lief.

Vielleicht hatte der Selkie ihm ein bisschen Verstand eingeredet, was nur zeigte, wie wichtig eine Triade wichtig war. Und Teil davon zu sein, würde Prinz Lark dabei helfen, sich richtig zu entwickeln.

Ich für meinen Teil wollte Prinz Lark jetzt definitiv dabei helfen, sich zu *entwickeln*. Vielleicht nicht auf dieselbe Art. Oder jedenfalls auf eine zusätzliche Art und Weise.

Ich schüttelte meinen Kopf und versuchte damit die sinnlichen Gedanken abzuschütteln. Stattdessen konzentrierte ich mich darauf, guten Stand zu haben, während der Boden unter mir immer mehr Eisbrocken aufwies.

Der Prinz hatte seine Hände an seinen Seiten – bereit,

jeden Augenblick nach mir zu greifen, wenn es die Situation erfordern würde.

Vielleicht, weil wir so nahe am eisigen Ufer liefen.

„Gewöhnt sich deine Haut auf natürliche Weise an das Wetter hier oben?", fragte ich, wollte wissen, wie er sich vor dem hier herrschenden Klima schützte. Ich hatte dieses Kapitel über die Winterfeenkultur noch nicht gelesen.

„Meine Magie beschützt mich", erwiderte er mit sanftem und doch irgendwie autoritärem Tonfall. Die Stimme eines Königs.

„Ähnlich, wie dich deine schützt."

„Du kannst das spüren?", fragte ich überrascht.

„Deine elementare Fähigkeit lockt mich." Seine minzgrünen Augen sahen in meine, bevor er wieder auf den Weg vor uns blickte. „Genauso wie Kalts."

„Ist das normal?", wollte ich wissen. „Spürst du die Fähigkeiten aller Wasserfeen?"

Er schüttelte seinen Kopf. „Nein. Ich habe König Cyrus einmal getroffen und seine Fähigkeit hat mich überhaupt nicht angesprochen. Und doch ist er angeblich die mächtigste Wasserfee."

„Nicht nur ‚angeblich'. Er *ist* der Mächtigste unserer Art."

„Na, er hat mich nicht angesprochen. Nicht wie du und Kalt." Er zog eine Schulter hoch. „Das ist Teil unseres Gefährtenbandes und auch der Grund, warum ich weiß, dass unsere Schicksale aneinandergeknüpft sind."

Das hörte sich definitiv etwas besser an als seine Aussage von wegen *Du hast keine Wahl, du gehörst mir'* von vor zwei Tagen. Aber den beiden Aussagen lag dieselbe Bedeutung inne. Eine war nur weitaus romantischer als die andere.

Wir liefen in Stille weiter, hielten erst inne, als zwei

Seehunde die Eisschollen durchbrachen, um Norden anzubellen.

Er winkte ihnen zu und lächelte.

„Freunde von dir?", riet ich.

„Brüder", erwiderte er. „Sie machen sich über mich lustig, weil ich Klamotten anhabe."

Ich lachte. „Sie mögen Kleidung nicht?"

„Selkies ziehen Haut oder Fell vor", bestätigte er. „Aber ich dachte, es wäre angenehmer für dich, wenn ich zu unserer Verabredung angemessene Kleidung tragen würde."

„Er lügt. Ich habe ihn gezwungen, Kleider anzuziehen", bemerkte Lark.

Norden grinste uns bloß unapologetisch an.

„Du wirst auch zu der Krönung Kleidung tragen", ergänzte Lark.

Nordens Grinsen verwandelte sich in ein herausforderndes Lächeln. „Nur, wenn Artica ein Diadem trägt."

„Ein Diadem?", wiederholte ich und mir klappte die Kinnlade herunter. „Warum würde ich –"

Wasser spritzte, was mich innehalten und meine Aufmerksamkeit auf einen süßen kleinen Pinguin in einem Smoking richten ließ.

Nicht einem buchstäblichen Smoking.

Es sah nur aus, als würde er einen tragen, wegen seines schwarzen Fells, das von weißen Stellen abgelöst wurde.

„Bei den Feen, er ist so süß", säuselte ich, erstarrte mitten im Schritt, als er das Wasser von seinem Fell abschüttelte.

Norden grinste. „Der hier ist ein Schmeichler. Ich hätte wissen sollen, dass er dich als Erstes begrüßen würde. Ich nenne ihn Tux."

„Hallöchen Tux", sagte ich und ging in die Hocke, um

ihn zu begrüßen und ihn mir genauer anzusehen. „Ich bin Artica. Es ist mir eine Freude, dich kennenzulernen."

Der Pinguin legte seinen Kopf leicht schief, dann watschelte er auf mich zu, um mich mit seinem Schnabel anzustupsen. Ich kicherte, war von seiner Aufmerksamkeit völlig von den Socken. „Ich hatte ja keine Ahnung, dass Pinguine so freundlich sind." Ich war noch nie zuvor einem begegnet, also hatte ich nicht gewusst, was ich erwarten sollte. Aber die beiden Eisfüchse, die ich im Palast gesehen hatte, waren nicht so begierig darauf gewesen, sich heute Morgen nach dem Frühstück von mir streicheln zu lassen.

„Normalerweise sind sie das auch nicht", erwiderte Lark, ging neben mir in die Hocke. „Aber das Wasser hier ist verzaubert. Und das ist der einzige Ort auf der Erde, an dem sie sicher vor den Sterblichen sind, weil niemand weiß, dass sie hier leben."

„Das ist auch der Grund, warum die Selkies hier abhängen", ergänzte Norden. „Sterbliche können schrecklich zu Wasserkreaturen sein."

„Sie sind auch nicht bekannt dafür, gut zu ihren Elementen zu sein", murmelte ich, lächelte, als der Pinguin mich erneut anstupste. Ich streichelte sein Köpfchen und er stieß ein sanftes Klickgeräusch aus. „Aber was meinst du mit ‚Das Wasser ist verzaubert'?"

„Angesichts des Klimas kann sich hier oben kein Wasser bilden", erklärte Lark und sein Blick schweifte zu einem zweiten Pinguin, der auf uns zu watschelte. Der hier war etwas plumper und bewegte sich langsamer. „Also haben die Sterblichen keine Ahnung, dass diese Pinguine hier leben. Sie glauben, dass alle auf der südlichen Halbkugel leben."

„Das gilt auch für eine Menge Seehunde", erwiderte Norden, als zwei weitere Pinguine auf ihn zugingen.

„Nein, ich habe euch heute keine Fische mitgebracht. Aber ich werde euch später dabei helfen, welche zu fangen."

Die Pinguine gaben einen seltsamen Ruf zurück. Einen, den ich noch nie zuvor gehört hatte. Es hörte sich irgendwie an wie das Krächzen eines Vogels, gemischt mit einem vibrierenden Unterton. Einzigartig und wunderschön. Ich wollte es noch mal hören.

„Wir beschützen eine Menge Spezies hier oben", sagte Lark, während er den plumpen Pinguin streichelte. „Also wird dieses Wasser mittels Magie geschmolzen und zieht sich durch den arktischen Zirkel bis in den arktischen Ozean. Aber es ist verzaubert, sodass Sterbliche nichts als Eis sehen."

„Die Meerestiere können den Schleier durchschauen", ergänzte Norden. „So haben die Selkies die Winterfeen gefunden."

Lark nickte. „Das ist vor mehreren Jahrhunderten passiert. Und seither sind die Selkies unsere Verbündeten."

„Das ist fantastisch", flüsterte ich, erstaunt über all die Informationen. Nichts davon hatte in den Texten gestanden, die Kalt mir gegeben hatte.

„Wenn du etwas wahrhaft Atemberaubendes sehen willst, solltest du mir über diesen Schneehügel folgen." Norden wackelte mit seinen Augenbrauen, dann lief er in die eben genannte Richtung.

Die Aussicht auf seinen Arsch war definitiv fantastisch.

Aber ich ahnte, dass das nicht war, was ihm vorgeschwebt hatte.

Jedenfalls nicht vollends.

Also verabschiedete ich mich von meinen neuen Pinguin-Freunden und folgte dem Selkie.

Und als ich sah, was uns auf der anderen Seite erwartete, klappte mir die Kinnlade herunter.

ARTICA

P inguine.
Überall.

Alle in verschiedenen Formen und Größen, was anriet, dass hier oben verschiedene Spezies lebten. Einige waren kaum größer als dreißig Zentimeter. Andere reichten mir fast bis zu den Knien.

Eine Gruppe von ihnen watschelte auf Norden zu, als wäre er ein alter Freund oder gar einer von ihnen.

Er saß auf dem Boden, sein Rucksack neben ihm, und ließ die kleinen Kreaturen auf ihm herumklettern. Lark schloss sich ihm an. Die beiden grinsten, während die Pinguine schnatterten und diese vibrierenden Gurrgeräusche von sich gaben, die ich nicht ganz definieren konnte.

Dann sahen sie mich an und lockten mich mit ihren Blicken zu sich.

Ich schloss mich ihnen an, liebte es, wie sich die Tiere an unsere Seiten drückten und mit uns kuschelten, als wären wir ihre persönlichen Eisblöcke.

„Das hier ist vermutlich einer der besten Augenblicke meines Lebens", gab ich lachend von mir, als ein Pinguin an meinem Zopf zog. „Diese Dinger sind so süß!" Und Prinz Larks Art beschützte sie, gab ihnen einen Ort, an dem sie Zuflucht finden und aufblühen konnten.

Wow, ich hatte ihn völlig falsch eingeschätzt.

Na ja, vielleicht nicht völlig.

Aber es gab noch so viel zu lernen über die Winterfeen – und wie sie mit anderen Spezies interagierten. Es war nicht weiter verwunderlich, dass Königin Claire eine Allianz mit ihnen schmieden wollte. Sie hatten ein fürsorgliches Naturell und waren wunderschöne Feen.

Ich legte mich in den kalten Schnee zurück, kicherte erneut, als ein kleinerer Pinguin auf meinen Bauch kletterte, um sich darauf zu setzen. Er behandelte mich wie eine Eisbank. Von meiner Magie hochbeschworene Schneeflocken wirbelten in der Luft herum, nur um dann von einem Wind aufgeschnappt zu werden, der um die wunderschöne Kreatur streifte.

Ich öffnete erstaunt meinen Mund, erschrocken von der mystischen Energie.

Dann realisierte ich, dass sie von Prinz Lark gekommen war.

Er lächelte mich an, dann benutzte er seine Fähigkeit, um die Schneeflocken um andere Pinguine wirbeln zu lassen, streichelte ihre Wangen und Schnabel.

Der Zauber reichte bis ins Wasser, wo meine Schneeflocken sich im verzauberten Fluss verloren.

„Wunderschön", keuchte ich.

„Ja", stimmte Lark zu, während er mich ansah.

Norden kniff ihm in die Rippe. „Heiße Schokolade."

Der Prinz erschrak, dann griff er rasch nach seinem Rucksack. „Sie sollte noch warm sein. Ich kann meine Energie benutzen, falls wir sie aufwärmen müssen."

Norden wackelte erwartungsvoll mit seinen Augenbrauen in meine Richtung.

Ich hatte die heiße Schokolade in diesem Reich schon zuvor probiert und musste zugeben, dass sie köstlich war, aber Nordens Ausdruck verriet mir, dass an dieser hier mehr dran war als nur etwas geschmolzene Schokolade und Milch.

Prinz Lark holte einen großen Behälter, einen Sack Süßigkeiten, eine Art braunen Stock, ein paar fluffige weiße Wolken und eine silbrige Dose hervor, dann wühlte er in seinem Rucksack herum, bis er drei Becher daraus zog. „Oh", sagte er, nahm rotweiß gestreifte Süßigkeiten hervor. „Falls du Pfefferminz in deiner haben möchtest."

Norden öffnete seinen Rucksack und holte eine Decke hervor, auf die Lark alles stellte und sich darauf setzte. Er tätschelte die Stelle neben sich, bedeutete mir, mich ihm anzuschließen.

Zögernd setzte ich mich auf und krabbelte zu ihm. Ein Pinguin folgte mir, setzte sich auf meinen Schoß, um Prinz Lark bei der Arbeit zuzusehen. Norden verblieb auf dem Eis. Vermutlich war ihm das lieber, da auf der Decke noch spielend leicht genug Platz für ihn und jemand Weiteres gewesen wäre.

„Der Trick ist, zuerst die Milch aufzuwärmen." Lark öffnete den Behälter. „Normalerweise über einem Feuer. Was ich gemacht habe, bevor ich sie eingepackt habe. Aber sie könnte einen kleinen Schub Wärme vertragen." Er legte seine Hand darüber und mischte einen Hauch köstlicher Energie in die Luft. Einen Augenblick später nickte er, zeigte mir die blubbernde Flüssigkeit.

„Als Nächstes kommt die Schokolade rein. Aber nicht nur irgendwelche Schokolade." Er begann die Zutaten zu erklären, die seine Elfen für die Herstellung seiner speziellen Schokolade benutzten. Neben den dunklen Kakaoflocken und anderweitigen Zutaten beinhaltete sie einen Hauch Karamell und Buttertoffee.

Die fluffigen Wölkchen, die er *Marshmallows* nannte, wurden als Nächstes beigefügt. Aber nicht alle von ihnen. Nur genug, um mit der Flüssigkeit zu verschmelzen.

Sein silbriger Behälter beinhaltete eine andere Art von Schokoladenmischung in Pulverform. „Ich mische die Gewürze selbst", sagte er stolz.

Norden breitete sich neben uns aus, legte sich auf seine Seite. Sein warmer Blick war auf den Behälter gerichtet, während Prinz Lark mehr von seinen speziellen Zutaten hinzufügte. „Er hat mir das noch nie gezeigt."

Ich runzelte die Stirn. „Hat er nicht?"

„Nein, habe ich nicht", gab Lark zu. „Es ist eines meiner ganz persönlichen Hobbys. Ähnlich wie Norden und sein Haar."

„Er hofft, dass mich das davon überzeugen wird, ihn mein Haar streicheln zu lassen", meinte Norden und wackelte anzüglich mit seinen Augenbrauen.

„Du lässt ihn dein Haar nicht anrühren?"

„Normalerweise nicht", erwiderte Norden, als ein Pinguin an seinem langen Bein hochwatschelte, um es sich in der Nähe seiner Hüfte gemütlich zu machen. „Selkies sind sehr eigen mit ihrem Haar."

„Und die Winterfeen behalten ihre Lieblingsleckereien für sich", ergänzte Lark, zeigte mir die braune Stange. „Zimt. Aber man legt die Stange nicht einfach bloß in die Mischung. Man rührt exakt zwanzig Mal in der Flüssigkeit herum, bevor man sie entfernt. Willst du das übernehmen?"

Mir klappte die Kinnlade herunter. „I-ich?" Er hatte mir gerade gesagt, wie wichtig dieses Getränk war, und er wollte, dass ich ihm half, es zuzubereiten? Was, wenn ich es vermasselte? Seine *Lieblingssüßigkeit* ruinierte? Ich schluckte trocken. „Ähm ...“

„Ich werde dir helfen“, bot er an, hielt mir seine Hand hin. „Wir können zusammen zählen.“

„O-oh, okay“, stammelte ich.

Er wollte meine Hand halten.

Ja, das konnte ich, ... das konnte ich zulassen.

Ich rutschte näher zu ihm und legte meine Hand in seine. Elektrische Funken blitzten zwischen uns auf, als unsere Magie sich vermischte und ein Beben an meinem Arm hochjagte.

Er fühlte sich warm an.

Behaglich.

Wie eine warme Decke an einem kalten Tag.

Ich wollte mich an ihn kuscheln, konzentrierte mich jedoch stattdessen auf die Aufgabe, als er die Zimtstange in meine Hand legte. Er legte meine Finger darum, festigte meinen Griff und schlang dann seine Hand um meine.

„Okay, wir wollen langsam reingehen“, sagte er mit tieferer Stimme als noch eben, was ein Kitzeln an meinem Rücken hinabrieseln ließ.

Denn dieser Satz konnte auf so viele verschiedene Arten interpretiert werden.

Nicht jetzt, sexuell ausgehungertes Ich. Ich muss mich konzentrieren.

Aber seine rumpelnde Stimme, die sagte: „Ja, genau so“, half nicht dabei, meine Libido zu beruhigen. Sie stieg jetzt nur noch mehr an.

Ich schluckte trocken, zwang mich, mich auf die heiße Schokolade zu konzentrieren.

Lark begann zu zählen, während er meine Finger im Uhrzeigersinn zu bewegen begann.

„Schön langsam", sagte er, als wir unsere zweite Runde vollendeten.

Nach der fünften hatte ich vergessen, was Zahlen überhaupt waren.

Alles, was ich tun konnte, war, seine Magie in meine Poren fließen zu spüren und wie sie meine Seele mit einem Feuer streichelte, das ich nie zuvor verspürt hatte.

Und er berührte mich kaum. Nur meine Hand und gelegentlich meinen Arm, weil wir so nahe beieinander saßen.

Ich stecke echt in Schwierigkeiten.

Wie konnte Kalt sich dieser Triade entziehen? Die Chemie war zweifellos vorhanden. Ja, ich kannte ihn noch nicht. Aber meine Seele schien ihn auf einer instinktiven Ebene zu verstehen. Als könnte ich ihm bedenkenlos vertrauen.

Dieser Mann würde mir nie wehtun.

Auch wenn er gedroht hatte, mich zu *behalten*.

Er hatte gesagt, dass er mich zu seiner Königin machen wollte. Was genau bedeutete das für ihn?

„Zwanzig", flüsterte er und riss mich aus meinen Gedanken. „Sehr gut, Artica." Er hob meine Hand etwas hoch und griff mit einem Handtuch in seiner anderen Hand nach der Stange.

Ich hatte keine Ahnung, woher das Tuch gekommen war.

Es war mir auch egal.

Ich war zu enttäuscht darüber, dass er meine Hand losgelassen hatte.

„Jetzt geben wir die Getränke in die Becher und legen ein paar weitere Marshmallows darauf", informierte mich Lark.

„Es sei denn, du willst etwas Pfefferminz in deinem Getränk?"

Das Aroma der sinnlichen Gerüche stieg mir in die Nase, ließ mich meinen Kopf schütteln. „Ich möchte sie zuerst ohne Zusätze probieren." Denn sie roch so schon köstlich.

„Eine gute Wahl", erwiderte Lark und schenkte den dampfenden Inhalt in drei Becher.

Er gab eine weitere Schicht von diesen Wölkchen obendrauf, bevor er über jede Tasse blies. Magie breitete sich erneut in der Luft aus, was anriet, dass er die Getränke soeben mit einem Winterfeenzauber belegt hatte. Dann reichte er mir die erste Tasse.

Seinen minzgrünen Augen wohnte ein Hauch Neugier inne, als würde er mich mit dieser heißen Schokolade auf den Prüfstand stellen. Oder vielleicht stellte er sich selbst auf die Probe.

So oder so, nur schon den Geruch des Getränks einzuatmen, ließ mir das Wasser im Munde zusammenlaufen. Also nahm ich vorsichtig einen Schluck.

Ein Stöhnen kam mir über die Lippen. Meine Geschmacksknospen jubelten angesichts der fabelhaften Geschmacksnoten, die sich auf meiner Zunge bemerkbar machten. „Bei den Feen", keuchte ich, trank mehr davon. „Das schmeckt so gut!"

Sie war weitaus besser als die heiße Schokolade in der Cafeteria.

Sie war wie … wie das Paradies in einer Tasse.

Larks Gesicht erhellte sich erfreut und ein Hauch Erleichterung in seinen Augen sagte mir, dass ich, was auch immer für einem Test er mich unterzogen hatte, bestanden hatte. Norden setzte sich auf und gesellte sich zu uns auf die Decke. Seine braunen Iriden glitzerten, als Lark ihm eine der verbleibenden Tassen reichte.

„Danke", flüsterte Norden ihm ehrfürchtig zu.

Lark legte einen Augenblick lang seine Hand an

Nordens Wange, zwinkerte ihm zu. Dann griff er nach seiner eigenen Tasse.

Es war ein Austausch, den ich nicht ganz verstand. Vielleicht ließ Lark Norden nicht oft von seiner heißen Schokolade kosten? Er hatte gesagt, dass er sie oftmals für sich allein machte. Was bedeutete, dass er mir ein Geschenk machte, indem er mir diese flüssige Köstlichkeit gegeben hatte.

Angesichts der Tatsache, wie geschmacksintensiv sie war, konnte ich verstehen, warum er sie für sich behielt. Es war das köstlichste Getränk, das ich jemals getrunken hatte.

Lark begann als Letzter zu trinken und hatte einen zufriedenen Gesichtsausdruck auf, während wir alle unsere heiße Schokolade in angenehmer Stille genossen.

So viele unausgesprochene Worte schienen durch die Luft zu flattern.

Eine Entschuldigung von Lark. Milde Vergebung von mir. Sinnliche Neugierde von Norden.

Wenn das hier ihre Idee von Umwerbung war, dann konnte ich nur zustimmen. Denn diese Tasse mit feetastischer Flüssigkeit war absolut himmlisch.

Ich trank die heiße Schokolade viel zu schnell. Die Marshmallows schmolzen, zusammen mit der heißen Schokolade, allesamt in meinem Mund, bevor ich sie hinunterschluckte.

„Das war vorzüglich", sagte ich. „Danke, dass ich das erfahren durfte."

Lark nickte mir zu und seine Augen strahlten. „Danke, dass du dich darauf eingelassen hast."

Norden lächelte. Er hatte seine heiße Schokolade ebenfalls bereits getrunken. Er war auf der Decke verblieben, doch eine seiner Hände lag auf dem Eis, als brauchte er den eisigen Hauch, um sich zu erden. „Das Abendessen sollte bald geliefert werden."

„Geliefert werden?", wiederholte ich.

„Hm", summte er verhalten. „Würdest du in der Zwischenzeit gerne etwas Eislaufen? Oder lieber noch ein paar Pinguine kennenlernen?"

Meine Neugierde stieg ins Unermessliche. „Eislaufen?", wiederholte ich. Das war zu Hause eine meiner Lieblingsbeschäftigungen gewesen – bevor ich auf die Akademie gegangen war. Wir hatten die Straße runter von meinem Haus einen Eislaufring gehabt, der nie schmolz – dank der Wasserfeenmagie.

„Ich glaube, das heißt Ja", murmelte Lark, als er die Zutaten für die heiße Schokolade wieder in seinem Rucksack verstaute.

„Hinter diesem Schneehügel liegt die perfekte Stelle." Norden deutete mit einem Nicken in die Richtung. „Eine solide Eisschicht, die sich perfekt dazu eignet, darauf Schlittschuh zu laufen. Willst du es ausprobieren?"

Mein Gesicht erhellte sich. „Ja, bitte!" *Aber* ... Ich runzelte die Stirn. „Aber ich habe keine Schlittschuhe." Ich bezweifelte, dass er welche mitgebracht hatte, die mir passen würden.

„Zum Glück hast du einen Anhänger, der Wünsche erfüllt", murmelte Norden und blickte auf die Schneeflockenkette, die auf meinem Pullover lag.

Ich berührte die Kanten des Anhängers. „Oh, stimmt. Du weißt, was das ist?"

„Ich weiß ganz genau, was das ist", bestätigte Norden. „Was bedeutet, dass du dir Schlittschuhe wünschen kannst. Und vielleicht welche für uns." Er sah zu Lark. „Er wollte nichts Scharfes in den Rucksack packen."

„Sicherheit geht vor", erwiderte der Prinz ohne Reue.

„Stimmt." Norden sah mich an und er zog seine

schokoladenbraune Augenbraue hoch. „Also, Sonnenschein? Was meinst du?"

Ich grinste. Ich musste nicht zweimal darüber nachdenken. Wir würden Eislaufen gehen. „Drei Paar Schlittschuhe. Kommt sofort."

ARTICA

P rinz Lark und Norden waren Naturtalente auf
dem Eis.

Was angesichts ihrer Herkunft nicht überraschend war.

Aber die beiden schienen ähnlich verzückt über meine
Fähigkeit, Kreise um sie zu ziehen. Ich machte ein paar
Drehungen und Sprünge, trug meine vormaligen
Eiskunstlauf-Talente zur Schau und ergänzte nur einen
Hauch Wassermagie währenddessen.

Meine Affinität für Eis machte mich auf eine Weise
elegant, die ich auf dem Erdboden nicht anzuzapfen
wusste. Ich tanzte über den gefrorenen Boden, bewegte
mich im Zickzack und sprang und groovte zu meinem
eigenen Rhythmus.

Plötzlich machte sich ein Prickeln an meinem Nacken
bemerkbar.

Ein Augenpaar, das auf mir zu verweilen ich nicht
erwartet hatte.

Kalt.

Er stand am Rande des Eises, trug ein blaues, eng

anliegendes Hemd, dessen oberster Knopf offen war, sodass sein männlicher Hals zu sehen war. Graue Hosen zierten seine Beine. Und an seinen Füßen hatte er teuer aussehende schwarze Schuhe.

Nicht direkt winterfest.

Doch, ganz wie ich, hatte er eine Isolierungsschicht um sich gelegt, die seine Haut schützte.

Ich stolperte beinahe über meine Schlittschuhe, als ich ihn erblickte.

Norden fing mich auf, indem er seine Hände an meine Hüften legte und mich in einer eleganten Bewegung hochzog, die einstudiert wirkte, aber kompletter Zufall war.

„Ich passe auf dich auf", flüsterte er mir ins Ohr, drehte mich herum, sodass ich ihn anstatt Kalt ansah. Ich schluckte trocken und ein Schaudern, das nichts mit der Kälte zu tun hatte, bahnte sich seinen Weg an meinem Rücken hinab.

„Danke", keuchte ich und meine Finger umschlangen seine Unterarme, als er uns in einem Kreis übers Eis gleiten ließ.

„Er hat Abendessen mitgebracht", erklärte Norden mit sanfter Stimme und führte mich sanft auf den Wasserprinzen zu.

Lark hatte das Eis bereits verlassen und seine Schlittschuhe gegen Stiefel eingetauscht.

Ein Anblick, der anriet, dass Kalt schon mindestens ein paar Minuten dagestanden hatte, während ich auf dem Eis getanzt hatte.

Ich war mir nicht sicher, ob mir das gefiel.

Er war vermutlich damit groß geworden, Wasserfeen auf dem Eis zu sehen, was meine Fähigkeit zu nichts Besonderem machte. Obwohl ich als junge Fee mehrere Preise für meine Eleganz gewonnen hatte. Vielleicht konnte ich also besser Eislaufen als die meisten Feen.

So elegant ich auf dem Eis war, so tollpatschig war ich an Land. Was bedeutete, dass sich die beiden am Ende des Tages ausglichen.

Norden berührte meine Hüften. „Bist du bereit, zu essen, Sonnenschein?"

Der Spitzname, den er schon den ganzen Abend lang verwendet hatte, wärmte mir das Herz. Ich hätte mich definitiv daran gewöhnen können.

„Ja, ich habe Lust", gab ich zu und mein Magen knurrte zustimmend.

Norden lächelte. „Lust auf Essen oder …?"

Ich blinzelte und sein gutaussehendes Gesicht schien mich dazu einzuladen, zu antworten, wie immer mir beliebte. Wenn ich gesagt hätte, dass ich Lust auf ihn hätte, hätte er mich vermutlich auf dem Eis genommen. Vielleicht sogar, während wir eisgelaufen wären.

Kalt räusperte sich, sagte mir damit, dass wir nahe genug waren, dass er unser Gespräch mithören konnte. Ich sah zu ihm und rutschte beinahe erneut aus.

Er hat Abendessen mitgebracht.

Nachdem er gesagt hatte, dass er eine Woche weg sein würde.

Aber jetzt war er hier.

Mit Essen.

Nordens Lippen strichen über meine Wange, zogen meine Aufmerksamkeit zurück auf den sexy Selkie. „Du läufst wunderbar auf dem Eis, Sonnenschein", sagte er mit sanfter Stimme. „Wie ein Stern, der am Himmelszelt entlangzieht."

Meine Haut erwärmte sich angesichts des Kompliments. „Danke."

„Er hat recht. Deine Affinität für Eis macht dich umso verlockender anzusehen." Lark hielt mir seine Hand hin, lud mich ein, mich ihm im Schnee anzuschließen. Mit seiner Hilfe verließ ich das Eis und Norden kniete sich neben mich, schnürte meine Schlittschuhe auf.

Ich sagte ihm beinahe, dass ich das selbst erledigen konnte, aber Larks Hände begaben sich an meine Hüften, hielten mich aufrecht, und mein Hirn vergaß, wie man Worte über seine Lippen brachte.

Seine minzgrünen Augen fesselten mich, hielten mich mit seinem verlockenden Starren fest.

Mir fiel erneut auf, wie schön diese Fee war. Seine Züge waren königlich. Und doch hatte er eine Sanftheit an sich, die mir im Thronsaal entgangen war.

„Ich mag dich lieber hier draußen", flüsterte ich, dachte nicht wirklich darüber nach, was ich sagte. „Du bist … netter."

Er lachte. Das Geräusch brach den Bann etwas und ich öffnete meinen Mund.

„Oh, ich meine … Ich wollte nicht … Na ja, ich meinte … Aber ich … Oh, Fudgezapfen." Ich hatte es komplett vermasselt und das auch noch vor den Augen meines *Bosses*.

Jepp. Die schlechteste Praktikantin aller Zeiten.

„Der Thronsaal ermahnt mich an die bevorstehende Krönung", erwiderte Lark. Seine Berührung brannte sich direkt durch meine Leggings hindurch und vermischte sich mit der Magie, die über meine Haut waberte.

Ich konnte spüren, wie er meinen Zauber mit seiner Winterfeenessenz kostete, meine magische Isolierung berührte und die Mechanik dahinter bewunderte.

So eine merkwürdige Empfindung.

Aber eine schöne.

„Was ich damit meine, ist, dass der Thronsaal mich … ungeduldig macht", ergänzte er schließlich. „Und leider habe ich diese Ungeduld an dir ausgelassen." Sein Griff verfestigte sich, während Norden einen meiner

Füße vom Schlittschuh befreite und mir meine Stiefelette anzog.

„Die meisten Winterfeenprinzen versuchen erst gar nicht, den Thron zu besteigen ohne eine bestehende Triade. Und doch glaubt mein Vater, dass die Zeit reif ist. Also habe ich keine andere Wahl, als es zu versuchen. Was mich noch begieriger darauf macht, zu beanspruchen, von dem meine Seele weiß, dass es mir gehört."

„Woher weißt du, dass es dir gehört?", fragte ich. „In allen Büchern, die ich bisher gelesen habe, stand, dass Winterfeen-Gefährtenzirkel üblicherweise über mehrere Kandidatinnen verfügen."

„Das stimmt, aber nicht in meiner Erblinie. Mein Vater hat seine Gefährten augenblicklich erkannt, genauso wie mein Großvater." Sein Griff verfestigte sich erneut, als Norden meinen anderen Schlittschuh abmachte.

Mein Gleichgewicht versagte für eine winzige Sekunde, doch Larks fester Griff richtete mich wieder auf. Ich realisierte in diesem Moment, dass er mich nie fallen lassen würde. Ich konnte es ganz klar in seinem Gesicht erkennen.

Dieser Mann kannte mich kaum, hatte jedoch das Gefühl, dass er mich beschützen musste.

„Unsere Familie ist der Leiter der Winterfeenquelle", fuhr er fort. „Was bedeutet, dass wir sehr eng mit den Begierden und Sehnsüchten unserer Seelen verbunden sind. Und das macht es uns einfacher, unsere Schicksale zu kennen."

„Oh", flüsterte ich, war mir nicht sicher, was ich darauf erwidern sollte.

Zum Glück war er noch nicht fertig.

„Ich weiß, wer meine Gefährten sind. Aber das Wichtigste an allem ist der Glauben. Nur, weil ich es weiß, heißt das nicht, dass du" – sein Blick wanderte zu Kalt –

„oder *du*", sagte er, bevor er zu mir zurückblickte, „auch daran glaubst."

Na, das war definitiv eine bessere Erklärung als jene, die er mir im Thronsaal gegeben hatte. Er hatte sich praktisch über die Wasserfeen lächerlich gemacht, weil sie dachten, dass sie eine Wahl hätten. Was wir aus seiner Sicht nicht hatten. Seine Seele hatte ihm gesagt, dass wir zu ihm gehörten.

„Aber genug davon. Lasst uns essen", sagte er lächelnd. „Ich freue mich darauf, zu probieren, was immer Kalt uns mitgebracht hat."

Norden stellte sich an meine Seite, hatte seine Schlittschuhe bereits mit Stiefeln ersetzt. „Ich auch." Er hielt alle drei Paar Schlittschuhe an den Schnürsenkeln und ging zur Decke hinüber.

Wo mehrere Papiertüten auf uns warteten.

Tüten, die Kalt irgendwoher hergesprüht haben musste.

Ich sah ihn an. „Hallo."

Seine Mundwinkel zuckten und seine Grübchen zeigten sich. „Amüsierst du dich gut?"

„Sie haben *Pinguine*", sagte ich zu ihm. „Also, ja. Ich amüsiere mich sogar sehr gut."

Er lachte und schüttelte seinen Kopf. „Du bist echt leicht zu beeindrucken."

„Pinguine, Kalt", wiederholte ich. Das machte mich nicht leicht zu beeindrucken. „*Pinguine* sind beeindruckend."

Mehrere von ihnen scharten sich um unsere Decke, als wollten sie mein Argument unterstreichen. Sie versuchten nicht einmal, unser Essen anzurühren. Stattdessen machten sie es sich gemütlich und nahmen Handzeichen und Weisungen von Norden entgegen. Er hatte ganz offensichtlich eine Verbindung zu den Kreaturen.

„Wie viele verschiedene Arten gibt es?", fragte ich, bemerkte alle Varianten, ihre Farben und Größen.

„Mehrere", erwiderte er und zuckte mit den Achseln, bevor er es sich wieder neben der Decke auf dem Eis gemütlich machte. „Der Nordpol heißt alle Arten von arktischen Kreaturen willkommen. Einige von ihnen sind sogar von Australien hierhergekommen. Sie migrieren vom anderen Ende der Welt, weil die Magie dieses Ortes sie anzieht."

Kalt machte sich daran, allen Teller und Besteck auszuhändigen, während Norden über die anderen Tierarten an diesem Ort zu sprechen begann.

Polarbären waren, was mich am meisten interessierten. „Kann ich einen von ihnen treffen?"

Norden verzog das Gesicht. „Sie sind nicht besonders freundlich."

„Er sagt das bloß, weil einer versucht hat, ihn als Seehundjunges zu fressen", bemerkte Lark mit belustigtem Tonfall.

„Was sie nicht besonders freundlich macht", wiederholte Norden mit einem Funkeln.

Lark zuckte mit den Schultern. „Er hat gut auf mich reagiert."

„Weil du ihm mit deinen magischen Fingern zugewunken hast. So ziemlich jeder ergibt sich, wenn du das tust."

Norden sah Kalt an. „Na ja, fast jeder."

Kalt blendete ihn aus.

Lark lächelte bloß. „Einige sind einfacher zu zähmen als andere."

Norden schnaubte höhnisch. „Wenn du glaubst, dass du mich gezähmt hast, hast du dich geschnitten."

„Ich würde nicht einmal daran denken, dich zu zähmen, Nor", murmelte Lark. Ich hatte ihn diesen

Spitznamen noch nie in meiner Anwesenheit von sich geben hören.

Nor hörte sich süß an.

Und so, wie sich Nordens Wangen röteten, nahm ich an, dass er ihm auch gefiel.

Ich fragte ihn beinahe, ob ich ihn auch so nennen sollte, als mir ein bekannter Geruch in die Nase stieg. Erst jetzt konzentrierte ich mich darauf, was Kalt aus den Tüten geholt hatte, und ich sah mit offenem Mund darauf. *„Drachensteak?"*

„Mit Salatpasteten und ein paar Pilzen als Beilage", erwiderte Kalt. „Oh, und Elfenmet. Weil wir Elementefeenküche nicht ohne ihn genießen können." Er zog zwei Krüge und vier Gläser hervor.

„Du hast mir Elementefeenessen mitgebracht?" Tränen brannten in meinen Augen. „Ich dachte, du hättest gesagt, dass wir das nicht essen sollen, während wir hier sind."

„Das war ihre Idee", sagte Kalt zu mir, deutete auf Lark und Norden. „Sie wollten ein paar unserer Spezialitäten probieren. Ich habe mir von Vox etwas Hilfe geholt. Die Drachensteaks sind von ihm."

Ein Lächeln zog auf meinen Lippen auf, als ich den Namen von Königin Claires Gefährten hörte. Vox war eine Luftfee, die leidenschaftlich gerne kochte.

„Er hat mir auch etwas von Trollfett erzählt", fuhr Kalt fort und runzelte die Stirn. „Ich bin … nicht sicher, … ob ich es versuchen möchte."

„Was ist mit Trollfett?", fragte ich.

„Dass es wie Speck ist?" Kalt hörte sich unsicher an.

Lark würgte.

Norden schnaubte spöttelnd.

„Kein Fan von Trollfett?", riet Kalt.

„Kein Fan von Schweinefleisch", korrigierte Lark.

„*Schweine?*", wiederholte ich schockiert. „Vox isst gerne Schweine?"

„Nein, offenbar liebt Königin Claire Speck, also macht er stattdessen Trollfett." Kalt hörte sich so angewidert an, wie mir zumute war.

„Das will ich nicht probieren."

„Gut. Ich nämlich auch nicht", gab Kalt zu und zuckte zusammen. Dann legte er mir ein Drachensteak auf den Teller, zusammen mit einer großen Portion Salatpasteten und Pilzlaiben.

Ich schmolz beim Anblick meiner Lieblingsgerichte von zu Hause förmlich dahin.

Der Elfenmet war als Nächstes dran.

Gefolgt von einer angenehmen Stille, während wir uns alle über unser Essen hermachten.

ARTICA

Norden und Lark überraschten mich, indem sie alles ohne jegliche Vorurteile probierten und sogar bemerkten, dass das Drachensteak ziemlich gut schmeckte. Obschon Norden der Gedanke, Drachen zu essen, zu widerstreben schien, da er ein paar Drachenfeen-Freunde hatte.

„Du bist einer Drachenfee begegnet?", fragte ich schockiert. „Sind sie nicht extrem rar?"

„Sehr sogar", bestätigte er. „Aber ich bin schon zweien begegnet. Sie sind im Reich der Sterblichen herumgewandert und haben sich nach potenziellen Gefährtinnen umgesehen."

Ich sah ihn mit aufgerissenen Augen an. „Sterbliche Gefährten?"

Er zuckte mit den Achseln. „Es gibt keine weiblichen Drachenfeen. Also tendieren sie, ähnlich wie die Winterfeen, dazu, sich mit anderen Spezies zu verbinden. Das Band macht einen Sterblichen immerhin unsterblich. Daher funktioniert es für sie."

„Ha", sinnierte ich interessiert und nahm dann einen weiteren Bissen.

„Drachensteaks kommen nicht von Drachen", erklärte Kalt, während ich meine Salatpastete verdrückte. „Es ist eine Pflanze in unserem Reich und hat eine metallähnliche Textur. Sie schmeckt so ähnlich wie unsere Pilze."

„Aber Orkburger gibt es wirklich", sagte ich. „Es handelt sich bei ihnen um Biester, die Elementefeen angreifen. Anstatt sie zu verbrennen, essen wir sie. Aber wir bringen nur jene um, die versuchen, uns wehzutun." Was die Mehrheit der Orks war. Sie waren bösartige, hirnlose Wesen, in deren Köpfen nichts als mörderische Wut vorhanden war.

„Orkburger", wiederholte Norden stirnrunzelnd. „Ich bin mir nicht sicher, ob ich das probieren möchte."

„Sie schmecken gut, wenn man sie räuchert", sagte Kalt schulterzuckend. „Aber die Fische, die du für mich gefangen und gebacken hast, sind besser."

Nordens Gesichtsausdruck erhellte sich. „Also hast du meine Geschenke gegessen."

Kalt zog eine Schulter hoch. „Ich bin eine Elementefee. Wir verschwenden keine Ressourcen."

„Hm, ist das der einzige Grund?" Norden schien völlig unbeirrt von Kalts nonchalanter Antwort. „Lark mag meinen Fisch auch."

Der Prinz nickte zustimmend, während er den letzten Bissen von seinem Teller nahm. Dann wusch er ihn mit einem kräftigen Schluck Elfenmet hinunter. „Also, erzähl mir mehr über das Problem mit den Höllenfeen." Sein Fokus richtete sich auf Kalt. „Was hat Typhos jetzt schon wieder getan?"

„Es geht nicht darum, was er getan hat, sondern eher, was er vorhat", erwiderte Kalt und sein Gesichtsausdruck verdüsterte sich.

„Er trifft Vereinbarungen und gibt anderen, was sie wollen oder brauchen, verlangt im Gegenzug jedoch Frauen. Und niemand weiß, wann er im Sinn hat, sie zu holen oder was er mit ihnen vorhat."

„Verstehe." Lark kratzte sich an seinem glatten Kinn. „Hat er noch immer vor, meiner Krönung beizuwohnen?"

„Er hat mir gesagt, dass er an seiner Stelle Prinz Melek schicken wird", antwortete Kalt. „Aber meiner Erfahrung nach lässt Typhos – besser bekannt als Lucifer – Melek nie zu weit gehen, ohne dass er in der Nähe lauert. Er ist sehr beschützerisch, wenn es um seinen Gefährten geht."

Lark nickte. „Also sollten wir sie beide erwarten."

„Ja. Und die Königin der Mitternachtsfeen hat gesagt, dass sie ebenfalls mit ihren Gefährten anreisen wird", fuhr Kalt fort und ich lächelte.

Ich mochte Königin Aflora. Ich war ihr einmal begegnet, als sie Königin Claire auf der Akademie der Elementefeen besucht hatte. Sie war sehr gütig. Es würde mir eine Freude sein, sie wiederzusehen.

Kalt und Lark diskutierten weiter über weitere Gäste. Kalt lieferte Lark einen vollständigen Bericht über alle ab, was mich wundern ließ, ob es Prinz Lark oder Königin Claire gewesen war, der Kalt die Aufgabe erteilt hatte, bei allen Interreichsfeenbesuchern nachzufragen, ob sie an der Krönung teilnehmen würden.

Norden rutschte zu mir, nahm mir meinen leeren Teller ab, um ihn auf seinen zu stellen. „Darf ich dein Haar bürsten?", fragte er leise, wollte die politische Diskussion neben uns nicht stören. „Ich will sehen, wie wellig es ist von deinem Zopf."

Ich kicherte beinahe. *Dieser Mann und sein Haarfetisch ...* „Darf ich deines auch bürsten?"

Er nickte eifrig. „Ja, das würde mir sehr gefallen." Und wie er das sagte, verriet mir, dass er es auch so meinte.

Er wandte sich seinem Rucksack zu, aber Lark reichte ihm bereits eine Bürste, da er unser Gespräch mitbekommen hatte. „Ich will dein Haar später auch bürsten", sagte er zu ihm, als er ihm die Bürste übergab.

Der Selkie erstarrte einen Augenblick lang, dann nickte er langsam. „Okay."

„Okay", wiederholte Lark, bevor er sich wieder dem Gespräch mit Kalt zuwandte.

„Lässt du ihn dein Haar sonst nicht bürsten?", riet ich flüsternd.

„Üblicherweise nicht, nein. Aber er hat mich heute seine heiße Schokolade trinken lassen, was ein sehr wertvolles Geschenk ist. Also werde ich den Gefallen heute Abend erwidern." Er reichte mir die Bürste. „Halte die hier, bitte. Und lass sie nicht in den Schnee fallen. Es ist ein Familienerbstück." Dann setzte er sich hinter mich auf die Decke – dieses Mal berührte er das Eis kein bisschen.

Ich musterte den goldenen Griff und die feinen Borsten, während er meinen Zopf löste. Seine Finger arbeiteten schnell, aber ohne an meinem Haar zu zupfen oder zu reißen. Seine geschickte Berührung war eine willkommene Empfindung an meiner Kopfhaut.

Als er fertig war, griff er um mich, um die Bürste in seine Hand zu nehmen, und begann sie durch meine Strähnen zu streichen. So sanft und leicht. Er begann an den Enden meiner Haare und arbeitete sich dann nach oben. Ganz offensichtlich hatte er die Haarpflegetechnik während seines Lebens perfektioniert.

„Schätzen alle Selkies ihr Haar?", fragte ich.

Er summte zustimmend, bevor er ergänzte: „Unser Haar beherbergt die Magie unserer Seehundpelze. Wir müssen uns um jede Strähne kümmern, um sicherzustellen, dass unsere Magie bestehen bleibt."

„Wenn jemand anderes also dein Haar anfasst …" Ich

verstummte, war mir nicht sicher, wie ich diesen Satz beenden sollte, und doch verstand ich.

„Vermischt sich unsere Magie mit der Essenz des anderen Wesens", ergänzte er an meiner Stelle. „Was auch der Grund dafür ist, dass wir nur unsere Gefährten oder potenziellen Gefährten unser Haar berühren lassen. Für meinesgleichen kommt es einer Art von Umwerbung gleich. Eine Art, um unsere magische Kompatibilität zu testen."

„Aber du lässt Lark dein Haar nicht bürsten?", hakte ich verwirrt nach. „Er ist dein Gefährte, oder etwa nicht?"

„Ich bin Teil seiner Triade", erwiderte er bedächtig. „Er liegt mir am Herzen. Er gehört mir und ich lasse in mein Haar in Maßen berühren. Aber ich sehne mich auch nach einer Gefährtin. Und meine Gefährtin ist diejenige, mit der ich mich mittels der Magie meines Fells verbinden möchte. Ähnlich wie Prinz Lark sein Rezept für heiße Schokolade nicht mit mir teilen wollte, bis er es dir gezeigt hatte."

Das war … *ganz schön viel.*

Ich meine, das waren ganz schön viele Informationen.

Ich war mir nicht sicher, ob ich bereit gewesen war, diese Details zu hören.

Denn dieser Selkie hatte eben quasi gesagt, dass er mir anlässlich unseres ersten Treffens erlaubt hatte, mit seiner Magie zu spielen, weil er gewusst hatte, dass ich seine Gefährtin war.

„Haben Selkies Gefährten, die ihnen vom Schicksal bestimmt sind?", fragte ich mit etwas heiserer Stimme.

„Nein, aber meine Magie ist jetzt an die Winterfeen gebunden. An die mächtigste Winterfeenmagie überhaupt, tatsächlich, da Prinz Lark der zukünftige König ist. Also bin ich mir meiner Seele sehr bewusst, genauso wie er –

was auch der Grund war, weshalb ich gewusst habe, wer du bist, sowie du angekommen bist."

Er lehnte sich nach vorne, um mein Haar zu küssen. Die Bürste hielt an meinem Rückgrat inne.

„Du musst keine Angst haben", ergänzte er flüsternd und seine Lippe berührte mein Ohr sanft. „Wir werden dich nicht drängen, Artica. Ich versuche bloß, deine Fragen ehrlich zu beantworten. Lark meint, dass das der Schlüssel zu einer guten Beziehung ist."

Der Prinz schnaubte höhnisch, was mir sagte, dass er und Kalt jedes Wort mitgehört hatten. Aber sie führten ihre politische Diskussion fort, gaben uns erneut die Illusion von Privatsphäre.

„Lass uns Positionen wechseln", sagte ich mit einer leicht quietschenden Stimme gegen Ende des Satzes. Denn das war zweifellos ein potenzielles Innuendo gewesen. Nordens Blick sagte mir, dass es ihm nicht entgangen war, als er sich vor mich hinsetzte.

Aber anstatt etwas zu bemerken, reichte er mir bloß die Bürste und warf sein üppiges braunes Haar über seine Schultern, sodass ich es bürsten konnte.

Zuerst benutzte ich meine Finger, spürte dieselbe seidene Textur wie das letzte Mal und seufzte angesichts des Schimmerns seines Haars.

Jetzt, wo ich mehr über seine Art wusste, konnte ich das subtile Surren seiner Energie an meinen Fingerspitzen spüren. Sie sprach meine Wasserfeen-Instinkte an, forderte mich zum Spielen auf. Aber ich hätte sein wunderschönes Haar nie vereist. Vielleicht würde ich mit etwas kaltem Wasser hindurchstreichen oder eine Bürste mit Eisborsten kreieren, um sein Haar zu bürsten.

Aber stattdessen benutzte ich den Gegenstand in meiner Hand, ließ sie durch seine Mähne gleiten und seufzte, als ich die wunderschönen schokoladenbraunen Strähnen hinunterrieseln sah.

Einfach umwerfend.

Ich ließ mir Zeit – genauso wie er es hatte –, genoss den Moment und ließ die Magie durch meine Adern fließen.

Das könnte mein Leben sein, realisierte ich. *Umgeben von diesen drei Männern, im Genuss von magischen Erfahrungen wie diesen. Für den Rest meines Lebens.*

Aber Kalt weigerte sich, sein Schicksal anzunehmen.

Ich konnte seinen Widerstand jetzt spüren. Er hing schwer in der Luft, während er das Gespräch mit Lark streng geschäftlich hielt.

Ein Hauch Enttäuschung folgte – ausgehend vom Winterfeenprinzen. Denn Kalt musste an die Triade glauben … an *ihn* glauben.

Was würde passieren, wenn wir anlässlich der Krönung nicht an Prinz Lark glaubten?

Er hatte nur noch eine Woche Zeit.

Und die Zeit wurde mit jeder Sekunde knapper.

Und Kalt stand jetzt auf, um zu gehen. Wir hatten unser Mahl beendet und er behauptete, dass er sich wieder seinen Aufgaben zuwenden müsste.

Nordens und Larks Gesichtsausdrücke verrieten mir, dass sie wussten, dass er log. Oder vielleicht entnahm ich das der misstrauischen Atmosphäre in der Luft.

Etwas daran war gehörig faul.

Warum glaubte Kalt nicht an sie? Ich konnte verstehen, dass er in der Erfüllung seiner Träume nicht aufgehalten werden wollte, aber vielleicht musste er einen neuen Traum in Erwägung ziehen.

Einen Traum, in dem er glücklich als Winterfeenprinz lebte, verbunden mit dem Winterfeenkönig. Die Freude und Festlichkeiten der Welt anführte.

Leidenschaft und Freude genoss.

In dem er jeden Tag *lächelte.*

Es gab Mittel und Wege, um ein Held zu sein, ohne eine harte Fee zu sein.

Manchmal gewann die stärkste Fee ihre Kämpfe, indem sie etwas Herz in die Sache fließen ließ. Aber sein eisiger Blick sagte mir, dass er nichts davon bedachte. Er umarmte mich zum Abschied nicht einmal.

Er sagte bloß: „Ich hoffe, das Abendessen hat dir geschmeckt." Dann sprühte er sich mit den Papiertüten in seinen Händen davon.

Ich seufzte, lehnte mich an Norden. Er hatte sich wieder hinter mich gesetzt und seine Finger waren wieder in meinem Haar. Aber seine Bürste war vorsichtig in einem der Rucksäcke verstaut worden.

„Er wird schon noch einlenken", versprach Norden mir.

Ich schüttelte meinen Kopf. „Da bin ich mir nicht so sicher. Er scheint erpicht auf ein einsames Leben zu sein."

Prinz Lark starrte auf die Stelle, an der Kalt eben noch gestanden hatte, und ein düsterer Ausdruck zog auf seinem Gesicht auf. „Wir sollten zurückgehen. Ich muss mich noch einmal mit Holly treffen und die Sitzordnung mit ihr durchgehen. Jetzt, wo noch mehr Feen an der Krönung teilnehmen werden."

Seine Stimme hatte eine düsterere Note inne, die mich an den Prinzen erinnerte, dem ich vor zwei Tagen begegnet war. An diesen arroganten Eispickel, der mich wie ein Objekt behandelt hatte.

Anstatt etwas zu sagen, stand ich auf, sagte mit meiner Körpersprache, dass ich ihm gehorchen würde, selbst wenn mein Herz sich danach sehnte, nur noch ein paar weitere Minuten hier zu verweilen. Zurück zur fröhlichen Stimmung zu gelangen, die wir hier geschaffen hatten.

Ich nahm einen Schritt nach vorne, wollte mich auf das Eis begeben, aber mein Fuß verhedderte sich in der Decke. Die Welt begann sich zu drehen, aber Lark fing mich auf, indem er seinen starken Arm um meine Taille schlang und mich zurückzog, sodass meine Schulterblätter gegen seine Brust gedrückt waren.

Ich erstarrte. Die Umarmung schoss warme Funken durch meine Adern, bis in jedes Nervenende. Er fühlte sich an mich gedrückt so *gut* an. Er bestand aus nichts als Muskeln. Er war Stärke in Person. Ein Alpha in seiner Blütezeit.

„Bist du in Ordnung?", flüsterte er mir ins Ohr und dieser düstere Unterton wurde von einem besorgten Tonfall abgelöst.

Ich schluckte trocken und nickte. „Ja. Ich bin auf dem Eis weitaus eleganter als auf anderen Oberflächen."

Er lachte. „Den meisten Feen geht es genau umgekehrt."

„Die meisten Feen haben keine Affinität für Wasser", murmelte ich.

„Das stimmt", stimmte er zu und seine Hände begaben sich an meine Hüften, als er mich hochhob und geschickt aufs Eis stellte. Ich fühlte mich im Angesicht meines Elementes sofort stabiler.

„Danke", flüsterte ich. „Danke, für den heutigen Tag. Danke, für die Geschenke. Danke, dass du die Umwerbung respektiert hast."

Er schien hinter mir zu erstarren, dann drehte er mich langsam herum.

„Ich habe die Umwerbungsphase nie *nicht* respektieren wollen", sagte er mit ernster Stimme. „Ich würde niemals mutwillig etwas so Spezielles riskieren, Artica. Es ist meine Pflicht, dich zu beschützen und zu ehren – als meine Königin."

Er strich eine widerspenstige Strähne hinter mein Ohr. „Es tut mir leid, dass ich mich völlig gegenteilig verhalten habe. Das wird nicht noch einmal vorkommen."

Oh, bei den Feen, ich wollte ihn küssen.

Er sah so reuevoll, so *traurig* aus.

Kein Winterfeenwesen sollte jemals so zwiespältig oder verletzt oder enttäuscht von sich sein.

Vielleicht lag das teilweise an Kalts abruptem Abgang. Oder vielleicht hatte der Prinz das Gefühl, dass er auf allen Ebenen scheiterte. So konnte ich ihn nicht gehen lassen. Er musste wissen, dass ich genug an ihn glaubte, um sicher zu sein, dass er die Sache richten würde. Dass er heute Abend bereits mehrere Schritte in die richtige Richtung genommen hatte.

Vielleicht war ich noch nicht bereit, seine Königin oder seine Gefährtin zu werden.

Aber ich spürte das Potenzial.

Und ich *glaubte* daran, dass wir vielleicht doch füreinander bestimmt waren.

Also stellte ich mich auf meine Zehenspitzen und drückte ihm einen Kuss auf seine vollen Lippen.

Ein mutiger Schritt. Einen, den ich in meinem Leben noch nie zuvor gemacht hatte. Aber dieser Prinz musste wissen, dass er meine Unterstützung hatte. Und wenn er so weitermachte wie heute, würde ich ihm vielleicht sogar mein Herz schenken.

Seine Hand streifte von meinem Rücken zu meinem Nacken hoch und er schlang seine Finger darum, während er die Liebkosung erwiderte. Sein anderer Arm schlang sich um meine Taille, hielt mich fest an sich gedrückt. Seine Wärme war eine willkommene Empfindung, die all meine Hemmungen dahinschmelzen ließ.

Ich ließ meine Zunge in seinen Mund gleiten, zog ihn

in einen weitaus tieferen Kuss, als ich eigentlich beabsichtigt hatte.

Aber er fühlte sich so richtig an. So perfekt. So *meins*.

Eine erschreckende Einsicht.

Ein Funken wunderbarer Hoffnung.

Es ist ihm wirklich bestimmt, mein zu sein, flüsterte meine Wasserfeenseele, während ich ihn mühelos nicht bloß auf erster Ebene an mich band, sondern direkt auf der zweiten.

Es geschah so unerwartet und raubte mir den Atem.

Mein Herz pochte wie wild und ein Feuer, das ich nicht zu kontrollieren vermochte, schoss durch meine Adern. Ich packte seine muskulösen Schultern, brauchte mehr. Meine Zehenspitzen begannen zu schmerzen, weil sie mein Körpergewicht schon für zu lange hatten stemmen müssen.

Ich begann abzurutschen, aber sein Arm hielt mich mühelos aufrecht und sein Mund plünderte meinen mit einer Wildheit, die ich bis in meine Seele spürte.

Es war intensive, wunderschöne, alles einnehmende Leidenschaft.

Und genau das, wovon ich nachts träumte.

Vielleicht war es Lark gewesen, nach dem ich mich immer schon gesehnt hatte.

Nein, es war definitiv Kalt.

Aber jetzt auch Lark.

Und Norden ebenso.

Oh, bei den Feen. Jetzt steckte ich in ganz schönen Schwierigkeiten.

Prinz Larks Augen wohnte ein staunender und verehrender Blick inne, als er sich von mir löste. Sein gutaussehendes Gesicht war lusterfüllt. „Du hast mich an dich gebunden."

„Auf der zweiten Ebene", flüsterte ich mit brennenden Wangen. „Ich … Ich wollte nicht …"

„Ich bin nicht verärgert darüber", erwiderte er lächelnd.

„W-wie entstehen Gefährtenbänder bei Winterfeen?", stammelte ich, hätte mich dafür treten können, dass ich das Thema nicht gut genug recherchiert hatte. Ich hatte alles über Gefährtenzirkel gelesen, und dass die Gefährten aus allen Feenreichen stammen konnten, aber ich hatte keine Informationen über den Bindungsprozess finden können. Nur, dass er auf Glauben beruhte.

„Wir haben keine Ebenen", murmelte er und seine Hand glitt von meinem Nacken zu meiner Wange. „Wir ... *glauben* einfach."

Ich runzelte die Stirn. „Und was passiert, wenn jemand aufhört, zu glauben?"

Er dachte einen Moment lang darüber nach und zuckte dann mit den Schultern. „Ich weiß es nicht. Das habe ich noch nie geschehen sehen."

„Weil es nie passieren wird", bemerkte Norden. Seine Körperwärme machte sich plötzlich an meinem Rücken bemerkbar, als er sich uns anschloss. „Mein Glaube an unseren Zirkel ist unerschütterlich. Darum sieht mich Kalt als aggressiv. Das ist keine Selkie-Eigenschaft. Ja, wir sind sinnliche Geschöpfe. Wir folgen unseren Herzen. Aber es ist mein unerschütterlicher Glaube daran, was wir einander bedeuten, der meine Taten antreibt."

Er drückte mir einen Kuss auf die Halsschlagader, was ein Schaudern durch meinen Körper jagte.

„Aber ich glaube, das ist genug Umwerbung für eine Nacht", fuhr er fort. „Dir wurden eine Menge Informationen gegeben, die du verdauen musst. Also werden wir dich jetzt zurück zu deinem Zimmer bringen und dich mit deinen Büchern allein lassen."

„Es sei denn, du willst mit auf mein Zimmer kommen ..." Prinz Lark verstummte und sein Blick verweilte auf dem Selkie hinter mir. „Stimmt. Du musst lernen. Dann vielleicht an einem anderen Abend."

Ich blickte über meine Schulter, um zu sehen, was für einen Blick Norden ihm zugeworfen hatte. Aber alles, was ich erblickte, war ein geheimes Lächeln.

So gerne ich Prinz Larks potenzielles Angebot annehmen wollte, hatte Norden vermutlich recht. Ich musste mich bis nächste Woche noch durch viele weitere Bücher arbeiten.

Und ich brauchte wirklich einen Moment, um alles Geschehene zu verdauen.

Vor zwei Tagen noch war ich überzeugt davon gewesen, dass Prinz Lark mir ein Jahr lang in den Hintern kriechen müsste, bevor ich ihm für sein Verhalten im Thronsaal vergeben würde.

Und doch hatte ein einziger Abend in seiner Nähe genügt, um ihn auf zweiter Ebene zu meinem Gefährten zu machen.

Kalt musste das gespürt haben, da auch wir miteinander verbunden waren.

Zum Glück konnten sich Elementefeen mehr als nur einen Gefährten nehmen − andernfalls hätte meine Seele jetzt in ganz schönen Schwierigkeiten gesteckt.

Ich räusperte mich und nickte. „Ja, ich sollte mich wieder meinen Büchern zuwenden."

„Vielleicht kann einer von uns sich morgen zum Frühstück mit dir treffen?", schlug Norden vor. „In der Cafeteria?"

„Das würde mir gefallen", gab ich zu und mein Herz erwärmte sich beim Gedanken daran, Gesellschaft bei meinem morgendlichen Mahl zu haben. „Sag mir einfach, um wie viel Uhr wir uns treffen."

„Oder ich könnte dich abholen", schlug er vor. „Dann wirst du nicht verschlafen."

Meine Mundwinkel zuckten. „Eine ziemlich weise Idee."

„Ja, so ist Norden. Sehr weise", sagte Prinz Lark lächelnd. Er drückte mir einen Kuss auf die Wange, bevor er von mir abließ und nach einem der Rucksäcke am Boden griff.

Offenbar war Norden beschäftigt damit gewesen, alles abzuwaschen, während Lark und ich unseren, ähm, verbindenden Moment genossen hatten.

Der Selkie griff nach dem anderen Rucksack und bückte sich dann, um sich von seinen Pinguin-Freunden zu verabschieden. „Ich komme in einer Stunde zurück. Dann können wir fischen", versprach er ihnen.

„Verstehen sie dich?", fragte ich.

„Meine Aussagen nicht, aber meine Absichten schon", antwortete er und richtete sich auf. „Du wirst noch lernen, dass meine Taten immer lauter sprechen als meine Worte."

Er zwinkerte mir zu und ging voran. Ich dachte den ganzen Weg zurück zu meinem Zimmer über seine Bemerkung nach.

Seine Taten verrieten wirklich viel über seine Absichten.

Denn seine Taten wurden von Glauben angetrieben.

Er hatte mir heute Abend erlaubt, sein Haar zu bürsten. Ein Akt des Vertrauens. Einer, der bestätigte, dass er wahrhaftig im Sinn hatte, mich zu seiner Gefährtin zu machen.

Genauso wie Lark.

Aber was war mit Kalt?

KALT

F*eenfeuer*, murmelte ich, ging vor den Toren zur Akademie der Elementefeen auf und ab.

Ich hatte mich zum Haus der Kanzlerin sprühen wollen, das Königin Claire vor einigen Jahren gebaut hatte, aber ich war hier gelandet, weil meine Instinkte wollten, dass ich mich zurück ins Reich der Winterfeen begab.

Ich hatte Artica gerade mit Norden und Lark zurückgelassen.

Und obwohl ich großes Vertrauen in die beiden hatte, so sehnte sich ein Teil von mir danach, zurück zu ihnen zu gehen – herauszufinden, was sie heute Abend tun würden.

Aber irgendwie wollte ich es auch nicht wissen.

Dennoch konnte ich es in meiner Brust fühlen.

Artica hatte gerade ein neues Gefährtenband geknüpft.

Ich knirschte frustriert mit den Zähnen, meine Seele hin- und hergerissen zwischen Erleichterung und Schmerz.

Sie gehört mir, sagte sie immer wieder.

Nein. Tut sie nicht, erwiderte mein Kopf.

Was, bei den Feen, ist mit mir los?, fragte ich mich

fassungslos, ging wieder auf und ab. Norden hatte mich mit seinen Avancen etwas aufgewühlt, was mich bereuen ließ, dass ich mehr als nur einmal ablehnen musste.

Aber es zerriss mich.

Der Gedanke daran, dass Artica *ohne* mich bei Norden und Lark war, war … na ja, ätzend. Mehr als das. Es tat beinahe genauso weh wie die vormaligen Todesfelder im Reich der Seelenfeen.

Denn an diesen Ort hatte sich meine Seele begeben.

Sie fühlte sich in Stücke gerissen und zerstört an.

Eine Empfindung, die ich nicht zu erleben erwartet hatte. Ja, Artica und ich waren kompatibel auf vielen Ebenen. Ich fand sie attraktiv und intelligent und so wunderbar heiter, dass mein Herz nur schon beim Gedanken an sie schmerzte.

Aber ich liebte sie nicht.

Nein, ich *konnte* sie nicht lieben.

Na bitte, das war schon besser. Es war mir nicht gestattet, so zu fühlen.

Natürlich stimmte meine Seele überhaupt nicht zu, da sie weiterhin in mir wütete und mich dazu zwang, den Rest des Weges den Hügel hoch zum Kanzlerhaus zu *laufen*, weil meine Sprühregen-Fähigkeit nicht mehr funktionierte.

Buttertoffee.

Das würde sich besser bald wieder einkriegen, ansonsten würde ich ein Portal benutzen müssen.

Ein Gedanke, der mich erschaudern ließ. Denn, bäh. Nicht in der Lage zu sein, mich mittels Sprühregen fortzubewegen, gab mir das Gefühl, schwach zu sein.

Artica einen anderen Mann an sich binden zu spüren, hatte dieselbe Wirkung.

Als ich vor der Tür von Königin Claires Zuhause ankam, hatte ich wohl die schlechteste Laune aller Zeiten.

Also war mein Cousin, Cyrus, selbstverständlich der

Erste, der mich begrüßte. „Na, du siehst echt beschissen aus."

„Danke, Cous", murmelte ich, drückte mich mit allen Tüten an ihm vorbei, die Vox mir gegeben hatte. Wir hatten das ganze Essen verdrückt, aber das Geschirr gehörte ihm.

„Es ist auch schön, dich zu sehen", säuselte Cyrus zurück. „Was für ein Eispickel steckt dir denn im Hintern?"

„Eine gewisse Wasserfeen-Schönheit, die nicht realisiert, dass sie wunderschön singen kann", erwiderte ich, ohne zu zögern.

Cyrus sprühte sich in die Küche, versperrte mir den Weg. „Artica?"

Ich funkelte ihn an. „Geh mir aus dem Weg."

„Nicht, bis du mir sagst, was deine Kugeln eingefroren hat." Er lehnte sich gegen den Türrahmen und verschränkte seine Arme. Er hatte in etwa dieselbe Statur wie ich, was es unmöglich machte, ihn einfach aus dem Weg zu schubsen. „Raus mit der Sprache. Versucht dieser Winterfeenprinz noch immer, dich für sich zu gewinnen?"

Ich knirschte mit den Zähnen. „Das weißt du doch."

Er nickte. „Zukünftige Könige neigen dazu, sich zu nehmen, was sie wollen. Oder etwa nicht, kleine Königin?"

„Hör auf, deinen Cousin zu belästigen, Cyrus", erwiderte Königin Claire hinter mir. „Er will nur Vox' Geschirr zurückbringen."

„Dann kann er es in die Küche sprühen." Cyrus zog eine weiße Augenbraue hoch. „Oder etwa nicht?"

Ich hätte ihm am liebsten eine verpasst. „Meine Sprühregen-Fähigkeiten scheinen heute etwas überbeansprucht worden zu sein."

Er schnaubte höhnisch. „Ist das deine Ausrede für deine rebellierende Seele?"

„Du kannst das spüren?"

„Ich bin dein Cousin und dein König. Natürlich kann ich es verdammt noch mal spüren", entgegnete er und ging mir dann aus dem Weg. Aber er ließ mich nicht in Ruhe.

Nein. Er folgte mir in die Küche.

Und fuhr damit fort, mich über meine *gespaltene Seele* auszufragen.

„Vielleicht würdest du dich kompletter fühlen, wenn du – ich weiß ja nicht – versuchen würdest, dich für die Idee zu erwärmen, dich mit Prinz Lark und Norden zu verbinden", meinte er. „Oder du könntest versuchen, dich dem Gefährtenband auf erster Ebene hinzugeben, das ich zwischen dir und Artica spüre."

„Ich mag es wirklich nicht, dass du so gut informiert über mein Liebesleben bist", grummelte ich.

„Cyrus ist nicht bekannt dafür, dass er sich aus den Angelegenheiten anderer raushält", warf Exos ein, als er das Zimmer mit einem leeren Glas betrat. „Natürlich muss ich dir das nicht sagen, Kalt. Du kennst ja meinen Bruder."

„Wohl eher nervige Angewohnheiten", ergänzte eine dritte Stimme, als Titus sich ihnen anschloss. Die Feuerfee mit kastanienbraunem Haar begab sich direkt zum Kühlschrank und holte einen roten Saft hervor, den er direkt aus der Tüte trank.

Was ihm ein Zischen einhandelte, als Vox sich in die Küchentür stellte. „Titus! Benutz ein Glas!"

Titus ignorierte ihn, setzte sich stattdessen an den Tisch und klammerte sich an die Verpackung, als handelte es sich dabei um sein Erstgeborenes.

Und wo wir gerade von Kindern sprachen … Sol, Claires Erdgefährte, betrat das Zimmer als Letzter, mit einem Kleinkind auf seinen breiten Schultern. „Kalt", grüßte er.

„Sol", erwiderte ich und mein Blick streifte zum süßen Jungen auf seiner Schulter. „Hallo, Ciro."

Der Junge murmelte etwas Unverständliches zurück.

„Er sagt auch Hallo", überlieferte Sol für mich.

Claire sah die beiden liebevoll an, bevor sie sich an ihren riesigen Erdgefährten lehnte.

„Sag Onkel Kalt, dass er zurück ins Reich der Winterfeen reisen und sich von Prinz Lark beanspruchen lassen soll", säuselte Cyrus und drückte seinem Sohn mit seinem Daumen einen Schneekuss auf die Wange.

„Technisch gesehen, ist er nicht sein Onkel", bemerkte Vox beiläufig. „Eher ein Cousin zweiten Grades, glaube ich."

„Ach, das ist fast dasselbe", murmelte Cyrus. „Weil er ein kluger Wasserfeenprinz ist, wie du, Ciro. Aber ich glaube, du würdest definitiv deinem Herzen und deiner Seele folgen, oder nicht? Ja, würdest du."

Ich war mir nicht sicher, was mich mehr beunruhigte. Dass mein Cousin mit Babystimme über mich sprach oder dass er mit seinem Sohn über mein Liebesleben redete, als wäre das eine Art Plattform für zukünftigen Liebesrat.

„Lass Kalt in Ruhe, Cyrus", sagte Königin Claire, legte eine Hand auf seinen Bauch und schubste ihn gegen den Tresen.

„Technisch gesehen, ist es als König und als sein regierendes Familienmitglied meine Pflicht, ihn *nicht* in Ruhe zu lassen", bemerkte Cyrus. „Tatsächlich könnte ich verlangen, dass er sich Prinz Lark hingibt, und das Problem damit erledigen."

„Aber das wirst du nicht tun, weil du deine Gefährtin nicht verärgern willst", sagte Königin Claire mit strengem Tonfall.

Cyrus sah sie mit zusammengekniffenen Augen an.

„Du weißt, wie ich auf Herausforderungen reagiere, kleine Königin."

„In diesem Fall willst du mich nicht herausfordern", konterte sie.

„Hey!", sagte Titus plötzlich, zog unsere Aufmerksamkeit auf den Tisch. „Ich war noch nicht fertig damit."

„Nein, du hast es besudelt", fauchte Vox, während der Saftkarton mit der Hilfe eines Luftstroms an der Decke schwebte.

Flammen tanzten an Titus' Fingerspitzen, als er aufstand. „Gib ihn mir zurück oder ich werde dir Feuer unterm Hintern machen. Und zwar nicht so, wie du es magst."

„Okay, das ist mein Zeichen, zu gehen", sagte ich langsam und stellte alles auf den Tresen neben Cyrus. „Danke für das Essen, Vox. Sie haben das Drachensteak geliebt."

Ich begann, mir meinen Weg aus der kleinen Küche zu bahnen – die üblicherweise ziemlich groß war, sich aber angesichts der Anwesenheit der fünf Gefährten von Claire plötzlich beengt angefühlt hatte. Doch Cyrus packte mich am Arm.

„Ich werde dich zur Tür begleiten", sagte er und seiner Stimme wohnte jetzt nicht mehr dieser neckische Tonfall inne, sondern eher ein ernster, der mir sagte, dass es sich bei seinen Worten nicht um eine Bitte, sondern um einen Befehl handelte.

Seufzend nickte ich.

Denn, was hätte ich schon dagegen einwenden können?

Er fing erst an zu sprechen, als wir die Küche verlassen hatten, und seine Hand hatte von mir abgelassen, um mir wenigstens etwas Raum zu geben. Doch der strenge

Gesichtsausdruck riet an, dass er mit seinen Nerven am Ende war.

„Warum nimmst du Prinz Larks Angebot nicht an?", fragte Cyrus. „Ich kann eure Kompatibilität spüren. Also weiß ich, dass es nicht an mangelndem Interesse liegt. Ist es, weil du Artica für dich allein haben willst?"

„Was? Nein." Als er mich weiterhin anstarrte, wiederholte ich: „*Nein.* Das würde ich nie von ihr verlangen. Nicht, wo sie doch auch so kompatibel mit Prinz Lark und Norden ist." Ich fuhr mir mit den Fingern durch mein Haar, stieß ein Seufzen aus. „Es ist … kompliziert."

Cyrus sah zurück zum Haus und verzog sein Gesicht. „Ist es der Gedanke, einen Gefährtenzirkel zu haben, der dich abschreckt?"

„Ja. Nein." Ich schüttelte meinen Kopf. „Nicht so, wie du denkst."

„Also stört es dich nicht, zu teilen?"

„Stört es *dich*?", konterte ich, fand die Frage absurd. „Gefährtenzirkel sind das Sinnbild wahrer Liebe. Lark und Norden lieben einander. Sie werden Artica genauso lieben, wenn sie sie erst einmal wirklich kennen."

„Machst du dir Sorgen, dass sie dich nicht auch lieben werden?"

„Nein, ich mache mir Sorgen darüber, *dass* sie mich auch lieben werden", murmelte ich zurück. „Ich will diesen Druck, den eine Beziehung einem auferlegt, nicht. Mich nicht um mehr als nur mein eigenes Leben sorgen müssen."

„Aber siehst du denn nicht, dass der Sinn des Lebens der ist, zu lieben?", fragte Cyrus. „Liebe ist, was uns morgens dazu bringt, aufzustehen, was uns Grund gibt, zu existieren. Was sind wir ohne sie?"

Ich starrte ihn an. „Liebe ist eine Bürde, die mit Pflichten und potenziellem Scheitern einhergeht."

Er schnaubte spöttelnd. „Scheitern ist Teil des Beziehungsprozesses, Cous. Und glaub mir, wenn ich dir sage, dass zu versagen oder einen Fehler zu machen, den Versöhnungssex total wert sind."

„Nicht, wenn mein Scheitern zum Tod des Gefährten führt", fauchte ich.

Er ernüchterte. „Kalt …"

„Prinz Larks Thronbesteigung ist an Glauben geknüpft, Cyrus. Was, wenn ich nicht genug an ihn glaube? Was, wenn meine Sorgen bezüglich dessen, was falsch laufen könnte, sich bewahrheiten?" Ich schluckte trocken und mein Rachen schnürte sich angesichts der Worte zu, die ich nicht aussprechen konnte und ihm doch verständlich machen wollte. „Ich glaube nicht, dass ich mir jemals vergeben könnte, wenn das passiert."

Cyrus wurde einen Augenblick lang still. Was eine Seltenheit war und bedeutete, dass er über meine Aussagen nachdachte.

„Warum glaubst du nicht an ihn?"

„Ich glaube an ihn", gab ich zu. „Ich … Ich fürchte nur, dass das nicht genügt."

„Das kannst du erst wissen, wenn du es versucht hast", erwiderte er einen Augenblick später. „Und wenn du komplett aufgibst, bevor du es überhaupt versuchst, dann war dein Glaube seiner oder seinem Gefährtenzirkel nie würdig."

Mein Herz schmerzte, als ich seine Worte vernahm, und meine Seele lehnte sich gegen die Falschheit des Gesagten auf.

Denn das stimmte nicht.

Mein Glaube war stark genug.

Mal abgesehen davon, dass ich schreckliche Angst davor hatte, das zu akzeptieren.

„Unsere Schicksale sind nicht immer das, von dem wir denken, dass sie es sein sollten", fuhr er fort. „Ich hätte mir auch nie träumen lassen, dass ich mir eine Gefährtin mit meinem eigenen Halbbruder teilen würde. Klar, wir haben unsere Vorlieben, aber dieses Leben … Es ist mehr, als ich mir hätte je hätte erträumen lassen. Es ist besser als ein Traum. Ich weiß nicht, was ich getan habe, um es zu verdienen, aber ich danke der Quelle jeden Tag dafür, dass das mein Leben ist."

Er nahm einen Schritt nach vorne und klopfte mir auf die Schulter.

„Deine Seele versteht dein Schicksal weitaus besser, als dein Kopf es je wird", ergänzte er. „Ignorier deine Instinkte nicht. Und bitte lass auch dein Herz nicht außen vor. Das ist der Leiter unserer Seele und das, was das Leben lebenswert macht."

Cyrus zog mich in eine Umarmung, die ich erwiderte, weil ich nicht realisiert hatte, wie sehr ich eine gebraucht hatte, bis seine starken Arme sich um meine Schultern geschlungen hatten.

„Ich werde dich unterstützen, ganz egal, wie du dich entscheidest, Kalt. Ich hoffe, du weißt das." Er drückte mir einen Kuss auf den Kopf und ließ dann von mir ab. „Wir sind eine Familie. Komme, was wolle."

Ich nickte und ein Kloß machte sich in meinem Hals bemerkbar, Tränen trübten meine Sicht leicht. „Danke", schaffte ich hervorzubringen.

Er nickte. „Gibt es einen Ort, an den ich dich hinsprühen soll?", fragte er.

Ich dachte darüber nach, schüttelte jedoch meinen Kopf. „Nein. Ich muss mich den Konsequenzen meiner Taten stellen."

Er nickte erneut. „Da ist ja die königliche Fee, die ich kenne. Lass mich wissen, wenn du die Sache gerade gebogen hast."

„Das werde ich", sagte ich zu ihm und schluckte trocken. „Wir sehen uns nächste Woche."

Er lächelte. „Ich kann es kaum erwarten."

Und schon hatte mein neckischer Cousin den Wasserfeenkönig ersetzt.

Die Krönung nächste Woche würde entweder ein Moment sein, den ich für den Rest meines Lebens in Ehren halten würde …

Oder ein heilloses Riesendurcheinander.

Ich betete, dass es Ersteres sein würde, und fürchtete mich vor Letzterem.

Während ich langsam auf die Akademie zuging, um zum gefürchteten Portalzimmer zu gelangen.

Verfrostet, das wird ganz schön kalt werden. Denn etwas sagte mir, dass meine Fähigkeit, mich vor der Kälte zu schützen, kurz davor stand, ebenfalls den Geist aufzugeben.

NORDEN

I ch hatte mich jeden Morgen mit Artica zum Frühstück getroffen, während Lark sich um die Krönungspflichten gekümmert hatte. Er hatte sich uns an zwei Abenden angeschlossen und einen Spaziergang am einen und ein weiteres Picknick mit den Pinguinen am anderen Abend genossen.

Aber er hatte Artica immer Raum gegeben, wollte, dass sie wieder den ersten Schritt machte.

Es war wichtig für das Fundament unserer Triade, dass sie ihrem Herzen folgen und sich dazu entschließen würde, an unsere Zukunft zu glauben.

Ich konnte diesen Glauben mit jedem Tag stärker werden spüren.

Aber Kalts Abwesenheit hatte definitiv einen dunklen Schatten über uns alle gelegt.

Die Krönung fand in zwölf Stunden statt und er war noch immer nicht zurückgekehrt. Er hatte einige Male Kontakt mit Lark aufgenommen, um politische

Angelegenheiten zu besprechen. Aber durch unseren Gefährtenzirkel pulsierte ein ungutes Gefühl.

Und das stellte allerhand seltsame Dinge mit uns an.

Während unseres Ausflugs zu den Pinguinen gestern Abend, zum Beispiel, hatte Articas Isolierungstechnik vorübergehend ihre Wirkung verloren.

Oh, und an einem anderen Tag während des Frühstücks hatte sie versehentlich einen Eiszapfen durch die Cafeteria und in eine der Zitronentartes am Buffet geschossen. Sie hatte nur darauf gezeigt, mir sagen wollen, wo sie ihren Zitronenriegel herhatte, und … einen Eiszapfen darauf losgejagt.

Mehrere der Elfen hatten mit tosendem Applaus reagiert, während sie die Stelle der Zerstörung schockiert angegafft hatte.

Ich hatte Lark vom Zwischenfall erzählt.

Und er hatte denjenigen letzte Nacht mit eigenen Augen bezeugt.

Dann hatte ich sie heute Morgen in ihrem Zimmer mit Schnee überzogen vorgefunden.

Während sie tief und fest geschlafen hatte.

Was auch der Grund war, warum ich jetzt Wache vor ihrer Tür schob, um sicherzustellen, dass das heute Nacht nicht wieder passieren würde. Denn es ging zweifellos etwas Merkwürdiges vor sich, und ich ahnte, dass es etwas mit Kalt und seinem Verschwinden zu tun hatte.

Lark hatte ihn darum gebeten, sich für ein Treffen zurückzusprühen, aber die Wasserfee hatte darauf bestanden, dass sie es per Videochat auf ihren Eistablets abhielten.

„Vielleicht versteckt er sich bloß vor der Intensität, die sich zwischen uns allen bildet", hatte Lark im Anschluss gesagt. „Aber ich vermute, dass irgendetwas anderes vor sich geht. Etwas fühlt sich falsch an. Und nicht bloß seine Verleugnung."

Ich nickte zustimmend.

„Pass gut auf Artica auf", hatte er dann gesagt. „Vielleicht wird sie aufgrund Kalts ... schwindenden Glaubens Nebenwirkungen erleiden."

Am nächsten Morgen hatte sich der Eiszapfen-Vorfall abgespielt, was Larks Befürchtungen bestätigt hatte.

Aber was mich wirklich besorgt hatte, war die Schneewehe.

„Das wirst du nicht noch einmal tun, Sonnenschein", sagte ich und lehnte mich an ihre Tür.

Ich dachte daran, anzuklopfen, aber ich wollte sie nicht beim Lernen stören.

Also lehnte ich mich wieder gegen −

„Hoppla", gab ich keuchend von mir, als das Holz hinter mir nachgab.

„Willst du bloß im Flur rumhängen oder vielleicht reinkommen?", fragte Artica über mir stehend.

Sie trug süße Seidenshorts und ein dazu passendes Tanktop. Ihre niedlichen Füße waren in Rentierpantoffeln gehüllt.

Ich entspannte mich auf dem Boden, war völlig zufrieden mit meiner Aussicht von hier unten. Diese Shorts wurden ihrem Namen wirklich gerecht. Sie reichten ihr kaum bis zur Mitte ihrer Oberschenkel. Und sie saßen außerdem lose, sodass ich einen verlockenden Blick auf die Spitzenunterwäsche darunter werfen konnte.

„Ich glaube, ich bleibe einfach hier liegen, wenn es dir nichts ausmacht", erwiderte ich. „Ich habe von hier aus eine ziemlich gute Aussicht."

Sie sah stirnrunzelnd zu mir herunter. Dann realisierte sie, was ich damit gemeint hatte, und errötete. „Oh, du schlüpfriger Selkie!"

„Schlüpfrig ist definitiv etwas, das mir gefällt, ja", gab ich zu und grinste, als sie ein paar Schritte zurücknahm.

Ich rollte mich auf meinen Bauch, dann stemmte ich mich hoch und stand auf, um ihr zu folgen.

„Soll ich es dir zeigen, Sonnenschein?", fragte ich und trat die Tür mit meinem Stiefel zu. „Dir zeigen, was ich mit meiner Zunge anstellen kann?" Ich sah auf die leere Verpackung auf ihrem Schreibtisch.

„Oder haben deine Träume dir eine hinreichende Demonstration geliefert?"

„Meine Träume?", kreischte sie.

„Ja, deine Träume." Ich griff nach der Verpackung und warf sie in den Mülleimer. Dann suchte ich nach einem weiteren Selkie-Bonbon auf ihrem Schreibtisch. Ich hatte sie ihr jeden Tag geschickt. Die kleine kristallähnlichen Köstlichkeiten bestanden aus geschichtetem Zucker und angenehmen Gedanken, die üblicherweise zu ganz schön wilden Träumen führten.

Sie kniff ihre Augen zusammen. „Was ist in diesen Süßigkeiten?"

„Erzähl mir von deinen Träumen und ich werde dir erzählen, was drinsteckt", konterte ich.

„Du hast mir Drogen verabreicht?"

Ich lachte. „Nein, Sonnenschein. Ich habe dich nur mittels Süßigkeiten umworben."

„Süßigkeiten, die zu erotischen Träumen führen?"

„Süßigkeiten, die dir zeigen, was du willst", sagte ich zu ihr und meinte es auch so. „Die Selkie-Bonbons steigern Empfindungen und Erwartungen, zeigen dir, was du willst, und erlauben es dir, es in deinen Träumen zu erleben."

Weshalb ich auch wusste, was für eine Wirkung die Süßigkeiten auf sie haben würden.

Aber das war völlig nebensächlich.

Articas Geist hatte die Fantasie kreiert. Ich hatte ihr nur mit ein paar Süßigkeiten auf die Sprünge geholfen.

Sie öffnete ihren Mund staunend. „T-traumsüßigkeiten?"

„Mhm", summte ich. „So werden sie auch genannt. Andere nennen sie zudem *Sehnsuchtstreibstoff*, aber sie werden mit einem Hauch Selkiemagie gemacht. Darum ist der angemessene Begriff *Selkie-Bonbon*."

„Magie aus den Haaren?"

„Nur die Essenz davon", erklärte ich. „Ein Selkie erlaubt dem Bonbonkocher, ihn zu streicheln, während er die Süßigkeiten herstellt, was auch der Grund ist, weshalb es eine seltene Süßigkeit ist. Nicht viele Selkies stimmen dem Prozess zu."

Sie runzelte die Stirn. „Also hat dich jemand gestreichelt, während er die hier gemacht hat?"

„Nein, Sonnenschein. Du bist die Einzige, die mich streicheln darf", versprach ich ihr. „Um ehrlich zu sein, weiß ich nicht, welcher Selkie bei denen hier geholfen hat. Ich habe einfach eine Bestellung aufgegeben und sie dir die ganze Woche über geschickt."

Ich ließ mich auf ihr Bett fallen. Es war groß genug für vier Personen. Und lang dazu. Es wäre der ideale Ort für lustvolle Spiele gewesen.

Sie kaute auf ihrer Unterlippe herum. „Also sind die Süßigkeiten der Grund, weshalb ich immer wieder von ..."

„Sex träume?", sagte ich und sie runzelte die Stirn. „Wie ich dich lecke? Wie Kalt dich in die Vergessenheit fickt? Wie Lark dich von hinten nimmt?" Ich rollte mich auf meine Seite ab, stützte meinen Kopf mit meiner Hand.

„Bitte, erzähl mir alles darüber, Sonnenschein. Ich bin ganz gespannt darauf."

Ihre roten Wangen waren herzallerliebst. „Ich weiß nicht, ob ich dich im Moment lieben oder hassen soll."

„Oh, vermutlich Ersteres", versprach ich ihr. „Und du würdest mich noch mehr lieben, wenn du mir gestatten würdest, einige dieser Träume Realität werden zu lassen."

„Angesichts der Tatsache, wie heiß und kirre ich die ganze Woche über gewesen bin, schuldest du mir das fast", murmelte sie leise.

Ich setzte mich auf, genoss das leise Knurren. „Erlaube mir, es wiedergutzumachen, meine Süße. Ich werde dich verschlingen. Ganz so, wie du es mit diesen Süßigkeiten getan hast."

Sie warf mir einen Blick zu. „Ich hätte dich nicht in mein Zimmer bitten sollen."

„Aber das hast du."

„Weil du im Flur gesessen hast."

„Übrigens, woher wusstest du das?", fragte ich, war aufrichtig neugierig. „Hast du mich gespürt?"

„Ich konnte dich riechen", antwortete sie.

Ich runzelte die Stirn. „Mich *riechen*?" Ich hob beinahe meine Achsel, um meinen Körpergeruch zu prüfen.

Doch ihre Wangen nahmen wieder diesen wunderbaren Rotton an. „Du riechst nach Meersalz und Muskatnuss. Wie ein Kuss des Ozeans. Ein Rasierwasser, das durch und durch du bist."

Oh, das hingegen gefiel mir. „Erzähl mir mehr."

Sie seufzte. „Du bist unmöglich."

„Ich bin verliebt", korrigierte ich sie. „Na ja, oder jedenfalls auf bestem Wege dahin. Du hast mein Herz, Sonnenschein. Dein Wunsch ist mir Befehl."

Sie gaffte mich an. „Bekundest du gerade deine Liebe?"

„Überrascht dich das wirklich?"

„Wir kennen einander gerade mal eine Woche!"

„Tatsächlich sind es jetzt schon fast zehn Tage", korrigierte ich sie, dachte an die vergangene Woche, an unsere Frühstücksverabredungen und an den ersten Tag, an dem wir uns begegnet waren. „Und meine Seele weiß, was sie will. Das habe ich dir schon anlässlich unserer ersten Begegnung gesagt."

Sie blinzelte. „Na, das stimmt."

„Ich lüge nicht. Ich verheimliche nichts. Und ich betrüge nicht." Ich setzte mich hoch und rutschte zurück, um mich gegen das Kopfbrett zu lehnen. „Und ich werde dich auch nicht drängen, Artica. Ich mag dich necken, aber ich verstehe das Wort *Nein* klar und deutlich."

„Ich sage nicht *Nein*", erwiderte sie.

„Dessen bin ich mir bewusst. Ich will nur sicherstellen, dass du weißt, dass mir beidseitiges Einverständnis wichtig ist." Ich lächelte.

„Und ich würde nur zu gerne mehr über deine Fantasien hören. Ich meine ... Träume."

Sie stieß ein tiefes Seufzen aus und schüttelte ihren Kopf dann lachend. „Nur du, Norden. Nur du."

Ich machte ein langes Gesicht. „Du fantasierst nur über mich?" Das konnte nicht stimmen. Sie hatte Kalt und Lark mittels ihrer Elementefeenseele an sich gebunden. Sie musste auch an sie denken.

„Nein, ich meine, dass nur du mich dazu provozieren kannst, meine Träume laut kundzutun", sagte sie und legte sich neben mich aufs Bett. „Aber weißt du, was mir besser gefallen würde?"

Ich legte meinen Kopf schief und mein Selkieherz klopfte etwas schneller. „Sag es mir und ich werde dich auf alle Arten verwöhnen, die du begehrst. Es sei denn, du willst, dass ich gehe. Das würde mich doch sehr enttäuschen."

Sie lächelte. „Ich will nicht, dass du gehst, Norden." Sie

rückte etwas näher. „Ich … Ich hätte gerne, dass du bleibst."

„Ich werde so lange bei dir bleiben, wie du willst", versprach ich ihr. *Und dann werde ich Wache im Flur halten, weil ich nicht zulassen werde, dass du in einer Schneewehe erstickst.*

Das stand vermutlich in Verbindung mit einem Albtraum, den ich gestern Nacht gehabt hatte. Ich war geschwommen, wie ich es in meinen Träumen oft tat, als ich eine beunruhigende Präsenz gespürt hatte. Also war ich ihr gefolgt, nur um eine Locke von Articas sonnenerleuchtetem Haar ominös im Wasser schwimmen zu sehen.

Ich war aus dem Schlaf hochgeschreckt und dann zu ihrem Zimmer geeilt.

Und hatte sie im Auge eines Schneegestöbers vorgefunden.

Ich hatte es so aussehen lassen, als wäre ich bloß früher gekommen, um sie zum Frühstück abzuholen, aber es war der Albtraum gewesen, der mich um diese Zeit dort hatte antanzen lassen.

Und ich konnte dieses ominöse Gefühl nicht abschütteln, das sich in unserem Gefährtenzirkel breitmachte.

Artica musste es auch gespürt haben, denn sie schien erleichtert darüber, dass ich bei ihr bleiben würde. Sie lehnte sich etwas weiter nach vorne und ihre Schneeflockenkette glitzerte hell.

Kalt hatte vermutlich gedacht, dass ich die Bedeutung ihrer Kette nicht kannte, aber ich hatte die verschiedenen Feenreiche und ihre Magie schon jahrelang studiert. Also hatte ich den Zauber wiedererkannt, mit dem ihr Anhänger belegt war.

Der glitzernde Anhänger bedeutete, dass ihre Seele mit meiner kompatibel war. Und nicht nur das.

Sie *wollte* mich.

Die Schneeflocke enthüllte die Absichten eines Gefährten. Wenn ihr Herz sich meinem nicht geöffnet hätte, hätte sich das mittlerweile am Anhänger gezeigt.

Dasselbe mit Lark und Kalt.

Sie wollte uns alle drei.

Es war ihr bestimmt, unsere Königin zu sein. Dessen war ich mir sicher. Was vermutlich auch der Grund war, warum Lark mich mit ihrer Sicherheit beauftragt hatte. Er wusste, dass ich verstand, wie wichtig sie war, und zudem glaubte er auch daran, dass sie zu uns gehörte.

Kalt war unser einziges Problem.

Eines, das ich zu lösen beabsichtigte, sobald er zurückkommen würde.

Weil ich es satthatte, ihm nachzujagen.

Er musste unsere Triade akzeptieren. Artica akzeptieren. Und unseren zukünftigen König unterstützen.

Articas Hand berührte meine Wange und sie sah mich mit suchendem Blick an. „Du denkst angestrengt über etwas nach. Ist es die morgige Krönung?"

Ich nickte, da es technisch gesehen damit in Verbindung stand.

„Musst du Lark zur Seite stehen?"

„Nein, er ist im Moment bei seinem Vater", sagte ich zu ihr. „Sie besprechen die letzten Details. Er wird mich rufen, wenn er mich braucht."

„Rufen?", wiederholte sie.

Ich legte meine Hand auf ihr Herz. „Ja, *rufen*."

„Er kann das?"

„Es ist eine Art sehnsüchtiges Ziehen", erwiderte ich, nahm meine Hand nicht weg. „Ich kann ihn spüren, genauso wie ich dich und Kalt spüren kann. Wenn jemand Schmerzen hätte oder mich brauchen würde, würde ich es wissen." Weshalb ich auch wusste, dass mit Kalt etwas ganz und gar nicht stimmte.

Und ihrem Gesichtsausdruck nach zu urteilen, spürte sie es auch. Oder zumindest spürte sie dieses ominöse Gefühl, das mir und Lark auch aufgefallen war.

Denn sie war näher dran, sich unserer Triade anzuschließen, als ihr bewusst war.

Es gab keine Zeremonie oder Verbindung der Seelen, wie sie es von den Elementefeen gewohnt war.

Unsere Verbindung basierte auf dem Verständnis und der Akzeptanz, dass unsere Seelen füreinander bestimmt waren. Alles angetrieben vom berühmten Wort hier: *Glaube.*

Ihr Blick fiel auf meinen Mund, bevor sie mir langsam wieder in die Augen sah. „Du fühlst dich warm an."

Ich lächelte. „Weil ich froh bin, bei dir zu sein."

„Ich bin auch froh, bei dir zu sein", flüsterte sie.

„Froh genug, um mir von deinen Träumen zu erzählen?", fragte ich und wackelte mit meinen Augenbrauen.

Sie schüttelte ihren Kopf. „Nein." Mein Herz rutschte mir in die Hose, aber sie lehnte sich etwas näher zu mir und meine Hand glitt an ihre Brust. Sie wich nicht zurück. Stattdessen näherte sie sich mir, bis ihre Lippen beinahe meine berührten.

„Aber ich bin froh genug, um sie mit dir zu teilen." Ihr Mund berührte meinen. Ihr Pfefferminzgeruch war ein verlockender Kuss, den zu kosten ich mich sehnte. „Und ich bin froh genug, um sie dir auch zu *zeigen.*"

Ich stöhnte, hätte ihre Einladung niemals ablehnen können. „Zeig es mir", keuchte ich. „Sag mir, was ich tun soll, Artica."

Denn ich würde tun, was immer sie von mir verlangte.

Solange sie nicht aufhören würde, mich zu berühren.

Sie setzte sich rittlings auf mich, brachte ihre wunderbare heiße Mitte nahe an meinen jetzt bebenden Schwanz. „Küss mich, Norden."

Wie hätte ich mich einer so wunderbaren Bitte meines Sonnenscheins widersetzen können?

Meine Artica.

Meine zukünftige Königin.

ARTICA

Norden schmeckte nach gesalzenen Karamellkeksen. Süchtig machend. Salzig und doch süß. Und oh, so feetastisch.

Ich wollte ihn verschlingen. Ihn für den Rest meines Lebens küssen. Mich für den Rest meiner Tage in seiner Umarmung verlieren.

Denn, *wow*, Norden war ein unverschämt guter Küsser.

Er ließ sich seine Zeit, seine Zunge neckte meine sanft und fand heraus, was ich mochte, intensivierte die Empfindungen, indem er mir seine Arten der Verführung zeigte.

Ich bog meine Zehen, meine Beine spannten sich an seine Schenkel gepresst an, während seine Hand sich um meinen Nacken schlang.

Er trug wieder eine Jeans und einen Pullover. Es schien, als ob er dieses Outfit am liebsten mochte, wenn er sich mal nicht im Eiswasser vergnügte. Ich ließ meine Finger am dunklen Baumwollstoff über seine Brust wandern, liebte es, wie seine natürliche Wärme durch den Stoff drückte.

Er stieß ein sanftes Schnurren aus. Oder aber ein subtiles Knurren. Ich war mir nicht sicher, aber es sagte mir, dass ihm gefiel, wie ich ihn *streichelte*.

Ich ließ meine Finger als Nächstes durch sein Haar gleiten, war bedacht darauf, die seidenen Strähnen nicht zu verknoten.

Dann fuhr ich ihm über seine Schultern, hinunter an seine Brustmuskeln, und folgte den straffen Muskeln seines Torsos zum Saum seines Oberteils in der Nähe seiner Hüfte.

„In meinen Träumen bist du oben ohne", flüsterte ich.

„Nur oben ohne?"

„Jedenfalls am Anfang", stellte ich klar, zog das Oberteil hoch, um seinen durchtrainierten Unterbauch zu entblößen.

Er hob seine Arme hoch, was es mir leichter machte, den Stoff hochzuschieben und über seinen Kopf zu ziehen.

Zuerst konzentrierte ich mich darauf, sein Haar zu richten. Meine Finger fuhren automatisch durch die Strähnen und stellten sicher, dass sie sich um seine muskulösen Schultern schmiegten.

Ein Lächeln zog auf seinen Lippen auf, was mir sagte, dass ich das Richtige getan hatte.

Dann forderte sein sinnlicher Blick mich dazu auf, mehr zu tun.

Ich küsste ihn erneut, führte dieses Mal mit meiner Zunge und liebte es, wie seine meine Zungenschlag um Zungenschlag berührte.

Er gab mir die Kontrolle, ließ mich spielen und vordringen, so weit ich wollte.

Er hatte das mit dem beidseitigen Einverständnis ernst gemeint.

Und das führte dazu, dass ich mich nur noch mehr nach ihm verzehrte.

Mein Elementfeenband fiel an Ort und Stelle, brachte uns auf dieselbe Ebene wie mich und Lark. Aber ich spürte es kaum, war zu eingenommen von der Hitze, die durch meine Adern schoss.

Ich hatte die ganze Woche lang von Kalt, Lark und Norden geträumt. Und obwohl das teilweise wohl auf die Selkie-Bonbons zurückzuführen war, bezweifelte ich, dass sie die ganze Schuld daran traf.

Denn ich hatte schon jahrelang von Kalt geträumt.

Norden und Lark waren neu, aber diese Verbindung zu ihnen war unbestreitbar.

Ich spürte die beiden in mir, und sie vergruben sich jeden Tag tiefer.

Vielleicht war es die Festtagslaune. Vielleicht war es die heitere Atmosphäre. Vielleicht war es einfach nur meine Seele, die endlich Männer gefunden hatte, die meines Herzens würdig waren.

Was es auch war, ich beschloss, es mit offenen Armen zu empfangen.

Denn das war, wer ich sein wollte. Eine Glaubende. Eine wagemutige Fee. Eine *Träumerin*.

Ich zog mir mein Tanktop über den Kopf, musste Nordens warme Haut an meine gedrückt spüren.

Er war so weich und sanft, genauso wie sein Haar. Das ließ mich wundern, ob das auf all seine Körperstellen zutraf.

Ich wollte jeden Zentimeter von ihm küssen. Ihn mit meiner Zunge erforschen. Jeden Muskel berühren.

Meine Lippen wanderten sanft über seine, woraufhin ich mich an seinen Nacken begab, an den maskulinen

Sehnen knabberte und leckte, mich an seine breite Schulter hinabbegab. Er war so athletisch und stramm. So geschmeidig und perfekt.

Er packte mich nicht, streichelte mich nicht, machte keinen Wank. Stattdessen erlaubte er mir, in meinem Tempo weiterzumachen.

Der perfekte Selkie.

Mein wunderschöner Norden.

Ich warf ihm einen dankbaren Blick zu, sah ihm in die Augen, als ich mich von seinem Schoß wegbewegte, um meine Erkundung weiterzuführen.

Seine Muskeln spannten sich an, was mir zeigte, wie sehr er sich zu beherrschen versuchte.

Ich konnte Lust in seinen schokoladenbraunen Augen wabern sehen.

„Du siehst aus, als stündest du kurz davor, mich aufzufressen, Sonnenschein", murmelte er. „Und ich muss sagen, dass mir das überaus gefallen würde."

Ich lächelte an seinen Unterbauch gedrückt. „Du schmeckst nach Meersalz und Schokolade." Ich hatte keine Ahnung, wie das überhaupt möglich war, aber das änderte nichts an der Tatsache.

„Es ist eine Mischung aus einem Meereszauber und meiner Seife", erwiderte er und streichelte mir mit seinen Fingerknöcheln über die Wange. „Die Elfen stellen eine Unmenge an Produkten her. Ich bin mir sicher, dass du selbst schon ein paar davon in der Dusche ausprobiert hast."

„Ich mag das Kirschshampoo", gab ich zu. „Und das Kokosnussshampoo." *Weil es mich an Kalt erinnert.*

„Mh, Kirschen. Ich frage mich, ob du zwischen deinen Schenkeln danach schmeckst." Norden sprach mit akzentuierter Stimme und tiefem Tonfall. Das Geräusch sauste über meine Haut und schaffte es irgendwie, mich an jener Stelle zu streicheln, die er eben erwähnt hatte.

Ich knabberte am Knopf seiner Jeans und meine Schenkel drückten sich aneinander, während ich gegen das Bedürfnis ankämpfte, ihm zu erlauben, mich zu nehmen.

„Wie schmeckst du zwischen deinen Schenkeln", fragte ich und meine Finger schlossen sich meinem Mund an, um den Knopf zu öffnen. Ich zog den Reißverschluss mit meinen Zähnen hinunter, nur um zu realisieren, dass er unter dem Stoff nichts trug.

Keine Boxershorts. Nur einhundert Prozent Mann.

„Öffne deinen Mund und finde es heraus", sagte er in herausforderndem Tonfall.

Ich lächelte. „Das ist Teil der Fantasie."

Seine Iriden verwandelten sich in schokoladenähnliche Ringe und seine Lust parfümierte die Luft. „Das ist auch Teil meiner Fantasie."

Ich zog eine Augenbraue hoch. „Hast du auch Selkie-Bonbons gefuttert?"

„Jede Nacht, seit du eingetroffen bist", erwiderte er und seine akzentuierte Stimme streichelte mich tief drinnen, drängte mich, unser beider Gelüste zu stillen.

Aber ich konzentrierte mich vorerst auf meinen anfänglichen Plan. Meine Zunge glitt unter den Saum seiner Jeans, um dann am langen, dicken Schaft hinunterzugleiten, bis ich seine Eichel erreichte. Ein kleiner Lusttropfen erwartete mich, gab mir einen Vorgeschmack auf seine süßen und salzigen Geschmacksnoten. „Du schmeckst nach gesalzenem Karamell", flüsterte ich.

Er grinste. „Manche der Süßigkeiten haben ihre Vorteile."

Ich legte meinen Kopf schief. „Ist das der Grund, warum du gesalzene Schokoladenkekse so magst?"

Er tippte mir auf die Nase und wackelte mit seinen Augenbrauen. „Du lernst schnell."

„Hm, ich habe jede Menge davon gegessen." Auf mein Geständnis hin leckte ich weiter an seinem Glied entlang.

„Perfekt", summte er und seine Finger glitten zurück in mein Haar, um die Strähnen sanft in seine Faust zu nehmen. „Ich hoffe wirklich, dass diese Fantasie beinhaltet, dass du an meiner Zunge kommst."

„Das tut sie", versprach ich flüsternd, meine Lippen in der Nähe seiner Eichel. „Aber erst, nachdem du in meinem Rachen gekommen bist." Ich schlang meinen Mund um sein Glied und benutzte meine Hände dazu, seine Jeans von seinen Hüften zu streifen.

Er stöhnte und sein Griff verfestigte sich gerade genug, um mir zu sagen, dass er das hier mochte. Er knurrte, als ich von ihm abließ, um ihm die Jeans vollständig auszuziehen.

Irgendwann hatte er seine Stiefel ausgezogen. Vielleicht, bevor er sich hingelegt hatte. Ich war mir wirklich nicht sicher, und es war mir auch egal. Ich war einfach nur froh, den Job zu Ende zu bringen, indem ich ihm seine Socken auszog und er splitterfasernackt auf meinem Bett lag.

„Ich verstehe, warum Lark es vorzieht, wenn du nackt bist." Etwas, das ich der Bemerkung bezüglich des Eispools in der Suite entnommen hatte.

Norden lächelte. „Du machst wirklich wunderschöne Komplimente, Sonnenschein. Danke."

„Es ist ein wohlverdientes Kompliment", versprach ich ihm, krabbelte wieder über ihn, um seine Erektion zu küssen.

Aber dieses Mal griff er nach meinem Haar und zog mich zu sich hoch. Sein Blick brannte voller unverborgener Leidenschaft. „Ich sollte dich verwöhnen."

„Das sollte doch meine Fantasie sein."

„Und deine Fantasie ist, meinen Körper nach deinem Belieben zu erkunden?" Er hörte sich ziemlich zufrieden an. „Na ja, meine Fantasie ist das genaue Gegenteil, Sonnenschein. Sie beinhaltet, dass ich dich mit meiner Zunge ficke, bis du das Bewusstsein verlierst, weil du nicht aufhören kannst, zu schreien."

Ich erschauderte. „O-oh." Das war definitiv, ähm …

„Okay. Ja, ich glaube … Ich meine, ja, bitte." Die Worte kamen mir etwas gehetzt und gewunden über die Lippen, aber niemand hatte bisher so derb und direkt mit mir gesprochen.

Es … Es gefiel mir.

Er grinste, als wüsste er, dass ich seine brutale Ehrlichkeit zu schätzen wusste.

Dann küsste er mich. Sein Mund sagte mir, dass das, was er mir vorhin gezeigt hatte, nur ein Vorgeschmack gewesen war.

Das war sein wahres Ich. Der sinnliche Formwandler, der ganz genau wusste, wie er mit nur wenigen Zungenschlägen eine Frau in die Knie zwingen konnte. Und sein darauffolgendes Lächeln sagte mir, dass er jeden Moment davon genießen würde.

Er rollte mich auf meinen Rücken und seine Lippen ließen von meinen ab, um sich an meinen Nacken und dann an meine Brüste zu begeben.

Und, bei den Feen, *nie* zuvor hatte ein Mann jemals so gründlich jeden Zentimeter meiner Brust abgeleckt und daran geknabbert.

Er steuerte nicht direkt auf meine Nippel zu, wie jeder andere Mann, den ich kannte. Nein, er küsste mich überall, *außer* an den steifen Nippeln, und stellte sicher, dass ich praktisch darum flehte, bevor er diesen sehnsüchtigen Teil meines Körpers in den Mund nahm.

Ich stöhnte und meine Finger vergruben sich in seinem Haar. Ich drückte ihn an mich, stellte sicher, dass er eingehend an der empfindlichen Stelle nuckelte.

Dann widmete er sich dem anderen Hügel, wiederholte sein Spiel und nahm dann meine sensible Spitze zwischen seine Zähne.

„*Norden.*" Ich kam um ein Haar nur schon davon und meine Beine zitterten mit einem Bedürfnis, das ich außerhalb von meinen Träumen noch nie erfahren hatte.

Der pure, unverfälschte Sex, der in der Luft lag, erstickte mich beinahe und ich zitterte und flehte, wollte so viel mehr.

Meine Shorts verschwanden.

Gefolgt von meiner Spitzenunterwäsche, die er mit seinen Zähnen entfernte, sie Zentimeter für Zentimeter an meinen Schenkeln hinab zog und mein Höschen vorsichtig auf das Kissen neben mir legte. Er ging vorsichtig damit um, als wollte er nicht riskieren, dass der Stoff kaputtging.

„Ich mag es", erklärte er, als er meinen fragenden Blick bemerkte. „Ich werde dir jede Menge davon kaufen – in verschiedenen Farben."

Das hier war dunkelblau und passte zu meinen Augen. „Welche Farbe wirst du zuerst kaufen?"

„Rosa", erwiderte er, ohne zu zögern. „Damit es zu deiner hübschen, weichen Haut passt."

Oh, bei den Feen … Meine Haut brannte. Seine Worte und sein Akzent stellten etwas Verruchtes mit mir an.

Und diese Augen.

Heiliger Frost … Sie waren die verlockendsten Augen, die ich je gesehen hatte.

Schokoladenbraune Kreise der Lust und voller verruchter Versprechen. Er setzte sich auf seine Fersen, beobachtete mich und dachte über seinen nächsten Schritt nach – oder aber er genoss ganz einfach die Aussicht.

Ich stemmte mich auf meine Ellbogen, wollte mich revanchieren. Denn seine sonnengebrannte Haut und sehnigen Muskeln verdienten meine tiefe Anerkennung.

Er war wunderschön.

Über eins achtzig große, solide Männlichkeit, der jedoch die Sanftheit eines Wesens innewohnte, die sich über seine Erscheinung Gedanken machte. Er kümmerte sich um seine Haut und sein Haar, und das konnte man sehen.

Oh, und wie man es sehen konnte.

„Ich muss dir etwas gestehen", flüsterte er, während sein Blick noch immer meine Kurven begutachtete. „Ich habe mehrere verschiedene Fantasien mit dir gehabt, Artica. Und ich weiß nicht, welche ich als Erstes ausleben möchte."

Ich lächelte. „Ich weiß, wie es dir geht. Ich hatte mehrere über dich … und Kalt … und Lark."

„Immer zusammen?", fragte er und legte seinen Kopf etwas schief.

Ich schluckte. „Manchmal einer nach dem anderen." Die Worte kamen mir flüsternd über die Lippen. „Aber es endet üblicherweise darin, … dass wir alle zusammen sind."

„Soll ich sie rufen?" Es war eine ehrliche Frage und Neugierde zog auf seinem Gesicht auf.

„Kalt wird nicht kommen", gab ich zu und mein Herz schmerzte, als ich mir das eingestand. „Und, ähm, ich will nur dich. Für den Moment." Der Gedanke daran, alle drei auf einmal zu haben, jagte mir etwas Angst ein. Norden hingegen … Er war süß und sanft und fürsorglich.

Und er wusste ganz offensichtlich, wie man eine Fee verwöhnte.

„Bist du dir sicher?", fragte er, seine Hände um meine Knöchel gelegt, während er meine Beine sanft spreizte und meine sensible Stelle entblößte. „Lark würde sich uns nur zu gerne anschließen, wenn du uns beide brauchst."

„Alles, was ich im Augenblick will und brauche, bist du", versprach ich ihm mit tiefer Stimme und einem Stöhnen.

Denn, wie er mich ansah ... Dieser Blick gab mir das Gefühl, am Leben zu sein. Vollständig zu sein. Und er erfüllte mich mit Lust. „Bitte, Norden", keuchte ich. „Ich will –"

Ich hob meinen Unterkörper vom Bett ab, als seine Zunge auf meine feuchte Mitte traf, seine Berührungen und Präzision absolut. Er zeigte mir umgehend, zu was sein Mund und seine Hände imstande waren. Seine Hände glitten an meinen Schenkeln hoch zu meinen Hüften.

Er nuckelte, leckte, knabberte und penetrierte ... *Oooh* ... Ich genoss jede Sekunde davon, aber das ... *Das* war ... „Mehr", flehte ich. „Mehr davon ..." Ich schrie beinahe, als er zwei Finger in mich einführte und eine Stelle so tief und gekonnt streichelte, dass ich mich nicht mehr rühren konnte.

Sterne tanzten vor meinen Augen.

Ich kam nicht, stand aber kurz davor.

Ich hatte das Gefühl, in den Wolken zu schweben. Der Sauerstoff war kaum vorhanden und mein Herz pochte in einem chaotischen Rhythmus in meiner Brust, der aus Angst und Erregung rührte.

Er küsste meine Klitoris und umkreiste sie dann mit seiner Zunge, bevor er meine Knospe tief in seinen Mund sog.

„Norden ..." Ich würde nicht durchhalten. Seine gekonnten Berührungen brachten mich dem Höhepunkt schneller nahe, als ich es selbst zu bewerkstelligen wusste. „Oh, bei den Feen ... Oh ..."

Jeder Teil von mir zitterte. Mein Bauch zog sich beinahe schmerzhaft zusammen.

Dann streiften seine Zähne sanft über meine sensible Mitte und er schob seine Finger nach oben, brachte mich der Sonne nahe, wo ich in tausend articaförmige Stücke zersprang.

Es fühlte sich an, als wäre ich zerbrochen.

Gespalten.

Hiervon würde ich mich nicht erholen.

Und ich hatte auch keine Absichten, jemals wieder aufzutauchen.

Das hier war die wahre Wonne, erfüllt von Wärme und Glückseligkeit und der höchsten Lust, die die Feen kannten.

Als ich mich schließlich langsam von den Wolken hinabsenkte, starrte Norden mich mit männlichem Stolz in seinem Gesicht an. „Du siehst wunderschön aus, wenn du kommst, Sonnenschein. Und du schmeckst himmlisch. Sollen wir noch mal von vorne anfangen?"

Ich legte eine Hand an seine Wange, zog ihn zu mir, um ihn zu küssen. Ich wollte den Geschmack auf seinen Lippen kosten.

Gesalzene Karamellschokolade, staunte ich und grinste an seinen Mund gedrückt. *Mit einem Hauch Kokosnuss und süßen Gewürzen.*

Dieser Ort war wahrhaftig magisch.

Ich wollte alles mit ihm erleben. Und so flüsterte ich die Worte, die er hören musste. „Mach Liebe mit mir, Norden."

Wir hätten warten können. Wir hätten herausfinden können, ob dieses Band wirklich dazu bestimmt war, bestehen zu bleiben. Wir hätten die Umwerbungsphase verlängern und uns weiterhin miteinander treffen können.

Oder aber wir konnten die offensichtliche Chemie zwischen uns genießen.

Und uns in der Wärme räkeln, die sich in unseren Seelen breitmachte.

Er küsste mich erneut, legte seine Lippen auf meine, um dann seine Erektion durch meine flehende Mitte gleiten zu lassen. „Bist du dir sicher?", flüsterte er.

„Ja", versprach ich ihm. *Es sei denn* … „Brauchen wir ein Kondom?" Die Elementefeen konnten darauf verzichten, da die Männer die Fortpflanzung kontrollierten.

Aber ich wusste nicht, wie es bei Selkies war.

„Ich werde dich nicht schwängern können", murmelte er. „Nicht, bis die Triade steht und Prinz Lark seinen Segen erteilt."

„Er muss sein Einverständnis geben?", fragte ich und schlang meine Beine um seine Hüfte, während er sich an mir rieb und sicherstellte, dass mein Nektar sein Gemächt von oben bis unten überzog.

„Er muss seinen Segen geben", bestätigte er. „Und in seiner Position wird er den ersten Erben wollen."

„Oh", flüsterte ich. Da er der zukünftige König war, ergab das Sinn. „Dann brauchen wir keine Verhütungsmittel." Denn im Feenreich gab es keine Geschlechtskrankheiten.

„Nein, brauchen wir nicht." Er entfernte sich etwas von mir und seine Eichel schwebte vor meinem Eingang.

„Aber … brauchen wir sein Einverständnis?" Es war eine merkwürdige Frage, aber Prinz Lark war der zukünftige König. Und Norden war sein Gefährte. Also …

„Um uns miteinander zu vergnügen?", fragte Norden belustigt. „Nein. Dafür werden wir sein Einverständnis nie brauchen. Außerdem wird er alles hiervon mittels unseres Triadenbandes spüren."

Ich schluckte trocken. „*Alles?*"

„Na ja, die wichtigen Dinge zumindest", murmelte er und strich mit seinen Lippen über meine. „Er wird mein Herz spüren, das für dich schlägt. Meinen Körper, der sich der Wildheit des Moments hingibt. Die Lust, die ich erfahren werde, wenn du schreist."

Mit jeder Bemerkung wurde dieses Kitzeln in mir stärker. Der Gedanke daran, dass Prinz Lark unsere Liebkosung spüren könnte, war ganz schön erotisch. „Oh", keuchte ich.

Norden lächelte und berührte meine Nase mit seiner. „Sag mir noch einmal, dass du sicher bist, Sonnenschein."

Ich spannte meine Beine, die um seine Taille gelegt waren, an und legte meine Hände an seine Wangen. Ich sah ihm tief in die Augen, stellte sicher, dass er wusste, wie ich fühlte. „Ich bin mir sicher, Norden."

Denn ich wollte ihn spüren.

Ihn annehmen.

Das hier annehmen.

Er küsste mich. Seine Lippen flüsterten gebetsähnliche Worte gegen meine, während er langsam in mich glitt und seine beeindruckende Länge mich vollends füllte.

Er war mehr lang als breit und am Ende leicht gebeugt, sodass er die sensible Stelle in mir perfekt massieren konnte.

Seine Zunge tanzte mit meiner und seine Hand begab sich an meine Hüfte, während er die andere an meine Wange legte. Und dann begann er sich langsam zu bewegen, erinnerte mich dabei an eine sanfte Welle, die das Ufer berührte.

Rhythmisch.

Experimentell.

Genüsslich.

Er lernte wieder, fand heraus, was mir gefiel, und vermischte das mit seinen eigenen Vorlieben.

Wenn ich mich anspannte oder stöhnte, tat er es erneut.

Wenn ich scharf einatmete, verlangsamte er.

Wenn ich meine Fingernägel an seinem Rücken hinabstreifen ließ, lächelte er und stieß wieder tief in mich.

Binnen weniger Minuten hatten wir unser Tempo gefunden. Sein Körper nahm meinen mit einem Wissen, das mehrere Leben zurückzureichen schien.

Als wäre es uns immer schon bestimmt gewesen, zusammen hier und intim verbunden zu sein – die explosive Leidenschaft zu genießen.

Unsere Seelen jubelten.

Unsere Herzen schlugen als eines.

Das Elementefeenband erreichte die dritte Ebene.

Und ich wusste, dass er offiziell für immer mein sein würde.

Jetzt gab es kein Zurück mehr. Und in diesem Moment war es mir egal. Ich wollte einfach nur *das* hier. Ihn. Unseren Moment. Unseren Augenblick der Wonne.

Ich konnte spüren, wie die Sonne durch die Fenster einfiel und unsere Körper erleuchtete, während wir uns miteinander verbanden. Unser Tempo beschleunigte sich, wurde zu einem fieberhaften Gewusel aus Keuchen und scharfem Einatmen. Sein Mund flüsterte ermutigende Worte gegen meinen.

Er würde nicht kommen, bis ich es tat.

Er würde nicht aufhören, bis ich seinen Namen schrie.

Ich schlang meine Arme um seinen Nacken. Meine Beine waren immer noch fest um seine Hüften geschlungen, und ich hob meinen Unterkörper zeitgleich mit seinen Stößen nach oben.

„Härter."

„Mehr."

„Schneller."

„Oh, bei den Feen …"

Die Worte kamen mir ohne Zurückhaltung über die Lippen. Meine Gedanken verblassten, als er mich zurück in diese Welt der intensiven Empfindung zurückbrachte, woraufhin ich kopfüber in eine Wonne stürzte, die nur unsere Seelen zusammen erzeugen konnten.

Ich spürte, wie er sich krampfhaft anspannte, und seine Lust floss mit einer heißen Welle in mich, die mein Inneres verbrannte und mich als seines beanspruchte, wie meine Seele es bereits mit seiner getan hatte.

Für immer aneinander gebunden.

Für immer Gefährten.

Und als ich in seinen Armen liegend langsam in den Schlaf fand, realisierte ich, dass ich es nicht anders haben wollen würde. Der Selkie mochte mir auf persönlicher Ebene vielleicht neu sein, aber meine Seele kannte das hier. Kannte ihn.

Es war uns bestimmt, beieinander zu sein. Genau hier. Genau jetzt.

Mein Herz erwärmte sich, Glaube und Hoffnung vermischten sich in meinen Adern.

Morgen wird ein guter Tag.

KALT

Der heutige Tag wird echt frostig werden.

Ich hatte gestern Nacht kaum geschlafen, da Artica sich mit Norden verbunden und damit Eisscherben durch mein Herz gejagt hatte.

Nicht buchstäblich.

Aber sie hätte es genauso gut tun können.

Ich war gerade eingeschlafen gewesen, als ich ihr Band an seinen Platz fallen gespürt hatte. Dann hatte es eine Ebene erreicht, die mir gesagt hatte, was sie getan hatten.

Denn es gab nur einen Weg, um die dritte Ebene eines Elementefeenbandes zu erreichen.

Und das war Sex.

Mit echten, tiefen Gefühlen.

Bei den meisten Elementefeen dauerte es Monate, das nötige Vertrauen zu schaffen, um einen derartigen Status miteinander zu erreichen.

Aber Artica war keine durchschnittliche Elementefee. Sie hörte bei jeder ihrer Entscheidungen auf ihr Herz. Sie lebte im Moment. Sie war ein Wesen der Heiterkeit und der Freude.

Und, zugegeben, es war ziemlich einfach, Norden zu lieben.

Dass sie sich vollständig mit ihm verbunden hatte, hätte es mir einfacher machen sollen, die Verbindung auf erster Ebene mit ihr aufzulösen. Aber jetzt fühlte sich diese stärker an als jemals zuvor. Sogar unzerbrechlich. Als wäre Artica nur noch entschlossener, was es mir schwerer machte, unsere Verbindung zu kappen.

Ich stieß einen tiefen Atemzug aus und eine Mischung aus Eis und Hitze verdrehte mir den Magen.

Artica und Norden befanden sich direkt den Flur runter.

Sie hatten keine Ahnung, dass ich letzte Nacht zurückgekehrt war. Hatten nicht den blassesten Schimmer, dass ich nur wenige Türen von ihnen entfernt zu schlafen versucht hatte.

Nicht, dass das eine Rolle spielte. Ich hätte ihr Lustspiel selbst Reiche entfernt gespürt. Sie beide waren mir unter die Haut gegangen, waren in meinem Herz verankert, und ich hatte keine Ahnung, wie ich das wieder hinbiegen sollte.

Was noch schlimmer war … In wenigen Stunden würde Prinz Lark gekrönt werden.

Was bedeutete, dass ich sicherstellen musste, dass sie für den heutigen Tag bereit war. Ich würde es Norden überlassen, sie vorzubereiten, aber eigentlich war es meine Aufgabe.

Genauso, wie ich diese Woche nicht hätte weggehen sollen.

Na ja, nein. Das stimmte nicht ganz. Ich hatte weggehen müssen. Aber ich hätte sie mitnehmen sollen. Immerhin war sie meine Praktikantin. Es war mein Job, ihr Dinge beizubringen und sie auf die Rolle vorzubereiten, die sie in den Interreichsfeenbeziehungen spielen würde.

Etwas, das jetzt noch dringender war, weil sie sich gestern Nacht mit dem Selkie verbunden hatte.

Prinz Lark wäre als Nächster dran.

Und dann der Gefährte, den sie als drittes Mitglied in ihre Triade aufnehmen würden.

Bei diesem Gedanken drehte sich mir der Magen um. Ich konnte damit leben, dass sie mit Lark und Norden schlief. Bei den Feen, ich hatte es mir die ganze Woche über unter der Dusche vorgestellt.

Aber Artica mit einem anderen Mann? Der bloße Gedanke daran ließ mir übel werden.

Ich ließ meinen Kopf in meine Hände fallen und stöhnte. Das war der Grund gewesen, warum ich weggegangen war. Um mich von diesen besitzergreifenden Instinkten zu befreien, um ihr eine Chance zu geben, zusammen mit Norden und Lark zu wachsen, ohne dass ich involviert war.

Und doch hatte ich gestern Nacht jede Empfindung gespürt.

Und Lark hatte mich immer auf dem Laufenden gehalten, wann immer wir miteinander gesprochen hatten.

Ganz zu schweigen von den lüsternen Nachrichten, die Norden mir die ganze Woche über geschickt hatte. Er hatte mehrere Szenarien beschrieben, die er in die Realität umsetzen wollte, wenn ich zurück war.

Was mich üblicherweise in die Dusche trieb.

Verfrosteter Selkie.

Er wusste ganz genau, was er tat. Er hatte ganz offensichtlich –

Es klopfte an meiner Tür. Der Stärke und der Takt des Klopfens waren mir bestens bekannt und sandten einen

Eiszapfen an meinem Rücken hinunter. Ich wusste ganz genau, warum er hier war und was er wollen würde.

Aber meine Antwort war nach wie vor dieselbe.

Ich schluckte trocken, stieß mich vom Bett ab, um an die Tür zu gehen.

Prinz Lark stand davor, hatte einen Kleidersack und eine Schachtel in seiner Hand. „Willkommen zu Hause", sagte er zu mir und lief durch die Tür, bevor ich ihn hereinbeten konnte. „Dein Anzug ist hier drinnen, genauso wie Articas Kleid. Wenn du dich angezogen hast, stelle bitte sicher, dass sie ihr Kleid bekommt. Und sag Norden, dass sein Smoking sich in unserer Suite befindet."

Er drehte sich, ohne ein weiteres Wort, um und ging durch die Tür.

„Das ist alles?", rief ich ihm erstaunt nach.

Er hielt in der Tür inne und drehte sich um. „Hast du eine Rede erwartet?"

Ich runzelte die Stirn, dann räusperte ich mich. „Irgendwie schon." Die Worte kamen mir mit einem Knurren über die Lippen.

„Hättest du gerne eine Rede?"

„Nein."

Er zuckte mit den Achseln. „Dann sehen wir uns in ein paar Stunden."

Ich gaffte den Türrahmen an, der jetzt leer war, da Lark davonlief. Ich rannte in den Flur und ihm nach. „Meine Antwort lautet immer noch Nein, Lark."

Er hielt inne und sah über seine Schulter zu mir. „Wer sagt, dass das Angebot noch steht, Wasserfee?" Er zog eine Augenbraue hoch, was mich sprachlos machte. „Bitte sieh zu, dass meine zukünftige Königin bereit ist. Nach dem heutigen Tag wird sie nicht mehr deine Angelegenheit sein."

Und mit diesen Worten ging er davon.

Mir fiel die Kinnlade quasi bis zum Boden. *Hat er mich gerade ... abgewiesen? Nach all den Monaten, in denen er gesagt hat, dass ich ihm gehöre und es nur eine Frage der Zeit sein würde, bis ich meinen Platz in seiner Triade akzeptieren würde?*

Ich nahm einen zittrigen Schritt zurück in mein Zimmer und mir rutschte das Herz in die Hose.

‚Wer sagt, dass das Angebot noch steht, Wasserfee?‘

War gestern Nacht sonst noch etwas passiert? Hatte er realisiert, dass es mir nicht bestimmt war, mit ihnen zusammen zu sein – weil sich Artica mit Norden verbunden hatte?

Ich schluckte.

Das war ganz genau das, von dem ich gewollt hatte, dass er es einsehen würde.

Warum ... warum also tut es weh? Warum fühlt es sich so falsch an?

Als hätte er mir gerade ein Loch ins Herz gestanzt und ich die Scherben jetzt zusammenkehren müssen.

Allein.

Wie ich es gewollt hatte. Wie ich gesagt hatte, dass ich es wollte.

Wie viel herber würde der Schmerz sein, wenn ich mich mit ihnen verbunden hätte, nur um einen von ihnen an den Tod zu verlieren?

Mein Vater hatte genau das kurz nach meiner Geburt durchgemacht. Ich hatte es nicht bezeugt, aber ich hatte über die Jahre hinweg gesehen, wie traurig und einsam er gewesen war.

Hatte er sich so gefühlt wie ich mich jetzt?

Nein, es musste sich schlimmer angefühlt haben. Denn sie waren wirklich miteinander verbunden gewesen. Ich war mit keinem von ihnen vollends verbunden – nur mit Artica auf der ersten Ebene. Und dieses Band würde verblassen, genauso wie mein Herzschmerz.

Ich tue das Richtige, sagte ich mir und richtete mich auf. *Es ist gut, dass Prinz Lark meine Entscheidung endlich akzeptiert hat.*

Nickend schloss ich die Tür und konzentrierte mich auf den Kleidersack und die Schachtel.

Heute würde ich ihn als Freund unterstützen – nicht als Liebhaber. Ich würde dieses anfängliche Band mit Artica auflösen und sie in die fähigen Hände der beiden übergeben. Und ich würde ... Ich würde mit Cyrus und Königin Claire über meine nächsten Schritte sprechen.

Denn hierzubleiben und Lark, Norden sowie Artica dabei zuzusehen, wie sie sich einen anderen Gefährten suchten, ... würde mich umbringen.

Natürlich verdiente ich nichts anderes. Wie ich Cyrus kannte, würde er mich also zur Strafe hier positioniert lassen. Oder aber vielleicht würde er mich zurückbeordern.

Irgendwo unter dieser eisigen Brust hatte er ein Herz.

Ich würde genau daran appellieren und ihn anflehen, mich von dieser Folter zu erlösen.

Dann würde ich mein Leben leben ... *allein.*

Ich räusperte mich und konzentrierte mich auf die Aufgabe, mich für den kommenden Tag vorzubereiten. Ein weiterer Tag am glücklichsten Ort der Welt. Ein weiterer Tag, an dem ich bezeugen würde, was für ein Leben mir verwehrt bliebe.

Ich werde das schaffen, sagte ich zu mir selbst. *Ich muss.*

Ich schob die Gedanken beiseite, würde später trauern, und duschte mich. Dieses Mal, ohne an Artica oder an *ihre* Gefährten zu denken.

Dann zog ich mir den Anzug an, den Prinz Lark mir gebracht hatte. Er war marineblau und passte mir wie angegossen, genauso wie das blassblaue Hemd darunter. Ich konnte keine Krawatte im Kleidersack finden, also ließ ich den obersten Knopf offen und ließ mein Haar meine Schultern umschmeicheln.

Als Abgeordneter und Wasserfeenprinz hätte ich eigentlich eine Krone tragen sollen, aber das Einzige, was ich in der Schachtel fand, war ein Diadem, welches er ganz offensichtlich für Artica hatte machen lassen.

Ein Lächeln zog an meinen Lippen, als ich meine Finger über die feinen Kanten gleiten ließ.

Sie würde umwerfend damit aussehen.

Ich freute mich beinahe darauf, es ihr zu bringen, genauso wie das Kleid.

Jedenfalls bis ich bei ihrem Zimmer ankam und feststellte, dass Norden noch immer bei ihr war.

Denn ich konnte ihn stöhnen hören.

Ich schluckte trocken und mein Herz klopfte schneller. Ich hatte keine Ahnung, was sie mit ihm anstellte, aber ganz offensichtlich genoss er es.

„Schluck für mich, Sonnenschein", hörte ich ihn sagen, was *ziemlich* offensichtlich machte, was da drinnen vor sich ging.

Ein lebhaftes Bild davon, wie ihre Lippen um seinen Schwanz geschlungen waren, kam mir in den Sinn und zwang mich beinahe in die Knie. Eine Welle der Lust überkam mich, die so kraftvoll war, dass sie mir beinahe den Atem raubte.

Und dann wurde die Tür geöffnet.

„Würdest du dich gerne unserem Frühstück anschließen, Frosty?", fragte Norden im Plauderton. Sein schokoladenbraunes Haar war noch feucht von der Dusche und ein Paar blaue Flanell-Pyjamahosen hingen niedrig an seinen Hüften. „Artica hat sich gerade ihren ersten Fruchtcupcake des Tages schmecken lassen."

Ich kniff meine Augen zusammen.

Dieser gerissene Selkie ...

Sein Blick fiel auf mein Gemächt. „Hm", summte er. „Es sei denn, du bist auf der Suche nach einem Frühstück der anderen Art?"

Er nahm einen Schritt zurück, sodass ich Artica auf dem Bett liegen sehen konnte. Sie hatte ein Handtuch um ihren Kopf geschlungen, trug eine rosafarbene Robe, die ihre Schenkel umspielte, und hatte ein bisschen Zuckerguss an ihrer Nase vom Erdbeer-Cupcake in ihrer Hand. Ihre Augen begannen zu leuchten, als sie mich erblickte, ihre Freude ansteckend.

„Kalt!" Sie stellte den Cupcake auf den Nachttisch und rannte auf mich zu, warf ihre Arme um meine Mitte und machte das Problem in meiner Hose nur umso größer.

Denn sie fühlte sich an mich gedrückt so fantastisch an.

So kurvig und perfekt.

So heiter und freudig.

„Vorsichtig, Sonnenschein", schnurrte Norden. „Sonst ruinierst du noch seinen Anzug." Seine braunen Augen funkelten mich wissend an, bevor er seinen Finger über ihre Nase streifen ließ, um die Glasur abzuwischen.

„Willst du was abhaben?", fragte er und hielt sie mir zuerst hin.

Ich funkelte ihn an.

Er zuckte unbeirrt mit den Schultern und machte eine Show daraus, sich den Finger abzulecken. Ich konnte mir vorstellen, wo dieser heute Morgen sonst noch gewesen war.

Was das Problem in meiner Hose nur noch verschlimmerte.

Denn, bei den Feen, ich war pickelhart.

Ich hätte in der Dusche fantasieren sollen. Dieses niemals endende Bedürfnis stillen sollen. Meine Hand ficken sollen, bis ich mich vergessen hätte.

„Kalt?", fragte Artica und ließ mich los, um mir in die

Augen zu blicken. Ein Hauch Besorgnis lauerte in ihren Zügen.

Denn ich war steif wie eine Eisskulptur geworden.

Und das nicht nur in meiner Hose.

Ich hatte ihre Umarmung zudem nicht erwidert. Etwas, wofür ich eine Ausrede hatte, da ich einen Kleidersack in der einen und eine Schachtel in der anderen Hand hatte. „Ich, ähm, habe dein Kleid für heute dabei." Ich hielt es hoch.

„Oh", erwiderte sie und runzelte die Stirn. „Genau. Danke." Sie nahm mir die Sachen ab und legte sie aufs Bett, wandte ihren Blick von mir ab. Sie sah mir nicht in die Augen, während sie darauf wartete, dass ich etwas sagte.

Verfrostet. Ich hatte es vermasselt.

Nordens darauffolgendes Funkeln sagte mir, dass er mir zustimmte.

Aber anstatt mich zu tadeln, warf er Artica ein breites Grinsen zu. „Mal sehen, wofür sich Lark am Ende entschieden hat."

„Am Ende?", wiederholte Artica.

Norden nickte. „Er hat fünf verschiedene Kleider anfertigen lassen und konnte sich nicht entscheiden, welches von ihnen er an dir sehen wollte."

Sie blinzelte ihn an. „*Fünf Kleider?*"

„Du bist unsere Kristallprinzessin, Sonnenschein. Er will, dass du strahlst."

„Aber heute ist sein Krönungstag. Er ist es, der strahlen sollte", bemerkte sie.

„Ja, und du wirst ein wichtiger Teil davon sein." Er strich ihr mit den Fingerknöcheln über die Wange. Die Geste war so intim, dass mir das Herz schmerzte.

„Was muss ich tun?" Sie hörte sich unsicher an.

Seine Hand glitt an ihren Nacken, wo er sie mit

beschützerischer Geste um sie schlang. „Du wirst ihm zu Beginn der heutigen Zeremonie die Krone aufsetzen."

„*Was?!*" Sie sah ihn mit aufgerissenen Augen an, dann zu mir, dann wieder zu ihm. „Ooooh, nein. Nein. Nein. Nein. Das ist eine Katastrophe mit Ansage."

„Es ist ein wunderschöner, respektvoller Moment, der prall gefüllt mit Glaubenskraft sein wird", korrigierte Norden sie. „Und nur die zukünftige Königin unserer Art kann diesen Teil übernehmen."

„Aber wir sind noch nicht vollständig miteinander verbunden", erinnerte sie ihn. „Ich bin noch nicht die Königin."

„Nein, du bist die *zukünftige* Königin", sagte er geduldig. „Nicht alle Gefährtenzirkel werden vor der Krönung geformt. Aber wenn du die Krone auf seinen Kopf setzt, symbolisiert das, dass du darauf vertraust, dass er ein guter Herrscher sein wird. Was sehr wichtig ist für den zukünftigen Erfolg unseres Königs."

„Solltest du das nicht machen, als sein wirklicher Gefährte?", hakte sie nach.

„Ich habe meine eigenen Pflichten. Plural, weil das dritte Mitglied seiner Triade fehlt." Er warf mir an dieser Stelle einen funkelnden Blick zu, bevor er sie wieder ansah. „Also habe ich heute doppelt so viel Arbeit. Und du wirst heute die Kristallprinzessin sein. Und ich weiß, dass du alles darüber gelesen hast. Es kann also nicht sein, dass du nichts davon wusstest."

Sie erschauderte und riss ihre Augen auf. „Ich … ich …"

„Du wirst perfekt sein", versprach er ihr und sein Unterarm spannte sich an, als er seinen Griff verfestigte. „Alles, was du tun musst, ist die Krone von den Elfen im T und Ä holen und sie Prinz Lark bringen, während er auf dem Thron sitzt. Es ist ein feierlicher Gang. Geduldige

Elfen und Lebkuchenmänner werden an der Seite stehen und dir Mut machen. Man sagt, dass es einer der schönsten Teile der Zeremonie ist. Darum auch dein vorzügliches Kleid und" – er benutzte seine freie Hand, um auf die Schachtel zu deuten, in dem das Diadem ruhte – „das da."

„Norden …"

„Schhh", sagte er, presste seine Lippen auf ihre. „Das wird schon, Artica. Wir werden dich auf Schritt und Tritt begleiten."

„Nein, werdet ihr nicht", erwiderte sie und stemmte ihre Hände in die Hüften. „Dieses Kristallprinzessinnen-Gang-Ding muss ich allein überstehen. *Allein.*"

Er grinste. „Na ja, ich werde dir auf Schritt und Tritt zusehen. Dich mit meinen Augen ausziehen und daran denken, wie du zwischen deinen Schenkeln schmeckst. Mich fragen, was für verrückten Dingen wir uns zuwenden werden, wenn die Zeremonie *vorbei* ist. Oder währenddessen, wenn du willst. Ich bin flexibel."

Sie sah ihn funkelnd an. „Das hier ist ernst, Norden."

„Wer sagt, dass ich die Sache nicht ernst nehme? Ich werde dich ohne Frage auf dem Thron ficken, wenn du es wünschst", sagte er mit seinem berühmt-berüchtigten sinnlichen Tonfall.

„Lass uns einen Moment allein", unterbrach ich, wusste, was sie brauchte.

Norden sah mich mit hochgezogener Augenbraue an.

„Prinz Lark lässt ausrichten, dass dein Smoking in eurer Suite ist. Warum bereitest du dich nicht auf den heutigen Tag vor, während ich mit Artica spreche?" Ich formulierte es als Vorschlag, sagte ihm jedoch mit einem Blick, dass es keine Bitte war. Es war ein Befehl. Sie brauchte im Moment meine Zuversicht.

„In Ordnung", murmelte er und küsste Artica auf die

Wange. „Ich werde zurückkommen, um dich zum T und Ä zu begleiten." Sein Blick wanderte an ihr herab. „Ein äußerst zutreffendes Akronym, übrigens. Und ich kann es kaum erwarten, dieses Akronym in diesem wunderschönen Kleid zu sehen."

„Norden." Ich konnte mir den ungeduldigen Tonfall nicht verkneifen. Seine sinnlichen Bemerkungen halfen nicht. Er seufzte. „Immer so frostig, Frosty." Er küsste Artica erneut, flüsterte ihr etwas ins Ohr und zwinkerte mir dann zu, bevor er ging.

Ich wollte nicht einmal wissen, was er zu ihr gesagt hatte.

Vor allem, weil es ihre Wangen zum Erröten gebracht hatte.

Die Tür schloss sich hinter mir, und Artica und ich waren allein.

Sie sah mich noch immer nicht an, ihr Blick auf den offenen Kleidersack gerichtet. Darin lag ein umwerfendes eisblaues Kleid, welches von blauen, schimmernden Diamanten übersät war. Ein Kleid, das einer Königin angemessen war. Speziell für sie geschneidert.

„Artica", begann ich.

„Nein. Ist schon gut. Es geht mir gut. Ich ... Ich werde das schon packen." Sie warf mir ein schwaches Lächeln zu und mein glitzerndes Juwel strahlte etwas weniger hell. „Du musst mir keinen Vortrag darüber halten, wie wichtig der heutige Tag ist, Kalt. Ich bin mir dessen bewusst. Und ich werde mein Bestes tun, um sicherzustellen, dass ich alles richtig mache. Ich werde sichergehen, dass ich keinen Krieg zwischen unseren Königreichen anzetteln oder sonst etwas tun werde, das sich nicht gehört."

Ich sah sie stirnrunzelnd an. „Das wollte ich damit nicht sagen."

„Aber das ist, was du denkst", sagte sie zu mir und sah

mich jetzt mit einem harten Blick in ihren saphirblauen Augen an. „Das ist doch die Position, die du mit mir besetzen wolltest, oder? Du wolltest doch, dass ich die Königin werde und dabei helfe, unsere Königreiche zu vereinen?"

„Darauf hatte ich gehofft, ja. Aber ich würde nie –"

„Na, dein Wunsch hat sich erfüllt", sagte sie und ein humorloses Lachen kam ihr über die Lippen, während sie die Kette an ihrem Hals berührte. „Ich schätze, ich brauche das hier nicht mehr." Sie öffnete den Verschluss und ließ die Kette in ihre Hand fallen. „Hier. Du kannst sie jemandem geben, der sie dringender braucht als ich."

Sie hielt sie mir hin, aber ich bewegte mich nicht.

„Was, bei den Feen, ist mit dir los?", verlangte ich zu wissen. „Leg sie wieder an. Sie war ein Geschenk."

„Ein Geschenk?", wiederholte sie. „Nein, Prinz Kalt. Das war es nicht. Nichts hiervon war ein Geschenk. Du hast bloß mit dem Schicksal gespielt. Und dein Plan ist aufgegangen." Dieses Mal wirkte ihr Lächeln traurig. „Ich nehme es dir nicht übel. Das hier ist das Happy End, auf das viele Feen hoffen. Ich kann es dir nicht verübeln, dass du es zu einer Realität gemacht hast."

„Warum bist du dann so traurig?", fragte ich und mein Herz brach, als ich Tränen in ihre Augen steigen sah.

„Hat Norden etwas getan? Hat er etwas Falsches gesagt?" Ich ging auf sie zu, doch sie nahm einen Schritt zurück, hielt die Distanz zwischen uns aufrecht. „Artica –"

„Norden hat alle richtigen Dinge gesagt", erwiderte sie. „Er ist charmant und gutaussehend und jetzt ein fester Teil von mir. Und bald wird Prinz Lark das auch sein."

„Ist es wegen der Zeremonie? Bist du nervös?" Ich wollte verstehen, warum ihre Stimmung so gedrückt war. Wollte heilen, was in ihr gebrochen war.

„Natürlich bin ich nervös", fauchte sie in einem

Tonfall, den ich noch nie von ihr gehört hatte. „Ich habe die letzten zehn Tage damit zugebracht, alle Bücher zu lesen, die ich finden konnte, weil mein Mentor mich im Stich gelassen hat. Zum Glück haben Norden und Lark einige meiner Fragen beantwortet. Aber ich hatte keine Ahnung, dass ich Teil der heutigen Zeremonie sein würde. Und ich gehe davon aus, dass du davon gewusst hast."

„Ich kannte die Details, ja. Aber ich war mir nicht sicher, ob du Teil davon sein würdest. Es kann mehrere Kristallprinzessinnen-Kandidatinnen geben. Und wenn das passiert, führen sie die Zeremonie zusammen aus."

Was, zugegebenermaßen, selten vorkam. Weil die meisten Gefährtenzirkel vor der Krönung geformt wurden. Aber ich hatte nicht erwartet, dass alles so schnell gehen würde.

Ich hätte natürlich wissen sollen, dass Artica ihrem Herzen folgen würde. Sie besaß eine derart unschuldige Seele, dass sie, ohne zu zögern, auf ihre Instinkte hören würde.

Anders als ich.

Ich konnte mich nicht entscheiden – konnte meine Bedürfnisse nie über mein Schicksal stellen.

„Du wirst heute umwerfend sein", sagte ich zu ihr und hoffte, dass alles, was sie brauchte, nur ein paar rückversichernde Worte waren.

„Du bist wie gemacht für diese Position, Artica. Du bist süß. Du bist heiter. Du weißt, wie man seinem Herzen folgt und die Feiertagslaune mit offenen Armen empfängt. Und deine Affinität für Eis macht dich hier nur noch außergewöhnlicher."

„Perfekt für die Position als Winterfeenkönigin, aber nie gut genug für dich", sagte sie traurig und mit zuckenden Lippen, und das nicht, weil sie lächeln wollte. Sie wandte ihren Blick wieder von mir ab und etwas daran fühlte sich endgültig an. Als wäre es mir nie wieder gestattet, sie anzusehen.

Und in diesem Augenblick spürte ich den Bruch. Nicht in ihr, sondern in meiner Seele.

Als sie unser Gefährtenband auflöste.

Ihr fester Griff, der auf Hoffnung und Glaube und wahrer Liebe beruht hatte, hatte sich einfach … aufgelöst.

„Artica", keuchte ich und meine Brust fühlte sich plötzlich leer an, als hätte sie mir das Herz herausgerissen.

„Ist schon gut, Prinz Kalt", sagte sie mit förmlichem Tonfall. „Ich weiß, dass du nie mein Gefährte werden wolltest. Wie ich mich kenne, habe ich mir das wohl bloß gewünscht."

Sie ließ die Schneeflockenkette zu Boden fallen. Der glitzernde Anhänger war der einzige verbleibende Hinweis, dass ihr Herz meines noch immer begehrte. Aber sie ließ mich los.

Aus Liebe, realisierte ich und mein Herz schmerzte, als ich realisierte, was für ein Opfer sie gebracht hatte. Sie schenkte mir meine Freiheit, opferte ihre Freude dafür. Ihre Glückseligkeit. Ihr *Herz*.

„Ich muss mich umziehen", fuhr sie fort und reckte ihre Schultern. „Wenn du mich also entschuldigst. Ich sollte in etwa zwanzig Minuten bereit sein."

„Artica …" Ich war mir nicht sicher, was ich sagen sollte. Mein Kopf schien völlig leer. Eine Empfindung, die dadurch verschlimmert wurde, dass sie ohne den leisesten Hauch von Gefühl in ihren Augen zu mir zurücksah.

„Wir haben nichts weiter miteinander zu besprechen", sagte sie mit flachem Tonfall. „Ich kenne mein Schicksal und weiß, was ich zu tun habe. Ich werde dich nicht enttäuschen, Prinz Kalt."

Sie drehte sich mit den letzten Worten von mir ab und ihr Fokus richtete sich auf ihr Kleid und das Diadem.

Ich starrte sie einen langen Augenblick an und das Bedürfnis, sie berühren zu wollen, machte sich mit einem Kribbeln in meinen Fingern bemerkbar.

Aber sie hatte ihre Entscheidung getroffen.

Sie ... Sie hat unser Band abgelehnt.

Und damit hatte sie mir das Herz gebrochen.

ARTICA

Die Tür wurde leise hinter mir geschlossen, was mir
bestätigte, dass Kalt gegangen war.

Ich starrte das wunderschöne Kleid und das Diadem
an. Die beiden Gegenstände verkörperten meine Zukunft.
Meinen Lebenssinn.

Und doch war ich nie zuvor so hin- und hergerissen
gewesen.

Ein Teil von mir jubelte und das Band zu Norden
frohlockte in meiner Seele.

Ein Teil von mir trauerte. Die Einsicht, dass Kalt nie
wirklich meins hatte sein wollen, brach mir das Herz.

Er hatte mich nicht einmal umarmt. Wir waren eine
Woche lang voneinander getrennt gewesen und er konnte
mich nicht einmal in die Arme schließen? Er war so steif
gewesen. So eisern.

Was mich einsehen ließ, dass er versucht hatte, sich von
mir zu lösen.

Nicht physisch, sondern auf der Seelenebene.
Er will mich nicht.

Er hat mich nie gewollt.

Etwas, das er absolut klargemacht hatte, als er mich als Kandidatin für den Winterfeen-Gefährtenzirkel ausgewählt hatte.

Es war nie sein Plan gewesen, dass er sich der Triade ebenfalls anschließen und sich potenziell auch mit mir verbinden würde.

Er hatte Prinz Lark bloß eine weitere Winterfee beschaffen wollen.

Ich sah auf den Wunschanhänger, der auf dem Boden lag.

Er hatte behauptet, dass sie mir helfen würde, wenn ich es brauchte. Ein Anhänger, der mir gab, was immer ich wollte.

Im angemessenen Rahmen.

Sie würde mir niemals Kalts Herz schenken.

Wie dumm von mir, auch nur daran zu denken, dass ich eine Chance bei ihm hatte.

Wir waren kompatibel, aber Feen brauchten mehr als das, um sich zu verbinden.

Er hatte sein einsames Schicksal über seine potenzielle Verbindungen gewählt. Ich konnte nichts anderes tun, als seine Entscheidung zu respektieren.

Und weiterzumachen.

Sonnenschein?, flüsterte Norden in meine Gedanken, benutzte unser neu geschaffenes Gefährtenband.

Manchmal konnten Gefährten die Gedanken des anderen bereits auf der zweiten Ebene hören und auf der dritten miteinander sprechen. Die Vereinigung auf vierter Ebene garantierte beides davon. Die Tatsache, dass wir jetzt schon nach Belieben miteinander kommunizieren konnten, wies auf unsere hohe Kompatibilität hin.

Geht es dir gut?, fragte er mit besorgtem Tonfall.

Du hast es gespürt, nicht wahr?, dachte ich zurück.

Ja.

Ich schluckte trocken. *Er will mich nicht, Norden. Er will uns nicht.*

Ich weiß, Sonnenschein. Ich weiß.

Eine Träne kullerte an meiner Wange hinab und ich wischte sie weg. *Ich muss mich für die Krönung vorbereiten.*

Ich bin bald zurück, um dich zu umarmen.

Das würde mir gefallen, gab ich zurück und eine weitere Träne lief an meiner Wange hinab. Ich fror sie mit meiner Wassermagie ein und spickte sie von meinem Gesicht. *Genug davon.*

Genug wovon?

Tut mir leid, ich habe mit mir selbst geredet, murmelte ich.

Hm, diese Verbindung wird mir gefallen.

Das hat sie dir heute Morgen schon, erinnerte ich ihn und dachte daran zurück, als ich ihn versehentlich mit meinem Traum geweckt hatte.

Den er mit seinem Mund kurz darauf hatte Realität werden lassen.

Ich freue mich darauf, für immer neben dir aufzuwachen, Sonnenschein. Seine Worte berührten mich, halfen dabei, einige der vereisten Stellen meines Herzens aufzutauen. *Prinz Lark sagt, dass er sich auch darauf freut.*

Ich war gerade dabei gewesen, mich meiner Robe zu entledigen, und hielt inne. *Er ... Er ist doch nicht etwa böse auf uns, oder?* Norden hatte es sich gestern Nacht so anhören lassen, als ob wir uns nach Belieben vergnügen könnten, aber jetzt fragte ich mich, ob Lark eifersüchtig oder aufgebracht darüber war, dass wir uns ohne ihn miteinander verbunden hatten.

Nordens Lachen kitzelte in meinen Gedanken. *Oh, er ist nicht böse. Aber er ist unheimlich geil.*

Meine Wangen erröteten. *Geil?*

Ja. Es nervt ihn, dass er sich mit seinem Vater treffen muss.

Andernfalls würde er mittlerweile in meinem Arsch stecken. Norden hörte sich hocherfreut an. Ich war mir nicht sicher, ob es daher rührte, weil Prinz Lark litt oder wegen des potenziellen Sex. Vielleicht beides.

Er lachte erneut, was ein Grinsen auf meinen Lippen aufziehen ließ. *Kannst du weiter mit mir reden?*, fragte ich, brauchte seine heitere Stimmung.

Oh, immer doch, erwiderte er. *Jetzt, wo ich diese Verbindung habe, glaube ich, werde ich dich nie wieder in Ruhe lassen. Ich meine, denk mal an die verruchten Dinge, die ich dir zuflüstern kann, sogar aus der Ferne.*

Ich legte meine Robe vollends ab. *Na ja, ich ziehe mir gerade die rosafarbene Unterwäsche an, die mir zu wünschen du mich vorhin gezwungen hast,* sagte ich zu ihm, holte das Spitzenhöschen aus der Kommode. *Sie ist unheimlich weich und seidig.*

Mh, erzähl mir mehr davon. Ich konnte ihn mir beinahe vorstellen, wie er auf dem Bett lag, seinen Kopf mit seiner Hand stützte und seine freie Hand … na ja, nicht *so* frei … zu seinen niederen Regionen wandern ließ.

Ich bin nackt und beuge mich gerade runter, um den einen, dann den anderen Fuß hindurchzustecken … Oh, ja, es ist weicher, als ich dachte, Norden. Es gleitet an meinen Beinen hoch zu meiner zuckersüßen Mitte.

Er lachte. *Zuckersüße Mitte?*

Hast du einen besseren Namen dafür?

Muschi? Süßer Himmel? Nordens Leibspeise? Er machte weiter und ich lachte. Sein Humor war jetzt genau das, was ich brauchte, damit ich die verweilende Freude in mir hervorholen konnte. *Larks zukünftiges Fickhaus. Er fickt hart, übrigens. Aber vielleicht wird er mit dir sanfter umgehen. Wir werden sehen. Man könnte sie auch ein Hot-Dog-Brötchen nennen oder einen*
—

Hot-Dog-Brötchen?, wiederholte ich, hielt das Kleid jetzt in meinen Händen. *Das findest du besser als zuckersüße Mitte?*

Hm, ein gutes Argument, sagte er. *Zuckerstangenrutsche?*

Ich stieß ein weiteres Lachen aus. *Ist dein Schwanz jetzt eine Zuckerstange?*

Oooh, sag noch einmal Schwanz, bitte. Dieser Begriff hat mir in deinen Gedanken besonders gut gefallen.

Vielleicht werde ich dir ein paar Spitznamen verpassen, erwiderte ich stattdessen. *Lollipop. Eislutscher. Oh, nein, warte. Sahnelutscher.*

Wirst du auch brav all meine Sahne schlucken, Sonnenschein?

Meine Schenkel spannten sich an. *Bei den Feen, du kannst wirklich alles in etwas Schmutziges verwandeln, was?*

Das kann ich wirklich. Ich bin ein Naturtalent darin.

Ich zog mir das Kleid über, aber die Schnürkorsage ließ mich innehalten. *Verfrostet.*

Ich glaube, es ist noch zu früh, um frostige Innuendos zu machen, erwiderte Norden bloß.

Nein, ich habe gerade festgestellt, dass das Kleid einen Schnürrücken hat. Ich kaute auf meiner Unterlippe herum und sah zur Tür. *Ich werde Prinz Kalt um Hilfe bitten müssen.*

Prinz Kalt, was? Er hörte sich etwas traurig an, als er das sagte.

Das ist sein Titel, also sollte ich ihn auch so nennen. Ich sah erneut zur Tür und stieg aus dem Kleid, um mich zuerst um meine Haare zu kümmern. So müsste ich nur noch meine Schuhe anziehen, wenn ich mich ihm immer wieder gegenüberstellen müsste.

Vorausgesetzt, er war überhaupt noch hier.

Er schien einen Hang zum Verschwinden zu haben.

Ich stieß einen Atem aus und zog mir das Handtuch vom Kopf, benutzte meine Wassermagie, um die Feuchtigkeit aus den Strähnen zu saugen. Nicht zu viel – nur genug, um eine trockene Textur zu erzeugen. Dann ließ ich meine Finger durch mein Haar gleiten und fügte wieder etwas Wasser hinzu, gefror ein paar Locken, die mein Gesicht umspielten.

Das hätten wir, dachte ich und drehte mich zur Schachtel um, um das Diadem herauszuholen. Es glitzerte wie Eis und die glasähnliche Textur war wunderschön und erlesen.

Was ist mit meinem Bericht?, fragte Norden mit einem spürbaren Schmollen.

Ich frisiere mich gerade.

Dann solltest du mir jedes Detail darüber erzählen, erwiderte er.

Kichernd ging ich mit ihm den Prozess im Kopf durch, legte das Diadem mittig auf meinen Kopf und gefror es mit etwas Magie an Ort und Stelle.

Keine Schneewehen, klar? Das ist dieses Jahr nicht in Mode, sagte er zu mir.

Ich lachte schnaubend und der wenig damenhafte Ton wanderte glücklicherweise nicht durch unsere Verbindung. *Mit meinem Glück würden meine Locken sich in Eiszapfen verwandeln.* Meine Magie hatte schon die ganze Woche über verrückt gespielt. Ich ahnte, dass das etwas mit Kalt zu tun hatte, und jetzt, wo ich realisiert hatte, dass er unser Band bereut hatte, dämmerte mir, was es war.

Vielleicht war das einzig Positive, das von der ganzen Sache gekommen war, dass ich ihn losgelassen hatte. Vielleicht würden meine Kräfte wieder normal funktionieren.

Seufzend lief ich zurück zum Kleid. *Ich werde Prinz Kalt um Hilfe bitten.*

Tu das, ermutigte er mich.

Das wird auch nichts ändern, Norden, warnte ich ihn und legte mein Kleid an. *Was getan ist, ist getan. Sobald ein Gefährtenband gebrochen wird, kann man es nicht wieder heilen.*

Na ja, technisch gesehen, war es bei Bändern auf erster Ebene möglich.

Aber die beiden Elementefeen hätten es wirklich wollen müssen, um das Band wieder zu entfachen.

Auf der zweiten Ebene würde das Band unwiederbringlich gebrochen.

Und wenn eine Elementefee ein Band auf dritter Ebene zu brechen versuchte, … hätte das für alle Involvierten schlimme Folgen. Die dritte Ebene war das Äquivalent einer Ehe, zusammen mit der seelenbindenden Zeremonie auf vierter Ebene.

Ich räusperte mich, ignorierte Nordens Seufzen in meinem Kopf und zog das Kleid an mir hoch. Dann lief ich erhobenen Hauptes zur Tür und öffnete sie. Was ein Kunststück war, wenn man bedachte, dass ich mein Kleid bloß mit einer Hand an meinen Körper drückte.

Kalt stand auf der anderen Seite. Er richtete sich augenblicklich auf, als er mich in der Tür stehen sah. „Artica –"

„Ich bin noch nicht fertig", unterbrach ich. „Aber ich brauche Hilfe. Das Kleid hat einen Schnürrücken und, na ja, ich kann ihn nicht selbst schnüren, also …"

Anstatt noch etwas hinzuzufügen, drehte ich mich um und zeigte ihm meinen Rücken.

Woraufhin er nichts sagte oder tat.

Mein Kiefer zuckte.

Das war lächerlich. Er hatte gewollt, dass ich diese Position einnehmen würde. Also konnte er mir wenigstens dabei helfen, richtig angezogen dafür zu sein.

Oh, aber er hatte mir schon die ganze Woche über nicht damit helfen können, die Bücher zu lesen und mir Wissen anzueignen. Er hatte mich einfach meinem Schicksal überlassen.

Natürlich erwartete er jetzt auch, dass ich es allein schaffen würde.

Ich hätte es besser wissen sollen, als –

Seine Fingerkuppe berührte meinen Rücken, was ein Schaudern durch mein ganzes Wesen sandte. Es fühlte sich falsch an. Es fühlte sich richtig an. Es tat *weh*. Und ließ mein Herz gleichzeitig frohlocken.

Ich schloss meine Augen und mir schnürte sich angesichts der vielen Emotionen die Kehle zu.

Er bemerkte nichts. Gab kein Wort von sich. Er ließ seine Hand bloß an den unteren Teil meines Rückens gleiten, dann wieder nach oben, zwischen meine Schulterblätter, wo die Spitze auf meine Haut traf.

Kalt griff nach beiden Enden, zog fest an ihnen und begann die Spitze durch die Schlaufen einzufädeln, bis er unten ankam.

Es war ein Korsettoberteil, das meine Kurven betonte und mir ein üppiges Dekolleté verschaffte. Zugegeben, die Schneeflockenkette hätte perfekt zu meinem Outfit gepasst. Aber ich weigerte mich, sie zu tragen.

Das ‚Geschenk' fühlte sich jetzt verdorben an. Grausam. Als würde es ein dunkles Geheimnis bergen, das ich nie verstehen würde.

Genauso wie Kalt.

Ich würde auch ihn niemals verstehen.

Er arbeitete sich in Stille vor und die Stimmung zwischen uns war angespannt. Als er endlich unten ankam, löste ich meinen Todesgriff an der Vorderseite meines Kleides und öffnete meine Augen. Ich seufzte, als ich erblickte, wie wunderschön der eisblaue Stoff aussah.

Ich fühle mich wie eine Porzellanpuppe, dachte ich in Nordens Gedanken.

„Du siehst aus wie eine Königin", erwiderte mein Selkie laut, erschreckte mich.

Ich sah scharf zu meiner Linken und erblickte ihn in einem weißen Smoking dastehen, der einen Kontrast zu seiner sonnengebräunten Haut bildete. „Ich habe nicht bemerkt, dass du zurück bist." Ich hatte gespürt, dass er in der Nähe gewesen war, hatte aber angenommen, dass das bloß unser frohlockendes Band gewesen war.

Er lächelte. „Ich habe die Aussicht genossen."

Kalt räusperte sich und nahm einen Schritt zurück, da seine Arbeit getan war.

„Danke, Prinz Kalt", gab ich von mir, musste etwas sagen, um meine Dankbarkeit zu zeigen. Obwohl es mir etwas flach über die Lippen kam und sich die Worte zumindest für mich kaltherzig anhörten.

Er erwiderte nichts, blieb genauso still wie vorher.

Aber Nordens ansteckendes Grinsen lenkte mich von diesem frostigen Eispickel ab, der sich durch mein Herz bohrte. „Du siehst umwerfend aus, Artica", lobte er.

Ich drehte mich zu ihm um und machte einen Knicks. „Du siehst auch nicht schlecht aus, Selkie."

Er lachte. „Ich sehe atemberaubend aus."

„Und dazu auch noch bescheiden", neckte ich.

„Immer", erwiderte er. „Also, wo sind deine Schuhe?"

„Oh!" Ich hatte beinahe vergessen, dass ich die auch noch brauchte. Nordens Lob und Kalts brütende Stille hatten diese merkwürdige emotionale Wolke heraufbeschworen, in der ich festhing.

Ich machte einen Schritt nach vorne, aber Norden griff nach meinem Handgelenk. „Na-na! Bleib schön hier. Ich werde sie holen."

Ich sah ihm stirnrunzelnd nach und riskierte dann einen Blick zu Kalt, um zu sehen, ob er verstand, was los war.

Was ein Fehler war.

Denn er starrte mich staunend an und in seinen

eisblauen Augen waberten so viele Emotionen, dass mir das Herz schmerzte.

Das war der Blick, den ich für so viele Jahre hatte auf seinem Gesicht sehen wollen. Der Blick, der mir sagte, dass er mich endlich *sah*.

Aber jetzt war es zu spät. Und ich ahnte, dass er es nicht einmal so meinte. Er wollte mir nur dabei helfen, mich selbstbewusster zu fühlen für die Aufgabe, die mir bevorstand. Damit ich es nicht vermasseln würde.

Denn der heutige Tag war nicht nur ein wichtiges Ereignis für unsere Beziehungen zu den Winterfeen. Es setzte für alle besuchenden Reiche ein Zeichen.

Eine Demonstration von Einheit und Anmut und *Inklusion.*

Das Mischen von Rassen, wenn auch nur für etwas Unschuldiges wie eine Krönung, wäre nach den alten Bräuchen niemals erlaubt gewesen.

Die Winterfeen waren weitaus besser als alle anderen Feen dieser Welt, und das aus vielerlei Gründen. Vor allem wegen ihrer Fähigkeit, Andersartigkeit zu akzeptieren. Wenn zwei Feen aus zwei verschiedenen Reichen sich miteinander verbanden, würde normalerweise eine Abscheulichkeit daraus hervorkommen. Ein Wesen, das so mächtig war, dass man sich davor fürchtete.

Als zukünftige Winterfeenkönigin würde ich meine Quelle abstoßen und eine neue annehmen, was die einzige akzeptierte Methode des Verbindens außerhalb unserer eigenen Spezies war. Ähnlich wie bei den Schicksalsfeen, die ihre Quelle komplett abstießen.

Das war für die Winterfeen nicht besonders neu, aber Gäste aus verschiedensten Reichen zu haben, war es definitiv.

Denn die heutige Krönung war das erste offizielle Interreichsfeenevent seit der Unterzeichnung des

Interreichsfeenabkommens. Ein Vertrag zwischen den Feenreichen, den Königin Claire mittels einer Abstimmung erzielt hatte.

Heute würden Abscheulichkeiten vor Ort sein – Abscheulichkeiten, die akzeptiert würden und die sich unters Feenvolk mischen durften.

Und es bestand die Möglichkeit, dass während des glücklichsten und romantischsten Spektakels in diesem Reich eine alleinstehende Fee potenzielle Gefährten fand. Das allein war gänzlich unbekannt in den Feenreichen. Eine völlig neue Entwicklung, dank den Beziehungen zwischen den Reichen.

Denn die Zeiten änderten sich.

Königin Claire, ein mächtiger Halbling, hatte die Elementefeen vor ihrer Ausrottung bewahrt.

Aflora, die vormalige Erdfeenkönigin – und jetzt Mitternachtsfeenkönigin –, hatte sich mit Mitternachtsfeen verbunden und die dunkle Quelle sowie die Erdquelle davon überzeugen können, zusammenzuarbeiten.

Beide Königinnen wurden als Abscheulichkeiten angesehen und hatten die Interreichsfeenbeziehungen überhaupt ins Leben gerufen.

Sie waren nicht wirklich aus zwei Erblinien geboren, waren nur wegen ihrer Gefährtenzirkel extrem mächtig geworden. Aber sie benutzten ihre Kräfte ausschließlich für Gutes, was ein Zeichen setzte.

Bevor sie an die Macht gekommen waren, waren Abscheulichkeiten verschrien gewesen und die Feenreiche hatten sich abgekapselt – in der Hoffnung, dass sie es so vermeiden könnten, Blutslinien zu kreuzen. Sie hatten sich so sehr voneinander abgesondert, dass die Feen die Verbindung zueinander verloren hatten. Wir hatten die Verbindung zu unserem Lebenszweck verloren.

Zu leben.

Kalt räusperte sich. „Du siehst wirklich atemberaubend aus, Artica."

Ich zwang mich zu einem Lächeln. Diese Worte hatte ich bisher nur in meinen Träumen von ihm gehört. Ich wünschte mir sehnlichst, dass sie wahr gewesen wären. Von Herzen gekommen wären. Mit den Emotionen versehen gewesen wären, nach denen ich mich sehnte. Aber ich wusste es jetzt besser. „Danke, Prinz Kalt", erwiderte ich und wiederholte meine Bemerkung von vorhin, bevor ich mich Norden zuwandte.

Seine braunen Augen strahlten erfreut, als er mit einem Paar silbrigen Stöckelschuhen auf mich zukam. „Lark hat die Elfen gebeten, sie zu verzaubern, damit deine Füße nicht schmerzen werden", sagte er und kniete sich vor mich hin. „Darf ich?"

Wie schon vorhin ließ mich seine ansteckende Energie meine Trauer vergessen und brachte mich zum Grinsen. „Ich fange langsam wirklich an zu denken, dass du in Ergänzung zum Haarfetisch auch einen Fußfetisch hast."

„Ich habe eine Menge Fetische, Sonnenschein", sagte er zu mir und zwinkerte mir zu.

Dann griff er nach meinem Knöchel und legte mir den Schuh an. Seine geschickten Finger legten ihn mir mühelos an.

„Halt dich an meinen Schultern fest, damit du dein Gleichgewicht nicht verlierst", murmelte er und griff nach dem anderen Knöchel.

„Es ergibt mehr Sinn, wenn sie sich an meinen Schultern festhält", unterbrach Kalt.

Ich runzelte die Stirn, stimmte aber zu, wegen des Größenunterschieds. Also legte ich sachte eine Hand auf seine Schulter, um mein Gleichgewicht zu halten, während Norden sich an meinem anderen Fuß zu schaffen machte. Sobald er mich losließ, zog ich meine Hand zurück und schüttelte meine Finger, um mich des Kitzelns zu entledigen.

Norden stand auf. Selbst mit den Stöckelschuhen reichte ich ihm gerade so bis zur Nase. Was, wie ich annahm, Absicht war.

Ich sah in seine Augen und er lächelte mich an. „Du wirst die schönste Königin sein, die dieses Reich jemals gesehen hat", sagte er zu mir. „Ich kann es kaum erwarten, dich anzukündigen."

„Mich anzukündigen?", wiederholte ich.

„Das ist meine heutige Aufgabe", erinnerte er mich, was mich realisieren ließ, dass ich alles über die heutige Krönung vergessen hatte, obwohl ich mir die Rituale dutzende Male durchgelesen hatte.

„Okay. T und Ä."

Er lachte. „Das ist fast so witzig, wie wenn du ‚Pimmel' sagst." Dann runzelte er die Stirn. „Tatsächlich habe ich das noch nicht aus deinem Mund gehört. Würdest du mir die Ehre erweisen?"

Kalt räusperte sich erneut und erinnerte uns daran, dass er neben uns stand. „Wir sollten gehen."

„Spielverderber", beschuldigte Norden ihn.

Kalt sah ihn bloß an, dann blickte er zu mir. „Ich werde dich zur *Spielzeugwerkstatt* bringen. Norden wird drinnen auf uns warten."

Norden seufzte hörbar. „Doppelter Spielverderber." Kopfschüttelnd drückte er mir einen Kuss auf die Wange. „Bis bald, meine Königin. Ich bin derjenige in Weiß, der am Ende des Flurs auf dich wartet."

Mir klappte die Kinnlade herunter, als mir der Rest der Zeremonie wieder einfiel. „Oh, bei den Feen …" *Ich werde es total verfrosten.*

LARK

„Du wirst Artica ganz bestimmt nicht zum Thron führen", sagte ich entschieden. „Das ist Kalts Aufgabe."

„Nein, ist es nicht", insistierte Cyrus. Der Wasserfeenkönig war genauso arrogant, wie ich ihn in Erinnerung hatte. „Artica hat ihr Gefährtenband zu ihm gebrochen. Ich habe es gespürt. Was bedeutet, dass er nicht die richtige Fee für diese Aufgabe ist. Als sein Cousin und Wasserkönig werde ich diesen Teil der Zeremonie übernehmen."

Eine Zeremonie, von der Cyrus nur wusste, weil ich dumm genug gewesen war, ihn darüber zu informieren, wie der heutige Tag vonstattengehen würde.

Ich hatte es für ein Zeichen der Freundschaft gehalten. Eine Möglichkeit, die Zusammenarbeit zwischen dem Reich der Winterfeen und dem Reich der Elementefeen zu festigen. Immerhin stand ich kurz davor, mich mit zwei Wasserfeen zu verbinden. Es war besser, den König zu sensibilisieren und zu involvieren.

Aber das war nicht der Plan gewesen.

„Kalt muss es tun", drängte ich. „Er ist Teil meiner Triade und es ist zudem der einzige Weg, um ihn in die Feierlichkeiten miteinzubeziehen. Andernfalls wird er gezwungen sein, tatenlos zuzusehen."

„Genau das sollte er", antwortete Cyrus.

Ich verschränkte meine Arme und musterte den Wasserfeenkönig. Er war ungefähr so groß wie ich, etwas schlanker, aber dennoch muskulös, und hatte kurzes weißblondes Haar und Augen, die mich an Kalts erinnerten. Sie sahen sich definitiv ähnlich. Ganz zu schweigen von ihrem geteilten Interesse an Politik und Strategie.

„Sag mir, warum", entgegnete ich, wollte wissen, was in seinem Kopf vorging.

Der Wasserfeenkönig lächelte. „Er muss sehen, was für ein Leben er aufgibt, wenn er seinen einsamen Pfad beschreiten möchte. Er glaubt, dass sein Herz nicht gebrochen werden kann, wenn er keine Gefährtenbänder knüpft. Aber ich kann seinen Schmerz über die Wasserquelle in diesem Moment spüren. Articas Abweisung hat ihn verunsichert."

„Also willst du, dass ich ihn noch mehr verletze, indem ich ihn aus der Zeremonie ausschließe?", fragte ich, fand seinen Gedankengang alles andere als positiv. So handelten die Winterfeen nicht. Wir glaubten an Liebe und daran, das Leben mit offenen Armen zu empfangen. Sein Vorschlag hörte sich wie eine Bestrafung an.

„Nein, ich will, dass du ihm seinen Wunsch nach Einsamkeit erfüllst, damit er endlich einsieht, dass das nicht ist, was er wirklich will", antwortete Cyrus. „Manchmal muss man die Triumphe von anderen bezeugen, um zu begreifen, um was es im Leben wirklich geht. Zeig ihm, was es heißt, zu leben. Sorge dafür, dass er sich danach sehnt, und inspiriere ihn, daran zu glauben, dass er es verdient, so etwas Wunderbares zu erleben."

„Indem ich ihn ins Abseits schiebe, vermittle ich ihm sozusagen das Gefühl, dass er es nicht verdient", bemerkte ich.

„Indem du ihm die *Möglichkeit* gibst, sich zurückzuhalten, zeigst du ihm, dass du seine Wünsche respektierst. Wie auch immer sie aussehen mögen."

Ich runzelte die Stirn. „Du hast mir gesagt, dass du sie den Korridor hinabführen wirst, was sich für mich nicht direkt danach anhört, als ob wir ihm eine Wahl lassen würden."

„Weil ich das werde", erwiderte er mit leicht genervtem Tonfall. „Ich weiß, wofür sich mein Cousin entscheiden wird, wenn man ihm die Wahl lässt. Was auch der Grund dafür ist, dass ich dir sage, dass ich sie begleiten werde. Aber du siehst den Sinn der Sache nicht. Indem du ihm eine Wahl gibst, zeigst du ihm, dass du seine Entscheidung respektierst. Dann wirst du ihm durch die heutige Zeremonie zeigen, was er sich entgehen lässt, damit er seinen Fehler einsieht."

„Und wenn er seinen Fehler nicht einsieht?", hakte ich nach. „Lasse ich ihn dann einfach gehen?"

Cyrus' Gesichtsausdruck wurde traurig und er nickte langsam. „Ja, wirst du."

„Das kann ich nicht tun."

„Doch, kannst du", konterte er. „Denn, wenn er selbst nach dem heutigen Ereignis nicht Teil deiner Triade sein will, … dann verdient er weder euch noch Artica."

Seine Worte ließen Eiswürfel an meinem Rücken hinabprasseln. Seine königliche Haltung und sein Tonfall spiegelten seine Position wider. Aber es waren seine weisen Worte, die den Strategen in mir ansprachen.

Denn er hatte recht.

Wenn Kalt uns nach heute abwies – nach allem, was er gefühlt und erlebt hatte –, dann verdiente er uns wirklich nicht.

Meine Königin verdiente mehr als das.

Norden verdiente mehr als das.

Und wenn Kalt nicht willens war, ihnen beiden zu geben, was sie verdienten …

Dann war er nicht für unsere Triade bestimmt.

Meine Seele schmerzte bei diesem Gedanken und die Winterfeenquelle surrte mit einem Strang Glaubenskraft, der sich so fest um mein Herz schlang, dass ich nach Luft rang.

Es ging hier nicht nur darum, Kalt auf die Probe zu stellen.

Es ging darum, daran zu glauben, dass er die richtige Wahl treffen würde. Dass er sich für *uns* entscheiden würde – Teil dieser Triade zu sein.

Aber ich konnte seine Entscheidung nicht erzwingen.

Ich musste ganz einfach daran glauben, dass er sich mit seinem Schicksal anfreunden und es akzeptieren würde.

„In Ordnung", sagte ich schließlich. „Gib ihm die Option."

Cyrus nickte. „Sei nicht überrascht, wenn er sich dafür entscheidet, dass ich sie begleiten soll. Und gib die Hoffnung nicht auf. Sehen ist glauben, richtig?" Er grinste über sein Wortspiel – eines, das die Sterblichen oft und gerne verwendeten.

„Du hast mehr über unsere Art in Erfahrung gebracht, als du zugibst", beschuldigte ich ihn.

„Natürlich habe ich das", erwiderte er lachend. „Das hier ist der Traum meiner Gefährtin. Die Vereinigung der Reiche. Ich habe jedes verdammte Buch gelesen, das ich über eure Spezies finden konnte."

„Und doch bist du zu mir gekommen und hast mich gebeten, dir die Zeremonie zu erklären."

Er zuckte mit den Schultern. „Ich habe nicht gesagt, dass ich nichts darüber weiß."

„Aber warum hast du gefragt?"

„Interreichsfeenbeziehungspflege", antwortete er und klopfte mir auf die Schulter. „Wie ich schon sagte … Ich tue alles, um meine Gefährtin glücklich zu machen."

„Und es hat rein gar nichts damit zu tun, dass du willst, dass dein Cousin glücklich ist?"

Er grinste. „Na ja, wenn Kalt glücklich ist, wird Claire das auch glücklich machen, also …"

„Ich verstehe." Ich erwiderte sein Grinsen. „Dein Leben dreht sich um Königin Claire."

„Und es ist ein fabelhaftes Leben", murmelte er und sein Blick wanderte zu seiner Königin, die am anderen Ende des Thronsaals mit ihren anderen Gefährten stand. „Kalt verdient es, Liebe zu erfahren, auch wenn er selbst nicht daran glaubt."

„Wir werden ihn glücklich machen", gelobte ich.

„Ich weiß. Andernfalls würde ich nicht helfen." Cyrus sah zu mir zurück. „Aber im Moment ist er verletzlich. Es kann wehtun, ein Gefährtenband zu brechen – selbst eines auf erster Ebene. Und er ist niedergeschlagener, als ihm bewusst ist."

Ich nickte. „Ich kann seinen Schmerz spüren. Und Articas auch." Es hatte ganz schön viel Beherrschung bedurft, nicht zu ihr zu gehen, aber Norden hatte mir versprochen, dass er sich um sie kümmern würde.

Und soweit ich in den sich bildenden Bändern meines Gefährtenzirkels spüren konnte, hatte er sie aufheitern können. Aber ihr Herz schmerzte dennoch. Eine Empfindung, die ich niemals in ihr spüren wollte, vor allem nicht heute. Nicht, wo sie heute doch die Winterfeenquelle zum ersten Mal erleben würde.

Aber ich wusste, dass sie damit umgehen könnte.

Sie hatte in der vergangenen Woche bewiesen, dass sie die perfekte Fee für unser Königreich war. Sie hatte hart gearbeitet und doch Zeit gefunden, um sich zu amüsieren. Sie hatte die Magie meiner Art mit offenen Armen empfangen. Sie hatte alle Esswaren probiert und nichts davon ausgelassen. Sie hatte gelacht und gelächelt und in den Sälen getanzt.

Und sie hatte sich letzte Nacht mit Norden verbunden.

Das hatte mir alles gesagt, was ich wissen musste.

Zeit war irrelevant.

Denn unsere Seelen wussten allesamt, wo sie hingehörten.

Hierhin. Zusammen. Heute.

Für diese Winterfeenkrönung.

ARTICA

Ich kniff meine Augen zusammen. „Du willst, dass ich mit *König Cyrus* in die Spielwarenabteilung laufe?" Ich traute meinen spitzen Ohren kaum. „Nach allem, was du hier orchestriert hast, ist *das* dein letzter Befehl?"

Ich war vom betrübten Stadium des Trauerprozesses auf das wütende übergegangen.

Denn *das* war unerhört.

„Na ja, dein Vater wäre eine gute Alternative gewesen, aber er hat auf Cyrus' Aufforderungen nicht reagiert."

Ich zog meine Augenbrauen hoch. „König Cyrus hat meine Eltern benachrichtigt?" Irgendwie machte es das bloß schlimmer. Die Akademie hatte ihnen vermutlich eine Information bezüglich meines Praktikums zukommen lassen, aber im Feenwahnsinn der letzten zehn Tage hatte ich mich kein einziges Mal bei ihnen gemeldet.

Sie weilten im Moment im Sommerurlaub.

Also waren sie sowieso nicht gut erreichbar.

„Er hat es versucht, aber angesichts der mangelnden

Kommunikationstechnologie in unserem Reich ist es schwierig, sie zu erreichen", erwiderte Kalt.

„Sie sind im Sommerurlaub", murmelte ich. „Vielleicht sind sie nicht einmal im Reich." Sie reisten oft in andere Feenreiche oder ins Reich der Sterblichen, wenn sie Urlaub hatten. Also war es schwierig abzuschätzen, wo sie waren. Sie hatten mich eingeladen, mit ihnen in Urlaub zu fahren, aber ich hatte stattdessen ein Interreichsfeenpraktikum absolvieren wollen.

Und jetzt seht nur, wo ich gelandet war. Mitten im Reich der Winterfeen, wo ich mich darauf vorbereitete, mit König Cyrus an meiner Seite in die Spielzeugwerkstatt und dann in den Thronsaal zu laufen.

Ich erschauderte. Trotz der aufregenden Nacht hätte ich gerne gewusst, wo meine Eltern waren, oder sie bei mir gehabt.

Er seufzte. „Artica, du weißt schon, dass es eine Ehre ist, vom Wasserfeenkönig begleitet zu werden, oder? Denk an die Feenbeziehungen und was das symbolisiert. Es zeigt, dass die Elementefeen dieser Vereinigung zustimmen."

Kalt schien kurz davor, zusammenzubrechen, aber das war mir egal. Ich hätte ihm am liebsten einen Schneeball in sein zu gutaussehendes Gesicht geklatscht.

„Eine Ehre", sagte ich ausdruckslos. „Großartig. Na, es war nett, für dich zu arbeiten, Kalt. Einen schönen Tag noch." Ich begann davonzulaufen, dann hielt ich inne und wirbelte herum. „Weißt du was? Du solltest einfach gehen. Du willst ja sowieso nicht hier sein." Ich stampfte auf die Spielwarenabteilung zu.

„*Artica*", fauchte er, was einen Schauer an meinem Rücken hinabjagte.

Denn ja, ich hätte vermutlich nicht so frech zu einem Mitglied der königlichen Familie sein sollen.

Ich schluckte leer und sah zu ihm zurück. „Tut mir

leid. Das hätte ich nicht sagen dürfen. Du hast hart gearbeitet, um uns alle an diesen Punkt zu bringen, und ich bin mir sicher, dass du die Früchte deiner Arbeit sehen möchtest." Ich machte einen Knicks und richtete mich dann auf. „Danke für alles, was du für unser Königreich geleistet hast, Prinz Kalt."

Na bitte. Das war weitaus professioneller und bittersüß.

Ich drehte mich erneut um, doch er packte mich am Handgelenk. „*Hör auf*", zischte er mir ins Ohr. „*Hör. Einfach. Auf.*"

Ein paar der Elfen draußen hielten inne und sahen uns an. Sie waren gerade dabei, die letzten Lichter entlang des Gehweges anzubringen, den ich bald als Teil der Zeremonie beschreiten würde.

„Ist alles in Ordnung?", fragte eine kühle Stimme zu meiner Linken.

Mein Herz setzte einen Schlag aus, als ich König Cyrus in einem ähnlichen Anzug wie Kalts auf uns zuschreiten sah. Es war ein marineblauer Anzug mit einem hellblauen Hemd darunter. Keine Krawatte. „Alles ist in bester Ordnung, mein König", log ich, versuchte einen Knicks zu machen, doch mein Handgelenk befand sich noch immer in Kalts Griff.

„Hm", summte König Cyrus und sein Blick wanderte zu meinem Arm hinab, dann zum Mann hinter mir. „Kalt? Hast du Zweifel?"

„Nein", erwiderte er und ließ mich augenblicklich los.

„Schade", meinte König Cyrus. „Na, du solltest dir besser ein Plätzchen drinnen suchen, damit du gute Sicht hast. Der Saal füllt sich zusehends." Er stellte sich neben mich. „Ich übernehme von hier an."

Ein Teil von mir war froh, dass er eingeschritten war, und ein Teil von mir fürchtete sich davor, mit der mächtigsten Fee meiner Art allein gelassen zu werden.

König Cyrus' einschüchternde Präsenz ließ meine Knie etwas weich werden. Aber wenigstens würde ich diese Zeremonie nicht allein durchstehen müssen.

„Natürlich", antwortete Kalt und verbeugte sich. „Du wirst großartig sein, Artica."

Ich schnaubte beinahe höhnisch. Denn, wow, wie *nett* von ihm, das zu sagen.

Aber er lief bereits davon. Es war ihm egal, was ich darauf zu sagen hatte.

Ich zog meinen Kopf ein und mein Herz wurde noch etwas schwerer. Denn er hatte mich einfach zurückgelassen, um von Cyrus eskortiert zu werden.

Es war eine Ehre, das konnte ich nicht bestreiten.

Und doch fühlte es sich wie eine noch größere Abfuhr an als seine ausbleibende Umarmung vorhin.

„Rücken wir dieses Diadem zurecht", sagte König Cyrus plötzlich, stellte sich vor mich hin, reckte mein Kinn, indem er seine Fingerknöchel darunterlegte. Lachfältchen machten sich um seine eisblauen Augen bemerkbar, als er mich ansah. „Na bitte, das ist doch schon viel besser."

Ich blinzelte ihn an, dann realisierte ich, dass er mich aufrichtete und mir sagte, dass ich meinen Kopf recken sollte. „Tut mir leid, ich ..." Ich war mir nicht sicher, wie ich den Satz beenden sollte. *Es tut mir leid. Ich bin in deinen Cousin verliebt und er mag mich nicht, also habe ich mich in eine schmollende Prinzessin verwandelt.*

Ich runzelte die Stirn.

So bin ich doch sonst nicht, dachte ich mir.

Dann sah ich die Elfen an, bemerkte ihre heitere Stimmung und das leichte Glimmen von Schnee in der Luft.

Das *ist, wer ich bin,* dachte ich. *Eine Wasserfee, mitten in*

einer Winterlandschaft. Das hier ist ein wahr gewordener Traum. Ich
sollte ihn mit offenen Armen empfangen, nicht schmollen.

König Cyrus lächelte, als könnte er meine Gedanken
lesen. „Ja, wirklich viel besser." Er ließ von meinem Kinn
ab, wich jedoch nicht zurück. „Prinz Lark ist im Thronsaal
und bereit, wartet auf seine Krone. Die du, wie ich gehört
habe, ihm persönlich überreichen wirst."

Ich schluckte trocken. „Ich, ähm, ja. Als
Kristallprinzessin der heutigen Zeremonie."

„Als seine intendierte Königin", erwiderte er. „Und ich
kann mir keine bessere Kandidatin vorstellen als dich,
Artica."

Ich sah ihn mit offenem Mund an. „Wirklich?" *Nicht*
einmal Kalt? Dein eigener Cousin? Eine Wasserfee, die du kennst?

„Meine kleine Königin hat mir viel über deine festliche
Gesinnung erzählt. Du hast ihr letztes Jahr dabei geholfen,
ihr Büro zu dekorieren – und das Haus der Kanzlerin."

Ein Lächeln zog auf meinen Lippen auf. „Das war
spaßig."

„Wenn du das sagst", antwortete er und seine
Mundwinkel zuckten. „Deine ansteckende Freude ist
genau das, was dieses Königreich braucht. Du wirst eine
gute Winterfeenkönigin abgeben."

„Ich würde auf ihn hören", sagte eine höhere Stimme.
„Er verbreitet keine falschen Wahrheiten."

„Nein, tue ich nicht", antwortete er und sein
Gesichtsausdruck wurde sanfter, als er sich zu Königin
Claire umdrehte.

Ich machte einen Knicks und meine Wangen
erwärmten sich in ihrer Anwesenheit. Ja, ich war etwas
über ein Jahr lang ihre Praktikantin gewesen, aber diese
beiden waren zwei der mächtigsten Elementefeen aller
Zeiten.

Sie hatten sogar die *Seuche* besiegt.

„Du siehst wunderschön aus", meinte Königin Claire.

„Danke, kleine Königin", antwortete König Cyrus und ließ seine Fingerknöchel an seiner Anzugjacke hinabgleiten. „Einer meiner Gefährten hat ihn für mich ausgesucht."

„Vox hat wirklich vorzüglichen Geschmack", sagte sie ausdruckslos. „Und ich habe mit Artica gesprochen."

König Cyrus presste eine Handfläche auf seine Brust. „Du brichst mir das Herz, Liebste."

Königin Claire rollte mit ihren Augen. „Bezweifle ich." Sie sah mich an und ihr Gesichtsausdruck erhellte sich. „Du erinnerst mich an eine Schneeflocke, nur viel, viel schöner."

Ich lächelte. „Danke, meine Königin." Ich musterte ihr königliches goldsilbriges Kleid. „Du siehst atemberaubend aus."

Ich musterte ihren Zopf und die Krone auf ihrem Kopf lächelnd. „Und du hast die perfekte Frisur."

„Oh, das hier?" Sie tat so, als würde sie ihre Krone richten. „Nur ein alter Trick, den ich von einer meiner Lieblingspraktikantinnen gelernt habe."

„Was?", wiederholte ich.

„Das weißt du doch", sagte sie zu mir. „Was auch der Grund ist, warum ich weiß, dass Cyrus dich mit der größten Sorgfalt zur Spielwarenabteilung und in den Thronsaal geleiten wird."

„Etwas anderes würde mir nie in den Sinn kommen", schwor König Cyrus und verbeugte sich vor seiner Gefährtin. Dann nahm er ihre Hand und führte sie an seine Lippen. „Du siehst wirklich fantastisch aus, kleine Königin." Ihre Wangen erröteten, als sie sein Kompliment vernahm.

„Ich werde dir trotzdem noch keinen zweiten Sohn schenken."

Er seufzte. „Ich weiß. Wir brauchen bessere Spiele."

„Fang nicht wieder damit an", fauchte Königin Claire umgehend.

König Cyrus lachte nur. „Sie haben dir gefallen, kleine Königin."

Sie räusperte sich, ihre Wangen jetzt knallrot. „Viel Spaß heute, Artica. Du hast es dir redlich verdient."

„Danke", sagte ich lächelnd, bevor sie schnell zurück zum König der Seelenfeen lief, der ein paar Schritte entfernt auf sie gewartet hatte. Er warf König Cyrus ein Grinsen zu, als er seinen Arm um Königin Claire schlang, um sie dahin zu geleiten, von wo aus auch immer sie die heutigen Feierlichkeiten bezeugen würden. Vermutlich würden sie sich einen Platz im Thronsaal suchen, da sich die wahre Magie dort abspielen würde.

„Sie sagt, dass sie noch kein zweites Baby haben will", informierte mich König Cyrus im Plauderton. „Aber wir wissen, dass sie von einem geträumt hat."

„Gebt ihr ihr Selkie-Bonbons?", fragte ich.

König Cyrus runzelte die Stirn. „Selkie-Bonbons?"

„Sie inspirieren einen dazu, von seinen Fantasien zu träumen", erklärte ich. „Norden hat sie mir, ähm, gegeben."

Der Wasserfeenkönig lachte. „Ich habe Norden nur flüchtig kennengelernt, aber ich wage zu behaupten, dass wir enge Freunde werden könnten."

„Er segnet die Süßigkeiten nicht selbst. Oder besser gesagt … Er ist nicht Teil des Herstellungsprozesses. Er bestellt sie bloß."

König Cyrus starrte mich an. „Was?"

„So werden Selkie-Bonbons hergestellt", sagte ich langsam, weil ich glaubte, dass das der Grund war, warum er Norden befreunden wollte. Aber jetzt verstand ich, dass er damit etwas ganz anderes gemeint hatte. Dass ihm

Nordens, ähm, *Verführungstechniken* gefielen. Ich räusperte mich. „Nicht so wichtig."

Sonnenschein? Nordens besorgte Stimme erfüllte meinen Kopf. *Ist da drüben alles in Ordnung?*

Es geht mir gut. Ich mache mich bloß vor dem Wasserkönig zum Affen.

Ah, ja. Prinz Lark hat erwähnt, dass er dich nach drinnen führen würde. Ich bin mir sicher, dass er dich herzallerliebst findet.

Wohl eher dich, erwiderte ich.

Jeder findet mich herzallerliebst, summte er mir zu. *Ich bin äußerst liebenswert.*

Ich lächelte. *Ja, bist du.*

„Artica?", fragte Cyrus und zog mich aus meinen Gedanken.

Denn er stand noch immer vor mir.

Und ich grinste wie eine Verrückte.

Wow. Ich hätte das hier wirklich kaum noch schlimmer machen können. „Tut mir leid, Norden ist in meinem Kopf", erklärte ich.

Dann lächelte er. „Ah, ein neues Gefährtenband." Er lehnte sich nach vorne. Sein eisiger Blick schien jetzt freundlicher als je zuvor. „Kann ich dir ein kleines Geheimnis anvertrauen?"

„Ähm, klar?" Ich räusperte mich. „Ich meine, ja, bitte."

„Deinen Gefährten in deinem Kopf zu hören, wird dich immer zum Lächeln bringen", verriet er mir mit leiser Stimme. „Claires Stimme wird immer das Erste und Letzte sein, nach dem ich mich in meinem Geiste sehnen werde. Und ich ahne, dass dir deine Gefährten bald schon dasselbe bedeuten werden."

Er bot mir seinen Arm an. „Ich glaube, es ist an der Zeit, loszulegen."

Ich sah zu den stillen Elfen, die erwartungsvolle Blicke auf ihren Gesichtern hatten.

Dann erklang eine Glocke, was ein breites Grinsen auf all ihren heiteren Gesichtern aufziehen ließ. Auch auf meinen Lippen zog ein Lächeln auf.

Das hier fühlte sich richtig an.

Größtenteils, jedenfalls.

Aber als ich König Cyrus ansah, realisierte ich, dass ich es nicht anders haben wollen würde.

Denn er *glaubte* wenigstens. Ich konnte es in seiner Aura spüren. Diese merkwürdige, kitzelnde Energie, von der ich nie gewusst hatte, dass sie existierte. Und doch umgab sie ihn jetzt, sprach meine Seele auf eine Art an, die ich nicht ganz verstand.

Aber ich vertraute ihr.

Und schlang meinen Arm um seinen.

„Ich bin so weit", verkündete ich. Die Worte kamen mir selbstbewusst über die Lippen, tief aus meinem Innern. Die Winterfeenquelle rief uns alle zu sich, versprühte elektrische Funken und Freude im ganzen Königreich.

„Oh", murmelte König Cyrus und ließ von mir ab. „Das hätte ich fast vergessen." Er zog eine Schachtel aus seiner Hosentasche und hielt sie mir hin. „Das hier ist für dich. Von Prinz Lark."

Es handelte sich um ein kleines rotes Päckchen, ähnlich wie jenes, das mir Kalt gegeben hatte, bevor er mich hierhingebracht hatte.

Ich öffnete es zögernd, fürchtete mich davor, was ich darin finden würde.

Eine Karte erwartete mich unter dem Packpapier.

Liebste Artica,
diese Halskette mag von Kalt sein, aber ein Teil der Magie, die

*die Schneeflocke birgt, ist von mir. Und es wäre mir eine Ehre, wenn
du sie weiterhin tragen würdest.*

Vergiss nicht, wir existieren, weil wir glauben.

Alles passiert aus einem Grund …

Ewig dein

Lark

Ich starrte die Halskette mit Schneeflockenanhänger an.
Dieselbe, die ich in meinem Zimmer zurückgelassen hatte.
Norden musste sie eingesteckt haben, als er meine Schuhe
geholt hatte.

Hinterhältiger Selkie, dachte ich in seine Richtung.

Wer? Ich?, summte er zu mir zurück. *Sinnlich definitiv.
Hinterhältig nur, wenn es mir nützt.*

Die Halskette mit der Schneeflocke?, fragte ich.

Nützt mir. Da bin ich mir sicher, erwiderte er.

Ich seufzte und schüttelte meinen Kopf. *Ich will sie nicht
tragen. Mir gefällt nicht, wofür sie steht.*

*Der Anhänger glitzert, wenn du in der Nähe deiner intendierten
Gefährten bist, Sonnenschein. Und er glitzert wie verrückt, wenn du in
Kalts Nähe bist. Etwas, das er ein letztes Mal sehen muss.*

*Der Anhänger glitzert, wenn ich in der Nähe meiner intendierten
Gefährten bin?,* fragte ich, war erschrocken über die
Information.

*Kalt hat ihn verzaubert, um sicherzustellen, dass du nicht in
etwas hereingezogen würdest, das nicht richtig war,* antwortete Norden.
*Er glaubt, dass wir es nicht wissen, aber Lark hat der Halskette seine
eigene Magie beigefügt.*

Was hat er ergänzt?

Das wirst du ihn selbst fragen müssen, murmelte Norden.
Aber bitte trage sie. Wir müssen Kalt daran erinnern, wo er hingehört.

Ich seufzte. *Aber er will uns nicht.*

Doch, tut er. Er muss nur glauben, flüsterte mir Norden zu.

Ich dachte einen Augenblick darüber nach und musterte all die lächelnden Elfen und Lebkuchenwachen.

All diese Wesen existierten wegen des Glaubens, der in diesem Reich herrschte.

Prinz Lark glaubte noch immer an Kalt.

Und Norden auch.

Was für eine Königin wäre ich gewesen, wenn ich nicht auch an ihn geglaubt hätte? *Die Art von Königin, die unser Gefährtenband gebrochen hat,* dachte ich und verzog das Gesicht.

Aber nur, weil ich es gebrochen hatte, bedeutete das nicht, dass wir das nicht *wieder hinbiegen* konnten.

Aber dafür musste Kalt glauben.

Also würde ich ihm einen kleinen Anstoß geben, weil Lark und Norden mich darum gebeten hatten.

Ich würde ihm zeigen, dass ich noch immer einen Funken Hoffnung hatte.

Aber es lag an ihm, es anzunehmen und den nächsten Schritt zu machen.

„Na bitte", sagte König Cyrus, grinste, als ich die Halskette wieder anlegte. Er nahm mir die Schachtel ab und verstaute sie in seiner Hosentasche, dann streckte er seinen Arm aus. „*Jetzt* können wir anfangen."

KALT

Das magische Summen in der Luft ließ mir die Härchen an meinen Armen zu Berge stehen. Ich konnte die Festtagslaune beinahe auf meiner Zunge spüren – der frische Duft von Zimt und Gewürzen eine greifbare Essenz in der Atmosphäre.

Fast so, als hätte jemand eine Schachtel Räucherstäbchen angezündet.

Norden stand an der Tür zur Spielzeugwerkstatt. Er stand aufrecht da und schaffte es irgendwie, einen ernsten Gesichtsausdruck zu wahren – etwas, das ich noch nie an ihm gesehen hatte –, während alle anderen im Raum erwartungsvoll grinsten.

Ihre zukünftige Königin war auf dem Weg zu ihnen.

Am Arm des Wasserfeenkönigs.

Mir drehte sich der Magen um, meine Seele schrie mir zu, dass ich den feigen Ausweg gewählt hatte. Aber als Lark mir die Möglichkeit angeboten hatte, hatte ich ihm sofort gesagt, dass Cyrus die angemessenere Wasserfee für den Job war.

Von einem Standpunkt der Interreichsfeenbeziehungen gesehen, ergab es Sinn, dass er diese Aufgabe übernahm.

Denn ich war nicht Larks Gefährte.

Jedenfalls nicht wirklich.

Während die Anziehung definitiv da war, war ich alles andere als ein gutes Triadenmitglied gewesen. Ich verdiente die Ehre nicht, neben Artica zu stehen und sie den Korridor hinabzuführen, um die Elfen zu begrüßen.

Denn ich habe sie abgewiesen. Ich habe sie alle abgewiesen. Und wofür?

Ich konnte nur mir selbst die Schuld an allem geben. Es war einfach gewesen, mein Schicksal zu akzeptieren, weil ich das Gefühl gehabt hatte, dass es für eine gute Sache war.

Aber Articas Ausdruck vorhin — wie ein Teil ihrer Freude buchstäblich erstorben war, als sie unsere Verbindung gekappt hatte — hatte mir eine ganz neue Welt des Schmerzes eröffnet.

Eine Welt des Schmerzes, die *ich* ins Leben gerufen hatte.

Nicht nur für mich — etwas, womit ich hätte leben können —, sondern auch für sie.

Als sie mich immer wieder *Prinz Kalt* genannt und so getan hatte, als ob wir nichts weiter als Arbeitskollegen wären, hatte ich beinahe meine Fassung verloren. Denn sie wusste verdammt noch mal ganz genau, dass ich ihr mehr bedeutete als das.

Moment mal …

Sie wusste es eben *nicht*. Weil ich ihr davongelaufen war, anstatt unser Band anzunehmen.

Ein Band, dass sie durchtrennt hatte.

Weil sie nicht mehr an mich glaubte.

Eine sich selbst bewahrheitende Vorhersage, dachte ich benommen. Ich glaubte auch nicht an mich. Das war ja das Problem. Ich hatte das Gefühl, dass mein Glaube gut genug für *sie* war.

Und ich hatte genau das durch meine Taten bewiesen. Indem ich sie an den Punkt gebracht hatte, an dem sie mich abgewiesen hatte.

Doch damit hatte sie nicht nur mich abgestoßen, sondern auch einen Teil ihres eigenen Herzens. *Das* war, was ich nicht hatte kommen sehen. Was ich nicht miteinbezogen hatte. Wie meine Verleugnung diejenigen beeinflussen würde, die zu lieben mir bestimmt war.

Ich hatte geglaubt, uns Herzschmerz ersparen zu können, wenn ich sie abweisen würde. Aber das war überhaupt nicht der Fall. Ich hatte diesen Herzschmerz nur schlimmer gemacht und sichergestellt, dass er Realität würde.

Die Worte meines Cousins kamen mir in den Sinn. Dass Liebe der Sinn des Lebens war. Dass sein Gefährtenzirkel ihm einen Grund zum Leben gab.

Wer bin ich, ohne diesen Lebenssinn?, fragte ich mich. *Ein Abgeordneter, der darauf hofft, die Reiche zusammenzuführen? Aber wofür? Was treibt mich dazu an, diesem Schicksal zu folgen?*

Nicht Liebe.

Nicht meine Triade.

Nein, ich hatte bloß versucht, vor meinen Gefährten davonzurennen und einen Vorwand zu erfinden, um mich vor ihnen zu verstecken. Und das alles nur, um sicherzustellen, dass ich niemals den Schmerz erleiden würde, den ich heute Morgen verspürt hatte, als Artica unser Band aufgelöst hatte.

Was bedeutete, dass ich uns alle umsonst gefoltert hatte.

Und jetzt würden sie mir vielleicht nie vergeben.

Ich erschauderte, als Eis an meinem Rücken hinablief. Es schien von einer außenstehenden Quelle zu stammen. Vielleicht von Cyrus. Ich kniff meine Augen zusammen, nahm Kontrolle über das Element und schmolz es.

Doch darauf folgte ein weiterer Eiswürfel, der sich in meiner Hand bildete.

Ich sah ihn stirnrunzelnd an. *Was willst du damit andeuten?*, dachte ich zu meinem Cousin und verwandelte das Element rasch in Dampf.

„Hey!", schrie ein Elf von der anderen Seite des Saales und erschreckte mich damit. „Wer hat den Schneeball geworfen?"

Ich blinzelte. *Was zum Eisreich?*

Der Elf hatte Schnee an seiner Wange und seine schwarzen Augen suchten nach dem Übeltäter.

„Sei still", sagte Norden zu ihm. „Die Krönungszeremonie hat begonnen." Das wurde von den Elfen vor den Türen bestätigt, die die Hymne anstimmten. Das bedeutete, dass Artica ihren Gang zur Werkstatt begonnen hatte und bald hier sein würde.

Ein weiterer Elf kreischte, was mich verwirrt zu ihm blicken ließ. Er hatte auch etwas Schnee am Kinn.

Und ein weiterer Eiswürfel formte sich in meiner Hand.

Ich schmolz ihn, dann suchte ich nach der Quelle des Wassers, das die Krönung durcheinanderbrachte. Cyrus mochte mich gerne necken, aber er würde nicht riskieren, dass ein Interreichsfeenevent zu einem Desaster würde, indem er eine Schneeballschlacht in der Spielzeugabteilung der Winterfeen anzettelte.

Noch mehr Elfen zuckten zusammen, als Schnee sie traf. Es kam von draußen.

Von Artica.

Ich runzelte die Stirn. *Warum …?*

Es klopfte an der Tür. Norden sah mir in die Augen,

bevor er sich räusperte. Er schien über die Unterbrechung im Saal besorgt, aber als alle still wurden, nickte er.

„Hier ist Artica aus dem Wasserkönigreich der Elementefeen, Prinz Larks intendierte Königin." Er verbeugte sich, hatte seine Rede ganz nach Brauch kurz und knapp gehalten und öffnete die Tür, um ihr Einlass zu gebieten.

Sie trat über die Schwelle, sah in diesem atemberaubenden Kleid wie eine Göttin aus.

Mein Blick fiel umgehend auf ihren Hals und die wunderschöne kristallene Schneeflocke, die an der Kette über ihren Brüsten baumelte.

Mein Herz setzte einen Schlag aus.

Sie trägt meine Halskette.

Sie hatte sie vor meinen Augen abgenommen, versucht, sie mir zurückzugeben, und doch trug sie sie jetzt, in diesem unheimlich wichtigen Moment.

Denn sie hat die Hoffnung noch nicht aufgegeben.

Mir klappte die Kinnlade herunter, mein Herz pochte wie wild. Ich sollte neben ihr stehen, sie eskortieren, ihr durch diese Zeremonie helfen und sicherstellen, dass sie sich sicher fühlte.

Und doch hatte ich sie in den Händen eines anderen gelassen.

In den Händen des Wasserfeenkönigs, der sich zu Norden beugte, um ihm etwas ins Ohr zu flüstern.

Etwas, das *ich* ihm zuflüstern sollte.

Es war alles Teil der Tradition, ein geheimer Austausch von Worten, die niemand hören konnte, außer die beiden Männer, die sich neben der Tür unterhielten.

Die beiden Männer, die das zweite und dritte Mitglied der Triade des zukünftigen Königs sein sollten.

Aber Cyrus war nicht die richtige Fee. Er hatte bereits einen Gefährtenzirkel.

Und er stand jetzt nur dort, weil ich es zugelassen hatte. Weil ich mich so *entschieden* hatte.

Verschneeflockt. Ich habe das ganz schön verflufft, dachte ich, wütend auf mich selbst.

Nur um von einem weiteren Eiswürfel in meiner Hand abgelenkt zu werden. *Was bei den Feen machst du da, Artica?* Ich schmolz den Kristall erneut und zwei Elfen kreischten irgendwo im Saal.

Artica und Cyrus erstarrten, genauso wie Norden.

Dann flog ein riesiger Schneeball durch die Luft und klatschte neben Artica gegen die Wand. Sie riss ihre Augen auf.

Das ist nicht gut. Das ist überhaupt nicht gut.

„Was zum Teufel ist mit dir los?", wollte Norden wissen und etwas seiner königlichen Dominanz kam an die Oberfläche. Er zeigte sie selten, wählte sonst immer den Pfad der freundlichen Selkies und nicht jenen des privilegierten Prinzen.

Doch der Umstand, dass ein Schneeball so nahe neben dem Kopf seiner Gefährtin gelandet war, hatte ganz offensichtlich letztere Seite getriggert.

Denn als Larks Gefährte war er technisch gesehen ein Winterfeenprinz.

Was es ihm erlaubte, Strafen zu erteilen, wenn nötig.

Der Saal wurde wieder still und der Selkie kniff seine Augen zusammen. Dann sah er eine ziemlich erschrockene Artica an. „Geht es dir gut, Sonnenschein?"

Cyrus sah mich in der Menge an und sein wissender Blick sagte mir, dass er die Quelle des Wassers ebenfalls ausgemacht hatte und nicht ganz verstand.

Artica nickte. „Es geht mir gut." Sie hörte sich selbstbewusst an, aber ich ahnte, dass es ihr tief drinnen überhaupt *nicht* gut ging. Sie setzte ein erfreutes Lächeln auf, versteckte alle Nervosität, die sich wohl in ihr tummelte.

„Ein bisschen Schnee jagt mir keine Angst ein."

Einige der Elfen kicherten.

Norden grinste ebenfalls. „Na, das ist gut, wenn man bedenkt, dass wir von Unmengen davon umgeben sind." Er legte seinen Kopf schief und ein Stück seiner weichherzigen Energie fand zurück in seine Züge. „Also, wo waren wir?"

„Du wolltest gerade meine Begleitung vorstellen", sagte sie zu ihm, spielte hervorragend mit.

„Ah, genau. Cyrus, der Wasserfeenkönig aus dem Reich der Elementefeen", sagte Norden laut genug, damit der ganze Saal es hörte. „Es ist uns eine Ehre, dich und deine Königin heute bei uns zu haben."

„Es ist uns eine Ehre, hier sein zu dürfen", erwiderte Cyrus. „Es kommt nicht jeden Tag vor, dass eine Wasserfee sich dem Hof der Winterfeen anschließt."

Norden sah kurz in meine Augen, bevor er sagte: „Nein, es kommt wirklich nicht jeden Tag vor."

Ich knirschte mit den Zähnen. *Ja, ja, habe schon verstanden, Selkie.*

Auf meinen Fingerknöcheln machte sich noch mehr Eis bemerkbar, warnte mich, dass ein weiterer Schneeball folgen könnte. Doch bevor das passieren konnte, durchfuhr ein Energiestoß von Cyrus mein Wesen, was anriet, dass er ihn gesehen hatte, bevor er sich hatte bilden können.

Er sah mir in die Augen. *Was zum Teufel ist hier los?*, schien er zu fragen.

Wissen die Feen, sagte ich ihm mit meinem darauffolgenden Blick.

Die Formalitäten wurden fortgesetzt. Norden stellte Artica ein paar Fragen im Zusammenhang mit Festtagslaune. So zum Beispiel erkundigte er sich nach ihrer Lieblingssüßigkeit, ihrer Lieblingsfarbe von Geschenkpapier, was für ein Spielzeug sie für einen Baby-Selkie wählen würde und zuletzt, wie sie die Festtagslaune in diesem Reich aufrechtzuerhalten gedachte.

„Indem ich glaube", erwiderte sie. Die perfekte Antwort. Ihre Worte durchbohrten mein Herz und ließen die Menge seufzen.

„Na", murmelte Norden und sah sich um. „Ich glaube, sie ist die perfekte Kristallprinzessin für Prinz Larks Triade." Er sah mir kurz in die Augen, die Worte *und dich* hingen unausgesprochen zwischen uns in der Luft. „Natürlich bin ich voreingenommen, weil ich einer ihrer Gefährten bin." Er richtete seinen Blick wieder auf die Elfen. „Ihr seid es, die zustimmen müsst. Ist Prinzessin Artica würdig, die Krone des zukünftigen Königs zu tragen?"

Eine weitere Schicht Eis zog auf meiner Haut auf, was mich aufschrecken ließ.

Cyrus' Kraft folgte umgehend, schmolz einen Schneeball, der quer durch den Raum flog.

Mir klappte die Kinnlade herunter, als drei weitere folgten. Sie alle schmolzen im nächsten Augenblick mit Hilfe seiner Kraft.

Aber etwas war gehörig faul.

Und Artica schien nicht zu merken, dass es ihre elementare Affinität war, die all diese wahllosen Schneebälle hochbeschwor.

Ein Chor aus zustimmenden Worten hallte durch den Raum. Die Elfen stimmten alle synchron zu, dass Artica würdig war, die Krone zu tragen. Nicht, dass ich sie anzweifelte, aber wenn sie nicht aufhören würde, sie mit Schneebällen anzugreifen, würden wir ein ernstes Problem haben.

Sie hatte einen freudigen Blick in ihren Augen, als sie

die Elfen musterte, und ein Lächeln zog an ihren Lippen. „Ich fühle mich geehrt, dass ihr mich für würdig befunden habt", sagte sie zu ihnen allen, ihre Worte einer Königin würdig.

Sie machte einen Knicks, zeigte den Elfen, dass sie sie genauso respektierte wie die Royals – eine Tradition in diesem Königreich, das randvoll mit gegenseitiger Zuneigung war –, und erhob sich dann, um die letzten Schritte auf den Spielzeugmacher zuzumachen, der die Krone hergestellt hatte.

Cyrus begleitete sie für diesen Teil nicht, hatte seine Pflicht erfüllt.

Was gut war, denn mehr Schneebälle sausten hinter ihr durch die Luft. Er schmolz sie alle und etwas Schweiß machte sich in seiner Braue bemerkbar. Es bedurfte ganz schön viel Energie, das Wasser zu kontrollieren, bevor es sich zusammenfügte. Und obwohl er der Wasserquelle am nächsten war, würde er irgendwann erschöpfen.

Der Elf händigte Artica eine Schachtel mit der Krone darin aus und erklärte, dass sie bereits mit dem Glauben von allen im Saal gesegnet worden war. Sie dankte ihm mit einem weiteren Knicks und nahm ihm dann die verpackte Schachtel ab. „Ich werde zusehen, dass alle im Thronsaal sie ebenfalls segnen werden", versprach sie. Von diesem Moment an spielte sie eine noch wichtigere Rolle in der Krönung.

Denn diese Krone barg die Kräfte, die nötig waren, um den Thron zu besteigen.

Und wenn jemand auch nur einen Hauch Unglaube in diese Krone fließen ließ, würde die Krönung eine schreckliche Wendung nehmen.

Was auch der Grund war, warum ich sie noch nicht berührt hatte.

Denn ich war mir meiner Gefühle nicht sicher.

Ich glaubte an Prinz Lark. Ich glaubte an seinen Weg. Aber ich hatte nicht an seine gewählte Triade geglaubt. Ich hatte nicht an mich selbst geglaubt.

Aber als ich Artica jetzt zusah – Norden sie in seine Arme schließen sah, als sie zur Tür gelangte –, realisierte ich, wie falsch ich gelegen hatte.

Denn ich sollte bei ihnen sein.

Nicht Cyrus.

Er sah ein letztes Mal mit wissendem Blick zu mir, bevor er den Raum mit Norden und Artica an seiner Seite verließ. Er würde sie jetzt zum Thronsaal begleiten.

Die Türen schlossen sich mit einer Endgültigkeit und mein Herz verließ den Raum mit Artica und Norden.

Ich begann auf sie zuzugehen, wollte ihnen folgen. Doch ich wurde mit einem Schneeball in der Größe meiner Faust am Kopf getroffen.

Mehrere andere Elfen schrien erschrocken, als Schnee in großen fluffigen Bällen von der Decke zu fallen begann.

Cyrus hatte seine Kontrolle augenscheinlich gelöst, vermutlich, um seinen Fokus auf Articas Reise zum Thronsaal zu lenken.

Somit war ich der Einzige hier drinnen, der über die nötige Affinität verfügte, um dieses Chaos zu beseitigen.

Aber die Kraft war zu mächtig.

Und das Wasser fühlte sich falsch an.

Es *glitzerte*.

Ich blickte zu Boden und runzelte meine Stirn, als ich feststellte, dass der Schnee allerhand Farben barg.

Es war eine Mischung aus Eis und Konfetti.

Zwei Quellen, die sich zu einer vermischt hatten.

Mein Blick richtete sich auf die Tür. *Oh, bei den Feen …* *Artica steckt in ganz schön großen Schwierigkeiten.*

Ich begann ihr nachzurennen, nur um von einer weiteren faustgroßen Schneekugel getroffen zu werden.

„Schneeballschlacht!", rief einer der Elfen, ganz offensichtlich erfreut über die Idee, im frischen Schnee zu spielen.

Mehrere andere schlossen sich an und die kleinen Elfen verloren sich in der festlichen Stimmung, die sich in der Spielzeugwerkstatt ausbreitete.

Zu viel Festtagslaune, realisierte ich.

Sie waren völlig trunken davon.

Ich überließ sie ihrer Heiterkeit, flüchtete in den Flur hinaus und ging Artica nach. Aber zwei Lebkuchenmänner stellten sich mir in den Weg. „Keine Unterbrechungen", sagten sie gleichzeitig – ein schauriges Duett, das ich nie wieder hören wollte.

Ich knirschte mit den Zähnen. „Ich bin der Abgeordnete der Elementefeen. Ich werde im Thronsaal gebraucht."

„Prinz Lark hat gesagt, dass du nicht unterbrechen darfst", wiederholten die drei wieder im Gleichklang.

Ich zog meine Augenbrauen hoch. „Na, als Mitglied seiner Triade sehe ich das anders", fauchte ich. „Und jetzt *aus dem Weg.*"

Sie sahen einander mit diesen Glotzaugen aus Süßigkeiten an.

Ja, fluff drauf, dachte ich und sprühte mich in den Hof vor dem Hauptpalast.

Dann blinzelte ich.

Das war das erste Mal seit einer Woche, dass ich mich mittels meines Sprühregens hatte fortbewegen können.

Ich erstarrte angesichts meiner Verwirrung und Aufregung beinahe.

War es, weil ich begonnen hatte, meine Bestimmung anzunehmen? Oder weil ich es bereits vollumfänglich getan hatte?

Ach, das spielte im Moment keine Rolle. Ich musste zu

Artica oder Norden gelangen, um ihnen zu sagen, was sich in der Spielzeugwerkstatt zutrug.

Aber es standen zu viele Elfen im Weg und ihre wunderschönen Stimmen hallten durch die Luft, während sanfte Schneeflocken fielen.

Die Zeremonie zu unterbrechen, würde Chaos stiften.

Der Thronsaal, beschloss ich. Artica würde dieses Geschenk zu jeder Person in diesem Raum bringen müssen.

Ich würde sie dort abfangen und sie warnen.

Denn etwas sagte mir, dass die Schneeballschlacht in der Spielzeugwerkstatt erst der Anfang war.

ARTICA

I ch fühlte mich lebendig und leicht, als hätte ich etwas zu viel Elfenmet getrunken.

Ein Kichern machte sich in meinem Rachen bemerkbar und meine Freude darüber, so viel Heiterkeit in meinen Händen zu halten, war ansteckend.

Norden blieb an meiner Seite, während ich weiterlief, und sagte mir, dass, obwohl das nicht direkt Tradition war, Prinz Lark es nichts ausmachen würde.

Und die Elfen schienen es zu lieben.

Oder vielleicht war es König Cyrus, der sie faszinierte.

Denn er war auch mitgekommen.

Oh, es war ein wunderbares Symbol für die Interreichsfeenbeziehungen. Königin Claire würde so stolz sein.

„Wie geht es dir?", fragte mich König Cyrus, als wir uns dem Palast näherten.

„Hm?", summte ich, sah ihn an. „Oh, ich fühle mich so lebendig!" Ich hätte am liebsten getanzt, mich im Kreis gedreht und geseufzt, und das alles gleichzeitig.

König Cyrus' Blick wanderte von mir zu Norden. „Ist das normal?"

„Für Artica? Oder dieses Reich?", wollte Norden wissen.

„Beides", erwiderte er.

Norden zuckte mit den Schultern. „Sie ist eine äußerst heitere Fee. Darum soll sie ja auch unsere Königin werden."

„Verstehe." König Cyrus hörte sich nicht so sicher an, aber ich machte mir keine Gedanken darüber. Er war immer schon ziemlich ernst und grüblerisch gewesen, darum war er ja auch so einschüchternd. Aber unheimlich heiß. Etwas, worüber alle Wasserfeen sprachen. Und darüber, was für ein Glück Königin Claire hatte.

Ich hatte das Gefühl, dass ich selbst auch großes Glück hatte.

Denn ich hatte einen sexy Selkie.

Und einen Winterfeenprinzen.

Sie würden mir alle Selkie-Bonbons, gesalzene Karamellkekse und heiße Schokolade geben, die mein Herz begehren würde.

So feetastisch und perfekt, seufzte ich.

„Artica", murmelte Cyrus. „Vielleicht sollten wir eine Pause einlegen, bevor wir den Thronsaal betreten?"

„Eine Pause?", wiederholte ich lachend. „Oh, nein. Ich brauche keine Pause. Das hier ist fantastischhh." Ja, ich hörte mich etwas betrunken an, aber wer würde das nicht? Ich hatte mich nie zuvor lebendiger gefühlt!

Norden warf mir ein charmantes Lächeln zu, das bis zu seinem Schlafzimmerblick reichte, und führte mich durch das Haupttor des Palastes.

Drinnen erwarteten uns noch mehr Elfen. Ihr Gesang hallte von den Wänden wider und erfüllte mich mit so viel

Freude, dass ich mich völlig high von all der Heiterkeit fühlte.

Der Geruch von Zimt lag in der Luft, den ich gierig einatmete.

So schön.

So aufregend.

So harmonisch.

Ein Teil von mir wollte auf die Türen zu hüpfen, aber ich beherrschte mich. Das Geschenk in meiner Hand war wertvoll und musste mit Vorsicht behandelt werden.

Zwei Lebkuchenwächter erwarteten uns vor den Türen. Sie schlugen mit ihren Stäben dreimal synchron auf den Boden, bevor sie verkündeten: „Artica, die zukünftige Königin des Winterfeenreichs, ist eingetroffen!"

Drinnen war aufgeregtes Gejohle zu hören, was mir ein Lächeln auf die Lippen zauberte.

Dieses Königinnen-Ding war wirklich ziemlich spaßig.

Warum war ich vorhin so nervös gewesen?

Ich musste beinahe über meine Albernheit lachen. *Offensichtlich* war ich wie dafür gemacht.

Norden warf mir einen Luftkuss zu, bevor er König Cyrus am Arm packte und ihn wegzog. Der Wasserfeenkönig schien unsicher und er gab einen Einwand von sich, den ich nicht ganz vernahm.

Dann öffneten sich die Türen und ich trat ein.

Wie schon letztes Mal wanderte mein Blick augenblicklich zur heißen Fee auf dem Thron.

Und, auch wie letztes Mal, hielt ich inne, um seine Schönheit zu bewundern.

Denn ... seufz ... Prinz Lark war wirklich traumhaft, auf jede nur erdenkliche Art und Weise.

Er lächelte und Lachfältchen bildeten sich um seine Augen, als er mich nach vorne bat, während alle anderen zusahen. Die Tradition schrieb vor, dass ich ihm das

Geschenk noch nicht überreichen durfte, aber ich durfte ihn begrüßen.

Also tat ich das, indem ich zum Thron marschierte und mit dem Geschenk in meiner Hand einen Knicks machte.

Das war der Teil der Zeremonie, der mir Sorgen bereitet hatte.

Doch meine Beine bewegten sich geschickt und elegant wie auf dem Eis, sodass ich mich anmutig präsentieren konnte, bevor ich mich wieder erhob.

Juhuuu, ich bin nicht auf meinen Po gefallen!

Norden lachte in meinem Kopf. *Sehr gut gemacht, Sonnenschein. Obwohl ich nichts dagegen gehabt hätte, dein Ritter ohne Furcht und Tadel zu sein.*

Ich lächelte. *Vielleicht werde ich später für dich umfallen.*

Oh, bitte tu das, murmelte er zurück. *Bevorzugt auf deine Knie.*

Meine Wangen erröteten. Hör auf. *Ich muss mich konzentrieren.*

Darf ich dir in diesem Fall empfehlen, in Larks Gesicht zu sehen anstatt auf sein, ähm, Weihnachtsgeschenk?

Und er meinte damit nicht das Geschenk, das ich in meinen Händen hielt.

Ich räusperte mich und mein Blick schweifte nach oben, sodass ich die Belustigung in Prinz Larks minzgrünen Augen erkennen konnte.

Heilige Fee, was ist bloß in mich gefahren?, fragte ich mich. Ich fühlte mich wirklich betrunken. Vielleicht von der Magie?

„Hallo, meine Zukünftige", grüßte mich Prinz Lark. „Ist dieses Geschenk für mich?"

„Das ist es, mein Prinz", erwiderte ich, konnte mich wie durch ein Wunder an das Skript erinnern. „Aber du darfst es noch nicht aufmachen."

Er zog eine Schnute. „Warum nicht?"

„Es wurde noch nicht mit genügend Glauben gesegnet." *Woher nehme ich diese Worte? Oh, richtig … Ich habe taaaaagelang Bücher über all das hier gelesen.* „Aber mach dir keine Sorgen. In diesem Raum sind lauter Glaubende, die dieses Geschenk gerne segnen werden. Oder etwa nicht?" Ich sah die Menge auf Stichwort an und lächelte, als sie alle voller Weihnachtslaune jubelten. Sogar die auswärtigen Feen, die aus weit entfernten Reichen angereist waren, lächelten und taten es den anderen gleich.

Die Feiertagslaune war wahrhaftig ansteckend.

„Darf ich unsere Gäste begrüßen, Eure Majestät?", fragte ich. Meine Lippen schienen sich ohne meine Erlaubnis zu bewegen. Was vermutlich gut so war, denn in meinem Oberstübchen schien sich derzeit nicht viel zu tun.

„Ja, ja natürlich", erwiderte er. „Aber nur im Austausch für einen Kuss."

Ohhh, wie unartig, Prinz Lark. Das stand nicht im Skript!

Es ist besser, wenn du ihm gibst, was er will, Sonnenschein, murmelte Norden.

Ich lächelte. *Das musst du mir nicht zweimal sagen.* Denn Prinz Lark sah feereißend aus in diesem weißen Smoking, genau wie Norden. Prinz Larks Haar, das auf seinen Schultern lag, ähnelte silbrigem Schnee und bezirzte meine Wasserfeenseele.

Ich stellte das Geschenk vorsichtig ab, wollte nicht riskieren, dass es ihn zu früh berührte, und spürte umgehend ein energetisches Summen an meinen Armen hinabsausen, als ich mich aufrichtete.

Das ist ja merkwürdig, dachte ich.

Doch im nächsten Moment forderte Prinz Lark mich mit seinem Blick auf, mich ihm zu nähern, und ich würde ihn nicht enttäuschen.

Ich lief zum Thron, beugte mich nach vorne, um ihn zu küssen.

Aber das war nicht, was er im Sinne gehabt hatte.

Er griff nach meinen Hüften, zog mich auf seinen Schoß und küsste mich leidenschaftlich.

Die Winterfeen im Saal drehten völlig durch, jubelten laut, während er seine Zuneigung zu mir bekundete. Ich hörte sogar ein paar Pfeifgeräusche, die ich den auswärtigen Feen zuordnete.

Das hier war vermutlich eine unvergessliche Show für sie.

Ich kicherte und schüttelte meinen Kopf. „Du bist unmöglich", flüsterte ich, meine Worte nur für ihn gedacht.

„Norden ist unmöglich", korrigierte er mich. „Ich bin bloß fordernd."

„Hm", summte ich zustimmend. „Darf ich jetzt dein Geschenk von den anderen segnen lassen?"

„Du weißt schon, dass diesem Satz eine Doppeldeutigkeit innewohnt, oder?" Seine Augen glitzerten. Sein freudiges Strahlen ließ meine Seele frohlocken.

„*Dieses* Geschenk werde ich später segnen", flüsterte ich ihm ins Ohr. „Vorausgesetzt, du verdienst es."

Sein *Geschenk* begann unter mir steif zu werden. „Geh, bevor ich die ganze Sache abblase und dein Angebot direkt annehme."

Ich lachte und befreite mich aus seinem Griff, stellte sicher, dass meine Kurven ihn an den richtigen Stellen berührten.

Ich meine, er hatte mich schließlich dorthin gesetzt. Warum sollte ich ihn nicht ein kleines bisschen foltern?

Du kleines Luder, sagte Norden mit anschuldigendem Tonfall. *Ich glaube, ich habe mich gerade in dich verliebt.*

Du hast mich nicht schon vorher geliebt?, antwortete ich

neckisch, war mir bewusst, dass wir uns erst vor Kurzem begegnet waren.

Oh, ich war auf bestem Wege dahin, Sonnenschein. Aber das eben hat mein Schicksal besiegelt. Du darfst mein Herz mitnehmen, wohin auch immer du gehst.

Ich lächelte ihn an und beugte mich vor, um das Geschenk wieder in die Hände zu nehmen. Ein weiteres Surren wanderte an meinen Armen hoch, bereitete mir Gänsehaut, und mir wurde wieder schwindlig. *Das ist so spaßig.*

Genau darum geht es in diesem Reich, sagte mir Norden.

Ich seufzte, konnte mich nicht einmal daran erinnern, weswegen ich vorhin so traurig gewesen war. Was auch immer es gewesen war, es war im Vergleich zu alledem hier verblasst.

Ein Kreis formte sich um mich und Feen näherten sich mir, um das Geschenk mit ihrem Glauben zu segnen. Nicht alle beteiligten sich. Viele der auswärtigen Feen waren sich nicht sicher, wie das alles funktionierte. Ich versicherte ihnen, dass es in Ordnung war, dass ich genug Glaube für uns alle besaß.

Und es stimmte.

Diese ganze Erfahrung fühlte sich wie ein Traum an. Ein Märchen, von dem ich nicht einmal gewusst hatte, dass ich es gewollt hatte.

Prall gefüllt mit süßen Leckereien, berauschender Energie und so viel Leben.

Oh, ja. Ich will für immer hierbleiben, beschloss ich, gerade, als ich einem bekannten Gesicht begegnete. Ich kreischte, als Juniper mich neben einer Schicksalsfee stehend angaffte. „Was machst du denn hier?", fragte ich, hocherfreut darüber, eine Wasserfee zu sehen.

„Mein Schicksalsfeenmentor hat mich zur Krönung eingeladen und ich dachte mir, dass ich dir vielleicht begegnen würde." Ihre blaugrünen Augen weiteten sich. „Aber *das* habe ich definitiv nicht erwartet."

Ich kicherte. „Ja. Es ist … eine ganz schön mitreißende Erfahrung."

„Das kannst du laut sagen." Sie legte ihre Hand aufs Geschenk, ihre Augen noch immer aufgerissen. „Wow, Artica. Das ist …"

„Fantastisch?", flüsterte ich.

„Ja", erwiderte sie keuchend. „Definitiv."

Ein weiterer Energiestoß fuhr an meinen Armen hoch, was mich zusammenzucken ließ.

Juniper ließ vom Geschenk ab, als hätte sie dasselbe gespürt.

Diese Glaubensmagie hatte es wirklich in sich.

„Wir sehen uns später", versprach ich ihr, wandte mich der Schicksalsfee an ihrer Seite zu, die ihren Kopf schüttelte.

„Ich sollte das besser nicht anrühren, Prinzessin", sagte der Mann und grinste mit schaurigem Blick.

Eines seiner Augen war silbrig und die Iris war gespalten, während sein anderes ein helles Grün barg, das mich an einen immergrünen Baum erinnerte.

Er hielt seine Hände hoch. „Es sei denn, du willst eine Vision?"

Hm, nein, beschloss ich. *Meine Zukunft hat ein Happy End.*

Mh, ich liebe ein gutes Happy End, Sonnenschein, sagte Norden in meinen Gedanken. *Tatsächlich freue ich mich schon darauf, dir heute Nacht eines zu geben.*

Ich kicherte und seufzte dann. Meine *beiden* Gefährten waren unmöglich.

Die Schicksalsfee warf mir einen merkwürdigen Blick zu, und ich realisierte, dass ich wieder wie eine Vollidiotin grinste – dank Norden, der sich in meine Gedanken geschlichen hatte.

Der Mann an seiner Seite, mit langen, gefährlich aussehenden Fangzähnen und geschlitzten Iriden zog seine Lippe missbilligend zurück. „Keine Visionen, Rache. Das Letzte, was ich will, ist, ins Kollegium berufen zu werden, um eine zehnseitige Prophezeiung zu Papier zu bringen, die Elfen und Lebkuchenmänner beinhaltet."

Rache zog eine Schnute.

Der Mann neben ihn schien die gelangweilteste Fee im ganzen Saal zu sein.

Nein, streicht das. Die Mitternachtsfee neben ihm war die wohl gelangweilteste Fee im Raum. Seine silberblauen Augen sahen direkt durch mich hindurch. „Deine Quellen vermischen sich", sagte er beiläufig. „Das bereitet mir Kopfschmerzen."

Ich runzelte die Stirn. „Was?"

„Kai", unterbrach eine zuckersüße Stimme, was mein Blick zur zierlichen Erdfeen-Königin an seiner Seite wandern ließ.

Mir klappte der Kiefer herunter. „*Aflora.*"

Sie lächelte und Kraft waberte in ihren himmelblauen Augen.

„*Königin* Aflora", korrigierte der Mann neben ihr.

Sie stieß ihm einen Ellbogen in die Seite. „Aflora genügt", sagte sie und sah zu ihm hoch, bevor sie mich mit gütigem Gesichtsausdruck ansah. „Außerdem scheint es, als ob Artica kurz davor steht, selbst eine Königin zu werden."

„Wenn sie ihr Quellenproblem lösen kann", murmelte der Mann.

Aflora seufzte. „Hör nicht auf ihn. Er ist nicht besonders gut darin, nett zu sein, und diese heitere Stimmung geht ihm auf die Nerven."

Ein weiterer Mann schnaubte höhnisch. „Sie geht uns *allen* auf die Nerven." Dieser hier hatte grüne Augen und war gleich groß wie der andere Mann, doch seine Stimme war weitaus tiefer.

„Wir sollten uns unterhalten, wenn du fertig bist", sagte Aflora und ignorierte die schwarzhaarige Fee.

„Ja, mach dir nichts aus Zeph und Zakkai. Sie sind nicht annähernd so gut vertraut mit Interreichsfeenbeziehungen wie wir", sagte ein dritter Mann. Er hatte sengend goldene Iriden und kastanienbraunes Haar, das an den Spitzen mit Asche bedeckt war.

„Ja, nicht alle von uns sind als Mitternachtsprinzen geboren", säuselte die schwarzhaarige Fee.

„Seid still. Alle beide", sagte Aflora und sah die Männer abwechselnd an, von denen ich annahm, dass sie ihre Gefährten waren. Es gab noch einen vierten Gefährten. Dieser, jedoch, sagte nichts und hatte einen amüsierten Ausdruck auf seinem Gesicht. „Tut mir leid, Artica. Wir sprechen uns bald."

„Ja, das würde mir sehr gefallen, *Königin* Aflora", sagte ich und sah bewusst zum Mann mit langem weißen Haar.

Ein dankbares Lächeln zog auf seinen Lippen auf und ich spürte, wie sich eine merkwürdige Schwade um meinen Arm legte.

Merkwürdig.

Keiner von ihnen berührte das Geschenk, was mich nicht überraschte. Als Mitternachtsfeen waren sie eher dunkler Natur.

Ich ging weiter und erreichte Königin Claire und ihre Gefährten. König Cyrus erkundigte sich ein weiteres Mal nach meinem Zustand und ich sagte ihm erneut, dass es mir gut ging. Seltsamer Mann. Machte sich offenbar immer Sorgen. Obwohl ich mich nicht daran erinnern konnte, dass er mich das jemals zuvor gefragt hatte.

Dennoch ging ich weiter, bis ich zu Norden gelangte, der bei mehreren Selkies stand.

Angesichts ihrer Ähnlichkeit ging ich davon aus, dass es sich dabei um seine Brüder handelte. „Mein Bruder, Yule, wollte dich treffen", sagte Norden zu mir.

„Ach, wirklich?" Ich strahlte, war entzückt darüber, dass jeder der Männer das Geschenk berührte, ohne zu zögern. Ich war gerade an mehreren uninteressierten Parteien vorbeigelaufen. Um fair zu sein … Die meisten davon waren auswärtige Feen.

„Das tue ich", erwiderte er. „Ich habe mich vor Kurzem mit einer Elementefee im Reich der Sterblichen angefreundet, also könnte man sagen, dass ich mich für eure Art interessiere."

„Eine Elementefee im Reich der Sterblichen?"

„Ja, ein guter Kerl. Aber sein Husky-Formwandler-Gefährte ist extrem unhöflich", sagte er stirnrunzelnd.

Ich lachte. Ich wusste angesichts meinen Erfahrungen mit Formwandlerfeen nur zu gut, was er damit meinte.

Moment mal … „Hast du gerade gesagt ‚Husky-Formwandler'?"

„Jepp. Und unhöflich", wiederholte er.

„Heißt die Elementefee, die du kennengelernt hast, zufällig Lance?"

Seine hellblauen Augen erhellten sich. „Ja. Feuerelementefee."

Ich lächelte. „Tatsächlich ist er ein guter Freund von mir. Wie geht es ihm?"

Yule legte seinen Kopf schief und seine lange silbrige Mähne fiel wie ein Wasserfall auf eine Seite hinab. „Es scheint ihm gut zu gehen. Er ist total verliebt in seine Sterbliche. Er ist rundum glücklich und zufrieden."

Ich lachte. „Wirklich? Lance ist normalerweise ziemlich launisch, also ist es schön, das zu hören."

Er grinste. „Ich glaube, die Weihnachtslaune seiner

Sterblichen hat ihn angesteckt. Ähnlich wie dich, Prinzessin. Unsere Magie steht deiner Art gut."

„Danke", unterbrach Norden und lächelte, während er das Geschenk in seinen Händen hielt. „Ich habe gestern Nacht hart dafür gearbeitet."

Ich schüttelte meinen Kopf, konnte mir ein Grinsen aber nicht verkneifen. „Gib mir das Geschenk zurück."

„Nein, es gibt noch eine weitere Fee, die es segnen muss", sagte er und drehte sich bewusst zu Kalt um, der der Letzte in der Schlange zu sein schien.

Ich öffnete erstaunt meinen Mund, war überrascht, ihn neben dem Thron stehen zu sehen.

Aber es sah so aus, als hätte er bloß mit Lark gesprochen, während ich im Saal herumgegangen war.

Die beiden sahen mich mit zusammengekniffenen Augen an, was mich meine Stirn runzeln ließ. *Habe ich etwas Falsches getan?*, fragte ich Norden verunsichert.

Soweit ich weiß, nicht, antwortete er mit ähnlichem Tonfall. „Ist alles in Ordnung, mein Prinz?"

Er sprach leise, sodass nur wir vier ihn hören konnten, als wir uns um den Thron herum versammelten.

Aber bevor er antworten konnte, erklang eine Trompete und die Lebkuchenmänner kündeten den letzten Teil der Zeremonie an.

Denn dass Prinz Lark von seinem Gefährtenzirkel umgeben war, war das Stichwort.

Musik erklang im Saal, was mein Herz erfreut einen Sprung nehmen ließ, als ich vergeblich versuchte, mich darauf zu konzentrieren, was Lark, Norden und Kalt sagten.

Ich konnte sie nicht hören, während dieses wunderschöne Lied spielte. Jeder einzelne melodische Klang berührte mich zutiefst.

Kalt griff nach dem Geschenk, reichte es mir, während er etwas zu mir sagte.

Ich zuckte zusammen, die Magie darin stärker als zuvor.

Was mir das Gefühl gab, schwerelos zu sein. Fröhlicher als das Leben selbst. Als würde ich auf einer Wolke aus Feenstaub am Himmel schweben.

„Hier sind", schrie der Lebkuchenmann, „der amtierende König und die Königin des Winterfeenreichs."

Oh, bei den Feen … Ich hatte den Teil mit Larks Eltern völlig vergessen.

Ich musste Bekanntschaft mit ihnen machen.

Und ihren Sohn krönen.

Während ich noch total high von der Weihnachtsmagie war.

Na, es gibt wohl keine bessere Art, die Familie kennenzulernen, als vollgepumpt mit Festtagslaune, dachte ich zufrieden und seufzte, als seine Eltern mit ihrem Gefährtenzirkel eintraten.

Drei Männer. Eine Frau.

Meine Zukunft.

Als Königin der Winterfeen.

Oh, ja, dachte ich verträumt. *Genau das will ich auch haben.*

LARK

Von all den Malen, in denen Kalt genau das tun musste, was ich von ihm verlangte, war jetzt der entscheidendste Moment von allen, damit wir die nächste Ebene für die Krönung erreichen konnten.

Dass er neben meinem Thron stand – dass er mit mir und Norden sprach, als Artica ankam –, war ein Symbol und entging keinem der Anwesenden.

Mein Gefährtenzirkel hatte sich zusammengefunden.

Aber aus den falschen Gründen.

Artica machte einen perfekten Knicks, war sich des Problems, das sich in ihr zusammenbraute, nicht gewahr. Sie war völlig trunken von der Winterfeenmagie.

Was zu einer perfekten Performance als zukünftige Winterfeenkönigin führte, als sie sich vor unserem Volk erhob.

Und einen gefährlichen Nebeneffekt hatte: ihr potenzieller Tod.

Denn sie war der Winterfeenquelle für eine nicht vollends verbundene Gefährtin viel zu nahe.

Ich hatte keine Ahnung, was dazu geführt hatte, aber ich konnte die Kraft sie umgeben spüren –

ihre Seele in einen Tanz einlullen spüren, der einem männlichen Winterfeen-Royal zugedacht war.

Sie wusste nicht, wie sie damit umgehen musste.

Das hieß nicht, dass sie nicht *imstande* dazu war, sondern nur, dass sie hierfür nicht ausgebildet worden war. Und sie war zu allem hin eine Fee der Elemente, was bedeutete, dass sie noch immer in der Wasserquelle verankert war.

Darum auch die Schneeballschlacht in der Spielzeugabteilung. Etwas, von dem Kalt mir detailliert erzählt hatte, während Artica im Saal umhergewandert war.

Ich hatte sie eingehend beobachtet, die Stränge der Wintermagie bemerkt, die sie umgaben und mit jedem Schritt stärker wurden.

Sie verströmte *Glaubenskraft*.

Und sie besaß mehr Heiterkeit als das gesamte Königreich zusammen.

Es hätte mir auffallen sollen, als sie mich geküsst hatte, aber ich war so im Moment verloren gewesen – in ihrer perfekten Erscheinung –, dass ich mich nicht auf die Kraft konzentriert hatte, die in ihr herumgeschwirrt war.

Sie hatte ihren Teil so perfekt erfüllt, dass mir beinahe die Tränen gekommen waren.

Ich hatte keinen Zweifel daran, dass sie es genauso gut ohne den Feiertagsboost geschafft hätte, der sie in meinen Augen nur umso wunderbarer machte.

Aber jetzt machte ich mir Sorgen um sie, und ich konnte die Angelegenheit nicht beschleunigen oder sie beiseitenehmen.

Die Vorstellung des Gefährtenzirkels meines Vaters hatte begonnen.

Jeder von ihnen wurde mit Namen und ihrem Titel vorgestellt. Mein Vater war der König der Winterfeen und meine Mutter die Königin der Winterfeen. Ihre Gefährten waren Winterfeenprinzen der Höchsten Ordnung. Eine Bezeichnung, die nur den Männern eines Gefährtenzirkels zukam. Andere Winterfeen-Royals wurden zu Prinzen der Ersten Ordnung, Zweiten Ordnung und so weiter.

Jetzt wurde der gesamte königliche Hof vorgestellt und die Familien-Nachfolgeregelung bis zum Herzogtum erwähnt. Ähnlich wie in der königlichen Struktur mehrerer sterblicher Länder – etwas, das sie unwissentlich von der Winterfeenkultur hatten.

Unsere Bräuche hatten sich über die Jahre hinweg in die menschliche Welt eingeschlichen.

Genauso wie die Bräuche mehrerer anderer Feenreiche.

Eine Nachwirkung davon, Zutritt auf das Reich der Sterblichen zu gewähren, wie ich annahm.

Als die letzte königliche Winterfeenfamilie angekündigt und vorgestellt worden war, wurde die Geschenkzeremonie fortgesetzt. Aber dieses Mal halfen Kalt und Norden Artica mit der Aufgabe. Es war gebräuchlich, dass der Gefährtenzirkel zusammenarbeitete, wenn er vor der Krönung gebildet worden war, und nach außen hin schien es so, als würde mein Gefährtenzirkel stehen.

Bis auf die Tatsache, dass Kalt sich uns nicht wirklich angeschlossen hatte.

Er half uns nur, weil er um Articas Sicherheit besorgt war.

Aber die Symbologie des Augenblicks machte ihn definitiv zu meinem Gefährten. Was ein Thema wäre, das wir später eingehender bereden würden, weil ich das Gefühl hatte, dass er sich nach wie vor weigern würde, seinen Platz in unserem Zirkel zu akzeptieren.

Meine Eltern waren die letzten Feen, die das Geschenk segneten. Sie lächelten stolz und blickten Artica neugierig an, als sie ihr zum ersten Mal begegneten. Sie waren augenblicklich verzückt von ihr, ganz so, wie ich es vermutet hatte.

Sie definierte die Bedeutung von *heiter* neu.

Was eine Eigenschaft war, die ich liebte.

Aber im Moment wurde sie von viel zu viel Feiertagsmagie genährt.

Norden und Kalt hatten ihr nicht erlaubt, das Geschenk zu berühren, während sie es zu den Winterfeen-Royals zogen, aber das hatte anscheinend auch nicht geholfen. Wenn überhaupt verströmte sie jetzt sogar noch mehr Kraft.

Ich schluckte trocken, als sie auf mich zukamen. Mir klopfte das Herz bis zum Hals. Denn ich wusste wirklich nicht, was als Nächstes passieren würde.

Die Tradition verlangte, dass Artica das Geschenk auspackte, mir die Krone präsentierte und sie mir dann auf den Kopf legte.

Was bedeutete, dass sie das Geschenk erneut berühren musste.

Und die Magie, die darin lag.

Magie, die direkt mit der Winterquelle verbunden war.

Ihre dunkelblauen Augen sahen in meine. Ihre Iriden glitzerten wie saphirblaue Kugeln. Ich spreizte meine Beine, damit sie sich dazwischen stellen konnte und sie legte ihre Hände auf meine Schultern, bevor sie sich zu mir beugte, um mich vor dem ganzen Hof zu küssen.

Das war nicht Teil der Zeremonie.

Aber ich hatte ihr vorhin einen Kuss aufgedrückt und sie schien mir das jetzt heimzuzahlen. „Das hier ist so spaßig", flüsterte sie an meinen Mund gedrückt.

„Ich bin froh, dass du dich gut amüsierst", sagte ich

aufrichtig zu ihr und legte meine Hand an ihre Wange. Magie surrte zwischen uns, die elektrischen Funken rauschten durch meine Adern und direkt in mein Herz.

Ich war mir nicht sicher, ob sie in ihrem derzeitigen Zustand bereit dafür war, die Krone zu berühren. Es könnte zu viel für sie sein. Aber es gab keinen anderen Weg. Wenn Norden oder Lark das Geschenk öffneten, würde das anraten, dass ich sie der zukünftigen Winterfee vorzog. Und obwohl ich fest im Sinn hatte, meine Gefährten gleichermaßen zu vergöttern, so wurde Artica als das Kernstück des Gefährtenzirkels gesehen. Sie war das Herz, das uns alle aneinanderband, während meine Kraft uns beschützte.

Aber sie schien im Moment beides zu verkörpern – Herz *und* Seele.

Artica stand auf, warf der Menge ein Grinsen zu. Sie wusste ganz genau, was sie tun musste, als führte die Winterfeenquelle sie durch den Prozess.

Vielleicht tat sie das auch.

Vielleicht war es das, was ihr sagte, was genau sie zu tun hatte.

Ja, sie hatte viel darüber gelesen. Aber sie zeigte ein weitaus tieferes Verständnis, als man es aus den Büchern und Kommentaren hätte erlangen können.

Das hier war eine Seele, die von der Quelle höchstpersönlich verzaubert worden war.

Eine Frau, die ihr neues Leben als Königin der Winterfeen annahm.

Norden sah mir in die Augen. Besorgnis waberte darin. Er konnte es jetzt spüren, die übermäßige Heiterkeit in ihr. Oder aber Kalt hatte es ihm gesagt. Ich vermutete, dass es Ersteres war, wegen seiner mentalen Verbindung zu ihr. Was bedeutete, dass ihr Geist Anzeichen auf Festtagswahnsinn zeigte.

„Und jetzt, die Krönung unseres zukünftigen Königs!", brüllte mein Vater, worauf ein schallender Applaus von allen Anwesenden folgte.

Artica strahlte. Sie nahm Norden das Geschenk ab und ein Schaudern durchfuhr sie. Es war, als würde sie die Magie *absorbieren*. Ich wusste nicht, wie das überhaupt möglich war.

Norden und Kalt stellten sich an ihre Seite. Sie waren umgehend alarmiert, als sie versuchten, sie davor zu bewahren, umzufallen oder einen sonstigen Nebeneffekt zu erleiden. Sie standen neben meinen Knien, während sie zwischen meinen gespreizten Beinen stand.

Ich lehnte mich nach vorne. Die Geste schien der Menge vermutlich übereifrig. Aber ich tat es eher, um zu versuchen, etwas Energie von ihr abzuschöpfen.

Es funktionierte nicht.

Die Winterfeenquelle schoss direkt in sie. Die Kraft intensivierte sich, als sie die Schleife löste und den Deckel hob, um die Eiskrone herauszuholen, die darin lag.

„Oh, sie ist wunderschön", sagte sie keuchend. Sie stellte mir das Geschenk auf den Schoß, positionierte es zwischen uns, damit sie mit ihren Händen nach der Krone greifen konnte.

Noch mehr Stränge von Winterfeenmagie breiteten sich zwischen uns in der Luft aus, drangen aus der Schachtel und in meine Haut.

Aber sie reichte nicht aus.

Artica hatte bereits zu viel davon in sich aufgenommen. Etwas, das einer Fee, die nicht aus dem Winterfeenreich stammte, nicht möglich sein sollte.

Sie war noch nicht einmal meine Gefährtin.

Was, bei den Feen, ist hier los?

Ich griff nach ihren Hüften, als sie ins Wanken kam, was vermutlich aussah, als wäre das ihre Reaktion auf die

Kraft in meinem Schoß. Was die Menge als Euphemismus interpretierte und daraufhin zu kichern und applaudieren begann.

Ich war zu konzentriert auf sie, um etwas zu bemerken oder zu reagieren. Mein Herz klopfte wie verrückt in meiner Brust, als sie ihre Hände in die Schachtel steckte, um die Krone herauszuholen.

Sie zuckte zusammen, ihr Mund öffnete sich, als eine intensive Welle sich zwischen uns breitmachte und mit einer eisigen Inbrunst knisterte, die direkt in unsere Seelen fand.

Die Krone zerbrach im nächsten Moment in der Schachtel, was sie scharf einatmen ließ, bevor ihre Augen in den Hinterkopf rollten.

Kalt und Norden schlangen ihre Arme um sie – wieder etwas, das zeigte, dass meine Triade zusammenkam –, während ich sie mit meinen Händen an ihren Hüften aufrechthielt.

Doch es war bereits geschehen.

Die Winterfeenquelle hatte ihr Herz, ihren Körper und ihre Seele infiltriert, Kontrolle übernommen und ließ ihre Iriden in einem schönen Hellblau erstrahlen. Sie blinzelte mich an, Verwirrung lag in ihren Zügen.

Beinahe so, als wäre sie gerade aus einem Traum erwacht.

„Oh", flüsterte sie und ihr Blick fiel auf das Eis in der Schachtel.

Kalts Essenz erblühte zwischen uns, was die zerbrochenen Stücke dazu brachte, miteinander zu tanzen und sich zurück in die Eiskrone zu verwandeln. „Setz sie ihm auf den Kopf", sagte er leise zu Artica. „Tu es. Jetzt."

Das würde überhaupt nichts lösen. Die Winterfeenquelle hatte in ihr unsere Winterfeenkönigin gefunden.

Aber das würde es uns erlauben, die Erwartungen an die Zeremonie zu erfüllen und das Problem für den Moment zu vertuschen. Weil sie meine zukünftige Gefährtin war, würden alle annehmen, dass die Kraft von meinem Gefährtenzirkel ausging, nicht nur von ihr.

Und alle würden annehmen, dass es *meine* Essenz war, die sie spürten.

„Ja, setz sie mir auf den Kopf", sagte ich kaum hörbar, sodass nur meine Gefährten mich hören konnten.

Mehrere Formwandlerfeen in der Menge konnten unser Gespräch mitverfolgen, aber sie würden vermutlich bloß annehmen, dass wir sie durch die Zeremonie führten.

Articas Hände zitterten, als sie tat, was wir ihr aufgetragen hatten. Ihre Haut war jetzt weiß wie Schnee.

Aber sie hielt durch, hob Kalts Eiskrone hoch und legte sie mir auf den Kopf, platzierte sie auf meinem Haar.

Ihre Knie gaben im nächsten Augenblick unter ihr nach. Etwas, das Norden und Kalt geschehen ließen und sich dann neben sie knieten, ihren Respekt und Stolz damit kundtaten. Jedenfalls sah es so aus. Es war kein Pflichtteil der Zeremonie, aber es zeigte ihr Vertrauen und ihre Zuversicht in mich als König.

Etwas, das mich an einem anderen Tag zum Lächeln gebracht hätte.

Aber nicht heute.

Was mich vermutlich vor den Anwesenden arrogant aussehen ließ, aber es hielt sie nicht davon ab, zu applaudieren und zu jubeln.

Artica erschauderte, sodass Norden mich mit panischem Blick ansah.

Was auch immer er in ihrem Kopf hörte … Es war nicht gut.

Ich stellte die Schachtel beiseite und stand auf, erhob meine Arme, um der Menge zu danken. Es war üblich, dass der neue Winterfeenkönig eine Rede hielt, und obwohl ich eine vorbereitet hatte, konnte ich mich jetzt nicht mehr daran erinnern, was sie beinhaltet hatte.

„Ich breche die Tradition", sagte ich zu ihnen allen. „Ich werde meine Rede heute Abend anlässlich des Krönungsmahls halten."

Einige der Winterfeen-Royals sahen einander überrascht an.

„Unsere neue Winterfeenkönigin hat sich so gut geschlagen, dass ich meine ersten Worte als König ihr und meinen Gefährten zukommen lassen möchte. Allein." Ich tat mein Bestes, um der Aussage eine anrüchige Note beizufügen – war mir bewusst, dass der Kraftaustausch typischerweise eine Unmenge an Lust im neu verbundenen Gefährtenzirkel hervorrief.

Das darauffolgende Grinsen und die wissenden Blicke verrieten mir, dass mir das gelungen war. Sogar mein Vater und meine Mutter lächelten einander an, erinnerten sich vermutlich zurück an ihre eigene Krönung.

Ein Thema, über das ich definitiv nicht nachdenken wollte.

Obschon es mir lieber gewesen als eine dahinwelkende Königin.

Ihre Augen waren jetzt fast gänzlich geschlossen und sie wurde nur von Norden und Kalt aufrecht gehalten.

Ich beugte mich zu ihr hinunter, um sie in meine Arme zu nehmen, war mir bewusst, dass es so aussehen würde, als würde ich meine Trophäe in mein Schlafzimmer tragen und mir nichts daraus machen, was irgendjemand davon hielt.

Die Küsse während unserer Zeremonie würden Grund genug sein, um meine Vorwände für meine Abwesenheit glaubhaft erscheinen zu lassen.

Jubel brach im Thronsaal aus, die Gäste begeistert von

dem, was sich vor ihren Augen abspielte. Oder vielleicht war es die Festtagslaune, die von meiner Königin ausging, die sie alle verzauberte.

So oder so, setzte ich ein übermäßig heiteres Lächeln auf und bahnte mir meinen Weg durch die Menge, mit Kalts Krone auf meinem Kopf.

Er hatte sie mit irgendeiner Magie versehen, hatte sie mit Eis an meinem Haar festgemacht.

Ich würde ihm später dafür danken.

Er und Norden folgten dicht hinter mir, demonstrierten wieder die Einheit meines Gefährtenzirkels.

Das bedeutete, dass Kalt jetzt keine Wahl mehr hatte. Etwas, wofür er mich vermutlich verabscheuen würde. Aber ich würde mit seinem Hass leben, wenn es bedeutete, dass wir Artica retten konnten.

Nicht, dass ich eine Idee hatte, wie wir sie retten konnten.

Das hier war alles so neu, dass mein Herz mit jeder Sekunde, die verstrich, lauter in meinen Ohren pochte.

Als wir im großen Saal ankamen, fühlte es sich an, als wären Stunden vergangen. Und wir mussten noch immer so viele Gäste begrüßen.

Lebkuchenwachen.

Elfen.

Selkies.

Ein Clan Polarbären-Formwandler – eine Truppe, von der ich annahm, dass Artica sie nur zu gerne kennengelernt hätte. Aber zu diesem Zeitpunkt war sie eingeschlafen und ihr Kopf gegen meine Brust gelehnt.

Niemand schien es zu bemerken. Alle waren zu eingenommen von der Schönheit in meinen Armen und der Kraft, die mich umgab – und *von ihr* ausging –, um etwas zu sagen.

Holly wartete am Eingang zu meinem Privatflügel auf

uns. Ihre Augen leuchteten aufgeregt. „Gratulation, mein König." Sie verneigte sich tief. „Soll ich dafür sorgen, dass ein paar Erfrischungsgetränke und Snacks zu eurer Suite gebracht werden?"

Ich sagte um ein Haar Nein. Dass ich allein sein wollte.

Aber ich hatte die Vermutung, dass Artica die Energie gebrauchen könnte.

Also stimmte ich zu und ließ Norden für uns bestellen.

Kalt folgte mir den Korridor hinab. Die Stille war eine willkommene Abwechslung von all dem Gesang hinter uns.

Er sagte nichts. Vermutlich rasten seine Gedanken genauso wild umher wie meine.

Norden holte uns in der Nähe der Doppeltüren zu meiner Suite auf, war vermutlich mit Höchstgeschwindigkeit den Flur hinuntergerannt. Er nahm mir Artica ab, sowie wir eintraten, eilte mit ihr zum Bett und ließ seine Hände über ihren ganzen Körper streifen.

Sie waren im Moment enger miteinander verbunden, was ihm Priorität einräumte – und die Fähigkeit, sie zu spüren.

„Kannst du ihre Gedanken hören?", fragte ich mit trockenem Rachen.

Er schüttelte seinen Kopf. „Ihr letzter kohärenter Gedanke war: ‚Fröhliches Festivus'. Und dann hat sie etwas über Eiszapfen zu singen begonnen."

„*Eiszapfen Bells*", murmelte Kalt. „Ein beliebtes Weihnachtslied bei den Wasserfeen."

Ich sah zu ihm. „Hast du irgendeine Idee, was hier los ist?"

Die Tür zu meinen Gemächern wurde aufgeschlagen, bevor Kalt darauf antworten konnte. Der König der Wasserfeen trat mit einer stoisch aussehenden

Mitternachtsfee an seiner Seite ins Zimmer. „Wir müssen reden."

KALT

„Ich weiß, dass ihr in euren Reichen Könige seid, aber in diesem Königreich bin *ich* der amtierende Monarch und es ist ziemlich unanständig, reinzustürmen, ohne anzuklopfen", zischte Lark und stellte sich beschützerisch vors Bett.

„Cyrus kann die Wasserquelle darauf reagieren spüren, was auch immer in Artica vor sich geht", unterbrach ich, bevor mein Cousin seine Fassung verlieren oder eine Gegenbemerkung zurückschießen konnte.

Und ich wollte definitiv nicht riskieren, die angsteinflößende Mitternachtsfee neben ihm zu verärgern. Ich kannte Zakkai nicht gut, aber sein gesamter Gefährtenzirkel jagte mir Angst ein.

„Die Wasserquelle … na ja, sie … protestiert." Ich war mir nicht sicher, wie ich es anders erklären sollte. Aber ich spürte es, was bedeutete, dass Cyrus es wohl noch stärker wahrnahm.

„Sie tut mehr als das", sagte Zakkai freiheraus. „Ihre Seele ist zwischen zwei konkurrierenden Quellen eingeklemmt und keine von beiden ist willens, von ihr abzulassen."

„Wir glauben, das kommt von euren Gefährtenbändern", ergänzte Cyrus. „Es ist völlig in Ordnung, dass eine Wasserfee sich einer Winterfeentriade anschließt und die Winterfeenquelle annimmt. Aber das ist nicht, was hier passiert ist. Artica hat sich mit zwei Winterfeen verbunden und eine Störung in den Quellen hervorgerufen."

„Ein Ungleichgewicht", korrigierte Zakkai. „Sie schöpft Winterfeenmagie aus ihren Bändern, was die Wasserquelle besitzergreifend reagieren lässt. Zusammengefasst ringen die Quellen um ihre Seele, und die heutige Krönung hat der Winterquelle den Gewinn eingefahren."

„Woher weißt du das alles?", fragte Norden.

Die Mitternachtsfee sah ihn an. Kraft waberte in seinen silberblauen Augen. „Ich bin der Architekt der Quelle."

„Ein Malaiseblut, das über immense Kraft verfügt", überlieferte Lark, ohne zu zögern. Offenbar wusste er von der Mitternachtsfeenquelle und den Blutlinien, die sie mit Kraft versorgte. „Vielleicht sogar mächtiger als die Königin der Mitternachtsfeen."

Zakkai zuckte mit der Schulter, sein langes weißes Haar gewellt, als hätte er sich heute mehrere Male mit den Fingern durch seine Mähne gestrichen. „Da sie meine Gefährtin ist, spielt es keine Rolle, wer von uns beiden mächtiger ist."

„Was passiert, wenn die Winterquelle gewinnt?", fragte ich mit vorsichtigem Tonfall, dachte darüber nach, was Zakkai uns gerade eröffnet hatte. „Du hast gesagt, dass der heutige Tag ihr einen Trumpf zugespielt hat. Aber was bedeutet das für Artica?"

Ich konnte es mir denken. Aber das wollte ich nicht.

Ich wollte, dass er uns ganz genau erklärte, was sich seines Erachtens abspielen würde. Dass er uns sagte, was auf dem Spiel stand, und sicherstellen würde, dass wir alle informiert waren.

„Sie wird nicht überleben", erwiderte Zakkai. „Nicht in ihrem derzeitigen Zustand. Oder besser gesagt, in *eurem* derzeitigen Zustand."

Ich blinzelte ihn an. „Was soll das heißen?"

Er starrte mich an. „Euer elementares Band ist zerrüttet." Sein Blick wanderte zu Lark und Norden. „Die elementaren Bänder, die sie mit euch beiden zu knüpfen begonnen hat, sind ebenfalls unvollständig." Er sah zu Lark. „Und dein Gefährtenzirkel ist bestenfalls schwach. Ihm fehlen starke Bänder, was anrät, dass du den Zirkel noch nicht vollständig gebildet hast."

Wegen mir, dachte ich. *Weil ich mich gegen die Triade gesperrt habe.*

Und die Ironie war, dass ich sie nur abgewiesen hatte, weil ich befürchtet hatte, dass ich nicht gut genug sein würde, damit Lark den Thron besteigen könnte. Dass ich nicht genug an mich selbst glauben könnte, damit er die Winterfeenquelle annehmen konnte.

Und doch war es Artica, die jetzt litt.

Artica, die möglicherweise nicht überleben würde … wegen den Entscheidungen, die ich getroffen hatte.

„Um es kurz zu machen … Es scheint, als ob die Winterfeenquelle angefangen hat, Magie durch euer begonnenes Band in Artica fließen zu lassen", sagte Cyrus und sah Lark an. „Ein Vorgang, der letzte Nacht beschleunigt und verstärkt wurde, indem sie sich mit Norden auf der dritten Ebene verbunden hat. Und der heutige Tag hat es noch schlimmer gemacht, weil sie einen Leiter der Quelle in ihren Händen gehalten hat."

„Also haben die kleinen Kraftausbrüche diese Woche alle im Zusammenhang damit gestanden?", rief Norden.

„Was für Kraftausbrüche?", unterbrach ich stirnrunzelnd.

„Sie hat einen Eiszapfen quer durch die Cafeteria und auf einen Zitronenriegel geschossen", sagte Lark. „Und ihre Wasserisolierung hat sie vor ein paar Tagen im Stich gelassen."

„Vergiss die Schneewehe nicht", murmelte Norden. „Sie hat sich damit beinahe selbst erstickt."

Ich sah die beiden mit offen stehendem Mund an. „Warum hast du mir nichts davon gesagt?"

„Wann hätte ich das tun sollen?", verlangte Lark. „Während du dich in Grönland versteckt und so getan hast, als ob du dich um eine Interreichsfeenbeziehungen-Angelegenheit kümmern müsstest?" Er lachte abschätzig und schüttelte seinen Kopf, richtete seinen Blick dann auf Cyrus. „Was ist mit den Schneebällen in der Spielzeugabteilung?"

„Sie schien sie nicht zu bemerken", erwiderte Cyrus.

„Natürlich nicht", erwiderte Zakkai. „Sie war verzaubert vom Leiter der Quelle. Ihre Seele hat sich die ganze Woche über im Schussfeld zweier Kräfte befunden und eine von ihnen hatte endlich einen Weg gefunden, um sie an sich zu reißen."

„Weil das andere Band zur Wasserquelle nicht vorhanden war", meinte Norden mit funkelndem Blick und nicht zu überhörendem, anschuldigendem Tonfall.

Wenn ich vor Ort gewesen wäre, hätte ich vielleicht all die Veränderungen in Artica bemerken oder spüren können.

Und vielleicht hätte ich das Problem lösen können, bevor es so ausgeartet wäre.

Mein Kiefer knackte und ich ballte meine Hände zu Fäusten.

Ich hatte Artica nicht nur im Stich gelassen, als sie mich am meisten gebraucht hatte, sondern auch Lark und Norden. *Und* ich hatte vermutlich gerade Beihilfe zum Mord an der neuen Winterfeenkönigin geleistet.

Es war beinahe lachhaft, wie sehr ich mich zuvor davor gefürchtet hatte, Larks Krönung negativ zu beeinflussen.

Denn ich hatte alles schlimmer gemacht als ich mir je hätte träumen lassen.

Mein Blick wanderte zu Artica, die auf dem Bett lag. Sie sah so wunderschön aus in diesem Kleid. So prinzessinnenhaft und perfekt. Aber ihre blassen Wangen und der leichte Schweißfilm auf ihrer Stirn verriet ihren derzeitigen Zustand.

Sie kämpft um ihr Leben.

Wegen mir.

Wegen meiner Entscheidungen.

Wegen meiner Ängste.

Das machte mich zum schrecklichsten Gefährten aller Zeiten. Zu einem Gefährten, der eines süßen Wesens wie Artica nicht würdig war. Weil ich sie nach Strich und Faden im Stich gelassen hatte.

„In Ordnung. Wir kennen das Problem. Wie beheben wir es?", wollte Lark wissen.

Norden bewegte sich aufs Bett zu und ließ seine Finger durch Articas Haar gleiten, seine Besorgnis spürbar.

Ich wollte sie auch berühren. Sie in meinen Armen halten. Die Dinge richten. Aber ich hatte keine Ahnung, wie ich das anstellen sollte. War es überhaupt möglich? Würde sie mir je dafür vergeben, dass ich sie in diese Situation gebracht hatte?

Lark hatte nicht gewusst, was ein Band anrichten könnte. Norden genauso wenig.

Aber ich als ihr Wasserfeengefährte hätte es wissen sollen. Ich hätte sie beschützen sollen. Hätte verdammt noch mal für sie da sein sollen. *Hier* sein sollen.

„*Kalt*", fauchte Cyrus und ich schrak auf.

Frost hatte sich von meinen Fäusten an meinen Armen hochgebahnt. Meine Emotionen nahmen Kontrolle über mein Element und stellten es zur Schau. Ich schmolz die Eiskristalle augenblicklich und richtete meinen Blick auf meinen Cousin. „Wie biegen wir das wieder hin?", sagte ich. „Was kann ich tun?"

„Du kannst anfangen, indem du deine Triade annimmst", sagte Cyrus zu mir. „Dann werdet ihr drei euch mit Artica verbinden müssen." Er hielt inne, sah uns allen in die Augen. „Ihr werdet ein Seelenband auf vierter Ebene knüpfen müssen. Als Wasserfeen."

„*Was?*" Lark sah ihn mit offen stehendem Mund an. „Das ... Das würde bedeuten ..."

„Dass ihr euch als Gefährtenzirkel mit den Quellen verbindet und ein Gleichgewicht schafft", sagte Zakkai ausdruckslos. „Das tun wir für Aflora jeden Tag."

„Da Artica nicht die Königin ihres Elements und auch kein Royal ist, sollte es für euch vier einfacher sein", ergänzte Cyrus. „Und wie es der Zufall so will, bin *ich* der Wasserfeenkönig. Darum kann ich euch bei der Zeremonie helfen."

„Vorausgesetzt, Artica willigt ein", sagte ich stirnrunzelnd. „Sie hat unser Band *gebrochen*."

„Weil sie glaubt, dass du sie nicht willst", meinte Norden und seine braunen Augen funkelten dunkler als je zuvor. „Sie hat euer Band gebrochen und dich gehen lassen, weil sie sich weigert, dich in eine Lage zu bringen, in der du nicht sein willst."

Ich zuckte zusammen.

„Sie glaubt, dass du dich nur mit ihr verbunden hast,

weil du betrunken von den Feiertagsgetränken an der Bar warst", fuhr er fort. „Oder jedenfalls habe ich das ihren Gedanken entnommen."

„Norden und ich wissen, dass du zu uns gehörst", sagte Lark und seine minzgrünen Augen funkelten. „Aber Artica hat Zweifel. Artica zweifelt *dich* an, weil *du* dich selbst anzweifelst. Was bedeutet, dass wir diese Triade nur formen können, wenn du dich einkriegst und uns entweder annimmst oder aber riskierst, alles zu verlieren."

„Und damit einen Krieg anzettelst", ergänzte Zakkai hilfreich. „Weil ich bezweifle, dass die Winterfeen es gerne sehen würden, dass ihre Quelle in ihrer neuen Königin implodiert, weil die Wasserquelle nicht mitgespielt hat."

„Gibt es denn wirklich gar nichts, was du als Architekt der Quelle tun kannst?", fragte Cyrus mit spürbarer Angst.

Was bedeutete, dass nicht einmal er daran glaubte, dass ich mich für den Gefährtenzirkel entscheiden würde.

Und warum sollte er auch?

Ich hatte ihm monatelang gesagt, dass ich nicht Teil dieser Triade sein wollte. Ich hatte Artica dasselbe gesagt. Norden und Lark auch.

Ich hatte geglaubt, dass der heutige Tag zeigen würde, dass sie mich nicht brauchten.

Stattdessen hatte er bewiesen, wie sehr ich gebraucht wurde, und wie episch ich sie im Stich gelassen hatte.

„Sie ist noch immer am Leben", meinte Zakkai und verschränkte seine Arme. „Warum, glaubt ihr, ist das so?"

„Kannst du denn nichts tun, um die Kraft anders zu verteilen?", hakte Cyrus nach. „Sie aus ihr ziehen und zu Lark umleiten?"

„Was glaubst du, habe ich in der vergangenen Stunde getan?", fragte Zakkai ihn. „Sie hat die Zeremonie nur beenden können, weil ich meine Finger im Spiel gehabt habe. Aber die Quellen werden nicht aufhören, sich um ihre Seele zu streiten. Sie hat zu viele unvollständige Bänder. Wenn ihre Gefährten ihr nicht helfen und die Sache geradebiegen wollen, dann wird die Natur ihren Lauf nehmen."

„Also müsst ihr −"

„Wir müssen die Triade komplettieren", sagte ich und unterbrach meinen Cousin.

Darüber zu diskutieren, was der Quellenarchitekt tun oder nicht tun konnte, war zu diesem Zeitpunkt irrelevant. Er hatte bereits gesagt, dass er der Grund dafür gewesen war, dass Artica nicht bereits von den Quellen auseinandergerissen worden war.

Und ich wollte *beim besten Willen* nicht herausfinden, wie lange sein guter Wille noch anhalten würde.

Die Natur würde ihren Lauf nehmen.

Aber es würde der *richtige* Kurs sein.

Indem ich meinen Fehler beheben und mein Schicksal annehmen würde. Unglaube hatte uns alle in dieses Chaos gestürzt. Also würde ich ganz einfach Glaube dazu benutzen müssen, um uns aus diesem Schlamassel zu befreien.

Ich hatte mich immer vor dem Schmerz gefürchtet, der damit einherging, jemanden zu lieben, und hatte mir mittels meiner eigenen törichten Taten mein Herz gebrochen.

Diesen Fehler würde ich *nie* wieder machen.

„Wir werden die Triade komplettieren", bekräftigte ich. „Dann werden wir die Wasserfeenzeremonie einleiten."

Artica und ich waren bis heute Morgen miteinander verbunden gewesen und Bänder auf der ersten Ebene konnten erneut geknüpft werden, wenn beide Seelen kompatibel genug waren. Und unsere waren das zweifellos.

Das war mir schon etliche Jahre bewusst, weshalb ich

mir auch so sicher gewesen war, dass die Winterfeenmagie in der Kugel sie auswählen würde.

Sie war perfekt für Lark und Norden.

Weil sie immer schon perfekt für mich gewesen war.

Ich sah Lark und Norden entschieden an. „Ich bin bereit. Sagt mir, was ich tun soll." *Sagt mir, wie ich das alles wieder hinbiegen und Articas Seele retten kann.*

ARTICA

*S*chweben, sinnierte ich träge. *Ich schwebe auf einer Wolke aus Konfetti und Eis.*

Ich kicherte.

Ein Teil von mir verstand, dass hier etwas gehörig faul war. Aber die heitere Atmosphäre zog mich immer wieder in einen schummrigen Kreis aus farbenfrohem Nebel.

Oder war es Frost?

Es veränderte sich immer wieder, tanzte in der eisigen Umgebung und den Zuckerstangenfeldern herum.

So viele Farben.

Gefolgt von weißem Schnee.

Ein weiteres Kichern drohte, aus mir zu stoßen. Der Wahnsinn, der mich aufgrund meiner Situation überkam, gab mir das Gefühl, trunken vom Leben zu sein.

Fa la la, summte ich benommen. *La la.* Ich runzelte die Stirn. *Wie viele Las und Fas noch? Oh, verschneeflockt. Ich werde noch einmal von vorne anfangen müssen.*

Aber meine Worte verwandelten sich in ein Lied über

Eiszapfen und Kirschblüten. Nein. *Zucker*blüten. *Was ist eine Zuckerblüte?*

Ich versuchte, meinen Kopf zu schütteln, um ihn zu klären, damit ich mich auf die Gefahr meiner Situation konzentrieren können würde. Doch dann ließ mich ein weiterer Wirbel in eine Schneewehe fallen.

Aber ich konnte sie nicht spüren.

Weil sie nicht echt ist.

Diese eiskalte Einsicht, hingegen, schien äußerst echt. Ich erschauderte und meine Seele wimmerte. Ich fühlte mich so gebrochen und allein. So verloren und verwirrt. Entzweigerissen. In zwei entgegengesetzte Richtungen gezogen, die ich nicht definieren konnte.

Was passiert mit mir?

Eis glitt an meinem Rücken hinab. Mir gefror das Herz in meiner Brust und ich konnte nicht atmen.

Alles begann sich zu drehen. Meine Beine schwebten nicht mehr, sondern sanken.

Hinunter. Hinunter. Hinunter.

Oh, das verheißt nichts Gutes.

Ich versuchte, mich an etwas festzuhalten, griff jedoch ins Leere. Ich versuchte zurück zu den Wolken zu schwimmen, hielt dann jedoch inne, als ich warme Männerstimmen vernahm. *Bekannt. Intensiv. Meins.*

Ich ließ mich treiben, ließ die Welle mich auf meinen ersehnten sicheren Hafen zutragen. Doch eine Eisschicht schnitt mir den Weg ab, trennte mich von meinen Männern.

Meine Männer, wiederholte ich kichernd. *Seufz.*

Norden und Lark hatten in ihren silberweißen Smokings so gut ausgesehen. Und Lark mit seiner Krone. Er hatte …

Ich runzelte die Stirn. *Moment mal …*

Er hatte mit dieser Krone wie ein König ausgesehen.

Aber es hatte sie nicht richtig angefühlt. Die Krone –

Ich riss meine Augen auf und rang nach Luft.

Alles um mich herum war weiß. Eine Welt, die von purem Schnee überzogen war, ohne auch nur den Hauch von Feiertagslaune. Alles war vereist und kalt und beunruhigend still.

Die Krone ist zerbrochen, erinnerte ich mich. *Ich … ich habe die Krone kaputt gemacht.*

Aber ich wusste nicht, wie ich das geschafft hatte oder wie es dazu gekommen war. Nur, dass ich mich so lebendig gefühlt hatte und mit so viel mehr Freude erfüllt gewesen war, als mein Körper hatte ertragen können. Ich hatte in tausend Teile zerspringen wollen, die ganze Welt meine heitere Stimmung spüren lassen.

„Es geht um Glauben", sagte eine tiefe Stimme hinter der Eisschicht. Die Worte erreichten meine Ohren, hallten in meinem Gefängnis aus Eis wider. „Norden und ich wissen bereits, dass du zu uns gehörst. Jetzt musst nur noch du daran glauben."

„Ich bin mir nicht sicher, ob ich es noch tue", erwiderte eine sinnliche Stimme.

Norden. Mein Herz wollte höher schlagen, zu meinem Selkie-Gefährten singen. Aber mein Inneres ähnelte der Wand, die zwischen uns stand – solide, kalt und undurchdringbar.

„Ich weiß nicht, ob er Artica verdient", fuhr Norden fort. „Oder uns."

„Norden." Das kam von Lark, den ich als Erstes sprechen gehört hatte. Sein autoritärer Tonfall lockte meine Seele und ich sehnte mich jetzt mehr als je zuvor nach seiner mächtigen Essenz.

Ich brauche dich, dachte ich. *Du musst das Eis schmelzen und mich mit deiner angeborenen Heiterkeit aufwärmen.*

Ganz anders als damals, als wir uns zum ersten Mal begegnet waren.

So viel einflussreicher.

So *richtig.*

„Was? Vielleicht war es eine gute Idee, dass Artica das Band gebrochen hat. Er hat uns alle im Stich gelassen, und jetzt sieh dir nur mal an, wohin das geführt hat." Nordens wütender Tonfall tat der sinnlichen Qualität seiner Stimme keinen Abklang. Aber ihn so sprechen zu hören, brach mir das Herz.

Norden?, versuchte ich erneut.

Keine Antwort.

Wegen dieser Wand aus Eis.

Ich versuchte, mit meiner Faust dagegen zu schlagen, die Wand niederzureißen, aber meine Gliedmaßen ähnelten Eiszapfen, die an meinen Seiten lagen. Meine Wassermagie weigerte sich, meine Haut vor der Kälte zu schützen, sodass ich den Elementen ausgesetzt war.

„Sie ist eiskalt", sagte jemand. Vielleicht Kalt? „Wir haben jetzt keine Zeit für Zweifel."

Norden schnaubte höhnisch. „Na, du musst gerade reden."

„Hör zu, es tut mir leid, okay?"

„Dafür ist es ein bisschen zu spät", murmelte Norden.

„Was, bei den Feen, willst du von mir hören?", verlangte Kalt. „Willst du eine Erklärung für mein Zögern? Eine Rede darüber, dass ich mir Sorgen gemacht habe, dass mein Unglaube den gesamten Zirkel beeinträchtigen könnte?"

Der Schmerz in Kalts Stimme durchlöcherte mein gefrorenes Herz. Ich war mir nicht sicher, warum ich ihn so gut hören konnte, oder was genau vor sich ging, aber ich konnte seinen Schmerz spüren, als wäre es mein eigener.

„Ich hatte immer erwartet, allein zu sein", fuhr er fort.

„Ich … Die Triade hat mich völlig überrascht. Genauso wie meine intensive Reaktion darauf. Und die Träume. Ich weiß, dass du für einige von ihnen verantwortlich bist, aber …"

Ich wollte sein Gesicht sehen. Ihn umarmen. Ihm sagen, dass alles wieder gut werden würde.

Aber die eisigen Wände verwandelten sich um mich herum, schlossen mich unter einer Art gepanzertem Iglu ein. *Ist das meine Magie?*, staunte ich, spürte, wie sie ins Eis gewoben wurde. *Die mir ein sicheres Haus baut? Warum brauche ich es?*

Zum Glück schaffte etwas unerwartete Wärme es, durch die Schranke zu dringen, sodass meine Gliedmaßen auftauten.

„Ich wollte mein Schicksal nicht akzeptieren." Kalts Stimme erklang wieder, was anriet, dass mir ein Teil von dem, was gesagt worden war, entgangen war. „Aber dass Artica heute Morgen unser Band gebrochen hat, hat sich so falsch angefühlt. Seither geht es mir miserabel."

„Das ist normal", bemerkte jemand anderes.

„Nein, ist es nicht. Ich habe zuvor schon Bänder auf erster Ebene geknüpft. Es hat nie wehgetan, sie zu brechen. Es hat sich *gut* angefühlt, sie zu brechen. Und ich habe versucht, das Band zu Artica zu brechen, bevor ich gegangen bin. Aber ich konnte es nicht. Ich dachte, es war, weil sie in mich verknallt ist oder wegen ihres Glaubens daran, dass wir Seelenverwandte sind. Dass sie sich einfach etwas tiefer in mir verankert hat als alle anderen, die ich vor ihr kennengelernt habe. Aber das war überhaupt nicht der Fall."

Seine Bemerkungen hallten in meinem eisigen Bauwerk wider, fanden in einer merkwürdigen Art von Vibration in meine Ohren.

„*Ich* konnte das Gefährtenband nicht brechen, weil

meine Seele wusste, dass sie die Eine ist. Aber ich habe ihren Glauben in mich als ihr Gefährte zerstört. Was es ihr ermöglicht hat, das Band zu brechen. Und das hat mir auch gezeigt, wie töricht ich mich verhalten habe."

„Warum hast du ihr das dann nicht gesagt?", fragte Norden ihn, noch immer mit wütendem Tonfall. „Warum hast du nicht versucht, die Sache zu richten?"

„Sie hat mir keine Gelegenheit dazu gegeben!", erwiderte Kalt entnervt. „Und ich war mir nicht sicher, was ich sagen sollte."

„Und doch bist du dir jetzt sicher, dass du das packst?" Norden hörte sich an, als würde er kein bisschen an ihn glauben. Sein zweifelnder Tonfall war untypisch für den Mann, den ich besser zu kennen begonnen hatte.

Ist das hier überhaupt real?, fragte ich mich. *Oder ist das ein Traum?*

Irgendwann hatte ich mir auf dem Eis ein Bett gemacht. Oder vielleicht war ich hineingefallen, ohne es zu merken.

Nichtsdestotrotz rollte ich mich auf meinem kalten Stück Eis zu einer Kugel ein und sehnte mich nach mehr Wärme. Sehnte mich nach Norden und seiner Hitze. Nach Lark und seiner Stärke. Sogar nach Kalt und seiner Affinität für Eis. Er wäre in der Lage gewesen, dieses Iglu zu schmelzen, oder?

Aber ich wollte ihn nicht dazu zwingen, mir zu helfen.

Hoffentlich ist das alles bloß ein Traum.

„Ich bin mir nicht sicher, dass ich irgendetwas packen kann." Kalt hörte sich entnervt an. „Aber ich bin mir sicher, dass ich es versuchen muss. Dass ich mich dieser Verbindung zwischen uns ergeben muss. Ich habe es von Anfang an gespürt. Diese Verbindung zu dir, zu Lark. Ich habe sie geleugnet, weil ich das Gefühl hatte, dass ihr jemand Besseren finden könntet als mich. Genauso, wie ich vor Artica davongerannt bin, weil ich wollte, dass sie mit jemandem zusammen sein würde, der zu mehr Glauben imstande ist."

„Warum zweifelst du deinen Glauben an?", fragte Lark mit ruhiger Stimme. „Deine Magie blüht hier auf, Kalt. Das hat sie schon immer."

Was für ein seltsamer Traum, dachte ich schläfrig und gähnte. *Ich muss heute zu wenig Selkie-Bonbons genascht haben.*

Mein Magen knurrte bei diesem Gedanken und Hunger überkam mich.

Was habe ich heute gegessen?, fragte ich mich stirnrunzelnd. *Was ist passiert, nachdem ich Lark gekrönt habe?*

Moment mal, die Krone …

Ich sah sie vor mir … Wie sie zerbrochen und die Magie daraus entschwunden war.

Wo war sie hingegangen?

„Glaube ist ein spezielles Gefühl", fuhr Lark fort. „Er kommt aus dem Herzen und aus der Seele, nicht aus unseren Köpfen. Das ist bloß, was den Gedanken beeinflusst. Glaube sagt uns, was wir sehen, wie wir fühlen und wie wir reagieren sollen. Man kann ihn nicht erzwingen. Aber man kann ihn falsch interpretieren."

Seine Stimme ist genauso schön wie sein Gesicht. Ein witziger Gedanke, der mich zum Kichern brachte. Oder genauer gesagt, zum *Gurgeln.* Denn meine Lungen waren wieder eingefroren.

Ich will jetzt wirklich aufwachen. Bitte.

Magie überzog meinen Körper erneut, meine Affinität für Wasser versuchte abermals, mich vor der Kälte zu schützen. Sie summte und zischte schwächer, als ich sie jemals zuvor gespürt hatte.

Was ist hier los?, wiederholte ich in Gedanken. *Sterbe ich?*

„Du wusstest vom ersten Tag an, dass dein Schicksal dich aus einem guten Grund hierhergeführt hat. Ich habe dich unsere Magie annehmen sehen – wie du in ihrem Angesicht aufgeblüht bist und wie du sie *genossen* hast. Was dich zurückgehalten hat, ist deine eigene Entschlossenheit, jemand zu sein, von dem du glaubst, dass du es sein müsstest. Und nicht der Mann, der zu sein dir wirklich bestimmt ist." Larks Stimme wohnte ein Hauch Wärme inne, die auf meiner Haut zu spüren ich mich sehnte.

Stille kehrte ein und die darauffolgende Kälte war eine unwillkommene Empfindung in meinem Wesen.

Ich wollte weinen. Schreien. Um Hilfe rufen. Aber meine Lippen waren aneinander gefroren, meine Augen erblickten nichts als die unendliche weiße Landschaft, die mich umgab.

„So biegst du es wieder hin." Larks Murmeln zog mich aus dem eisigen Nebel in meinen Gedanken. „Indem du die Verbindung akzeptierst und realisierst, dass der Glaube immer da war und du ihn nur annehmen musstest."

„Ich habe ihn immer gespürt", gab Kalt mit leiser Stimme zu. „Ich … Ich hatte einfach das Gefühl, dass ihr beide etwas Besseres verdient."

„Etwas, das du heute beweisen wolltest", bemerkte Norden mit einer anderen Emotion als Wut in seiner Stimmte. Ein Hauch Neugier, vielleicht. Was auch immer es war, es verstärkte seine übliche Sinnlichkeit, was ein Kribbeln in meinem Herzen entfachte, das sich in meine Adern ausbreitete.

Ich seufzte, erleichtert über den Schub Wärme.

„Du hast mich absichtlich beschimpft", murmelte Kalt.

„Ich musste sichergehen, dass es dir ernst war", erwiderte Norden, was einen weiteren Schub Hitze durch meine Adern sandte. „Ich werde nicht akzeptieren, dass du wieder davonrennst, Kalt. Ich werde deine Zweifel nicht akzeptieren. Und ich werde nicht akzeptieren, dass du unserer Artica jemals wieder wehtust. Hast du mich verstanden?"

„Irgendwie schwierig, es nicht zu tun, wenn du mich so am Nacken hältst", knurrte Kalt zu ihm zurück.

„Das ist keine Antwort, Frosty."

„Ich habe verstanden, Selkie." Kalt hörte sich ein bisschen durcheinander an. Etwas, das ich nur zu gerne gesehen hätte. „Aber du handelst vorschnell. Ich muss mir noch immer Articas Vergebung verdienen und ihr diesen Schwur persönlich leisten."

„Glaubst du, sie wird dir vergeben?", fragte Lark leise.

Ich runzelte die Stirn. *Wofür soll ich Kalt vergeben?* Es war nicht seine Schuld, dass wir ein anfängliches Band geknüpft hatten. Er war betrunken gewesen. Ich hatte ihn losgelassen. Was gab es zu vergeben? Er konnte jetzt sein Leben leben. Sein, wer immer er sein wollte.

Mein Stirnrunzeln vertiefte sich. *Wovon träume ich wirklich? Was tun sie da? Warum bin ich noch immer von all dem Eis überzogen?*

Ich sehnte mich danach, mich zu bewegen, sie zu sehen − zu verstehen, was hier vor sich ging. Ihre Wärme rauschte durch meine Adern, das elektrische Summen eine willkommene Empfindung in meinem Körper. *Bedeutet das, dass ich bald aufwachen werde?*

Denn ... seufz ... Ich wollte wieder sehen können. Atmen. An einem warmen Feuer sitzen und ein paar Süßigkeiten verdrücken. *Mmh.*

„Ich werde ihr keine Wahl lassen", sagte Kalt, brach durch die wunderbare Fantasie in meinem Kopf.

„Sie mag ihr Glauben in mich als Gefährte verloren haben, aber ich glaube, dass die Verbindung noch immer da ist. Und ich glaube daran, dass sie mir eine zweite Chance geben wird."

„Du wirst ihr ganz schön in den Hintern kriechen

müssen", bemerkte Norden. „Vielleicht musst du sie zwischen ihren Schenkeln vergöttern."

„Das hört sich eher nach einer Belohnung als nach einer Strafe an."

„Ich kann es zu einer Strafe machen", bot Norden an. „Deinen Höhepunkt hinauszögern, damit sie ihren erfahren kann."

Jemand räusperte sich. Das Geräusch gehörte zu keinem der drei Männer. „Ich bin für die Gefährtenzeremonie hier, nicht für die anschließenden Feierlichkeiten."

Oh, bei den Feen ... Das war König Cyrus' Stimme.

Und was meinte er mit ‚Verbindungszeremonie'?

„Um das zu tun, muss ich meinen Einfluss zurückziehen", verkündete eine fünfte Stimme, die mir bekannt und doch irgendwie fremd vorkam. Das war die Stimme von jemandem, dem ich vor Kurzem begegnet war. Vielleicht im Thronsaal?

Wo die Krone zerbrochen ist, erinnerte ich mich. *Was ist –*

Eis durchbohrte mein Herz und ich stieß einen schrillen, stummen Schrei aus. *Bei den Feen!*

ARTICA

Die Wände um mich herum begannen zu schmelzen, die Sonne über meinem Kopf hell und heiß, blendete mich mit einem Meer aus Weiß, als sich der Frost um mich herum in feuchte Tränen des Schmerzes verwandelte, weil er von der äußeren Kraft überwältigt wurde.

Das hier fühlte sich nicht mehr wie ein Traum an.

Sondern wie ein Albtraum.

Ein schmerzerfüllter, barscher Rausch von Albtraum.

So viel Schmerz. So viel Hitze. So viel *Freude.*

So viel, dass es wehtat, zu atmen. Ich konnte angesichts des gleißenden Lichts nichts sehen. Die Kälte hatte vollends von mir abgelassen.

Mir war heiß. Zu heiß. Ich fühlte mich wie eine Elementefee, die die Feuerquelle zum ersten Mal annahm, ohne zu wissen, wie sie die Flamme kontrollieren konnte.

Mit dem Unterschied, dass sich das hier überhaupt nicht elementar anfühlte.

Das hier war eine völlig andere Quelle.

Die Winterquelle.

Und sie … konsumierte mich.

Sie ertränkte mich in einem Meer aus unbekannter Magie und verlangte, dass ich alles davon auf einmal in meinem Herzen aufnehmen würde.

„Du bringst sie um!", schrie jemand.

„Nein, ich habe sie vor dem Tod bewahrt. Es ist deine Aufgabe, sie zurückzuholen", fauchte jemand anderes. „Du hast die Kraft, Wasserfee. Bring sie auf eure Ebene und lass deinen König die Zeremonie durchführen."

Ich wirbelte herum, verwirrt über die Stimmen und die Empfindungen, die durch mich hindurchjagten.

Alles drehte sich immer mehr – herum und herum ging es –, was mich so benommen machte, dass ich einen kurzen Augenblick lang das Bewusstsein verlor.

Dann landete ich auf einer Eisscholle. Das wertvolle Material ließ mich einen erleichterten Schrei von mir geben, als es meine überhitzten Lungen kühlte. Ich presste meine Wange ans Eis, war unendlich dankbar für die Kühle und Bekanntheit, die die Kraft mir spendete.

Artica, sagte eine tiefe, rumpelnde Stimme in meinen Gedanken.

Ich blinzelte, begriff, dass sie vom Eis unter mir gekommen war.

Nein, nicht Eis.

Mann.

Ich sah hoch – etwas, das meinem erschöpften Körper unendlich viel Kraft abverlangte – und blickte in eisblaue Augen, die zu mir hinuntersahen.

Kalt, flüsterte ich.

Er legte seine Hand an meine Wange. Die kalte Berührung ließ Tränen der Erleichterung aus meinen Augen kullern. Sein Daumen wischte sie weg, während er mich sanft an seinen Körper zog, als wöge ich nichts.

Moment, nein.

Das war nicht seine Hand.

Sondern die Hand von jemand anderem.

Gefolgt von einer Decke aus Schnee an meinem Rücken, die sich sooo gut und willkommen anfühlte, dass ich seufzte.

Lippen küssten meinen Nacken und das eisige Kribbeln beruhigte meine überhitzte Haut auf die beste Art und Weise.

Und während alledem sah mir Kalt unentwegt in die Augen.

Etwas bewegte sich hinter ihm. Ein flackerndes Licht auf weißem Hintergrund.

Ich kniff meine Augen zusammen, konnte nicht erkennen, was es war, bevor eine weitere kalte Hand sich an meinen Schenkel legte, um mein Bein über Kalt und den Mann hinter ihm zu legen.

Lark.

Diesen minzgrünen Augen wohnte mehr Kraft inne, als mein Herz vertragen konnte, sodass es angenehm in meiner Brust klopfte.

Ich versuchte nach ihm zu greifen, zog diesen Traum hier meinen anderen um ein Vielfaches vor, aber meine Arme verweigerten sich meinem Befehl.

Mir kam ein Wimmern über die Lippen. Das Bedürfnis, Lark zu berühren und ihm zu erlauben, etwas von der Magie in mir zu absorbieren, war überwältigend und wütete in meinem Inneren.

Schhh, sagte Kalt und zog meinen Blick zurück auf sich.

Ich war mir nicht sicher, warum er meinen Traum betreten hatte.

Na ja, ich wusste, warum.

Er war *immer* in meinen Träumen.

Aber ich hatte ihn endlich gehen lassen. Warum also kam er jetzt zu mir? Warum nahm er uns hier an?

War es mein Herz, das sich auf diese Weise von ihm verabschiedete? Indem es eine letzte falsche Erinnerung schuf, die ein Leben lang anhalten würde?

Das hier ist kein Traum, Artica, sagte er zu mir. *Wir sind in der Nähe der Wasserquelle.*

Ich runzelte die Stirn, aber er legte seinen Daumen an mein Kinn, um meinen Blick auf das gleißende Licht neben unseren Köpfen zu lenken.

Ich habe meine Blutverbindung zu Cyrus benutzt, um uns alle hierherzubringen, aber wir haben nicht viel Zeit. Wir müssen mit der Zeremonie beginnen, bevor es zu spät ist.

Als Wasserfeen-Royal war es ihm gestattet, der Quelle so nahe zu kommen, dass er sie beinahe berühren konnte, wenn der Anführer seiner Familienlinie es zuließ. Also ergab das alles irgendwie Sinn. Aber es fühlte sich zu fantastisch an, um wahr zu sein.

Es ist real, sagte er keuchend, konnte meine Bedenken ganz offensichtlich hören.

Etwas, das ich nicht verstand. *Wir sind nicht miteinander verbunden.*

Nicht als Wasserfeen, nein, erwiderte er. *Aber das werden wir jetzt nachholen.*

Ich habe es bereits behoben, sagte ich zu ihm. *Ich habe dich gehen lassen.*

Ja, und indem du das getan hast, hast du mir dabei geholfen, einzusehen, was meine wahre Bestimmung ist. Er sah mich mit traurigem Blick an. *Du bist genug für mich, Artica. Du bist mehr als genug. Tatsächlich bist du zu gut für mich.*

Ich verzog mein Gesicht. *Ich verstehe nicht.*

Du hast vorhin gesagt, dass du nicht gut genug für mich bist, flüsterte er und sein Daumen bildete jetzt Kristalle auf meiner Haut. *Aber das stimmt nicht. Du bist die perfekte*

Winterfeenkönigin und du bist perfekt für mich. Ich habe meinen eigenen Wert angezweifelt, nicht deinen. Ich habe meinen Glauben angezweifelt, nicht deinen. Und ich habe meine eigenen Stärken angezweifelt, nicht deine.

Ich schluckte trocken. Jetzt wusste ich, dass das hier ein Traum war, weil er all die richtigen Dinge sagte.

Ich werde mir nie dafür vergeben, dass ich deinen Glauben in mich zerstört habe, Artica. Und werde den Rest meines Lebens damit zubringen, zu versuchen, mir deinen Glauben zu verdienen. Wiederverdienen.

Er presste seine Lippen auf meine, woraufhin ein magisches Kitzeln über meine Haut zog und in meine Adern drang. Mein Herz klopfte wie wild und meine Seele schien im Angesicht unserer Liebkosung aufzublühen.

Ich konnte das Gefährtenband zwischen uns surren hören, wie es mich herausforderte, es erneut zu bilden.

Stirnrunzelnd wies ich es ab. Auch wenn das hier ein Traum war, wollte ich nicht riskieren, ihn wieder einzuschließen. Er seufzte. *Artica, ich weiß, dass ich dir wehgetan habe. Es tut mir leid. Ich war zu konzentriert darauf, das zu sein, von dem ich dachte, dass ich es sein sollte, und habe nicht verstanden, dass viel wichtiger ist, wer ich im Moment bin. Ich habe mein Schicksal bereits erfüllt. Es fühlte sich bloß zu gut an, um wahr zu sein. Als hätte ich auf meiner vorgegebenen Reise versehentlich eine falsche Abzweigung genommen. Ein wunderbarer Zufall, den zu erleben ich nicht verdient habe.*

Lippen berührten meine Halsschlagader erneut, die schneeige Essenz hinter mir summte an meiner Haut entlang, während ein Hauch Magie meine Schulter streifte.

Norden.

Sein Haar fühlte sie an wie Seide, sein Körper stark und sicher an meinem Rücken, während er mich zwischen ihm und Kalts Brust einklemmte.

Während Lark über Kalts Schulter blickte.

Nur wir drei in einem Meer aus Weiß, begleitet von der Wasserquelle über unseren Köpfen.

Wahrhaft fantastisch.

Ein Traum.

Eine Realität, versicherte Kalt mir. *Wir haben die Triade komplettiert, Artica. Darum kann ich dich spüren. Aber wir müssen die Wasserfeenbänder bilden.*

Ich runzelte die Stirn. *Das ergibt keinen Sinn.*

Du hast uns alle als Wasserfee an dich gebunden. Mit Norden befindest du dich sogar auf der dritten Ebene. Wenn du die Bänder nicht komplettierst, werden die Quellen sich unaufhörlich um deine Seele streiten.

Ich starrte ihn an, suchte in seinem Blick nach etwas, das ich nicht verstand. *Sich um meine Seele streiten?* War mir deshalb immer wieder abwechselnd heiß und kalt? *Die intensive Hitze, die gegen die eisigen Wände angekämpft hat …*

Die Wasserquelle versucht an dir festzuhalten, während die Winterquelle dich wegen deiner Verbindung zu Lark dazu zu zwingen will, den Thron zu besteigen. Dein Band auf dritter Ebene mit Norden hat diesen Prozess beschleunigt. Und der Leiter hat die Verbindung dann finalisiert.

Die Krone, überlieferte ich.

Ja.

Sie ist zersprungen, flüsterte ich zum tausendsten Mal.

Ja, bestätigte er. *Und die Magie ist in dich und in deine Verbindung zu Lark gefahren. Sie bringt dich um, Artica.*

Also habt ihr die Triade komplettiert, sagte ich langsam.

Ja, haben wir.

Weil … die Quellen sich um meine Seele streiten. Keine Frage, sondern eine Aussage. Eine, die mein Herz durchbohrte.

Ja, antwortete er. *Und jetzt müssen wir die elementare Verbindung komplettieren, um dich zwischen den Quellen zu ankern.*

Ich schluckte leer. *Andernfalls wird meine Seele in Stücke gerissen.*

Ja. Er hörte sich erleichtert an.

Ich, hingegen, war alles andere als erleichtert.

Du tust das nur, um mich zu retten. Nicht, weil er es wollte. Nicht, weil er mich wollte. Er wollte bloß nicht, dass die Quellen mich umbrachten.

Eine noble Absicht, und eine, die ich respektieren konnte.

Denn das würde unvermeidlich zu einem Krieg führen.

Aber das würde Kalt auch für die Ewigkeit an mich binden. Etwas, von dem ich wusste, dass er es nicht wirklich wollte.

Artica, sagte er und drückte seine Hand fester an meine Haut. *Nein, das stimmt nicht. Ich* will *das hier. Ich will dich. Ich will auch Lark und Norden. Das habe ich immer schon.*

Ich war mir nicht sicher, ob mir gefiel, dass er meine Gedanken hören konnte. War es, weil er uns zur Wasserquelle gebracht hatte? Dass er jetzt, wo wir uns auf dieser Ebene befanden, der Stärkste war? Er war der Wasserfeenprinz. Ein Royal. Ein Wesen mit immenser elementarer Kraft.

Es ergab Sinn, dass er mich durchschauen und all meine Gedanken und Zweifel hören konnte.

Ich seine aber nicht.

Ich konnte seine wahren Absichten nicht spüren.

Und all seine bisherigen Taten ließen mich glauben, dass er es nur tat, um die Königreiche zu retten. Um sicherzustellen, dass unsere Art nicht in den Krieg ziehen würde, wegen dem, was ich getan hatte.

Nein, sagte Kalt mit barscher Stimme in meinen Gedanken. *Es ist nicht deine Schuld, Artica. Es ist meine Schuld. Mein Unglaube hat zu alledem geführt, nicht du. Ich habe meinen Wert angezweifelt. Ich habe mein Schicksal angezweifelt. Ich habe uns angezweifelt. Und darum sind wir jetzt hier. Du hast alles richtig gemacht. Du bist deinem Herzen und deiner Seele gefolgt. Ich habe meine ignoriert.*

Ich will nicht, dass unsere Königreiche in den Krieg ziehen, dachte ich zu ihm zurück. *Können wir das alles nicht auf anderem Weg wieder hinbiegen? Einer, der dich nicht zwingt, deine Seele für die Ewigkeit aufzugeben?*

Du verstehst nicht. Kalts Hand begab sich an meinen Nacken und ein intensiver Blick waberte in seinen eisblauen Augen. *Nicht bei dir zu sein, würde bedeuten, meine Seele für die Ewigkeit aufzugeben, Artica. Nicht Teil dieses Gefährtenzirkels zu sein, würde bedeuten, meine Seele für die Ewigkeit aufzugeben. Unserem Schicksal den Rücken zuzuwenden, würde bedeuteten, meine Seele für die Ewigkeit aufzugeben. Genau das war ich bereit zu tun, weil ich dachte, dass ich nicht würdig bin.*

Sein Griff um meinen Nacken wurde fester.

Aber ich lag falsch, Artica.

Er stupste meine Nase sanft an und der kalte Kuss wanderte direkt in mein Herz.

Das ist mein Weg und die Ewigkeit, die ich gewählt habe.

Seine Lippen berührten meine.

Du bist meine auserwählte Gefährtin.

Seine Zunge glitt in meinen Mund, hauchte meinem Wesen winterliches Leben ein und überhäufte mich mit schneeiger Freude.

Ich entscheide mich für dich. Für das hier. Für uns.

Er vertiefte unseren Kuss mit jeder Bemerkung und seine Kraft flutete meine Adern, während er mich dazu drängte, ihn zu spüren, ihn zu *sehen*.

Mein Herz schmerzte, weil es so unglaublich schnell pochte, und meine Seele war steif gefroren und unsicher, wie unser nächster Schritt aussah.

Deine Schneeflockenkette leuchtet hell, sagte er zu mir. *Ich weiß, dass du weißt, was das bedeutet, Artica. Ich weiß, dass du*

*spüren kannst, wie richtig wir alle zusammen sind. Und ich weiß,
dass du an unsere gemeinsame Zukunft glaubst.*

Nordens Lippen küssten meinen Nacken und seine
Zunge glitt über meinen Hals, verschaffte mir Gänsehaut.

Larks Hand glitt an meinem Schenkel hoch, der
Hautkontakt eine willkommene Empfindung. Ich war mir
nicht sicher, wann ich mein Kleid ausgezogen hatte. Ich
war mir auch nicht sicher, ob ich mir wirklich etwas daraus
machte.

Nicht, wo Kalts Zunge doch in meinem Mund war und
seine kalte Haut meine berührte.

*Ich bin meinen Träumen für eine so lange Zeit aus dem Weg
gegangen, war verloren in einer Welt der Ambitionen und so erpicht
auf einen einsamen Pfad, dass ich das wunderbare Geschenk vor
meiner Nase nicht sehen konnte,* sagte Kalt leise. *Du bist die
Zukunft, neben der ich jeden Tag aufwachen will, Artica.*

Meine Haut kribbelte, ihre kollektiven Berührungen
ließen an meinem ganzen Körper Funken sprühen.

Kalt küsste mich erneut und seine Zunge berührte
meine.

Deine Freude ist ansteckend, flüsterte er. *Dein Herz ist rein.
Deine Schönheit ist außerweltlich. Und deine Seele ist so voller Leben
und Liebe.*

Ich stöhnte. Sein Kuss verschaffte mir den Sauerstoff,
von dem ich nicht realisiert hatte, dass ich ihn gebraucht
hatte.

Eine Hand berührte meine Seite, dann glitt sie
zwischen mich und Kalt, um sich an meinen Unterbauch
zu legen. *Norden,* erkannte ich. Seine Hand glich einem
Eisblock an meiner überhitzten Haut.

*Du bist die Königin, von der ich nie wusste, dass ich sie brauche
und ohne die ich nicht leben kann,* fuhr Kalt fort. *Ohne dich, Lark
und Norden wäre mein Leben bedeutungslos. Ich wäre einsam und
trostlos und allein. Und obwohl ich das nach allem, was ich getan*

habe, verdiene, werde ich eine Ewigkeit damit zubringen, sicherzustellen, dass ich mehr verdiene.

Kalts Mund ließ von meinem ab und er sah mir in die Augen.

Ich werde die Ewigkeit damit zubringen, dich mir zu verdienen, sagte er zu mir. *Wenn du es zulässt, Artica. Ich schwöre, dass ich für immer dein sein werde. Dass ich dich verehren werde. Dich lieben werde. Dir jeden Tag beweisen werde, dass es uns bestimmt ist, zusammen zu sein und dass ich an unser Schicksal glaube.*

Ich schluckte leer. Mein Herz klopfte wie verrückt.

Mach mich zu deinem Gefährten, Artica, murmelte er. *Mach uns alle zu deinen Gefährten.*

KALT

I ch hielt meinen Atem an, wartete Articas Antwort ab.

Wir drei lagen auf dem Eisbett in Larks Suite, in der Nähe des Pools.

Norden hatte es eine Badewanne genannt, aber sie nahm mehr als die Hälfte des riesigen Schlafzimmers ein, erstreckte sich bis zum anliegenden Badezimmer.

Wir hatten unsere und Articas Kleider als Erstes entfernt, um ihre Körpertemperatur zu senken. Sie hatte sich augenblicklich beruhigt, als sie die eisige Platte unter sich gespürt hatte, und dann hatte sie geseufzt, als ich sie mit meiner Wassermagie ummantelt hatte.

Cyrus hatte mir gesagt, dass ich sie in meinen Armen halten sollte, und dann hatte sich Norden hinter sie begeben, während Lark hinter mir ruhte.

Sie unterstützten mich, während ich versuchte, Artica zu ankern.

Es bedurfte eines absurden Ausmaßes an Kraft, sie in der Nähe der Wasserquelle zu behalten. Etwas, womit mir Cyrus half, indem er mir erlaubte, die Ebene der Quelle zu benutzen, um mit Artica mittels unserer Seelen zu kommunizieren.

Mir war unsere Umgebung bewusst und doch irgendwie nicht. Ich wusste, dass wir lagen. Ich wusste, wo Lark und Norden positioniert waren. Aber mein Fokus lag vollends auf Artica und der Wasserquelle über uns.

Ich konnte sie leuchten sehen. Ihr blondes Haar war beinahe schneeweiß. Aber es waren ihre tiefblauen Augen, die mich fesselten, während ich auf ihre Antwort wartete.

Sie glaubte, dass ich bloß versuchte, einen Krieg zu verhindern. Etwas, das ich dem Winterfeenteil unserer Verbindung entnahm. Es waren weniger Worte, die ich hörte, sondern eher Empfindungen, die ich spürte. Als könnte ich die Intentionen ihres Herzens vernehmen.

Sie wollte mich nicht einschließen.

Und doch hatte sie das Gefühl, dass sie genau das tun würde, wenn sie das Band erzwang.

Es war Lark, der das Problem in Worte fasste. Dass ihr Glauben an meine Absichten schwankte.

Und Norden bestätigte das, da er ihre Gedanken lesen konnte.

„Küss sie noch mal", sagte mir Norden jetzt. „Das wird ihr dabei helfen, sich zu ankern."

Ich zögerte keine Sekunde, tat genau das, was er mir aufgetragen hatte. Mein Mund legte sich auf der Seelenebene auf ihren. Sanft drückte ich meine Lippen auf ihr, während wir auf der Eisplatte in Larks Suite lagen.

Es war eine bizarre Empfindung, wie unsere Körper sich vereinten, während unsere Seelen auf einer Ebene tanzten, die nur wenige jemals erfahren hatten. Lark und Norden mitzubringen, hatte viel Kraft bedurft. Doch die beiden hatten mir durch unser Winterfeenband geholfen.

Nichts hiervon sollte möglich sein.

Oder besser gesagt ... Nichts hiervon war *erlaubt*.

Aber mit Cyrus' Segen machten wir es möglich.

Ich hatte die Vermutung, dass auch Zakkai uns half. Nicht, dass er das zugegeben hätte. Aber es gab einen Grund, warum er noch nicht gegangen war. Einen Grund, den er nicht laut kundtun wollte.

Artica seufzte – auf der Seelenebene und physisch – und ihr Körper schien sich an meinen zu lehnen. *Du bist genauso ein guter Küsser, wie ich es mir in meinen Träumen immer ausgemalt habe. Vielleicht sogar besser.*

Du solltest mich zuerst in der Wirklichkeit küssen, bevor du deine Entscheidung fällst, flüsterte ich und strich mit meiner Nase sanft über ihre und zu ihrem Ohr. *Ich kann es kaum erwarten, dich auf alle erdenklichen Arten zu kosten, Artica.*

Norden summte zustimmend, sodass sie ihre Augen erneut blinzelnd öffnete. Nicht ihre physischen Augen, sondern diejenigen, die ihre Seele sehen ließen. Sie versuchte, ihn zu erkennen, aber ihre Seele war zu schwach, um viel Bewegung zu ermöglichen. Was auch der Grund dafür gewesen war, warum wir sie verlagert hatten – warum wir uns ihr hier angeschlossen hatten, anstatt sie zurück in ihre körperliche Form zu locken.

Jetzt hing alles von der Wasserquelle ab.

Und Articas Bereitschaft, sich zu verbinden.

„Frag sie noch einmal", meinte Lark.

Er und Norden schienen auf dieser Ebene nicht in der Lage zu sein, zu sprechen. Vermutlich, weil sie keine Elementefeen waren. Zum Glück erlaubte Nordens Band ihr dennoch, sie zu hören. Aus irgendeinem Grund konnte sie ihn jedoch nicht hören.

Artica, flüsterte ich. *Du weißt, dass Elementefeen sich nur mit gegenseitiger Zustimmung verbinden können. Und ich weiß, dass die Umstände alles andere als ideal sind. Aber ich will das hier. Ich will dich. Und Norden und Lark tun das auch.*

Ich griff nach ihrer Hand und legte sie auf mein Herz – physisch und seelisch.

Spürst du meine Bänder zu ihnen? Spürst du den Glauben, der uns alle verbindet? Du bist das Herzstück davon, Artica. Diejenige, um die wir uns drehen. Nicht der Winterfeenkönig, sondern die Königin, die zu ehren es uns bestimmt ist, bis ans Ende unserer Tage.

Sie erschauderte und ihre Augen schlossen sich wieder. *Ein Gefährtenzirkel.*

Ja.

Um uns vor dem Krieg zu bewahren.

Nein, erwiderte ich augenblicklich. *Um als eins zusammen zu sein. Um einander zu lieben und zu respektieren. Um die Quellen der Kraft zu teilen und der mächtigste Gefährtenzirkel zu sein, die die Winterfeen jemals gesehen haben. Um Heiterkeit und Freude in allen Reichen zu verbreiten. Und um den Feen zu zeigen, dass wir uns verbinden, aufblühen können und dass Liebe wirklich alles überwindet.*

Aber du liebst mich nicht, flüsterte sie.

Ich seufzte. *Artica, ich will die Gelegenheit haben, dich lieben zu können. Ich will die Möglichkeit haben, mit dir zu wachsen. Ich will die Möglichkeit haben, gut genug für dich zu sein.*

Ich legte meine Hand erneut an ihre Wange.

Du hast mir das Herz gebrochen, als du unser Band zerstört hast. Es war eine Empfindung wie keine andere, die ich jemals verspürt habe. Und ich will mein Herz heilen, die zerbrochenen Stücke wieder zusammenfügen – für dich, betonte ich. *Bitte, Artica. Bitte, lass mich dich lieben. Lass uns dich lieben.*

Ihre schneeweißen Wimpern schlugen auf und zeigten ihre schönen blauen Iriden. Sie blickte mir tief in die Augen, ließ mich den Pein darin sehen – das Misstrauen, den Schmerz spüren, der in ihr tobte.

Und ihre Entschlossenheit. Die Einsicht, dass es keinen anderen Ausweg gab.

Dass sie zwar ihre Seele für meine Freiheit aufgeben

könnte, ihre Entscheidung die Reiche aber in einen Krieg stürzen würde.

Lark seufzte, spürte ganz offensichtlich dasselbe in ihrer Aura.

Norden bestätigte dies laut, sagte uns, was sie dachte.

Sie würde zustimmen, weil sie es tun musste. Und sie würde es bereuen, mir dieses Band aufgezwungen zu haben.

„Sie glaubt, dass es ihre Besessenheit von dir war, die uns alle an diesen Punkt gebracht hat. Dass, wenn sie bloß vorher realisiert hätte, dass du sie nie lieben würdest, sie dich hätte gehen lassen können, bevor das alles begonnen hat. Und sie bereut es, dass sie die Herausforderung angenommen hat, sich um dieses Praktikum zu bewerben", fasste Norden mit merklicher Verärgerung zusammen.

Das konnte ich verstehen.

Denn jetzt dachte sie unvernünftig.

Aber ich hatte sie an diesen Punkt gebracht. Also würde ich das wieder hinbiegen.

„Wird es genügen, ihre Wasserfeenbänder zu finalisieren?", fragte Lark. Die Frage schien an eine andere Fee im Raum gerichtet. „Oder wird der Gefährtenzirkel komplett sein müssen, um die Quellen auszugleichen?"

Ich knirschte mit den Zähnen. Der Winterfeen-Gefährtenzirkel bedurfte Glaubenskraft und Artica verfügte im Moment ganz offensichtlich über keine.

Wegen mir. Wegen meiner Sturheit.

Ich hatte sie verjagt und jetzt glaubte das heitere Herz unseres Zirkels nicht mehr an unser Schicksal.

„Es gibt nur einen Weg, es herauszufinden", erwiderte Zakkai. „Das sollte euch genug Zeit einräumen, um ihre Seele temporär ins Gleichgewicht zu bringen. Aber die Winterquelle wird weiterkämpfen, bis ihr entweder ein permanentes Gleichgewicht herbeiführt oder den Streit zwischen den Quellen schlichtet."

Mit anderen Worten ... Entweder würden wir unseren Gefährtenzirkel festigen ...

Oder wir würden Articas Leben aufs Spiel setzen.

Aber wenn wir sie zurück in ihre physische Form zurückbringen konnten – wenn auch nur vorübergehend –, konnte ich sie von meinen Absichten überzeugen.

Ein Gefährtenband würde ihr zudem Zugriff auf meine Gedanken geben.

Den sie dazu benutzen konnte, um meine Worte und Taten zu analysieren.

„Das wird reichen", versprach ich Lark und Norden. „Wenn sie einmal mit uns verbunden ist, wird sie unseren Glauben spüren."

„Und der Gefährtenzirkel wird sich von allein bilden", meinte Norden.

„Ja", stimmte ich zu.

Er nickte an ihren Kopf gelehnt. „Tu es."

Lark drückte Articas Schenkel, welcher auf meinem lag, und er drückte seine Lippen an meinen Nacken. „Nach dir, Wasserprinz."

ARTICA

K alt sagte all die richtigen Dinge.
 Aber etwas hielt mich zurück.

Ich konnte es nicht definieren, konnte nicht sagen, warum ich ihm nicht vollends glaubte. Ich wusste nur, dass die Situation nicht mehr anders zu retten schien – wusste, dass es keine Alternative gab.

Jede gute Fee hätte in dieser Lage getan, was nötig war, um die Reiche zu retten.

Und Kalt war eine der besten Feen, die ich kannte.

Das war der Grund, warum ich ihn immer schon geliebt hatte. Eine Liebe, die jetzt beschmutzt schien, weil es der Grund war, warum er derzeit keine andere Wahl hatte.

Oder aber vielleicht hatte er das.

Aber ich konnte es nicht wissen, bevor wir das Band finalisiert hatten.

Was eine Schande war, denn ich würde Zugriff auf sein Herz und seine Gedanken haben, und die Wahrheit erfahren, die ich bereits zu kennen glaubte. Dass er seine Glückseligkeit für die Reiche opferte.

Ich würde unglücklich mit ihm sein.

Na ja, nicht vollends.

Denn Lark und Norden würden meinem Schmerz Abhilfe schaffen. Und ich ihrem.

Ich weiß, dass du mir nicht glaubst, flüsterte Kalt in meine Gedanken. *Aber das ist in Ordnung, Artica. Weil ich es dir beweisen werde, sobald wir es getan haben.*

Ich erwiderte nichts, weil ich nicht wusste, was ich sagen sollte.

Ich traute mich auch nicht, auf mehr zu *hoffen.*

Denn ich wollte ihm glauben. Ich wollte, dass seine Worte wahr waren – mehr als alles andere in den Feenreichen. Aber ich weigerte mich, mir ein Happy End zu wünschen, das vielleicht nie in Erfüllung gehen würde.

Cyrus ist bereit, sagte Kalt zu mir, als sich uns eine neue Präsenz in der Nähe der Quelle anschloss. *Das hier ist eher unkonventionell, da du bewusstlos bist.*

Ich runzelte die Stirn. Ich hatte nicht wirklich darüber nachgedacht, warum wir hier waren, und in Seelenform sprachen anstatt persönlich.

Vorwiegend, weil ich bis vor wenigen Minuten überzeugt davon gewesen war, dass das alles nur ein äußerst merkwürdiger Traum war.

Und um ehrlich zu sein, war ich immer noch nicht ganz sicher, ob das vielleicht der Fall war.

Aber die Wasserquelle fühlte sich äußerst real an. Genauso wie meine Seele. *Warum bin ich bewusstlos?*

Weil dein Geist zu schwach ist, um deinen Körper anzutreiben, sagte er mit trauriger Stimme zu mir. *Die Bänder werden das beheben. Wir werden dir unsere Kraft schenken, damit es dir bald wieder besser geht.*

Ich schluckte leer. *Und unsere Seelen für immer aneinanderbinden.*

Wenn du mich fragst, ist das nur ein Zusatznutzen, sagte er und fuhr sanft mit seinen Lippen über meine. *Norden und Lark sehen es auch so.*

Sie machen sich keine Sorgen darüber, mit der Wasserquelle verbunden zu werden?

Sie sind besorgter darum, dich zu verlieren, Artica, erwiderte er. *Wir werden das zusammen lösen, als Gefährtenzirkel.*

Seine Worte wärmten mir das Herz.

Aber nicht genug, um Hoffnung darin aufflackern zu lassen.

Okay, vielleicht gerade genug, um etwas Hoffnung darin zu entfachen.

Aber ich ignorierte diese Flamme. Oder versuchte es, jedenfalls.

Cyrus beginnt, sagte Kalt mir, seine Worte begleitet von einer magischen Welle, die meine Sinne kitzelte. So erschreckend schön und voller mystischer Energie.

Meine Seele seufzte, verbeugte sich vor der Macht der Quelle und dem König, der ihre Kraft führte.

Vom Wasserfeenkönig höchstpersönlich verbunden zu werden, war ein wahrer Segen. Nur wenigen Feen wurde so eine Ehre zuteil.

Und doch spürte ich es nur in meiner Seele, hörte die Worte und den Gesang nicht, den er von sich gab, um die Zeremonie zu beginnen.

Aber das spielte keine Rolle. Ich hatte mein ganzes Leben lang von dieser Vereinigung geträumt. Wie es sich anfühlen würde, wenn Kalt und ich unsere Gelübde aufsagen würden.

Jetzt würden wir es tun.

Aus den falschen Gründen.

Was mein Herz betrübte, bis ich Nordens Lippen an

meinem Hals spürte. Er erinnerte mich daran, dass ich nicht allein war. Dass er und Lark auch hier waren.

Meine Gefährten.

Ein Selkie und ein Winterfeenkönig.

Ein wahr gewordener Traum.

Danke, dachte ich in seine Richtung, war enttäuscht, als ich seine Antwort nicht hören konnte.

Er sagt, dass du ihm nicht danken sollst, meinte Kalt. *Aber wenn du interessiert daran bist, ihm später deine Dankbarkeit zu zeigen, hätte er da so eine gewisse Aktivität im Sinn.*

Ich runzelte die Stirn. *Du kannst Norden hören?*

Nicht mental. Er ist sich bewusst, was wir tun, und kann deine Gedanken lesen. Und jetzt ist Cyrus alles andere als amüsiert über seine Unterbrechung.

Ich musste beinahe grinsen. *Nicht einmal Könige lässt er ausreden.*

Er hat lange mit Lark geübt, sagte Kalt. Dann räusperte er sich. *Wir stehen kurz davor, unsere Gelübde abzulegen. Cyrus geht schnell vor, weil er spüren kann, dass die Winterquelle eindringen will.*

Ein Hitzeschwall nahm mein Herz ein, als er sprach, was seine Worte bestätigte. Kalt presste seine Hand an meine Brust, beruhigte den Schmerz augenblicklich mit einer eisigen Berührung.

Wir beide werden uns zuerst verbinden, sagte er zu mir. *Im Anschluss wirst du dein Band mit Norden, dann jenes mit Lark finalisieren.*

Ich schluckte leer. Entweder würde das die Dinge verschlimmern oder –

Glaube, flüsterte er. *Ich weiß, dass ich es nicht verdiene, aber glaube wenigstens ein bisschen.*

Eine gefährliche Bitte.

Bitte, Artica. Er schmiegte seine Nase an meine. *Hör auf deine Seele. Sie wird dich führen.*

Ich dachte an die vergangene Nacht mit Norden. Wie ich meiner Seele erlaubt hatte, zu übernehmen, und mich einfach dem Moment hingegeben hatte.

Warum konnte ich mit Kalt nicht dasselbe tun?

Er hatte mein Herz verwundet. Aber es war nicht er gewesen, der unser Band gekappt hatte. Ich war das gewesen. Vielleicht schuldete ich es ihm, es erneut zu versuchen – im Zweifelsfall zu seinen Gunsten zu entscheiden.

War nicht ich es gewesen, die ihm gesagt hatte, dass er sein Leben nach seinen Wünschen leben sollte? Die versucht hatte, ihn davon zu überzeugen, sich Nordens und Larks Triade anzuschließen?

Warum hatte ich aufgehört? Weil er meine Gefühle verletzt hatte? Weil er mir eine Umarmung verwehrt hatte?

Warum hatte ich ihn so einfach gewinnen lassen? Warum hatte ich nicht erbitterter gekämpft?

Ich hatte ihn schon gewollt, seit ich denken konnte. Ich hatte mich sogar *wegen ihm* auf ein Praktikum beworben. Klar, ich war auch dazu herausgefordert worden. Aber am Ende des Tages war er der Grund gewesen, warum ich die Position gewollt hatte.

Weil ich ihn gewollt hatte.

Ich wollte ihn *noch immer*.

Ich wollte Kalt. Ich wollte Lark. Ich wollte Norden.

Und durch einen Schicksalsschlag gehörten sie alle mir.

Warum beweinte ich mein Leben, als wäre etwas Schreckliches passiert? Diese negative Herangehensweise sah mir überhaupt nicht ähnlich. Ich war nicht traurig. Ich brütete nicht.

Ich lebte und genoss jede Minute, als wäre sie meine letzte.

Warum sollte das hier anders sein?

Ein weiterer Hitzestrahl durchfuhr mein Herz,

umgehend gefolgt von Kalts kühlender Hand. *Wir müssen jetzt die Gelübde sprechen, Artica. Ich werde dir –*

Ich, Artica, nehme die Kraft, die mich an Kalt, geboren aus dem Wasser, bindet, an, sagte ich. Er brauchte mir nicht zu sagen, was ich von mir geben sollte.

Ich kannte jedes einzelne, wunderschöne Wort auswendig.

Und ich öffnete meine Seele, als sie in meine Gedanken rieselten.

Ich gelobe, ihn zu lieben und zu ehren, durch alle Ären und Zeiten, die wir durchleben mögen, bis unsere Seelen uns scheiden, fuhr ich leise fort.

Die Gelübde waren beinahe dieselben für alle Wasserfeen, mit ein paar persönlichen Abänderungen. Vorausgesetzt, die Fee wollte etwas von den traditionellen Worten abweichen.

Ich war eine dieser Feen.

Denn das hier war der Teil, von dem zu sagen ich schon immer geträumt hatte. Die drei Attribute, die ich Kalt als Gefährtin geben würde.

Ich schenke ihm meine heitere Art, meine Liebe zu reinem Schnee, meine warme Bewunderung, und nehme seine im Gegenzug an.

Der Rest war bloß Semantik. Ein Gelübde, das mit der Zustimmung der Wasserquelle gesprochen wurde.

Mein Element ist nun genauso seines wie auch meines, genauso wie seines mir gehört. Bei den Feen, mögen wir uns nie trennen. Und ich werde ihn nicht für einen anderen aufgeben. Mein Wasser gehört für immer ihm und ... Ich verstummte. Die Worte ‚nur ihm allein‘ wollten mir nicht über die Lippen kommen.

Das waren die letzten Worte des Schwurs.

Aber mein Wasser würde nicht nur ihm gehören.

Denn wir hatten auch noch Norden und Lark an unserer Seite.

Und unserem Gefährtenzirkel, sagte ich stattdessen.

Stille legte sich über uns und allerhand Emotionen waberten in Kalts kühlem Blick.

Ein Kloß begann sich in meinem Rachen zu bilden und Tränen stiegen mir in die Augen.

Denn das hier würde uns für immer aneinanderbinden.

Und wenn er mich jetzt abwies, würde ich –

Ich, Kalt, Wasserfeenprinz, nehme hiermit die Kraft, die mich an Artica, Königin der Winterfeen, bindet, an. Ich gelobe, sie zu lieben und zu ehren, durch alle Ären und Zeiten, die wir durchleben mögen, bis unsere Seelen uns scheiden. Ich schenke ihr meine aufrichtige Hingabe, meine eisige Wahrheit, meine schneeige Gelassenheit und nehme ihre im Gegenzug an.

Der Frost in meinen Augen schmolz zu Tränen. Seine Worte streichelten meine Seele auf eine Art und Weise, die ich nie erwartet hätte.

Denn er verlieh mir Eigenschaften von sich, die den üblichen Schwur überstiegen.

Er hatte sich seine Worte gut überlegt.

Was den Rest zu einem Flüstern im Wind machte.

Mein Element ist nun genauso ihres wie auch meines, genauso wie ihres mir gehört. Bei den Feen, mögen wir uns nie trennen. Und ich werde sie nicht für eine andere aufgeben. Mein Wasser gehört für immer ihr und unserem Gefährtenzirkel.

Seine Lippen legten sich auf meine und ein elektrischer Funke erleuchtete die Luft, als unsere Seelen sich vor der Wasserquelle vereinten, unsere Seelen vereinigte.

Aber wir waren noch nicht fertig.

Die Zeremonie ging damit weiter, dass Norden mich zu sich herumdrehte. Seine schokoladenbraunen Augen sahen in meine, während Kalt meinen Nacken küsste und seine Gedanken sich mir mit jeder Sekunde mehr und mehr öffneten.

Ich konnte seine Absichten jetzt spüren. Den wahren Grund, aus dem er hier war. Und die Akzeptanz in seinem

Herzen, dass das hier sein wahres Schicksal war. Dass er sich aus den falschen Gründen dagegen aufgelehnt hatte, anstatt es anzunehmen.

Sag unser Gelübde zu Norden, flüsterte Kalt. *Er sollte in der Lage sein, sein Gelübde abzulegen, wenn du deines aufgesagt hast.*

Es war schwierig, sich zu konzentrieren, wo Kalts Gedanken doch meine so wunderbar wärmten und sein Körper sich an meinen Rücken presste. Seine Lippen waren an meinem Nacken und auf Nordens Mund zog dieses verführerische Grinsen auf, dass mir sagte, dass er als Nächster dran war. Dass er meine Gedanken auch bald hören und sich mit mir unterhalten könnte.

Oh, bei den Feen …

Das ist nicht das Gelübde, summte Kalt zurück, während seine Zähne über mein Ohr wanderten.

Mein ganzer Körper sehnte sich jetzt mit einer brennenden Lust nach ihm. Meine Seele wollte unser Band auf die spirituellste aller Arten finalisieren.

Aber Norden sah mir in die Augen und ich konnte das verruchte Versprechen auf seinen Lippen beinahe schmecken.

Ich, Artica, nehme die Kraft, die mich an Norden bindet, an. Ich gelobe, ihn zu lieben und zu ehren, durch alle Ären und Zeiten, die wir durchleben mögen, bis unsere Seelen uns scheiden. Ich schenke ihm meine verspielte Seite, meine Bewunderung für das Eis, meine guten Haartage und nehme seine im Gegenzug an. Mein Element ist nun genauso seines wie auch meines, genauso wie seines mir gehört. Bei den Feen, mögen wir uns nie trennen. Und ich werde ihn nicht für einen anderen aufgeben. Mein Wasser gehört für immer ihm und unserem Gefährtenzirkel.

Norden grinste und seine Lippen fuhren sanft über meine, als seine Stimme in meinem Kopf erklang. *Ich, Norden, der sexyeste Selkie der Welt –*

Er hielt inne, seufzte tief und entfernte sich, woraufhin ich meine Stirn runzelte.

Es sind nur formelle Titel erlaubt, erklärte Kalt. *Cyrus schimpft ihn aus.*

Muss ich noch einmal anfangen?

Nein. Norden kümmert sich darum.

Ich, Norden, sagte er erneut, *Winterfeenprinz der Höchsten Ordnung, nehme hiermit die Kraft, die mich an Artica, Königin der Winterfeen, bindet, an. Ich gelobe, sie zu lieben und zu ehren, durch alle Ären und Zeiten, die wir durchleben mögen, bis unsere Seelen uns scheiden. Ich schenke ihr meine sexuelle Leistungsfähigkeit, meinen begierigen S...* Er räusperte sich. *Ähm, meinen begierigen Sahnelutscher, meine warme Vergötterung, und akzeptiere ihre im Gegenzug. Mein Selkieherz gehört ihr nun genauso, wie ihr Element mir gehört. Bei den Feen, mögen wir uns nie trennen. Und ich werde sie nicht für eine andere aufgeben. Mein seidener Pelz soll für immer ihr und nur ihr gehören.*

Ich konnte mir angesichts seiner wohlüberlegten Abänderungen ein Grinsen nicht verkneifen. Ach, Norden ...

Cyrus ist stocksauer auf mich, sagte er. *Küss mich, damit ich mir seine Züchtigung nicht anhören muss.*

Ich presste meine Lippen auf seine, nahm sein Gelübde an und spürte, wie unser Band sich auf der vierten Ebene einpendelte. Die Wasserquelle schien ganz offensichtlich nichts gegen sein vulgäres Gelübde zu haben.

Immerhin liebten Feen Sex.

Wir liebten das Leben.

Und es gab keinen besseren Weg, um das zu tun, als unsere Absichten offen kundzutun.

Genau darum ist es dir bestimmt, mein zu sein, summte Norden. Seine Freude darüber, wieder in meinem Kopf zu sein, war genauso groß wie meine. *Du kannst mich hören.*

Und ich mag dich, sagte ich zu ihm.

Na, was für ein Glück. Denn jetzt haben wir einander für den Rest unseres Lebens am Hals.

Ich kann mir schlimmere Schicksale vorstellen, gab ich zu, dachte daran, dass die Quellen sich um meine Seele gestritten hatten.

Er zog mich fest an sich und seine Zunge glitt in meinen Mund. Er küsste mich so leidenschaftlich, dass mir der Atem wegblieb. *Jag mir nie wieder so eine Angst ein. Nie wieder.*

Ich werde es versuchen, flüsterte ich.

Gut. Und jetzt verbinde dich mit Lark, damit wir ficken können, sagte er.

Kalt lachte hinter mir, hatte die Worte ganz offensichtlich vernommen. Oder aber vielleicht hatte Norden sie laut gesagt.

Ich konnte mir gut vorstellen, was für ein Gesicht König Cyrus jetzt machte.

Die Körper um mich herum bewegten sich und Lark und Norden tauschten Plätze. Kalt verblieb hinter mir, als Wasserfeenanker.

Larks Gesichtsausdruck war weitaus ernster als Nordens und seinen minzgrünen Augen wohnte ein Hauch Zurückhaltung inne.

Er macht sich bloß Sorgen darüber, was die Quellen tun werden, wenn wir die Vereinigung finalisieren, sagte Kalt zu mir. *Er hat seine Meinung nicht geändert.*

Das hatte ich auch nicht gedacht, dankte Kalt jedoch dafür, dass er Larks Sorge erklärt hatte.

Der Winterfeenkönig legte eine Hand an meine Wange und drückte seine Lippen sanft meine. Ich erwiderte seinen Kuss. Seine Kraft lockte meine Seele auf eine Ebene, die den Moment ernüchterte.

Denn ich brauchte ihn. Meine Sinne waren süchtig nach seiner Berührung und meine Seele erheiterte augenblicklich angesichts seiner Nähe, sehnte sich nach mehr.

Aber seine Hand glitt an meinen Hals, stieß mich etwas zurück.

Die Gelübde, erinnerte mich Kalt.

Stimmt.

Ich, Artica, nehme hiermit die Kraft an, die mich an Lark, den Winterfeenkönig, bindet, an. Ich gelobe, ihn zu lieben und zu ehren, durch alle Ären und Zeiten, die wir durchleben mögen, bis unsere Seelen uns scheiden. Ich schenke ihm … Ich hielt inne, um nachzudenken, ihn zu mustern und abzuschätzen, was für Geschenke ich ihm machen würde.

Ich schenke ihm meine aufrichtige Feiertagslaune, meine winterlichen Fähigkeiten, meine heitere Art und nehme seine im Gegenzug an. Mein Element ist nun genauso seines wie auch meines, genauso wie seines mir gehört. Bei den Feen, mögen wir uns nie trennen. Und ich werde ihn nicht für einen anderen aufgeben. Mein Wasser gehört für immer ihm und unserem Gefährtenzirkel.

Lark lächelte und strich mit seinen Lippen über meine, als sein Griff sich gerade genug verfestigte, um meinen Eifer im Zaum zu halten.

Denn, bei den Feen, er schmeckte köstlich.

Wie Festivus-Wunder und feetastische Süßigkeiten.

Ich, Lark, Winterfeenprinz, nehme hiermit die Kraft, die mich an Artica, Königin der Winterfeen, bindet, an. Ich gelobe, sie zu lieben und zu ehren, durch alle Ären und Zeiten, die wir durchleben mögen, bis unsere Seelen uns scheiden. Ich schenke ihr mein Feiertagsherz, mein winterlicher Stolz und mein unbeirrbarer Glaube, und nehme ihre im Gegenzug an. Mein Winterthron gehört ihr jetzt genauso, wie ihrer mir gehört. Bei den Feen, mögen wir uns nie trennen. Und ich werde sie nicht für eine andere aufgeben. Mein Winterfeenherz gehört für immer ihr und unserem Gefährtenzirkel.

Er küsste mich und Magie umgab uns, sauste in einem Inferno aus Hitze und Eis um uns herum. Ich schlang meine Arme um seinen Nacken, war dankbar dafür, dass ich meine Gliedmaßen bewegen konnte, während Kalt und Norden sich an meinen Rücken klammerten.

Eine Unmenge an Emotionen und Empfindungen machten sich in mir bemerkbar – in meinem Herzen, in meiner Seele, in meinem Wesen. Sie reichten bis tief in den Kern von mir, beschworen eine Explosion hoch, die mich erzittern ließ.

Schreie erklangen.

Ein paar Schimpfworte folgten.

Und dann sah ich schwarz.

Aber die Wärme umgab mich nach wie vor, rauschte durch meine Adern und ankerte mich in meinem Gefährten, gab mir ein Ventil, um all die ansteigende Kraft in mir abzulassen.

Ich schrie, das Geräusch endlos und doch stumm, als mein Herz in tausend Stücke zerbrach.

Nur um augenblicklich wieder von meinen Gefährten zusammengesetzt zu werden.

Nicht echt. Nicht echt. Nicht echt, sang ich zu mir selbst.

Aber, bei den Feen, es fühlte sich echt an. Es verbrannte mein Inneres, sandte mich in einen Strudel aus Eis, wo ich vergaß, wie man atmete.

Ein paar Finger in meinem Haar zogen mich wieder hoch und meine Lungen füllten sich mit Luft, während das Wasser um mich herum Kreise bildete, um mich wieder hinunterzuziehen.

Gib mir mehr davon, sagte Lark in meine Gedanken. Es war ein Befehl, dem ich mich nicht widersetzen konnte.

Ich hatte bloß keine Ahnung, wovon er sprach.

Dann legte er seine Lippen auf meine und eine weitere Explosion schoss aus mir. Die Intensität davon raubte mir den Atem.

Er küsste mich weiter, sein Körper fest an meinen

gedrückt, als er mich in seinen Schoß zog. Ich setzte mich rittlings auf ihn, konnte ihn nicht sehen, aber spüren. Ich spürte seine Wärme, seine Bekanntheit, seine *Stärke.*

Ich klammerte mich an ihn, während er mich verschlang. Sein Mund war eine Rettungsleine, von der ich nicht gewusst hatte, dass ich sie brauchte.

Er hielt mich fest an sich gedrückt und spendete mir Leben.

Ich strich mit meinen Fingern durch sein feuchtes Haar, bemerkte die eisige Textur der Strähnen und küsste ihn erneut, während sich meine Beine fester um seine Taille schlangen.

Er war hart.

Heiß.

Leidenschaftlich.

Nimm mich, flehte ich.

Nein, erwiderte er mit seiner Hand an meinem Nacken. *Nicht so.*

Ich verstand seine Zurückweisung nicht. Mein Körper bebte vor Lust. Mit einem Schrei, den er mit seiner Zunge verstummen ließ, stieß eine weitere Explosion aus mir.

Bei den Feeeeen. Ich erschauderte. Meine Muskeln waren so müde, meine Beine begannen zu zittern.

Ich war zwischen den Bedürfnissen hin- und hergerissen zu schlafen und ihn reiten zu wollen. Das wohl größte Dilemma meines Lebens. Aber ersteres Bedürfnis begann überhandzunehmen. Mein Arm ließ von ihm ab, während er mich weiterhin küsste.

Jetzt zärtlich.

Sanft.

Liebevoll.

Ich seufzte. Seine Zunge war eine sanfte Liebkosung, die mich in wohlige Träume fallen ließ.

Welche voller verschneiter Hügel und funkelnden Lichtern waren.

Und einem König, der mich von einem glitzernden Thron aus Eis anlächelte.

Mein König.

Mein Lark.

Mit zwei Prinzen hinter sich.

Meinen Prinzen.

Mein Norden und mein Kalt.

Mein Gefährtenzirkel.

Meine Wasserfeengefährten.

NORDEN

„Ich muss zu den Winterfeen sprechen", sagte Lark, während er seine Finger durch Articas Haar gleiten ließ. Sie beruhigte sich jetzt zusehends und ihre Haut nahm wieder diesen wunderschönen rosafarbenen Ton an.

Kalt hatte seine Arme im Bett um sie geschlungen. Sie beide waren nackt unter den Laken und ihr Rücken war an seine Brust gepresst. „Ich werde bei ihr bleiben", sagte er leise. „Wir müssen noch immer ein paar Dinge besprechen, wenn sie aufwacht."

Lark nickte. „Ja. Ihr Glaube ist beinahe da, aber noch nicht ganz."

„Wenn ich fertig bin, wird er unerschütterlich sein", versprach er.

„Ich weiß", antwortete Lark, sein Glaube in Kalt so stark wie mein eigener.

Wir alle waren jetzt im Kopf des anderen – eine neue Entwicklung, die mir ziemlich gut gefiel. Kalt vermutete, dass das eine Folge der Wasserfeenbänder war, die wir jetzt mit Artica teilten. Denn das passierte bei Winterfeengefährten üblicherweise nicht.

Aber nichts an unserem Gefährtenzirkel war üblich.

„Ich werde dich begleiten", sagte ich zu Lark und rollte mich vom Bett. Ich hatte neben Articas Beinen gelegen, hatte meine Hand immer wieder an ihrem Schenkel hoch- und runtergleiten lassen. Mein Bedürfnis, sie zu berühren, war überwältigend, und nicht unbedingt sexueller Natur. Ich musste ganz einfach ihre Haut spüren – wissen, dass sie am Leben war und langsam zu uns zurückfand.

Lark strich ein weiteres Mal mit seinen Fingern durch ihr Haar, seufzte, bevor auch er sich vom Bett erhob. Er hatte sich zu ihr umgedreht und lag mit hartem Schwanz auf seiner Seite, war definitiv nicht befriedigt nach ihrem *Spiel* mit dem Wasser.

Na, *Spiel* mochte ein etwas zu frivoler Begriff sein.

Eher ein *Machtkampf*, indem er so viel Feiertagsmagie von ihr absorbiert hatte, wie sie zugelassen hatte – ihr dabei geholfen hatte, sie in diesem Reich zu ankern und die beiden miteinander ringenden Quellen zu besänftigen.

Das Problem war noch nicht einmal annähernd behoben. Etwas, das Zakkai uns klargemacht hatte, bevor er gegangen war.

Er griff jetzt nicht mehr ein, sodass unser Gefährtenzirkel die Machtverteilung regelte. Cyrus, hingegen, war noch immer sehr involviert, da er der Wasserfeenkönig war. Er war wütend gewesen, hatte uns gesagt, dass wir den Schaden schnell beheben sollten, bevor er sich zu seiner Gefährtin begeben und nach ihrem kleinen Feeling gesehen hatte. Ich ahnte, dass sie dem heutigen Krönungsmahl nicht beiwohnen würden.

Was gut war, wenn man darüber nachdachte. Denn Lark und ich würden nicht lange bleiben. Nicht, wo Artica sich doch im Bett erholte.

Sie brauchte unsere Berührungen.

Wofür sie wacher sein musste.

Aber während sie schlief, würden wir uns um die politischen Angelegenheiten kümmern und dann ihren Körper und ihre Seele so lange verwöhnen, wie nötig, bis sie sich vollständig erholt hatte.

Lark zog sich seinen königlichen weißen Smoking an. Ich legte meinen auch an, verkniff es mir, meine üblichen Beschwerden über formelle Kleidung von mir zu geben. Wenn ich dazu gezwungen war, Kleider zu tragen, bevorzugte ich Jeans und einen Pullover.

Leider hatten die heutigen Geschehnisse mich meines üblichen Sarkasmus beraubt.

Ich hatte versucht, bei der Gefährtenzeremonie für gute Stimmung zu sorgen, weil ich Artica von der immer stärker werdenden Sorge in unserem Gefährtenzirkel ablenken wollte.

Schnee hatte im Zimmer zu fallen begonnen, was schön gewesen wäre – wenn die Flocken nicht faustgroß gewesen wären. Sie waren federweich gewesen, hatten sich in ihrer Beschaffenheit jedoch schnell verändert.

Irgendwann hatte sich alles in farbenfrohes Konfetti verwandelt, als die Winterquelle übernommen und Feiertagslaune hatte einfließen lassen.

An diesem Punkt hatten wir uns wirklich große Sorgen gemacht.

Denn Articas Haut war noch blasser geworden und ihre Atmung war extrem schwach gewesen.

Ihre Seele war glücklicherweise bei uns geblieben, hatte alles mitbekommen.

Und ich hatte meinen Teil getan, indem ich sie zum Lächeln gebracht hatte.

Zudem hatte ich Kalt dazu angetrieben, etwas zu tun, obschon mein Glaube an ihn nie erloschen war. Ich hatte gespürt, dass er diesen zusätzlichen Tritt in den Arsch gebraucht hatte.

Lark drückte seine Lippen auf meine Wange. „Bereit, Nor?"

Ich nickte und mein Blick fiel auf Artica. „Lass es uns kurz machen." Denn ich wollte so bald wie möglich zu unserer Königin zurückkehren.

„Ich glaube, das hast du noch nie zu mir gesagt", murmelte Lark.

„Und ich glaube nicht, dass du jemals zuvor versucht hast, einen Witz zu machen, um mich abzulenken", erwiderte ich lächelnd, drehte mich zu ihm um. „Danke, mein *König*." Ich küsste ihn auf den Mund, nicht auf die Wange, und ließ meine Zunge einladend zwischen seine Lippen gleiten.

Er legte seine Hand an meinen Hinterkopf, um die Liebkosung zu vertiefen, nahm meine Einladung nicht nur an, sondern *erwiderte sie* auch.

Ich stöhnte. Sein Mund war verrucht und dominant und gab mir genau das, was ich brauchte – eine Ablenkung.

Er dankte mir auch dafür, dass ich mit ihm mitging. Ich konnte sein Bedürfnis spüren, das nicht nur sexueller, sondern auch emotionaler Natur war. Er machte sich Sorgen um Artica, fürchtete, dass er nicht genug Kraft aus ihr gesogen hatte, um ein vorübergehendes Gleichgewicht zu erzeugen. Bis wir den Gefährtenzirkel finalisierten, schwebten wir alle in Gefahr, vor allem sie.

Alles wird gut, versprach ich ihm, versorgte ihn mittels meiner Gedanken und meiner Zunge mit Glaubenskraft. *Sie ist perfekt für uns und das weiß sie auch. Kalt wird es richten.*

Ich weiß, meinte er seufzend. *Ich bin nur etwas enttäuscht darüber, dass wir es vielleicht verpassen werden.*

Dann werden wir uns eben beeilen, entgegnete ich. *Und uns ihnen anschließen, sobald wir können.*

Alles, was Lark tun musste, war diese Rede zu halten, den Winterfeen zu danken und ihnen dann mitteilen, dass er sich um unsere Königin kümmern musste. Gefährtenzirkel waren bekannt dafür, dass sie in ihren ersten Monaten viel Zeit zum *Verbinden* brauchten. Die Winterfeen – nein, *alle* Feen – würden das verstehen.

Er presste seine Stirn an meine und einen kurzen, intimen Moment lang schloss er seine Augen. Lark zeigte seine Schwächen niemandem außer mir. Es war schon immer so gewesen, seit wir uns als Kinder begegnet waren.

Unsere Eltern hatten immer schon gewusst, dass wir uns verbinden würden. Wir hatten schon ein Band geschlossen, als wir noch Elfen auf dem Winterfeenspielplatz gejagt und Eisburgen gebaut hatten.

Die Gefühle waren über die Jahre hinweg stärker geworden, hatten zu Experimentierfreude und schließlich zu sexueller Anziehung geführt.

Er war mein erstes Mal gewesen.

Und ich seines.

Wir hatten ab und zu andere beglückt – entweder zusammen oder allein –, aber niemand hatte mithalten können.

Bis Kalt gekommen war.

Und jetzt Artica.

Larks Bedürfnis, sie beide zu kosten, sie anständig in dieses Bett einzuweihen, war spürbar. Aber er war der Inbegriff von *Geduld*. Er würde warten, bis sie bereit waren.

Das pure Gegenteil von mir.

Denn ich hatte kein Problem damit gehabt, zu versuchen, Kalt in den vergangenen Monaten zu verführen.

Und als Artica mir gesagt hatte, dass ich Liebe mit ihr machen sollte, hatte ich sie nicht abweisen können. Lark war überhaupt nicht eifersüchtig gewesen, eher angeheizt. Er hatte mich bereits erwartet, als ich zurückgekommen war.

Doch dann hatten wir die Krönung hinter uns bringen müssen – was bedeutete, dass er einen langen Tag voller verzögerter Lust hinter sich hatte.

Was auch erklärte, warum er steif war.

Ich presste mich an ihn, ließ ihn mein Glied spüren, während ich seine Unterlippe zwischen meine Zähne nahm und daran knabberte. *Wenn Kalt dir später nicht anbietet, dich zu lutschen, werde ich es tun.*

Du wirst mehr als das tun, schwor Lark.

Ich lächelte. *Versprochen?*

Er knurrte, was mich erfreut schnurren ließ. Ich liebte einen angeheizten Lark. Er war immer beeindruckend im Bett, aber wenn er dieses Level von Lust erreichte, war er ein absolutes Biest.

Stelle einfach sicher, dass du uns benutzt, bevor du Artica anrührst, sagte ich zu ihm. *Ich kann mit dir umgehen. Ich bin mir sicher, dass Kalt es auch kann. Aber Artica braucht es zuerst sanft und süß. Jedenfalls für unser erstes Mal als Gruppe.*

Lark nickte. *Ich weiß.* Er küsste mich erneut, dann ließ er mich los und sah in Kalts Augen, denen ein brennender Blick innewohnte, während er im Bett lag. „Wir sind in dreißig Minuten zurück."

Die Wasserfee schluckte leer und seine Pupillen weiteten sich interessiert. „Wir werden hier sein." Diese vier Worte kamen ihm als Versprechen über die Lippen.

Ich zwinkerte ihm zu. „Du siehst gut aus in unserem Bett, Wasserprinz."

„Ich würde besser aussehen, wenn du hinter mir liegen würdest, Selkie", entgegnete er augenblicklich.

„Oh, er lernt schnell", murmelte ich, erfreut über den

neckischen Kommentar. „Mein König, wir sollten versuchen, in fünfundzwanzig Minuten zurück zu sein. Ich glaube, Kalt hat mir gerade Erlaubnis erteilt, ihn in den Arsch zu ficken."

Lark grinste. „Das werden wir ja sehen."

Ich seufzte. „Immer ganz der Alpha."

„Das wird sich nie ändern", antwortete er.

„Ich weiß." Und es störte mich überhaupt nicht. „Bis bald, Wasserprinz."

Kalts Lippen ruhten neben Articas Schläfe, als er erwiderte: „Ich freue mich schon darauf."

Lark ging voraus, ließ seine Eiskrone zurück. Er wollte nicht riskieren, dass jemand die fehlende Magie darin spüren würde. Und er war sich auch nicht sicher, ob sie ihre Form behalten würde, wenn Kalt nicht in der Nähe war, um sie in ihrem gefrorenen Zustand zu behalten.

Wenn die Winterfeen fragten, würde er ihnen sagen, dass er sie aus Sicherheitsgründen bei unserer Königin gelassen hatte.

Ich lief einen Schritt hinter ihm, während er den Korridor hinabging. Er blieb auf halber Strecke wie angefroren stehen und sah mir in die Augen. „Ich will dich neben mir, Nor. Nicht hinter mir. Nicht vor mir. Neben mir."

Ich zog eine Augenbraue hoch. „Nicht vor dir? Denn ich bin mir ziemlich sicher, dass das eine deiner Lieblingspositionen ist, mein König."

Er schmunzelte. „Wenn du nackt bist, ganz bestimmt. Wenn du Kleider trägst, läufst du neben mir. Immer."

Ich machte einen dramatischen Schritt nach vorne und drückte meine Schulter an seine, sodass er in die andere Richtung sah, da er sich abgedreht hatte, nachdem ich mich bewegt hatte. „Das könnte auch ein witziges Experiment sein."

„Wenn die anderen auch Teil davon sein werden, ja", murmelte er und seine Lippen strichen über meine Schulter, als er sich umdrehte, um in dieselbe Richtung wie ich zu blicken. Dann griff er nach meiner Hand – etwas, dass er zuvor nie wirklich getan hatte – und legte unsere Finger ineinander.

Ich drückte seine Hand dankbar, was er im nächsten Augenblick erwiderte. *Bitte weiche nicht von meiner Seite, Nor.*

Niemals, versprach ich ihm.

Er nickte, dann lief er weiter.

Ich konnte spüren, dass er mit jedem Schritt nervöser wurde. Seine Sorge um Artica vermischte sich mit Unsicherheit hinsichtlich des heutigen Banketts.

Es war Brauch, dass der gesamte Gefährtenzirkel teilnahm.

Traditionen zu brechen, warf Fragen auf.

Fragen, von denen Lark wusste, dass sein Vater sie direkt nach Larks Rede stellen würde. Einer abgeänderten Krönungsrede, die er in Gedanken noch immer zusammenzustellen versuchte.

Ich drückte seine Hand erneut, erinnerte ihn daran, dass er nicht allein war.

Danke, dass du mitgekommen bist, flüsterte er.

Das hätte ich mir für nichts in der Welt entgehen lassen, erwiderte ich.

Ich ahne, dass du es dir entgehen lassen würdest, wenn Artica bei Bewusstsein wäre und dich lutschen würde.

Meine Mundwinkel zuckten. *Das würdest du dir genauso wenig entgehen lassen.* Und das meinte ich in Bezug darauf, dass sie ihn lutschen oder er mir mit ihr zusehen würde. Beides wäre eine ganz schön immense Ablenkung gewesen.

Habe ich dir heute schon gesagt, dass ich dich liebe, Nor?

Ich glaube, du hast es heute Morgen erwähnt, flüsterte ich zurück. *Aber ich habe es noch nicht mittels unserer neuen mentalen Verbindung gehört.*

Er hielt in der Tür zum großen Saal inne und sah mir in die Augen. *Ich liebe dich, Nor.*

Ich liebe dich auch, Eure Majestät.

Er lehnte sich zu mir, um mir einen sanften Kuss auf die Lippen zu drücken. *Achtundzwanzig Minuten.*

Siebenundzwanzig, korrigierte ich. *Also solltest du deine Rede lieber kurz halten.*

Ich werde mich kurz halten, versprach er mir. *Und hoffentlich wird Artica wach sein, wenn wir zurückkommen.*

Oh, ich hoffe, dass sie mehr als nur wach sein wird, sagte ich zu ihm. *Ich will ihre lusterfüllten Schreie den Gang hinabhallen hören.*

Ich glaube, Kalt wird in der Lage sein, das zu bewerkstelligen.

Das wird er, stimmte ich zu. *Und dann werden wir es noch einmal tun.*

Und noch einmal, wiederholte er, als er die Tür öffnete.

Und noch einmal, wiederholte ich, lief mit ihm über die Türschwelle. *Noch sechsundzwanzig Minuten.*

Dann sollten wir uns besser beeilen, sagte er.

Ja, sollten wir.

ARTICA

Am ersten Gefährtentag, da schenken die Liebsten mir …
Ich runzelte die Stirn, das leise Summen der Musik hallte in meinen Gedanken wider.

Ein Orgasmus in einem Jacuzzi.

Ich zog meine Augenbraue hoch. *Was?*

Und am zweiten Gefährtentag, da schenken die Liebsten mir …

Zwei umwerfende Blowjobs.

Und einen Orgasmus im Jacuzzi.

Ich öffnete meine Augen. Das Zimmer, in dem ich mich befand, war mir fremd und doch irgendwie warm und bekannt.

Und am dritten Gefährtentag –

Ja, ja, wir haben es verstanden, erwiderte eine andere Stimme – und beide davon befanden sich in meinem Kopf.

Du hast gefragt, warum ich zwölf Tage vorgeschlagen habe. Jetzt weißt du es.

Ein Seufzen folgte. *Woher kommen diese Stimmen?*

Sonnenschein! Siehst du, ich wusste, dass das Lied sie aufwecken würde.

Du lenkst mich ab, Nor.

Tut mir leid. Unterhalte sie für uns, Frosty, murmelte er.

„Das werde ich", ergänzte eine dritte Stimme, deren Lippen nahe an meinem Ohr waren.

Ich zuckte zusammen und ächzte dann, als eine Welle Schmerz mein Wesen durchfuhr. *Bei den Feen,* ich fühlte mich, als wäre ich gerade zehn Kilometer gegen die Strömung geschwommen. Ich legte eine zitternde Hand an meinen Kopf und murmelte: „*Verfrostet.*"

Norden summte weiter in meinem Kopf. Die Musik war überraschend beruhigend.

Hör auf, sagte Lark.

Aber ich habe meine zwölf Tage noch nicht zu Ende gesungen.

Du hast meine Erlaubnis, sie stattdessen zu demonstrieren, erwiderte Lark. *Hör. Einfach. Auf. Zu Singen.*

„Warum sind sie in meinem Kopf?", fragte ich ächzend und zuckte angesichts meiner heiseren Stimme zusammen.

„Das ist der Gefährtenzirkel, der sich mit den Wasserfeenbändern vereinigt", murmelte Kalt leise in mein Ohr, während sein warmer Körper an mich gedrückt war.

Ich erinnerte mich vage daran, mich zuvor nach seinem Eis gesehnt zu haben.

Jetzt wollte ich seine Hitze.

Denn mir war so *kalt.*

Meine Haut fühlte sich eiskalt an und meine Bewegungen waren steif. „Was ist passiert?", sagte ich keuchend.

Kalt griff sanft nach meinem Handgelenk, um meine Hand von meinem Kopf zu entfernen. Dann legte er seine Hand an die Stelle, wo meine eben gelegen hatte und massierte meine Schläfen mit kreisenden Bewegungen.

Ich stöhnte. Die Empfindung fühlte sich himmlisch an.

„Woran erinnerst du dich?", fragte er kurz darauf. „Erinnerst du dich daran, dass du dich mit uns allen verbunden hast?"

Ich schluckte leer, begann meinen Kopf zu schütteln, realisierte dann aber, dass das meinen Zustand noch verschlimmerte.

Zu allem hin war es nicht so, dass ich mich überhaupt nicht daran erinnerte.

„Die Wasserquelle", begann ich. „Ich ... Ich erinnere mich daran, Gelübde in Seelenform abgelegt zu haben."

Um unsere Reiche davon abzuhalten, Krieg zu führen, ergänzte mein Kopf. *Weil die Quellen in mir ringen.*

Ich legte meine Hand auf meine Brust. *Verfrostet.*

„Wir balancieren dich aus, bringen dich ins Gleichgewicht", sagte Kalt, ließ von meinem Kopf ab und entfernte sich etwas von mir.

Ich begann zu frösteln, aber er legte mich auf meinen Rücken und kuschelte sich augenblicklich an meine Seite, stemmte sich auf seinen Ellbogen und starrte auf mich hinab, während er mir über die Wange streichelte.

„Darum kannst du Norden die erotische Version von ‚Die Zwölf Weihnachtstage' in deinem Kopf singen hören." Seine Mundwinkel zuckten. „Lark hat soeben allen verkündet, dass wir ein Gefährtenzirkel-Festmahl abhalten werden, um seinen königlichen Zirkel angemessen vorzustellen. Und Norden hat ergänzt, dass es in zwölf Tagen stattfinden wird."

Ich blinzelte. „Ein Gefährtenzirkel-Festmahl?"

„Alle sind im Moment beim Krönungsmahl, welches nach Brauchtum vorsieht, dass der Winterfeenkönig all seine Gefährten vorstellt. Aber wir konnten nicht teilnehmen, also tut er so, als wären wir zu beschäftigt damit, unsere Bänder zu *vollziehen.* Und Norden hat versprochen, dass wir in zwölf Tagen bereit sein werden, um alle kennenzulernen."

„Zwölf Tage", wiederholte ich, konnte mir offenbar keine eigenen Worte überlegen.

„Ja, wie im Lied." Seine Mundwinkel zuckten erneut. „Und das hat ihn zum Singen bewegt. Und er hat sichergestellt, dass wir es alle hören würden, weil das Lied ihn so amüsiert."

„Und ich höre es, weil wir alle … miteinander verbunden sind." Ich gab Letzteres nicht als Frage von mir, sondern als unsichere Aussage.

Es war kein Traum.

Ich habe mich gerade mit drei Männern verbunden.

Und einer von ihnen ist Kalt.

Bei den Feen … Ich riss meine Augen auf. „Du hast die Triade angenommen."

„Das habe ich", erwiderte er und seinem Gesicht wohnte weitaus mehr Freude inne, als ich erwartet hatte. „Und ich habe mich noch nie so erleichtert gefühlt."

Ich starrte ihn an. „Wirklich?"

Er nickte. „Ich bin viel zu lange vor meinem Schicksal davongerannt, Artica." Sein Daumen zog eine Linie über meinen Wangenknochen. „Und du hast mich zuerst abweisen müssen, damit ich eingesehen habe, was für ein Schwachkopf ich war."

Ich runzelte die Stirn – etwas, das ich seit Neuem oft zu tun schien. „Ich habe dich abgewiesen?"

„Unser Band. Du hast es gebrochen."

„Weil du das wolltest."

„Weil ich dachte, dass es das war, was ich brauchte", korrigierte er. „Aber es war nicht, was ich wollte. Überhaupt nicht. Darum konnte ich es zuvor nicht brechen. Ich dachte, dass du mich zurückgehalten hast, und das hast du auch, irgendwie. Nur nicht so, wie ich es gedacht habe."

„Ich ..." Ich verstummte, wusste nicht so ganz, was ich sagen sollte. Eine fahle Erinnerung an seine Worte von vorhin summte in meinem Hinterkopf. All die Aussagen, die er über die Zukunft gemacht hatte und wie ich seine Hoffnungen und Träume missverstanden hatte. Dass ich und Lark und Norden waren, was er immer schon gewollt hatte.

Dass er jeden Tag neben mir erwachen wollte.

Dass er sich jeden Tag als würdig erweisen würde, bis ich wieder an ihn glaubte.

Dass er vorhatte, mich zu kosten, mich zu küssen und mich durch unsere Vereinigung wissen zu lassen, wie er wirklich fühlte.

Seine Gedanken waren jetzt ein offenes Buch für mich. Seine Seele genauso. Und er zögerte nicht, mir alles von sich zu zeigen. Er erlaubte mir, seine Gefühle und Emotionen zu *fühlen*, seine vormaligen Zweifel und den wiedergefundenen Lebenssinn.

Sein Glaube wusch über mich, wärmte jeden Zentimeter meiner Seele.

Sein Herz schlug für mich.

Seine Seele tanzte an den Kanten der Wasserquelle, lud mich zum Spielen ein – dazu, ihn in die Arme zu schließen, ihn zu *lieben* und im Gegenzug geliebt zu werden.

„Du warst immer schon die perfekte Wasserfee für mich", flüsterte er und seinem eisigen Blick wohnte so viel Bewunderung inne, dass mir das Herz schmerzte. „Es tut mir leid, dass es so lange gedauert hat, bis ich das begriffen habe. Es war nicht, weil es mir nicht aufgefallen ist, Artica. Du bist mir immer schon aufgefallen. Das ist der wahre Grund, warum ich deine Bewerbung ausgesucht habe. Ich wusste, dass du sie eingeschickt hast, weil du dazu herausgefordert wurdest, aber das war mir egal. Du warst die Richtige für diese Position, weil du immer schon die Richtige für mich warst."

Ich schluckte leer. „Kalt ..." Ich wusste noch immer nicht, was ich sagen sollte. Das hier fühlte sich zu gut an, um wahr zu sein. Zu perfekt, um echt zu sein. Zu intensiv, als dass es mir passieren könnte.

Wie ein Traum, der in Form eines Wasserfeenprinzen in einem glamourösen Bett zum Leben erwacht war, umgeben von einem Wandbild des Meeres. Ich musste nicht fragen, um zu wissen, wo wir waren. Ich konnte den bekannten Duft von gesalzenem Karamell in der Luft riechen, welcher von eisigem Ozean, Muskatnuss und feetastischer Maskulinität gestärkt wurde.

Larks Suite.

Wir sind im Bett des Winterfeenkönigs.

Weil er ebenfalls mein Gefährte ist.

Ein Lächeln zog auf Kalts Lippen auf. „Wir können dich im Moment alle hören, Artica."

Zu einem gewissen Grad war mir das bewusst. Unser Gefährtenzirkel schien als Gruppe miteinander zu kommunizieren. Doch ich konnte in meinem Kopf spüren, dass ich die Verbindung wechseln konnte, sodass ich nur mit einem Gefährten allein sprechen konnte. Ich vermutete, dass sie ebenfalls dazu in der Lage waren.

Wie Nordens und Larks plötzliche Stille bewies.

„Kannst du sie noch hören?", fragte ich.

„Nein, ich nehme an, dass sie uns etwas Privatsphäre geben wollen", antwortete er. „Aber sie werden bald zurück sein."

„Aber das Krönungsmahl ... Sollten wir nicht auch anwesend sein?" Nicht, dass ich dazu in der Lage gewesen wäre. Meine Stimme war noch immer heiser und meine

Gliedmaßen fühlten sich bestenfalls zittrig an. Ich war nicht einmal sicher, ob ich stehen konnte.

„Nein, wir werden formell angekündigt und vorgestellt werden, wenn das Gefährtenzirkel-Festmahl abgehalten wird, das Lark soeben angekündigt hat."

„Oh, stimmt." Das hatte er erwähnt. „In zwölf Tagen."

Seine Mundwinkel zuckten. „Ja. Na ja, technisch gesehen, dreizehn, da Norden anscheinend Pläne für jeden der zwölf Tage hat, bis es so weit ist."

„Wie ich ihn kenne, meint er wirklich zwölf Tage und will wohl, dass wir anlässlich des Festessens eine Nummer schieben", erwiderte ich.

Kalt lachte. „Ja, vermutlich schon. Und er wird vermutlich etwas Besonderes von mir erwarten. Er will, dass ich euch in den Arsch krieche."

Ich sah ihn eingehend an. „Und das geht in Ordnung für dich?" *Kommst du mit uns klar?*, war meine eigentliche Frage.

„Mehr als das." Sein Gesichtsausdruck wurde ernst und er sah mir in die Augen. „Das geht mehr als in Ordnung. Ich bin die glücklichste Fee aller Reiche."

Einige hätten vermutlich eingewandt, dass *ich* die glücklichste Fee aller Reiche war, da ich mich gerade mit drei der sexyesten Männer des Universums verbunden hatte. Aber ich unterbrach ihn nicht, um ihn zu korrigieren.

„Tut mir leid, dass ich dich im Stich gelassen habe, Artica. Es tut mir leid, dass ich nicht realisiert habe, dass ich allen von uns mit meinen Taten wehgetan habe – nicht nur mir selbst." Er legte seine Stirn an meine, was einen weiteren Schwall Wärme über meine Haut sandte.

Ich seufzte. Die angenehme Berührung ließ den Schmerz in meinem Kopf vergehen und entspannte mich.

„Und was am wichtigsten ist", ergänzte er in sanftem

Tonfall. „Es tut mir leid, dass ich nicht für dich da war, als du mich am meisten gebraucht hast. Ich schwöre hiermit, dich nie wieder im Stich zu lassen. Ich werde den Rest meines Lebens damit zubringen, jeden Moment mit dir auszukosten – auf welche Art auch immer du mich in deinem Leben haben willst."

Er wurde still, wartete ab, was ich sagen würde.

Aber ich hatte nichts zu sagen.

Denn manchmal waren Emotionen nicht dazu bestimmt, in Worte gefasst zu werden. Manchmal waren sie für etwas viel Größeres gedacht.

Ich presste meine Lippen auf seine, kostete ihn zum, was sich wie das erste Mal anfühlte. Es war ein vorsichtiger und sanfter Kuss, der mir Gänsehaut bereitete.

Ich hatte bisher nicht bemerkt, dass ich nackt war.

Und dass er auch keine Klamotten anhatte.

Die Artica von gestern hätte ihn schamlos angeglotzt.

Die Artica von heute wollte nichts überstürzen.

Ich wollte den Moment auskosten. Das hier genießen. Jede Sekunde der Wonne voll ausschöpfen.

Energie surrte zwischen uns, unsere Seelen begierig darauf, die physische Verbindung zwischen unseren Körpern zu erfahren.

Elementefeen arbeiteten sich üblicherweise durch jedes Band hindurch, nahmen einen Schritt nach dem anderen.

Und doch hatten Kalt und ich sie all diese Schritte übersprungen.

Ohne jemals wirklich intim zu sein – außerhalb unserer Gedanken.

Ich fuhr mit meiner Zunge über seine Unterlippe, seufzte angesichts der subtilen Note von Kokosnuss auf seinen Lippen. Es passte zu seinem Geruch, sagte mir, dass er genauso schmecken würde.

Ich lag nicht falsch.

Als ich unseren Kuss vertiefte, vermischte sich Kokosnuss mit Pfefferminz auf meiner Zunge.

Seine Finger vergruben sich in meinem Haar, hielten mich an ihn gedrückt, während er mir erlaubte, unser Tempo zu bestimmen. Aber ich spürte sein Bedürfnis, Kontrolle zu haben, in ihm beben. Seinen Drang, mich zu vernaschen, überkam ihn.

Ich war überrascht darüber, wie sehr er sich beherrschen konnte. Seine Entschlossenheit war eine Stärke, die ich nur zu bewundern wusste.

Genau deswegen hatte er sich der Triade so lange verweigern können. Deswegen hatte er mich abweisen können. Deswegen hatte er eine Woche getrennt von uns verbringen können.

Aber es hatte ihn ein Stück seiner Seele gekostet, um das zu bewerkstelligen.

Ein gebrochener, zerrissener Teil von ihm war verwundet von der erzwungenen Trennung und dem unumgänglichen Herzschmerz, der gefolgt hatte.

Ich hatte ihn wirklich verletzt, als ich ihn von unserem Band befreit hatte. Ich konnte es jetzt tief in ihm spüren – diesen Schmerz, der von meiner Zurückweisung stammte.

Ich drückte meine Hand an seine Brust und versuchte ihn jetzt zu heilen – ihm durch diese Berührung zu zeigen, dass ich hier war. Dass ich ihn wieder angenommen hatte. Dass wir für immer verbunden waren.

Aber er brauchte mehr.

Er sehnte sich nach meiner Vergebung, meiner Akzeptanz, meinem *Glauben*.

Unser Kuss vertiefte sich erneut und unsere Zungen tanzten miteinander, während ich meine Hand an seinen Nacken gleiten ließ. So maskulin und wunderschön. So hart und muskulös. Ich wollte mehr. Wollte ihn auf seinen Rücken rollen und mich rittlings auf ihn setzen.

Aber meine Gliedmaßen verunmöglichten es mir.

Ich fühle mich so schwach, flüsterte ich zu ihm.

Du musst dich mit deinen Gefährten physisch verbinden, antwortete er. *Unsere Seelen sind verbunden, unsere Körper aber nicht. Und du hast ein Kräftemessen der Quellen durchlebt. Sie verlangen nach Gleichgewicht durch unseren Gefährtenzirkel.*

Welcher noch nicht vollends gefestigt ist, realisierte ich, spürte die ausgefransten Enden unserer Bänder. *Warum?*

Weil er neu ist. Er legte sein Bein zwischen meine. *Wir haben unseren gegenseitigen Glauben ineinander noch nicht bezeugt.*

Und wie tun wir das?, fragte ich keuchend, drückte meinen Rücken unter ihm durch, als sich ein elektrischer Funke in meinem Kern bemerkbar machte.

Er grinste an meinen Mund gelehnt. *Du weißt, wie wir das tun, Artica. Wir verbinden uns.*

Ich erschauderte und meine Hände legten sich an seine Schultern, glitten dann an seinen Armen hinab, bevor er sich über mich rollte.

Jetzt lagen seine beiden Beine zwischen meinen Schenkeln.

Und sein *Eiszapfen* an meiner Mitte.

Er lachte, hatte vermutlich den Euphemismus in meinen Gedanken vernommen. „Norden hat mir gesagt, dass du das Wort ‚Schwanz' wunderschön sagst. Sag es für mich."

„Sahnelutscher hört sich so viel besser an", erwiderte ich, drückte meinen Rücken erneut durch und erschauderte, als die Eichel seines *Sahnelutschers* meine Klitoris berührte. *Bei den Feeeeen …*

„Hm", summte er. „Das macht mich durstig, mein liebstes Gestöber." Er küsste sich von meiner Wange hinab an meinen Hals und seine Liebkosung wärmte mir das Herz.

Gestöber, wie in Schneegestöber.

Mein ganz persönliches Gestöber der Emotionen, gemischt mit winterlichen Elementen und süßem Konfekt, murmelte er zurück. *Konfekt, das ich auf meiner Zunge schmecken will.*

Ich erschauderte und Eis lief an meiner Brust hinab, gefolgt von seiner Zunge. Der eisige Kuss wurde von seinem warmen Mund augenblicklich weggewaschen. Es war eine verführerische Empfindung, die nur eine geübte Wasserfee erzeugen konnte, und Kalt hatte es meisterhaft getan.

Er koste meine Nippel, sodass sie sich schmerzhaft verhärteten, bis seine Lippen die Pein vergehen ließen. Ich stöhnte und meine Beine wollten sich um ihn schlingen, doch er hielt sie gespreizt, während er mich mit seiner Kraft und seinem Mund folterte.

Ich konnte mich nicht wehren. Meine Gliedmaßen waren zu schwach, um zu erzwingen, wonach ich mich sehnte.

Aber ich spürte mit jedem Zungenschlag und jedem Knabbern, wie Kraft durch meine Adern gepumpt wurde. Seine Kraft schien meine an die Oberfläche zu locken und sie dazu zu bringen, mich vor der Kälte zu schützen.

Du zwingst mich, zu üben.

Nein, ich spiele mit meiner Wasserfeengefährtin, korrigierte er. *Vielleicht kannst du das später an meinem Schwanz versuchen.*

Mein Bauch spannte sich bei diesem Gedanken an. *Ja.*

Er grinste und bewegte sich dann nach unten, während Eis über meine Hüftknochen huschte und in die Ritze zwischen meinen Beinen sank.

Ich stöhnte. Sein Mund stellte verruchte Dinge mit meinem Körper an und trieb mich an einen Punkt, von dem es kein Zurück mehr gab. Und er hatte meine feuchte Mitte noch nicht einmal berührt. Hatte meinen Hügel noch nicht einmal geküsst. Er neckte nur diese sensiblen Stellen an meinen Schenkeln. Kalt …"

„Ich habe hiervon geträumt", flüsterte er zurück und seine Nase streifte die Stelle, von der ich wollte, dass er sie leckte. Er atmete ein und meine Beine spannten sich an, als Flammen in mir wiederentfacht wurden, die das Eis in meinen Adern vertrieben.

„Ich habe auch darüber fantasiert", fuhr er fort. „Unter der Dusche. In meinem Bett. Unzählige Male, während ich weg war, Artica. Alles, was ich die ganze Woche über wollte, war dieser Moment. Genau dieser Moment. Diese intime Liebkosung, die nur du mir geben kannst." Seine eisblauen Augen sahen in meine, ließen mich seine brennende Lust sehen. Seine Gedanken waren mir frei zugänglich und zeigten mir die Sehnsucht, die er tief in seiner Seele verspürte.

Dann glitt seine Zunge sanft über meine Ritze, erzeugte mehr Hitze als ich mir zwischen meinen Schenkel je hätte vorstellen können.

Das muss ein Traum sein, sagte ich staunend und die Empfindung raubte mir den Atem.

Ein Traum, der wahr geworden ist, flüsterte er zurück, erhöhte den Druck gegen meine sensible Mitte. *Du schmeckst himmlisch, kleines Gestöber. Wie süße Sahne.*

Heilige Fee ...

Kalt, korrigierte er. *Dein Wasserfeenprinz.*

Ich schrie beinahe. Die Intensität seiner Zunge, die Emotionen und die Tatsache, dass sich eine meiner Lieblingsfantasien verwirklichte, raubten mir den Atem. Ich erschauderte unter seinem Mund.

Und dann begab er sich an meine Klitoris, sodass der tumultuöse Wahnsinn in mir zu einem Strudel der Empfindungen zusammenbraute, der in einer euphorischen Explosion gipfelte.

Bei den Feen ... Ich kam jetzt schon.

Mein Körper war so begierig und bereit nach

jahrelangem Fantasieren, dass er mich kaum berühren musste, um mich den Verstand verlieren zu lassen.

Oder vielleicht waren es die neu kreierten Bänder.

Oder die Gedanken in seinem Kopf.

Oder die Gefühle in seinem Herzen.

Es spielte keine Rolle. Ich war verloren in den Empfindungen und mir wurde immer wieder schwarz vor Augen, während Beben meine Gliedmaßen überwältigten und mich in eine Wonne fallen ließen, die mir den Atem raubte.

„So verdammt süß, *kleines Gestöber*", lobte er. „Ich könnte dich die ganze Nacht lang lecken."

Oh, das würde mir gefallen.

Aber es gab da etwas, dass ich noch viel mehr wollte.

Nein, etwas, das wir *brauchten*.

Ich fragte ihn um ein Haar, doch dann wanderte ein weiterer Lustfunke an meinem Rücken hinunter, beraubte mich meiner Fähigkeit, das alles zu verdauen oder laut zu denken.

Ich verlor das Zeitgefühl.

Empfindungen waren das Einzige, was noch eine Rolle spielte.

Und dann legte sich Kalts Mund auf meinen. Sein Körper legte sich über meinen und seine Zunge bot mir eine Rettungsleine, die mir dabei half, zu atmen.

Stärke überkam mich, ließ mich meine Beine um seinen Unterkörper schlingen und ihn in mir willkommen heißen, ohne darüber nachzudenken.

Er stöhnte, als er mich bis zum Anschlag füllte. Ich war nicht in der Lage gewesen, mich an seine Größe zu gewöhnen, aber er schien perfekt in mich zu passen. Nicht zu lange, nicht zu breit. Genau richtig.

Jeder seiner Stöße gegen meine Hüften schien meinen Gliedmaßen noch mehr Kraft zu spenden, ließ mich ihn vollständig in mir aufnehmen und meine Hüften hochstemmen, um ihm entgegenzukommen.

Seine Zunge glitt über meine, fütterte mich mit der Süße meines Orgasmus und neckte mich mit seinem himmlischen Kokosnussgeschmack.

Ich schlang meine Arme um seinen Hals, hielt ihn fest an mich gedrückt und verschlang jeden seiner Küsse, während sein Körper sich mit meinem verband.

Es war besser als alles, was ich mir je erträumt hatte.

Denn es war echt.

Prinz Kalt hatte mich nicht nur bemerkt, sondern sich auch mit mir *verbunden*. Und jetzt war er in mir, küsste mich und füllte mich mit so viel Verehrung und Lust, dass mein Herz angesichts der Empfindung beinahe explodierte.

Ich habe dich immer schon bemerkt, flüsterte er. *Es hat nur eine Weile gedauert, bis ich begriffen habe, warum du mir aufgefallen bist.*

Seine Lippen kosten meine, sein Tempo wurde langsamer, als er seine Hand an meine Wange legte und etwas zurückwich, um mich anzusehen. „Du bist atemberaubend, Artica. Ich hätte blind sein müssen, um dich nicht zu sehen. Und selbst dann hätte mich dein Herz angezogen, weil du innerlich wie äußerlich wunderschön bist."

Tränen stiegen mir in die Augen. Die Wirkung seiner Worte wurde von der Tatsache, dass seine Gedanken sie als wahr bestätigten, um ein Vielfaches verstärkt.

Denn er hatte jedes einzelne Wort so gemeint.

Er küsste mich erneut, dieses Mal sanfter. Als wollte er sicherstellen, dass ich jedes geflüsterte Wort auf meiner Zunge spürte. Er wollte, dass ich seine Absichten kannte. Dass ich sein Versprechen, mich für immer zu lieben, mich zu ehren und wertzuschätzen, hörte.

Seine Liebe zu mir mochte noch nicht so groß wie meine zu ihm sein.

Aber eines Tages würde sie das.

Wir würden beide gemeinsam wachsen und unsere Herzen würden als eines schlagen – leben und für die Ewigkeit lernen.

Und das war in Ordnung.

Denn ich glaubte an seine Absichten.

Ich glaubte an uns.

Er vertiefte unseren Kuss, sein Schwanz bebte in mir mit einem Bedürfnis, das meinem ähnelte. Sein Körper begann sich wieder zu bewegen. Dieses Mal zielbewusst, als er eine Hand zwischen uns gleiten ließ, um meine Klitoris zu necken. Ich zuckte unter ihm zusammen. Seine Berührung entfachte das Feuer in meinem Unterbauch wieder.

Seine andere Hand begab sich an meine Hüfte, hob mich nach oben und in eine Position, die es ihm erlaubte, unheimlich tief in mich zu dringen.

Ich zitterte am ganzen Körper, die Empfindung berührte meine Seele.

„Noch mal", flehte ich gegen seinen Mund gedrückt.

Er rammte in mich, sein Daumen streichelte meine Knospe und seine Gedanken waren ein offenes Buch für mich. Alles davon kreierte eine Kakofonie der Empfindungen, die mich Sterne sehen ließ, während eine weitere Welle der Wonne meine Adern mit purer Ekstase erfüllte.

„Artica", stöhnte er und sein Schwanz bebte, als er in mir kam.

Hitze.

Wonne.

Wunderschönes Licht.

Unsere Seelen frohlockten, das Band jubelte voller Leben und Erwartung. Ich fühlte mich wie neugeboren.

Randvoll mit so viel Energie und Aufregung, dass ich augenblicklich nach mehr flehte.

Kraft schoss durch meine Adern.

Kraft, die ich ausstoßen musste.

Kalt stöhnte, als ein Teil davon durch unser Band floss. Mein Name kam ihm über die Lippen − zum Teil als Flehen, zum Teil als Seufzen. Seine Hand begab sich an meinen Hals und sein Mund legte sich auf meinen, als er einen weiteren Kraftstoß erduldete.

Ein Knurren stieß aus seiner Brust, als ich meine Hüften erneut in die Höhe stemmte, mehr brauchte. Ihn brauchte.

Mehr Befriedigung brauchte.

Denn diese Kraft bäumte sich weiter in mir auf, wütete in meinem Unterbauch und wirbelte voller Intensität in meinem Wesen herum, suchte verzweifelt nach einem Ventil.

Nein, sie verlangte nach einem.

Ich wimmerte. Die Energie war zu stark und meine Adern schmerzten angesichts der Hitze und Unmenge an unerwarteter Magie.

Die Quellen, dämmerte mir keuchend. *Sie … Sie …*

Ich schrie, als eine weitere Explosion aus meinem Körper schoss. Diese hier war nicht annähernd so orgastisch oder wonnehaft wie die Ausbrüche, die Kalt herbeigeführt hatte.

Er ächzte, als die Kraft auch in ihn schoss und unsere Wasserfeenseelen von Winterfeenmagie eingenommen wurden.

Lark!, schrie Kalt mittels unserer Bänder.

Wenn er antwortete, so hörte ich es nicht. Die Kraft rollte mit so einer Gewalt durch mich hindurch, dass ich nur noch schwarz sah und ein statisches Rauschen meine Ohren erfüllte.

Ich hatte mich nach Energie gesehnt, hatte mich lebendiger fühlen wollen.

Und die Quellen hatten mir diesen Wunsch erfüllt.

Doch es war zu viel Energie. Meine Seele wimmerte angesichts des Ansturmes, flehte um ein Ventil, während mehr und mehr Kraft aus mir und in Kalt drang.

Er ließ mich nicht los, sein Schwanz bebte noch immer in mir, aber ich spürte seinen Schmerz. Es war zu viel. Wir brauchten unsere anderen Gefährten.

Wir brauchten *König Lark*.

Vor wenigen Minuten

„Wenn du nicht aufhörst, zu singen, werde ich dich gegen diese Wand drücken und den sechsten Tag deines kleinen Lieds wahr werden lassen", sagte ich leise zu Norden.

„Ist das ein Versprechen?", fragte er, war trunken von der Gefährtenlust, die unsere Bänder wärmte.

Artica und Kalt hatten sich definitiv versöhnt und beschworen eine sinnliche Energie unter meiner Haut herauf, die mich anflehte, zurück zu meiner Suite zu rennen und mich ihnen anzuschließen.

Aber Norden hatte vorgeschlagen, ihnen zusätzliche zehn Minuten Privatsphäre zu geben, um ihr Band vollends Form annehmen zu lassen.

Ich hatte widerwillig zugestimmt, war mir bewusst, wie sehr Artica –

Ein Blitzschlag, der mein Herz durchfuhr, ließ mich mitten im Schritt ins Wanken kommen, was meinen Vater, der neben meiner Mutter an seinem Tisch saß, dazu bewegte zu mir zu blicken. Ich war auf dem Weg zu ihm gewesen, um ihm zu sagen, dass wir uns später treffen mussten. Aber das Glimmen in seinen Augen sagte mir, dass er das bereits wusste.

Und er hatte die Störung gespürt, die eben an meiner Seele gerissen hatte.

Norden presste seine Handfläche an meinen Rücken. „Ist alles in Ordnung?" Dann sprang er auf, als hätte ihn derselbe Blitz in seine Brust getroffen. „*Buuuuttertoffee.*" Er rieb sich seine Brust und runzelte die Stirn. „Was, bei den Feen, war das denn?"

„Wir müssen gehen", sagte ich, sah meinem Vater in die Augen. Er nickte mir leicht zu, sagte mir damit, dass er verstand. Als vormaliger König hatte er dieselbe Störung in der Quelle vernommen wie ich.

Und angesichts der Rede, die ich soeben bezüglich des Festmahls für den neu geformten Gefährtenzirkel gehalten hatte, wusste er vermutlich, dass mit meinen Gefährten etwas nicht ganz stimmte.

Namentlich Artica.

Ein weiterer Blitz durchfuhr die Bänder, der mich praktisch aus dem Zimmer rennen ließ, was hinter mir einen wissenden Applaus auslöste.

Wenigstens waren die Feen leicht zu beeindrucken.

Andernfalls wären sie vielleicht beleidigt über meinen abrupten Abgang gewesen.

Sobald wir im Korridor waren, rannte ich los – Norden an meiner Seite. Der Selkie hatte nicht gelogen, als er versprochen hatte, dass er nie von meiner Seite weichen würde.

Die Lebkuchenwachen sprangen aus dem Weg, als sie uns erblickten, sodass ich direkt durch die Tür zu meinem privaten Flügel rauschen konnte.

Wir rannten an den Tabletts auf Servierwagen vorbei, die Holly hatte bringen lassen, was mich daran erinnerte, dass ich Essen bestellt hatte, das keiner von uns angerührt hatte. Etwas, das wir ändern mussten, wenn wir das Problem gelöst hatten, das uns in der Suite erwartete.

Norden erhaschte die Türklinke als Erster, drückte sie nach unten und öffnete die Tür. Wir beide rauschten gleichzeitig ins Zimmer.

Und sahen Kalt und Artica voller ungebändigter Kraft auf dem Bett beben.

„Lark", keuchte Kalt und seine eisblauen Augen glühten mit viel zu viel Energie. Er versuchte Artica durch das Band zu ankern, aber er konnte nicht genug davon in sich aufnehmen.

Ich dachte nicht nach.

Ich reagierte und schloss mich ihnen auf dem Bett an.

Dann packte ich Kalt am Nacken und küsste ihn fest, saugte die Kraft aus ihm. Er seufzte augenblicklich erleichtert, während Artica neben ihm ächzte.

Norden zog sich bereits aus, begab sich zu den beiden aufs Bett und zog Artica unter Kalt hervor, um sie zu küssen.

Sie stöhnte und schlang ihre Arme um seinen Nacken, zog ihn über sich. „Fick mich, Norden", flehte sie. Ich hatte die vulgären Worte noch nie über ihre Lippen kommen gehört. *„Bitte."*

Tu es, sagte ich zu ihm, spürte sein kurzes Zögern aufgrund ihres lusttrunkenen Zustands. *Sie braucht Körperkontakt, um sich zu erden.*

Ihr Schrei im nächsten Augenblick sagte mir, dass er meinen Worten Folge geleistet hatte und ihr gab, was sie brauchte, während ich Kalts Quellen weiterhin mit meiner Zunge beruhigte. Er kuschelte sich an mich – etwas, von dem ich bezweifelte, dass er es normalerweise getan hätte.

Aber die Kraft, die von seiner Haut ausging, hatte sein Eis geschmolzen und ihn an einen Punkt gebracht, an dem er beinahe explodierte.

Irgendwann beruhigte er sich und seine Arme schlangen sich um meinen Hals, als er meinen Kuss mit steigender Neugier erwiderte.

Ich lächelte. *Siehst wohl endlich, was du dir hast entgehen lassen, hm?*

Er antwortete, indem er meinen Gürtel öffnete und meine Hose aufknöpfte.

Er ließ mein Hemd außen vor.

Zog mir nicht einmal meine Jacke aus.

Und begab sich direkt an mein Gemächt.

Du und Norden habt eine Menge gemeinsam, sagte ich zu ihm, als er den Reißverschluss öffnete.

Ich hatte darunter nichts angezogen, sodass er direkten Zugriff auf meinen bebenden Schwanz hatte.

Er schlang seine Hand um mein Glied, massierte mich barsch, während er sich mit meiner Länge und Breite vertraut machte. Es fühlte sich nach dem monatelangen Warten verdammt noch mal fantastisch an. Nach all den Monaten voller *Sehnsucht*.

Gepaart mit den Ereignissen der gestrigen Nacht, als ich gespürt hatte, wie Norden in unserer Königin gekommen war.

Dann die lang ersehnte Verbindung mit meinen Gefährten heute, die meinen Höhepunkt erneut hinausgezögert hatte.

Und jetzt zu hören, wie Norden Artica neben uns fickte.

Bei den Feen … All das machte mich jetzt umso härter. *Ich werde nicht lange durchhalten*, warnte ich Kalt, mein Körper zu angeheizt für Vorspiel.

Die Kraft im Zimmer. Die Lust. Die perfekten

Gerüche. Articas wunderbares Stöhnen. Nordens sinnliches Knurren. Kalts geübter Griff und wissende Zunge.

Das war alles zu viel.

Kalt stieß mich auf meinen Rücken und seine Lippen ließen von meinen ab, als er sich an meinem Körper hinabbewegte, um mein Glied in seinen Mund zu nehmen.

„*Schlittenschellen*", zischte ich. Seine Zunge an meinem Schaft zu spüren, ließ meine Eier sich umgehend anspannen.

Er nahm mich tief in sich auf und ergänzte mit seiner Zunge einen Hauch Eis, der eine Mischung aus Lust und Schmerz an meiner Haut auslöste.

Dieser kleine Trick zögerte die Folter heraus.

Etwas, das ich genoss und gleichzeitig verabscheute.

Denn ich hatte schon den ganzen verdammten Tag lang auf eine Erlösung gewartet und jetzt neckte er mich, verdammt noch mal. „*Kalt.*"

Er summte, mochte es, wie ich seinen Namen knurrend von mir gab. Mochte es, wie ich schmeckte. Genoss es, wie meine Berührung die Kraft beruhigte, die seine Adern flutete.

Ich spürte alles davon.

Jeden Gedanken. Jede wonnehafte Emotion. Jede dunkle Begierde.

Er hatte noch nie mit einem Mann geschlafen. Und doch lutschte er mich verrucht gut.

Denn er verließ sich auf Nordens Expertise. Der Selkie versorgte ihn mit Informationen, sagte ihm ganz genau, was er mit seiner Zunge tun sollte, während er Artica neben uns ihrem Höhepunkt näherbrachte.

Ich griff nach ihrer Hand, brauchte die Verbindung zu ihr, und musste feststellen, dass sie ihre Hand bereits nach mir ausgestreckt hatte. Wir legten unsere Finger ineinander, kreierten einen Kraftwirbel, der sich zwischen uns in die Luft erhob.

Und dann küssten wir uns.

Ich war mir nicht sicher, wie es passiert war. Dann realisierte ich, dass Norden Articas Kopf näher an meinen gebracht hatte. Wir bildeten die obere Ecke eines Dreiecks auf dem Bett, indem unsere Rücken gegen die Matratze gedrückt und unsere Köpfe aneinandergelegt waren.

Während Kalt mich weiterhin mit seinem Mund verwöhnte.

Und Norden leckte Artica jetzt zwischen ihren Schenkeln.

Es war verdammt noch mal himmlisch. Die orgastische Verbindung bebte durch meine Adern, während ich ihre Hand nicht losließ.

Meine andere Hand begab sich an Kalts Kopf. Nicht, um ihn zu führen, sondern einfach nur, um ihn zu halten. Denn er brachte mich mit seiner Zunge um den Verstand.

Und Articas Kuss … Es war perfekt.

Sie war völlig verloren in der Wonne, die Kraft hatte ihren Geist, ihren Körper und ihre Seele eingenommen, brachte uns alle in einen Zustand der Glückseligkeit.

Ich hieß jedes Beben ihrer Kraft aus ihr willkommen, nahm es tief in meine Adern und meine Seele auf.

Ihr Wimmern verwandelte sich in Stöhnen.

Ihr schmerzerfülltes Erschaudern in Beben der Lust.

Und ihre Gedanken verstummten angesichts der Wonne.

Ich spürte ihren Orgasmus an meiner Zunge und ihre bebende Lust trieb mich dazu, ihr in diese wunderbare Welt der Ekstase zu folgen.

Kalt stöhnte, schluckte jeden Tropfen, während Norden zustimmend zwischen Articas Beinen summte.

Es war einer der erotischsten Momente meines Lebens.

Und als Articas ihre blauen Augen öffnete, die sich lusterfüllt verdunkelt hatten, und mich ansah, wusste ich, dass das hier erst der Anfang war.

Du hattest recht, flüsterte ich Norden zu. *Wir werden mindestens zwölf Tage brauchen.*

Dann sollten wir die Sache in den Jacuzzi verlagern, murmelte er, bezog sich dabei natürlich auf den Pool in der Ecke.

Denn in der ersten Nacht mit meinen Gefährten gaben mir meine Liebsten ...

Einen Orgasmus in einem Jacuzzi, beendete Artica den Satz für ihn.

Norden lachte. *Schöne Orgasmen euch allen, und allen eine lusterfüllte Nacht.*

NORDEN

Artica glühte praktisch. Ihr Haar erinnerte mich selbst während sie schlief an das Sonnenlicht.

„Die Zwölf Orgasmustage" – ein Lied, das ich die Elfen definitiv als mein erster Erlass als Winterfeenprinz komponieren lassen würde – hatte uns alle erschöpft.

Außer vielleicht Lark, der sich während unseres Verbindungsrausches beeindruckend gut hatte im Zaum halten können. Er hatte mehr Zeit darauf verwendet, uns zu verwöhnen, anstatt sich selbst. Sein Fokus hatte darauf gelegen, die Kraftstruktur in unseren Bändern zu regulieren.

Etwas, das vermutlich sanfter vonstattengegangen wäre, wenn er Artica wirklich gefickt hätte.

Aber er hatte sich Zeit gelassen, ihre Vorlieben und Abneigungen ermittelt. Anschließend hatte er sie zuerst mit seinem Mund, dann mit seiner Zunge verwöhnt, während er es mir und Kalt überließ, ihm Orgasmen zu verschaffen.

Machst du dir Sorgen, dass ihr deine Art des Fickens nicht gefallen wird?, fragte ich, als wir mit Kalt und Artica zwischen uns im Bett lagen. Er hatte Artica an seine Brust gezogen, während ich mit meinen Fingern durch Kalts Haar strich.

Es war weich und schön, erinnerte mich an Frost − was auch der Grund dafür war, weshalb er seinen Spitznamen behalten würde.

Ich will es perfekt machen, verriet er mir.

Zwölf Tage der Orgasmen war nicht perfekt genug?, fragte ich ihn und ein neckisches Grinsen zog auf meinen Lippen auf.

Denn ich fand es ziemlich schneetastisch.

Er lächelte. *Es war ein angemessener Beginn für eine Ewigkeit der Lustspiele.*

Angemessen?, erwiderte ich schnaubend. *Muss ich zu dir rüberkommen und dich noch einmal lutschen, Eure Majestät?*

Seine Augen glänzten. *Ich würde nie etwas dagegen einwenden, deinen Mund um meinen Schwanz geschlungen zu haben, Nor. Aber Kalt und Artica schlafen endlich und ich will sie nicht aufwecken.*

Ich weiß, wie man leise ist.

Aber wir beide wissen, dass du es nicht sein wirst, konterte er, durchschaute mich, wie er es immer tat.

Na, das heißt nicht, dass ich nicht weiß, wie man leise ist, bemerkte ich.

Er küsste Articas Hinterkopf und sah mir in die Augen. *Ich packe das schon. Sie ist fast bereit für mich.*

Sie ist mehr als bereit für dich. Sie hatte ihn nicht direkt angefleht, aber sie hatte definitiv versucht, ihn ein paarmal mit ihren verlockenden Kurven und ihrem köstlichen Mund zu verführen.

Aber er hatte sie immer mit einem Orgasmus abgelenkt oder indem er sie dabei hatte zusehen lassen, wie er Kalt lutschte – etwas, das ihr *sehr* gefallen hatte. Genauso wie mir.

Der Wasserfeenprinz hatte eine ungeheuer begabte Zunge und damit all meine Erwartungen im wahrsten Sinne des Wortes aus dem Eiswasser gezogen.

Denn er war es gewesen, der mir meinen Orgasmus am ersten Tag des Paarens verschafft hatte.

Im Jacuzzi.

Ich wünschte mir sehnlichst eine Wiederholung davon, aber es gab noch so viele andere Positionen und Arten des Lustspiels auszuprobieren.

Artica hatte mir erlaubt, sie in den Arsch zu ficken– etwas, das Lark letzte Nacht beinahe dazu verleitet hatte, sie ebenfalls zu nehmen.

Aber der Winterfeenkönig hatte sich zurückgehalten. *Schon wieder.* Er hatte bewiesen, dass er der Stärkste von uns war.

Du willst nur, dass sie auf deinen Baumstamm klettert, beschloss ich.

Er lächelte. *Dagegen hätte ich nichts einzuwenden.*

Dann fick sie endlich.

Geduld, murmelte er. *Belohnungsaufschub hat seine Vorteile.*

Oder machst du dir Sorgen, was das mit den Quellen anrichten wird?, fragte ich ihn mit ernster Stimme, wollte sein Zögern verstehen.

Aber er schüttelte seinen Kopf. *Nein, ich habe dir bereits gesagt, dass ich ganz einfach will, dass es perfekt wird.*

Ich kniff meine Augen zusammen. *Was hast du vor? Die Suite mit Eisblumen schmücken?*

Das wirst du heute Nacht herausfinden, erwiderte er. *Nach dem Gefährtenzirkel-Festmahl.*

Meine Neugier stieg ins Unermessliche. *Planst du eine Überraschung?*

Er lächelte bloß.

Lass mich helfen.

Er schüttelte seinen Kopf. *Sie ist für euch alle. Hab einfach etwas Geduld, Nor. Du wirst mir später dafür danken.*

In diesem Moment streckte sich Artica und ihre vollen Lippen öffneten sich, um ein Stöhnen von sich zu geben, das direkt in mein Gemächt fuhr. Kalt regte sich daraufhin augenblicklich, legte seine Hand an ihre Brust, noch bevor er gänzlich wach war.

Lark sah mich mit hochgezogener Augenbraue an.

Dieses Mal habe ich nichts gesagt oder getan. Versprochen. Aber ich hatte unsere Wasserfeengefährten die ganze Woche über beeinflusst und manipuliert.

Aber dieses Mal war ich zu interessiert an Larks Gedankenprozess gewesen, um den beiden Wasserfeen mehr Selkie-Bonbons zu geben, bevor sie eingeschlafen waren.

Artica drückte ihren Rücken erneut durch, was Lark zusammenzucken ließ. Sein Schwanz war gegen ihren Knackarsch gedrückt. Ich wackelte mit meinen Augenbrauen.

Bist du sicher, dass du bis heute Abend warten kannst, mein König? Sie ist so eng. Sogar enger als Kalt. Etwas, das wir mittlerweile beide aus Erfahrung wussten.

Lark knurrte. *Hör auf, Selkie.*

Artica stöhnte daraufhin, wand sich und legte ihr Bein über Kalts Hüften.

Ich küsste ihren Nacken, drängte ihn dazu, schneller aufzuwachen.

Er war bereits hart. Ich konnte seine Erregung praktisch riechen. Ein kleines Knabbern an seiner Halsschlagader brachte ihn zum Stöhnen. *Ich bin total fertig,* murmelte er in meinen Gedanken.

Articas heiße Ritze wartet darauf, dass du sie fickst, erwiderte ich, benutzte absichtlich vulgäre Worte, um ihn aus seinem

Schlaf zu ziehen.

Er zuckte an mich gedrückt zusammen.

Dann warf sich Artica auf ihn. Eine weitere Kraftwelle ging von ihr aus und schoss in unsere Bänder.

Ich stöhnte, die Hitze eine willkommene Empfindung in meinen Adern.

Kalts Hüften bewegten sich. Sein Körper begann automatisch auf Articas zu reagieren und er glitt in einer flüssigen Bewegung in sie. Unsere Königin war immer bereit, ihr Körper angeheizt vom endlosen Fickfest der letzten zwölf Tage.

Vielleicht hatte ich mich hinsichtlich der Dauer geirrt.

Vielleicht mussten wir noch einmal zwölf Tage im Bett verbringen, und das vierundzwanzig Stunden am Tag.

Stell dir mal den Liedtext vor, den ich mit zwölf weiteren Tagen des Lustspiels kreieren könnte, dachte ich in Larks Richtung, was mir ein Knurren bescherte.

Ich werde den öffentlichen Auftritt unseres Gefährtenzirkels nicht hinauszögern. Ihr alle gehört mir und ich will, dass das gesamte Königreich das weiß.

Ist das der Grund, warum du alle Feenreiche noch einmal eingeladen hast?, fragte ich ihn. *Damit nur unser Königreich davon weiß? Oder willst du vielleicht doch, dass das gesamte Feenuniversum im Bilde ist?*

Seine minzgrünen Augen sahen in meine. *Ich will deinen Mund an meinem Schwanz. Sofort, Nor.*

Das ist keine Antwort, mein König.

Nein, es ist ein Befehl.

Ich lächelte. *Ich dachte, wir würden uns unsere Belohnung für später aufheben?*

Das tun wir auch, erwiderte er, streckte seinen Arm über Kalt und Artica und griff nach meinem Haar. Er packte es nicht, strich bloß mit seinen Fingern hindurch. *Aber ich will deinen Mund an meinem Schwanz. Bitte.*

Hm, er flehte. Es gefiel mir. *Wir sollten uns zuerst um unsere Wasserfeen kümmern. Ich werde dich im Anschluss in der Dusche verwöhnen.*

Er lächelte und presste seine Lippen an Articas Haar, während er weiter durch meines strich. *Ich will, dass alle Feenreiche es wissen,* gab er leise zu. *Darum habe ich sie eingeladen, zu bleiben.*

Seine Assistentin, Holly, hatte sich darum gekümmert, die vielen Feen unterzubringen – mit der Hilfe einiger der anderen Elfen. Sie waren begeistert von der Ankündigung gewesen, dass die Besucher bis zum Gefährtenzirkel-Festmahl im Reich verweilen durften.

Und weil uns keine dringlichen Angelegenheiten eröffnet worden waren, nahm ich an, dass alles geschmeidig verlaufen war – was ein neues Zeitalter der Interreichsfeenbeziehungen ins Leben rief.

Lark küsste weiterhin Articas Hals, während ich meinen Daumen an ihre Klitoris legte. Kalts Mund plünderte ihren, während er sie mit kräftigen Stößen in die Vergessenheit fickte, was mich unheimlich hart werden ließ.

Denn jede seiner Hüftbewegungen ließ seinen Arsch mein Gemächt streifen. Und, verdammt, diese Wasserfee hatte einen echt netten Hintern.

Artica schrie. Ihr Körper wurde von einem Beben eingenommen, das das Bett erschütterte. Kraft stieß aus ihr und drang in alle drei von uns, als sie sich von ihrem energiegeladenen Hoch erholte. Kalt stöhnte, während er kam, entlud seinen Samen in ihr, bevor er mich in einen Kuss zog, der meinen Schwanz noch härter werden ließ.

Ich zog ihn aus ihr und legte ihn auf seinen Rücken, während Lark sich aus Artica entfernte. Wir beide begaben uns nach unten, um den Nektar von ihrer Haut, ihren Schenkeln zu lecken.

Es war ein Akt der Bewunderung und Verehrung, der zeigen sollte, über was für eine Kraft unser Gefährtenzirkel verfügte.

Dieser Akt wurde nur wenige Minuten später von einem leichten Klopfen an der Tür unterbrochen.

Kalt ächzte, als ich meinen Mund von seiner Eichel entfernte. „Ich gehe schon", sagte ich, wollte Lark nicht von seinem Frühstück zwischen Articas Schenkeln wegziehen.

Ich machte mir nicht die Mühe, eine Hose anzuziehen.

Jeder, der an Larks Tür klopfte, wusste, was hier drinnen vor sich ging.

Und sie waren es vermutlich gewohnt, mich nackt zu sehen.

Ich betätigte die Klinke und sah eine errötende Holly auf der anderen Seite stehen, verfluchte mich selbst dafür, unserem Spaß ein jähes Ende zu bereiten. Wie hatte ich auch nur eine Sekunde lang denken können, dass sie uns alle in Ruhe lassen würden und nur vorbeigekommen waren, um uns unsere täglichen Speisen und Getränke zu bringen?

Holly machte einen Knicks. „Prinz Norden."

„Hallo, Holly", sagte ich seufzend und lehnte mich gegen den Türrahmen. Sie begann zu sprechen, aber ich hielt eine Hand hoch. „Warte einen Moment. Wenn wir komplizierte Dinge bereden, will ich raten. Sind die Höllenfeen geblieben?"

Sie biss sich auf die Unterlippe und nickte.

„Machen sie Probleme?" Denn sie waren die sichere Wette. Der König der Höllenfeen war am Krönungsmahl aufgekreuzt, nachdem er die Krönung verpasst hatte. Es hatte mir und Lark einen Mordsschrecken eingejagt, aber wir hatten nicht genug Zeit gehabt, um uns angemessen vorzustellen.

Sie schüttelte ihren Kopf. „Der König und der Prinz haben sich tagsüber jeweils im Reich der Sterblichen aufgehalten und sind nur abends hier gewesen."

Ich zog meine Augenbrauen hoch. *Na, das ist ja eine interessante Entwicklung.* Ich würde mich später mit dieser spaßigen Tatsache befassen. „Okay, dann vielleicht eine Formwandlerfee?" Meine Selkiebrüder wussten, wie man sich hier zu verhalten hatte, aber einige dieser Wolfclans waren wirklich unmöglich.

„Prinz Norden, es wäre vernünftiger, wenn ich es dir ganz einfach sagen würde", sagte sie und biss sich erneut auf die Unterlippe. „Ich bin mir sicher, dass Königin Artica gerne informiert wäre."

Das veranlasste mich dazu, mich aufzurichten und meine Belustigung verschwand. „Was ist los?", fragte ich jetzt mit weitaus ernsterem und etwas besorgtem Tonfall.

„Ähm, na ja, ihre Eltern sind eingetroffen", sagte sie. „Und sie wollen sie sehen."

Lark schloss sich mir an der Tür an, hatte offenbar jedes Wort mitgehört. Eine Robe war um seine Taille geschlungen, bedeckte seine Blöße. „Sie werden bis zum Gefährtenzirkel-Festmahl warten müssen, Holly. Wenn sie fragen, warum, sag ihnen, dass sie mit ihren Gefährten anderweitig verhindert ist. Wir werden uns später damit befassen, dass sie uns das übelnehmen werden."

„Natürlich, mein König", sagte sie und machte einen tiefen Knicks. Sie stand auf und wollte gerade gehen, hielt dann jedoch inne und blickte zu uns zurück. „Ähm, hättet ihr gerne Mittagessen, Eure Majestäten?"

„Ja, das hört sich fabelhaft an. Danke, Holly", erwiderte Lark, elegant wie immer.

Sie machte einen weiteren Knicks und hüpfte dann den Korridor hinunter.

Ich sah ihn an, dann Artica, die aufrecht auf dem Bett

saß. Ihre Augen waren geweitet und sie hatte einen Gesichtsausdruck auf, der weitaus alarmierter schien als in den vergangenen paar Tagen. „Habe … habe ich gerade richtig gehört? Meine Eltern sind hier?"

„Ja, sind sie", sagte Lark zu ihr, drückte sie sanft wieder auf die Matratze, während ich die Tür schloss. „Aber wir haben noch ein paar Stunden Zeit, bis wir sie begrüßen werden."

Sie erschauderte und ihr Blick streifte an uns allen herab. „Das ist … Das ist gut. Denn ich bin mir noch nicht sicher, wie ich das alles erklären soll."

„Ich kenne ein Lied, das dir helfen könnte", bot ich an.

Sie zog ihren Mund zur Seite. „Ich … ich glaube, ich brauche nur …" Ihre Wangen erröteten, was mich zum Grinsen brachte.

„Ja, Sonnenschein? Was brauchst du?"

„Ein paar weitere Explosionen", flüsterte sie.

„Man nennt sie Orgasmen", sagte ich im Plauderton, schloss mich ihr auf dem Bett an und drückte sie mit meiner Hand auf die Matratze. „Ich werde es dir mit meiner Zunge buchstabieren. An deine Klitoris gedrückt."

Dann würde ich ihr mein Lied noch einmal vorsingen.

Und jede Strophe mit ihr durchspielen.

Wir werden definitiv zu spät zum Festmahl erscheinen, murmelte Kalt.

Stilvoll zu spät, korrigierte ich ihn. *Und jetzt küss unsere Königin, während ich ihr einen Höhepunkt verschaffe.*

Bei den Feen, ich liebte mein Leben.

Unsere Königin lecken, bis sie schrie?

Mmh, ja bitte.

ARTICA

Das alles hatte damit angefangen, dass ich zu spät zum Interreichsfeenpraktikumstag gekommen war.

Also schien es nur passend, dass ich zu spät dran war für mein eigenes Gefährtenzirkel-Festmahl.

Mit dem Unterschied, dass bei diesem Anlass die Scham dazukam, dass meine Eltern die ersten waren, die mich sahen, nachdem ich mich tagelang mit meinen neuen Gefährten vergnügt hatte. Und weil sie uns im Flur überraschten, erblickten sie mich in all meiner zerzausten Pracht.

Heiße Wangen. Geschwollene Lippen. Eine Libido, die offenbar nie ermüden würde. Und zwei Quellen, die sich um meine Seele stritten.

Keine große Sache.

Alles bestens.

Ich hätte im Moment lieber Professor Elways wütendem Blick gegenübergestanden als den aufgerissenen blauen Augen meiner Mutter.

Das kann ja heiter werden.

„Artica!", rief sie aus, packte mich an den Schultern und musterte mein Kleid und mein Diadem. Ein Outfit, das jenem ähnlich sah, welches ich am Krönungstag getragen hatte. Aber dieses Kleid war silberweiß, um zu den Smokings meiner Gefährten zu passen.

Und darunter befanden sich zwei unstete Beine, dank Kalts und Nordens Aufmerksamkeit vor nur wenigen Minuten.

„Mutter", erwiderte ich und lächelte sie und meinen Vater schwach an.

Das war definitiv nicht die Familienzusammenkunft, die ich mir vorgestellt hatte.

Was ist los?, fragte Lark, von wo aus auch immer er gerade war.

Er war in den vergangenen Tagen mehr als nur einmal verschwunden. Ich nahm an, um sich um die Angelegenheiten des Winterfeenreichs zu kümmern. Aber ich war enttäuscht gewesen, als er vor dem heutigen Abend ohne uns vorausgegangen war. Ich hatte gedacht, dass wir den Ballsaal für die Ankündigung alle zusammen betreten würden.

Hoffentlich würde er sich uns dort anschließen.

Und vielleicht würde er mir dann auch erklären, warum er mich noch nicht angerührt hatte.

Es lag ganz bestimmt nicht daran, dass ich es nicht versucht hätte. Aber ich fragte mich, ob es vielleicht an den sich duellierenden Quellen lag.

Vielleicht konnte er mich noch nicht anrühren? Oder aber er machte sich vielleicht Sorgen darüber, was das für Folgen haben würde?

So oder so, ich wünschte mir, dass er es mir ganz einfach sagen würde.

Denn ein Teil von mir hatte immer wieder das Gefühl, etwas falsch gemacht zu haben.

Articas Eltern sind hier, sagte Norden zu ihm, als ich nicht umgehend Antwort gab.

Sie sollten im Ballsaal sein, erwiderte Lark freiheraus. *Bei meinen Eltern.*

Lass sie, murmelte Norden. *Sie machen sich offensichtlich Sorgen um ihre Tochter.*

Lark schnaubte. *Sie haben ihr Recht darauf, besorgt zu sein, aufgegeben, als sie in den Urlaub gefahren sind, ohne eine Kontaktmöglichkeit zu hinterlassen.*

Das ist bei Elementefeen ziemlich üblich, informierte ihn Kalt.

Ich räusperte mich, weil es schwierig war, sich mit all den Männerstimmen *in meinem Kopf* zu konzentrieren.

„Ich, ähm … Es tut mir leid, dass ihr eben erst von alledem erfahren habt", sagte ich geschlagen, deutete auf Norden und Kalt.

Da Lark nicht hier ist. Ich stellte sicher, dass ich diesen Gedanken für mich behielt und ihn nicht dem ganzen Gefährtenzirkel eröffnete – ein Trick, den ich zusehends besser anwenden konnte.

„Es tut dir leid?", wiederholte meine Mutter. „Schätzchen, es muss dir nicht *leidtun!*"

„Ich schätze, es war ein ganz schöner Schock", gab mein Vater zu, was ihm ein Funkeln von meiner Mutter einbrachte. „Vor allem, weil wir erst gestern davon erfahren haben. Das hat uns nicht viel Zeit eingeräumt, um alles zu verdauen."

„Erst gestern?", fragte ich stirnrunzelnd. „Mir wurde gesagt, dass König Cyrus euch vor der Krönung versucht hat, zu erreichen."

„Oh, das hat er auch, aber wir waren außer Reichweite", sagte mein Vater mit ernster Miene, grinste dann meine Mutter an. „Wir haben im Reich der

Sterblichen übersommert. Und wie du weißt, gibt es dort nicht viele Elementefeentürme."

„Stimmt", ergänzte meine Mutter. „Wir haben die Nachricht erst erhalten, als wir gestern zurückgekommen sind, und sind direkt hierhergekommen."

„Was lustig war, weil wir gerade eben erst aus diesem Reich zurückgekehrt waren. Wir hatten uns an diese Sommerresidenz der Schicksalsfeen, begeben ... Genauer gesagt zu jener des regionalen Alphas der Westküste in Los Angeles. Also hätten uns nicht einmal die Telefone der Schicksalsfeen dort erreicht."

„Oh, ähm ... Das hört sich ... nach einer interessanten Erfahrung an", meinte ich. „Also, was die, ähm, Krönung anbe—"

„Es war *wahrhaftig* eine interessante Erfahrung", sagte meine Mutter und klatschte aufgeregt in die Hände, unterbrach mich. „Wusstest du, dass dem Alpha eine Flotte Segelboote gehört? Wir sind auf einem davon zum Gebiet gefahren, das die Sterblichen ‚Niederkalifornien' nennen."

Kalt legte seine Finger in meine, drückte meine Hand. Obschon ich meine Heiterkeit von meinen Eltern geerbt hatte, war mir zum Glück der Hang zum Plappern wie Seelöwen erspart geblieben.

Ich räusperte mich, versuchte mich erneut zu Wort zu melden, nur um von meinem Vater unterbrochen zu werden. „Wunderschöne Riffe dort. Deine Mutter wollte für die Stiefmutter des Wasserfeenkönigs ein paar Korallen als königliches Geschenk mitbringen." Er grinste. „Sie liebt den Meeresorganismus, nach dem sie benannt wurde."

Er zog ein Stück wunderschöner rosafarbener Koralle aus seiner Tasche. Ich bemerkte, dass sie noch immer lebendig war, geschützt von einer Schicht Wassermagie von meinen Eltern.

Kalt lächelte. „Tante Coral wird sie lieben."

Mein Vater blinzelte, sah Kalt wohl zum ersten Mal an. Er war so auf mich und darauf fokussiert gewesen, von ihren Abenteuern zu erzählen, dass er die beiden Männer hinter mir nicht einmal bemerkt zu haben schien.

Oder den nahenden Winterfeenkönig hinter ihnen.

Ein Winterfeenkönig, der ein Funkeln im Gesicht hatte, das mir die Sprache verschlug. „Ihr müsst Articas Eltern sein", sagte er, woraufhin die beiden erstarrten und in seine Richtung blickten. „Meine Eltern erwarten euch im Ballsaal. Meine Assistentin, Holly, wird euch zu ihnen bringen."

Er trat beiseite, damit die kleine Elfe ihnen zuwinken konnte. „Hallo", grüßte sie mit einem Lächeln. „Wenn Sie mir bitte folgen würden."

„A-aber wir wurden noch nicht bekannt gemacht."

„Nein, ihr wart zu beschäftigt damit, von eurem Urlaub zu erzählen", erwiderte Lark, ohne zu zögern. "Vielleicht werdet ihr eure Tochter zu Wort kommen lassen, wenn wir euch im Ballsaal wiedersehen."

Na, das ist auch ein Weg, einen bleibenden Eindruck bei den Schwiegereltern zu hinterlassen, säuselte Norden und zog sanft an einer meiner Haarsträhnen.

Dein Vorschlag war, dass Artica ein Lied über Orgasmen singen sollte, um ihre Abwesenheit zu erklären, erinnerte Lark ihn. *Glaubst du, dass das einen besseren Eindruck gemacht hätte?*

Ich glaube mich zu erinnern, dass du mir vor Kurzem einen Vortrag darüber gehalten hast, wie wichtig Ehrlichkeit in einer Beziehung ist. Ich habe nur vorgeschlagen, dass Artica ehrlich Auskunft über ihre Aktivitäten in den vergangenen Tagen gibt.

Lark schnaubte höhnisch.

Ich bin mir ziemlich sicher, dass sie das mehr beeindruckt hätte als deine unverfrorene Abweisung, ergänzte Norden, als Lark an meinem Vater vorbeiging, ohne ihm einen weiteren Blick zuzuwerfen, und sich vor mich hinstellte, damit meine Eltern keine freie Sicht mehr auf mich hatten.

Ich bin ein König. Ich bin von Natur aus beeindruckend.

Ich schluckte angesichts seines eisernen Blickes in den minzgrünen Augen, als er mich langsam, von meinem Diadem bis zu meinen Füßen musterte.

Außerdem, fuhr er fort und legte seine Hand an meine Wange, während er über meinen Kopf zum Selkie hinter mir blickte. *Haben sie mich nicht beeindruckt, indem sie nur über ihr Leben geplappert haben, anstatt die Krönung ihrer eigenen Tochter zu besprechen. Sie ist jetzt eine Königin. Und so soll sie auch behandelt werden.*

Sie sind bloß aufgeregt, meinte ich.

„Na, ich schätze, wir sehen euch dann später", sagte meine Mutter, ihre Stimme jetzt weitaus ernüchterter als noch gerade eben.

Seufzend trat ich hinter Lark hervor. Königin oder nicht, so konnte ich meine Eltern nicht gehen lassen. Ich zog meine Mutter in eine Umarmung. „Tut mir leid, wir versuchen den Formalitäten zu folgen", flüsterte ich. Nicht, dass diese bereits festgelegt waren, da das hier das erste Gefährtenzirkel-Festmahl war. Aber irgendetwas musste ich ja sagen.

„Nein, er hat recht. Wir waren unhöflich", sagte sie und ließ von mir ab. „Ich freue mich darauf, deine Gefährten kennenzulernen. Und … und ich bin stolz auf dich, Artica."

„Wir sind beide stolz auf dich, Schätzchen", ergänzte mein Vater, blickte mit unsicherem Blick über meine Schulter.

Denn Lark türmte hinter mir.

Und ich vermutete, dass er einen äußerst königlichen Ausdruck im Gesicht hatte.

„Sie ist eine umwerfende Winterfeenkönigin", sagte er

und legte seine Hände an meine Hüften. „Wir haben großes Glück, sie bei uns zu haben."

Schon viel besser, lobte Norden.

Er hatte nicht Unrecht. Meine Eltern strahlten auf der Stelle.

„Wie ich sehe, befindest du dich in guten Händen." Ein Teil der Heiterkeit hatte zurück in die Stimme meines Vaters gefunden. „In sehr guten Händen, sogar."

Meine Mutter lächelte. „Nur vor wenigen Wochen hast du noch von diesem Praktikum gesprochen. Ich hätte nie erwartet ... Ich meine ... Es ist ..."

„Wie im Märchen?", sagte ich und lächelte wieder schwach.

„Es ist kein Märchen", sagte Kalt, begab sich an meine Seite, um nach meiner Hand zu greifen. Ich war mir nicht sicher, wann ich seine Hand losgelassen hatte. Vielleicht, als ich meine Mutter umarmt hatte?

Norden stellte sich auf meine andere Seite. „Nein, es ist ein wahr gewordener Traum."

„Ja", stimmte Kalt zu. „Aber es ist ein Traum, den Artica mit ihrer Freude wahrgemacht hat. Die sie, wie ich sehe, von euch beiden geerbt hat."

Wow, er stellt dich echt in den Schatten, Lark, sagte Norden.

Wie ich schon sagte ... Ich muss keinen guten Eindruck machen. Ich bin ein König.

„Prinz Kalt", sagte meine Mutter. Ihr Tonfall riet an, dass sie versucht hatte, sich an seinen Namen zu erinnern und erst jetzt begriffen hatte, wer er war. Ihre Augen weiteten sich, ihr Mund öffnete sich beeindruckt.

Kalt rief diese Reaktion in jedem hervor, dem er über den Weg lief. Er war noch hinreißender in seinem Smoking, mit seinem arktisch weißen Haar, das weich und wirr auf seinen Schultern lag. Ganz zu schweigen von den eisblauen Augen.

„Schön, euch kennenzulernen", sagte er mit sanfter Stimme.

„Oceania und Muriel", sagte ich, nannte ihre Namen.

Lark seufzte. *Ich schätze, wir machen uns also doch hier und jetzt bekannt.*

Tut mir leid, flüsterte ich und verzog das Gesicht.

Er strich mit seinen Lippen über meine Schläfe. *Entschuldige dich nie, meine Königin. Ich werde deine Entscheidungen immer respektieren.*

Lark stellte sich und Norden manierlich vor, erklärte die Bräuche des Winterfeen-Gefährtenzirkels und bat meine Eltern dann erneut, Holly in den Ballsaal des Palastes zu folgen. Sie stimmten dieses Mal etwas zufriedener zu und beteuerten erneut, wie stolz sie auf mich waren, bevor sie Larks Assistentin folgten.

Seine Hände lagen noch immer auf meinen Hüften und er drehte mich in seinen Armen herum, als sich die Tür am Ende des Korridors schloss.

„Artica, du raubst mir den Atem", flüsterte er und in seinen minzgrünen Augen waberte wieder dieses ernste Funkeln.

„Es tut mir leid, dass ich nicht hier gewesen bin, um dir das zu sagen, als du aus meinem Zimmer geschritten bist. Ich habe mich mit Holly in letzter Sekunde um ein Problem mit den Gästen kümmern müssen."

„Problem mit den Gästen?", wiederholte Kalt, der wieder neben mir stand, während Norden sich auf die andere Seite stellte.

„Nur eine kleine Auseinandersetzung zwischen zwei umherreisenden Formwandlerfeen."

Ich kniff meine Augen zusammen. „Wölfe?"

„Mhm", summte er, bestätigte, was ich bereits gewusst hatte.

„Sie sind Tiere und wild und *gemein*", sagte ich mit ernster Miene.

Seine Mundwinkel zuckten. „Sind sie das?"

„Sie machen sich über Feen lustig, die sich nicht verwandeln können", informierte ich ihn. „Und sie beißen."

„Ich habe das Gefühl, dass es dazu eine Geschichte gibt, die ich nur zu gerne hören möchte", murmelte er lächelnd. „Aber jetzt müssen wir wirklich los. Die Gäste warten schon über eine Stunde. Etwas, das sie nur tolerieren, weil ich kein striktes Programm herausgegeben habe. Aber ich bin mir sicher, dass sie langsam hungrig sind."

„Wie genau werden wir angekündigt?", fragte Norden.

„Auf die althergebrachte Art und Weise – von den Lebkuchenmännern."

Norden runzelte die Stirn. „Wie langweilig."

„Hast du eine bessere Idee?", fragte Lark ihn.

Diese Frage hätte er vielleicht besser nicht stellen sollen.

Denn Nordens Gesicht erhellte sich umgehend. „Ja, tatsächlich habe ich das."

ARTICA

E ine Pinguinparade.

Mein Herz frohlockte, als ich all die Füßchen durch den Ballsaal vor uns watscheln sah, angeführt von Norden.

„Tut uns leid für die Verspätung!", verkündete er den Anwesenden. „Das hier hat etwas mehr Koordination bedurft als erwartet."

Eine clevere Idee, um unsere Verspätung zu erklären.

Aber in Wirklichkeit hatte er es geschafft, das Ganze binnen fünfzehn Minuten zu orchestrieren.

Nachdem er Lark gesagt hatte, dass er eine Idee hätte, war er davongelaufen. Dann hatte er uns mittels der mentalen Gefährtenverbindung mitgeteilt, dass wir uns mit ihm vor den Türen zum Ballsaal mit ihm treffen sollten.

Wo die Pinguine bereits ihren Auftritt begonnen hatten.

Die Feen und Elfen im Saal strahlten angesichts des Anblicks, der sich ihnen bot.

Ein paar andere Männer schienen Norden bei der

Koordination zu helfen. Ich erkannte einen von ihnen, Yule, und nahm an, dass die anderen vermutlich auch Selkies waren.

Als ich mittels unserer Gefährtenverbindung fragte, legte Lark seine Hand an meinen Rücken und flüsterte mir ihre Namen ein.

„Wow, Norden hat eine Menge Brüder", flüsterte ich zurück.

„Sieben ist üblich für Selkies", erwiderte er und ich riss meine Augen auf.

„Üblich?"

Er lächelte. „Einige von ihnen sind Zwillinge."

„Zwillinge?", kreischte ich. „Wird Norden …?" Ich konnte die Frage nicht stellen. Denn … *sieben* Selkies?! Ich … ich war mir nicht sicher, ob mein Körper das mitmachen würde. *Kann ich überhaupt ein Selkie-Baby haben?*

„Unsere Kinder werden gemischtrassig sein", erwiderte Lark und sprach noch immer leise in mein Ohr.

Niemand außer Kalt bemerkte es, weil alle Anwesenden zu beschäftigt damit waren, den watschelnden Wundern dabei zuzusehen, wie sie im Saal herumgingen.

„Also, keine Selkies?" Irgendwie machte mich das traurig. Ich wollte keine sieben, aber eines oder zwei wären nett gewesen.

„Ein Selkie mit Wasser- und Wintermagie", korrigierte Lark. „Das ist definitiv möglich."

Ich sah ihn an. „Wenn du es zulässt, richtig?"

Er runzelte die Stirn. „Nein, meine Königin. Wenn *du* es zulässt."

„Norden hat gesagt, dass du die Fortpflanzung kontrollierst", sagte ich bedächtig. „Dass du sie segnen musst." Hatte er falsch gelegen? Denn, wenn dem so war, dann –

„Meine Kraft segnet die Kreation, ja. Aber das würde ich nie ohne deine Zustimmung tun. Es ist *deine* Entscheidung, wann und wie wir uns fortpflanzen." Er lächelte. „Ich werde ganz einfach dein magisches Verhütungsmittel sein, bis wir bereit dafür sind."

„Magisches Verhütungsmittel", wiederholte ich und meine Lippen formten sich zu einem Lächeln. „Hört sich an, als verfügst du über magische Spermien."

Ist das der Grund, warum er mich noch nicht angerührt hat? Weil er warten will, bis ich bereit für einen Erben bin? Der private Gedanke ließ mein Lächeln verblassen − etwas, das ihm auffiel, da er seine Stirn runzelte.

„Was ist los?", fragte er.

Ich schüttelte meinen Kopf. „Nichts. Ich denke nur darüber nach, wie es wäre, sieben Selkies zu gebären." Es tat mir im Herzen weh, ihn anzulügen.

Und sein Ausdruck sagte mir, dass er sie auch spürte. „Artica −"

„Ladys und Gentlemen!", rief ein Mann den Anwesenden zu. „Darf ich vorstellen? Der neue königliche Winterfeen-Gefährtenzirkel!"

Tobender Applaus folgte auf die Ankündigung, was meine Wangen heiß werden ließ. *Wer ist das?*, fragte ich mich, erkannte den groß gewachsenen, dunkelhaarigen Mann nicht. Obwohl er aussah, als wäre er in seinen Dreißigern, riet die uralte Aura, die ihn umgab, an, dass er weitaus älter war.

Nordens Großvater väterlicherseits, Berg, erwiderte Lark mit freudigem Blick. *Das ist eine große Ehre. Nordens Familie kommt nur selten an Land. Ich bin seinem Großvater erst einmal begegnet, seiner Großmutter noch nie.*

Was ist mit seinen Eltern?, fragte ich.

Lark räusperte sich. *Seine Eltern weilen nicht mehr unter uns.*

Oh. Ich hatte nicht realisiert … *Ich … Es tut mir leid, das zu hören.* Mir wurde zum ersten Mal bewusst, dass ich noch viel über meine Gefährten zu lernen hatte.

Sie sind außerhalb unserer Schutzwände verendet. Entweder durch die Tatzen von Polarbären oder durch die Hände der Menschen. Wir sind uns nicht sicher, ergänzte er und Norden drehte sich mit einem riesigen Lächeln auf den Lippen zu uns um.

Du musst kein Mitleid mit mir haben, Sonnenschein, murmelte er. *Und mach dir keine Sorgen um mich. Selkies sind zwar nicht unsterblich, aber als Winterfeenprinz bin ich das so gut wie.*

Ich hatte nicht realisiert, dass wir mit unserem Gefährtenzirkel gesprochen hatten. Das ganze Kanal-Ding in meinem Kopf war verwirrend. Damit ich private Gedanken haben konnte, musste ich sie alle ausschließen – etwas, das ich mittlerweile erlernt hatte. Aber zwischen individuellen Gefährtenkanälen zu wechseln und dem Gruppenkanal … daran arbeitete ich noch.

Etwas, das mir durch Emotionen erschwert wurde.

Darum hatte ich versehentlich mit all meinen Gefährten gesprochen, als Larks Erklärung mich traurig gemacht hatte.

Norden begab sich zu uns, legte seine Hand an meine Wange und presste seine Lippen auf meine.

Applaus folgte und sein Großvater verkündete unsere Namen und Titel, beendete seine Ansprache mit der Anmerkung, dass wir die Finger einfach nicht voneinander lassen konnten.

Norden lachte. „Kannst du es mir verübeln?"

„Nein, mein Sohn, kann ich nicht", erwiderte sein Großvater und legte seinen Arm um eine zierliche weibliche Fee an seiner Seite. *Deine Großmutter?,* riet ich.

Ja, Großmutter Esther, bestätigte er. *Und sie ist ganz begierig darauf, euch alle kennenzulernen. Genauso wie meine Brüder.*

Hast du seine Brüder bereits kennengelernt?, fragte ich Lark.

Nur Yule, erwiderte er.

431

Die Pinguine watschelten unter den wachsamen Augen von Nordens Brüdern aus dem Saal. Dann hielt Lark eine kurze Rede, dankte allen Anwesenden dafür, dass sie sich dem ersten Gefährtenzirkel-Festmahl angeschlossen hatten.

„Vielleicht ist euch allen aufgefallen, dass wir hier oben Süßigkeiten mögen", fuhr er fort, was der Menge ein Lachen entlockte. „Aber wir arbeiten an unseren Interreichsfeenbeziehungen. Also habe ich ein paar Delikatessen aus allen Feenreichen hierherbringen lassen. Ich hoffe, dass ihr das heutige Festmahl genießt. Aber zuerst sollten wir die Festtagsgetränke genießen. Zum Wohl!"

Eine Armee aus Lebkuchenmännern erschien. Sie hielten Tablette mit Tulpengläsern und verschiedenen Süßigkeiten in ihren Händen. Alle antworteten mit einem kräftigen: „Zum Wohl!", und die Feierlichkeiten begannen offiziell.

Wir begaben uns als Erstes zu Larks Eltern, drückten Küsschen auf die Wange und tauschten Höflichkeiten aus. Dann setzten wir unsere Parade im riesigen Ballsaal fort.

Kalt und Norden liefen einen Schritt vor uns, ihre Arme ineinander geschlungen, während Larks Hand noch immer auf meinem Rücken verweilte.

Wir begrüßten alle Gäste als Zirkel, dankten ihnen dafür, dass sie gekommen waren, und nahmen ihre Glückwünsche entgegen.

Na ja, jedenfalls von den meisten von ihnen.

„Die Quellen sind nicht vollends besänftigt", informierte Zakkai uns, nachdem Lark ihm für seine Hilfe nach der Krönung dankte.

Ich hatte durch meine Gefährten davon erfahren, dass er in unsere Verbindung involviert gewesen war, und bedankte mich bei ihm dafür, dass er mir das Leben gerettet hatte.

Er nickte mir steif zu, bevor er sich wieder Lark zuwandte und zu seiner vorherigen Bemerkung zurückkehrte. „Ich schlage vor, dass ihr das Quellenproblem bald vollständig löst, König Lark. Wir reisen morgen ab."

Aflora seufzte, schüttelte ihren Kopf, war ganz offensichtlich nicht erfreut über die alles andere als nette Bemerkung ihres Gefährten.

„Das werden wir", versprach Lark ihm, bevor er uns von den Mitternachtsfeen wegführte und zur nächsten Gruppe schritt. Ich wollte fragen, was Zakkai gemeint hatte, nahm aber an, dass ich es bereits wusste.

Meine Verbindungen zu Kalt und Norden waren gefestigt.

Und obwohl ich mich mit Lark verbunden fühlte, fehlte definitiv etwas.

Intimität.

„König Lucifer", sagte er und riss mich aus meinen Gedanken.

Der König der Höllenfeen.

„Ich habe gehört, Ihr habt euch im Reich der Sterblichen gut amüsiert", fuhr Lark fort.

„Habt Ihr das?", erwiderte König Lucifer, hörte sich gelangweilt an. „Faszinierend." Ein Wort, das überhaupt nicht zu seinem Tonfall passte.

„Uns haben die menschlichen Fortschritte im technologischen Bereich gefallen", sagte ein Mann mit gutaussehenden Zügen neben ihm. Seine vielfarbigen Augen schienen im Licht zu glänzen, während er lächelte. „Wir genießen auch eure festliche Stimmung."

„Tun wir das?", fragte der Höllenfeenkönig und zog eine dunkle Augenbraue hoch.

„Ja, tun wir", bestätigte sein Begleiter.

„Hm." Seine dunklen Augen blickten zum

Mistelzweig über ihren Köpfen. „Ja, ich schätze, das tun wir." Er packte den anderen Mann am Nacken und küsste ihn mit einer Leidenschaft, die mich an Norden erinnerte.

Als sie sich endlich wieder voneinander lösten, stellte Lark uns einander vor und verriet mir den Namen des wunderschönen Mannes: Prinz Melek.

Die beiden Höllenfeen scheinen ganz schön heiß aufeinander zu sein, witzelte ich, was Norden und Kalt zum Lachen brachte.

Alle Feen sind imstande, Freude zu empfinden, erwiderte Lark, schien zufrieden über den Anblick. Wir begaben uns zum überlangen Tisch, der an der Seite des Ballsaals aufgestellt worden war.

Es war ein riesiger Raum, der wie dafür gemacht war, Gäste zu unterhalten. Er war beinahe so groß wie die Cafeteria. Doch hier drinnen sah alles etwas offizieller und gehobener aus – mit Kerzenleuchtern und goldenen Vorhängen.

Ich habe mehr Feiertags-Grandiosität erwartet, gab ich zu.

Wirklich? Lark sah mich mit zuckenden Mundwinkeln an. *Dein Wunsch ist mir Befehl, meine Königin.*

Er bewegte seine Hand, benutzte seinen neuartigen Zugriff auf die Wassermagie, um glitzernde Schneeflocken durch die Luft tanzen zu lassen – gefolgt von Lametta und tanzenden Wasserelfen.

Eine wunderschöne Zurschaustellung unserer kombinierten Kräfte, die allerhand ‚Ohs' und ‚Ahs' von der Menge erntete. Wenn sie bisher nichts von den sich vermischenden Quellen in unserem Gefährtenzirkel gewusst hatten, dann spätestens jetzt.

Norden, der nicht ausgestochen werden wollte, formte eine Gruppe kleiner Seehunde aus der Feuchtigkeit in der Luft und ließ sie dann die Elfen im Raum jagen.

Mehrere der Gäste lachten erfreut. Andere gafften uns mit aufgerissenen Augen an.

„Angeber", sagte Kalt und rollte mit seinen Augen. Doch das Lächeln auf seinen Lippen verriet, dass er zustimmte. In einer anderen Ära wären wir ein Zirkel aus Abscheulichkeiten gewesen. Aber hier wurden wir akzeptiert. Ich konnte es spüren – und die Hoffnung, die unsere Verbindung geschaffen hatte.

Wir läuteten eine neue Ära ein.

Zeigten den Feen eine neue Lebensweise.

Und bewiesen, dass kombinierte Kräfte für auch für Gutes, nicht nur Böses, eingesetzt werden konnten.

Eine Gruppe Elementefeen stand am Ende des Tisches, darunter Kalts Vater. Ich erkannte ihn augenblicklich mit seinem langen, wallenden Haar und den Grübchen. Aber das Grinsen reichte nicht ganz bis zu seinen Augen, wie es bei Kalt der Fall war.

Er hatte die Krönung verpasst, weil Kalt ihn nicht eingeladen hatte. Etwas, wofür er sich entschuldigte, sobald er ihn sah. Ich wusste bereits, dass Kalt seine Mutter verloren hatte, als er noch ein kleiner Junge gewesen war, also erwartete ich nicht, sie hier zu sehen. Ich flüsterte Norden und Lark ein, dass sie nicht mehr unter uns weilte, damit sie nicht nachfragen würden.

Doch Norden überraschte mich, indem er mir sagte, dass er das bereits wusste.

Genauso wie Lark.

Das war eine Erinnerung daran, dass die drei Monate miteinander verbracht hatten, bevor ich hinzugekommen war. Ich war nicht eifersüchtig, aber ich wollte die verlorene Zeit definitiv wiedergutmachen.

Etwas, das ich Lark vermutlich sagen müsste, wenn ich ihn nachher fragte, warum er zögerte, mit mir zu schlafen.

Kalt zog meine Aufmerksamkeit auf sich, als er seinen

Vater umarmte. Die Trauer in den Augen seines Vaters offenbarte mir einen weiteren Grund, warum Kalt gezögert hatte, den Gefährtenzirkel anzunehmen.

Er hatte diesen Verlust jahrelang mitangesehen – hatte erlebt, was das gebrochene Band mit seinem Vater angerichtet hatte und wollte nicht dasselbe durchleben.

Und doch hatte er eine Dosis dieses Schmerzes gespürt, als ich ihn abgewiesen hatte.

Nachdem wir einander vorgestellt worden waren, war alles, was ich tun wollte, Kalt in die Arme zu nehmen und ihm zu sagen, wie sehr ich ihn liebte.

Aber er kam mir zuvor, zog mich zu sich und küsste mich mit einer Leidenschaft, die die Anwesenden erneut zum Applaudieren brachte.

Das hier fühlt sich an wie eine Gefährtenzeremonie, hauchte ich in seine Gedanken.

Gut, flüsterte er zurück. *Denn wir sind Gefährten.*

Ich lächelte. *Ja, das sind wir. Du bist mein. Offiziell und unumkehrbar mein.*

Er lachte. *Du hörst dich ziemlich froh darüber an.*

Das bin ich auch.

Kann ich dir ein Geheimnis anvertrauen?, flüsterte er und sah mir in die Augen. *Ich bin auch froh.* Er lehnte sich zu mir, um mich erneut zu küssen. Doch dann unterbrach uns eine kraftvolle Stimme.

„Ich bin auch froh", unterbrach der Wasserfeenkönig.

„Cyrus", zischte Königin Claire.

„Was?", fragte er mit gespielter Unschuld. „Ich bin sehr froh, dass Kalt endlich seinem Schicksal gefolgt ist. Darf ich das nicht kundtun?"

Kalt schlang seinen Arm um meine Taille und wir drehten uns zu seinem Cousin um. „Ja, du hattest recht. Ich hatte Unrecht. Ich bin ziemlich froh darüber, wie die Dinge ausgegangen sind, also gestehe ich deinen Triumph ein", sagte Kalt, während Norden und Lark sich hinter uns stellten. Larks Hände legten sich an meine Hüfte. Seine Wärme war eine willkommene Empfindung, die Kraft durch meine Adern schießen ließ.

Kraft, die er augenblicklich absorbierte, als wüsste er, dass ich kurz davor stand, wieder zu explodieren. Seine Lippen begaben sich an meinen Hals.

Lass mich wissen, wenn ich mehr absorbieren muss, hauchte er in meine Gedanken, woraufhin ich Gänsehaut bekam.

Danke.

Ist mir ein Vergnügen, erwiderte er mit einem Hauch Lust.

Eine Lust, die ich bis in meine bebende Mitte spürte.

Doch ein Räuspern zog mich zurück zu unseren Gästen und den Elementefeen, die noch immer vor uns standen.

Ich erinnerte mich an all ihre Namen.

Titus, die Feuerfee.

Sol, der Erdfeen-Royal.

Vox, der Luftfeen-Royal.

Und natürlich König Cyrus und sein Seelenfeen-Halbbruder, König Exos.

Ein unheimlich mächtiger Zirkel.

Königin Claire strahlte. Sie trug ein blaues Kleid mit silbrigen Stickereien, die einen Kontrast zu ihren goldenen Locken bildeten.

Sie machte einen Knicks vor mir und ich tat es ihr gleich, betete zu den Quellen, dass ich meine festliche Anmut beibehalten könnte. Meine Bewegungen waren flüssig, als würden sie von Festivus-Freude geleitet.

Oder aber es waren die Berührungen meiner Gefährten, da weder Kalt noch Lark von mir abließen.

Ich spürte, wie Norden an meinem Haar zog. Seine Finger fanden immer einen Grund, um eine meiner Locken zu berühren.

Vielleicht wäre ich in diesem Reich, mit diesen Männern an meiner Seite, nicht mehr so ein Tollpatsch.

„Gratulation zu deinem Gefährtenzirkel und zur Krönung, Königin Artica", sagte Königin Claire voller Stolz und mit strahlendem Lächeln zu mir. Aber das Glimmen in ihrem Blick sagte mir, dass sie alles andere als überrascht über diesen Ausgang war.

„Ich kann mir keine Fee denken, die dieses Amt besser ausüben könnte."

„Wirklich?", fragte König Cyrus und schlang seinen Arm um die schmale Taille von Königin Claire, um ihr einen Kuss auf die Wange zu drücken. „Du meinst, es war nicht Artica, über die ich dich und Gina letzten Monat habe reden hören?"

„Ja, das mächtige Schicksalsfeen-Omega hat es ganz bestimmt nicht kommen sehen", ergänzte König Exos.

„Nein, sie hat definitiv nicht kommen sehen, dass eine Winterfeenkönigin eine neue Ära der Freude in allen Reichen einläuten würde", erwiderte Königin Claire. „Und sie hat mir auch nicht gesagt, dass diese Königin der Schlüssel zu all den Zielen wäre, die ich bezüglich der Interreichsbeziehungen erreichen möchte."

Meine Wangen brannten, als ich begriff, was ihre Bemerkungen wirklich zu bedeuten hatten. „Du … Ihr wusstet, dass das passieren würde?"

„Lasst uns einfach sagen, dass wir wussten, dass eine große Chance darauf bestand, dass es passieren würde", erwiderte Königin Claire lächelnd.

„Und wir sind sehr froh, dass es so gekommen ist", ergänzte König Cyrus, sein Blick auf Kalt gerichtet. „Gefährten zu haben, steht dir gut, Cousin."

„Genauso, wie Vater zu sein, dir gut steht", erwiderte Kalt. „Apropos … Wo ist Prinz Ciro?" Seine Frage brachte mich dazu, mich dafür ohrfeigen zu wollen, dass ich mich nicht nach Königin Claires einzigem Kind erkundigt hatte.

Ich bin wirklich unverschämt gut in diesem Interreichsfeenpraktikum, dachte ich sarkastisch. *Ich erinnere mich immer an die wichtigen Details und behalte immer alles im Kopf.*

Na, zum Glück hast du eine Triade, die dir hilft, erwiderte Kalt in meinen Gedanken und Belustigung funkelte in seinem eisigen Blick, als er mich ansah. *Und einen Wasserfeenprinzen, der sich an deiner Stelle an solche Details erinnert.*

Königin Claire lächelte. „Wir haben ihn bei meiner Mutter und Mortus gelassen."

„Ja, wir haben uns nur für den heutigen Abend zurückgesprüht. Ein dringend benötigter, kinderfreier Abend", sagte König Cyrus und sah seinen Gefährtenzirkel mit wissendem Blick an. Das Grinsen, das auf Titus' Lippen auftauchte, sagte mir, dass sie etwas geplant hatten. Etwas *Heißes.*

Vor einigen Wochen hätte ich verträumt geseufzt und mir meinen eigenen Gefährtenzirkel gewünscht, um mir mit solchen Aktivitäten die Zeit zu vertreiben.

Aber jetzt hatte ich einen eigenen Gefährtenzirkel.

„Ja, na ja, ich bin mir sicher, dass der kleine Ciro meiner Mutter Probleme bereitet", sagte Königin Claire und ein wunderschöner rosafarbener Hauch tauchte auf ihren Wangen auf, als sie versuchte, das vorgängige Gesprächsthema aufrechtzuerhalten. „Aber ich habe versprochen, ihm ein paar Zuckerstangen mitzubringen, wenn er artig ist."

„Ich empfehle die blauen Zuckerstangen", sagte Kalt, ohne zu zögern. „Er wird sie lieben."

Ich verkniff mir ein Grinsen. *Du bist so böse,* sagte ich zu ihm.

Ich zahle meinem Cousin nur seine liebevolle Strenge zurück, erwiderte Kalt mit amüsiertem Tonfall und ließ Freude in meinem Herzen aufflammen.

Bei den Feen, ich liebte es, ihn so *glücklich* zu sehen.

Er strich mit seinen Lippen über meine Schläfe und das Läuten einer Glocke hallte durch den Saal.

Larks Vater stand am Kopfende des Tisches und zog einen Stuhl zurück. „Mein Sohn, ich glaube, das ist dein neuer Sitzplatz. Sollen wir mit dem Festmahl beginnen?"

ARTICA

L ark führte mich, mit Norden und Kalt hinter uns, an den Tisch. Sein Vater lächelte, tätschelte den Stuhl und sagte: „Ich werde am anderen Ende mit dem Rest der Familie sitzen."

„Danke, Vater", erwiderte Lark, umarmte ihn kurz, bevor er ans andere Ende hüpfte – ja, *hüpfte* – wo seine Gefährten mit einem breiten Grinsen auf dem Gesicht bereits warteten.

Er scheint seinen Sitzplatz nur zu gerne abzugeben, dachte ich in Larks Richtung.

Ja. Es ist eine symbolische Geste, die zeigt, dass er nicht mehr das Sagen hat. Und ich wage zu behaupten, dass er sich tierisch darüber freut, erwiderte Lark mit einem sanften Lächeln auf den Lippen. *Ich glaube, das ist der wahre Grund, warum er wollte, dass ich den Thron so früh besteige.*

Hm, nein, entgegnete ich, sah in seine wunderschönen grünen Augen. *Er wusste, dass du bereit warst. Du wirst ein herausragender König sein, Mylord.*

Er lächelte und legte seine Hand an meine Wange. *Nur*

weil ich dich an meiner Seite habe, Mylady. Er lehnte sich zu mir und küsste mich. Das Gefühl seiner Lippen auf meinen ließ Funken durch meine Adern schießen. Er fing sie alle mit seiner Zunge auf, absorbierte die Kraft und erdete mich einen Moment lang, bevor er einen Stuhl für mich zurückzog.

Macht es dir etwas aus, während des Mahls zwischen Kalt und Norden zu sitzen?, fragte er mich.

Ich sagte beinahe Ja. Denn ja, es machte mir irgendwie etwas aus. Ich wollte neben ihm sitzen.

Nein. Wenn ich ehrlich war, wollte ich unter ihm liegen.

Seine geballte Stärke spüren, während er in mich stieß.

Kraft in ihn zu stoßen und die Quellen, die sich um meine Seele stritten, endlich besänftigen.

Aber das konnte ich nicht direkt vor all diesen Feen sagen, also nickte ich bloß. *Klar.*

Er runzelte die Stirn. *Würdest du lieber neben mir sitzen?*

Hier ist gut, sagte ich zu ihm, nahm meinen Sitzplatz ein, bevor er etwas Weiteres sagen konnte.

Er küsste meinen Kopf. *Darüber werden wir später reden,* flüsterte er in meine Gedanken. *Bei Gefährtenverbindungen ist Ehrlichkeit das A und O, und du bist im Moment nicht aufrichtig zu mir, Artica.*

Er hörte sich enttäuscht an.

Na, er konnte sich dem Fest anschließen, denn ich war auch enttäuscht.

Und frustriert.

Und ich benahm mich wie ein verzogenes Gör.

Aber wir hatten gerade zwölf Tage des Lustspiels hinter uns gebracht und er hatte mich nicht ein einziges Mal penetriert oder mich ihn anständig kosten lassen.

Oh, er war ein paarmal an mir heruntergegangen, aber es war mir nicht erlaubt gewesen, den Gefallen zu erwidern. Und jetzt, wo mein Kopf nicht so von den Wellen der Lust eingenommen war, wollte ich wissen, warum.

Wir werden dich gut unterhalten, Sonnenschein, erwiderte Norden, als er sich neben mich setzte und eine Hand auf mein Bein legte.

Sehr gut sogar, stimmte Kalt zu, als er sich zwischen mich und das Kopfende des Tisches setzte, sodass er neben Lark saß.

Kalt legte seine Hand auf mein anderes Bein und drückte es.

Noch mehr Kraft rauschte durch meinen Körper hindurch, sodass ich die beiden in meinen Gedanken summen hören konnte, während sie die Wellen absorbierten.

Das wird lustig werden, beschloss Norden und seine Finger begaben sich an den Schlitz in meinem Kleid, um meine nackte Haut zu berühren.

Sehr lustig sogar, meinte Kalt und tat dasselbe auf der anderen Seite.

Ich weiß, was ihr da macht, sagte ich zu ihnen.

Wir stellen nur sicher, dass du bereit für später bist, bemerkte Norden und seine Finger streichelten jetzt meinen Innenschenkel. *Lark mag verzögerte Lust, Sonnenschein. Aber ich glaube, heute Abend hat selbst er seine Geduldsgrenze erreicht.*

Ich folgte seinem Blick an Larks Sitzplatz und erhaschte das Aufflammen von Lust in seinen Augen.

Lust und ein Hauch Verdruss.

Weil ich nicht ehrlich zu ihm gewesen war? Oder hatte etwas von dem, was Norden eben gesagt hatte, ihn aufgebracht?

Weil er mir weiterhin in die Augen blickte, nahm ich an, dass es Ersteres war.

Ich schluckte trocken, mein Nacken prickelte. *Ich stecke in Schwierigkeiten.*

Ja, tust du, erwiderte Lark.

Elfen brachten die Gäste eilig zu ihren Sitzplätzen. Anscheinend war die gegenüberliegende Seite des Tisches für die Elementefeen reserviert. König Exos saß zu Larks Rechten und Königin Claire nahm den Platz gegenüber von mir ein. Vox ließ sich neben ihr nieder. Darauf folgte Sol, dann Cyrus und zuletzt Titus.

Es schien mir eine seltsame Anordnung. Die Elfen begannen die Teller aller Anwesenden mit verschiedenen Süßigkeiten und frostigen Köstlichkeiten zu beladen. Und, ganz wie Lark versprochen hatte, wurden auch Speisen aus anderen Reichen aufgetragen.

Eine Versinnbildlichung der Interreichsfeenbeziehungen.

„Sind das Krabbenbeeren?", fragte Sol und nahm sich eine Handvoll, schob sie sich in den Mund, bevor jemand darauf antworten konnte.

„*Kranbeeren*", korrigierte Vox ihn und stieß ein entnervtes Seufzen aus. „Und ich bin mir ziemlich sicher, dass die hier nur zur Dekoration gedacht waren."

Sol grummelte und begann seinen Teller mit verschiedenen Konfekten, Fleisch und Konfitüren zu beladen, schien sich nicht daran zu stören, dass die Gerichte nicht direkt zueinander passten und einander überlappten.

„Es ist genug für alle da", versicherte Vox ihm, funkelte ihn an und ein Windstoß lud eine Portion magischer Gummibonbons und Baisers auf seinen Teller.

Na, das ist auch ein Weg, um sich Essen zu beschaffen, sinnierte Norden und Belustigung über das Gezanke zwischen Sol und Vox glimmte in seinen Augen. *Der mit den schönen langen Haaren ist eine Luftfee, richtig?*

Er hatte seine Hand von meinem Schenkel genommen, um mir etwas Mince-Weihnachtspie auf den Teller zu laden. Kalt griff nach einer Handvoll geriebener Kokosnussflocken und streute sie auf meinen Pie.

Offenbar waren die beiden besorgter darüber, dass ich etwas zu essen hatte, als sich selbst etwas zu nehmen.

Ja, Vox ist eine Luftfee, bestätigte ich. *Sol ist eine Erdfee.*

Das erklärt seine Größe, murmelte Norden. *Und seinen Appetit.*

„Das hier ist feetastisch", sagte Sol, zeigte auf eine Kombination aus Gerichten auf seinem Teller.

Vox seufzte. „Ich glaube nicht, dass man Erdbeermarmelade mit Spaghetti und Hackbällchen kombinieren sollte, Sol." Er verzog das Gesicht, ließ die Hackbällchen aus, bevor er sich vorsichtig etwas Spaghetti auf den Teller lud – *weit weg* von der Erdbeerenmarmelade.

Die beiden Elementefeen zankten sich weiter während des Mahls, was Norden äußerst amüsierte.

Jedenfalls, bis er bemerkte, dass ein paar Stühle weiter ein elementarer Kampf vonstattenging.

Titus führte einen Cupcake an seinen Mund und runzelte die Stirn, als dieser gefror, sodass er wimmernd darauf biss.

Knurrend schnippte er mit dem Finger, sandte eine Spur Feuer über Cyrus' Brownie, welcher beinahe augenblicklich schmolz.

Norden lachte. *Wir sollten mit diesem Gefährtenzirkel ausgehen. Ich mag sie viel besser als die Mitternachtsfeen.*

Nachdem Zakkai mich mehr als nur einmaliger ziemlich kalt begrüßt hatte, musste ich ihm zustimmen.

Königin Claire und König Exos schienen sich des Chaos, das sich zwischen ihren Gefährten abhandelte, nicht bewusst zu sein. Vermutlich, weil es zwischen den sechs Feen wohl immer so zu- und herging.

Sie waren weitaus eingenommener von der Diskussion, die sie mit Lark und Kalt zu führen schienen. Ich hatte den Großteil davon verpasst, weil ich Larks wissendem Blick ausgewichen war, seit ich mich hingesetzt hatte.

Ja, tust du, hatte er gesagt.

Ich fragte mich, was das zu bedeuten hatte.

Was hatte er vor?

Ich lehnte mich etwas zu ihnen, erhaschte die zweite Hälfte ihres Gesprächs.

„Die Reiche haben es weit gebracht", sagte König Exos mit einem Hauch Stolz in seinem Tonfall, während er seinen Arm um die Schultern seiner Gefährtin schlang. „Und wir haben festgestellt, dass sie den Interreichsfeenbeziehungen weitaus offener gegenüberstehen als anfangs gedacht."

Königin Claire lehnte sich an König Exos und legte eine Hand auf seine Brust.

Ein vielfarbiger Ring funkelte im Licht, glänzte mit der Kraft der elementaren Quellen. Er war das perfekte Symbol dafür, was ein mächtiger Gefährtenzirkel als Einheit erreichen konnte.

„Die Zeiten ändern sich definitiv", sagte sie und sah zu Aflora. Sie saß in der Mitte des Tisches mit ihren Gefährten um sie herum verteilt. „Die Feen akzeptieren mächtige Einheiten zusehends. Wir sind noch nicht ganz da, wo wir sein wollen, aber Veränderung und Akzeptanz kommen nicht über Nacht."

„Nein, tun sie nicht", stimmte Exos zu. „Aber genau das ist der Grund, warum wir dieses Konzept, diesen Umgang mit verschiedenen Feenrassen normalisieren müssen."

Königin Claire und Kalt nickten, während Lark weiterhin in Stille mithörte.

„Ja, so etwas wie das hier", meinte Königin Claire und strich sich übers Kinn. Dann hellte sich ihr Blick auf. „Oh! Was, wenn wir so etwas wie das hier jedes Jahr veranstalten würden?"

Ich mochte die Idee. „Du meinst, wie ein neuer Feiertag?", meinte ich, gab mich in das Gespräch ein.

„Ein Feiertag klingt gut", antwortete Königin Claire. „Aber es müsste ein Feiertag sein, den alle Reiche zelebrieren, was schwierig werden könnte."

Ich nickte, stimmte ihr zu. Es war schwierig genug, die Reiche dazu zu bringen, simplen Dingen wie einer Akademie für Kinder gemischter Herkunft − früher in den meisten Feenreichen als Abscheulichkeiten bezeichnet − zuzustimmen.

Ich konnte mir nicht vorstellen, dass es einfacher wäre, einen Feiertag zu bestimmen. Sie alle würden wollen, dass er sich auf etwas Spezifisches ihrer Kultur beziehen würde, was den Sinn und Zweck zunichtemachen würde.

„Was, wenn wir so etwas wie das hier machen?", sagte ich nachdenklich. „Ein Interreichsfeenfestmahl, an das jedes Reich seine Gerichte mitbringt, damit andere Feen sie kosten können?"

„Mhm, Pilzlaiber zur Vorspeise", summte König Exos und lächelte.

„Selkie-Bonbons zum Dessert", ergänzte Norden äußerst hilfreich.

Lark und Kalt tauschten einen nachdenklichen Blick aus.

„Das ist eigentlich gar keine schlechte Idee", meinte Kalt. „Das Festmahl, meine ich. Die Selkie-Bonbons könnten … interessant werden."

„Und dieser Ort eignet sich perfekt für ein Festmahl",

ergänzte König Exos. „Die Freude hält alle Reiche im Zaum. Ich meine, sogar die Höllenfeen amüsieren sich."

Er zeigte auf den König der Höllenfeen, der am anderen Ende des Tisches saß. Sein Prinz verweilte neben ihm. Seine kantigen, wunderschönen Gesichtszüge erinnerten mich eher an einen Engel als an eine Höllenfee, aber der Schein konnte trügen.

„Es überrascht mich, dass die beiden noch hier sind", gab Kalt zu, legte seinen Kopf schief, während er die zwei ansah. Er runzelte die Stirn. Er schien darüber nachzudenken, was die Höllenfeen vielleicht wirklich getrieben hatten, während sie im Reich der Sterblichen gewesen waren.

Vereinbarungen mit einer nichtsahnenden Fee geschlossen, vielleicht?, sinnierte ich. Ich wusste nicht viel über die Höllenfeen, aber ich wusste, dass ihr König einen Hang dazu hatte, einseitige Vereinbarungen zu treffen, die ihm mehr nützten als seinem Gegenüber.

Kalt sah mich an. *Vielleicht*, stimmte er zu. *Aber ich bin mir sicher, dass jede Fee in diesem Reich es besser wissen würde, als eine Vereinbarung mit den Höllenfeen einzugehen. Sie werden von Freude angetrieben. Was könnten sie sonst schon brauchen?*

Nordens Finger schlangen sich um eine meiner Locken, strichen die Enden mit seinen magischen Fingern gerade. *Oh, ich habe jede Menge Bedürfnisse, Prinz Kalt.*

Ich rollte meine Augen und zum Glück unterbrach Königin Claire unser Privatgespräch. „Oh, aber wir brauchen einen Namen dafür", sagte sie und runzelte die Stirn. „Interreichsfeen-Ernährungstag, vielleicht?"

„Sommermampf", schlug Norden vor, was mehrere von Königin Claires Gefährten zum Grinsen brachte. Sie alle waren jetzt auf unser Gespräch fokussiert. Der Gedanke an eine Party erhaschte ganz offensichtlich ihr Interesse.

„Nein", sagte Lark plötzlich, bereitete der Heiterkeit an unserem Ende des Tisches ein abruptes Ende. „Das Sommer-Festivusmahl der Winterfeenkönigin." Sein Tonfall riet an, dass das kein Vorschlag war, sondern ein offizieller Name. Einer, auf den er sich festgelegt hatte und von dem er nicht abrücken würde. „Ich werde es den Gästen verkünden, aber Artica muss es planen", ergänzte er und seine minzgrünen Augen sahen zu mir.

„Ich?", kreischte ich erschrocken – nicht nur über den Namen des Anlasses, den er gewählt hatte, sondern auch über seine Ankündigung.

„Ist es nicht dein Traum, die Interreichsfeenbeziehungen zu verbessern?", fragte er und zog eine Augenbraue hoch.

Ich runzelte die Stirn. *Machst du dir dieses neue Band zunutze, um meinen Kopf nach meinen Hoffnungen und Träumen abzusuchen?*

Er sah mir in die Augen. *Wärst du wütend, wenn ich Ja sagen würde?*

Ich musterte ihn einen Moment lang und mein Stirnrunzeln verwandelte sich in ein Grinsen. *Nein, würde ich nicht*, gab ich zu.

Aber ich dachte, ich würde in Schwierigkeiten stecken ...

Oh, das tust du auch, aber das werden wir später bereden – wenn wir allein sind. Ein Lächeln, das eher auf verruchte Absichten und weniger auf Bestrafungen hindeutete, zog auf seinen Lippen auf.

Meine Schenkel spannten sich an.

„Wird sofort erledigt", verkündete er, bevor er sein Tulpenglas in die Hand nahm und einen Schluck vom sprudelnden Getränk nahm.

Mehrere andere taten es ihm gleich, stellten ihr Glas gleichzeitig mit seinem ab.

„Jedes Jahr am fünfundzwanzigsten Juli?", schlug Norden vor. „Um deinen Geburtstag zu feiern?"

„Solange der Fokus nicht von unserer Königin abschweift, ist es mir egal, an welchem Tag es stattfindet", erwiderte mein Winterfeenkönig-Gefährte. „Ihre Glückseligkeit hat oberste Priorität."

„Bravo! Richtig!", meinte König Cyrus. „Genau so wird es gemacht."

Königin Claire rollte ihre Augen. „Sei still."

„Niemals", murmelte er und warf ihr einen eisigen Luftkuss zu, den Titus mit einer Flamme auffing und ihn auf dem Tisch schmolz.

Königin Claire seufzte, schüttelte ihren Kopf.

Ich ignorierte ihre Mätzchen. Mein Fokus lag wieder auf dem Winterfeenkönig. „Es wäre mir eine Ehre, dir eine alljährliche Geburtstagsfete zu schmeißen, mein König."

„Das war nicht die Absicht und zudem habe ich den Anlass nicht so benannt", erwiderte er stirnrunzelnd.

„Nein, du hast gesagt, dass meine Glückseligkeit oberste Priorität hat. Und das würde mich sehr glücklich machen."

Er dachte einen Augenblick lang darüber nach, dann zog ein aufrichtiges Lächeln auf seinen Lippen auf. „Alles, was mir wichtig ist, ist, dass du glücklich bist. Also soll es so sein." *Aber du steckst nach wie vor in Schwierigkeiten*, ergänzte er.

Ich hatte mir bis vorhin Sorgen darüber gemacht, was das zu bedeuten hatte.

Aber jetzt … jetzt war ich neugierig. *Was auch immer für eine Strafe du dir für mich ausgedacht hast – ich werde sie akzeptieren, mein König.*

Er lächelte und dann wandte er sich dem Tisch zu. Mit erhobener Stimme verkündete er: „Von diesem Augenblick an, wird das Sommer-Festivusmahl der Winterfeenkönigin jedes Jahr am fünfundzwanzigsten Juli stattfinden, um den Reichen Freude zu bringen."

Der gesamte Saal jubelte und eine gesunde Portion heitere Magie kam über das Reich.

Unsere Magie ist an die Feiertage gebunden, flüsterte Lark in meine Gedanken. *Du wirst unserem Volk durch diesen bedeutsamen Moment viel Freude bringen. Sie werden dich dafür für immer lieben.*

Ich verspürte angesichts seines bewundernden Tonfalls ein Kribbeln in meinem Bauch. *Ich dachte, du wärst wütend auf mich.*

Enttäuscht, Artica. Niemals wütend, korrigierte er. *Und jetzt iss auf. Ich habe später eine Überraschung für dich.*

Norden drückte meinen Schenkel und seine Lippen schwebten über meine Wange. *Du strahlst, Sonnenschein. Buchstäblich.*

Du versuchst, mich abzulenken, sagte ich in anschuldigendem Tonfall. Ein Lächeln zog auf meinen Lippen auf, obwohl ich mir über Larks Bemerkung Sorgen machte. Doch Nordens Berührung war … *mh.*

Funktioniert es? Seine Finger begaben sich wieder an den Schlitz im Kleid, glitten an meinem Innenschenkel hoch zur rosafarbenen Spitzenunterwäsche zwischen meinen Beinen. *Iss, süße Artica. Während Kalt und ich uns ums Dessert streiten.*

Kalts Hand landete auf meinem anderen Schenkel, während er eine neue politische Diskussion mit König Exos und Lark fortführte. Sein Ausdruck gab nichts preis, aber das Gefährtenband bebte wissend.

Sogar Lark wusste, was die beiden vorhatten, und er verströmte pure Zustimmung.

Ich erschauderte und mein Griff um meine Gabel verfestigte sich, während ich mich auf meinen Teller zu konzentrieren versuchte.

Das hier war definitiv eine feetastische Ablenkung.

Eine, die ich mir nicht anzumerken lassen versuchte, während ich mein Essen kaute und schluckte.

Doch ich schmeckte nichts davon.

Mein Fokus lag auf den beiden Händen unter meinem Kleid. Sie neckten mich abwechselnd durch die Spitze hindurch.

Dann glitt einer von ihnen mutig unter den Stoff, um meine sensible Mitte zu massieren. Ich zuckte zusammen und räusperte mich dann, während ich versuchte, ein Stöhnen zu unterdrücken.

Ich schob mir einen weiteren Bissen von etwas Süßem in den Mund. Eine Sahnetorte, vielleicht? Es hätte meine Geschmacksknospen zum Frohlocken bringen sollen, aber das wütende Feuer zwischen meinen Beinen war alles, was ich spüren und woran ich denken konnte.

Ein weiterer Finger glitt unter den Stoff, streichelte meinen Eingang, bevor er tief in mich stieß. *Norden*, keuchte ich, genoss seine gewohnte Berührung.

Schluck, Sonnenschein, bevor du erstickst, flüsterte er zurück.

Ich tat, wie mir geheißen, und erschrak dann, als er mit seiner freien Hand eine Gabel an meinen Mund führte, während seine andere geschickt unter dem Tisch arbeitete, während Kalt meine Klitoris umkreiste.

Du kannst stöhnen, wenn du das hier schluckst. Ich werde einfach allen sagen, dass es dein Lieblingsdessert ist.

Zuerst verstand ich nicht, was er damit sagen wollte, aber als die Zacken meine Zunge berührten, verdrehte er seinen Finger auf eine Art, die mich umgehend ins Reich der Wonne beförderte.

Die Gabel hielt mich davon ab, zu schreien, aber sie ließ mein ekstatisches Stöhnen nicht verstummen.

Was Norden zum Lachen brachte, als er den anderen sagte, dass das hier mein Lieblingsdessert war.

Ein gesalzener Karamellkeks mit Sahne, realisierte ich, schmeckte das Dessert erst jetzt auf meiner Zunge, als er mir eine weitere Gabel davon in den Mund schob.

Es war so unheimlich erotisch, dass ich beinahe erneut kam. Doch der Kraftstoß, der durch meine Adern donnerte, hielt mich davon ab.

Ein weiterer Orgasmus würde mich vermutlich wirklich zum Explodieren bringen.

Und ich wollte nicht wissen, was für magische Folgen eine solche haben würde.

Mit meinem Glück wäre es wohl eine Horde Schneebälle, in denen Konfetti schimmerte, oder so.

Kalt ließ von meiner Mitte ab, führte sein ernstes Gespräch weiter, während er mit seinem Finger durch die Sahne in meinem Dessert strich. Demselben Finger, den er eben in mich gesteckt hatte. Er brachte den Finger an seinen Mund, kostete die Sahne.

Meine Wangen brannten.

Was dadurch, dass Norden dasselbe tat, nur noch verschlimmert wurde. „Köstlich", summte er und zwinkerte mir zu.

Ihr alle werdet mich mit euren Lustspielen noch umbringen, dachte ich. Meine Beine zitterten angesichts der Nachbeben meines Höhepunkts noch immer.

Mach dir keine Sorgen, Sonnenschein, flüsterte Norden zu mir zurück. *Wir werden dich ganz einfach mit einem weiteren Orgasmus wiederbeleben.*

Lark räusperte sich, stand auf und sprach zu allen am Tisch: „Ich will euch allen dafür danken, dass ihr euch für das erste Gefährtenzirkel-Festmahl hier eingefunden habt. Ich hoffe, ihr habt die Interreichsfeenküche genossen und werdet euch nächstes Jahr dem jährlichen Sommer-Festivusmahl der Winterfeenkönigin anschließen."

Eine weitere Runde Applaus erklang. Die Freude war ansteckend.

Hunderte Ideen schwirrten bereits in meinem Kopf herum, erinnerten mich an einen Blizzard, der aus purer Feiertagslaune bestand.

„Wenn jemand von euch interessiert ist", fuhr Lark fort, „wir werden den Abend mit etwas heißer Schokolade in der Lounge des Palastes ausklingen lassen. Andernfalls dürft ihr gerne eurer eigenen Wege gehen. Eure Unterkünfte sind bis zum Ende der Woche für euch reserviert."

Er verbeugte sich leicht.

Mehr Applaus folgte.

Dann entfernte er sich von seinem Stuhl, kam direkt auf mich zu und streckte seine Hand aus. „Meine Königin. Wenn du dich mir für die erste Tasse anschließen würdest … Ich habe bereits eine ganz spezielle Tasse für dich vorbereitet."

ARTICA

Okay. Vielleicht hatte meine Mutter recht gehabt. Denn das hier fühlte sich definitiv wie ein Märchen an.

Und die dekorierte Tasse mit heißer Schokolade, die mich erwartete, war absolut himmlisch.

Lark hatte mich auf einen Sessel gezogen, der groß genug für zwei weitere Personen gewesen wäre. Aber Kalt und Norden standen stattdessen neben uns, hatten je eine Tasse in der Hand.

Wir alle hatten Larks leckere heiße Schokolade bekommen, doch er hatte jeder Tasse etwas ganz Eigenes beigefügt – was, wie er jetzt zugab, der wahre Grund gewesen war, warum er früher losgegangen war. Es hatte keinen Formwandlerfeen-Notfall gegeben.

Lark hatte bloß seine Gefährten mit heißer Schokolade überraschen wollen.

Meiner Schokolade wohnte ein Hauch Pfefferminz inne – etwas, von dem Lark vermutet hatte, dass ich es mögen würde.

Er hatte recht.

Kalts Getränk war mit Kokosnuss versehen, was er absolut liebte.

Und Nordens Tasse hatte einen Hauch von gesalzenem Karamell inne. Etwas, das ihm die Augen in den Hinterkopf rollen ließ.

„Danke", flüsterte ich Lark zu, war mir jetzt bewusst, dass das hier wahrhaftig ein Geschenk war, das von Herzen kam. Eine Leckerei, die nur ein Winterfeenkönig seinen Gefährten geben könnte.

„Gern geschehen", murmelte er zu mir zurück und brachte seine Lippen dann an mein Ohr. „Aber das ist nicht die Überraschung, die ich erwähnt habe. Nur ein Bonus."

Ich erschauderte und rollte meine Zehen ein, als ich die Barschheit seiner Stimme hörte.

Mehrere der anderen Feen um uns herum waren in ihre Gespräche vertieft, das Geräusch davon beruhigend.

Jeder war voll – nicht nur voller Essen, sondern auch voller Leben. Die Magie in der Luft war ein Aphrodisiakum, das die Sinne anregte und Freude im ganzen Reich versprühte.

Meine Augen begannen sich mit einem Seufzen zu schließen, als ein mir bekannter Blondschopf meine Aufmerksamkeit erhaschte. Ich setzte mich aufrecht hin und ein breites Lächeln tauchte auf meinen Lippen auf. „Juniper!", rief ich und stellte meine Tasse hin, um aufzustehen.

Sie wirbelte zu mir herum und ihre meergrünen Augen weiteten sich. Sie erwiderte mein Grinsen.

Ich spreizte meine Arme und umarmte sie fest. Ihre Erleichterung war spürbar und ließ mich die Stirn runzeln. „Ist alles in Ordnung?", fragte ich und entfernte mich etwas von ihr, um sie anzusehen.

„Ich habe mir bloß unheimliche Sorgen gemacht", sagte sie mit gehetztem Tonfall. „Ich … ich habe gesehen …" Sie sah sich um und ich realisierte, dass sie einen Augenblick mit mir allein brauchte.

Ich bin gleich zurück, sagte ich zu Lark, führte Juniper in die Ecke des Raumes, wo wir leise und abseits der anderen besprechen konnten, worum es hier ging.

„Was ist los?", fragte ich besorgt. „Und wann bist du hier angekommen?" Sie war nicht hier gewesen, als wir vorhin die Runde gemacht hatten. Tatsächlich war keine der Schicksalsfeen hier gewesen.

„Ich bin gerade mittels der Portale zurückgekommen", erklärte sie. „Ich habe versucht, Alpha Oberon davon zu überzeugen, mich zurückkommen zu lassen. Er hat Nein gesagt, aber Professor Kamden hat eingewilligt, mich zu begleiten." Ihre Wangen erröteten, als sie den Namen aussprach, aber dann schüttelte sie ihren Kopf. „Das ist unwichtig. Ich wollte nur … Ich habe dich zusammenbrechen sehen, Artica. Und … ich schulde dir eine Entschuldigung."

Ich runzelte die Stirn. „Mich zusammenbrechen gesehen?"

„Na ja, ich schätze, eher bewusstlos werden. In König Larks Armen. Nach der Krönung."

Dann endlich dämmerte es mir. „Oh, das …"

„Ja, wegen meines Unglaubens, oder?", hakte sie nach. „Ich … ich war bloß so schockiert über deine neue Position, dass ich … ich weiß auch nicht. Ich habe mir Sorgen gemacht, Artica. Ich habe mir Sorgen darüber gemacht, was passieren könnte. Du hast deine Gefährten kaum gekannt und …" Sie verstummte, seufzte. „Ich hätte das Geschenk nie berühren dürfen. Es tut mir so leid. Ich habe nicht realisiert, was ich damit anrichten würde. Aber ich hätte meinen Unglauben nicht verteilen dürfen. Es ist … es ist einfach so passiert. Kannst du mir je vergeben?"

Ich sah sie blinzelnd an. „Du … du glaubst, dass ich bewusstlos geworden bin, wegen deines Unglaubens?"

„War es nicht so?", fragte sie.

Ich lächelte und schüttelte meinen Kopf. „Nein, ich habe das Bewusstsein verloren, weil die Quellen sich in mir vermischt haben." Ich hatte ihren Unglauben etwas gespürt, als sie das Geschenk berührt hatte, aber ich war zu diesem Zeitpunkt so eingenommen von der Magie gewesen, dass ihr Schock nichts Schlimmes hatte anrichten können. „Ist schon gut, Juniper. Ich war selbst auch einige Male schockiert."

„Bist du dir sicher?", hakte sie nach. „Ich habe mir solche Sorgen gemacht!"

„Danke, aber es geht mir gut. Versprochen." Ich umarmte sie erneut, sah Lark über ihre Schulter hinweg in die Augen.

Norden hatte sich an meinen Platz auf dem Sessel gesetzt und seinen Kopf auf Larks Schulter gelegt, während der Winterfeenkönig mit einer seiner Haarlocken spielte. Norden musste ihm die eine Berührung erlaubt haben, nachdem er Larks Geschenk in Form einer heißen Schokolade genossen hatte.

Ich seufzte. Unser Gefährtenzirkel war in so kurzer Zeit so weit gekommen, und das teilweise wegen der Herausforderungen, denen wir uns stellen mussten und den Hürden, die zu überkommen wir gezwungen gewesen waren.

Kalt schloss sich ihnen auf dem Sessel an und seine eisblauen Augen sahen in meine. Er zwinkerte mir zu. Die Geste ließ mein Herz höher schlagen.

„Ich bin nicht wütend", versprach ich Juniper und drückte sie erneut.

Und doch fühlten sich meine Worte eher an Kalt gerichtet an. Denn ich hatte ihm vollends dafür vergeben, dass er seine Bänder abgelehnt hatte. *Uns* abgelehnt hatte. Mein Herz gehörte voll und ganz ihm, und ich konnte in unseren Bändern spüren, dass es ihm genauso ging.

Juniper ließ sich erleichtert in meine Arme fallen. „Oh, den Feen sei Dank. Ich war … völlig durcheinander. Darum hat mich Professor Kamden hierhergebracht. Er … er weiß, dass ich abgelenkt gewesen bin."

Ich lehnte mich etwas zurück, um ihr ins Gesicht zu sehen. „Mh-hm. Und wer ist dieser Professor Kamden, von dem du immer wieder sprichst?"

Dieses Mal errötete sogar ihr Hals. „Er ist … na ja, er ist ein Professor, also habe ich ihn nur im Vorbeigehen gesehen. Ich weiß, dass er nicht interessiert an mir ist. Ich meine, ich bin nur eine Praktikantin. Aber er ist …" Sie seufzte. „Er ist traumhaft, Artica."

„Dieses Gefühl kenne ich nur zu gut", sagte ich zu ihr, sah wieder zu meinem Gefährtenzirkel. Sie folgte meinem Blick kichernd. „Ich bin auch eine Praktikantin." Ich runzelte die Stirn. „Oder das war ich zumindest, schätze ich." Ich war jetzt eine Königin. Wofür, wie ich annahm, ich kein Abschlusszeugnis brauchte.

Na ja, wenigstens hatte ich alle meine Kurse abgeschlossen.

Das Praktikum hätte mein letzter ‚Kurs' an der Akademie sein sollen.

Vielleicht wird Kalt mich bestehen lassen.

Ich werde darüber nachdenken, erwiderte er mit einem Strahlen in den Augen.

„Na, wir werden sehen, was passiert", meinte Juniper seufzend und nahm einen Schritt zurück.

Ich lächelte und drückte ihren Arm rückversichernd.

„Folge deinem Herzen, Juniper. Es wird dich nie irreführen."

Sie erwiderte das Lächeln und dann machte sich unter meiner Hand ein merkwürdiges magisches Flattern bemerkbar, bevor ihre Haut eiskalt wurde. „Juniper?", sagte ich keuchend, spürte, wie die Magie aus ihr strömte. „Juniper!"

Sie begann sich zu verkrampfen und ihre hellen Augen rollten in ihren Hinterkopf. Ich hielt sie mit beiden Händen aufrecht, stellte sicher, dass sie nicht zu Boden fiel, während mein Herz wie verrückt pochte. „Juniper", wiederholte ich, ihr Name mittlerweile ein Flüstern, während ich versuchte, sie vor dem zu bewahren, was auch immer ihr da gerade zustieß.

Sie erstarrte.

Blinzelte.

Dann starrte sie mich an.

Mit silbrigen Iriden.

Mir klappte die Kinnlade herunter. Lark tauchte neben mir auf – gefolgt von Norden und Kalt. Sie hatten meine Panik im Band gespürt und waren augenblicklich an meine Seite geeilt.

Oder vielleicht hatten sie ganz einfach gesehen, wie sich Juniper verkrampft hatte.

Einige andere Feen sahen zu uns, Besorgnis zeichnete sich angesichts des Kraftausstoßes auf ihren Gesichtern ab.

Aber er hatte nur kurz angedauert und war bereits vorüber.

Doch jetzt konnte ich keine Wassermagie mehr in Juniper spüren.

Und ihre Augen *glitzerten.*

Ein Knacken machte sich in ihrer Seele bemerkbar. Eines, das mich bis in den Kern erschütterte, als ich spürte, wie die Wasserquelle von ihr abließ und meinen

Segen akzeptierte, dass sie ihr eigenes Schicksal erforschen möge.

Mein Glaube in ihr Herz, realisierte ich und der Schock, der darauf folgte, verschlug mir die Sprache. Ich hatte ihr gesagt, dass sie ihrem Herzen folgen sollte. Und … und genau das hatte sie getan.

Denn sie hatte sich gerade in eine *Schicksalsfee* verwandelt. Die einzige Rasse unserer Art, die in die Zukunft sehen und sie mittels Prophezeiungen interpretieren konnte.

Sie erschauderte erneut und Kraft durchfuhr sie. Kraft, die meine eigene berührte und dann zu Junipers Lippen wanderte.

„Und so werden alle Reiche die Königin der Festivus-Freude verkünden. Ihre Liebe ein Leuchtfeuer, das den Weg zur Wiedervereinigung der Feen erleuchten soll, die zu sehr von ihren Ängsten eingenommen sind.

Sie werden inspiriert sein.

Sie werden lernen, zu glauben.

Nur ein Herz bleibt eiskalt.

Eine Fissur, die nur ein Halbling heilen kann.

Andernfalls werden alle Reiche seinen Zorn erfahren und Festivus wird für immer verloren sein. “

Alle Anwesenden waren angesichts der Zurschaustellung von Macht mucksmäuschenstill geworden. Ihre Blicke lagen auf Junipers Augen, als diese von der silbrigen Magie der gesprochenen Prophezeiung überzogen wurden.

Dann glitt sie zu Boden, fiel in einen tiefen Schlaf.

Ein muskulöser Mann mit breiten Schultern kam zu uns, begab sich auf seine Knie und zog Juniper beschützerisch an seine Brust. Seine silbrigen Schlitziriden und Fangzähne verrieten, dass er ein Schicksalsfeenalpha war.

Er sah zu mir hoch und sein langes schwarzes Haar verbarg einen Teil seines Gesichts. „Königin Artica", grüßte er mit harscher Stimme.

„Professor Kamden?", riet ich mit heiserer Stimme.

Er nickte.

„Geht es ihr gut?", fragte Lark besorgt.

„Sie wird schon wieder", erwiderte Professor Kamden und stand langsam auf, während er Juniper in seinen Armen hatte. „Die Verwandlung ... war sehr plötzlich."

Junipers Arm fiel nach unten und hing schlaff an ihrer Seite hinab.

Ich hob ihn, ohne darüber nachzudenken, hoch und legte ihn auf ihren Bauch.

Und erst dann bemerkte ich den Abdruck einer Schneeflocke auf ihrer Hand.

Meine Kinnlade fiel erstaunt herunter und die silbrigen Augen des Professors sahen in meine. „Hast du etwas gesagt, um das hier hochzubeschwören?"

„Ich ... ich habe ihr gesagt, dass sie ihrem Herzen folgen soll", flüsterte ich.

Er nickte erneut, die Geste abgehackt „Ein Glaubenssegen."

„Ein Segen, der jemandem nur dabei helfen kann, einem Traum zu folgen, der bereits zuvor existierte", ergänzte Lark.

„Ja, ich weiß", erwiderte Professor Kamden. „Ich werde mich um sie kümmern." Er sagte das auf eine Art, die klarmachte, dass er keine Alternativen erwägen würde.

Nicht, dass ich eine anzubieten hatte.

Und er war bereits, ohne ein weiteres Wort, auf den Ausgang zugegangen.

Ich folgte ihm mit meinem Blick, gaffte seinen riesigen Rücken an.

Mein Einfluss hatte der unerwarteten Verwandlung definitiv auf die Sprünge geholfen, aber ich spürte in meinem Herzen, dass Juniper auf dem richtigen Weg war.

Was mich weitaus mehr besorgte, waren ihre Worte.

Eine Fissur, die nur ein Halbling heilen kann.

Andernfalls werden alle Reiche seinen Zorn erfahren und Festivus wird für immer verloren sein.

Was hatte das zu bedeuten?

Mein Blick wanderte zu Königin Claire, die am anderen Ende des Raumes stand. Sie war der einzige Halbling, den ich kannte. Hatte Juniper von ihr gesprochen? Würde Königin Claire eine weitere wichtige Rolle im Schicksal der Reiche spielen?

Oder gab es einen Halbling, dem ich noch nicht begegnet war?

Und welches eiskalte Herz gefährdete Festivus?

„Ein festlicher Segen", sagte Lark zu den Versammelten. „Das erste Geschenk unserer Königin an die Reiche. Der heutige Tag hätte nicht besser enden können." Er schlang seinen Arm um meine Schultern, hatte ein entschlossenes Lächeln auf seinen Lippen. „Ich glaube, es ist an der Zeit, zu gehen. Vielen Dank euch allen, und allen einen festlichen Abend."

LARK

Na, der Abend hatte eine ganz schöne Wendung genommen. Aber ich wusste ganz genau, was Artica brauchte, um den Vorfall zu vergessen.

Sie hatte nichts Falsches getan – sie hatte bloß ihren Glauben an ihre Freundin kundgetan.

Etwas, das sie verstehen würde, sobald sie die Überraschung sehen würde, die ich für sie hatte.

Norden, es sind mehrere Gegenstände in die Suite geliefert worden, während wir das Festmahl genossen haben. Könntest du sie mit Kalt zusammen auspacken? Er wird wissen, was zu tun ist, sagte ich.

Ich war mir nicht sicher, wie ich ein mentales Gespräch mit ihnen beiden führen könnte, ohne Artica zu involvieren, und ich wollte die Überraschung beim besten Willen nicht ruinieren. Also hoffte ich, dass Norden meine Bitte an Kalt weiterleiten würde.

Bringst du sie irgendwohin?

Das tue ich.

Wohin?

Ich sah ihn an, während wir liefen. Wir vier näherten

uns jetzt dem Eingang zu meinem Privatflügel. *Zu meinem Herzen.*

Er lächelte. *Wahrhaftig ein perfekter Abend.*

Was bedeutete, dass er ganz genau wusste, warum ich vorhatte, sie dorthin zu bringen.

„Wir sehen uns dann im Zimmer", sagte Norden und klopfte Kalt auf den Rücken. „Ich habe Frosty ein Bad versprochen."

Kalt sah ihn mit hochgezogener Augenbraue an. „Wirst du mir im Nachgang die Haare bürsten?"

„Definitiv", erwiderte Norden.

Die Wasserfee grinste. „Nach dir, Selkie."

Artica runzelte die Stirn, als die beiden gingen, und sah mich dann mit ihren schönen Augen an. „Willst du über die Prophezeiung sprechen?"

Ich verzog den Mund. „Die Prophezeiung?", meinte ich schnaubend. „Nein, nicht wirklich."

Ich hatte jedes Wort gehört, das Juniper über die Lippen gekommen war.

Aber ich machte mir keine Sorgen.

Wenn eine kaltherzige Seele uns des Festivus berauben wollte, würde sie es mit mir und meinem Gefährtenzirkel aufnehmen müssen. Und ich zweifelte unsere Macht keine Sekunde lang an.

Wir standen kurz davor, zum stärksten Gefährtenzirkel der Winterfeengeschichte zu werden.

Jeder, der uns auf die Probe stellen wollte, forderte das Schicksal heraus.

„Nicht alle Prophezeiungen werden wahr", sagte ich zu ihr. „Einige sind nur Warnungen. Und ich glaube, die hier könnte daher gerührt haben, dass unser Gefährtenzirkel nicht ganz vervollständigt ist." Ich streckte ihr meine Hand hin. „Also sollten wir das beheben."

Ich hatte während des Essens gespürt, dass sie nicht zufrieden mit mir war, und wusste auch, weshalb.

Aber das Wichtigste in einer Beziehung war, ehrlich zu sein.

Und das war sie heute Abend nicht gewesen.

Etwas, das ich beabsichtigte, zu berichtigen.

Sie legte ihre Stirn an meine, was einen elektrischen Funken an meinem Arm hochschießen ließ. Die Kraft in ihr begehrte ein Ventil. Ich ließ meinen Daumen über ihre Haut gleiten, absorbierte so viel von der Energie, wie ich mittels einer einzigen Berührung konnte.

„Du glaubst wirklich, dass Prophezeiungen bloß Warnungen vor einer potenziellen Zukunft sein können?", fragte sie, als wir auf den Ausgang des Palastes zugingen.

„Prophezeiungen sind potenzielle Pfade im Leben, die unter den richtigen Umständen eintreffen", sagte ich zu ihr, hielt vor der Tür inne, um nach dem Mantel zu greifen, den ich heute Nachmittag für sie hatte machen lassen. Er war weiß und war an den Rändern mit Kunstfell besetzt, verfügte über eine Kapuze, die ihr Haar schützen würde. Der dünne Stoff reichte zudem bis zum Boden, um sicherzustellen, dass jeder ihrer Körperteile warm blieb.

Sie legte ihn an. Die seidene Textur bedeckte ihre Arme mit einem Hauch Magie, der sie vor der Kälte schützen sollte. Ihr kam ein Seufzen über die Lippen und ihre Wangen erröteten im Lichte des Zaubers. „Wow", sagte sie keuchend. „Was ist das?"

„Ein Mantel, der einer Königin würdig ist", antwortete ich aufrichtig, strich mit meinen Lippen über ihre. „Zerbrich dir wegen der Prophezeiung nicht den Kopf, Schätzchen. Es ist nur ein potenzieller Pfad. Einer, von dem ich zuversichtlich bin, dass wir ihn abwenden können."

„Aber sie sagte, dass nur ein Halbling uns retten kann",

flüsterte sie, während ich sie durch die Tür zog und zum Schlitten brachte, der im Schnee auf uns wartete.

„Unser Gefährtenzirkel wird uns vor allen Bedrohungen bewahren", versprach ich ihr. „Aber willst du wissen, was ich wirklich denke?", fragte ich sie und drehte mich zu ihr.

„Ja."

„Ich glaube, dass die Prophezeiung nicht an uns gerichtet war. Ich glaube, dass es dem Halbling oder der kaltherzigen Fee bestimmt war, sie zu hören." Die beide heute Abend in diesem Zimmer gewesen sein könnten. „Ich glaube nicht, dass sie etwas mit unserem Gefährtenzirkel zu tun hat. Und weißt du, warum ich das auch denke?"

„Warum?" Die Worte kamen ihr nur als Hauch über die Lippen.

Ich legte meine Hand an ihre Wange und sah ihr in die Augen. „Weil ich an unseren Gefährtenzirkel glaube, Artica. Ich glaube daran, dass wir uns allen Bedrohungen stellen können, die gegen unser Reich ausgesprochen werden. Und ich glaube daran, dass wir auf dem Weg zum glücklichsten Happy End sind, das es je gegeben hat." Ich presste meine Lippen auf ihre. „Und jetzt ... schließe dich mir auf meinem Schlitten an. Es ist Zeit für deine Überraschung."

Sie sah zum Schlitten, dann zurück zu mir. „Wie wird er sich fortbewegen?"

„Das wirst du schon sehen", versprach ich ihr, half ihr, sich auf den Sitzplatz zu setzen, der meiner Königin bestimmt war. Dann setzte ich mich hinter sie, klemmte sie zwischen meinen Beinen ein und zog sie an meine Brust. Meine Arme waren fest um ihre Mitte geschlungen und ich flüsterte einen magischen Spruch, der den Schlitten zum Leben erwachen ließ.

Und wir sausten über den Schnee.

Sie kreischte erfreut, das Geräusch ein wunderschöner Klang in meinen Ohren, als wir über den schneebedeckten Boden und auf den Gletscher dahinter zu sausten.

Viel Spaß, flüsterte mir Norden zu. Seinem Tonfall lag ein Hauch Belustigung inne, der mir sagte, dass er kurz davor war, Kalt zu genießen, bevor sie die Kisten auspacken würden.

Artica war in der Lage, ihre Wärme ebenfalls zu spüren, was auch das sehnsüchtige Schaudern erklärte. Ich küsste ihre Halsschlagader. Der Wind peitschte zu stark und aggressiv an unseren Ohren vorbei, um zu sprechen. Also beschloss ich, mich stattdessen in Gedanken mit ihr zu unterhalten.

Ich weiß, dass du wütend auf mich bist, meine Königin, sagte ich zu ihr. *Aber ich wollte, dass alles perfekt und richtig ist.*

Sie antwortete nicht umgehend, schien meine Worte zu verdauen. *Wie, ‚perfekt'?*

Vielleicht war das nicht das richtige Wort gewesen. *Damit wollte ich sagen, dass ich den perfekten Zeitpunkt abwarten wollte*, versuchte ich zu erklären und mein Griff verfestigte sich, als wir mit vollem Tempo einen steilen Hügel hinabrasten.

Ihre Hände glitten an meine Schenkel, drückten meine Beine, als wären sie Schlittengriffe. Aber Magie behielt uns im Schlitten.

Meine Magie.

Ich will, dass du weißt, wie viel du mir bedeutest, fuhr ich fort. *Die meisten Pärchen brauchen Zeit und Umwerbung, um ihre Herzen zu verstehen. Und doch war ich nie so. Ich wusste, dass du mein Schicksal warst, sowie ich dich zum ersten Mal erblickt habe. Genauso wie bei Norden und Kalt. Und jetzt werde ich dir zeigen, warum ich das wusste. Aber zuerst will ich, dass du deine Augen schließt.*

Mir entging nicht, dass ich soeben gesagt hatte, dass ich ihr etwas zeigen wollte und dieser Aussage die Bitte gefolgt hatte, dass sie ihre Augen schließen möge.

Aber sie würde es gleich verstehen.

Versuch dich zu entspannen, ergänzte ich flüsternd, bemerkte ihre Steifheit. *Ich werde nicht zulassen, dass dir etwas passiert.*

Ein Summen umgab uns, als meine Worte sie beruhigten, und ich spürte, wie sie ihre Augen schloss.

Gerade rechtzeitig, bevor unser Schlitten durch den Schleier des Gletschers vor uns sauste.

Für jeden anderen wäre es eine solide Eisschicht gewesen.

Aber nicht für den König und die Königin der Winterfeen.

Oder deren Erben – da ich schon unzählige Male zuvor hier gewesen war.

Aber das hier war das erste Mal, dass ich einen Gast mitbrachte. Norden hatte einmal versucht, mit mir hindurchzugehen, doch es hatte nicht funktioniert. Vielleicht wäre es ihm jetzt möglich, wo unser Gefährtenzirkel komplett war.

Der Schlitten verlangsamte, als das Innere der Eishöhle zum Leben erwachte. Es gab mir das Gefühl, im Innern eines Diamanten zu sein. Das natürliche Licht erleuchtete jede Ecke und Spalte. Sogar mitten im Winter leuchtete dieser Ort wie eine eisige Sonne.

Wo sind wir?, fragte Artica keuchend und voller Staunen über die Zauber, die sich um uns herum ausbreiteten.

Noch fünf Sekunden, sagte ich zu ihr, und der Schlitten kam mehr und mehr, inmitten der Eishöhle, zu einem Halt.

„Öffne deine Augen noch nicht", flüsterte ich ihr ins Ohr. „Ich werde dir helfen, aufzustehen."

Vorsichtig stieg ich aus dem Schlitten, dann hob ich sie in meine Arme und stellte sie sanft auf eine Eisscholle, ließ meine Hände an ihren Hüften verweilen. Ich drehte sie langsam um und drückte meine Brust wieder an ihren Rücken.

„Okay, du kannst deine Augen jetzt aufmachen, meine Königin."

Sie rang nach Atem, was mir sagte, dass sie meiner Bitte Folge geleistet hatte. Ihr Herz klopfte so schnell, dass ich es beinahe hören konnte. Aber ich spürte es eher durch unser Band und die Magie an diesem Ort. „Wo sind wir?"

„Im Herzen der Winterfeenmagie", sagte ich zu ihr. „Von hier kommen die Materialien für die Glaubenskristalle, was bedeutet, dass das hier die Kraft ist, die den ganzen Kreationsprozess antreibt. Das hier buchstäblich das Herz unserer Welt."

„Oh, bei den Feen", flüsterte sie, ihre Bewunderung spürbar. „Ich kann die Magie auf meiner Haut spüren – sie auf meiner Zunge schmecken."

„Weil sie auf dich als Königin reagiert. Was auch ist, was ich dir zeigen wollte. Dass du verstehst, warum ich von Anfang an wusste, dass es uns beiden bestimmt war, zueinander zu finden." Ich drehte sie zu mir um und mein Blick schweifte auf die Schneeflockenkette an ihrem Halt. „Dieser Kristall kommt von hier, Artica. Er glüht hell, wenn du in der Nähe eines kompatiblen Gefährten bist. Kalt mag sie verzaubert haben, aber das Material birgt Winterfeenmagie."

„Es ist ein Wunschamulett", sagte sie zu mir. „Das hat er mir jedenfalls gesagt."

„Ja, es wird von Glauben angetrieben. Wenn du dir etwas wünschst und genug daran glaubst, wird es passieren. Aber der Anhänger zeigt auch deine Kompatibilität mit potenziellen Gefährten an."

„Ja, Norden hat das mal erwähnt", erwiderte sie. „Du willst mir also sagen, dass du es deswegen wusstest? Wegen der Kette?"

Ich schüttelte meinen Kopf. „Nein, ich will dir sagen, dass die Kette aus der Magie in dieser Höhle geschaffen wurde. Dieselbe Magie, die in mir lebt und immer schon in mir gelebt hat. Es ist dieselbe Magie, die jetzt auch in dir lebt."

„Du bist wie die Kette", überlieferte sie mit leiser Stimme.

„Ja. Eine weitaus mächtigere Version davon." Ich legte eine Hand an ihre Wange. „Mein Herz hat gesungen, sowie ich dich erblickt habe. Und obwohl ich mich alles andere als galant verhalten habe, war das mehr aus Frustration darüber, dass du es nicht auch augenblicklich spüren konntest. Aber ich wurde geboren, um an mein Schicksal zu glauben. Das ist, wer ich bin. Und nicht jeder hat dasselbe Verständnis für das Leben."

Ihre Augen funkelten. „Ich kann es jetzt spüren. Ich kann spüren, dass du für mich bestimmt bist. Dass unser Gefährtenzirkel genau das ist, was er sein sollte."

„Nein", sagte ich lächelnd. „Er ist nicht ganz, was er sein sollte. Aber das wird er sehr bald." Ich küsste sie, drückte sie an mich, ließ sie die Leidenschaft und Wärme in meinem Herzen spüren, als ich sie am wohl wichtigsten Ort der Winterfeen umarmte.

Magie surrte um uns herum. Die Höhle erwachte angesichts der Empfindungen, die sich zwischen uns breitmachten, zum Leben.

Artica … Ich habe nicht mit dir geschlafen und dich nicht angerührt, weil ich auf diesen Moment warten wollte. Ich wollte, dass du mir vertraust und mich gut genug kennen würdest, um keinen Zweifel daran zu haben, dass ich dich aus dem richtigen Grund nehmen würde.

Ich zog sie auf das Bett aus Kunstpelzen, das ich diese Woche aus genau diesem Grund hier platziert hatte, weil ich ganz genau wusste, was ich heute Nacht nach dem Festmahl tun wollen würde.

Sie erschauderte und Tränen stiegen in ihre blauen Augen, als sie zu mir hochblickte. „Ich dachte, ich hätte etwas Falsches getan", flüsterte sie.

„Du könntest niemals etwas Falsches tun, meine Königin", versprach ich ihr. „Außer, mir deine wahren Gefühle vorzuenthalten." Ich streifte den Mantel von ihren Schultern, legte ihn auf die Kunstpelze.

Die Magie in der Höhle surrte weiter, hielt sie warm, während ich ihr in die Augen sah.

„Wenn ich etwas tue, das dich verärgert oder traurig macht, will ich, dass du es mir sagst", sprach ich. „Vertraue darauf, dass ich es wieder richten kann. Vertraue darauf, dass ich es verstehen werde. Vertrau mir genug, um dein Unbehagen kundzutun. Und ich werde tun, was immer ich kann, um sicherzustellen, dass ich dir nie wieder dieses Gefühl gebe."

„Okay", flüsterte sie und sah mir in die Augen.

„Und jetzt sag mir, was du willst, Artica." Ich wusste es bereits, aber ich wollte, dass sie es mir sagte. Dass sie mir vertrauen würde.

Ein Lächeln zog auf ihren Lippen auf, die Tränen in ihren Augen kullerten an ihren Wangen hinab und formten kleine Eiskristalle. „Ich will, dass du Liebe mit mir machst, mein König."

„Mit dem größten Vergnügen, meine Königin", sagte ich und küsste die gefrorenen Tränen von ihrer Haut, als ich um sie herum griff und ihr Kleid öffnete.

Sie hatte anlässlich der Krönung ein Kleid mit einem Schnürrücken getragen, aus welchem wir sie hatten rausschneiden müssen.

Mir war der Reißverschluss an diesem Kleid lieber.

Er reichte bis zu ihrem Po, sodass ich den Stoff mühelos von ihren Schultern streifen und es zu Boden gleiten lassen konnte. Sie entfernte sich von ihrem Kleid, schien nichts dagegen zu haben, nackt vor mir zu stehen. Ihre spitzen Brüste lockten meinen Mund. Aber stattdessen kniete ich mich hin, wollte ihr die Stöckelschuhe von ihren eleganten Füßen streifen.

Sie stützte sich an meinen Schultern ab. Ihre Berührung gab eine Wärme ab, die ich durch meinen Smoking hindurch und bis tief in meine Seele spürte.

Ich lehnte mich zu ihr, um die rosafarbene Spitze zwischen ihren Beinen zu küssen, war mir bewusst, dass Norden explizit diese Farbe an ihrer cremigen Haut sehen wollte.

Sonst trug sie nichts.

Nur den Tanga.

Also leckte ich ihre süße Mitte durch den Stoff hindurch, liebte den Geschmack des Orgasmus, den sie während des Essens gehabt hatte. Er machte mich hungrig auf sie. Mein Schwanz war bereits hart und bebte unter meinem Reißverschluss.

Ihre Finger glitten durch mein Haar, hielten meinen Mund an sie gedrückt, während ich durch die Spitzenunterwäsche hindurch an ihrer angeschwollenen Klitoris knabberte.

„Lark", keuchte sie und bewegte ihre Hüften.

Ich wusste, dass sie von der Magie und den Bemühungen meines Mundes allein kommen würde.

Aber ich wollte sie nackt unter mir – dass ihr feuchter Kanal sich an meinem Schaft zusammenzog und ihr Körper an meinen gedrückt bebte, während sie kam.

Sie stieß ein leises Wimmern aus, als ich mich wieder erhob.

Aber sie beruhigte sich rasch, als sie realisierte, dass ich mich auszog.

Zuerst meine Jacke.

Dann die Weste darunter.

Dann das Hemd.

Gefolgt von meinen Schuhen, meinen Socken und meiner Hose, bis ich nackt vor ihr stand.

Denn ich trug keine Unterwäsche. Genauso wie Norden und Kalt keine getragen hatten.

Ihr Blick fiel auf mein Gemächt und ihre Zunge befeuchtete zustimmend ihre Lippen.

Dann fiel sie auf ihre Knie und nahm mich in ihren Mund.

Ich fluchte, hatte diese Reaktion überhaupt nicht erwartet, aber, *verfrostet*, ihr Mund fühlte sich himmlisch an meiner Haut an.

„Artica", ächzte ich und strich mit meinen Fingern durch ihr Haar.

Sie trug noch immer ihr Diadem – etwas, das ich vergessen hatte, abzunehmen.

Ich entfernte es und legte es vorsichtig auf die Felle, dann schloss ich meine Faust um ihr Haar.

Sie nahm mich tief in sich auf und ihre Zunge bearbeitete meinen Schaft auf eine Weise, die anriet, dass sie Norden und Kalt in der vergangenen Woche beobachtet und sich ihre Bewegungen eingeprägt hatte.

„Hat dich das auch wütend gemacht?", fragte ich keuchend. „Dass ich dich nicht habe – *bei den Feen.*" Sie nahm mich tief in ihrem Rachen auf, verschlang mich wie eine ausgehungerte Frau.

Ich wollte dich schon die ganze Woche über kosten, stöhnte sie in meinen Gedanken. *Du hast immer wieder abgelehnt.*

Weil ich fürchtete, dass ich mich sonst nicht zurückhalten könnte, gab ich zu. *Ich wollte … auf diesen Moment warten … Wollte, dass es an diesem Ort geschieht. Aber, Schlittenglocken, Artica, ich werde kommen, wenn du so weitermachst.*

Oh, aber dafür wollte ich in ihr sein.

Sie *spüren*.

Sie verdammt noch mal nehmen, wie ich sie von Anfang an hätte nehmen sollen.

Ich riss sie von mir – etwas, das erheblicher Kraft und extremer Willensstärke bedurfte – und schubste sie umgehend auf die Felle. Ich kam zwischen ihren Beinen auf meine Knie. Ich legte eine Hand auf den Boden neben sie, während ich die andere an ihre Mitte gleiten ließ.

„Du bist so feucht", meinte ich staunend. Ich ließ zwei Finger in sie gleiten, schob sie tief in sie und liebte es, wie sie sich an meine Hand drückte. „Du bist für mich, für das hier, für *uns*, gemacht."

Sie wimmerte und spreizte ihre Schenkel, versuchte, mich mit ihrer sinnlichen Gabe zu sich zu locken.

Ich lehnte mich nach unten, um ihre Klitoris erneut zu lecken, liebte ihren süßen Geschmack auf meiner Zunge. Dann küsste ich mich an ihrem Körper hoch zu ihrem Hals und entfernte meine Hand langsam von ihrer Mitte, ersetzte sich mit meinem Gemächt.

Sie schlang ihre Beine umgehend um mich – lockte mich mit ihrer feuchten Mitte, die meine Eichel streifte, als ich mich an ihrem Eingang positionierte.

„Bitte, Lark", flehte sie. „Ich brauche dich in mir. Ich brauche dich –"

Ich drang tief ihn sie, was ihr einen Schrei entlockte, der in der Eiskammer widerhallte. Kraft strömte aus ihr. Die intime Verbindung erweckte beide Quellen zum Leben und brachte sie erneut dazu, gegeneinander anzukämpfen.

Doch unsere vereinten Seelen genügten, um sie zu zähmen.

Etwas, das wir bewiesen, indem unsere Körper mit einer fieberhaften Lust und Eleganz eins wurden.

Ich küsste sie und meine Zunge schlug ein langsameres Tempo an als jenes zwischen unseren Beinen.

Ich machte auf meine eigene Art Liebe mit ihr, plünderte ihren Mund und raubte ihr den Atem, während ich sie dazu brachte, sie erneut zum Schreien zu bringen, als ich tief in sie stieß.

Größer als die anderen, keuchte sie. Der angebrochene Satz endete in einem erfreuten Stöhnen.

Ich bin der König, sagte ich zu ihr, war mir meiner Größe bewusst und sicher, dass sie mit meiner Länge klarkommen würde.

Das war ein weiterer Grund gewesen, dass ich sie die ganze Woche über nicht genommen hatte.

Ich hatte gewollt, dass sie aufgewärmt und bereit für meinen Schwanz war.

Und jetzt war sie mehr als bereit.

Ihre Knöchel verhakten sich hinter meinem Rücken, während ich sie hart gegen die Felle gelehnt nahm. Sie vergrub ihre Nägel in meinen Schultern und schrie nach mehr.

Wir waren noch immer von der surrenden Energie umgeben. Die beiden Quellen verbanden sich auf eine Art, die sie sich nicht gewohnt waren.

Die Situation hätte so einfach außer Kontrolle geraten können.

Aber unser Gefährtenzirkel *glaubte*.

Und dieser Glaube zähmte die Quellen, zwang sie dazu, sich zu benehmen.

Articas Mund legte sich an meinen, ihr enger Kanal zog sich zusammen, während ihr Körper zu zittern begann. Die Wellen der Lust nahmen uns beide ein, drohten, uns unter ihrer feurigen Kraft zu begraben.

Aber ich hielt die Winterquelle fest an mich gedrückt, saugte die Energie mittels unseres Bandes aus Artica, während sich unsere Körper als eines bewegten.

„Komm für mich, meine Süße", flüsterte ich mit zärtlichem Tonfall. „Ich will spüren, wie du kommst, während ich in dir bin. Ich will, dass du mich mit deiner Lust ertränkst. Und ich will dich meinen Namen schreien hören."

Sie erfüllte mir meinen Wunsch. Sie explodierte mit einem Höhepunkt, der so mächtig war, dass die Höhle angesichts ihres Energiestoßes erzitterte.

Ich nahm alles in mir auf, schickte jeden Hieb, den meine Seele abbekam, zurück in die Quelle.

Ihr Orgasmus hielt an, setzte sich fort und, als die Kraft aus ihr stieß, gab mir ihre Seele alles, bis ich mich den Empfindungen ergab und ihr über die Klippe folgte.

Es tat verdammt noch mal weh.

Aber ich hatte noch nie etwas so Wunderbares, so Wonneartiges, so *Süchtigmachendes* in meinem ganzen Leben erfahren.

Sie melkte mehr meines Saftes aus meinem Schaft, als ich je für möglich gehalten hätte. Ich füllte sie vollends und sie erlaubte mir, sie von innen her zu beanspruchen. Als die Beben schwächer wurden, begab ich mich an ihre Mitte, um meinen Samen von ihrem Geschlecht abzulecken, was eine weitere bebende Welle heraufbeschwor, die sie meinen Namen erneut schreien ließ.

Dann stieß sie mich auf meinen Rücken und erwiderte den Gefallen. Ihr Mund leckte mich sauber und schaffte es, noch mehr Lust aus mir zu extrahieren. Ihr Rachen spannte sich an, während sie jeden Tropfen schluckte.

Es war ein hedonistischer feuchter Traum, der nur von der Kristallmagie um uns herum bezeugt wurde.

Bis unsere Herzen sich schließlich zu beruhigen

begannen und unsere Körper für den Augenblick gesättigt waren – der Kraftaustausch mehr als komplett.

Ich zog sie hoch und legte sie an meine Brust, schlang meinen Arm um ihre Schulter. „Ich habe noch ein Geschenk für dich", flüsterte ich an ihre Stirn gedrückt. *Technisch gesehen zwei*, dachte ich, wollte die Überraschung jedoch nicht verderben.

Sie sah mit schläfrigem Blick zu mir hoch. „Wirklich?"

Ich nickte, holte eine kleine Schachtel unter dem Fell hervor. Eine, die ich heute versteckt hatte, bevor ich meinen Gefährten heiße Schokolade gemacht hatte.

Sie lächelte, als sie das rote Geschenkpapier sah. „Das erinnert mich an das Geschenk, das Kalt mir gegeben hat." Ihre Fingerspitzen fuhren über ihre Halskette.

„Weil es dasselbe Papier ist", erwiderte ich und reichte ihr das Geschenk. „Mach es auf."

Mit freudigem Blick löste sie das Papier und holte die Schmuckschachtel daraus. Ein kinderähnliches Strahlen tauchte auf ihrem Gesicht auf, als sie die Schachtel öffnet. Als sie den funkelnden Ring darin erblickte, fiel ihr die Kinnlade herunter.

„Ein Kristalldiamant, der zu deiner Halskette passt", sagte ich zu ihr und lächelte, als ich die unheimliche Freude in ihren Gedanken spürte. „Darf ich?"

Tränen stiegen ihr in die Augen und sie nickte eifrig. Ihre Gedanken sagten mir, dass sie sprachlos war.

„Es ist im Reich der Sterblichen Brauch, dass die Gefährten Ringe an ihrem Ringfinger tragen", erklärte ich, nahm ihre linke Hand und griff nach dem richtigen Finger. „Also habe ich den hier für dich machen lassen, und drei Ringe für mich, Norden und Kalt." Ringe, die sie in der Suite erwarteten – mit einer Notiz von mir, in der ich sie bat, sie anzulegen. „Es scheint mir nur angebracht, da wir uns in diesem Reich befinden." Ich holte die zweite

Schachtel hervor, in dem mein Ring ruhte, um ihr die Kristalle zu zeigen, die in das Metall eingelegt worden waren.

Als ich den Ring anlegte, spürte ich einen Kraftstoß durch mein Wesen jagen. Die Energie sagte mir, dass Norden und Kalt ihre auch übergestreift hatten.

Unser Gefährtenzirkel war offiziell komplett.

„Ich liebe ihn", schaffte Artica schließlich hervorzubringen und noch mehr dieser Freudentränen kullerten an ihren Wangen hinab. „Ich ... ich liebe euch alle." Sie hatte nur kurz gezögert. Und das nur, weil wir uns noch nicht lange kannte – und weil ihr das Leben immer anders erklärt worden war.

Aber sie hatte beschlossen, uns alle durch die Augen ihrer Seele zu sehen.

Durch ihre Verbindung zur Winterquelle.

Indem sie an unser gemeinsames Schicksal *glaubte*.

Was wohl das beste Geschenk war, das sie mir je hätte machen können. Eines, wofür ich ihr mit meiner Zunge dankte.

Bevor ich sie erneut nahm – dieses Mal langsamer – im Bett aus Fellen.

Und mit meinem Geist, meinem Körper und meiner Seele Liebe mit ihr machte.

Meine Artica.

Das Herz unseres Gefährtenzirkels.

Unsere wunderschöne Winterfeenkönigin.

EPILOG
NORDEN

„Sie sind gleich da", sagte ich zu Kalt und sah mich in der Suite um, ob etwas noch nicht so war, wie es sein sollte. „Bist du dir mit dem Mistelzweig sicher?"

„Jepp", erwiderte Kalt. „Sehr sicher."

Er packte mich an meinem Nacken, zog mich unter dem Grün in einen Kuss – gerade, als die Tür sich neben uns öffnete.

Artica kicherte.

Dann rang sie nach Luft, als Kalt sie zu sich unter den Mistelzweig zog und sie fest auf den Mund küsste. „*So* hätte ich dich in deinem Schlafsaal küssen sollen", sagte er, während sie sich benommen an ihn lehnte.

„Oh", keuchte sie. „Oh, ja. Ja, bitte."

Lark lachte hinter ihr, seine Schulter gegen den Türrahmen gelehnt, während er die Dekorationen bewunderte, die wir angebracht hatten. „Nett", sagte er nickend. „Gefällt mir."

„Was?" Artica verstummte und schien das Zimmer erst jetzt zu mustern. Ihr fiel die Kinnlade herunter und ihr Kopf gab mehrere aufgeregte und schockierte Aussagen von sich.

Irgendwann hatte Lark all ihre Dekorationen hierherschicken lassen.

Und hatte sechs oder sieben Kisten ergänzt.

Oder jedenfalls war das Kalts Schätzung, denn ihr winziges Zimmer konnte unmöglich so viel Festivus-Schmuck beherbergt haben.

Darunter befanden sich Ornamente und Hörner und Wassermuscheln und elementare Blumen, von denen ich noch nie gehört hatte. Dazu Kränze und einen lebenden Tannenbaum in der Mitte des Zimmers. Offenbar hatte er in Articas Schlafsaal gestanden.

Also hatte Kalt Sol um einen Gefallen gebeten. Die Erdfee hatte den Baum in der Mitte der Suite gepflanzt und ihn um das Sechsfache vergrößert.

Zum Glück boten die hohen Decken genug Platz dafür.

Vier Geschenke lagen unter dem Baum. Eine Ergänzung von mir und Kalt, mit der wir die beiden überraschen wollten.

Wir hatten zwei für Lark.

Und zwei für Artica.

Kalts waren herzlich.

Meine waren praktisch.

„Bei … den … Feen", sagte Artica schließlich, drehte sich in ihrem glitzernden weißen Kleid im Kreis, welches wie durch ein Wunder noch genauso makellos war wie noch beim Festmahl.

Hast du sie nicht darin gefickt?, fragte ich Lark etwas enttäuscht.

Nein, ich habe es ihr vorher ausgezogen.

Hm. Das würde ich berichtigen müssen. Denn diese Schlitze in ihrem Kleid waren aus einem guten Grund da. Ich hatte versucht, ihren Zweck während des Abendessens zu veranschaulichen. Leider war der König meinem Beispiel nicht gefolgt.

Aber wenigstens hatte er endlich Liebe mit ihr gemacht.

Etwas, das vom Strahlen in ihrem Gesicht und dem Glitzern in ihrem blonden Haar bestätigt wurde.

„Es ist wunderschön", sagte sie und drehte sich lachend weiter im Kreis.

Ich erblickte den Ring an ihrem Finger und ein zustimmendes Lächeln zog auf meinen Lippen auf Es war ein Kristalldiamant, der zu ihrer Halskette und den Ringen passte, die Lark uns gegeben hatte.

Etwas, wofür ich mich noch immer bei ihm bedanken musste.

Ich lief zu ihm und ließ meine Finger durch sein seidenes silberweißes Haar gleiten, küsste ihn fest auf den Mund.

Er grinste und seine Hand legte sich um meinen Hals, woraufhin er mich an sich drückte.

Ich habe dich auch vermisst, sagte er in meinen Gedanken. *Und der Gedanke, dass ich dich und Kalt hier oben so lange nackt allein gelassen habe …*

Ein Grinsen zog auf meinen Lippen auf. *Das gefällt dir, was?* Ich hatte Kalt davon überzeugt, sich fürs Dekorieren auszuziehen – ganz so, wie er mich davon überzeugt hatte, einen Mistelzweig über der Tür aufzuhängen.

Es war eine Beziehung, die auf Vertrauen und gegenseitigem Respekt beruhte, sodass ich so ziemlich alles tun würde, was er von mir verlangte, solange ich den ganzen Tag lang seinen nackten Arsch bewundern konnte.

Dasselbe galt für Artica.

Und Lark.

„Was ist in den Schachteln?", fragte Lark.

„Oh, du hast ein paar Geschenke gesehen, was?", sagte gespielt schockiert. „Und ich dachte, du magst keine Geschenke."

Er grinste mich an. „Scherzbold."

„Immer", versprach ich, zog ihn an den Jackenaufschlägen in die Suite. „Artica darf ihres zuerst aufmachen."

Sie drehte sich noch immer im Kreis und genoss das Ambiente im Raum, woraufhin Schneeflocken auf sie hinabrieselten. Sie kicherte, verströmte pure Freude und Heiterkeit und *Sonnenschein*.

Ich lief auf sie zu, drehte sie in meinen Armen herum, um mit ihr zu tanzen, was sie zum Lachen brachte.

Kalt sah uns mit einem Lächeln auf den Lippen zu, während Lark sich auszuziehen begann.

Nacktzeit?, fragte ich.

Immer, erwiderte er und das Strahlen in seinen Augen sagte mir, dass er das Wort absichtlich in meine Richtung gesandt hatte.

Ich senkte Artica neben dem Baum hinab. „Du hast zwei Geschenke zu öffnen. Es ist unser Gefährtennachten." Ein Begriff, den ich definitiv gerade erst erfunden hatte und jedes Jahr, exakt zwölf Tage nach Larks Geburtstag, benutzen würde.

Oh, wie witzig.

Das Sommer-Festivusmahl der Winterfeenkönigin an

Larks Geburtstag, gefolgt von zwölf Tagen des Verbindens, das mit Gefährtennachten endete.

Das perfekte Leben.

Ich würde ein unverschämt glücklicher Selkie sein.

Ich küsste meine Königin, bevor ich sie wieder aufrecht hinstellte. Dann kam Kalt mit seinem Geschenk näher.

„Aber ich habe nichts für euch", sagte sie mit traurigem Tonfall.

„Wir akzeptieren Blowjobs als Gegenleistung", informierte ich sie, hilfreich wie immer. „Oder Sex im Jacuzzi. Oder Orgasmen zum Frühstück. Oder alles davon."

Lark schloss sich uns in einem Paar Flanellhosen an. Dieser hinterlistige König hatte seinen Smoking gegen einen Pyjama getauscht.

Betrüger, sagte ich zu ihm.

Damit du mir später etwas mit deinen Zähnen ausziehen kannst, entgegnete er.

Meine Stimmung hellte sich augenblicklich auf.

Und Artica zog ihre Augenbrauen hoch. „Mein Abschlusszeugnis?", fragte sie schockiert.

„Wie …?"

„Könnte sein, dass ich vergangene Woche um ein paar Gefallen gebeten habe, während du dich einem deiner Schläfchen hingegeben hast", antwortete er. „Cyrus hat es heute Abend mitgebracht, als er sich mit seinem Gefährtenzirkel hierhin gesprüht hat."

Artica stiegen Tränen in die Augen und sie warf ihre Arme um seinen Hals. „Danke!"

Er umarmte sie zurück und seine Lippen strichen über ihre Schläfe. „Sehr gern geschehen, kleines Gestöber."

„Ich schätze, du bist als Nächster dran", beschloss ich und reichte Lark das Geschenk, das ich für ihn hatte.

Er kniff seine Augen zusammen.

Ich lächelte bloß.

Vorsichtig öffnete er die Schachtel – als fürchtete er, dass der Inhalt ihn angreifen würde. Dann grinste er, als er die Bürste darin entdeckte.

Sie war nicht für sein Haar gedacht.

Sondern für meines.

Etwas, das er wusste, sobald er sie erblickte. *Danke*, flüsterte er.

Gern geschehen. Dieses Geschenk bedeutete, dass er mein Haar bürsten durfte, wann immer er wollte. Was den meisten merkwürdig erscheinen mochte, aber einem Antrag von einem Selkie gleichkam.

Artica küsste Kalt, bevor sie von ihm abließ. Ein freudiger Blick lag in ihren Augen. „Ich habe die besten Gefährten der Welt."

„Das stimmt", meinte ich. „Aber du hast noch ein weiteres Geschenk zu öffnen."

Ich bückte mich hinunter, um nach ihrer Schachtel zu greifen, begierig darauf, sie das Geschenk öffnen zu sehen.

Und es zu benutzen.

Sie öffnete die Schachtel und runzelte die Stirn, als sie das Glas darin erblickte. Dann las sie die Etikette darauf. Eine, die ich speziell für sie hatte anfertigen lassen. Und sie zog ihre Augenbrauen hoch.

„Gesalzene-Karamellschokoladen-Körpercreme", sagte sie, las den offiziellen Titel. „Eine BDSM-Kreation für deine Gefährtengelüste."

„Essbare Farbe", sagte ich und wackelte mit den Augenbrauen. „Für die morgendlichen Orgasmen, vielleicht?"

Sie lachte. „Was mache ich bloß mit dir?"

„Diese Paste über meinen Schwanz schmieren und sie ablecken?", schlug ich vor. „Das gibt dem Begriff ‚süße Mitte' eine ganz neue Bedeutung, findest du nicht?"

Sie krümmte sich vor Lachen, während Kalt sein letztes Geschenk unter dem Baum hervorholte und es Lark überreichte.

Sie sahen sich einen Moment lang an, dann öffnete Lark den Umschlag und las den Brief darin.

Ich wusste bereits, was es war, da ich es von Kalt persönlich gehört hatte.

„Ist das eine Bewerbung?", fragte Lark stirnrunzelnd.

„Jepp", sagte Kalt. „Ich habe meinen Posten als Abgeordneter der Elementefeen offiziell aufgegeben. Also brauche ich einen neuen Job. Ich werde so ziemlich alles tun, was du willst. Wenn du mich einstellst, meine ich."

Lark grinste. „Vielleicht könntest du die Verteilung der Winterfeenmagie im Reich der Sterblichen überwachen? Du weißt schon, dabei helfen, schützende Schleier zu schaffen, damit die Feen und ihre Aktivitäten unerkannt bleiben."

„Wirklich?" Kalts Augen glänzten, das Thema eines, das ich die beiden ein paarmal hatte diskutieren hören.

„Neben anderen Dingen", sagte Lark achselzuckend. Aber ich konnte seine Freude in der Luft spüren. Die Wärme, die sie versprühte, legte sich wie eine warme Decke um meine Seele. „Das ist nur das Erste, was mir in den Sinn gekommen ist. Ich bin mir sicher, dass mir noch ein paar andere Aufgaben einfallen werden."

„Eine Menge Aufgaben", korrigierte ich. „Denn ich bin für Feenpolitik nicht zu gebrauchen."

„Was wir anhand der Abteilungsnamen, die du dir ausgedacht hast, gesehen haben", säuselte Lark und sah mich an. „Du weißt schon, dass ich diese Akronyme absegnen musste, oder?"

„Du hast sie geliebt", sagte ich zu ihm. „Ich wette, T und Ä ist deine Lieblingsabteilung."

Er richtete seinen Blick auf Artica und die Farbe in

ihren Händen. „Ich hätte nichts dagegen, ein paar T und Ä zu bemalen."

„Und sie abzulecken?", schlug ich vor, schlang meinen Arm um die Taille unserer Königin.

„Mh, definitiv", gab der Winterfeenkönig mit rumpelnder Stimme von sich. „Immerhin ist es Gefährtennachten, oder?"

„Das stimmt", bestätigte ich und meine Finger legten sich an Articas Rücken, öffneten den Reißverschluss an ihrem Kleid. „Darf ich?"

„Du darfst", sagte sie mit einem erwartungsvollen Schaudern.

Ihr Kleid fiel zu Boden, enthüllte ihre wunderschönen Kurven.

Sie trug kein Spitzenunterhöschen darunter.

Denn jemand hatte es als Souvenir an sich genommen.

Nicht, dass ich es Lark verübeln konnte. Ich hätte dasselbe getan.

„Du bist atemberaubend, süßes Gestöber", sagte Kalt zu ihr.

„Hinreißend", meinte Lark.

„Unser verführerischer Sonnenschein", ergänzte ich und ein Lächeln zog auf meinen Lippen auf, als wir drei uns um unsere Königin versammelten. „Fröhliche Gefährtennachten, Artica."

Und jetzt schließe deine Augen, ergänzte ich in Gedanken. *Wir werden all deine Träume Realität werden lassen.*

BONUS-EPILOG: ARTICA
EIN JAHR SPÄTER ...

I ch atmete tief ein, während Lark und ich auf unser Zeichen warteten, hinter dem silbrigen Vorhang standen, der uns von den Feen im Ballsaal trennte.

Ich fummelte an meiner Ballmaske herum, hatte gehofft, dass die Verkleidung mir dabei helfen würde, meine Nerven zu beruhigen, aber stattdessen fragte ich mich, ob ich die richtigen Farben gewählt hatte, um jene meiner Gefährten zu komplementieren.

Meine Maske war königsblau und mattsilber, was die Vereinigung zweier Quellen veranschaulichen sollte.

Lark trug eine silbrige Maske, die seine minzgrünen Augen, in denen Festlaune waberte, leuchten ließ.

Norden hatte eine aquamarinblaue Maske, in die Kristalle eingelegt waren. Und angesichts der Tatsache, dass er einen nach dem anderen von der Maske abriss und aß, ging ich davon aus, dass es sich dabei um Selkie-Bonbons handelte.

Kalts Maske war grün, passte zu Larks Augen und erinnerte mich an die verpackten Geschenke unter unserem Festivusbaum in unserer Suite.

Musik erklang, eröffnete die Feierlichkeiten mit dem Klimpern von aneinandergereihten Eiszapfen, die an der Decke hingen.

Die Eiszapfen waren meine Kreation, die ich dank meiner Verbindungen zur Wasser- und der Winterquelle hatte erschaffen können. Es schien mir angemessen, meine Talente dazu zu benutzen, etwas festliche Stimmung zu erzeugen.

„Jeder wir dich anbeten", informierte mich Lark und sein Blick brannte leidenschaftlich.

„Und sie werden auch dein *Haar* anbeten", insistierte Norden und streifte eine Strähne hinter meine Eiskrone, die Kalt mit einem frostigen Kuss an meinem Kopf festgemacht hatte.

„Niemand wird dich so anbeten wie wir", versprach Kalt, strich mit seinen Fingern über mein Kinn und küsste mich kurz, bevor er seinen Platz an unserer Seite einnahm.

„Hier geht es nicht um mich", erinnerte ich sie alle, während Lark mich weiterhin mit seinen Augen verspeiste, was anriet, dass es ihm bei diesem Feiertag für immer nur darum gehen würde, meine Schönheit und Freude zu zelebrieren.

Willkommen zum ersten jährlichen Sommer-Festivusmahl der Winterfeenkönigin!

Die Worte schwirrten mir durch den Kopf, bevor die Vorhänge zur Seite gezogen wurden und Lark sie laut aussprach, was die beeindruckende Menge an Interreichsfeengästen – Elfen, Einheimische des Nordpols und Winterfeen – zum Jubeln brachte.

„Würdest du gerne etwas sagen?", fragte mich Lark mit einem freudigen Blick in seinen Augen. „Das hier ist immerhin dein Tag."

Ich grinste ihn an, weil heute *sein* Geburtstag war, und

wenn er wollte, dass ich zu unserem Volk sprach, würde ich sicherstellen, dass alle davon wussten.

Ich hob meine Finger in die Höhe, rief die lebhafte Freude im Raum und die verbleibenden Schneeflocken, formte ein Tulpenglas in meiner Hand, in dem sich pure Festlaune befand.

Ich brauchte nur einen weiteren Moment, um jedem Gast ein eigenes Glas Festlaune zu schaffen. Meine Kontrolle über die Magie hatte sich im vergangenen Jahr exponentiell verbessert.

„Einen Toast auf den Winterfeenkönig!", sagte ich mit zusehends selbstbewussterer Stimme. „Heute wird er dreiunddreißig Jahre alt, aber wir feiern heute auch unser erstes Jahr als Gefährtenzirkel." Ich hob mein Glas in Kalts Richtung. „Auf Prinz Kalt, die Fee, die mir beigebracht hat, zu glauben."

„Auf Prinz Kalt!", rief das Publikum.

Ich ging auf Norden zu, der errötet war. Weil er seine Maske halbwegs aufgegessen hatte, konnte ich seine rosafarbenen Wangen sehen. Der uncharakteristische Zug war ziemlich süß. „Auf Prinz Norden, der Selkie, der mir beigebracht hat, zu –"

„Nach meiner Eiscreme zu schreien", sagte er mit seiner üblichen verschmitzten Heiterkeit.

„Mir beigebracht hat, Freude in allem zu finden und meine Träume zu verwirklichen", korrigierte ich ihn. Obwohl er mit seiner *Eiscreme* definitiv nicht Unrecht hatte.

„Auf Prinz Norden!", wiederholte die Menge, und die Gruppe Selkies sang seinen Namen mit einem Hauch Stolz.

Ich wandte mich Lark zu, der mich an seine Hüfte drückte und dessen Arm um meine Taille geschlungen war, als er sein Kristallglas in die Höhe hielt.

„Auf König Lark", sagte ich mit leiserer Stimme, aber meine Magie trug die Worte dennoch in den Raum hinaus. „Die Fee, die mir beigebracht hat, zu lieben."

Mein Herz pochte wie wild, als ich die Worte von mir gab. Denn selbst jetzt hatten wir unsere Gefühle noch nicht laut kundgetan. Nicht, seit dieser Nacht in der Eishöhle, jedenfalls.

Aber ich zweifelte seine Liebe zu mir nicht an. Es erinnerte mich nur ein bisschen an die zwölf Tage, in denen unser Gefährtenzirkel sich verbunden und in denen er mich nicht angerührt hatte, weil er auf den richtigen Moment zu warten schien, um mir die Worte zu sagen.

Er grinste, als die Menge seinen Namen rief. Wir alle nahmen einen Schluck von unseren Gläsern und dann setzte die Musik wieder ein – dieses Mal mit einem heiteren Beat, der zum Tanzen anregen sollte.

Alle Nationen genossen das Essen und die festliche Stimmung. Feen forderten andere zum Tanzen auf und die Tanzfläche füllte sich rasch mit Feen aller Art.

Es war wunderschön.

„Besser hätte man es nicht machen können", sagte Lark zu mir und sein Glas verschwand in einer Eiswolke, genauso wie meines. Er drehte sich zu mir und zog mich auf die Tanzfläche, führte mich in einem eingeübten Tanz, den all meine Gefährten miteinbezog.

Ich wechselte zu Kalt, lachte, als er meine Haut mit schneeigen Küssen versah, und begab mich dann zu Norden, konnte seiner ansteckenden Freude nicht entgehen, als er seine Lippen an meine brachte.

Sie tanzen mit mir, senkten mich hinab und drehten mich im Kreis, bis ich, außer Atem war und strahlend wieder bei Lark ankam.

Er strahlte, als er seine Arme um meine Taille schlang.

„Ich bin so stolz auf dich, Artica. Ich bin stolz auf

meine Gefährten, und ich will, dass du weißt, dass du mich zur glücklichsten Fee aller Reiche machst." Er hob mich mühelos in die Luft, zog mich zu sich und gab mir einen Kuss, der mich benommen machte. Er zog mich weg, verlangsamte unseren Tanz, während sanfte Schneeflocken seine Wimpern küssten.

„Und ich will, dass du weißt, dass ich dich auch liebe."

Ich schluckte den Kloß in meinem Hals herunter. „I-ich habe nie gesagt, dass ich dich liebe." Na ja, ich hatte in der Eishöhle gesagt, dass ich all meine Gefährten liebte. Aber ich hatte die Worte seither nicht wieder von mir gegeben.

Er grinste. „Du sagst es mir jeden Tag, meine Königin. Du sagst es mir mit deinem Lachen, mit deiner ansteckenden Freude, mit jedem Kuss."

Ich lächelte. Freude erfüllte mein Herz und Tränen kullerten an meinen Wangen hinab. „Es tut mir leid, dass ich es nicht öfter laut gesagt habe. Denn ich liebe dich, Lark. Ich liebe euch alle."

Er küsste mich, entfernte sich dann ein kleines Stück, sodass er seine Antwort darauf über meine Lippen hauchen konnte. „Entschuldige dich nie dafür, dass du dir die Zeit nimmst, die du brauchst. Worte sind bedeutungslos ohne Taten und Gefühle, meine Königin", erwiderte er leise.

Er hatte recht.

Meine Gefährten brauchten nicht in Worte fassen, was sie für mich fühlten. Ich konnte ihre Liebe bereits in meinem Herzen und in meiner Seele spüren.

Denn sie alle glaubten an mich.

Und Glaube war das wunderbarste Geschenk von allen.

Ende

USA Today Bestsellerautorin Lexi C. Foss ist eine Schriftstellerin, verloren in der Welt der Computer. Sie lebt in Chapel Hill, North Carolina mit ihrem Mann und ihren haarigen Gesellen. Wenn sie nicht gerade schreibt, ist sie mit Sicherheit auf Reisen. Viele der Orte, die sie schon besucht hat, lassen sich in ihren Büchern wiederfinden, einschließlich der mystischen Welt von Hydria, die auf der griechischen Insel Hydra basiert.

Lexi ist ein bisschen verschroben, trinkt viel zu viel Kaffee und schwimmt gern.

Würden Sie gern über Neuerscheinungen informiert werden? Dann tragen Sie sich für ihren Newsletter ein: https://www.lexicfoss.com/deutschen-newsletter

Besuchen Sie Lexi im Netz!
https://www.lexicfoss.com/aktuell
www.facebook.com/LexiCFoss
twitter.com/LexiCFoss
www.instagram.com/LexiCFoss
E-Mail: lexicfoss@gmail.com

BÜCHER VON LEXI C. FOSS

Akademie der Mitternachtsfeen:

Buch Eins

Buch Zwei

Buch Drei

Buch Vier

Ellas Mitternachtsmärchen

Die Blutallianz:

Chastely Bitten – Keuscher Biss (Buch 1)

Royally Bitten – Königlicher Biss (Buch 2)

Regally Bitten – Majestätischer Biss (Buch 3)

Rebel Bitten – Rebellischer Biss (Buch 4)

Kingly Bitten - Royaler Biss (Buch 5)

Cruelly Bitten - Grausamer Biss (Buch 6)

Die Wölfe des X-Clans

Andorra Sektor

Das Experiment

Pfeil des Winters

Bariloche Sektor

Königin der Elemente:

Buch Eins

Buch Zwei

Buch Drei

Königin der Elementefeen: Die nächste Generation

Eigenständige Fee-Romane

Königin der Winterfeen

Unsterblich verflucht:

Blood Laws – Blutgesetze (Buch 1)

Forbidden Bonds – Unsterblich entfesselt (Buch 2)

Blood Heart – Blutige Unschuld (Buch 3)

Blood Bonds – Unsterblich geboren (Buch 4)

Angel Bonds – Himmlische Bande (Buch 5)

Blood Seeker – Die Fährte des Blutes (Buch 6)

Blood Burden – Himmlische Bürde (Buch 7)

Wicked Bonds - Himmlisch verrucht (Buch 8)

Blood King - Herrscher des Blutes (Buch 9)

Eigenständiger paranormaler Liebesroman

Rotanev – Eine Poseidon-Erzählung

Carnage Island: Wolfsklauen und verbotene Bisse

Und auch die folgenden Bücher von Lexi C. Foss werden in Kürze auf Deutsch erhältlich sein:

Auferstanden aus der Dunkelheit:

Daughter of Death – Die Tochter und der Tod (Buch 1)

Paramour of Sin – Die Geliebte und die Sünde (Buch 2)

Son of Chaos – Der Sohn und das Chaos (Buch 3)

Heiress of Bael – Die Erbin von Bael (Buch 4)

Princess of Bael – Die Prinzessin von Bael (Buch 5)

ÜBER J.R. THORN

Die USA Today Bestsellerautorin J.R. Thorn ist eine Autorin von Reverse-Harem-Liebesromanen. All ihre Bücher handeln in derselben Welt – ausgenommen Bücher, die zusammen mit einer Co-Autorin geschrieben wurden. Also lass dir die empfohlene Lesereihenfolge oben oder auf der Website nicht entgehen! (Sie ist außerdem besessen von magischen Tätowierungen und Alphamännchen.)

Lies mehr von J.R. Thorn, erhältlich auf Amazon.de!

Non-RH Books (J.R. Thorn writing as Jennifer Thorn)

Noir Reformatory Universe Reading List – Englisch

Noir Reformatory: The Beginning

Noir Reformatory: First Offense

Noir Reformatory: Second Offense

Sins of the Fae King Universe Reading List – Englisch

(Book 1) Captured by the Fae King

(Book 2) Betrayed by the Fae King

Erfahre mehr auf: www.AuthorJRThorn.com